El ladrón de café

TOM HILLENBRAND

El ladrón de café

Traducción de
Marta Mabres Vicens y M.ª Belén Santana López

Grijalbo

Título original: *Der Kaffeedieb*
Primera edición: octubre, 2016

© 2016, Verlag Kiepenheuer & Witsch GmbH & Co., Colonia (Alemania)
© 2016, Penguin Random House Grupo Editorial, S. A. U.
Travessera de Gràcia, 47-49. 08021 Barcelona
© 2016, Marta Mabres Vicens y M.ª Belén Santana López, por la traducción

La cita de Gottfried Leibniz de la p. 332 está tomada de *Aristóteles, Leonardo, Einstein y Cía*, de Ernst
Peter Fischer, en traducción de Jorge Salvetti Fernández, Robin Books,
colección Ma Non Troppo, Barcelona, 2006.

Printed in Spain – Impreso en España

ISBN: 978-84-253-5444-1
Depósito legal: B-17.321-2016

Compuesto en La Nueva Edimac, S. L.

Impreso en Liberdúplex
Sant Llorenç d'Hortons
(Barcelona)

GR54441

Penguin
Random House
Grupo Editorial

Para mi musa del café

Primera parte

Si la gracia y el ingenio aprecias
y la última nueva ansías conocer
sobre daneses, turcos, judíos, el orbe entero,
a un lugar donde las noticias abundan yo te llevaré.
En el café te enterarás, allí jamás se miente,
pues nada sucede en este mundo, desde la plebe hasta su majestad,
sin que se sepa en cuanto ocurra, en el café está la verdad.

THOMAS JORDAN,
Noticias de café

La moneda de plata de dos peniques giró sobre el mostrador, con un zumbido metálico, hasta que el dedo índice de Obediah Chalon puso fin a aquel baile. Acercó la moneda y escrutó a la moza.

—Buenos días, miss Jennings.

—Buenos días, mister Chalon —respondió la mujer que estaba tras el mostrador—. Hace mucho frío para una mañana de septiembre, ¿no le parece a vuestra merced?

—Diría que no más que la semana pasada, miss Jennings.

Ella se encogió de hombros.

—¿En qué puedo serviros?

Obediah le tendió la moneda.

—Una escudilla de café, por favor.

Miss Jennings tomó la moneda y frunció el ceño, pues era uno de esos viejos tuppences martillados. Tras voltear varias veces la pieza de plata, llegó a la conclusión de que el canto aún tenía filo y la guardó en la caja. Obediah recibió como vuelta una pieza de bronce que podía canjear en el propio café.

—¿No hay peniques? —preguntó, aunque sabía la respuesta. La calderilla escaseaba desde que la gente la fundía para vender la plata. Por eso últimamente solo daban como cambio esas malditas piezas de bronce.

Miss Jennings se disculpó con expresión de aburrimiento.

—Hace semanas que no veo un penique —explicó—. En este reino se prodigan menos que el buen tiempo.

Silbando la melodía de la conocida canción popular «El herrero», se dirigió hacia la chimenea y cogió una de las jarras negras de hierro que estaban junto al fuego. Al punto regresó con una escudilla poco honda y se la dio a Obediah.

—Gracias. Decidme, ¿hay correo para mí?

—Un momento, voy a mirarlo —respondió Jennings, y se dirigió hacia una estantería de madera oscura con numerosos compartimientos para cartas.

Obediah tomó el primer sorbo de café mientras ella buscaba la correspondencia. Regresó poco después y le entregó tres cartas y un paquetito. Obediah echó un vistazo al remite y se guardó el paquetito en el bolsillo de la casaca. Después dejó la escudilla en el mostrador y prosiguió con las cartas: la primera era de Pierre Bayle, de Rotterdam, y, a juzgar por el bulto, o contenía una misiva muy larga o el último número de *Nouvelles de la République des Lettres*; tal vez ambas cosas. La segunda era de un matemático de Ginebra, y la tercera venía de París. Las leería con calma más tarde.

—Os lo agradezco, miss Jennings. Por cierto, ¿sabéis si ya ha llegado el último número de la *London Gazette*?

—Está al fondo, en la última mesa delante de la estantería, mister Chalon.

Obediah cruzó el local. Apenas habían dado las nueve de la mañana y el Mansfield's Coffee House estaba prácticamente vacío. En una mesa próxima a la chimenea había dos hombres vestidos de negro y sin peluca. Por su expresión amarga y sus voces quedas, Obediah dedujo que eran dos *dissenters* protestantes. Al otro extremo, bajo un cuadro que representaba la batalla naval de Kentish Knock, se sentaba un donoso joven. Vestía una casaca de terciopelo color isabelino y en las mangas y las medias llevaba más lazos que una dama de la corte de Versalles. Por lo demás, el Mansfield's estaba desierto.

Dejó a un lado el bastón y el sombrero, se sentó en el banco y fue tomándose a sorbitos el café mientras hojeaba la gaceta londinense. En Southwark se había producido un importante incendio; además, había cierto revuelo por un libro que narraba las aventuras de una cortesana próxima al rey y que el propio Carlos II quería prohibir. Obediah bostezó. Nada de aquello le interesaba lo más mínimo. Sacó una pipa de cerámica cargada del bolsillo de la casaca, se levantó y fue hacia la chimenea. Allí, extrajo una tea de un pequeño cubo y la acercó a la lumbre. Poco después regresó a su sitio fumando con deleite. Se disponía a leer un panfleto en el que se exigía colgar a todos los *dissenters* y papistas, o al menos encarcelarlos de por vida, cuando se abrió la puerta. Entró un hombre que rondaría los cincuenta; rostro picado de viruelas y curtido por el viento marino, una gorra al estilo holandés, y barba y patillas níveas que no terminaban de entonar con la peluca castaño oscuro.

Obediah lo saludó con un asentimiento de cabeza.

—Buenos días, mister Phelps. ¿Traéis alguna novedad?

Jonathan Phelps era un comerciante de tejidos que contaba con buenos contactos en Leiden e incluso en Francia. Además, su hermano trabajaba para el secretario del almirantazgo. Así que siempre tenía información de primera mano sobre lo que estuviese aconteciendo tanto en Inglaterra como en el continente. El comerciante asintió, pero dijo que antes de contarle las novedades necesitaba un café. Al poco regresó con una escudilla y un plato lleno de galletas de jengibre y tomó asiento frente a Obediah.

—¿Qué queréis oír primero, las habladurías de café o las novedades sobre el continente?

—Las habladurías primero, si lo tenéis a bien. Es demasiado temprano para hablar de política.

—Y hace un frío de mil demonios, ¡por la cabeza de Cromwell! Debe de ser el septiembre más frío desde tiempos inmemoriales.

—Bueno, esta mañana no hace más frío que la semana pasada, mister Phelps.

—¿Y cómo podéis saberlo con tanta exactitud?

—Porque hago mediciones.

—¿Qué tipo de mediciones?

—¿Conocéis a Thomas Tompion, el relojero? Últimamente también fabrica termómetros que señalan la temperatura exacta. Esta mañana, por ejemplo, a las siete en punto, el mercurio llegaba a la novena marca. —Obediah sacó un cuadernillo y empezó a hojearlo—. Por lo tanto, según mis cálculos, hoy no hace más frío que hace una semana, el 14 de septiembre, cuando medí la temperatura a la misma hora y en el mismo lugar.

—Vos y vuestros locos experimentos… ¿Por qué lo hacéis? —preguntó Phelps entre galleta y galleta.

—Esa es una buena pregunta. Supongo que por un interés general por la filosofía de la naturaleza. Pero, en último término, lo hago para responder a vuestra pregunta.

—¿Acaso he hecho alguna?

—Al menos indirectamente, mister Phelps. Os habéis preguntado si este 21 de septiembre del año 1683 es un día especialmente frío. Y para poder dar una respuesta objetiva, habría que disponer de datos similares de años anteriores.

Phelps ladeó la cabeza.

—Entonces ¿vais a pasaros el resto de vuestra vida apuntando cada día si hace frío o calor?

—Y cada noche. También tomo nota de los fenómenos meteorológicos: lluvia, viento, niebla. Y no soy el único. ¿Conocéis a mister Hooke, el secretario de la Royal Society?

—He oído hablar de él. ¿No es ese caballero que ha causado tanto revuelo por diseccionar un delfín en pleno día en una mesa del café Grecian?

—Lo confundís con mister Halley, estimado amigo. A Hooke le interesan más los animales pequeños… y el detestable clima inglés. Por ello ha animado a los habitantes de todo el reino a registrar diariamente la temperatura y enviarle los resultados. A partir de estos datos quiere elaborar una especie de mapa del clima. Así, dentro de unos años se podrá responder incluso a la pregunta de si hace más frío o más calor. ¿No os parece fascinante?

—Para un estudioso como vos, tal vez, mister Chalon. A mí, en cambio, la idea me repele. Si los londinenses ni siquiera podemos discutir del tiempo, ¿qué nos queda?

Obediah sonrió y tomó otro sorbo de café.

—En realidad ibais a contarme de qué os habéis enterado durante vuestra ronda matinal, mister Phelps.

Al igual que Obediah, el pañero tenía una rutina diaria relacionada con los cafés. Hasta donde él sabía, Phelps comenzaba muy temprano yendo al Lloyd's para informarse de las novedades relacionadas con los barcos, allí expuestas, y de paso hablar con algunos capitanes. Su segunda parada era el Garraway's, donde a eso de las ocho tenía lugar la subasta mañanera de paño procedente de Spitalfields y de Leiden. Allí, Phelps se enteraba de las últimas cotizaciones del textil y de otras mercancías. Luego se dirigía a Shoe Lane, al Mansfield's, sobre todo por las galletas de jengibre.

—El precio de la madera se ha disparado. Por culpa de los holandeses.

—¿Tantos barcos construyen?

—Eso también. Pero sobre todo hay el temor de que la madera empiece pronto a escasear. La mayor parte viene de Francia y de los Estados Generales, y si estalla una guerra entre ambos…

—¿Consideráis eso probable?

—Esta mañana me he encontrado con un hugonote, monsieur du Croÿ. Es linero en Spitalfields, pero conserva buenos contactos en su tierra natal. Al parecer, el Rey Cristianísimo —al pronunciar estas palabras Phelps miró a Obediah para asegurarse de que el sarcasmo no escapaba a su interlocutor— impone a los Países Bajos españoles unas demandas imposibles de satisfacer. Luis XIV les exige contribuciones para mantener un gran ejército o algo parecido. Son muchos los que creen que esto no es más que el preludio de un ataque de Francia a la República holandesa.

Phelps lo miró pensativo.

—¿Me permitís la indiscreción de preguntaros si habéis invertido en madera, mister Chalon?

«Así es —pensó Obediah—, y también en sal, azúcar, pieles de castor canadiense, porcelana china y alfombras persas.» Pero eso no se lo revelaría a Phelps ni a nadie, así que se limitó a responder:

—Una cantidad insignificante. Pero es probable que ya sea demasiado tarde para comprar. Si esa historia circula por el Lloyd's, dentro de dos horas se sabrá en todos los cafés de Londres.

Phelps se inclinó ligeramente hacia delante y murmuró:

—También he oído otra cosa, algo inaudito. No os lo vais a creer.

Obediah lo miró divertido.

—¿Y bien? ¿Han visto al rey con una favorita católica?

Phelps negó con la cabeza.

—No, eso fue la semana pasada. Después de hacerse público, parece que se separó de ella y se buscó una puta protestante. Me refiero a otra cosa. ¿Sabéis dónde trabaja mi hermano?

—Según tengo entendido, continúa al servicio de Pepys, el secretario de Estado.

—Así es. Y desde el almirantazgo llegan noticias de que los venecianos están intentando armar una flota. —Phelps lo miró solemne—. Una gran flota.

—No os referiréis a...

—En efecto. Hay muchos indicios de que quieren reconquistar Candía.

—No parece muy creíble —repuso Obediah. Y ante el gesto ofendido de Phelps, añadió enseguida—: No me refiero a la noticia en sí, de cuya veracidad no dudo. Simplemente veo escasas posibilidades de éxito.

—Sería el mayor logro de los venecianos desde que robaron al apóstol. Al menos este parece el momento perfecto, ¿no creéis? Ahora que el turco anda ocupado en otro lugar...

Mientras Phelps refería con detalle los esfuerzos de los venecianos por organizar una armada para reconquistar Creta, Obediah sacó la moneda del café que le había dado la camarera y empezó a darle vueltas entre los dedos. En una de las caras se veía una cabeza de turco y una inscripción que decía: «Murad el Grande me llamaban». Y en la otra: «Allá donde fuese triunfaba».

—… coincido con vos en que las posibilidades de éxito de la campaña veneciana no están claras. Mas pensad en cuánto podría ganar un astuto especulador que apostara por que, en breve, gran parte de la mercancía levantina vuelva a llegar a Londres y a Ámsterdam pasando por Heraclión.

—Estáis en lo cierto, mister Phelps. Pero la época de los venecianos tocó a su fin. Mientras ellos siguen allí, con sus canales, añorando la grandeza de otros tiempos, los turcos les arrebatan posesiones año tras año. Lo único en lo que Venecia continúa ocupando el primer lugar es en lo que atañe a bailes y a burdeles.

Phelps sonrió burlón.

—Está claro que, si uno hace caso a lo que sucede en el palacio de Whitehall, a los venecianos les han salido unos duros competidores.

Obediah aprobó la observación del comerciante con un asentimiento apenas perceptible. Phelps podía estar en lo cierto, pero comparar al rey y a su corte con un *boudoir* veneciano bien podía acarrear una estancia en la Torre o en Newgate. Tal vez Phelps pudiese escapar de algún modo al castigo gracias a sus contactos, pero Obediah Chalon era católico y, por tanto, desde la perspectiva de un juez inglés, sospechoso de prácticamente cualquier maldad de la que fuese capaz el ser humano. No se hacía ilusiones al respecto. Su propio padre había sido noble, pudiente y querido en todo el condado; pero cuando los esbirros de Cromwell se presentaron con antorchas y picas a las puertas de su hacienda, todo eso dejó de contar. Lo único importante era que Ichabod Chalon era católico.

Por eso Obediah siempre guardaba cautela. Un error y acabaría colgado en Tyburn. De ahí que se cuidara de hablar de ese tipo de cosas incluso en un café casi vacío.

En vez de eso, señaló la moneda con la cabeza de turco.

—Sea como fuere, el sultán Mehmed IV tal vez no sea Murad el Cruel, pero posee el mayor y mejor ejército del mundo. Apostar por la reconquista de Candía me parece demasiado arriesgado.

Obediah guardó la moneda. «Y además tengo otra apuesta en marcha —pensó—. Una tan segura como decir amén en la iglesia.» Acto seguido se levantó.

—Ahora si me disculpáis, mister Phelps, me esperan en el Jonathan's. Como siempre, ha sido un placer conversar con vos.

Ambos se despidieron. Obediah salió a Shoe Lane. Ciertamente hacía frío, dijera lo que dijese el termómetro de Tompion. El mortecino sol no había logrado imponerse a la temprana niebla procedente del Támesis, y eso que ya eran cerca de las diez. Obediah subió por la calle estrecha hasta llegar a Fleet Street y giró a la izquierda. Sin embargo, su destino no era el Jonathan's Coffee House de Exchange Alley, como había dicho a mister Phelps. Allí no lo esperaban hasta pasado el mediodía. En su lugar puso rumbo a Little Britain. Por un momento pensó en tomar un *hackney*, pero decidió no hacerlo. Llegaría más rápido a pie que en el coche, parecía haber mucho ajetreo en Londres ese martes por la mañana. La temporada acababa de comenzar, y legiones de burgueses y de nobles terratenientes llegaban esos días procedentes de los condados para pasar unas semanas en la ciudad, ir al teatro, dejarse ver en bailes y recepciones y poner al día el guardarropa navideño.

Obediah se detuvo ante un escaparate y observó su reflejo. A él tampoco le vendría mal renovar el vestuario. El *justaucorps* no estaba muy gastado, pero le quedaba demasiado estrecho. Acababa de celebrar su trigésimo segundo cumpleaños y últimamente estaba un poco metido en carnes. Así, con esa casaca tan ceñida, cada vez parecía más un *haggis* con patas. Los calzones de terciopelo estaban raídos, y lo mismo sucedía con sus zapatos. Contempló aquel rostro joven, de ojos transparentes, sin apenas arrugas, y se recolocó un rizo rebelde de la peluca. Por fortuna no iba a tener que llevar esa vestimenta por mucho tiempo.

Dio media vuelta, se alzó el cuello de la casaca y subió por Ludgate, junto al enorme solar en obras de la nueva catedral. Continuó hacia el hospital de San Bartolomé. Aunque se estaba alejando del Támesis, la fría humedad le calaba los huesos. La mayoría de los transeúntes con los que se cruzaba lo miraban con semblante malhumorado, hombros encogidos y brazos cruzados. Obediah, en cambio, andaba a paso ligero, como si hiciese una mañana radiante y primaveral. Era un buen día. El día en que se haría rico.

Ya antes de entrar en Little Britain, que quedaba al otro lado de la muralla, pudo olerlo. En ese barrio había numerosos libreros y encuadernadores. El constante olor característico de Londres, ese aroma inconfundible a basura putrefacta, humo frío y orines, se complementaba en ese caso con una nota más: los vapores de la cola y el penetrante hedor del cuero recién curtido. Sin dedicar una sola mirada a los innumerables libros expuestos a la entrada de las tiendas, Obediah se dirigió a una casa que se hallaba hacia la mitad de la callejuela. El rótulo que colgaba sobre la puerta oscilaba a causa del viento. Mostraba las letras griegas alfa y omega, así como un tintero. Debajo se leía: BENJAMIN ALLPORT, MAESTRO IMPRESOR.

Entró. El olor a cola se volvió más intenso y notó un cosquilleo en la nariz, pero al menos allí no olía a cloaca. La imprenta de Allport consistía básicamente en un único espacio de gran tamaño. En la parte trasera había dos prensas. Eran uno de los motivos por los que Obediah había elegido ese establecimiento en concreto: Allport utilizaba máquinas holandesas, y no había prensas de mayor calidad. Con esos mismos aparatos imprimían los grandes bancos del continente. Además de un pupitre en ese momento abandonado, la parte delantera del local albergaba dos mesas grandes y bajas en las que se apilaba una resma tras otra de papel amarillento: eran tratados recién impresos. Obediah se dirigió al pupitre, tomó la campanilla que allí había y la hizo sonar dos veces.

—¡Un momento, por favor! —dijo una voz procedente de la galería.

Mientras esperaba a que apareciese Benjamin Allport, Obediah echó un vistazo a los documentos más recientes. Había un tratado titulado *De la terrible y asombrosa tormenta que azotó Markfield, Leicestershire, en la que cayeron unos trozos de granizo extraordinarios en forma de espadas, dagas y alabardas*. También había un cuaderno con el título *Pasaporte para Londres o La puta política, donde se enseñan todas las argucias y estratagemas que las mujeres de la vida emplean hogaño contra el hombre, intercaladas con deleitosas historias sobre las actuaciones de dichas damas*. Ese debía de ser el panfleto sobre el que había leído en la *Gazette* y que tanto revuelo había causado en la corte. Por lo general, nada estaba más alejado de sus gustos que ese tipo de garrapatones lascivos, pero en ese momento tomó una copia y se puso a hojearla. Estaba absorto en un pasaje que describía con detalle las actuaciones anunciadas en el título, cuando oyó que alguien bajaba las escaleras. Con las orejas encendidas, dejó el tratado y alzó la mirada.

—Buenos días, maestro Allport.

—Buenos días, mister Chalon. ¿Qué os parece *La puta política*?

Allport era un hombre grande, sin embargo uno podía no darse cuenta de ello aun teniéndolo delante. El trabajo de años con la prensa le había curvado la espalda, y la cabeza le quedaba a la altura de los hombros. Sus manos eran negras como las de un moro, y, desprovisto de peluca, era casi calvo.

Obediah notó que se ruborizaba.

—No he sido capaz de encontrar las estratagemas elogiadas en el título, solo las… actuaciones.

Allport soltó una risita.

—Tal parece ser el motivo por el que ese cuaderno se vende mejor que el cancionero en vísperas de Navidad. Llevaos un ejemplar si gustáis.

—Sois muy amable, maestro Allport, pero…

—Solo os interesan la filosofía de la naturaleza y los negocios bursátiles, lo sé.

—¿Están listos mis impresos?

—Naturalmente. Tened la amabilidad de seguirme.

Allport lo condujo hasta una caja de madera que guardaba en la parte trasera del taller. Abrió la tapa. La caja estaba llena de panfletos. Sacó uno y se lo entregó a Obediah. Estaba impreso en un papel fino, casi transparente, y tenía unas veinte páginas. Contempló el título con orgullo: *Propuesta para utilizar letras de cambio en el reino de Inglaterra, similares a las que emplean los comerciantes de Ámsterdam en lugar de metales nobles, como remedio para paliar la miseria causada por la escasez monetaria y estimular el comercio, presentada por un humilde servidor, Obediah Chalon, Esq.*

—Espero que la calidad os complazca.

Obediah examinó el panfleto. La impresión era impecable, mas no era eso lo que le interesaba. Su atención se centró en una hoja suelta que había en el interior. A diferencia del resto del tratado, era de papel de tina color crema. Llevaba marca de agua y un grabado laborioso. Se acercó a una viga, de la que colgaba un candil, para valorar mejor el trabajo de Allport.

—Es extraordinario. Estoy impresionado.

Allport se inclinó en señal de agradecimiento tanto como se lo permitía su inmensa joroba.

—¿Necesitáis un mozo que os los lleve a casa?

—No, muchas gracias, yo me encargo. Decidme, ¿para cuándo podríais tener impresos otros cien ejemplares?

El impresor lo miró con los ojos como platos.

—Me refiero a los tratados, no al documento.

—Ah, entiendo. A principios de octubre, si os parece bien.

—Perfecto. Os pagaré por adelantado, y os agradecería mucho que el mozo hiciera la entrega cuando estuvieran listos.

—¿En vuestra dirección?

—No, que lleve veinte al Jonathan's, al Nando's, al Grecian, al Swan's y al Will's —respondió Obediah. Quería que su propuesta tuviese eco, y en ningún otro lugar se propagaban las ideas más rápidamente que en los cafés.

—Me ocuparé de que allí se expongan —afirmó Allport.

—¿Cuánto os debo?

—Cada panfleto cuesta un groat. Incluidos los que faltan por imprimir, son ciento cincuenta ejemplares, a cuatro peniques cada uno, serían cincuenta chelines, si lo tenéis a bien, sir. Las separatas…, ocho libras en total. Así que diez guineas todo.

Al oír la elevada suma, Obediah tragó saliva. En el último recuento su efectivo no alcanzaba siquiera a quince guineas, pero eso era secundario, pues al cabo de unos días esa inversión arrojaría más de cien veces su valor. Sacó la faltriquera y puso sobre el pupitre diez pesadas monedas de oro. Allport las examinó brevemente y las guardó en la caja con su manaza negra como el carbón. Obediah se echó al hombro la caja de los panfletos, se despidió y salió hacia su casa.

La de Winford Street era su tercera morada en dos años. Antes había vivido en Fetter Lane y cerca de Leadenhall. Sus recientes mudanzas —y él era consciente de ello, muy a su pesar— seguían un patrón nada agradable. Cada nuevo aposento era menos digno que el anterior. En los últimos años su patrimonio había disminuido y sus viviendas se habían vuelto, en la misma medida, cada vez más austeras. Subió por una escalera angosta hasta el tercer piso. Una vez arriba, comenzó a jadear. El sudor le corría por todos los poros. Entre ayes, dejó la pesada caja en el suelo y abrió la puerta.

Lo único bueno que podía decirse de aquella buhardilla es que era muy amplia. E incluso aireada, y eso en todos los sentidos, pues además de ofrecer espacio de sobra para la vasta colección de curiosidades de Obediah, allí corría el aire como en el puente de Londres. Eso no era bueno para la salud, pero, por otro lado, le permitía realizar experimentos científicos sin temor a asfixiarse con los vapores tóxicos que emanaban en ocasiones.

Junto a la cama deshecha había un pequeño secreter cubierto de correspondencia apilada en desordenados montones entre tinteros, plumas y trozos de lacre. A la derecha se hallaba un armarito taraceado que parecía constar solo de cajones. Originalmente había sido un cubertero, pero ahora de los cajones entreabiertos rebosaban cartas y más cartas: era la correspondencia que mantenía con filósofos de la naturaleza y *virtuosi* de Cambridge, Ámsterdam, Bolonia o Leipzig. Y eso no era más que la bibliografía de consulta inmediata, ya que varias cajas apiladas detrás de la cama contenían igual cantidad de documentos pero multiplicada por diez. En una mesa maciza al otro lado de la estancia reposaban toda suerte de artilugios, como matraces llenos de polvos y tinturas, un instrumental que no había quedado lo bastante limpio tras la última vivisección, así como un pequeño horno de fusión junto a diversos cuños para monedas de todo tipo: pistolas españolas, stuivers holandeses, coronas inglesas. Detrás de la mesa, en la única pared recta, se encontraba una especie de mesa alta con cajones, propia de un gabinete, en la que Obediah guardaba sus tesoros: una lujosa primera edición del *Atlas Maior* de Willem Blaeu; un telescopio con el que se alcanzaba a distinguir los montes de Marte; varias ratas con curiosas malformaciones conservadas en alcohol; un reloj de chimenea suizo de una precisión asombrosa, con unas figuritas que decoraban la esfera y que, a la hora en punto, reproducían una especie de baile tradicional, y, por supuesto, su objeto más preciado: un pato de metal con plumaje auténtico al que si se le daba cuerda echaba a andar, obra del general De Gennes. Al accionar la palanca adecuada, el pájaro mecánico incluso picoteaba granos de cebada de un pequeño cuenco. Entre todos aquellos artefactos había también dibujos, docenas de esbozos a grafito o a carboncillo que Obediah hacía a la menor ocasión. Reproducían torres de iglesias, barcos o escenas callejeras, pero también experimentos, naturalezas muertas o rostros humanos.

Obediah metió la caja de Allport en la habitación y cerró la puerta. Comenzó despejando una parte de la mesa de laboratorio y limpió el tablero con un paño. Después siguió con los panfletos. Fue abriéndolos uno a uno y sacando el papel de tina. Eran diez hojas en total. Una vez estuvieron encima de la mesa, las examinó con una lupa. Allport había hecho un buen trabajo.

Extrajo del secreter un documento tan parecido a los diez traídos de la imprenta que podría llamar a engaño. La única diferencia era que ese documento llevaba un sello con el centro en blanco y un número en su interior. En la esquina inferior izquierda figuraba asimismo una firma trazada con brío que Obediah, como había comprobado la noche anterior, podía reproducir sin dificultad. Dos pequeños ojetes en la esquina superior izquierda revelaban que el documento ya había sido utilizado; sin embargo, para Obediah aquello era oro puro.

Del bolsillo de la casaca sacó entonces el paquetito que había recogido en Mansfield's. Rompió el lacre y arrancó el papel: era una pequeña caja de madera claveteada. Quitó los clavos con un cuchillo y abrió la cajita con cuidado. En su interior, sobre un lecho de virutas, había un cuño. La base era de metal y mostraba un doble círculo en el que se veía una gran «W» con arabescos y tres crucecitas debajo. Obediah examinó el color del sello que traía el documento original y rebuscó en el secreter hasta dar con la tinta adecuada. De otro cajón sacó más cuños y una pluma y se puso manos a la obra.

En Saint Mary Woolnoth acababan de tocar a segunda hora después de mediodía cuando Obediah, aferrando un cartapacio en el que llevaba los documentos recién impresos, torció hacia Exchange Alley. Aquello en realidad de alameda no tenía nada, ni siquiera era una calle, y tampoco podía considerarse una callejuela. Se trataba de un intrincado conjunto de seis o siete pasadizos que servían para acceder rápidamente desde el edificio de la Royal Exchange, en Cornhill, hasta Lombard Street, un poco más al sur. En ese laberinto nada acogedor, formado por casas con tejados alabeados, se establecieron primero los orfebres lombardos y después los corredores de bolsa. Obediah conocía hasta el último rincón, y mientras avanzaba presuroso por Exchange Alley le saludaron varios señores. Al ver a uno de los recaderos que iban y venían de la bolsa a los cafés, alzó el brazo y lo llamó.

—¡Eh, tú, ven aquí!

El chico, de unos trece años, se recompuso la peluca sucia y a buen seguro piojosa y lo miró a la espera.

—Corre a la bolsa y tráeme la última cotización del clavo. Aguardaré en el Jonathan's.

Obediah le ofreció un farthing. El muchacho lo aceptó y se lo guardó rápidamente en el bolsillo.

—Iré presto, sir —respondió, y se perdió entre la multitud.

Obediah continuó hasta el Jonathan's Coffee House. Al entrar en el local, que estaba repleto, le llegó el aroma a tabaco, café y expectación. Algunos clientes se hallaban sentados a las mesas leyendo el *Mercure Galant* y otros diarios de comercio, pero la mayoría de la gente estaba de pie. Con cuadernos y tablillas de cera en mano, formaban pequeños corrillos alrededor de los cambistas y gritaban sin cesar. Obediah se abrió camino hasta el mostrador.

—Una escudilla de café, por favor.

—Cómo no, mister Chalon —respondió el dueño—. Se la traigo enseguida, solo tengo que abrir un nuevo barril.

Obediah vio cómo levantaba con esfuerzo un pequeño barril de madera, lo dejaba en el mostrador, lo espitaba y servía el café frío en varias jarras. Rebuscó en el bolsillo la pieza que le habían dado en el café con la efigie del sultán Murat y se la entregó al dueño. Este parpadeó un instante y negó con la cabeza.

—Lo lamento, sir, pero estas aquí no valen.

Obediah la sustituyó por una moneda de dos peniques y, a cambio, recibió otra pieza de bronce con la efigie de otro turco cuya mirada no era tan torva como la de Murat el Cruel. Por la inscripción supo que se trataba de Solimán el Magnífico. Mientras esperaba a que le calentasen el café, el Jonathan's comenzó a quedarse vacío y pudo cerciorarse de que su socio aún no había llegado. Se dirigió a una de las mesas, se sentó en un banco frente a dos caballeros y revisó unas cartas que llevaban varios días en el bolsillo de su casaca y seguían sin abrir. Después observó a los dos señores. Aunque algo anticuadas, sus valiosas casacas, así como las pelucas de gala que lucían —demasiado pomposas para un café— delataban su condición de nobles terratenientes recién llegados a Londres coincidiendo con el inicio de la temporada. Tenían ante sí certificados y letras de cambio. Estarían probando suerte como especuladores. Obediah hojeó uno de los números de la *Gazette*, leyó someramente un artículo sobre las revueltas que el hambre estaba causando en París y esperó a que el recadero regresara. Mientras, escuchó con disimulo la conversación de sus vecinos de mesa.

—… en el sur el tiempo debe de ser peor que aquí. El turco tendrá que interrumpir el asedio antes de que los pasos de montaña queden cerrados por la nieve.

—¿En verdad creéis que Kara Mustafá se retirará sin más y se presentará ante el Gran Señor de Constantinopla con las manos vacías? En absoluto, y otra cosa os digo: la ciudad está en las últimas. Al parecer, ya se ha dado algún brote de cólera.

—Pasáis por alto, sir, que un ejército de socorro aún podría salvar al emperador. —El primer caballero bajó la voz—. Tengo buenos contactos en Versalles, y me llegan noticias de que el rey Luis se está armando.

—Pero ¿por qué iban los franceses precisamente a ayudar a los Habsburgo? —preguntó el otro.

—Porque se trata, ni más ni menos, de defender la cristiandad. Un monarca no puede decirse Rex Christianissimus y limitarse a observar cómo esos malditos herejes lo arrasan todo.

Obediah tuvo que hacer esfuerzos para no resoplar. El infierno se congelaría antes de que Luis XIV corriese en auxilio del emperador. Es más, gracias a su red de corresponsales, tenía constancia de que, no hacía mucho, un legado pontificio había hecho antesala en Versalles para convencer al rey católico de que acudiese a socorrer a su correligionario austríaco en la lucha contra los turcos y el Rey Sol ni siquiera lo había recibido.

Era mucho más probable que los franceses utilizaran la guerra de los otomanos contra los Habsburgo como pretexto para atacar a los Países Bajos españoles o a la República holandesa. En los últimos tiempos, el intercambio de correspondencia entre Obediah y algunos científicos alemanes, polacos e italianos se había intensificado. Muchos de ellos tenían contactos excelentes en sus respectivas cortes, y de todas partes llegaba la misma noticia: a nadie le agradaba la idea de enviar un ejército de socorro al Danubio cuando estaba a punto de llegar el invierno. Los príncipes protestantes alemanes no lo harían de ninguna de las maneras y, como era sabido, el rey polaco debía su corona a Luis XIV, quien sobornó al Parlamento durante la elección de Sobieski. En suma, todo lo que le llegaba a Obediah de la República de las Letras apuntaba a que no habría auxilio para el emperador Leopoldo I.

Sin embargo, la mayoría de los ingleses creían que en el último momento el continente sería rescatado del asedio turco, y ello no ya porque hubiese buenas razones para que tal cosa ocurriese, sino simplemente porque lo que no podía ser además era imposible. Obediah, por el contrario, se mostraba realista. Uno de sus corresponsales de Constantinopla incluso había visto desfilar al ejército otomano: el gran visir Kara Mustafá lo había exhibido orgulloso ante extranjeros y diplomáticos poco antes de partir. Al parecer, superaba los ciento cincuenta mil hombres. Nada ni nadie podría hacer frente a tan poderosa maquinaria bélica, ni siquiera el Sacro Emperador Romano Germánico. El imperio sucumbiría. Y Obediah ganaría mucho dinero con ello.

El recadero entró en el café y Obediah le hizo un gesto con la mano.

—El precio actual de una libra de clavo es de ocho libras, tres chelines y seis peniques, sir.

—¿De cuándo es la última cotización?

—De hace una hora, sir.

Obediah dio otro farthing al muchacho. Cuando el dueño le sirvió por fin el café, alguien se acercó a su mesa. Era la persona a la que estaba esperando: Bryant, un corredor especializado en especias.

—Buenos días, mister Chalon. ¿En qué puedo serviros? ¿Queréis volver a invertir en azúcar de caña?

Bryant, un hombre con cuerpo de barrilete y una peluca negra tipo *allonge* que llevaba torcida, intentaba mostrarse indiferente mientras hablaba, pero Obediah alcanzaba a distinguir cierta malicia en sus palabras. Aprovechar el tradicional aumento en verano del precio del azúcar procedente de Brasil para negociar una opción de compra había sido una de sus escasas buenas ideas y también el motivo, entre otros, de que Obediah hubiese tenido que mudarse a un cuarto extramuros. «En breve —pensó para sí—, esa sonrisa altanera se te quedará congelada, James Bryant.»

—Os lo agradezco, pero no, mister Bryant. Quería hablar con vos a cuenta de otro asunto. Se trata del clavo.

—¡Ah! ¿Acaso tenéis clavo en venta? De ser así, estaría interesado. En estos momentos la oferta es escasísima.

—Lo sé. Concededme diez minutos de vuestro tiempo. —Obediah miró al corredor a los ojos—. Pero deberíamos buscar un rincón más tranquilo.

Bryant arqueó las cejas.

—¡Oh! Sea. Aquella mesa del fondo está vacía.

—De acuerdo. ¿Queréis tomar algo? ¿Una escudilla de café?

—Prefiero un chocolate. Con dos yemas y un chorrito de oporto, si sois tan amable. El médico dice que es bueno para combatir la gota.

Mientras Bryant ocupaba la mesa, Obediah pidió otro café y un chocolate para el corredor. Después se sentaron frente a frente.

—Así que el clavo sigue escaseando…

Bryant asintió.

—Los almacenes de Ámsterdam están prácticamente vacíos, y los barcos de la Compañía Holandesa de las Indias Orientales no traerán nueva mercancía hasta el verano, tal vez incluso más tarde.

—De lo cual se colige, mister Bryant, que las opciones de compra en el caso del clavo se han encarecido, ¿cierto?

—Así es. Anteayer vendí unas pocas, a trece y siete la libra. Hace tres meses las habríais obtenido por la mitad.

—Desearía, no obstante, adquirir algunas. ¿Conocéis a alguien que quiera desprenderse de ellas?

—Siempre sé de alguien, pero…

—Pero ¿qué?

—¿Por qué razón ibais a hacerlo? Podríais salir verdaderamente escaldado. Pensad en la debacle del azúcar de caña.

Obediah se reclinó.

—No sabía que el bienestar de vuestra clientela os preocupara tanto. Vuestra comisión está asegurada con independencia de si mis opciones arrojan o no beneficio.

—Solo pretendía advertiros de lo que algunos opinan: en el caso del clavo, la cotización de las opciones de compra no subirá mucho más. No en vano ya han rebasado el doble de su valor.

—Pues bien, yo creo que seguirán subiendo. Y por eso deseo adquirir una cantidad considerable.

—¿De cuánto estamos hablando?

—Cinco mil florines.

—¡Dios santo! ¿Acaso sabéis algo que yo ignoro?

—De no ser así, ¿desearía comprar tal cantidad de títulos por encima de su valor? —preguntó Obediah.

—Probablemente no. Sois demasiado ast…, quiero decir,

estáis muy versado en estas lides. ¿Y no vais a hacerme partícipe de vuestros conocimientos?

—Eso es una ofensa a mi inteligencia, mister Bryant.

—Excusadme. El intento bien valía la pena.

—Tened por seguro que os revelaré por qué el precio del clavo pronto volverá a subir, pero no hasta que hayáis encontrado a la otra parte y el negocio esté cerrado.

—¿Para que yo propague vuestro rumor, eso hinche el precio y, acto seguido, media Exchange Alley esté contagiada de la fiebre compradora de clavo?

Obediah sonrió.

—Si tal cosa sucediera, sería sin duda un buen negocio. Para mí, claro. Pero también para el corredor, que recibiría una comisión por casi cualquier transacción de esa especia.

—Creo que estamos prácticamente de acuerdo, mister Chalon. Y también creo saber quién podría ser la otra parte. Pero hay una cosa más: ¿cómo pensáis pagar? ¿En moneda? No veo ningún arca llena de plata, y, a tenor de la suma mencionada, necesitaréis una… y no precisamente pequeña.

—Poseo letras de cambio sobre la cantidad necesaria.

Bryant frunció el ceño.

—¿De Siena o de Ginebra?

En lugar de responder, Obediah sacó los documentos sellados y rubricados y se los mostró.

—¡Una garantía del Wisselbank de Ámsterdam! ¿Cómo la habéis conseguido?

—A través de un socio que tengo en Delft. Como podéis comprobar, cubre quinientos florines. Dispongo de otras diez como esta. Tan buenas como las coronas de oro. Mejores incluso, pues los bordes no se desgastan.

Pocas horas después, James Bryant y Obediah Chalon estaban sentados frente a mister Fips, notario que vivía en una bocacalle de Temple Street, aguardando al vendedor de las opciones.

—Va siendo hora de que me digáis de quién se trata, mister Bryant.

—Se llama Sebastian Doyle. Es maestro de esgrima.

—Y ¿cómo es que un maestro de esgrima corriente posee opciones de compra de clavo por valor de cinco mil florines? —preguntó Obediah.

—No es un espadachín cualquiera, sino el maestro de armas del duque de Monmouth, por lo que forma parte de su círculo. Tengo el honor de asesorarle en asuntos financieros.

Mientras conversaban en aquel despacho de aire algo viciado, Obediah reparó en el ligero temblor de su voz. Trató de respirar acompasadamente y de no mover las manos. La razón de su nerviosismo, además de que estaba a punto de cerrar el negocio más importante de su vida, era el notario que se encontraba al otro lado del macizo escritorio. Con la ayuda de una lupa enorme, mister Fips examinaba los papeles falsos del Wisselbank. Obediah veía aquel ojo inyectado en sangre y aumentado hasta un tamaño grotesco saltar de un documento a otro. El abogado había abierto un grueso tomo que contenía facsímiles de los títulos de cambio más habituales: órdenes de la Caisse des Emprunts expresadas en libras francesas, *nota di banco* del Montei dei Paschi de Siena, piastras garantizadas por el sultanato, letras emitidas por Oppenheimer en Viena y también los documentos del Wisselbank. Obediah nunca había visto un libro semejante, y se dijo que adquiriría un ejemplar en cuanto tuviera ocasión. Esa obra facilitaría su trabajo sobremanera.

Bryant le hizo partícipe de alguna habladuría sobre el duque de Monmouth, hijo ilegítimo del rey Carlos II. Obediah no le prestaba atención, observaba con disimulo cómo el notario volteaba con sumo cuidado cada letra para asegurarse de que ninguna de ellas hubiese quedado anulada por un endoso. Después volvió a contar los documentos y los colocó ante sí en un pequeño montón. Apenas había concluido cuando la pesada puerta se abrió y entró un criado. Tras hacer una reverencia, entregó una tarjeta de visita al notario y dijo:

—Un tal mister Doyle espera abajo, sir.

—Que suba, que suba —ordenó Fips.

Mientras el criado desaparecía, el notario se frotó las manos. Posiblemente estuviese calculando cuál sería su comisión en un negocio de más de cinco mil florines. Luego se levantó y se dirigió a la puerta para recibir a su cliente.

Obediah olió a Sebastian Doyle antes de verlo, una nube de aroma a lavanda lo precedía. La otra parte de aquella operación era el tipo de hombre a cuyo paso el pueblo solía gritar «¡Perro francés!». Vestía una casaca extralarga de terciopelo azul y adornada con una docena de botones dorados que no tenían ninguna función, pues Doyle, naturalmente, jamás se abrochaba la prenda; eso habría impedido ver la chupa, también azul y bordada con escenas de caza. Por las mangas asomaban dos vueltas de *engageantes* con más encajes que los que cualquier dama inglesa media podía tener en su ajuar. Su indumentaria se completaba con medias de seda, zapatos de tacón y un manguito de castor canadiense que llevaba colgado del cinturón. Se había quitado el sombrero, pero no en señal de cortesía —como había creído Obediah—, sino para no aplastar los fastuosos rizos de su peluca, primorosamente arreglada. Era muy probable que aquel pisaverde lo llevase en la mano desde que había salido de su casa esa mañana.

—Sed bienvenido a mi humilde despacho, mister Doyle. Soy Jeremiah Fips, notario por gracia de su majestad. Ya conocéis a mister Bryant. Y este es mister Chalon, *virtuoso* y filósofo de la naturaleza.

Obediah se inclinó levemente.

—Es un placer conoceros, sir —dijo.

—El placer es mío, mister Chalon.

Doyle tomó asiento en la única silla que quedaba libre y, dirigiéndose a Bryant, comentó:

—Confío en que esta transacción no se demore demasiado. Me esperan cerca de las seis en el Man's.

«¿Dónde si no?», pensó Obediah. El Man's estaba cerca de Charing Cross y era el café de pisaverdes y almidonados. Por el gesto y el tono, Doyle había querido dar a entender que su cita estaba relacionada con importantes negocios de Estado, pero Obediah tenía la certeza de que más bien se trataría de jugar a los dados y tomar rapé.

—Lo tenemos todo preparado, os robaremos muy poco de vuestro precioso tiempo —dijo mister Fips sonriendo—. Caballeros, con vuestro permiso procederé a resumir una vez más la operación. Después requeriré de ambos un acuerdo de palabra y la firma. Más adelante, mister Bryant y yo mismo os haremos llegar la minuta con nuestros honorarios. ¿Estáis de acuerdo, messieurs?

Doyle apoyaba su empolvado mentón en dos dedos de la mano derecha, enfundada en un guante de gamuza entretejida con hilos de plata. Con la otra mano indicó al notario que prosiguiera.

Mister Fips tomó asiento al otro lado del escritorio, se puso unos quevedos y comenzó a leer un escrito provisto de un sello.

—«Los caballeros aquí presentes, Obediah Chalon Esq., en adelante el comprador, y Sebastian Doyle Esq., en adelante el vendedor, acuerdan llevar a cabo la siguiente transacción: el vendedor traspasa al comprador opciones para adquirir 54 libras de clavo de Amboina, con fecha de vencimiento...»

Mientras Fips daba lectura al texto contractual, Obediah se preguntaba cuánto valdrían sus opciones pasados unos pocos días. Apostó a que, como mínimo, cinco o quizá hasta seis veces más, y tal vez el precio continuase subiendo. Era imposible predecir el comportamiento de la bolsa una vez que se desatasen la furia o el pánico. Con ese negocio obtendría un interés de varios cientos por ciento. No, eso no era del todo cierto. Al fin y al cabo, los cinco mil florines habían salido de la nada, con lo cual el beneficio sería mucho mayor. Hubo de contenerse para no sonreír a consecuencia de la dicha cuando Fips enunció:

—... acto seguido el comprador abonará la suma correspondiente al valor actual de la opción de compra mediante letras de cambio emitidas por el Wisselbank de Ámsterdam.

Doyle arqueó sus cejas depiladas.

—¿Letras de cambio, decís? ¿Es eso seguro?

—No hay nada más seguro. ¿Mister Bryant?

—Permitidme una breve explicación. Los documentos que posee mister Chalon han sido emitidos por el Wisselbank, el banco más rico y más seguro del mundo. Se refieren a la cuenta de Jan Jakobzoon Huis, un *bewindhebber* de la VOC, la Compañía Holandesa de las Indias Orientales.

—¿Y qué es un *bewindhebber*?

—Uno de los responsables y comerciantes de la VOC, sir; además de accionista.

El recelo pareció abandonar el rostro de Doyle, aunque no por completo.

—¿Y qué garantía tienen esas letras y dónde puedo cobrarlas? —preguntó.

—Están garantizadas con oro. Y podéis cambiarlas por moneda cuando gustéis en Ámsterdam, Delft, Rotterdam o Hamburgo, aunque no será necesario. Cualquier comerciante de Londres os las quitará de las manos, pues el dinero no puede estar en mejores manos que en las del Wisselbank.

—Bien. ¿Dónde tengo que firmar?

Mister Fips se puso en pie, rodeó la mesa y acercó al maestro de armas un tintero y una pluma. Doyle precisó de varios segundos para desprenderse de sus ajustados guantes perfumados y, una vez lo hubo conseguido, firmó. También Obediah trazó su briosa rúbrica al pie del documento notarial. Fips volvió a contar las letras de cambio y se las entregó a Doyle, quien, a su vez, se las dio inmediatamente a Bryant.

—Llevadlas por mí a Whitehall. Me alojaré allí esta temporada. Dádselas a mi criado, pero selladas.

—Será un honor hacerme cargo, sir.

—Bien. Por favor, entregad a este caballero las opciones. Ahora si me disculpáis, caballeros... El deber me llama.

Doyle dijo esto con el semblante de quien está punto de partir a caballo para subyugar por sí solo a los irlandeses. Después desapareció escaleras abajo.

Obediah tomó las opciones que le dio Bryant. Ambos se despidieron de Fips y abandonaron juntos el lugar. Una vez en la calle, Bryant preguntó:

—¿Me permitís que os invite a algo? Creo que tenemos un asunto pendiente.

—Con sumo gusto, mister Bryant, pero pago yo. ¿Os parece bien que vayamos al Nando's? Creo que es el café más cercano.

Bryant estuvo de acuerdo, así que subieron por Middle Temple Lane hasta Fleet Street y giraron a la derecha. Como era habitual a primera hora de la tarde, el Nando's estaba lleno de *templers* que, tras dar por finalizadas sus citas en los tribunales de Temple, acudían allí para conversar con otros colegas y estudiar los últimos veredictos y sentencias expuestos en las paredes del local. Obediah y Bryant pidieron sendas escudillas de café y ocuparon uno de los pocos bancos que quedaban libres.

—¿Y bien? ¿Cómo os sentís con ese paquete de opciones en el bolsillo?

—Ligero como una pluma, mister Bryant.

—Bueno, desembuchad de una vez. ¿Cuál es vuestro plan?

—Permitidme que empiece por el principio. ¿Por qué creéis que el precio del clavo ha subido tanto?

Bryant se encogió de hombros.

—Entiendo que la demanda supera la oferta. Pero, para seros sincero, el porqué no me interesa. Solo me importan las consecuencias, y esas las veo a diario en las pizarras de Exchange Alley…, además del despacho semanal procedente de Holanda, en el que se detallan todos los movimientos y cotizaciones de la plaza Dam.

—A mí sí me interesan los motivos que subyacen a ese aumento de precio. Es más, llevo meses siguiéndolo. Como tal vez sepáis, me carteo con mucha gente.

—Sí, por lo visto tenéis corresponsales en el mundo entero.

—Eso tal vez sea exagerado, pero en la República de las Letras uno se entera de cosas que a primera vista pueden parecer secundarias. Además de disquisiciones científicas, las misivas de mis corresponsales contienen una cantidad asombrosa de murmuraciones. Y a través de un conocido que vive en La Haya sé por qué este año hay tan poco clavo en el mercado.

—¿Por qué?

—Porque en el camino de regreso desde Batavia, una parte de la flota de la VOC naufragó frente a las costas de Mauricio.

—Pero eso suele pasar, ¿no es cierto?

—Desde luego, y los holandeses, con sus miles de barcos, bien pueden asumir la pérdida. Lo que ocurre es que en el océano Índico, durante la época del monzón, hay fuertes tormentas, y se dice que la Compañía está considerando otras rutas marítimas para reducir las pérdidas en el futuro.

Bryant dio un sorbito a su escudilla.

—Pero ese naufragio es cosa del pasado. ¿Acaso creéis que la próxima flota de retorno también se irá a pique?

—Cabe esa posibilidad.

El corredor negó con la cabeza.

—¿De verdad apostáis a que el rayo caerá dos veces en la misma iglesia? ¿Apostáis a favor del tiempo?

—Estimado mister Bryant, creo que no me estáis entendiendo. Por supuesto que el próximo suministro de clavo bien podría acabar donde mora Davy Jones. Y de ser así, mis opciones de compra seguirían subiendo. Pero, por decirlo de algún modo, eso es solo la música de fondo. Daré fin a vuestro tormento: he averiguado que solo dos casas de comercio disponen de reservas considerables de clavo. Una de ellas es Frans, en Ámsterdam. Y a esas existencias se refieren las opciones de Doyle, que ahora son mías.

—¿Y el resto?

—El resto no llega a través de Holanda, sino de un intermediario veneciano que abastece a Italia y al imperio. Ese comerciante, imagino que con fines especulativos, ha acumulado gran cantidad de mercancía. Calculo que más de dos tercios del clavo disponible en estos momentos están en sus manos, unas seis mil quinientas libras.

—¿Esa es la información que debo difundir en Exchange Alley? Yo diría que más que hinchar los precios, eso hará que caigan.

—No me habéis preguntado dónde tiene ese comerciante su almacén.

—¿Londres? ¿Lisboa? ¿Marsella?

—No, en Viena.

Bryant se echó a reír. Lo hizo con tanto ímpetu que docenas de juristas volvieron la cabeza en su dirección y fruncieron el ceño ante semejante alboroto, impropio de un café. Mas el corredor siguió hipando y dando resoplidos, y tampoco Obediah pudo reprimir una sonrisa.

—¿Así que las reservas de clavo para todo el continente están en una ciudad que dentro de pocos días será arrasada por los turcos? Es magnífico. —Bryant trató de recomponer el gesto—. Desde un punto de vista puramente financiero, claro está. ¿Y estáis seguro de que Viena caerá?

—¿Acaso lo dudáis? —preguntó Obediah.

El accionista negó con la cabeza.

—No. Nadie prestará ayuda a los Habsburgo. Y el invierno está al caer.

—Todavía es temprano —dijo Obediah—, ¿qué os parece si tomamos un jerez? Por los negocios redondos.

Bryant se mostró conforme. Chalon se acercó al mostrador y pidió dos copas. Su último chelín se convirtió así en un pequeño ejército de Solimán, pero eso ya no importaba. Una sensación de euforia se apoderó de él. Pronto se mudaría a Cheapside, la calle más lujosa de Londres, renovaría por completo su vestimenta y ampliaría su colección de curiosidades; todos los virtuosos de Londres se pondrían pálidos de envidia.

Se disponía a regresar a la mesa con las copas, cuando un joven entró apresuradamente en el café. Estaba empapado en sudor, los rizos de la peluca se le pegaban a las sienes. Los clientes enmudecieron y clavaron la mirada en el recién llegado. Por unos instantes el silencio fue tal que solo se oía el crujir de los bancos de madera, donde los hombres trataban de permanecer quietos. Entonces, un abogado de cierta edad se puso en pie, hizo un gesto de asentimiento hacia el recién llegado y exclamó:

—Sir, tenedme por vuestro más humilde servidor. ¿Qué nuevas traéis?

El joven se secó el sudor de la frente con un pañuelo y, mirando hacia la concurrencia expectante, anunció:

—¡Ha ocurrido un milagro! El 11 de septiembre será un día que seguirá celebrándose dentro de cien años.

El abogado ladeó ligeramente la cabeza.

—Si se trata de otro presunto embarazo de la reina Catalina...

El otro negó con la cabeza.

—Nada de eso, sir. Vengo del Garraway's, donde un comerciante portugués acaba de anunciar lo siguiente: hace nueve días, en la tarde del 11 de septiembre, el rey polaco, Jan Sobieski, se plantó a las puertas de Viena con un ejército de más de cien mil hombres e infligió al turco una derrota aplastante. ¡La ciudad está a salvo!

Acto seguido estalló el júbilo, todos se levantaron de sus asientos. Jueces y abogados se abrazaron. Un pequeño gentío se congregó alrededor del mensajero. Todos querían dar una palmadita al joven en agradecimiento por tan buena noticia. Solo Obediah permanecía paralizado junto al mostrador, mirando las cabezas de turco que adornaban las monedas.

Ámsterdam, dos años después

Se despertó al oír que sacudían la puerta de la celda. Lo primero que sintió fue el dolor. Entre quejidos, logró erguirse apoyándose en los codos. Tenía el torso, apenas cubierto por una camisa ajada, plagado de verdugones enrojecidos que parecían haber alcanzado su plenitud durante la noche. Jamás habría imaginado que unas varas de abedul pudiesen causar semejante tormento. El día anterior lo habían azotado durante una eternidad, o al menos eso le había parecido. Atado a un barril de arenques, sin posibilidad de moverse, los varazos se habían sucedido uno tras otro en la espalda y las piernas. Sin embargo, una vez más se había negado a seguir las reglas de aquella institución, el Tuchthuis. Llevaba así varios días, y los azotes eran el último de una larga serie de castigos.

Miró hacia la pesada puerta de roble. Cuando se abrió de golpe, Obediah pudo ver el rostro de Ruud, el guardián responsable de esa ala del correccional. Aquel hombre carniseco estaba completamente calvo y a lo sumo contaba veinticinco años. Obediah elucubró que podría tratarse del mal francés, lo cual también explicaría lo necio que era. El guardián sonrió con malicia.

—Aquí está el monigote inglés... ¿Por fin dispuesto a trabajar?

Obediah tosió. El presidio, próximo a Koningsplein, era un lugar húmedo y de mucha corriente: un clima que suponía una dura prueba incluso para un londinense. Con toda probabilidad, una pulmonía le segaría la vida mucho antes de que los azotes terminasen de rematarlo.

—No me opongo a un trabajo acorde a mis capacidades, pero me niego a cortar madera de Brasil.

Uno de los objetivos del correccional era devolver a los delincuentes y vagabundos descarriados a la senda de la virtud por medio de la palabra de Dios y obligándolos a realizar un intenso trabajo físico. Sin embargo, la verdad era que allí a nadie le interesaba salvar a ningún alma. En realidad, el propósito final era convertir toda la madera de Brasil que fuese posible —una madera dura como la piedra— en el valioso polvo rojo tan apreciado por los tintoreros de Leiden y de otros lugares. Por eso en Ámsterdam al Tuchthuis popularmente también se le llamaba *rasphuis* o aserradero. Aquel trabajo era extenuante y requería un esfuerzo descomunal; en lugar de llevar a los presos por la senda de la virtud, los conducía a una muerte rápida. Lo más probable era fenecer en el correccional, y Obediah Chalon, que jamás había realizado ni una sola hora de duro trabajo físico, sabía que cortando madera acabaría antes en la tumba que como consecuencia de cualquier otro tormento que le quisieran infligir.

No había terminado de hablar cuando el guardián le propinó una bofetada no con la palma sino con el dorso de la mano; los nudillos le golpearon la mejilla.

—¡Escoria inmunda! ¡Todos los papistas sois iguales!

Ruud lo levantó con una sacudida y lo hizo salir a empellones. Recorrieron un pasadizo largo y empedrado y pronto accedieron al patio. El Tuchthuis era un edificio grande y rectangular compuesto por cuatro alas que circundaban un patio interior. Allí, un centenar de hombres soportaban el frío de la mañana: cuerpos miserables envueltos en arpillera y lana raída. Congelados y aún somnolientos, habían formado cuatro filas que recorrían dos guardianes con vergajo. Mientras los reclusos tiritaban y basculaban de un pie a otro, Piet Wagenaar les metía en la cabeza el catecismo: «Y los hijos de Israel gemían a causa de la servidumbre, y clamaron; y subió a Dios aquel clamor con motivo de su servidumbre».

Wagenaar era el *ziekentrooster*, el capellán de aquel presidio, y corría el rumor de que a los reclusos más jóvenes y bien parecidos no solo los agasajaba con pasajes y salmos bíblicos. Obediah, por fortuna, no había sido objeto de tales acercamientos. Se disponía a aproximarse al resto para ocupar su lugar en la fila cuando recibió un doloroso vergajazo en la espalda.

—Tú no, monigote. Por ahí.

El miedo se apoderó de Obediah; el guardián lo empujaba hacia el ala donde tenían lugar los castigos. Sin embargo, de pronto giraron a la derecha y entraron en la parte del edificio que albergaba las dependencias de Olfert van Domselaer, el alcaide del Tuchthuis. El sudor comenzó a correrle por la frente. ¿Qué querría Domselaer de él?

—¿Me lleváis a ver al alcaide? —se aventuró a preguntar al guardián.

De inmediato volvió a sentir los efectos del vergajo.

—¡Chitón!

A Ruud le encantaba llevar la contraria y hacer ver a los demás que erraban. Probablemente se sentía superior. Por esa razón Obediah dedujo que si no fuesen a ver al alcaide le habría respondido con un «no», de modo que esa nueva tunda había merecido la pena: ya sabía que su destino era, en efecto, la alcaidía. Repasó mentalmente todas las posibilidades: ¿lo llevarían a juicio?, ¿lo entregarían al representante de la corona inglesa?, ¿tendría por fin la tan ansiada oportunidad de demostrar al alcaide que sus talentos podrían beneficiar al Tuchthuis?

Recorrieron un pasillo encalado, con ventanales de vidrio plomado y alfombras toscas. Se detuvieron ante una puerta de madera oscura y Ruud llamó.

—¡Adelante! —ordenó una voz.

El guardián abrió la puerta, empujó a Obediah al interior e hizo una reverencia ante un hombre entrado en años, sentado frente a la lumbre de una chimenea que crepitaba alegremente. Después salió. A excepción del hogar y de la mullida butaca, aquella estancia no ofrecía muchas comodidades. Era un lugar de trabajo, no estaba destinado al descanso, pero sí a impresionar al visitante. En la parte alta de la chimenea había un imponente friso en mármol. Mostraba a una mujer que probablemente simbolizase a Ámsterdam. En una mano sostenía un pavoroso mangual, y a izquierda y derecha había varios hombres encadenados. Debajo se leía: *Virtutis est domare quae cuncti pavent.*

El hombre que estaba en la butaca vio que Obediah contemplaba la inscripción y tradujo:

—«Es una virtud domar…»

—«… a quienes todos temen» —añadió Obediah completando la frase.

El alcaide tendría cerca de cincuenta años. Vestía calzones negros y casaca del mismo color, combinada con una camisa blanca de encaje y una gorra orlada con marta cibelina. En la mano derecha sujetaba un libro encuadernado en cuero. Examinó al visitante con detenimiento.

—Había olvidado que domináis el latín.

—El latín, seigneur, y muchas otras lenguas.

Domselaer pasó por alto el comentario y, con un gesto, instó a Obediah a sentarse en un escabel que había en mitad de la estancia.

—Conocéis, pues, nuestro lema. Pero al parecer no lo entendéis. Obediah Chalon, ¿cuánto tiempo lleváis aquí?

—Ocho semanas y media.

—A pesar de que sois un hereje papista, tengo entendido que acudís con sumo interés a los oficios de nuestro pastor. ¿No os repele la austeridad de nuestros ritos?

Incapaz de adivinar las intenciones del alcaide, Obediah optó por mostrar cautela.

—Como inglés que soy, estoy acostumbrado a vivir entre protestantes, seigneur. Además, no hay nada que objetar a las lecturas, aun siendo católico. La Biblia sigue siendo la Biblia.

—Una respuesta muy calvinista. Sin duda sabréis que a escasos cientos de millas de aquí, al oeste, ahorcan a quienes contestan con tanto sentido común.

Obediah decidió que lo más sensato era limitarse a asentir con humildad.

—Tengo entendido que aunque no rechazáis el alimento espiritual que se os ofrece, os negáis a trabajar. ¿Es eso cierto?

—En modo alguno me niego a trabajar, seigneur. Es más, si me permitís la observación, son muchos los talentos que poseo y que podrían ser útiles al Tuchthuis. Además de mis conocimientos lingüísticos, estoy versado en metalurgia y otras artes. También podría…

Domselaer lo interrumpió.

—Obediah Chalon, sé quién sois y qué sabéis hacer. Sois uno de esos a los que llaman *virtuosi*. Coleccionáis tratados y juguetes insólitos, malgastáis los días en los cafés y vivís a la sombra de los grandes filósofos de la naturaleza. —El alcaide pronunció esto último como si hablara de la peste o del cólera—. Pero no sois uno de ellos, ¿me equivoco?

Sin esperar respuesta, Domselaer prosiguió. Su voz grave fue elevándose y se volvió atronadora.

—No buscáis la sabiduría, solo os interesa el prestigio. Vuestra supuesta erudición es como la pluma en el sombrero del galán; es vanidad lo que en verdad derrocháis. A la vista está que el Señor os ha bendecido con el don del entendimiento, pero vos no hacéis uso de él.

—Seigneur, yo...

—Y si lo hacéis, es para urdir engaños y estafar a ciudadanos decentes. No, Obediah Chalon, es posible que vuestros talentos sean variados, mas yo no me serviré de ellos.

—Permitidme ser vuestro más humilde servidor, seigneur. Prometo trabajar de sol a sol para vos.

Domselaer lo miró como quien mira a un chiquillo terco.

—Aquí no se trata ni de vuestros deseos ni de los míos, sino de que logréis retornar al camino de la luz. Y la senda del entendimiento, esa que habéis recorrido hasta ahora, no os ha conducido a la salvación. Os ha traído hasta aquí. ¡El raciocinio os ha llevado a la perdición, Obediah Chalon, y volverá a hacerlo! Solo el trabajo duro sanará vuestra alma.

Una rabia exacerbada se apoderó de Obediah y se obligó a contenerse, de lo contrario se habría abalanzado sobre aquel negrero calvinista y autocomplaciente sin prever las consecuencias.

—¿Cortar madera de Brasil? —dijo con voz entrecortada—. Eso es trabajo de esclavos. Yo soy un caballero.

Domselaer no cesaba de escrutarlo.

—Aquí no sois más que un alma descarriada. Y si esa es vuestra última palabra, no me dejáis otra opción.

—¡Antes moriré!

—Eso tenedlo por seguro, pero aprenderéis para qué sirven las manos.

—No podéis obligarme. Para quebrar mi voluntad, deberéis quebrar mi cuerpo, y ¿de qué os serviré entonces?

En lugar de responder, el alcaide tomó una campanilla de una mesita situada junto a la butaca y la hizo sonar. La puerta se abrió y entró el guardián.

—Con este no queda otro remedio —le dijo Domselaer—. Preparad la cámara de agua.

Obediah vio que una sonrisa repulsiva se adueñaba del rostro de Ruud.

—Como ordenéis, seigneur.

El lugar al que lo llevaron estaba en el sótano. Ruud y otro guardián lo obligaron a atravesar una puerta tras la que había una escalera de piedra por la que bajaron. Al llegar al final, Obediah miró alrededor: aquello no era lo que esperaba. No vio ningún fuego con hierros candentes ni otros instrumentos de castigo, como un potro de tortura o tornillos para perforar las sienes. Simplemente, en mitad de la sala había un artilugio enorme, un cuerpo cilíndrico de unos cinco pies de altura, hecho de madera y de metal, sobre el que descansaba una suerte de balancín con varios manubrios. Obediah creía haber visto algo similar en alguna ocasión, en un tratado sobre sistemas de riego.

—¿Es eso una fuente? —preguntó.

Los guardianes se limitaron a reír y lo empujaron hacia el aparato. En el zócalo había dos placas de hierro con unos aros metálicos; Ruud introdujo una cadena por los aros y sujetó los grilletes a los pies de Obediah. Un oscuro presagio se adueñó del inglés.

Los guardianes murmuraron algo entre ellos y después se separaron. Una vez hubieron abandonado la sala, entró el alcaide. Apostado en el primer escalón, Domselaer miró desde lo alto hacia el preso encadenado y sonrió con frialdad.

—Dado que os interesan este tipo de cosas, seguro que habéis averiguado cómo funciona este artefacto, ¿verdad?

—Es una bomba de sentina —respondió Obediah en un tono desapasionado.

—En efecto. Como sabéis, un poco más al sur discurre el Singelgracht. Una tubería conduce desde allí —señaló una abertura del tamaño de un puño situada en la pared de ladrillo— hasta aquí.

Agarró la cadena de hierro que colgaba del techo, junto al dintel, en la que Obediah aún no había reparado. Tiró de ella y se oyó un ruido metálico. Al cabo de unos segundos, un chorro de agua comenzó a salir por el agujero de la pared. El líquido discurría por el suelo empedrado y ligeramente cóncavo y se acumulaba alrededor de la bomba de sentina, en cuyo zócalo había varios orificios de entrada. Pasados escasos instantes, el agua ya le llegaba por los tobillos. Obediah estiró los brazos hasta alcanzar el manubrio de madera que controlaba la bomba, pero no lo accionó.

—¡Deberíais poneros a bombear! —exclamó el alcaide. Tuvo que gritar, pues el chorro de agua entrante hacía mucho ruido.

—¡Esto es un asesinato, seigneur! —replicó Obediah.

—En absoluto. Solo es un modo de animaros a utilizar de una vez esas manos que Dios os ha dado. Y ahora ¡bombead! ¡Bombead para salvar vuestra vida!

El agua le llegaba ya por la rodilla. Obediah empujó el manubrio hacia abajo con todas sus fuerzas. Se oyó una especie de gorgoteo cuando la diferencia de presión producida por ese movimiento hizo que los orificios succionaran el agua y esta fue bombeada hacia algún lugar. Al gritar al alcaide que aquel castigo era un asesinato, Obediah hablaba en serio. Aquella sala era prácticamente cuadrada, con paredes de unos quince pies de largo, lo cual arrojaba una superficie de doscientos veinticinco pies cuadrados. Tenía el agua a la altura de la rodilla, es decir, a unos dos pies. Si sus cálculos eran correctos, habían transcurrido alrededor de diez segundos. Por lo tanto, cada segundo entraban doscientos ochenta galones de agua en aquel pequeño espacio. Si no bombeaba, en veinte segundos el agua le llegaría por la nariz.

Bombeaba con todas sus fuerzas. Subir y bajar aquella palanca requería un esfuerzo enorme. Mientras se deslomaba intentaba hacer más cálculos, pero las cifras y las fórmulas se desvanecían como pájaros en desbandada. Pronto no quedó más que la bomba. Arriba y abajo, arriba y abajo. Obediah empleaba toda su fuerza, los músculos le ardían como ascuas, pero el agua seguía subiendo. Doscientos ochenta galones por segundo menos la carrera de la bomba. ¿Cuántos galones podría vaciar una bomba similar, pero manual, en el mismo intervalo? ¿Sería posible generar una succión equivalente? ¿Las curvas de llenado y de vaciado eran lineales o la entrada y salida de líquido variaba según el nivel de agua?

Obediah solo veía unas manchas negras que bailaban ante él. Su espalda era un puro dolor, por el bombeo y también porque las heridas, aún abiertas, le escocían con el agua salobre del IJ. Sin embargo, casi se echó a reír ante lo grotesco de la situación. Llevaba tiempo buscando un objeto de estudio novedoso con el que cosechar al fin sus méritos como filósofo de la naturaleza. Y hasta donde alcanzaba su conocimiento, la cuestión de cómo repercute el nivel de llenado en la entrada y salida de líquidos en un recipiente cerrado no había sido estudiada por nadie, ni mucho menos aclarada de un modo concluyente. Un experimento sobre esta cuestión sin duda despertaría gran interés; es más, podría ser la base de una nueva disciplina: la hidrometría. Tal vez los resultados pudiesen publicarse en las *Philosophical Transactions* de la Royal Society.

Lo malo era que el experimento ya estaba en marcha, con Obediah como víctima. No creía que tuviese ocasión de plasmar sus conclusiones por escrito. Entretanto, el agua fría del canal ya le llegaba al pecho. Bombear era aún más difícil, pues cada vez que accionaba el manubrio debía vencer la resistencia adicional del agua al sumergir las manos y los brazos en aquel caldo parduzco. El agua le llegaba al cuello. El manubrio se le resbalaba. Si braceaba, los grilletes le apretaban los tobillos. Echó la cabeza atrás para mantener la nariz fuera del agua. Al hacerlo, alcanzó a ver fugazmente la puerta abierta: allí estaba el alcaide junto a otro hombre que le resultó familiar. Al igual que Domselaer, vestía todo de negro pero con muchos más lazos y volantes, de lo cual dedujo que se trataba de un próspero comerciante. «En la plaza Dam —pensó—. Te vi una vez en el Dam, donde está la bolsa.» Después el agua lo cubrió.

Oyó un golpeteo y un retumbo acompasados que parecían venir de muy lejos. Comprendió entonces que le estaban propinando ligeros puñetazos en el pecho. Obediah abrió mucho los ojos y expulsó una bocanada de agua, luego otra. Se encogió a causa de la tos. Volvió a salir más agua, y después solo fueron arcadas. Tumbado en el suelo, vislumbró un par de pies y unos zapatos relucientes, de tacón alto y con hebillas labradas en plata. Estaba bastante seguro de que ni el alcaide ni los guardianes podían permitirse semejante calzado.

Se puso de rodillas y trató de orientarse. Oyó el gorgoteo lejano de un desagüe. A excepción de algunos pequeños charcos y regueros, el agua había desaparecido. Ante él estaban el guardián, el alcaide y el comerciante de hermosos zapatos.

—Y bien, ahora que lo hemos persuadido de la utilidad del trabajo físico, ¿vais a arrebatarme a este haragán inglés?

El comerciante negó con la cabeza. Tendría veintitantos años, lucía la palidez propia de quien trabaja en un lugar cerrado y estaba sorprendentemente gordo para su edad, aun siendo holandés. Parecía un gusano envuelto en damasco negro.

—¿Cómo iba yo a arrebataros nada, seigneur? Aquí vos

sois dueño y señor. Pero podríamos sacar provecho de este hombre, incluso en beneficio de la República.

—¿Y cómo es eso posible?

—No puedo revelaros nada, tan solo prometeros que nuestra intención es implicarlo en algo que contribuirá a la prosperidad de los Estados Generales y que, además, es muy grato a los ojos de Dios. Tal vez logremos convertirlo en una persona útil a la sociedad.

Domselaer miró con asco a Obediah, que seguía arrodillado.

—Lo dudo mucho. Este donde debería estar es en la mina o en una plantación de azúcar y trabajar como una mula. De lo contrario, siempre será un pecador y un delincuente.

—Seguramente estéis en lo cierto. ¿Nos lo cederíais a pesar de todo? La institución recibiría una compensación adecuada, claro está.

Domselaer se encogió de hombros con resignación.

—Lleváoslo. Pero ni se os ocurra traerlo de regreso.

El alcaide dio media vuelta y subió las escaleras. A Obediah le habría gustado tomar la palabra, pero volvía a ser presa de un ataque de tos. En un decir amén, Ruud ya lo había puesto en pie y lo empujaba escaleras arriba. Vio otra vez esas manchas negras bailando ante sus ojos y de nuevo perdió la conciencia.

Cuando volvió en sí, se sentía mucho mejor. Probablemente porque le habían puesto ropa seca y lo habían sentado en una butaca junto a una chimenea: el sitio del alcaide. Reconoció la estancia, pero Domselaer no estaba allí. En su lugar, el orondo comerciante lo observaba. Se hallaba a unos pocos metros, apoyado en la pared y fumando en pipa.

—¿Cómo os encontráis?

—Bien, habida cuenta de lo sucedido, seigneur. ¿Me permitís preguntaros a quién tengo el honor de saludar?

—Soy Piet Conradszoon de Grebber. Debo llevaros ante mi padre.

De Grebber. Conrad de Grebber. Aquel nombre le sonaba,

pero aún tenía la cabeza llena de agua salobre y le fue imposible hacer memoria.

—¿Podéis avanzarme algo sobre el motivo por el que vuestro padre desea verme?

De Grebber negó despacio con la cabeza.

—Entiendo. Imagino que saldremos de inmediato.

—Cuando gustéis, mijnheer. Deduzco que ya nada os retiene aquí.

Obediah se puso en pie y alzó la mirada hacia la escultura en mármol que representaba a Ámsterdam y que lo fulminaba con la mirada desde lo alto de la chimenea, aferrando el mangual.

—No, nada.

Abandonaron el aposento de Domselaer y salieron al patio. Allí los esperaba un carruaje lacado en negro: una calesa tirada por dos caballos que solo los ciudadanos más acaudalados de Ámsterdam podían permitirse. El cochero se acercó presuroso a abrirles. Al subir, Obediah reparó en que la calesa, por lo demás exenta de adornos, lucía en la portezuela un pequeño emblema dorado. Estaba compuesto por una «O» y una «C», sobre las cuales había una «V» bastante más grande y cuyas astas cortaban las otras dos letras. Encima de este emblema había una pequeña «A». Conocía aquel símbolo; es más, todos lo conocían. La calesa pertenecía a la VOC, la Compañía Holandesa de las Indias Orientales, y más concretamente a la cámara de Ámsterdam, así lo indicaba la pequeña «A». ¿Qué querría de él la organización comercial más importante del mundo?

Durante el trayecto no cruzaron palabra. Piet de Grebber parecía una de esas personas a las que la clase y la riqueza proporcionan cierta seguridad pero en el fondo son cobardes, incapaces de tomar sus propias decisiones. Estaba claro que era un lacayo, probablemente de su padre. Y como este le había dado instrucciones muy precisas de no revelar nada sobre la naturaleza de los negocios que requerían la presencia de Obediah, el inglés consideró absurdo interrogar al gordo. En su lugar, prefirió dedicar el viaje a pensar en lo que le aguardaba.

Cuando tuvo que huir de Londres, Ámsterdam le había parecido el destino más lógico. Allí contaba con una pequeña red de virtuosos con los que mantenía correspondencia desde hacía años. Y lo que era aún más importante: allí nadie sabía de sus negocios con títulos falsos. En Londres, tras el fracaso de la operación con el clavo, con toda seguridad lo habrían declarado *persona non grata* en los cafés de Exchange Alley. Pero lo que más había pesado fue su miedo a la cólera de Doyle. Si se hubiera quedado en Inglaterra, el maestro de armas habría puesto precio a su cabeza, o habría recurrido a sus contactos con el duque de Monmouth para que lo encerrasen en la prisión para morosos de Fleet o incluso en Marshalsea, de donde nadie había salido vivo. Por el contrario, en el parqué del Dam pudo empezar de cero. Muy pronto tuvo claro que Ámsterdan ofrecía muchas más posibilidades que Londres a un especulador avispado. El Dam era el centro del mundo financiero, el lugar donde se negociaban decenas de acciones, donde cualquiera aceptaba pagos no en metálico sino en títulos de cambio o anotaciones en cuenta. Al cabo de unos meses, Obediah había sacado partido de esas condiciones tan ventajosas y había reunido una humilde fortuna. «Debí haberlo dejado ahí —pensó—. Pero quise hacer un último negocio, solo uno más.» Sin embargo, al igual que en Londres, esa última operación lo había arruinado, y esa vez no había logrado escapar.

Por la ventanilla de la calesa vio que recorrían el Kloofgracht, cuyas casas de tres plantas, propiedad de acaudalados comerciantes, resplandecían a la luz del sol. Daba la impresión de que avanzaban muy despacio. Oyó maldecir al cochero en varias ocasiones. Volvió a mirar por la ventanilla. Algo ocurría fuera, no cabía duda. Los gaceteros apostados en cada esquina se mostraban alterados y Obediah no logró entender lo que gritaban a los transeúntes con su habitual cantinela. Más gabarras de lo habitual surcaban el canal en dirección al IJ, y más personas de lo normal a esa hora del día subían el canal de Klovenierburgswal. En efecto, todos iban en la misma dirección, hacia el norte, hacia el puerto. Nadie parecía llevar otro rumbo, nadie se dirigía hacia el Dam ni hacia el río Amstel, que a esa hora debían de ser un hervidero comercial.

A medida que avanzaban, el tráfico se hacía más intenso. Obediah alcanzó a oír disparos de mosquete, seguidos de un cañonazo ensordecedor. Buscó la mirada de De Grebber, sentado frente a él, con las manos apoyadas en la tripa. El comerciante arqueó las cejas, animándolo a formular su pregunta.

—¿Qué está ocurriendo, scigneur? ¿Estamos en guerra?

De Grebber se echó a reír, divertido, y sus pliegues de grasa se pusieron en movimiento.

—¿No lleváis mucho por aquí, verdad? Son nuestros barcos.

—¿La flota de retorno?

—Así es, cientos de barcos, todo el IJsselmeer está lleno, hasta el horizonte. Vienen cargados de pimienta de Malaca, porcelana de Jingdezhen, madera de sapán, añil, azúcar de Ceilán: un espectáculo grandioso. En otras circunstancias también yo estaría contemplándolo, pero tenemos cosas que hacer.

Obediah se limitó a asentir. Tal como había imaginado, a la altura del puente de Bushuissluis el carruaje giró hacia Oude Hogstraat. Allí se encontraba Oost-Indisch-Huis, el cuartel general de la Compañía Holandesa de las Indias Orientales. Al cabo de unos minutos, la calesa se detuvo y el cochero abrió la portezuela. De Grebber bajó en primer lugar, seguido de Obediah. La Casa de las Indias Orientales era una construcción de dos plantas, hecha de ladrillo, con ventanales enrejados y un portal enmarcado por dos pilastras de estilo toscano. Por fuera no impresionaba demasiado, pero Obediah sabía que aquella fachada ocultaba uno de los edificios más suntuosos de Ámsterdam. Atravesaron el zaguán y accedieron a un patio interior al menos cinco veces mayor que el del Tuchthuis. Había mucho ajetreo: los mensajeros y los *bewindhebber* corrían de un ala a la otra del edificio con rostro serio, rumiando probablemente el cálculo de beneficios de la flota que acababa de arribar. De Grebber lo condujo a la parte en la que, a menos que Obediah mucho se equivocara, se encontraba la sede de la compañía. El ornato y la decoración presentes por doquier, como si fuese lo más natural, así se lo indicaban. Los suelos eran de mármol, los techos estaban adornados con frescos italianos y de las paredes colgaban cuadros al óleo en los que se representaban barcos y mercaderes. Mientras subían por una escalinata a la segunda planta, Obediah vio, arriba, al fondo, un retrato enorme de Guillermo III. El estatúder neerlandés lo miraba desde lo alto con rostro serio y una espada en la derecha. El príncipe de Orange-Nassau daba una nota de color a la pared encalada que tenía detrás. Para mucho más no valía, ya que hasta un forastero como Obediah sabía que el poder no residía en el estatúder, ni tampoco en los Estados Generales o los magistrados municipales, sino en quienes obsequiaban a la República con su inmensa riqueza. En realidad lo ostentaban aquellos hombres cuyos barcos, en ese mismo instante y a solo unos cientos de metros al norte de allí, estaban siendo recibidos con júbilo por los ciudadanos de Ámsterdam.

De repente, Obediah Chalon supo dónde había oído el nombre de Conrad de Grebber. Al llegar ante el cuadro de Guillermo, su orondo acompañante se volvió y, dando un resoplido, miró a Obediah, que se había quedado quieto, como enraizado en mitad de la escalinata.

—Daos prisa, por favor, mijnheer. Mi padre no es alguien a quien se pueda hacer esperar.

—Vuestro padre. Vuestro padre es uno de los Diecisiete Señores.

—Así es. ¿Continuamos?

Obediah asintió y se puso en movimiento. De Heeren XVII.

The Lords Seventeen. Le Conseil des Dix-Sept. Aquel nombre tenía un sonido casi místico en cualquier idioma. Los Diecisiete pertenecían al directorio de la Compañía y eran los hombres más poderosos de Holanda. Disponían de recursos prácticamente ilimitados, y dictaban el triunfo o el fracaso no solo de comerciantes y mercaderes, sino también de príncipes y reyes.

La planta alta de la Casa de las Indias Orientales parecía estar decorada con más lujo, si eso era posible, que la planta baja. Pasaron junto a todo tipo de objetos preciosos traídos de ultramar: muebles indios taraceados en oro, enormes jarrones chinos, tapices persas. De Grebber se dirigió hacia una puerta al final del pasillo. Era de ébano y tenía inscrito XVII en relucientes letras doradas. El comerciante entró sin llamar. Accedieron a una gran sala, la cual, aun siendo imponente, casi parecía austera en comparación con el resto de la sede central de la VOC. De las paredes blancas colgaban mapas enmarcados de Batavia y de Japón; ante una chimenea de mármol verde había una mesa alargada cubierta con una tela, también verde, y rodeada de diecisiete sillas.

—Esperad aquí —dijo De Grebber—. Enseguida se reunirá con vos.

Después dio media vuelta y abandonó la sala.

Obediah se quedó quieto. Nadie parecía estar vigilándolo. Lo más fácil del mundo habría sido escapar, pero no lo hizo. Miró a su alrededor y se detuvo frente a uno de los mapas enmarcados. Mostraba los Países Bajos al completo: al norte, las siete provincias de los Estados Generales y las Tierras de la Generalidad; al sur, las tierras pertenecientes a la corona española. Superpuesto a todo el conjunto, el contorno de un león, el Leo Belgicus.

La puerta se abrió y Obediah se dio la vuelta. Entró un caballero. Conrad de Grebber mediaba los cincuenta y era mucho más delgado que su hijo, a pesar de que le doblaba la edad. Vestía como la mayoría de los holandeses ricos, y Obediah, aunque llevaba ya un tiempo en Ámsterdam, hubo de reprimir la sonrisa una vez más. De Grebber trataba de parecer un ratón de sacristía calvinista, pero fracasaba por completo en el intento. La camisa blanca y la vestimenta negra, de corte sencillo, pretendían transmitir humildad, pero tanto la casaca como el pantalón eran del mejor terciopelo de Lyon, y la camisa se adornaba con numerosos encajes. Aquello probablemente costase más que todo el vestuario de Obediah en sus mejores tiempos. Sin embargo, entre los ciudadanos de Ámsterdam el atuendo de De Grebber pasaba por ser un dechado de moderación protestante. Pobre de quien llevase anillos de plata o una peluca llamativa, pues los pilluelos de la calle le dedicarían sus más crueles mofas.

Todo esto pasó por la cabeza de Obediah mientras hacía una profunda reverencia y decía:

—Tenedme por vuestro más humilde servidor, seigneur.

De Grebber asintió educadamente.

—Os agradezco que hayáis venido con tanta premura.

—Y yo a vos que hayáis hecho posible mi venida, seigneur.

—Está bien, está bien. Venid. Sentémonos. Bebamos y hablemos de un negocio en el que tal vez podríais ayudarme.

De Grebber se sentó a la cabecera de la gran mesa, Obediah se situó a su lado. Apenas hubieron tomado asiento, la puerta se abrió y entraron dos criados. Llevaban grandes bandejas, que depositaron ante los señores, con una cafetera de plata, una botella de cristal tallado con vino de oporto, dos vasos y dos cuencos. En uno de ellos había un montón de trozos de naranja y melocotón confitados; en el otro, *oliekoeken* y pan blanco.

—Servíos cuanto gustéis. Según tengo entendido, no habéis pasado una mañana precisamente agradable. ¿Queréis café, milord?

—Con mucho gusto.

Mientras uno de los criados servía el café humeante en un cuenco de porcelana china, Obediah dijo con voz queda:

—Hacía mucho tiempo que nadie me llamaba milord, seigneur.

—Pero vos sois de noble estirpe, ¿no es cierto? Vuestro padre fue baronet de Northwick.

—Estáis bien informado. Mi familia tenía propiedades en Suffolk desde la época de Eduardo IV. Pero la guerra…

—Supongo que Cromwell os las arrebató. ¿A causa de vuestra fe?

—A mi padre, además de por papismo, lo acusaron de muchos otros delitos antes de ejecutarlo. Pero estáis en lo cierto: el verdadero problema fue su fe.

—Tal vez algún día recuperéis vuestras tierras.

La cólera empezó a germinar en Obediah. En todas partes se cumplía que los ricos apenas tenían idea de cómo funcionaba el mundo de las personas normales. Pero, de cuantos conocía, los holandeses eran los más ignorantes, lo cual no dejaba de resultar irónico tratándose de un imperio que daba la vuelta al mundo. La razón de tal desconocimiento era que vivían en su pequeña isla de felicidad, donde uno podía ser hugonote o católico, criticar a reyes y príncipes, y no acabar hecho pedacitos. En Inglaterra las cosas eran muy distintas. Allí nadie se sentiría en la obligación de devolver a un miembro de la baja nobleza una propiedad arrebatada treinta años atrás. Obediah trató de mantener la calma.

—Eso me parece improbable, seigneur —respondió.

Por el rostro de De Grebber, tuvo la impresión de que sabía algo que él ignoraba.

—Quiero proponeros un negocio, o mejor dicho, encomendaros que lo llevéis a cabo. Sería una operación extremadamente lucrativa. No solo para la Compañía, también para vos.

—¿Y dónde está el inconveniente?

—En que si la cosa sale mal, moriréis, y probablemente de una forma nada agradable.

Obediah se encogió de hombros.

—Es algo inherente a los negocios lucrativos en grado sumo. Siempre conllevan grandes riesgos.

—Así es, y nadie lo sabe mejor que vos. ¿Cuánto habéis perdido en el Dam con vuestras operaciones de especulación?

—Más de novecientos ducados de oro.

El director de la VOC lo miró impresionado.

—Una suma muy considerable para una sola persona.

—Puede ser. Mas no me arrepiento de haber probado suerte.

—No sé si creeros. Además, si estoy bien informado, vuestras pérdidas no han debido de ser tan grandes, pues la mayor parte de la inversión consistía en títulos falsos.

—Tal vez os parezca una estafa, seigneur, pero tened en cuenta que para mí no solo se trataba del dinero.

—¿Sino…?

—De la filosofía de la naturaleza.

De Grebber ladeó la cabeza.

—En este gremio se oyen muchas excusas absurdas, pero al menos esta promete ser original. Continuad.

—Llevo mucho tiempo estudiando las subidas y bajadas de las bolsas, y estoy convencido de que los movimientos de las acciones y otros títulos obedecen a unas leyes ocultas. —Obediah tensó el cuerpo—. Kepler y otros han demostrado que los astros no se desplazan aleatoriamente alrededor del Sol, sino que describen unas órbitas fijas que responden a las leyes de la gravedad, las cuales además pueden calcularse y predecirse siguiendo unos principios matemáticos.

—Sí, oí algo sobre eso hace poco en un salón. ¿Y vos creéis que la bolsa también funciona así? Entonces ¿quién sería el Sol en este caso?

—En el Dam, probablemente las acciones de la VOC. Admito que por ahora solo es una teoría, pero estoy recogiendo pruebas con el máximo rigor para demostrarla.

—El hecho es que sois un falsificador de moneda.

—Hasta el momento no ha podido probarse nada. Solo se dispuso que ingresara en el Tuchthuis…

—No temáis, milord, no os he llamado para haceros reproches. —De Grebber sonrió—. Os he convocado porque quiero servirme de vuestras nada despreciables capacidades.

—¿De cuál de ellas en concreto?

—Aún no lo sé..., de todas las que puedan ser necesarias. Si estoy bien informado, coleccionáis sorprendentes artilugios mecánicos y estáis versado en filosofía de la naturaleza. —De Grebber volvió a sonreír—. Sobre todo en metalurgia. Asimismo, como acabáis de explicar, conocéis el funcionamiento de las bolsas y de los bancos, y sois miembro de la República de las Letras. Disponéis de una amplia red de corresponsales en todo el mundo. ¿Olvido algo?

—Bueno, no toco del todo mal el chalumeau.

—Hermoso instrumento. Sea como fuere, quiero que consigáis algo para mí.

—Seigneur, puede que a ojos de algunos sea un estafador, pero no soy un ladrón.

—En cierto modo es efectivamente un robo, pero uno en el que ningún buen cristiano saldrá perjudicado. En realidad, no se trata de sustraer nada a nadie; más bien es como si al IJsselmeer le quitásemos a escondidas un cubito de agua. Además, supone un gran reto intelectual.

Obediah tomó un trozo de naranja confitada. En lugar de morderlo, acarició la superficie rugosa con el dedo y dijo:

—Parece que habléis con acertijos. Estáis mareando la perdiz.

Obediah esperaba que De Grebber le exigiera su palabra de honor como caballero o un juramento por la Virgen antes de proseguir. Pero no fue así.

—Quiero que me consigáis café.

Obediah escudriñó la cafetera de plata que estaba sobre la mesa.

—Me desconcertáis por momentos. Lo tenéis justo ante vuestros ojos. Y seguro que en Ámsterdam hay suficientes lugares donde, por uno o dos pennings, os dan mucho más.

De Grebber movió la mano en señal de desprecio.

—Y si lo que quiero es café natural, me basta con chascar los dedos para que algún comerciante de Haarlem se acerque solícito a venderme todo un cargamento, así es. Pero ¿os habéis preguntado de dónde viene el café?

—De los turcos, por supuesto.

—Y los turcos ¿de dónde lo sacan?

—De Arabia, que yo sepa.

—Exacto. El principal punto de intercambio de café es el puerto de Moca. Se cultiva en algún lugar de las montañas que quedan justo detrás. Los otomanos controlan el comercio del café, un negocio muy lucrativo, pues todos hemos acabado sucumbiendo a ese brebaje, vuestra querida Inglaterra más que ninguna otra nación.

Aquel asunto empezaba a fascinar a Obediah.

—Continuad, seigneur.

—Muchos de nuestros comerciantes han intentado comprar café directamente en Moca, ya que allí, como es natural, es donde se encuentra más barato, pero el turco vigila el negocio con cien ojos.

—Entonces, comprad el café en Alejandría.

—Tampoco es fácil. Alejandría no es más que una parada intermedia. Casi todo el comercio con especialidades levantinas, sobre todo el del café, se realiza a través de Marsella.

—Entiendo. Es un monopolio controlado conjuntamente por el Gran Señor y Luis XIV.

—En efecto. La Sublime Puerta de Constantinopla ha eximido a los franceses de pagar la *yizia*, ¿lo sabíais?

—¿Y eso qué es? —preguntó Obediah.

—Una capitación que todos los comerciantes no musulmanes deben pagar al Gran Señor, excepto los franceses. Además, a ellos se les permite vender mercancía procedente de las manufacturas del Rey Sol en todo el Imperio otomano, libre de aranceles. Es una alianza sacrílega, y la Compañía cree que sería lucrativo vender el café directamente, sin tener que pagar los márgenes usurarios que imponen esos gentiles.

Obediah no estaba seguro de si De Grebber se refería a los turcos o a los franceses.

—¿Y por qué no lo hacéis? —preguntó—. ¿Acaso esa planta del café no crece en ningún otro lugar?

—No, que nosotros sepamos —respondió el holandés.

—Me temo que no acabo de entender cuál es vuestro plan.

De Grebber se puso en pie.

—Os lo explicaré con un ejemplo. Decidme, milord, ¿vos fumáis?

A Obediah le sorprendió un tanto aquel repentino cambio de tema.

—Nunca digo que no a una buena pipa, y después de la mañana que llevo, la agradecería mucho.

De Grebber gritó unas palabras. Al cabo de unos segundos entró un criado; portaba una tabaquera de madera de nogal decorada con flores de nácar. Tras dejarla en la mesa, sacó dos pipas y se inclinó ligeramente hacia Obediah.

—¿Qué sabor os puedo ofrecer, seigneur?

—Ciruela, por favor.

El lacayo cargó una pipa con tabaco aromatizado y, a requerimiento de De Grebber, llenó otra con la misma hierba, esta vez enriquecida con hinojo. Después les acercó una tea encendida y se marchó. Mientras fumaban sentados tranquilamente, De Grebber preguntó en voz baja:

—¿Sabéis de dónde procede este tabaco, milord Chalon?

Obediah expulsó una pequeña bocanada.

—Creo que de Maryland o de Virginia.

Los ojos azul claro de De Grebber relampaguearon satisfechos.

—No. Este magnífico tabaco que estáis degustando procede de Amersfoort.

—¿De la provincia de Utrecht?

—Así es. Como sabéis, los holandeses no solo somos los mejores comerciantes del mundo, sino también los mejores jardineros. Solo hay que ver lo que hemos conseguido con los tulipanes. Hace ya algunas décadas trajimos tabaco del Nuevo Mundo y nos pusimos a experimentar con él. Hoy lo cultivamos a gran escala cerca de Amersfoort, y también en los alrededores de Veluwe. Lo exportamos a todo el mundo, solo el año pasado facturamos más de cincuenta mil florines.

Obediah bajó la pipa de golpe.

—¡Queréis cultivar café! Pretendéis robárselo a los turcos y romper así el monopolio del sultán.

—Exactamente, milord. Pero para eso primero necesitamos la simiente o, para ser más precisos, retoños en cantidad suficiente.

—¿Y no bastaría con el grano? ¿No es esa la semilla?

—Como es natural, nuestros jardineros del Hortus Botanicus de Middenlaan ya lo han probado. No estoy al corriente de todos los detalles, pero no parece funcionar.

—Reconozco que el asunto me fascina.

—Interesante dilema, ¿verdad? Queremos montar una expedición, un grupo de hombres valientes que robe su brebaje a los turcos. Debe estar dirigida por alguien de gran agudeza intelectual, que tenga contactos con personas de talentos variados y que conozca los últimos avances científicos. Sois la persona perfecta para esta misión.

—¿Lo creéis así?

—Necesito un cerebro privilegiado, milord. Y también alguien que no tenga nada que perder.

—¿Acaso estáis insinuando que si me niego me enviaréis de vuelta al Tuchthuis?

—De ser así, me temo que el castigo no se limitaría a la cárcel. ¿Os acordáis de un caballero llamado Doyle? ¿Un pisaverde al servicio del duque de Monmouth?

La mano de Obediah aferró la pipa de cerámica.

—¿Qué pasa con él?

—Al parecer le endilgasteis muchos títulos falsos del Wisselbank.

—Eso fue hace mucho, creo.

De Grebber sonrió victorioso.

—Para ser exactos, no se los endilgasteis a él.

Obediah asintió en silencio. Había sospechado que Sebastian Doyle no era más que un hombre de paja, pues ¿cómo había de poseer un maestro de armas semejante patrimonio? Doyle estaba al servicio del rey bastardo Jacobo Scott, duque de Monmouth. Tan alta personalidad como Scott no podía rebajarse a negociar con dinero como un vulgar especulador de Exchange Alley, razón por la cual encomendó a alguien que lo hiciera en su nombre. Y ese alguien fue Doyle.

—Como seguramente sabéis, Monmouth era muy querido por el pueblo inglés.

En efecto, Monmouth era una especie de héroe popular. Su magnífico aspecto sin duda ayudaba, pero pesaba más el hecho de que profesase la confesión correcta. Al igual que su padre, Carlos II, era protestante. Por el contrario, su hermano Jacobo, heredero original al trono, se había convertido al catolicismo para disgusto del país entero. Si Jacobo era coronado rey, Inglaterra volvería a ser católica de la noche a la mañana. Por eso el pueblo prefería a Monmouth: sería un bastardo, pero era protestante al fin y al cabo.

—Es posible que vuestra estafa no hubiera salido a la luz si los títulos hubiesen circulado solo dentro de Inglaterra —explicó De Grebber.

—¿Acaso Monmouth trató de canjearlos? —preguntó Obediah, incrédulo.

—Desde que abandonasteis Londres tan precipitadamente han pasado un sinfín de cosas. Tras el fallecimiento de Carlos, muchos opinaban que era preferible que el trono inglés lo ocupase Monmouth, y no Jacobo el papista, quien, como todo el mundo sabe, es un perrillo faldero del Rey Sol. Ahora bien, el propio Monmouth temía que los partidarios del legítimo heredero quisieran eliminarlo, con lo cual prefirió buscar refugio en un puerto seguro.

—En Ámsterdam.

—En Ámsterdam, ¿dónde si no? Como podéis imaginar, cuando llegó aquí, Monmouth estaba al borde de la ruina, al menos según los criterios de la alta nobleza. Fue entonces cuando se acordó de que poseía vuestros títulos y trató de canjearlos... allí donde se habían expedido.

—¡Dios santo!

—Vuestras falsificaciones eran excelentes, todo hay que decirlo. Hasta algunos banqueros habrían caído en el engaño; mas cuando el duque quiso canjearlos por dinero en la sede del Wisselbank, obviamente se dieron cuenta. Habría sido un auténtico escándalo.

Obediah tuvo un presentimiento.

—Pero un comerciante de la Compañía tuvo la gentileza de comprar los papeles al duque, ¿verdad?

—Así es. Justo antes de que Monmouth regresase a Inglaterra.

De Grebber metió la mano bajo la chupa y sacó un fajo de papeles.

—Los títulos son ahora de mi propiedad. Y dado que podría demostrar sin mayor esfuerzo que proceden de vos, no solo habéis estafado a un bastardo inglés que llegó huyendo de su país, sino también a uno de los Diecisiete Señores. Y si me viese obligado a llevar el asunto ante un tribunal, no os caería una simple pena de encierro en el Tuchthuis.

—Entiendo. Así las cosas, parece que soy vuestro hombre.

—Excelente. No os arrepentiréis. Trazad un plan y decidme qué necesitáis. Vuestros recursos son prácticamente ilimitados. Reclutad a quien consideréis preciso. Además, os pondré en contacto con uno de nuestros mejores constructores y filósofos de la naturaleza, por si requirieseis algún aparato o pertrecho especial para vuestra misión. Pero, sobre todo, sed discreto, milord. Los franceses tienen ojos y oídos en todas partes.

Obediah asintió.

—¿Soy libre para ir donde me plazca?

—En tanto sirva al propósito de vuestra misión, por supuesto que sí. Sin duda tendréis que viajar al Levante y a otras tierras lejanas. Haced lo que debáis.

—En primer lugar —dijo Obediah—, debo hablar con uno de mis corresponsales.

—¿Y dónde se encuentra ese caballero?

—En todas partes.

Segunda parte

Nadie llega tan lejos como quien no sabe adónde va.

OLIVER CROMWELL

Juvisy, 7 de febrero de 1686

Serenísima y cristianísima majestad:

Cuando, no hace mucho, se me concedió la gracia de jugar una partida de billar con vuestra majestad, vos mismo me pedisteis que llevara a cabo ciertas indagaciones sobre las últimas revueltas acontecidas en Inglaterra. Sin dudar un solo instante de que vuestro agudo entendimiento recuerda todas y cada una de las palabras pronunciadas en dicha ocasión, me permito, no obstante lo cual y en aras de una exposición ordenada, volver a resumir lo que concretamente me encomendasteis, a saber: examinar la correspondencia mantenida entre individuos sospechosos, así como interrogar a nuestros espías, a fin de arrojar luz sobre las circunstancias que llevaron a la rebelión contra vuestro primo Jacobo II, el primer rey cristiano que ocupa el trono de Inglaterra desde hace casi cien años. Durante las últimas semanas, vuestro Gabinete Negro ha trabajado a toda velocidad para descifrar y evaluar ciertas cartas que circulan entre Londres, Ámsterdam y París. A continuación expongo lo que vuestro más humilde servidor y criptólogo ha podido averiguar a partir de las pesquisas realizadas.

Como vuestra majestad ya conoce, Jacobo Scott, primer duque de Monmouth exiliado en Holanda, instigó una rebelión contra Jacobo II. Aun siendo un mero bastardo del difunto Carlos II, el duque reclamó su derecho sobre el trono inglés, si bien este correspondía sin duda a Jacobo, hermano de Carlos, coronado en abril de 1685. En opinión de Monmouth y de algunos representantes del pueblo inglés, su profunda fe cristiana —y con esto quiero decir católica y verdadera— hacía de Jacobo un mal rey, perversión esta donde las haya de la voluntad divina y blasfemia tal que uno no puede por menos que llevarse las manos a la cabeza.

En mayo de 1685, Monmouth embarcó desde Holanda hacia Inglaterra. Una vez hubo arribado, continuó de inmediato hacia Londres. Allí había congregado a una banda de granujas y aventureros, dispuestos a entrar en la capital bajo el mando del conde de Tankerville, con el fin de derrocar a Jacobo II antes de que este consolidara su todavía joven reinado.

Es de sobra conocido que Monmouth fracasó estrepitosamente en su empresa. A lo que parece, el pretendiente al trono no había preparado bien la rebelión. Gracias a unos espías holandeses que lo vigilaron durante su exilio, sabemos que Jacobo Scott es un hombre cuyo aspecto agraciado y cuya fe inquebrantable en sí mismo se conjugan con una necedad prácticamente infinita. Recuerda al Paris de Homero: fuerte y hermoso, pero incapaz de calibrar las consecuencias de sus propios actos. Así, el duque solo llegó a un lugar recóndito llamado Sedgemoor, donde su cuadrilla se dispersó cual nube de moscas ante el ataque de las tropas reales. Tras una breve huida, Monmouth fue apresado y ejecutado poco después.

Casi alcanzo a percibir la impaciencia que nubla la mente de vuestra majestad, y os juro que, de encontrarme ante vos, me postraría a vuestros pies suplicando perdón, pues hasta ahora no he reseñado otra cosa que lo que vos mismo podéis haber leído en la *Gazette de France*. Empero era preciso esbozar nuevamente lo sucedido a fin de explicar con claridad en qué medida la rebelión de Monmouth —tal como los ingleses han convenido ya en llamarla— es, a pesar de su estrepitoso fracaso, de capital importancia para la seguridad de nuestro Estado.

Como vuestra majestad ya conoce, el duque de Monmouth llevaba mucho tiempo siendo objeto de la más estricta vigilancia; ni una sola de sus cartas llegaba a Londres sin que mis colegas ingleses de la General Post Office hicieran una copia para nosotros, y el comportamiento de Monmouth en los Países Bajos nos era de sobra conocido. Por este motivo, y tal como se desprende de los informes, nuestros espías allí desplazados estaban prácticamente seguros de que el duque no suponía peligro alguno para nadie.

Aún más decisiva que su cortedad era la circunstancia de que, desde hacía pocos meses, Monmouth ni siquiera disponía de los recursos necesarios para vivir conforme a su estamento. Eran sus parientes holandeses quienes lo mantenían, pues no podía permitirse una buena cabalgadura ni una residencia propia: hasta en las provincias renegadas hay vulgares especieros que viven mejor.

Sin embargo, en la primavera de 1685 Monmouth logró arrendar tres barcos, enrolar mercenarios y comprar armas. Según nuestros cálculos, para pagar todo eso tuvo que disponer de un capital que oscilaría entre los dos mil y los cuatro mil florines, pues ni siquiera en una ciudad repleta de especuladores, como es Ámsterdam, es posible obtener un crédito para empresa semejante, ya que la perspectiva de recuperar el dinero es más incierta que el arribo puntual de la flota de retorno. ¿De dónde sacaría el duque de repente todo ese oro para financiar su ignominiosa rebelión?

No abusaré más de la paciencia de vuestra majestad: según los resultados de mis indagaciones, Monmouth contó con la ayuda de dos cómplices que financiaron sus actos delictivos. Uno de ellos es un compatriota, un noble terrateniente venido a menos llamado Obediah Chalon. Este tal

Chalon resulta ser conocido en determinados círculos, más bien para mal, por haber falsificado moneda reiteradamente. Nuestros contactos en Londres sostienen que en el pasado falsificó tanto pistolas españolas como chelines ingleses. En los últimos tiempos parece haberse pasado a la nueva moda del papel moneda, el cual ha alcanzado cierta popularidad, sobre todo en los Estados Generales. Entre otros valores, Chalon parece haber hecho copia de ducatones, unidad en la que, como vuestra majestad de seguro sabe, se divide una acción de la VOC. Además debió de mantener un laboratorio químico cerca de White Chappel, en los límites de Londres, antes de tener que trasladarse a Ámsterdam como consecuencia de algunas estafas fallidas.

Oficialmente, el tal Chalon presume de ser un *virtuoso*. Ignoro si vuestra majestad tiene constancia de esta rara especie. Se trata de hombres que, para su propia edificación, coleccionan inventos y aparatos propios de los filósofos de la naturaleza, y además leen sus tratados. La mayoría son nobles entusiasmados por las ciencias, si bien no las estudian con detenimiento. Muchos de estos *virtuosi* se encuentran sobre todo en Inglaterra. A mi juicio, apenas se diferencian de los petimetres y demás inútiles, si bien no invierten su tiempo y su dinero en lujosas pelucas ni en ricas vestimentas, sino en relojes de bolsillo, telescopios o engendros conservados en alcohol: para ellos, la filosofía de la naturaleza es, por así decirlo, una moda.

A lo que parece, Chalon, de joven, estudió dos semestres en Oxford. Después se le acabó el dinero, casi con toda seguridad porque prestaba más atención al vino y a las mujeres que a los libros. En el caso de Obediah Chalon, la máscara de virtuoso no es más que un ingenioso disfraz que le permite mantener correspondencia con muchas personas y montar un laboratorio sin llamar la atención. Es más, en ocasiones afirma ser católico, aunque sin duda se trata de un *dissenter* protestante.

Este es el *agent provocateur* que puso a disposición del duque de Monmouth los medios que facilitaron la rebelión. Al lector atento, como vuestra majestad, en modo alguno se le habrá escapado que aún no he mencionado al segundo conspirador. Todavía desconocemos su nombre, pero su existencia es obligada, ya que de toda la información que hemos logrado recabar se desprende que, si bien Chalon entregó el dinero al duque en forma de obligaciones emitidas por el Wisselbank de Ámsterdam, de modo que este pudiese llevárselas fácilmente a su exilio holandés y allí convertirlas en oro, el inglés no dispone de capital suficiente para haber actuado por cuenta propia. Así, detrás de Chalon tiene que haber alguien más poderoso moviendo los hilos, un marionetista que disfruta invirtiendo su riqueza en instigar rebeliones contra el orden divino.

Sabemos que en los últimos meses Chalon ha residido en Ámsterdam, buscando probablemente la cercanía de Monmouth. También se dice que se ha reunido con otros exiliados, entre ellos el tristemente célebre y sedicioso John Locke. Chalon fue muy hábil: a fin de pasar inadvertido, en lugar de alojarse en una fonda hizo que lo «encerraran» en un correccional. Además, mantuvo contactos con ciertos *bewindhebbers* de la VOC. Todo lo cual parece indicar que la sospecha que vuestra majestad enunciara hace tiempo con tanta agudeza se ajusta lamentablemente a la verdad: esto es, que la Compañía, cuyos intereses en apariencia son solo comerciales, invierte sus cuantiosos beneficios en debilitar a Inglaterra y a Francia financiando rebeliones y levantamientos. Se trata, pues, y apuesto a que vuestra majestad estará de acuerdo conmigo, de una evolución inquietante.

Por ello, y con la mayor de las sumisiones, me permito sugerir a vuestra majestad que sigamos vigilando muy de cerca al provocador inglés, sin ordenar por el momento su detención. Todavía no sabemos mucho de sus planes, y es de temer que la hidra, aun decapitándola, vuelva a alzar la cabeza desde otro lugar.

Los últimos destinos de Chalon fueron Rotterdam y La Haya. Aún desconocemos el objeto de tales visitas. Mantendré a vuestra majestad al corriente de cuanto acontezca. Si vuestra majestad tuviese a bien concederme la gracia de una audiencia, dispondré rápidamente mi partida de Juvisy a Versalles para recibir vuestros sabios consejos respecto de las cuestiones anteriormente mencionadas.

Siempre vuestro más humilde servidor,

BONAVENTURE ROSSIGNOL

Que su contacto estaba en todas partes, tal como Obediah había afirmado ante De Grebber, era una exageración, pero solo en parte. Pierre Bayle procedía de una aldea de los Pirineos y había trabajado como preceptor y profesor en Toulouse, París y Ginebra antes de trasladarse a Rotterdam. El francés se carteaba incansablemente con tantos corresponsales de todo el mundo que, en comparación, la red de Obediah se asemejaba a una tertulia de café. Bayle formaba parte de la alta nobleza de la República de las Letras; es más, algunos lo consideraban un rey sin corona, razón por la cual no era errado afirmar que este intelectual estaba en varios sitios a la vez.

Bayle vivía en Charlois, un distrito situado al sur de Rotterdam y habitado en su mayoría por hugonotes. Al principio solo había dado refugio a una pequeña diáspora, pero desde que el Rey Cristianísimo había intensificado el acoso a los protestantes franceses, aquello se había convertido en un auténtico distrito galo. Viniendo del puerto, a Obediah le bastó con seguir las voces de los mercaderes y la algarabía de los transeúntes. El neerlandés iba extinguiéndose poco a poco para dejar sitio al francés, hasta que llegó un momento en que solo oyó esta lengua. Al llegar a un cruce preguntó a un vendedor de pipas por el Café Constantinople, que Bayle siempre hacía constar como dirección postal. El hombre señaló una casa inclinada al final de una callejuela. Nada más entrar, Obediah reparó en que el interior se asemejaba no poco a un café londinense. Sin embargo, había menos panfletos expuestos, las sillas eran más cómodas e incluso había algunos sillones. Se dirigió al mostrador e hizo un gesto de asentimiento al propietario, un hombre enjuto que vestía una camisa colorida con flecos dorados, supuestamente *à la turque*.

—Buenos días, monsieur. Estoy buscando a un conocido. Sé que deposita aquí su correo, pero desconozco dónde vive.

Tras escudriñarlo un instante, el turco de pega preguntó:

—¿Cómo se llama vuestro amigo, seigneur?

—Pierre Bayle. Y creo que ese —Obediah señaló el casillero que había tras el mostrador— es su compartimiento.

El mueble en cuestión estaba dividido en unos treinta compartimentos, la mitad vacíos. El resto contenía dos o tres cartas. Solo uno de ellos rebosaba correspondencia.

El propietario del café asintió.

—Estáis en lo cierto, seigneur.

—Por la abundancia de correo deduzco que hace mucho que mi amigo no pasa a recogerlo. ¿Acaso está de viaje? ¿Cuándo lo visteis por última vez?

—Ayer por la tarde. Suele venir dos veces al día.

—¿Estáis diciendo que todas esas cartas son de hoy?

—Oh, sí. Y esa no es, ni mucho menos, la remesa más grande que le he guardado.

—¿Seríais tan amable de darme su dirección?

—Dirigíos a Voornsestraat y en Zuidhoek girad a la izquierda. La casa de color herrín con el símbolo de un tintero y una pluma sobre la puerta es la suya.

Obediah le dio las gracias y se puso en camino. Poco después se hallaba ante la casa de Bayle y llamó a la puerta. Transcurrieron unos instantes hasta que oyó pasos. La puerta se abrió y un hombre de acaso cuarenta años parpadeó y lo miró con los ojos cansados de quien lleva horas trabajando con papeles y poca luz. Pierre Bayle vestía un batín de terciopelo y lucía una peluca *allonge* que sin duda acababa de ponerse, pues le quedaba un poco torcida. Escrutó a Obediah con expresión de desconcierto.

—Buenos días, seigneur. ¿A quién tengo el gusto de saludar?

—Debería sentirme un tanto ofendido al ver que ya no me reconocéis, Pierre. Mas lo atribuiré a que deduzco que lleváis desde primera hora descifrando la chafarrinada ilegible de Evelyn o de Boyle.

El rostro de Bayle se iluminó.

—¡Obediah! ¡Sois vos, sois vos de verdad! Perdonadme, os lo ruego, los últimos diez años no han sido beneficiosos para mis ojos. Tanto hace desde la última vez que nos vimos, ¿no es así?

En efecto, habían coincidido en 1675, con motivo de alguna celebración en Greenwich.

—Así es, Pierre. Mas no os aflijáis, a mí me ocurre lo mismo. Diez años no pasan en vano.

—¡Tonterías! Si parecéis el joven Apolo; bueno…, casi. Pero no os quedéis parado en esta calle tan ventosa, pasad.

Bayle lo condujo por un pasillo estrecho y repleto de estanterías hasta el salón, o al menos esa parecía haber sido la función original de aquella estancia. Entonces las mesas y las sillas gemían bajo el peso de pilas de cartas y panfletos. Estaban apilados por doquier, y Bayle tuvo que retirar algunos montones para que ambos pudiesen tomar asiento en una *chaise longue*.

El anfitrión se frotó las manos. Obediah reparó en que estaban tan manchadas de tinta como siempre.

—Disculpad el desorden —dijo Bayle—, pero mi casa refleja el estado del mundo. Todo lo que sucede se manifiesta en forma de cartas. Y están ocurriendo muchas cosas.

Indicó con un gesto dirigido a Obediah que aguardara y luego desapareció; al poco regresó con una botella de vino y dos copas.

—En ocasiones hasta me envían mensajes líquidos. Este burdeos es de mi hermano Jacob, que Dios lo bendiga.

—¿Vuestro hermano sigue en Francia? —preguntó Obediah mientras Bayle servía el vino—. ¿Es eso sensato?

El francés suspiró.

—No, claro que no, pero se niega a hacerme caso. Y eso que la situación empeora por momentos. No puedo sino esperar que se encuentre bien; su última carta es de hace tres meses. ¿Habéis oído hablar de las dragonadas?

—No. He estado algún tiempo... fuera de combate. ¿Qué es una dragonada?

Bayle le ofreció una copa de vino.

—Sabéis que se tiene por costumbre atender y alojar a los soldados que están de paso.

—Bueno, en Inglaterra los oficiales se alojarían en alguna posada, y los soldados comunes y corrientes en casa de algún campesino.

Su anfitrión asintió.

—Lo mismo sucede en Francia. Y, como bien podéis imaginar, a nadie le entusiasma tener una fila de soldados mugrientos en la puerta. Vacían la despensa, pisotean la sala con sus botas sucias y toquetean a las criadas... Eso cuando se comportan.

Bayle dio un sorbito a su burdeos antes de continuar.

—Oficialmente sigue en vigor el edicto de Nantes y, por tanto, la libertad religiosa. Pero como nuestro rey nada parece odiar más que a los protestantes, ha ideado lo siguiente: envía a sus dragones a una misión y hace que pernocten en casa de familias de hugonotes.

Obediah observó la mirada de Bayle y dijo con voz queda:

—Permitidme que lo adivine: los dragones de Luis no se comportan tan bien como acabáis de describir.

—No, no lo hacen. Golpean a los hombres hasta dejarlos medio muertos, violan a las hijas y a las esposas, descuartizan el ganado y, para terminar, no son pocas las veces que prenden fuego a todo, a menos que el señor de la casa manifieste su sincero deseo de convertirse inmediatamente a la fe verdadera. Mis correligionarios viven atemorizados ante estas dragonadas. Los soldados a menudo secuestran a los niños.

—Es espantoso. ¿Y qué pasa con ellos?

—Se los llevan a un monasterio para educarlos en la fe católica. Jamás vuelven a ver a sus familias. Hasta ponen precio a la cabeza de las criaturas. —Bayle suspiró y añadió—: Cada día llegan a Rotterdam nuevos refugiados hugonotes. Lo mismo ocurre en Londres, Potsdam y Ginebra.

—Lamento escucharlo y me avergüenzo de ello.

—¿Porque vos sois católico? Eso es una sandez, Obediah. Sé que vuestra familia ha sufrido algo parecido a manos de protestantes. Toda esta instrumentalización de las cuestiones de fe es una auténtica locura. Estoy pensando en publicar un tratado al respecto en el que exijo una clara separación entre Estado y religión.

Obediah no pudo reprimir una risita.

—Es una idea absurda. Conseguiréis que no solo los católicos quieran veros en el cadalso, sino también los calvinistas.

Bayle se encogió de hombros.

—Es posible. Pero me debo al sentido común, no puedo evitarlo. Mas dejemos a un lado mis desvaríos... ¿Qué os ha traído a mí y por qué no me habéis anunciado vuestra visita por carta? Habría dispuesto que os preparasen un alojamiento.

—Se trata de un asunto confidencial.

—¿Tan confidencial que no podéis ponerlo por escrito?

—Al menos no sin estar cifrado. Por cierto, tal vez podamos conversar sobre los últimos códigos creados al efecto. Os supongo al corriente.

—Así es. Muy al corriente incluso. Pero contadme.

Obediah Chalon informó a su amigo de las cosas por las que había pasado en los últimos tiempos. Omitió algunos detalles, en especial el episodio de los papeles del Wisselbank. Cuando hubo concluido, Bayle preguntó:

—¿Y de verdad estáis dispuesto a aceptar ese encargo? A mis

oídos suena como si os fuese a llevar directamente ante Ferhat Aga.

—¿Y ese quién es?

—El verdugo mayor de la Sublime Puerta.

—El riesgo sin duda existe. Pero además de la muy considerable suma que me ofrece la VOC por conseguirles las plantas de café, el asunto me resulta enormemente atractivo.

—No me había parado a pensar que pudierais considerar el robo un asunto atractivo, Obediah —dijo Bayle en tono reprobatorio.

—¿Por qué habláis de robo? Desde un punto de vista jurídico se podría argüir que una planta no puede pertenecer por completo a un príncipe, o sultán, ya que es obra de Dios. Por lo tanto, arrebatar uno o dos retoños a esos gentiles no sería un robo.

—Sois peor que un rábula jesuita. Y ahora me diréis que los diez mandamientos no tienen vigencia al sur del ecuador.

Obediah sacudió la cabeza.

—Pierre, no deberíais ver todo este asunto como una correría, sino como una sucesión de problemas científicos; eso que los ingleses denominamos un «proyecto».

—Mmm..., lo cierto es que he leído ese término hace poco en una carta de mi amigo Daniel Defoe. ¿Podéis explicármelo con más detalle?

—Naturalmente. Defoe sostiene que, en esta era rica en descubrimientos, hay tareas de gran calado que constan de muchas otras tareas más pequeñas. Realizarlas puede llevar años, y cada uno de esos problemas específicos requiere una solución. Por ello afirma que vivimos en una época en la que los grandes logros correrán a cargo de hombres inteligentes y previsores, a los que denomina «proyectistas».

Bayle sonrió.

—Curioso término. Entonces ¿vos seríais el proyectista de esa correría?

—Creo que Defoe se refiere más bien a construir calzadas y otro tipo de obras públicas, pero probablemente lo sea. Y en cuanto a mi proyecto, mi cliente, es decir, la Compañía, quiere poseer plantas de café intactas, ese es el punto de partida. He pasado días en la biblioteca de Ámsterdam, donde además de las relaciones de viaje de la VOC se custodian copias de los diarios de otros comerciantes y de misioneros. Como resultado de mis investigaciones, ahora sé aproximadamente lo que hay que hacer.

Obediah se dirigió hacia un pequeño secreter que había en un rincón de la sala, tomó una hoja de papel y anotó una serie de palabras con la pluma. Después regresó a su sitio.

—Según he podido averiguar, en el interior de la región de Moca existe una altiplanicie donde crecen plantas de café sometidas a una vigilancia estricta.

—¿Por parte de los turcos?

—No, por algún tipo de tropas de refuerzo locales. Uno de los objetivos de la misión es llegar allí sin levantar sospechas.

Obediah señaló el papel y subrayó la primera palabra: «Infiltración».

—Y luego salir de allí.

Subrayó la segunda palabra: «Extracción».

Bayle sonrió.

—Entrar, robar la planta y salir. Oyéndoos hasta suena sencillo.

—Pero no lo es. Lo dicho, se trata de un proyecto que consta de varios problemas, cada uno de los cuales requiere una solución.

—Ponedme un ejemplo, Obediah.

—Bien, para empezar está la cuestión de cómo un grupo de pálidos cristianos podría penetrar sin ser notado en un cafetal lleno de moros y volver a salir. Hay muchas otras dificultades de esa índole. Llevo días sin pensar en otra cosa, y cuanto más reflexiono, más interrogantes surgen. Y en su mayoría no son de orden militar, sino científico.

—Ah, ¿sí?

—Sí. Otro ejemplo es cómo transportar unos delicados retoños durante días a través de un desierto abrasador sin que perezcan.

—Un problema que, a mi entender, corresponde a la botánica.

—En efecto. Y por eso he venido a veros.

Bayle señaló un jarrón de porcelana china sobre el alféizar de la ventana. Contenía un ramo de tulipanes momificados.

—Querido Obediah, no hay cosa de la que entienda menos que de botánica.

—Es posible, Pierre. Pero vos sabéis qué botánico podría, primero, responder a mi pregunta y, segundo, estar dispuesto a colaborar en semejante locura.

Bayle dio un sorbito al vino.

—Tenéis razón. No creo que tal correría sea buena idea, pero admito que se trata de un dilema intelectual de sumo interés. Antes que nada hemos de analizar todos los aspectos de dicha empresa, o proyecto, como vos lo denomináis. Solo entonces podremos determinar de qué habilidades y conocimientos específicos deberíais disponer para, al menos, tener una mínima posibilidad de éxito.

Obediah hizo una leve reverencia.

—Amigo mío, como siempre, habéis comprendido a la perfección el quid del problema.

—Y después —prosiguió Bayle con la mirada ausente— es necesario encontrar hombres que no solo posean las capacidades adecuadas, sino que además estén desesperados. O locos. O ambas cosas.

Se levantó y se dirigió hacia una de las muchas pilas de papel.

—Acercaos, Obediah. Creo que tenemos mucho trabajo de lectura y escritura por delante.

Obediah y su amigo pasaron las tres semanas siguientes alternando entre la pequeña casa de Bayle y el Café Constantinople. Solo cuando tenían los miembros demasiado entumecidos de tanto leer y escribir, paseaban un poco a orillas del Maas o arrendaban unas monturas y cabalgaban hasta la costa. Era en tales ocasiones cuando Bayle informaba a su amigo inglés de lo que estaba aconteciendo en Francia y en Holanda, así como de las ramas de la filosofía de la naturaleza en las que se estaban registrando los mayores avances. Obediah, por su parte, explicaba al hugonote lo que sucedía en los círculos de los virtuosos londinenses. Refirió a Bayle los acalorados debates que tenían lugar regularmente en el Grecian y en el Swan's. Y le describió algunos tesoros, propiedad de otros virtuosos, que él mismo había tenido oportunidad de contemplar: por ejemplo, las colecciones de dientes y huesos de increíble tamaño halladas en unas minas de carbón en Gales; o las colecciones de monedas antiquísimas que no mostraban la efigie de los Estuardo ni de los Borbones, sino la de Alejandro Magno o Julio César.

Sin embargo, pasaban la mayor parte del tiempo no en la República holandesa sino en la República de las Letras, buscando soluciones para los problemas de Obediah. Para ello, el inglés se servía de la extensa biblioteca de Bayle, la cual consistía no tanto en libros como en cartas. A veces tenía la impresión de que toda la casa del hugonote estaba hecha de papel escrito.

En ocasiones, Obediah pasaba días sin ver a Bayle. Su amigo estaba sobre todo ocupado con motivo de un escrito titulado *Lo que la catolicísima Francia es en realidad bajo el reinado de Luis el Grande*. Aunque inmediatamente prohibida en Francia, la obra había suscitado cierto interés en determinados círculos y generado una oleada de consultas a las que el hugonote debía responder.

Aprovechando hasta el último rayo de una luz solar que iba menguando con el transcurso de los días, Obediah pasaba mañanas enteras sentado en una butaca, junto a la ventana, estudiando relaciones de viaje, despachos diplomáticos y memorias de guerra; en suma, todo lo que pudo encontrar sobre los turcos. Además, consultó libros de botánica y sobre el comercio de especias. Un día, estaba sumido en un pasaje del *Mercure Galant* cuando oyó que Bayle bajaba las escaleras. Obediah se puso en pie y se estiró. Su amigo vestía un batín y unas babuchas, aunque casi era mediodía.

—Y bien, Obediah, ¿habéis dado con algo?

—La verdad, Pierre, como mínimo encuentro tantas nuevas preguntas como respuestas. Conozco la ruta que sigue el café, pero he descubierto que el turco utiliza un complejo sistema de salvoconductos para vigilar a todo el que circula por su imperio. Si finalmente emprendemos viaje, necesitaremos esos documentos.

Bayle sonrió. Obediah distinguió una chispa burlona en aquellos ojos castaños.

—¿Qué es lo que tanto os divierte?

—Imitar salvoconductos debería estar dentro de vuestras posibilidades.

El inglés se encogió de hombros.

—Podría confeccionar hasta una bula papal. Solo necesitaría un original y, lógicamente, conocimientos de latín clásico.

—Ambas cosas tienen fácil solución.

—Sí, pero solo es un ejemplo. En este caso necesitaría conocimientos de turco y de árabe, así como información detallada sobre el sistema con el que sellan los salvoconductos, que de seguro no figura en ninguno de vuestros tratados o cartas.

—Al menos puedo facilitaros una copia de un pequeño breviario de turco que me envió hace poco un amigo de Aleppo. Se dice que en Ámsterdam y en Londres ya lo están reimprimiendo con afán. Pero lo que en realidad necesitáis son expertos en el mundo otomano.

—Exacto. —Obediah se dejó caer en la butaca—. ¿Habéis avanzado algo en la selección de posibles candidatos?

En lugar de responder, Bayle le mostró un grueso fajo de papeles.

—En total son algo más de veinte.

—Eso es un pequeño ejército. Yo había pensado en cuatro o cinco.

—Lo sé. Pero he creído más razonable ofreceros una selección mayor. Estoy bien informado sobre la naturaleza de vuestro proyecto, pero no puedo saber qué pasa por vuestra cabeza. Por tanto, es posible que algún que otro compañero de los que os propongo no sea de vuestro agrado. Además, debéis contar con que muchos se negarán a participar.

Obediah sonrió.

—Creo que eso es poco probable. Siempre y cuando hayáis seleccionado a personas con sed de aventura, tal como os dije.

—Así ha sido hasta donde mi juicio alcanza. Como sabéis, jamás me he reunido con ninguna de estas personas, pues mis convicciones políticas y religiosas me mantienen aquí retenido. Ni siquiera me aventuro a viajar a Namur o a Lieja, por no hablar de otros destinos. Solo conozco a estos candidatos por la correspondencia que intercambio con o sobre ellos.

—Habida cuenta de que desde hace años no hacéis otra cosa que mantener correspondencia, intuyo que sabéis más de un hombre por sus cartas que otros por una conversación directa. Pero mi argumento definitivo es que la suma prometida asciende a una cuantía tal, que ni san Francisco se resistiría a participar en esta pequeña correría.

—Exageráis.

—En absoluto. —Obediah bajó un poco la voz—. Como sabéis, ayer estuve en la oficina que el Wisselbank tiene aquí.

—¿Y bien?

—Los Diecisiete Señores me han abierto una cuenta repleta de caudales. Si me placiese, mañana mismo podría comprarme un bergantín con tripulación y capitán.

Pierre Bayle se sentó en una silla frente a Obediah.

—No olvidéis que controlarán los movimientos de vuestra cuenta al milímetro. Y que no podréis ocultar vuestras operaciones mediante pagos en moneda, pues desde no hace mucho toda transacción superior a seiscientos florines debe ser autorizada por el Wisselbank. Eso dice la ley.

—Mi repentina riqueza no parece alegraros.

—Tonterías. Lo que ocurre es que creo que ese oro es un obsequio envenenado. Y aunque os ayude hasta donde me alcancen las fuerzas, debo aconsejaros una vez más que abandonéis. Tengo buenos contactos en Massachusetts. Puedo conseguiros un pasaje. Aceptadlo y desapareced antes de que esto acabe mal.

Obediah negó con la cabeza. Al hacerlo, tuvo la extraña sensación de estar comportándose como un niño terco.

—Ya he tomado una decisión, Pierre.

—Queréis ser rico o morir en el intento. Por mí, adelante. Pero decidme cuánto recibirá de la VOC cada uno de vuestros potenciales cómplices.

—Diez mil ducados de oro.

—¡Dios santo!

—Una buena suma, ¿verdad? Sean cuales fueren los deseos de esos hombres que figuran en vuestros papeles, el oro podrá hacerlos realidad.

—Y si me permitís la pregunta, ¿cuánto recibiréis vos?

—Cinco veces esa cantidad.

—¿Y qué pensáis hacer con ella? ¿Comprar una provincia holandesa?

—Yo había pensado más bien en unas tierras en Inglaterra.

—Northwick Manor. La antigua residencia de vuestro padre.

Obediah asintió.

—Os entiendo, amigo. Nadie puede comprenderos mejor que yo. Pero…

—Pero ¿qué?

—Cuando uno profesa la confesión correcta en el país incorrecto, o la incorrecta en el correcto, de nada sirve todo el oro del mundo.

—Eso ya lo veremos. Si me lo permitís, voy a repasar vuestras propuestas. ¿Puedo saber qué criterios habéis seguido, Pierre?

—En parte los vuestros. Si he comprendido bien el plan, por más que siga resultándome nebuloso, necesitaréis un conocedor del mundo turco y de la Sublime Puerta, un estratega militar y un botánico. Además, alguien familiarizado con las rutas comerciales levantinas y con las actividades que los franceses desarrollan allí. Asimismo, precisáis de hombres con destrezas concretas; por ejemplo, alguien capaz de disfrazarse, ya sea de cortesano, de pachá o de lo que fuese menester; también alguien que sepa manejar la espada y la pistola. Y, por último, necesitáis un capitán que os lleve y os traiga de vuelta, a vos y a vuestra pequeña expedición.

Pierre Bayle plegó las manos, siempre manchadas de tinta, sobre el regazo.

—Por otra parte, he elegido a personas de carácter aventurero, sin miedo a entrar en conflicto con la ley. Y he procurado que sean fáciles de contactar.

—¿Con eso queréis decir que tenéis sus direcciones?

La ceja izquierda de Bayle tembló de indignación.

—Querido Obediah, tengo la dirección postal de casi todo el mundo, o al menos de todo aquel que revista interés. No me refiero a eso; sabéis de primera mano lo tedioso que puede ser el recorrido de una carta. Por ese motivo os propongo únicamente a personas que se encuentran en Inglaterra o en el continente pero en un radio no superior a quinientas millas de aquí. Eso también contribuye a reducir el riesgo.

—¿Qué riesgo?

—Que os descubran demasiado pronto, naturalmente. Por el Gran Señor yo aún no me preocuparía en exceso, está demasiado lejos; pero sí me cuidaría de los espías del Rey Sol, que todo lo ven y todo lo leen.

—Eso si son capaces de descifrarlo.

—Mi querido Obediah, me consta que los ingleses siguen utilizando códigos de cifrado que en Francia a lo sumo emplean las niñas de doce años. Así no llegaréis muy lejos. Monsieur Rossignol, el criptólogo del rey, es capaz de descifrar los códigos más complicados con la misma facilidad con que otros leen el devocionario.

—No os ofendáis, Pierre, pero ¿no es posible que, en virtud de vuestras propias experiencias como hugonote perseguido, estéis exagerando un poco? Ni siquiera el Gabinete Negro de Luis alcanza a leerlo todo, sencillamente es demasiada documentación. Además, desde que resido en los Países Bajos utilizo un ardid mucho mejor que cualquier código.

—Esto se pone interesante.

—Todo el correo francés pasa por París, así que huyo de esa ruta como de la peste. Por el contrario, como bien sabéis, en el Sacro Imperio Romano el servicio de correo está a cargo de la familia de los Taxis.

El rostro de Bayle se iluminó.

—Ah, ya imagino lo que hacéis.

—¿Y bien?

—Los feudos postales fueron otorgados en su día a los Taxis por el emperador de Viena y por los Habsburgo españoles. Por lo tanto, ellos también están a cargo del correo en los Países Bajos españoles. Mas ¿cómo llegan a vos las cartas de la República si vivís en las provincias ocupadas?

—Porque pago a un jinete que me lleva la correspondencia directamente a Amberes. Todo el mundo sabe que el servicio de correos de la República holandesa es tan poco fiable como el francés o el inglés. Pero el de los Habsburgo está libre de toda sospecha. Es posible que los espías del emperador Leopoldo lean mis cartas…

—… pero jamás revelarían ni una sola palabra a los franceses. Es una buena idea, debo recordarla. Claro que funcionará siempre y cuando el destino de la carta no sea París o Londres.

—También he pensado en eso. Basta con remitir la carta a un hombre de paja, alguien tan poco sospechoso cuya correspondencia no sea vigilada. En la medida de lo posible, la dirección debería ser un café frecuentado por personas afines al gobierno. En París utilizo el Procopio, y en Londres, el Grant's. Por cierto, ese es mi próximo destino.

—¿Pensáis viajar a Londres? ¿Cuándo?

—A ser posible la próxima semana. Parece que se avecina un crudo invierno. Debo cruzar el canal antes de que comiencen las tormentas y todo el mundo se encierre en sus casas en el campo. De lo contrario perderé medio año.

—¿Y no teméis que os pongan dificultades a vuestro regreso?

—La verdad es que no. Viajo de incógnito. Y en lo que respecta al duque de Monmouth, ya no debo preocuparme.

—Lo cierto es que no.

Bayle se levantó y entregó los papeles a Obediah.

—Me voy a recoger el correo; os dejo a solas con vuestros potenciales cómplices.

Obediah asintió y se dispuso a revisar la pila de papeles.

Juvisy, 12 de enero de 1688

Graciosísima majestad:

Han pasado algunas semanas desde que vuestra majestad colmara mi vida con el brillo del Sol y me concediera la gracia inmerecida de una audiencia. Como sin duda recordaréis, en aquella ocasión departimos sobre cuál sería la mejor manera de obtener más información sobre el estatúder holandés, Guillermo de Orange, y sobre sus planes. Vuestra majestad se interesó por la posibilidad de que el príncipe Guillermo entrase abiertamente en campaña contra los Países Bajos españoles o incluso contra Francia, tal como afirma vuestro ministro de la Guerra, el marqués de Louvois. O por que, tal vez, Guillermo prefiriera servirse del arma de la intriga, dado que su ejército en modo alguno puede hacer sombra al de vuestra majestad.

Ruego aceptéis mis más humildes disculpas por no haberos dado una respuesta concluyente hasta la fecha, pero creí más sensato analizar primero la cuestión en detalle, pues los asuntos de guerra y paz no admiten yerro ni conjetura. Es harto probable que pronto recibáis respuestas, pero no definitivas, majestad. No está claro que Guillermo vaya a movilizar sus tropas en un futuro próximo; mas, por el contrario, se hace evidente que el de Orange y sus secuaces se sirven de intrigas para perjudicar a vuestra majestad.

Vuestra majestad recordará que nuestros espías vigilaban a un *agent provocateur* que opera en las provincias holandesas, un inglés llamado Obediah Chalon. Este agente de la VOC, e *ipso facto* de Guillermo, ha estado muy ocupado en los últimos tiempos. El pasado año viajó por medio continente. También visitó grandes ferias, entre otras la de Leipzig y la de Sturbridge. Entretanto ha regresado a Londres, su ciudad de origen, donde, bajo el pseudónimo de Neville Reese ha arrendado un alojamiento próximo al distrito de St. James. Al parecer se hace pasar por un acaudalado noble procedente de Kent. Acude con frecuencia al puerto, donde se le ha visto confraternizar con capitanes y comerciantes en tabernas y cafés; desconocemos con qué fin, tal vez solo sea para mantenerse al tanto de lo que ocurre en el continente.

A tenor de lo que han podido averiguar nuestros espías, tanto en sus viajes como en su lugar de origen el tal Chalon ha contactado con varias personas de naturaleza más que dudosa, algunas de las cuales son enemigos declarados de Francia. Chalon se reúne con estos hombres y mujeres regularmente, si bien nunca de manera conjunta, sino siempre por separado y en un lugar distinto cada vez. Parece evidente que entre este total de cinco personas existe un vínculo, un lazo muy fuerte cuyo propósito, empero, sigue siendo oscuro. Claro como la luz del día resulta, por el contrario, que se trata de un grupo de confabuladores dirigido por Chalon. Cuando a continuación exponga a vuestra majestad de quiénes se trata comprenderéis por qué oso sustraer vuestro valioso tiempo con este asunto.

En primer lugar está el hugonote Pierre Justel, antiguo servidor de vuestro gobierno. Estudió a los clásicos griegos en la Sorbona. Después fue subsecretario de uno de vuestros ministros, el marqués de Seignelay. Quienes lo conocen describen a Justel como un joven inteligente, de convicciones heréticas pero no falto de ingenio; como colaborador del marqués estaba a cargo de vigilar las rutas comerciales levantinas. Sin embargo, la revocación del edicto de Nantes hizo imposible que Justel permaneciera al servicio del Estado, por lo que fue destituido. Todo indica que se trasladó a Inglaterra, donde desde entonces trabaja en el taller de la cordelería de su tío, en Spitalfields, lo cual no es más que un encubrimiento. De su actual relación con Chalon se desprende que Justel planea infligir algún daño a vuestra majestad con el fin de vengarse de la iniquidad que cree haber sufrido.

El segundo compañero de fechorías de Chalon es un capitán llamado Knut Jansen. Procede de Altona, un pueblo pesquero danés, y trabajó para la Hansa durante mucho tiempo, hasta que sucumbió a la tentación de los holandeses. En su nombre ejerció la piratería con patente de corso y abordó varios barcos de vuestra majestad en el mar del Norte. Además, nuestros agentes refieren que pasó una temporada en ultramar, probablemente en Batavia o Japón, no lo sabemos con certeza. Lo cierto es que últimamente ha sido visto con frecuencia junto a Chalon, en un café londinense llamado Lloyd's, estudiando cartas de navegación.

La tercera persona es una mujer que afirma ser la *condessa* Caterina da Glória e Orleans-Braganza. Digo «afirma» porque su origen no está nada claro. Ella misma dice pertenecer a una rama colateral del linaje de los Braganza, al cual, como vuestra majestad bien sabe, pertenece la cuñada del rey inglés Jacobo II. Sin embargo, algunos murmuran que la supuesta condesa ni es noble ni procede de Portugal.

Es más, uno de nuestros espías, cuya palabra, empero, ruego a vuestra majestad tome *cum grano salis*, afirma incluso que se trata de una plebeya de Liguria que otrora viajaba de pueblo en pueblo con los farsantes de la Commedia dell'Arte. Esto puede ser o no ser verdad. Lo que sí parece cierto es que la tal condesa es una hábil embaucadora que ya en varias ocasiones ha logrado aliviar sumas considerables a acaudalados nobles terratenientes residentes en Inglaterra. Para ello se sirve de diferentes nombres y disfraces, así como de los encantos propios de su género. En lo que a estos últimos se refiere, Da Glória parece haber sido agraciada en grado sumo por la propia Venus.

La siguiente persona es de sobra conocida, mucho me temo, por vuestra majestad. Se trata del conde Paolo Vincenzo Marsiglio, el general boloñés que estuvo al servicio de los Habsburgo, fue apresado por los otomanos pocos años antes del asedio de Viena y vivió algún tiempo con ellos. Debido a los conocimientos adquiridos entonces sobre el mundo turco fue contratado posteriormente por los venecianos. Como secretario del embajador, Marsiglio acompañó al nuevo *bailo* veneciano, Pietro Civan, a Constantinopla. Más adelante, como sin duda recordaréis, majestad, prestó servicios a Francia y a vos en la guerra contra los españoles. Sin embargo, tras ceder gratuitamente una posición al enemigo cerca de Courtrai (con la ridícula excusa de que esta habría caído igualmente y de que solo había tratado de proteger a sus soldados), el marqués de Louvois expulsó al boloñés del ejército. Marsiglio se encuentra en estos momentos en Londres, donde afirma estar realizando estudios de botánica. El fingimiento, todo sea dicho, es sin duda casi perfecto, pues posee algunos invernaderos a las afueras de la ciudad, mantiene correspondencia con estudiosos de la Royal Society y recientemente ha publicado un tratado que lleva por título *Dissertatio de Generatione Fungorum*; en suma: se las da de virtuoso. Sin embargo, esta naturaleza mercenaria parece aconsejar a alborotadores y otros enemigos del Estado, como Chalon, en cuestiones militares.

La última persona con la que Chalon tiene contacto es la más misteriosa y, si me permitís una observación personal, majestad, la más interesante para este vuestro servidor: David ben Levi Cordovero. Desde hace algún tiempo, Chalon mantiene una viva correspondencia con este sefardita. Esto es algo que sorprende en tanto en cuanto en los últimos meses Chalon ha enviado y recibido muchas menos cartas que antes (debido, probablemente, a la especial cautela que antecede a toda gran intriga). Ahora bien, con Cordovero se escribe casi todas las semanas. Con gusto revelaría a vuestra majestad el contenido de dichas misivas, mas no estoy en disposición de hacerlo. El motivo es que ambos emplean un código totalmente nuevo que aún no he logrado descifrar. Debo por tanto postrarme ante vos, sire, pues mis conocimientos de criptología fracasan justo en este importante caso. Recuerdo con devoción a mi padre, Antoine, que tantos años os sirvió en este mismo cargo, y me pregunto si él habría conseguido descifrar ya el código de estos confabuladores. Por desventura, poco más sabemos del judío Cordovero, aunque no es ningún desconocido en la República de las Letras. Hace años que publica escritos sobre filosofía de la naturaleza en distintos diarios. Por lo demás, es una especie de fantasma. Nadie lo ha visto jamás y no sabemos dónde se encuentra. Las cartas de Chalon no van destinadas a una dirección particular ni a un café, sino a una sede comercial en Palermo, desde donde, con toda probabilidad, son remitidas a Cordovero por alguien de confianza. Sin embargo, considero improbable que la correspondencia sea reenviada a otra ciudad de Sicilia o del reino de Nápoles, pues apenas quedan judíos allí. Cabe la posibilidad de que las cartas se dirijan al Imperio otomano, al menos eso se deduce de algunos indicios hallados en fragmentos de las cartas no cifrados.

Convendréis conmigo, majestad, en que todo ello resulta harto preocupante. Sin embargo, aún más preocupante que esta confabulación londinense es la circunstancia de que las personas mencionadas estén planeando trasladarse en breve a la República holandesa. A lo que parece, Chalon ha adquirido pasajes para él y los otros cuatro y ha arrendado una propiedad recóndita en la parte holandesa de Limburgo. Es evidente que planean algo grande. No obstante, el consejo que doy a vuestra majestad es proseguir con la vigilancia. Sería de especial interés averiguar cuáles de los muchos alborotadores y herejes presentes en los Países Bajos acuden a visitar a Chalon y a sus secuaces. Con el permiso de vuestra majestad, solicitaré a vuestro secretario de Estado, el marqués de Seignelay, que envíe a uno de sus mejores agentes a la región de Maastricht para vigilar lo más de cerca posible a los confabuladores y sus actos.

Vuestro más humilde servidor,

BONAVENTURE ROSSIGNOL

Para su primer encuentro —Obediah lo supo desde el primer instante— un café no habría sido el lugar apropiado. En realidad, ni siquiera Londres le parecía el sitio adecuado para ese tipo de reunión. A menos que se citaran en uno de los aposentos privados de la Torre de Londres, la ciudad tenía ojos y oídos en todas partes. Además, desde que Jacobo II había subido al trono, casi todos los ingleses daban por supuesto que la capital estaba plagada de espías franceses y jesuitas rebeldes. Estos rumores, de sobra conocidos por Obediah, eran producto de la típica paranoia protestante sobre una conjura católica a escala mundial, pero no contenían ni un ápice de verdad. El nuevo rey era aún más débil que el anterior, y solo Dios podía saber cuántas personas pululaban por Londres anotando escrupulosamente lo que veían y oían para remitirlo poco después, mediante un código cifrado, a una cancillería de Viena, París o Ámsterdam. No cabía ninguna duda: lo mejor era reunirse a las afueras de la ciudad.

Llevaba media hora cabalgando hacia el oeste. Londres y sus emanaciones iban quedando atrás mientras Obediah trotaba a lomos de un caballo blanco por Rotten Row, que en realidad se llamaba route du Roi y se extendía al sur de Hyde Park. Al cabo de otra media hora cruzó el pueblo de Hammersmith, tras el cual no había más que campo. A izquierda y derecha se alzaban suaves colinas, entre las que alcanzaba a atisbar alguna granja aislada. Por lo demás, no se veía un alma. A partir de ese punto, cabalgar en solitario por la campiña entrañaba cierto riesgo. A juzgar por lo que se decía en los cafés, los caminos que conducían a Oxford y a Reading eran, desde hacía tiempo, un nido de salteadores. Sin embargo, Obediah estaba bastante tranquilo. En primer lugar porque viajaba de día, y en segundo término porque, a diferencia de los brigantes franceses, los ladrones ingleses eran, por lo general, personas muy amables: bastaba con darles una bolsa bien repleta para que, en la mayoría de los casos, le permitiesen a uno proseguir su camino con un par de bofetadas y sus mejores deseos. Por esa misma razón, Obediah llevaba una faltriquera con varios chelines y guineas, aunque no los necesitase para su cita. Si le robaban, recurriría a los fondos del Wisselbank. Estos se asemejaban a la jarra de vino de los cuentos alemanes: el crédito parecía no tener fin, al menos hasta el momento.

Obediah llegó a una encrucijada y tomó el camino que conducía hacia Uxbridge. Hubo de prestar atención para no saltarse el pequeño desvío que Marsiglio le había descrito en su última carta. No era más que un sendero trillado, semioculto por unos grandes arbustos de escaramujo. Obediah guió al caballo por una ligera pendiente hasta que, tras cubrir cerca de una milla, divisó una hacienda. Debía de pertenecer a la época isabelina, ya que las tres cabañas situadas tras una pequeña valla tenían el típico tejado de paja y en pico propio de ese tiempo. Detrás quedaba la mansión, en ladrillo rojo, con puerta en forma de arco y torretas decorativas. Había también un establo y dos construcciones extrañamente alargadas que parecían hechas de cristal; a buen seguro eran esos inventos italianos sobre los que había leído, los *giardini botanici* en los que el general cultivaba sus plantas.

Obediah entró a caballo por una de las aberturas del seto y pasó junto a un estanque artificial del que partían varios canalillos. Advirtió cierto contraste entre el jardín y el resto de la hacienda. Aquel era mucho más reciente y respondía a los últimos avances en materia de diseño: grandes áreas cuadradas, macizos simétricos y bosquetes casi trazados con regla. Los senderos formaban ángulos exactos, y en todas partes se percibían el orden y la planificación fruto de la mente de un gran jardinero.

Cuando llegó a la entrada de la mansión, un mozo de cuadra se le acercó corriendo. El muchacho esperó pacientemente hasta que Obediah hubo desmontado, se inclinó ante él en señal de respeto y se llevó al animal sin mediar palabra. Mientras Obediah se sacudía el polvo de la ropa, otro hombre cruzó el arco del portón hacia él; era larguirucho y vestía una librea gastada. Llevaba una peluca del todo demodé, pero al menos fue capaz de hacer una reverencia en toda regla.

—Bienvenido a Bedfont Manor, milord —dijo una vez recobrada la posición inicial—. Si tenéis la amabilidad de acompañarme, en primer lugar os mostraré vuestros aposentos. Su excelencia el conde os recibirá, a vos y al resto, en el salón a eso de las cuatro. Alrededor de las seis se servirá un banquete al que milord puede asistir si lo desea.

Obediah constató, no sin cierta irritación, que Marsiglio no había esperado a recabar su opinión sobre cómo organizar el encuentro y había instaurado de antemano su propia dramaturgia.

—¿Han llegado ya los demás?

—Mister Justel ya está aquí, milord. No hay nadie más.

—Está bien. Quisiera encargaros algo antes de la reunión.

—Cómo no, milord, estoy a vuestro servicio.

Obediah desató el tubo de cuero de más de tres pies de largo que traía al hombro y se lo entregó al lacayo.

—Llevadlo al salón y ocupaos de que los mapas aquí guardados se cuelguen en una pared y queden bien visibles. También necesitaré tiza y una pizarra.

—Por supuesto, milord. No obstante, el conde Marsiglio quería en primer lugar...

—Decidle que son necesarios para mi exposición sobre filosofía de la naturaleza —aclaró Obediah—. Veréis como así no tiene nada que objetar al cambio en la decoración.

El lacayo torció el gesto, pero aceptó el tubo y se retiró con una reverencia. A continuación, una criada acompañó a Obediah hasta sus aposentos. El interior de la mansión estaba algo deteriorado. Desde fuera no se había percatado, pero en ese momento reparó en que muchos azulejos estaban resquebrajados, y en los techos y las paredes había grietas y humedades. La decoración parecía datar de la regencia de Enrique XVIII: los rostros de las pinturas al óleo lo observaban con mirada torva, y los tapices representaban a caballeros con lanzas y manguales. También había armaduras que parecían haberse usado en algún momento.

En cuanto la criada lo dejó a solas, Obediah se quitó la ropa de montar y se aseó con el aguamanil que había sobre un aparador. El mozo de cuadra ya le había subido las alforjas. Obediah sacó unos sencillos calzones negros, unas medias de seda y una casaca a la última moda, con apliques de marta cibelina, que un año antes jamás habría podido permitirse. «Bendita seas, VOC», pensó. Hasta el momento la Casa de las Indias Orientales no lo había llamado al orden, ¿por qué habría de hacerlo? Bien era cierto que durante los últimos seis meses había gastado más que en los últimos cinco años, pero sin duda la suma total sería inferior a lo que cualquier *bewindhebber* medio de la Compañía derrochaba al mes en comida y putas.

Al lado de la cama vio una fuente de fruta; tomó una manzana arrugada que había junto a varias naranjas y le dio un mordisco. La fruta era ácida en lugar de dulce, pero de una acidez elegante. Tal vez se tratara de uno de los cultivos de Marsiglio. Cuando se hubo comido la manzana, se colocó frente al chifonier y comprobó que tenía la peluca bien colocada. Solo entonces se dirigió al salón.

Por supuesto, la palabra «salón» era un eufemismo para describir el lugar en el que se celebraría su primer encuentro. Se trataba más bien de una amplia estancia en la parte trasera del edificio, con ventanucos altos de vidrio emplomado y todo tipo de trofeos de caza colgados de las paredes. Los muros y el suelo eran de piedra vista, y Obediah supo nada más entrar que la enorme chimenea situada en el otro extremo no bastaría para contrarrestar el frío vespertino que pronto se colaría por los postigos agrietados y el viejo tejado. Una mesa enorme presidía la sala. No costaba imaginar a un grupo de caballeros nobles sentados a su alrededor un siglo atrás, bebiendo *ale* de grandes jarras de estaño con tapa y cortando con daga trozos humeantes de faisán y jabalí asados, al son de un laúd.

Marsiglio había procurado crear un ambiente más cómodo y acorde con la época. En torno al fuego crepitante, varias butacas y *chaises longues*, y en el suelo, gruesas alfombras persas. Sobre la chimenea colgaba un óleo gigantesco en el que se representaba una ciudad. Parecía estar formada solo por torres, unas torres altas y delgadas, muy parecidas a los minaretes. Dado que Marsiglio procedía de Bolonia, Obediah dedujo que tal vez se tratara de la ciudad de origen del general.

En la pared había algunos anaqueles cuyo contenido hizo que el corazón de Obediah se acelerase. Marsiglio era un virtuoso, como él, y aquello debía de ser parte de su colección. Vio un hermosísimo planetario de mesa con incrustaciones de nácar, capaz de simular el movimiento del Sol, Mercurio, Venus, la Tierra y la Luna; diversos cráneos de formas insólitas que recordaban remotamente al del ser humano; enormes insectos ensartados y, por último, una colección admirable de minerales y piedras semipreciosas de todo tipo. En especial llamó su atención una piedra de color claro que parecía brillar extrañamente en la penumbra de la gran sala. La tomó en sus manos. Tenía un brillo verde. ¿Una reacción química?

Marsiglio y Justel, sentados en sendos sillones de orejas, con una copa de vino en la mano, parecían divertirse mucho. Obediah oyó las carcajadas de Marsiglio. Ambos estaban de espaldas a la entrada y no habían reparado en su presencia.

Pierre Justel era un joven apuesto, alto y delgado. Por su cabello rojo fuego, el hugonote habría pasado fácilmente por un irlandés. Llevaba un traje muy sencillo, sin bordado alguno, pero confeccionado con la mejor batista de los hugonotes. Justel sonreía mientras el general probablemente le contaba alguna de sus mejores anécdotas. Marsiglio era un hombre muy corpulento, acaso el doble de pesado que Justel y también con el doble de años. Mientras hablaba, el italiano trazaba circulitos con la pipa que sostenía en la mano izquierda. Alejaba la caña de sí e iba avanzando con ella a pequeños empellones, como si de un florete se tratase. Cuando Obediah hubo atravesado media sala, alcanzó a oír lo que decían.

—¿Y cómo conseguisteis esta mansión, señor conde?

—Su propietario, lord Bedfont, es un oficial y viejo conocido que anda combatiendo en el norte contra no sé qué rebeldes. Y dado que, dicho sea entre nosotros, está próximo a la ruina, me ha dejado Bedfont Manor hasta que regrese. A cambio le doy algo de dinero y me ocupo del jardín. Bedfont comparte mi pasión por la botánica y teme que, durante su ausencia, todo lo que con tanto esfuerzo ha plantado perezca. Temor que, a decir verdad, no es del todo infundado, pues lleva ya dos años fuera.

—Tal vez haya muerto.

—No. Su administrador, mister Dyson, recibe cada pocos meses una carta enviada desde las afueras de Leeds, donde está acantonado el regimiento de Bedfont. Lo cierto es que entretanto yo me he ido acomodando, si cabe utilizar esa palabra a pesar de tanta provisionalidad —dijo señalando la *chaise longue* y los sillones.

—Ciertamente habría que hacer algunas reformas —reconoció Justel al tiempo que se sacaba de la manga una cajita plateada de rapé.

—Pero mi anfitrión carece de dinero, razón por la cual arriesga su vida en Yorkshire, donde espera aumentar sus caudales.

—¿Tenéis contacto con los vecinos?

—No, por fortuna. ¡No fuera a ser que alguno me convidara!

—¿Y por qué no?

—Mi joven amigo, cómo se nota que no lleváis mucho tiempo en Inglaterra. Para cualquier noble terrateniente, invitar a su casa a un italiano católico sería como cenar con el mismísimo diablo. El administrador me vigila cual Argos Panoptes. Creo que teme que, si su señor no regresa pronto, me dedique a plantar estatuas de la Virgen por todas partes. —Marsiglio soltó una carcajada.

—Me alegro de veros, caballeros. Y además tan bien ocupados.

Al oír a Obediah, ambos se dieron la vuelta y se levantaron rápidamente.

—¡Obediah Chalon! —exclamó Marsiglio—. Bienvenido a mi humilde cabaña, sir.

Justel hizo una pequeña reverencia.

—Mis respetos, monsieur Chalon. Ya nos habíamos preguntado por el origen de los dos mapas colgados de la pared.

—En cuanto estemos todos desvelaré el secreto, estimado monsieur Justel. No antes.

Marsiglio le dio unas palmaditas en el hombro.

—Sentaos y tomad una copa de vino. ¿Qué traéis ahí?

—Oh, ruego me disculpéis, general. Es una piedra de vuestra colección que estaba examinando. He olvidado dejarla en su sitio. ¿Qué mineral es?

—Lapis Bolonia —respondió Marsiglio—. Brilla en la oscuridad.

—Pensaba que era fruto de mi imaginación.

—No, es verdad. Admito que débilmente, pero si durante el día la ponéis al sol, por la noche brillará como una luciérnaga. Quedáosla cuanto queráis y probadlo.

—No puedo aceptarlo.

—Por supuesto que sí. No en vano se llama piedra de Bolonia. En casa tengo un montón, y lo digo en sentido literal.

Obediah le dio las gracias y guardó el lapis Bolonia. Se sentaron junto a la chimenea y degustaron un oporto excelente que, según el general, procedía de unos viñedos que abastecían también a la Casa Real. Mientras, departieron sobre las últimas novedades llegadas de Londres y París. Justel, que estaba perfectamente informado de cuanto acontecía en Francia, les contó que Luis el Grande había mandado construir nuevas fortificaciones en Luxemburgo y en otros lugares para asegurar las fronteras exteriores contra la Liga de Augsburgo, una alianza de los austríacos con España, Suecia y Baviera. Marsiglio, por su parte, se había enterado gracias a uno de sus corresponsales de que el emperador vienés seguía acosando a los turcos y había ordenado formar un gran ejército para sitiar Buda, la capital húngara. Justo cuando el boloñés se disponía a contarles una anécdota, en sus propias palabras, «de lo más regocijante» sobre el caballo favorito del gran visir otomano Sari Solimán Pachá, la gran puerta en el otro extremo de la sala se abrió y entró el lacayo larguirucho.

—Messieurs, tengo el honor de anunciarles la llegada de la condesa Caterina da Glória y de mister Jansen.

A continuación, el lacayo cedió el paso a los recién llegados dibujando un cuarto de pirueta que ejecutó con suma elegancia. Por las informaciones que había obtenido de su amigo Pierre Bayle, Obediah no creía que Caterina da Glória fuese en verdad una *condessa* lusa. Sin embargo, de haberse encontrado con ella sin estar prevenido, no habría dudado de semejante condición. Aquella mujer, que no podía tener más de veinticinco años, cruzó la sala con una gracia tal que dejó sin aliento a los caballeros que estaban frente a la chimenea. Tan extasiados quedaron que casi olvidan ponerse en pie y hacer una reverencia. La condesa tenía una tez sin defectos, alabastrina, y los finos rasgos de la alta nobleza. ¡Y qué vestido! Hacía que los demás pareciesen mendigos. Era de satén color crema, con docenas de perlas, y sujeto con prendedores de zafiro. Numerosos cabujones de piedra de luna adornaban las mangas. Se acercó a la chimenea como si flotara; arrastraba una larga cola también color crema y con ricos encajes. Sin embargo, lo más llamativo era su elaborada peluca. Aquel enorme tocado, la *commode*, era de color caramelo. Y cada *confidant* —así se llamaban en francés los ricitos que caían junto a las orejas— era una pequeña obra de arte en un tono ligeramente más oscuro que el resto. Cuando Caterina da Glória hizo una reverencia ante la chimenea, Obediah vio oscilar los pequeños rizos a la altura de la nuca. Los franceses llamaban a esta parte de la peluca *crèvescoeur*, rompecorazones. No cabía la menor duda de que la condesa hacía honor a esta denominación.

Antes la timadora jamás había llegado acompañada de semejante boato, razón por la cual Obediah apenas reparó en Jansen, que caminaba tras la condesa como si fuera su guardaespaldas. El danés no era un hombre grande, no alcanzaría los cinco pies y medio. Sin embargo, nada más verlo, cualquiera sabía que había que cuidarse de un tipo como aquel. No era musculoso, sino más bien nervudo, y a Obediah su andar ligero le hizo pensar en los antiguos púgiles. Aparte de estos detalles, uno también podía fijarse en la espada Pappenheimer que colgaba de uno de sus flancos y en el enorme fusil que el marino llevaba a la espalda. Grandes patillas adornaban un rostro por lo demás limpiamente rasurado, y su vestimenta era tan sencilla como fastuosa lo era la de la condesa.

Como ya estaban todos, el general se dispuso a pronunciar un discurso, pero Obediah fue más rápido.

—Sed bienvenidos, noble dama y distinguidos caballeros. Es un placer para mí recibiros aquí, en Bedfont Manor, cuyas dependencias el conde Marsiglio ha tenido la gentileza de poner a nuestra disposición. —Obediah hizo una rápida reverencia dirigida al general y prosiguió, sin darle oportunidad de intervenir—. Según tengo entendido, más tarde cenaremos juntos. Urge pues que nos ocupemos primero de los negocios. En cuanto los criados nos traigan las bebidas deberíamos trasladarnos a la mesa grande.

—Junto a la chimenea estaríamos más cómodos —opinó el general.

—Así es, pero, creedme, necesitamos espacio.

Poco después estaban todos sentados a la mesa, cada uno frente a una copa de borgoña. Los cuatro miraban expectantes a Obediah.

—Como todos sabéis, queremos sustraer algo.

Obediah metió la mano en una alforja que colgaba del respaldo de la silla y sacó un libro. Lo abrió por una página de la que sobresalía una tira de cuero a modo de marcador.

—Concretamente, esto.

La página mostraba un grabado. En él se veía una rama de la que partían pares de hojas enfrentadas. Eran parecidas a las del laurel. Cerca de los nudos había unos frutos pequeños y redondos. Todos se inclinaron hacia delante para observar la planta. Marsiglio con la máxima atención. Durante unos instantes nadie dijo nada. El primero en recuperar el habla fue Jansen.

—¿Un árbol de alguna especia?

—Sí, pero no un árbol cualquiera. Esta ilustración que he encontrado en *Viaje por la Arabia ignota* es un arbusto de café.

La condesa enarcó una ceja.

—¿Las pepitas de café crecen en los arbustos?

—Los granos de café, para ser más exactos, distinguida condesa —respondió Justel con una dulce sonrisa.

Obediah asintió.

—Ese café que a todos nos gusta tanto se elabora, como sabéis, a partir de unos granos que se tuestan en una sartén y luego se trituran en un mortero o un molinillo hasta convertirlos en polvo. —Metió la mano en un bolsillo de la casaca y sacó unos cuantos granos de café verdes—. Este es el aspecto que tienen antes de tostarlos.

Jansen emitió un gruñido, pero no dijo nada. Obediah lo escrutó.

—¿Alguna pregunta, sir?

—Sí. La misma que nos estamos haciendo todos los que estamos aquí, supongo. Los almacenes de Hamburgo y Ámsterdam están a rebosar de esa cosa. ¿Por qué habría de valer tanto?

Obediah se levantó, pero indicó a los demás que permaneciesen sentados.

—Para responderos, debo pediros que observéis el mapa que tengo tras de mí. Messieurs Justel y Jansen de seguro lo conocen: es una vista del Levante y de Arabia extraída de la *Zee-Fakkel* de Johannes van Keulen, la colección de mapas de consulta obligada para todos los marinos y comerciantes. El café que tomáis cada mañana, ya sea en vuestro salón o en una taberna, procede de aquí. —Obediah señaló un punto situado al sudoeste de la península Arábiga—: Beetlefucky.*

La condesa se llevó la mano izquierda enguantada a la boca. Justel ladeó la cabeza.

—Ruego me disculpéis, sir. Habéis dicho…

—Beetlefucky, en efecto. Así se llama el principal punto de intercambio de café verde, situado al nordeste del puerto de Moca.

El general carraspeó.

—Si me permitís reclamar brevemente vuestra atención…

—Por favor —asintió Obediah.

* Literalmente significaría algo así como «Follaescarabajos». *(N. de las T.)*

—Todos solemos pronunciar mal las palabras árabes, pues esos sonidos paganos son difícilmente reproducibles en nuestra lengua. Y, si me permitís un chiste a vuestra costa, nadie comete mayores masacres contra expresiones extranjeras que los ingleses.

Obediah sonrió educadamente.

—El lugar que mister Chalon llama Beetlefucky es, en realidad, Beit al-Fakih. —Marsiglio pronunció aquel sonido árabe gutural sin el menor esfuerzo.

—Gracias por el dato, general. La ruta que sigue el café verde es esta: se recolecta en los alrededores de Moca. Desde allí es transportado en barco hasta Suez y trasladado a Alejandría en camello. Allí, en los almacenes egipcios, los comerciantes franceses y venecianos compran el grano. Como bien sabéis, todos los lugares que he mencionado se encuentran bajo control turco. La cosecha se recoge y se seca en Beetlef… Beit al-Fakih, aunque las plantaciones de café están realmente más al este. Estos arbustos no crecen en ningún otro lugar. Así que si se quiere robar una planta de café, hay que ir hasta aquí. —Señaló un lugar en el mapa marcado con un punto rojo. Reparó en la mirada interrogante de Jansen y se apresuró a proseguir—. La pregunta obvia es por qué robar esta planta. La respuesta está en lo que acabo de decir. En estos momentos, los turcos controlan la producción de café. El Gran Señor ha dispuesto que cualquiera que intente sacar siquiera un retoño del imperio sea castigado con la muerte. Un decreto más reciente demuestra lo serio que es este asunto para los otomanos: también la exportación del café en cereza se castiga con la pena de muerte.

—¿No habéis dicho que eran granos? —preguntó la condesa.

—Así se llaman vulgarmente pero, como nuestro anfitrión experto en botánica sin duda podría explicar, en realidad se trata de las semillas de un fruto. El grano, que los árabes denominan *bunn*, está rodeado de un fruto carnoso. Mirad el dibujo.

Obediah señaló las secciones transversales de las cerezas del café.

—Los turcos han dispuesto que, una vez recolectados, todos los frutos del café se cuezan en grandes cubetas para separar el grano de la carne.

—¿Y eso por qué? —preguntó Justel.

—Porque así los granos se esterilizan —respondió Marsiglio—. Yo mismo llevo meses tratando de hacer germinar en mis invernaderos unos granos de café verde que he obtenido de distintos sitios. Todo ha sido en vano.

—Esas semillas o granos esterilizados son los que compran en Alejandría los comerciantes venecianos y franceses, aunque los venecianos van cada vez más a la zaga. Previo consentimiento del Gran Señor, son los mejores amigos de la Sublime Puerta quienes, de facto, han pasado a controlar el comercio de café en el mundo cristiano, es decir, los franceses. Y nuestro cliente cree que podría romper esa alianza sacrílega si lograra hacerse con sus propias plantas.

—¿Y de quién se trata? —preguntó la condesa.

—Eso no tenéis por qué saberlo.

Ella lo miró con sus ojazos castaños de cervatillo. Sin duda, el truco que derretía a la mayoría de los hombres.

—Siempre quiero saber para quién trabajo, milord Chalon.

—Sinceramente, condesa, a juzgar por la cuantía de la recompensa, no creo que eso sea necesario esta vez.

—¿En verdad lo creéis así? Me sorprendéis, monsieur.

—Diez mil ducados de oro para cada uno si conseguimos sustraer una cantidad suficiente de plantas y trasladarlas sanas y salvas hasta su destino.

—¿Que sería cuál? —preguntó Justel.

—Un puerto del norte de Europa. Sabréis el lugar exacto cuando tengamos las plantas.

Por un momento se hizo el silencio. Obediah tuvo la certeza de que cada uno de los presentes estaba imaginando en su mente la enorme suma que acababa de mencionar.

—¿Alguien desea renunciar? —preguntó Obediah—. Este sería el momento de hacerlo.

El silencio fue aún mayor. Solo se oía el crepitar del fuego.

—Perfecto. En ese caso, sugiero que tomemos un refrigerio antes de pasar a los detalles.

Todos se pusieron en pie para que los criados pudieran vestir la mesa y proceder al servicio. Justel ofreció el brazo a la condesa para acompañarla hasta la chimenea, pero Marsiglio fue más rápido. Mientras los tres se alejaban y Obediah recogía sus libros, Knut Jansen, plantado frente al mapa, lo observaba detenidamente.

—Vaya, vaya, así que un encargo secreto… —masculló en un tono lo bastante alto para que Obediah pudiera oírlo. Después resopló y añadió en neerlandés—: *Vergaan onder corruptie.*

«A la ruina por la corrupción.» Transformar el significado de las iniciales VOC en *vergaan onder corruptie* era un chiste bastante fácil. Sin embargo, dejaba claro a Obediah que al menos Jansen sabía con seguridad quién era su cliente. Era probable que el resto también lo intuyera, pero no importaba. Al menos confiaba en que así fuese.

Obediah bostezó y tomó otro sorbo de café. Habían estado hasta medianoche hablando del plan. Una vez aclaradas todas las cuestiones importantes, el general Marsiglio había ordenado que sirvieran un ponche bastante cargado para celebrarlo, bebida que trajeron en una fuente tan grande como una cabeza de buey. Después, el italiano pronunció el discurso que traía preparado y que habían ido posponiendo durante toda la velada. Por más que se esforzara, Obediah era incapaz de recordar el contenido. Por el contrario, tanto más nítida era la imagen de Jansen y Justel abalanzándose sobre la ponchera para apurar las últimas gotas. Solo de pensar en aquel olor, mezcla de azúcar, lima y ron de Jamaica, se mareaba. También recordaba vagamente que, de camino a las habitaciones, la condesa le había susurrado alguna frivolidad. Obediah no le había hecho caso. Al menos eso dedujo tras despertar con una resaca espantosa como única compañía.

Sentado a la mesita que había junto a la chimenea, estaba estudiando un mapa de la península Arábiga cuando la puerta se abrió de golpe. En cuanto sintió la gélida brisa del exterior, Obediah puso las manos instintivamente encima del mapa. De no haberlo sujetado, Arabia habría salido volando cual alfombra mágica para aterrizar dos metros más allá, probablemente en mitad de la chimenea encendida.

El general Paolo Marsiglio estaba despeinado, el cabello, largo y casi blanco, le caía sobre los hombros de la bata, y calzaba unas babuchas. Miró a Obediah con ojos azules e hinchados, masculló un saludo y le entregó algo redondo y rojizo.

—Buenos días, general. ¿Es esta vuestra primera granada?

—Así es. ¿La catamos?

Obediah asintió, apartó el mapa y ofreció asiento a Marsiglio. El boloñés se sentó entre ayes. Sacó una daga del cajón de la mesita y procedió a masacrar la granada.

—Confieso que esta mañana aún no he salido. ¿Sigue haciendo tanto frío?

Estaban a primeros de abril y el invierno había sido terrible. Toda Inglaterra helada durante meses. En el continente, según sabía por las pocas cartas que le habían ido llegando por culpa del tiempo, el clima no parecía haber sido más benigno. Allí, el tráfico de mercancías había quedado paralizado, pues por el Rin, el Elba y el Támesis solo podían navegar barcos capaces de deslizarse sobre el hielo. A comienzos de marzo todo indicaba que la primavera tomaba poco a poco la delantera. La nieve desapareció y en todas partes lo celebraron con grandes festejos. Hubo bailes en las calles y en los campos embarrados, todos estaban felices por el deshielo.

Pero al invierno debió de molestarle tan insolente regocijo, pues hacía una semana había vuelto a arreciar. Ya no nevaba, pero todo había vuelto a congelarse: los charcos y las pozas que se habían formado por doquier, así como el Támesis y sus innumerables afluentes.

—Apenas he caminado unos pasos, desde el invernadero hasta aquí, y no me siento los pies. ¿Responde eso a vuestra pregunta?

Obediah asintió en silencio. No pudo evitar pensar en las mediciones de temperatura de Hooke, y se recriminó haber dejado de consultar el termómetro todas las mañanas. Pero tenía entre manos cuestiones más importantes que calcular la temperatura media de Warwickshire o de Suffolk.

La daga de Marsiglio atravesó la fruta y esta emitió un crujido. Un líquido rojo salpicó el mapa, la hoja, las manos de Marsiglio. El general tomó media granada y se la ofreció a Obediah. Este la aceptó y le dio un mordisco. Marsiglio lo miró atentamente.

—No hace falta que digáis nada. Vuestra mirada es tan amarga como la de un calvinista partidario de Osiander. Más desabrida que una ramera del puerto, ¿me equivoco?

—La verdad es que no tiene el dulzor que se espera de una granada. Pensaba que en vuestro *giardino botanico* había calefacción…

—La hay. Y calienta todo por igual. Siguiendo las instrucciones de nuestro genio de La Haya, no solo ordené instalar una estufa de carbón, también hay tuberías de cobre distribuidas entre los macizos de plantas. No están destinadas al riego, sino para que circule el agua caliente de la estufa.

Al hablar de «genio», Marsiglio sin duda se refería al célebre filósofo de la naturaleza Christiaan Huygens, con quien Obediah había contactado a través de la VOC.

—Disculpad mi franqueza —dijo dirigiéndose al general—, pero entonces ¿por qué esta fruta es incomestible? ¿Acaso en vuestro *giardino* no disfruta de unas condiciones equiparables a las de latitudes más meridionales?

—Ese señor Huygens es un hombre de extraordinario talento, pero hasta que no logre idear un aparato que imite la luz del sol, faltará un ingrediente fundamental. Cualquiera, o al menos cualquier italiano, sabe que las granadas, al igual que las naranjas o los higos, salen especialmente dulces si ha lucido el sol. Vuestro compatriota Nehemiah Grew lo explica en su *Anatomía de las plantas*. Pero para obsequiar con más rayos de sol a esta Inglaterra tan lluviosa haría falta la mano divina.

—¿Y qué ocurre con nuestra planta del café, general? ¿También sus frutos necesitan tanto sol?

—No en vano crecen en Arabia.

—Pero en una altiplanicie, donde puede refrescar bastante. Además, tengo entendido que Luis el Grande ha ordenado transportar a Versalles diez mil naranjos, una parte de los cuales florece todo el año gracias a sus más de cien jardineros. Imposible no ha de ser.

Marsiglio encogió sus anchos hombros de militar.

—No hace falta que os explique que en botánica, al igual que en cualquier otra rama de la filosofía de la naturaleza, el conocimiento avanza gracias al método del ensayo. Cuando nuestro amigo Huygens se propone medir la velocidad de la luz, recurre a experimentos. También nosotros tendremos que probar a ver cómo se comporta la planta del café cuando la encerremos en un invernadero.

—Para eso primero hay que conseguirla —repuso Obediah.

Se oyó un traqueteo procedente del piso superior. Algún invitado acababa de levantarse.

Marsiglio se acercó súbitamente a Obediah.

—Tengo que hablar con vos. A solas, antes de que bajen los demás.

—Adelante, general.

—Creo que vuestro plan es factible, eso ya os lo he dicho, pero hay dos cuestiones que me preocupan, y ambas tienen que ver con el temperamento de los heráclidas.

Los heráclidas eran los hijos de Hércules. El símil había sido una ocurrencia de Pierre Justel bajo los efectos del ponche:

«Hércules viajó a las Hespérides para robar una manzana dorada a la reina de las ninfas», había declamado con la copa en alto, «¿Acaso nuestro robo no es de igual trascendencia? ¡Arrebataremos al dueño del mundo su planta más preciada, el vino del islam, el Apolo negro! ¡Somos los heráclidas! ¡Por nosotros!».

Tras escuchar estas palabras, todos brindaron con otra ronda de ponche, y los heráclidas pasaron a ser un leitmotiv durante el resto de la velada. Obediah no rechazaba el término, pero le parecía una tontería. Mientras nadie se empeñase en llamarlo Hércules, no tenía nada que objetar.

—¿Nuestro temperamento, general? ¿Podríais ser más exacto?

Un nuevo traqueteo. Otro que acababa de levantarse.

—No estoy seguro de que estemos todos, Obediah. Asumo que la composición del grupo os compete a vos, pero, como sabéis, dado que he servido en distintos ejércitos, estoy acostumbrado a reclutar las tropas adecuadas para cada misión.

—Entiendo. Confío en que Cordovero acabe sumándose. Sus capacidades y sus contactos nos serían muy útiles. Habla árabe con fluidez y es de aspecto oriental, o al menos eso creo; al parecer tiene antepasados moros.

Marsiglio sacudió la cabeza.

—No, no se trata de eso. Tenemos un comerciante hugonote, una artista del disfraz, un capitán, ese misterioso judío portugués al que acabáis de nombrar, un *virtuoso*, es decir, vos —Marsiglio hizo una leve reverencia—, y un viejo soldado que además es botánico y conocedor del mundo turco. Pero falta algo.

—Me resultáis un tanto oscuro, amigo mío.

—Os pido disculpas. Creo que habéis formado un grupo que reúne grandes talentos. Y, sin embargo, tengo la sensación de que falta algo, pero no sé qué es. Llamadlo intuición. Sexto sentido. O ignoradlo si lo preferís.

Obediah negó con la cabeza.

—Para seros sincero, querido general, me sucede algo parecido. Desde que, muchos meses atrás, en casa de mi amigo Pierre Bayle, estudié por vez primera la lista de los hombres y mujeres seleccionados, algunos de los cuales os encontráis hoy aquí, me embargó cierta inquietud. Hasta ahora pensaba que mi tribulación era de carácter general, pero tal vez estéis en lo cierto y obedezca a un descuido. Reflexionaré sobre ello.

Los tablones del techo carcomido crujieron bajo el efecto de unos pasos.

—Si queréis comunicarme vuestra segunda cuita antes del desayuno, esta sería la última oportunidad.

El general contempló la mitad de granada que sostenía en la mano izquierda.

—Sí. Los *beylerbeyi*, los generales turcos, tienen un refrán que aprendí durante mi cautiverio: «Los guerreros victoriosos primero ganan y después van a la guerra, mientras que los guerreros derrotados primero van a la guerra y después intentan ganarla».

—De lo cual deduzco que debemos prepararnos bien antes de viajar a Moca.

—Así es.

—Y eso es precisamente lo que estamos haciendo, desde hace meses, además. Vos estáis experimentando sobre el transporte de las plantas. La condesa se dedica a coser los disfraces y a aprender sobre las costumbres otomanas. Jansen ha estudiado las distintas rutas marítimas y terrestres, y Justel...

—No me refiero a eso.

—¿Entonces?

—¿Cuántos robos han acometido los heráclidas en su composición actual? ¿En cuántos palacios hemos penetrado, a cuántos guardianes hemos distraído y aplacado? ¿Cuántas veces hemos logrado huir con el botín porque confiábamos ciegamente los unos en los otros, porque cada uno sabía instintivamente cómo se comportarían los demás?

—Esa pregunta me resulta demasiado retórica.

—Pero es importante.

Al oír unos pasos, ambos se volvieron. Pierre Justel entró en la sala.

Obediah miró a Marsiglio.

—Lo que queréis decir es que necesitamos eso que los cómicos llaman «la Générale», ¿una suerte de último ensayo?

Marsiglio asintió, y se disponía a añadir algo cuando Justel se le adelantó.

—Buenos días, messieurs. ¿Me permitís pediros una escudilla de café?

El francés parecía aún más perjudicado que el general. Obediah se preguntó si algo lo habría mantenido despierto después de que todos se hubiesen retirado a sus respectivos aposentos: el interés de Justel por la condesa era innegable. ¿Habría sido correspondido? Obediah se puso en pie y tomó la jarra de plata de la repisa de la chimenea. Sirvió café en una escudilla y se la entregó a Justel. Este dio un sorbito y enarcó las cejas.

—¡Está fuerte, pardiez! Y muy bueno.

—Gracias, monsieur —respondió Marsiglio—. Los criados tienen órdenes muy estrictas para prepararlo exactamente como los jenízaros, los soldados de élite turcos, en el campo de batalla.

—¿Acaso su método difiere del de aquí? —preguntó Justel—. Quiero decir, al margen de que aquí, en la campiña, no usaréis agua del Támesis.

—Lo importante es que ellos no lo almacenan en barriles —explicó Marsiglio.

—¿Y qué se puede objetar a un buen café de barril? —inquirió Obediah.

Marsiglio resopló con cierto desprecio.

—Mi querido amigo, recalentar el café que ha mudado de recipiente es una mala costumbre inglesa.

—Pero no queda más remedio. Como cualquier otra bebida que se sirva en un establecimiento público, el café está sometido a un real tributo. Y para calcularlo, primero debe almacenarse en barriles de un tamaño determinado.

—En Francia no existe una ley semejante —añadió Justel—. En el Café des Aveugles, por ejemplo, el café se prepara todas las mañanas y nunca se almacena durante más de diez o doce horas. A mi entender, eso garantiza el sabor.

Marsiglio también se sirvió una escudilla.

—El turco no daría ese brebaje ni a los caballos. El café se prepara cada vez que se va a tomar, en un *ibrik*, una especie de jarrita de mango largo como esta.

—Una muestra de la exagerada teatralidad oriental —objetó Justel.

—Es posible. Pero así es como ordeno que lo preparen, y vos acabáis de elogiar el resultado.

El hugonote dio otro sonoro sorbito.

—Durante el viaje visitaremos cafés turcos, ¿no es cierto, mister Chalon?

—Así está previsto.

Marsiglio resopló.

—Si estoy tan cansado como esta mañana, aceptaré casi cualquier *concotio*. A los únicos cafés a los que no me llevarán ni atado es a los de Viena.

—¿Y eso por qué?

—Lo que hacen allí con el café es sencillamente asqueroso.

Ambos miraron al general con curiosidad. Por la cara de Marsiglio, Obediah comprendió que el boloñés se alegraba de poder contar su primera historia de terror al punto de la mañana.

—Como bien sabéis, los austríacos son un pueblo de naturaleza débil. Y los peores son los vieneses. El café les resulta muy amargo. —El general volvió a resoplar, en señal de desprecio—. Y por eso suavizan su sabor.

—¿Con miel, señor conde? —preguntó Justel.

—No, con azúcar de caña. Cosa ya de por sí abominable, pero es que además… —Marsiglio alzó las manos— ¡le ponen nata!

—¡No es posible!

—Os doy mi palabra.

Los tres convinieron en que se trataba de una imagen en verdad espeluznante. Sacudiendo la cabeza, Justel se dejó caer en una *chaise longue* y clavó la mirada en el negro insondable de la escudilla de café; al poco, levantó la vista y miró a Obediah.

—Decidme, sir, ¿cuándo volveremos a vernos? ¿Y cuándo partiremos?

Obediah dejó a un lado la escudilla y se sentó frente a Justel.

—Como sabéis, ahora cada uno tiene por delante toda una serie de preparativos. En lo que a vos respecta, os pido que, sobre todo, utilicéis los contactos con vuestros correligionarios para trasladar nuestros pertrechos al Levante sin que se enteren los franceses. Entiendo que nadie mejor que un hugonote emigrado para lograrlo.

Justel sonrió. Parecía algo incómodo.

—Luego están las cuerdas. ¿Os resultaron comprensibles los dibujos que os envié?

—Para seros sincero, solo en parte. Pero se los mostré a mi tío y dijo que sabía exactamente cómo trenzar ese tipo de soga. En nuestra cordelería de Spitalfields ya se han puesto a ello.

—Excelente. Hoy mismo regresaré a Londres, al igual que el resto. Si durante las próximas cuatro semanas no tenéis noticias mías, emprended viaje a Ámsterdam. Planificadlo todo de modo que lleguéis a primeros de junio. En Karpershoek, un café junto al canal de Martelaarsgracht, os esperará un mensaje.

—¿Y después?

—Continuaréis viaje hacia el lugar indicado en el mensaje, el cual, y esto es cuanto puedo revelaros por el momento, también está en los Estados Generales.

Justel tomó su último sorbo de café y miró primero a Obediah y después a Marsiglio.

—De vuestras palabras deduzco que debo viajar solo. ¿No sería mejor si todos...?

Marsiglio negó con la cabeza.

—Mejor por separado.

—Decís bien, general. Un hugonote huido, un general que no goza del favor del Rey Sol, una timadora, un pirata y un falsificador: un grupo tan variopinto llamaría la atención. No, nos dirigiremos al punto de encuentro por separado. Y mientras estemos en Londres no mantendremos contacto. Eso será más adelante, cuando prosigamos viaje juntos, ataviados ya con los disfraces que la condesa nos habrá confeccionado.

Al oír el nombre de Da Glória, el joven dio un ligero respingo. Se hizo evidente que albergaba la esperanza de verla con frecuencia a partir de ese encuentro, pero aún tendría que reprimir sus instintos durante un tiempo.

—Entiendo, sir. —Justel se levantó—. Ahora, si me disculpáis... He prometido a la condesa acompañarla durante su paseo matinal.

Hizo una reverencia y abandonó la sala. Marsiglio miró a Obediah y sonrió.

—Sí que ha ido rápido. Nuestro Romeo está enardecido.

—¿Quién es Romeo, general?

—Ah, el personaje de un romance teatral de poca monta. Bien pensado, en el caso de un helenófilo como Justel, sería más pertinente compararlo con Leandro.

—Justel cual Leandro enamorado... Entonces ¿nuestra condesa sería Hero, la sacerdotisa de Afrodita?

—No me negaréis que la dama irradia gracia y hermosura.

Al oír hablar al conde verdadero sobre la falsa condesa, Obediah supo que la única mujer que formaba parte del grupo tenía, como mínimo, un segundo admirador. Esperaba que aquello no se tornase en un problema. Bastantes tenía ya.

Obediah cruzó Newgate con las manos remetidas en el manguito de castor. Al pasar junto a las obras de la catedral, se detuvo un instante a contemplar el enorme frontis inacabado que se alzaba en pos del cielo gris londinense. Los trabajos se habían suspendido a causa del frío gélido y nada parecía indicar que fueran a retomarse en breve. Prosiguió su camino. Los restos de nieve parduzca crujían bajo las botas. De seguir así, el nuevo templo principal de Londres nunca acabaría de construirse. Sin embargo, la cuestión era hasta qué punto tal circunstancia podía calificarse de desafortunada, pues al parecer el arquitecto responsable, Christopher Wren, era un auténtico chapucero. Hacía unos días Obediah había estado conversando en el Grecian con un caballero que afirmaba haber visto una maqueta de la nueva catedral de San Pablo. Por lo que contó, el arquitecto la había encargado el año anterior y era rematadamente fea. «Es casi una blasfemia diseñar una catedral tan espantosa para nuestro Señor», había asegurado el caballero. Además, los bocetos recordaban a ciertas iglesias de Roma, con lo cual era una arquitectura papista, había añadido, cada vez más indignado. El Parlamento, del mismo parecer, había obligado a Wren a realizar todo tipo de cambios, lo cual retrasaría las obras aún más.

Obediah llegó a Cheapside, pero andaba tan ensimismado que apenas reparó en los numerosos escaparates y los abigarrados letreros de aquella calle comercial. En su opinión, la obra más imponente de Wren no había sido ni mucho menos la construcción de la nueva catedral, sino la demolición de la antigua. A tal fin, el arquitecto había desarrollado una técnica de voladura completamente novedosa con la cual, en cuestión de segundos, logró reducir los gruesos muros del templo incendiado a un montón de guijarros fácilmente transportables. En los círculos de los *virtuosi* se había debatido durante semanas cómo había sido posible destruir una obra de tal magnitud con unos pocos barrenos y algo de pólvora. Sin duda habían sido necesarios unos cálculos de gran precisión.

Que Wren no estuviese avanzando le parecía relativamente normal. Construir una catedral era una empresa de gran complejidad. Aparte del material y de los fondos, era imprescindible contar con los profesionales adecuados: carpinteros, fontaneros, sopladores de vidrio y albañiles, los cuales, además, debían aprender a trabajar juntos en un solar inmenso y a un ritmo inaudito. Obediah se acordó de su propio proyecto. «Al menos Christopher Wren ya tiene la obra bruta —pensó—. Yo, por el contrario, no cuento más que con un montón de quimeras y un grupo de aventureros escogidos de aquí y de allá.»

Al llegar a Cornhill se detuvo en un puesto de castañas y dio medio penique al vendedor. A cambio recibió un cucurucho grande de castañas con azúcar. Se metió la primera en la boca. Mientras masticaba, pensó en las palabras de Marsiglio: «Tengo la sensación de que falta algo».

En ocasiones, aquel viejo soldado lo sacaba de quicio con sus discursos divagatorios y su engolada erudición, pero esta vez —así lo dictaba su intuición— Marsiglio estaba en lo cierto. El boloñés no solo era el mayor y más experimentado de todos ellos, además era el único que había osado acometer una aventura semejante. Muchas de las historias del general le parecían burdas patrañas, pero no dudaba de que aquel hombre había penetrado en fortalezas y forrajeado tras las líneas enemigas. Ningún otro miembro del grupo podía decir lo mismo.

Siguió caminando lentamente en dirección a Leadenhall y atiborrándose de castañas dulces hasta que le dolieron las muelas. Sin embargo, continuó elucubrando, era harto improbable que hubiesen olvidado algo importante. Había dedicado semanas a repasar y mejorar el plan, había consultado a numerosos expertos y leído toda suerte de tratados sobre el café, el sistema de gobierno otomano y otros asuntos. En repetidas ocasiones había considerado si sería necesario incluir a alguien más. Y las mismas veces había concluido que las personas que había reunido sumaban suficiente talento y experiencia para cubrir todas las facetas del robo...

En la esquina con Lime Street le llamó la atención un caballero muy atildado. Llevaba un traje de caza confeccionado con la mejor piel de ciervo, ribetes plateados y un magnífico sombrero a la francesa con tres plumas de avestruz. Dos hombres con aspecto de petimetres y trajes de tercera o cuarta mano revoloteaban a su alrededor dándole coba. Uno de ellos sostenía una docena de relojes de bolsillo sujetos a una tablilla forrada con terciopelo negro sucio. Incluso a distancia Obediah vio que eran réplicas. Se fabricaban con plomo fundido, se pintaba la esfera encima y se colocaban las agujas. Eran tan fiables como consultar la hora en un canto rodado. Los fanfarrones que no podían permitirse un reloj auténtico solían llevar ese tipo de imitaciones en el bolsillo del chaleco. Cada pocos minutos sacaban su «reloj» y, con gesto grandilocuente, miraban unas agujas que no se moverían ni una décima de pulgada por más que llegara el día del juicio final.

Un hombre tan elegante como el que lucía el traje de caza jamás compraría algo así; también aquellos dos debían saberlo. Obediah pensó en prevenir al caballero, pero se llevó otra castaña a la boca y observó la escena. En Londres, robar era algo más que un oficio. Era un arte y, además, una ocupación que exigía repartirse el trabajo. Los dos vendedores de relojes de plomo eran eso que en los bajos fondos se denominaba *stalls*. Su labor consistía en atraer la atención del *cony*, es decir, de la víctima, cosa que al parecer habían logrado. Llevado por la ira, el caballero de las plumas de avestruz los increpó en francés y les gritó que se fuesen al cuerno.

Vía libre para la entrada en escena del *foin*. Este era el más importante, pues era el encargado de llevar a cabo el robo, propiamente dicho, sin que la víctima se diese cuenta. Transcurrieron unos instantes hasta que Obediah logró detectarlo. De hecho, no lo identificó hasta que, al ir a alejarse del caballero, el *foin* casi se topó de frente con una criada que caminaba presurosa en dirección contraria. Por supuesto, esta cuasi colisión también formaba parte de la comedia. El *foin* casi rozó al *snap* —tal era el nombre que recibía la tercera parte implicada en el robo—, entregándole así la bolsa de dinero sustraída. Y antes de que Obediah hubiese masticado otra castaña, la criada ya habría pasado el botín al siguiente *snap*.

El *foin* se perdió entre la muchedumbre. A partir de ese momento, los vendedores de relojes dejaron de oponer resistencia y en unos segundos habían desaparecido. El francés alzó el mentón, se llevó la mano a la espada y se alejó muy airado. Su indignación crecería pronto. Obediah prosiguió camino sacudiendo la cabeza. Volvió a pensar en su propio dilema, no muy distinto del de los ladrones. Solo si trabajaban todos juntos, el *foin* lograría...

El cucurucho se le resbaló. Cayó al suelo y se reventó. Las castañas salieron rodando por el suelo enfangado.

El *foin*. ¿Quién era el suyo? Algo tan sencillo y ni él ni Marsiglio, por no hablar del resto, habían reparado en ello: los árboles no les habían dejado ver el bosque. Y eso que la cuestión era bastante simple: se disponían a viajar al imperio más poderoso del mundo para robar algo de gran valor. La misión requería todo tipo de cosas, pero ante todo necesitaban un ladrón, un experto en la materia. Obediah se echó a reír y prosiguió camino haciendo caso omiso de las miradas de los transeúntes. Por fin sabía lo que buscaba. Solo le faltaba averiguar quién era el mejor *foin* del mundo.

Le costó encontrar un *hackney* libre. Una vez hubo montado, el cochero se volvió hacia él.

—¿Cuál es vuestro destino, sir?

—Whitehall Palace.

—¿Por Holbein Gate?

—No. ¿Conocéis la pequeña entrada que hay más al este?

—Supongo que os referís a la que está por encima de Scotland Yard.

—Así es. Llevadme allí.

El cochero asintió con un gruñido e hizo restallar el látigo. A un ritmo que Obediah consideró demasiado lento, trotaron por Cheapside en dirección oeste. En realidad no había ningún motivo para la premura, y sin embargo le costaba estarse quieto. Se movía impaciente de un lado a otro del banco acolchado, mirando sin cesar el tráfico denso. Por fin llegó el momento en que pudo divisar el inmenso real sitio. Reparó en la gran cantidad de soldados de la guardia real que patrullaban frente a las puertas y la muralla.

Whitehall había estado bien custodiado también durante el reinado de Carlos II, pero desde que en aquel palacio residía Jacobo II, católico confeso, las medidas de seguridad eran mucho más estrictas. El nuevo rey creía estar rodeado de enemigos: anglicanos y calvinistas furibundos a los que nada habría gustado más que asaltar Whitehall para clavarle un puñal a ese maldito papista usurpador del trono y después exhibir su cabeza, clavada en una pica de seis metros de largo, en las escaleras de palacio, próximas al Támesis; no sin antes, por supuesto, cocer la real testa en agua con sal y comino para que las gaviotas no destrozasen de inmediato tan espléndido panorama. Así, o de un modo parecido, sospechaba Obediah que Jacobo imaginaba la escena. Y también intuía que los temores del rey eran del todo fundados.

El *hackney* avanzó a lo largo de la muralla y se detuvo junto a una pequeña puerta que pasaba inadvertida y estaba destinada, principalmente, al suministro de víveres. Obediah bajó del carruaje, pagó al cochero y se dirigió hacia la puerta.

—¿Qué deseáis, sir?

—Vengo a ver a John Gibbons. —En voz algo más baja, añadió—: Es por un asunto relacionado con la persecución de ciertos delitos de los que he sido víctima.

Obediah sacó una tarjeta de visita del bolsillo de la casaca y se la entregó al soldado. Este asintió, dijo algo a otro miembro de la guardia real y desapareció.

Oficialmente, John Gibbons era el portero mayor de Whitehall, cargo al que, según decían, había accedido gracias a sus contactos con un secretario del difunto Carlos II y al pago de una suma bastante cuantiosa. Todos sabían que Gibbons, además, se dedicaba a atrapar ladrones. Tras haber pasado una temporada larga en Ámsterdam, Obediah consideraba esta profesión, tan típicamente inglesa, un poco extraña. En los Estados Generales, si a un ciudadano le robaban o hurtaban algo, este podía dirigirse al *schout* o corregidor y presentar una denuncia, a partir de la cual comenzaba la investigación. Según había leído recientemente en la *Gazette de France*, también en París, además de la *maréchaussée*, es decir, la gendarmería, había una organización denominada la Police, especializada en esclarecer delitos. En Londres no tenían nada similar. Aquel que fuese víctima de un robo debía asumir su mala fortuna y considerar la conveniencia de contratar a un escolta, o bien a un experto en atrapar ladrones para que le restituyera sus bienes. Gibbons tenía fama de ser el mejor de la ciudad. Mantenía excelentes contactos con los bajos fondos. Algunos lo criticaban argumentando que tales vínculos eran impropios de un caballero, y se decía que muchos de los delitos que resolvía espectacularmente no eran más que un montaje. Bien podía tratarse de un burdo rumor, pero eso a Obediah le era indiferente: lo que necesitaba de Gibbons era información, no recuperar ningún objeto robado.

Al cabo de unos diez minutos, el soldado regresó y le indicó que lo siguiera. Ambos atravesaron el portón y cruzaron Scotland Yard en dirección al Támesis. El soldado lo condujo hasta una puerta pintada de verde, en el frontal del edificio que quedaba a su derecha. Apenas hubieron llegado, la puerta se abrió y salió un hombre que rondaría los cuarenta. Parecía una rata con levita. Unos ojillos codiciosos escrutaron al visitante de arriba abajo. Por un momento, Obediah se sintió como un delincuente.

—¿Tengo el honor de estar ante mister Gibbons?

—Para serviros, sir. Por favor, pasad.

Gibbons lo condujo a un despacho cálido y agradable con vistas a todo Scotland Yard. Le ofreció asiento en una butaca acolchada y hasta un vaso de hipocrás, «para impedir que el frío os cale los huesos». Tanta amabilidad con un extraño había de resultar sospechosa. Obediah atribuyó la hospitalidad a su nuevo traje, que le había costado seis guineas y le confería un aspecto más opulento de lo que era en realidad.

Gibbons se sentó al escritorio.

—Tengo entendido que os han sustraído algo, sir —dijo.

—No, no es eso. En realidad quisiera contratar vuestros servicios como experto en atrapar ladrones, pero no para recuperar nada.

—Ajá. Debéis saber que, a diferencia de algunos de mis colegas, yo cumplo estrictamente con la ley y...

—No me malinterpretéis, sir. Lo único que quiero de vos es información. A cambio de los honorarios adecuados, claro está.

Las palabras «honorarios» y «adecuados» parecieron tranquilizar a Gibbons.

—¿Y qué queréis saber en concreto?

—Me interesan los ladrones de primera clase.

—Os referís a los *foins*.

—Así es, pero no a esos que roban en Cheapside las faltriqueras de los ricos almidonados.

Gibbons mostró sus dientecillos de rata y frunció el ceño, un gesto que, en apariencia, indicaba que estaba sumido en profundos pensamientos.

—¿Buscáis la mejor calidad? ¿Hombres de la talla de Thomas Blood?

Blood era una leyenda desde que, años atrás, se había convertido en el primer y único ladrón de la historia capaz de robar las joyas de la corona de la Torre de Londres. Había pasado meses perfeccionando aquel plan, que unos consideraban una bribonada y otros una proeza; las opiniones estaban divididas. Lo cierto es que fue detenido, pero el rey quedó tan impresionado por la hazaña que, además de indultarlo, le concedió un título nobiliario.

—En efecto, ese es el tipo de ladrón que busco. ¿A qué se dedica Blood, por cierto?

—A nada. Está muerto.

—¿Y vos estaríais en disposición de darme el nombre de otros con igual talento?

—La mayoría de ellos trabajan en la clandestinidad y no quieren que su nombre se sepa. Además, no todos están… disponibles, ya sabéis a lo que me refiero.

Obediah miró a Gibbons con un gesto de fingida ignorancia, y el otro sonrió burlón.

—Tal vez vuestro interés solo sea de naturaleza académica. Quizá deseéis escribir un tratado sobre grandes ladrones. Pero lo más probable es que queráis contratar a uno de esos hombres. Prefiero no saber de qué trapacería se trata, pero mientras los granujas más adecuados estén en el calabozo, no os servirán de mucho.

—Estoy dispuesto a pagar por ambas opciones, sir: libres o entre rejas. Lo decisivo es que sean hombres con un talento excepcional, por así decirlo. Basta con que me digáis quién es, a vuestro entender, el mejor.

—¿En Londres?

—En Inglaterra y en el continente.

—Comprendo. ¿Y podríais precisar un poco cuál ha de ser la especialidad de vuestro experto ladrón?

—¿Especialidad?

—Hurto, extorsión, robo, secuestro, asesinato —respondió Gibbons en un tono tan desapasionado como si estuviese enumerando tipos de cerveza—. ¿De qué debe ser capaz?

Obediah reflexionó.

—Debe ser capaz de robar algo que se encuentra en un territorio muy bien vigilado…, con muchos guardianes y muros entre él y… el objeto en cuestión.

—Ah. Entonces conozco a… alguien. Pero no os servirá de mucho.

Obediah comenzaba a impacientarse. Sacó dos guineas del bolsillo interior que llevaba cosido bajo el cuello de la casaca y las puso sobre la mesa.

—Continuad, por favor. El asunto urge.

—Se llama Louis y es el duque de Vermandois. Los expertos lo consideran el mejor ladrón del mundo. Es muy hábil y astuto.

—¿Un miembro de la alta nobleza de Francia? Pensaba que esos solo robaban al pueblo.

—Al parecer, este roba por aburrimiento.

—¿Y cuál ha sido su golpe más sonado hasta la fecha?

Gibbons se inclinó ligeramente hacia delante.

—Robó una alhaja del rey, sir.

—¿De qué rey? ¿De Luis el Grande?

—Así es.

—¿Y en concreto qué sustrajo?

—Eso no se sabe, pero a buen seguro algo muy preciado para su majestad.

—¿Y por qué nunca he oído hablar de esa historia?

Gibbons miró al techo. Después, dijo muy despacio:

—Ruego que no me malinterpretéis, pues siento el máximo respeto por nuestro rey, al que Dios guarde por mucho tiempo. Pero, a diferencia de esta nuestra Inglaterra dividida, en Francia el orden y la disciplina imperan por doquier. Y si alguien roba al Rey Sol, os aseguro que no sale publicado en la *Gazette de France*. A nadie se le ocurriría redactar un tratado burlándose de tal suceso. Y quien se dedique a chismorrear en un café acabará en la Bastilla, al menos hasta que el verdugo haya afilado el hacha.

Obediah asintió. Gibbons no le caía simpático, pero estaba claro que no era ningún necio. La censura en Francia, a diferencia de en Inglaterra, era muy estricta, en efecto, y el rey, mediante una simple orden reservada o *lettre de cachet*, podía enviar a un oscuro calabozo a cualquiera que no fuese de su agrado.

—Entiendo, mister Gibbons. ¿Y sabéis dónde se encuentra Vermandois ahora? ¿Está vivo?

—Es difícil de decir.

—Además de estas guineas, tengo muchas más.

—Os equivocáis al tomar mi ignorancia por codicia, sir. Sencillamente, no sé deciros dónde está. Y mis contactos con la corte de Versalles —Gibbons esbozó una sonrisa— no serán mejores que los vuestros.

—Bien. Os agradezco no obstante vuestra ayuda.

Obediah se levantó, estrechó la mano de Gibbons y cruzó el patio en dirección al Támesis. Pasó revista a sus numerosos contactos y corresponsales. ¿Cuál de ellos estaba familiarizado con las habladurías versallescas? Al llegar al embarcadero llamado The Wharfe, hizo señas a uno de los barqueros que solían matar el tiempo allí, en sus pequeños botes, a la espera de clientela adinerada. Bajó las escaleras hasta el agua y ordenó al hombre que lo llevara hasta Blackfryar Stairs.

Una vez allí, desembarcó y caminó a paso ligero hasta un café que funcionaba asimismo como estafeta para el correo por un penique. Dio un groat al hombre que estaba tras el mostrador y pidió un café. Prescindió de las inevitables monedas turcas y en su lugar pidió que le dieran unas hojas, una pluma y tinta. Con todo eso, se sentó a una mesa en un rincón y empezó a escribir varias cartas con premura.

Ginebra, 7 de julio de 1688

Estimado monsieur Chalon:

Recibid mi más sincero agradecimiento por vuestras amables palabras. Siempre me alegra tener noticias de Londres o de Ámsterdam. Desde que me viera obligado a huir precipitadamente hacia el exilio ginebrino, estas son aún más escasas que cuando ocupaba mi puesto en el Louvre. Asimismo, os agradezco los tratados incluidos en vuestra misiva. En especial, *Lo que la catolicísima Francia es en realidad bajo el reinado de Luis el Grande*, de ese tal monsieur Bayle, es un dechado de ingenio. Me he tomado la libertad de encargar unas cuantas copias a un impresor local para contribuir a divulgarlo.

Mas vayamos al asunto sobre el que me pedisteis que recabara información. Sin duda he oído hablar del tal duque de Vermandois. Si bien nada puedo deciros sobre su actual paradero, sí estoy en condiciones de referiros algunos detalles sobre los acontecimientos que motivaron su desaparición. El duque es, en realidad, Luis de Borbón, uno de los numerosos bastardos del rey. Dado que Luis el Grande no lo concibió con cualquier ramera, sino con su entonces *maîtresse en titre* y amante oficial, la duquesa de La Vallière, tuvo que reconocerlo y otorgarle así el título de príncipe legítimo de Francia, amén de duque.

A pesar de su carácter insolente y atolondrado, Vermandois fue durante mucho tiempo uno de los favoritos del rey. Muchos creen que el monarca se veía reflejado en aquel muchacho, pues le recordaba sus primeros años de regencia. No en vano, el joven duque era el segundo hijo varón del rey y, por consiguiente, gozaba de absoluta libertad en Versalles, circunstancia que aprovechaba para gastar todo tipo de bromas al conjunto de la alta nobleza. Así, por ejemplo, se dice que una vez perforó a escondidas la góndola de recreo de Luisa Francisca de Borbón, mademoiselle de Nantes, de tal suerte que la pobre se hundió en el Gran Canal, con sus doncellas, ante la mirada de toda la corte.

Sin embargo, la especialidad de Vermandois siempre fue sustraer alhajas a los miembros de la corte: relojes de bolsillo, agujetas, cajitas de rapé..., el joven Luis podía hacer desaparecer casi cualquier cosa sin que nadie lo notara. Como os podéis imaginar, con el paso de los años sus robos eran cada vez más espectaculares y arriesgados, entre otras razones porque nadie le ponía freno y porque él se consideraba intocable, ya que gozaba del favor y la gracia del rey.

Sin embargo, en el verano de 1685 el duque desapareció súbitamente de Versalles. Nada se sabía de su paradero, por lo que el asunto fue objeto de intensas especulaciones. La versión cuasi oficial afirmaba que había sido seducido por el caballero de Lorena, el amante de Felipe de Orleans, hermano de Luis XIV. Tras gozar de este encuentro tan poco cristiano, Vermandois habría encontrado gusto en el sexo masculino. Se rumorea que a partir de entonces el joven duque se dedicó a buscar, sin el menor disimulo, nuevos amigos con los que confraternizar en Versalles.

Esto no debió de ser del agrado de Luis el Grande. Y por más que se supiera que el hermano del rey había sucumbido por completo a los encantos de su mismo sexo, ya lo dice la sentencia: *quod licet jovi non licet bovi*. Que monsieur pueda permitirse tener un amante sin ningún tipo de recato no implica que un bastardo, por legítimo que sea, pueda hacer lo propio; lo cual es comprensible.

La otra historia, que solo se cuenta en voz baja, es bien distinta. Al parecer, el duque de Vermandois, aburrido de sustraer joyas a la alta nobleza, decidió robar al propio rey. De haber arrebatado a su padre un simple pañuelo, es muy posible que el monarca lo hubiese perdonado, pero, según dicen, Vermandois logró acceder a los aposentos de su majestad sin ser visto. Nadie sabe qué robó, pero cuentan que la cólera del rey fue tal que expulsó a su hijo de la corte al instante.

Sea cual fuere la verdad, lo cierto es que desde entonces Vermandois no ha sido visto en Versalles, pero tampoco en el Louvre ni en su residencia del norte de Francia.

Espero haberos sido de ayuda con esta información. Os envío mis mejores deseos para mi querido hermano. Si os lo encontráis, dadle dos besos de mi parte.

Vuestro más humilde servidor & cétera,

GUILLAUME JUSTEL

Pasó un rato hasta que sus ojos se hubieron acostumbrado al telescopio, pero, una vez lo consiguió, Obediah no quiso apartar la vista de aquella pequeña esfera dorada. En un primer momento pensó que aquel objeto era una mancha, pero poco a poco fue distinguiendo más detalles. El dorado era el color predominante, pero cuanto más observaba la esfera, más matices descubría: había motas color turquesa, manchas oscuras y unas líneas que indicaban que tenía una estructura determinada, montañas y valles, acaso también mares o lagos.

—¿Eso es Saturno? —preguntó sin dejar de observar el cuerpo celeste—. No alcanzo a ver los anillos que describís, seigneur.

—No, no es Saturno, sino una de las *lunae Saturni*.

—¿Y no le habéis dado ningún nombre?

—De momento no. Pero algunos colegas han tenido la gentileza de denominarla Luna de Huygens.

Obediah retiró la mirada del telescopio y se incorporó.

—«Una de las lunas de Saturno», habéis dicho. ¿Acaso existen más?

Su interlocutor asintió. Christiaan Huygens se encontraba junto a él, apoyado en un bastón. Al anciano filósofo de la naturaleza le había costado cierto esfuerzo subir al observatorio, en el tejado de su casa, a una hora tan tardía. Que aun así lo hubiera hecho para enseñar su mejor telescopio daba muestra del afecto que sentía por Obediah. O al menos eso creía el inglés. La amabilidad de Christiaan Huygens bien podría deberse, en parte, a la cuantiosa suma que la Compañía le pagaba para que ayudase a Obediah. Sea como fuere, la luna de Saturno era una visión incomparable, algo que recordaría durante mucho tiempo.

—Así es, Saturno tiene muchas lunas, monsieur Chalon. Yo he descubierto la primera, pero las otras cuatro se me han escapado. Un genovés llamado Cassini ha sido el primero en encontrarlas.

—¿Y esas tampoco tienen nombre?

—Sí que tienen. —Huygens arrugó la nariz—. Cassini las ha llamado Sidera Lodoicea, en honor al rey Luis XIV.

«Sidera Lodoicea, las estrellas de Luis», pensó Obediah, como si no bastase con las ciudades, los ríos y los países que llevaban su nombre. Ni siquiera el éter estaba a salvo del rey francés.

—La pregunta es —dijo Obediah— de qué están compuestas esas lunas.

—En efecto. Y si están habitadas.

Obediah miró desconcertado al filósofo de la naturaleza.

—¿Perdón, seigneur?

—Es evidente que Saturno, Marte y las lunas son esferas compuestas de tierra y de piedra, similares a esta en la que nos encontramos. En mi opinión, si nos atenemos a las leyes de la lógica, sería razonable suponer que también los demás planetas están habitados.

—Pero ¿por quién?

—Por seres planetarios, probablemente no muy distintos del hombre.

—¿Habéis publicado ya algo al respecto?

—Aún no, pero lo tengo previsto. Todavía tardaré un poco en terminar el libro. Se titulará *Cosmotheoros*.

Obediah volvió a mirar por el telescopio. La Luna de Huygens seguía allí, imperturbable. Le costaba imaginar seres planetarios paseándose por allá arriba, explorando tal vez el éter con telescopios similares al suyo y observando la Tierra. Se incorporó de nuevo y dijo a Huygens:

—Creo que vuestra teoría sobre los habitantes de Saturno logrará soliviantar a la Iglesia.

—¿La católica o la protestante?

—Ambas.

Huygens dio un manotazo al aire para indicar que la objeción de Obediah le parecía irrelevante.

—La Biblia no dice que haya vida en otros mundos. Pero tampoco dice que no la haya. Además, monsieur, ¿por qué si no habría creado Dios otros planetas? Para poblarlos igualmente con el fruto de su creación.

—Entonces ¿por qué los situó tan lejos los unos de los otros en el éter?

Huygens se encogió de hombros.

—Tal vez porque no quería que sus distintos hijos se encontraran. Quizá pensó que se enzarzarían en una guerra.

—En ese caso tendría que haber puesto a los franceses y a los holandeses en planetas distintos.

Huygens frunció el ceño.

—¿Os encontráis bien, seigneur?

—Sí, no temáis. Pero ¿os importaría acompañarme de vuelta? Soy viejo y aquí arriba siento un poco de fresco.

Obediah asintió y ayudó a su anciano anfitrión a bajar por la empinada escalera de caracol. Una vez dentro de la casa, Huygens se desplomó, agotado, en una butaca frente a la chimenea.

—¡Ah, ojalá tuviera un ascensor como el de Erhard Weigel!

—¿Un ascensor, seigneur? ¿Y eso qué es?

—Weigel es un filósofo de la naturaleza que vive en Jena —explicó Huygens entre ayes mientras se colocaba un cojín en la espalda—. Ha encargado abrir un hueco en su casa y en él ha colocado una pequeña plataforma de madera, colgada de unas cuerdas, que se puede subir y bajar con ayuda de una manivela. Es un invento magnífico para transportar barriles de cerveza... y a viejos con gota.

—Tal vez deberíais acostaros, maestro Huygens. Podemos tratar el resto de los asuntos mañana...

—¡Tonterías, monsieur Chalon! Nunca me acuesto antes de las tres. A cambio, me levanto bastante tarde, no me veréis en pie antes del mediodía. Solo necesito una copita. ¿Seríais tan amable...?

—Naturalmente, seigneur.

Obediah se dirigió a una mesa en la que había varias botellas y sirvió dos coñacs. Ya durante su última visita breve a La Haya le había llamado la atención que el anciano no tuviese un criado, ni tampoco un amanuense que lo ayudase a transcribir sus trabajos o a llevar a cabo los experimentos. Tras preguntarle al respecto, Huygens había respondido que prefería vivir e investigar solo antes que «en compañía de necios, aunque tenga que limpiarme los zapatos yo mismo».

Obediah le alcanzó una copa de coñac y dio un sorbito al suyo.

—Y todos estos relojes, ¿no perturban vuestro sueño, seigneur?

Obediah señaló las más de veinte péndolas, de pie y de pared, que había en aquella gran estancia; su eterno tictac producía un ruido de fondo equiparable al crepitar de la chimenea que tenían delante. Desde que había llegado a casa de Huygens la noche anterior, apenas había conciliado el sueño: siempre se oía algún ruido o sonaba algún timbre.

—Bah, yo esos relojes ya ni los oigo. Pero me fascina todo lo relacionado con su mecánica. ¿Habéis visto a mi turco?

Tan repentino cambio de tema confundió ligeramente a Obediah.

—¿Vuestro turco? Pensaba que no teníais criados.

Huygens sonrió con picardía.

—Mirad tras la cortina, allí, entre los dos relojes de pie.

Obediah se dirigió hacia una cortina de terciopelo rojo en la que no había reparado hasta ese momento. Nada más correrla, retrocedió asustado. A su espalda oyó la risita del viejo. Obediah tenía delante el rostro iracundo de un pachá otomano con un bigote espeso y retorcido. Llevaba un turbante voluminoso con un sombrerito rojo en el centro. En el frente del tocado lucía una pluma azul de pavo. El tronco del turco estaba envuelto en una túnica del más fino parangón veneciano. No tenía parte de abajo: el tronco terminaba en una pequeña cómoda de nogal.

En la penumbra del salón, Obediah había creído por un instante que se trataba de un turco de verdad. Al observar el muñeco con detenimiento, supo por qué. La cara era de porcelana fina y pintada; los ojos eran de cristal y daban la impresión de atravesarlo. También las manos eran de porcelana, y parecían tan reales que llamaban a engaño. Hasta tenían uñas, y en uno de los dedos el turco llevaba un anillo con una gran amatista.

La voz de Huygens resonó a espaldas de Obediah:

—Ese muñeco mecánico es, si me permitís pecar de inmodestia, más sofisticado que cualquier autómata de De Gennes.

—Yo tuve uno de sus patos —respondió Obediah sin apartar la vista del pachá.

—¿Y qué hacía?

—Andaba. Y comía.

—No está mal. Según tengo entendido, De Gennes quería construir un autómata capaz de defecar. Mi turco es mejor. Está basado en todos mis conocimientos de relojería y es capaz de realizar varias tareas.

—¿Por ejemplo? —preguntó Obediah.

—¿Veis los interruptores que hay en la cómoda?

Obediah asintió. Insertadas en la madera había dos ruedecillas móviles. En una de ellas figuraban las letras «A», «C» y «O». En la segunda, los números del uno al cinco. Obediah reparó en que a la derecha de la cómoda había tres cavidades redondas con las mismas letras: «A», «C» y «O». A la izquierda, otras cinco cavidades; estas numeradas y de un diámetro un poco menor.

—Id primero al aparador y tomad tres botellas y cinco copas. Colocadlo todo en las cavidades.

Obediah cogió la botella de coñac, otra de oporto y una de aquavit. Después regresó por las copas. Colocó todo en los huecos diseñados al efecto: el oporto en la «O», el aquavit en la «A», etc.

—Girad una ruedecilla hasta la posición «C» y la otra hasta el dos. Y ahora, pulsad la piedra que hay en el centro del turbante.

Obediah siguió las indicaciones. Nada más pulsar la piedra, el pachá cobró vida. Parpadeó dos veces y adelantó ligeramente la cabeza. Después levantó el brazo derecho. Se oyó un ruido de maquinaria procedente de alguna parte. El turco se dispuso a agarrar la botella de coñac. Para sorpresa de Obediah, no solo podía mover el brazo y la muñeca, sino también todos los dedos. Estos rodearon la botella y la levantaron. A continuación, giró el tronco situado sobre el pedestal al tiempo que la botella se ponía en horizontal. Cuando la boca estuvo sobre la primera de las cinco copas, el turco inclinó un poco la botella. El líquido ambarino fue llenando el recipiente. Obediah estaba seguro de que la copa rebosaría, pero el pachá ajustó el movimiento de muñeca en el último momento, desplazó la botella unas pulgadas hacia la derecha y volvió a servir. Una vez hubo concluido, dejó la botella en su lugar y volvió a inclinar la cabeza.

—Es asombroso, seigneur. ¿Cuánto tiempo habéis necesitado para conseguir que no derrame nada?

—He malgastado muchos meses en ello. Y mucho y buen coñac.

Un espectador menos atraído por la filosofía de la naturaleza habría preguntado cuál era el fin de tan divertido juguete. Pero Obediah pensaba en los grandes conocimientos sobre relojería y mecánica que entrañaba aquel turco. Bastaba una mínima desviación para que el autómata se equivocara o derramase el líquido. El sentido de aquel turco era, sencillamente, demostrar la habilidad de Huygens y poner a prueba los límites de la técnica.

Obediah tomó las copas en silencio y regresó junto a su anfitrión.

—Me habéis impresionado, seigneur.

—Muchas gracias. ¿Lo veis? Tenerme como aliado comporta ciertas ventajas. Puedo proveeros de relojes, telescopios y todo tipo de inventos cuya existencia incluso la mayoría de los filósofos de la naturaleza ignoran. Y hablando de relojería... —Huygens se levantó y sacó un trozo de papel del bolsillo de la bata—. ¿No estaba también esto en vuestra lista?

Desdobló el papelito y, tras ponerse un binóculo, leyó en voz alta y grave:

—Cinco relojes transportables de máxima precisión.

—Así es, seigneur. Tengo entendido que vuestros relojes son famosos por su precisión.

—Lo son. ¿Pero?

—Pero ¿podéis cuantificarla? Me interesaría saber cuál es su desviación con la máxima exactitud. ¿A cuánto asciende al día?

—Yo diría que a diez.

—¿Diez minutos? Bien, os agradezco la respuesta.

Huygens lo miró ofendido. Era evidente que acababa de agraviar al gran mecánico y filósofo de la naturaleza, pero Obediah ignoraba el motivo.

—Monsieur Chalon —replicó Huygens—, por favor... ¿Diez minutos? Mis relojes pierden como máximo diez segundos al día.

—¿Segundos? Pero eso, eso es...

—¿Imposible? De ninguna manera. Mas decidme, ¿para qué necesitáis unos cronómetros tan exactos?

—Quiero asegurarme de que dos personas que se encuentran en lugares distintos hacen algo exactamente al mismo tiempo sin que sea necesaria una señal, un cañonazo ni nada parecido.

—Queréis sincronicidad absoluta.

—Así es, seigneur.

—¿Y si los relojes no funcionan?

—No tengo duda sobre la calidad de vuestros aparatos, maestro Huygens.

—Por lo general yo tampoco, pero, si lo he entendido bien, vuestra pequeña correría tendrá lugar en un desierto.

Obediah se quedó paralizado.

—¿Y eso quién os lo ha dicho?

Huygens volvió a sonreír con picardía.

—Algo de ingenio poseo. Lo cual también tiene sus inconvenientes.

Obediah resopló.

—Disculpadme, seigneur. Sois demasiado inteligente para ocultaros nada.

Huygens dio un sorbito al coñac y se lamió los labios.

—Exacto. Y si por una parte me encargáis que diseñe un invernadero en el que puedan reproducirse temperaturas meridionales y, por otra, me pedís que elucubre sobre un posible sistema de refrigeración, concluyo que pretendéis transportar algo, probablemente una planta, primero por un desierto abrasador y después por tierras más frías.

—¿Y lo de la correría?

—No hay otra forma de explicar vuestro secretismo. Además, huelga decir que yo también he recabado información sobre vos. —Huygens parpadeó satisfecho—. Al fin y al cabo, no sois el único que frecuenta la República de las Letras.

Obediah hizo una reverencia.

—Me doy por vencido, seigneur.

—Bien. Entonces contadme en qué consiste vuestro plan, así podré seros de más ayuda.

—De acuerdo. Tan solo ruego que los espías de nuestros enemigos no sean ni la mitad de perspicaces que vos. De lo contrario, esta aventura habrá terminado antes de comenzar.

—Esperemos que así sea. Pero ahora, adelante, repasemos vuestra lista.

París, 2 de mayo de 1688

Estimado capitán Polignac:

Si bien tengo constancia de que acabáis de regresar de una peligrosa misión, me veo obligado a requerir nuevamente vuestros servicios. Se trata de una conspiración de la que procedo a informaros.

Tiene que ver con un inglés llamado Obediah Chalon, al que llevamos vigilando desde hace algún tiempo. Este hombre es un *agent provocateur* y persona de gran confianza del príncipe Guillermo de Orange. En los últimos años ha cometido diversas bellaquerías. Entre otras, financió y organizó la rebelión de Monmouth. Además, promueve la divulgación de tratados que difaman a su majestad. Recientemente, con la ayuda de unos cómplices, encargó reimprimir en Ginebra un libelo prohibido, obra del agitador hugonote Pierre Bayle, para luego, desde allí, introducirlo ilegalmente en Lyon con el fin de envenenar a la opinión pública francesa. También confraterniza con criminales, piratas y desertores conocidos.

Todo apunta a que este inglés planea más fechorías, pues el odio que profesa a su majestad no parece tener límite. Sabemos que abandonó Londres hace algún tiempo para viajar a los Estados Generales; allí pasó los primeros días en La Haya. Monsieur Rossignol ha logrado interceptar parte de la correspondencia de Chalon. No obstante, es lo bastante listo para no enviar sus numerosas cartas vía París; prefiere confiarlas al servicio postal de los Habsburgo, creyendo probablemente que este no colabora con Francia. Lo cierto es que en un primer momento su ardid logró burlar a nuestro Gabinete Negro. Mas la discreta intervención de nuestro embajador en Viena ha hecho que, de un tiempo a esta parte, las misivas de este provocador sean copiadas en las estafetas imperiales de Hamburgo y Núremberg y, desde allí, se envíen a la secretaría de codificación de la corte vienesa. Si bien no cabe duda de las numerosas tensiones existentes entre Versalles y Viena, es de sobra conocido que el emperador Leopoldo I se halla de continuo próximo a la bancarrota. Por esta razón vende a otros monarcas, incluida su majestad, cualquier piedra preciosa que sus criptólogos descubran al abrir la correspondencia, siempre y cuando el precio sea justo.

De este modo, aun con retraso y acaso de forma incompleta, obtuvimos la siguiente información: Chalon está organizando una expedición cuyo objetivo exacto todavía no está claro. A tal fin, mantiene contacto epistolar con distintas personas del Levante, en especial con un judío residente en el Imperio otomano llamado David ben Levi Cordovero, correspondencia, a nuestro pesar, cifrada. Por lo tanto, cabe suponer que el inglés trama algo que afecta a nuestros puntos de intercambio comercial situados en el Mediterráneo, o tal vez a nuestros aliados turcos. Ignoramos de qué puede tratarse.

El último informe de Rossignol refiere que Chalon y su grupo de conspiradores se alojaron en una hacienda aislada en la región de Limburgo. Por favor, viajad allí sin demora y comprobad por vos mismo cuál es la situación. Me abstendré de daros los habituales consejos en lo que atañe a la discreción y reserva necesarias, pues en ello sois bastante más ducho que yo. En cuanto a mi persona, importantes asuntos de Estado requieren que viaje al extranjero. Por ello os pido que confiéis en todo en monsieur Rossignol, él os ayudará en lo que pueda. Os deseo el mayor de los éxitos y que Dios os ampare. ¡Su majestad cuenta con vos y con los mosqueteros negros!

Fdo.:
Antoine Colbert,
marqués de Seignelay,
ministro de la Casa Real

P.D. Esta tarde, mediante un recadero, haré llegar a vuestro hotel copias de diversos documentos interceptados por Rossignol; tal vez arrojen luz sobre el asunto.

P.P.D. Si en el transcurso de vuestras pesquisas os topaseis con escritos de Chalon, tened en cuenta que suele ocultar sus mensajes en correspondencia aparentemente banal. Entregad todo a Rossignol.

Tercera parte

Rara vez logro algo útil, no es tal mi camino.
El conocimiento es mi único destino.

THOMAS SHADWELL,
El virtuoso

El capitán Gatien de Polignac dobló la carta y la guardó en la casaca del uniforme. Después sacó un rosario de perlas negras del otro bolsillo y se quedó pensativo mientras pasaba las cuentas entre los dedos. Tras incorporarse, comenzó a bisbisear los misterios gozosos; tres veces en total. Cuando hubo concluido, se levantó del tocón sobre el que se había sentado, al borde del camino, y se dirigió al molino. Estaba pintado de color herrín y tenía cuatro grandes aspas, confeccionadas en lienzo grueso, que sin embargo no giraban. Pasaría bastante tiempo antes de que volvieran a ponerse en movimiento, pues faltaban varios meses para la cosecha. Por esa misma razón había sido relativamente sencillo persuadir al molinero de que les cediera su casa, la hacienda y el molino durante un tiempo. Polignac había dado treinta pistolas a aquel campesino, cuyo nombre había vuelto a olvidar, más el consejo de que las pusiera en circulación cuanto antes en los mercados de Mastrique o de Venlo, y de que no regresara por allí hasta pasadas como mínimo dos semanas.

El mosquetero entró en el molino. Olía a paja húmeda y a harina vieja. Cuando supo que ese tal Chalon se alojaba en algún lugar de Limburgo, en mitad de la nada, su primera reacción fue de extrañeza. Los forasteros siempre llamaban la atención en el campo, aun cuando no hiciesen méritos para ello. La vida de los campesinos era tan monótona, que hasta el cadáver de un ciervo al borde del camino podía ser motivo de conversación durante días para esa chusma pueblerina. Las ciudades eran más apropiadas para pasar inadvertido. ¿Por qué ese fulano no se habría quedado en La Haya o en Ámsterdam?

Polignac subió a la planta alta haciendo crujir los peldaños. La razón era que en la hacienda de Pieter, a unas dos millas de allí, Chalon no pasaría inadvertido, pero detectaría fácilmente la presencia de cualquier espía o curioso recolector de bayas. Limburgo era tan plano como una *galette*: cualquiera que se acercara sería visto a kilómetros. Era una región inmunda, ojalá Luis el Grande se decidiera de una vez a romper los diques para que todo aquello desapareciese. No había colinas, ni siquiera árboles de gran tamaño, solo una planicie interminable. Polignac, por tanto, tampoco disponía de una atalaya desde la cual él y sus hombres pudiesen vigilar al inglés…, excepto el molino.

El capitán accedió a la galería. Estaba situada bajo la cabeza giratoria del molino y tenía un pequeño balcón desde el que se alcanzaba a divisar todo el paisaje. Sin embargo, no era un lugar lo que se dice discreto, pues uno mismo también podía ser visto con facilidad. Ferrat, su edecán, no estaba por ninguna parte. «Bien —pensó Polignac—, eso es que ha subido a nuestro nido, tal como le he ordenado.»

—Ferrat, ¿estáis ahí? —Polignac alzó la vista hacia la maraña de maderos, cuerdas y engranajes que tenía encima. Percibió un movimiento justo debajo del techo.

—Aquí estoy, capitán. Creo que vos también deberíais subir.

—¿Merece la pena?

Polignac había subido ya dos veces ese día, saltando de viga en viga como si fuera un macaco hasta llegar a un ventanuco que había en el tejado y desde el cual, con ayuda de un telescopio, se podía ver qué ocurría en la hacienda de Chalon; hasta el momento no mucho. Por eso tenía pocas ganas de volver a escalar en vano. Entonces vio el ancho cráneo bretón de Ferrat asomar junto a una viga. En la peluca negra tenía manchas de un polvillo blanco que probablemente no fuera maquillaje.

—Creo que las cosas se han puesto en marcha, capitán.

—¿Podéis ser más concretos, pardiez? ¿Algo que reseñar?

—Creo que sí, monsieur *le capitaine*. Pero no sé de qué se trata... Están haciendo algo en el patio con varios... artefactos. Jamás he visto cosa igual.

Las crípticas palabras de Ferrat despertaron la curiosidad de Polignac, de modo que agarró una soga y, apoyando la bota en un saliente de la pared, se impulsó hasta alcanzar la primera viga; luego, la segunda. El polvillo de la harina le llovió en la nuca y en los hombros. Una vez arriba tuvo que esperar a que Ferrat, sentado en un travesaño enorme con las piernas colgando, se desplazara ligeramente hacia un lado para que él tuviese algo de sitio. El edecán le entregó el telescopio. El mosquetero lo extendió y lo introdujo con cuidado por el ventanuco.

—Pero ¿qué demonios...?

Polignac tuvo que admitir que Ferrat no le había hecho falsas promesas. Era evidente que Chalon y algunos de sus compinches estaban aprovechando el buen tiempo para trabajar al aire libre. En el patio del edificio principal habían colocado varias mesas, todas repletas de papeles y otros útiles de trabajo. Distinguió un tablero con muchos matraces y cuenquecillos. Tras él estaba Chalon. Se reconocía a simple vista que el inglés era un hombre de ciencia. No era musculoso ni delgado, y tenía la espalda propia de quien frecuenta los cafés. Sin embargo, aquel hombre estaba lleno de energía. Trabajaba a toda velocidad: vertía polvos y tinturas en los matraces, trituraba algo en el mortero... Polignac no entendía de esas cosas, pero todo aquello le hacía pensar en un experimento alquímico. Al cabo de un par de minutos, Chalon vertió lo que había triturado en dos tubitos y abandonó su puesto. Polignac lo siguió con el telescopio.

El inglés anduvo unos metros hasta un murete de piedra junto al cual lo esperaba otro hombre. Este era un poco más joven y no parecía inglés, pues vestía demasiado bien. Tal vez fuera el hereje hugonote del que Rossignol hablaba en su carta.

Chalon tomó los tubitos y los colocó sobre el murete, de unos cuatro pies de alto, que separaba el patio de los bancales. Sacó del bolsillo una plomada y se puso a medir algo. Al cabo de un rato la guardó y habló con el hugonote. Este se marchó y al poco regresó con un martillo y un cincel. Chalon tomó las herramientas y empezó a abrir dos agujeros al pie del murete, a una distancia aproximada de un brazo entre ambos. Una vez concluidos, introdujo en ellos los tubitos metálicos. Polignac no logró distinguir qué sucedió a continuación, pues el inglés, agachado delante del muro, le tapaba la vista.

En algún momento, Chalon se levantó y, con un gesto, indicó al hugonote que se alejara. Este obedeció y, a tenor de su paso ligero y la expresión de su rostro, Polignac supo que aquel hombre sentía verdadero respeto por los experimentos alquímicos de Chalon. El inglés también se fue. Polignac estuvo tentado de seguirlo con el telescopio, pero continuó observando el murete. Durante unos instantes no sucedió nada. Después, una nubecilla de humo negro asomó por encima del muro. Polignac vio un destello y oyó un primer estallido, luego otro. Parpadeó. Un trozo considerable del murete había desaparecido.

—¡Están disparando, capitán! —exclamó Ferrat, sobresaltado—. ¿Distinguís de dónde viene?

—No. No están disparando.

—Pero ¿y ese ruido? ¿Qué significa?

—Que me lleven los demonios si lo sé —gruñó Polignac.

El capitán barrió la hacienda con el telescopio en busca de Chalon y el hugonote. Detectó un movimiento tras una ventana emplomada del edificio principal y se detuvo. Por más que reajustó el instrumento, tras los cristales abombados solo alcanzó a distinguir el contorno de una persona, pero lo que vio lo dejó sin aliento. Había un hombre sentado o de pie junto a la ventana, dándole la espalda. Llevaba un turbante al estilo turco, con un sombrerito rojo en medio y envuelto en tiras de tela blanca. También vio una pluma de pavo. Polignac no sabía gran cosa de los otomanos, pero se decía que cuanto mayor el turbante, más importante era su portador, y aquel tocado tenía unas dimensiones impresionantes. ¿Acaso sería un pachá, o tal vez un bey? Aquel turco desconocido gesticulaba con los brazos y sin dejar de mover la cabeza. Debía de estar hablando con alguien. Polignac dedujo que ese alguien era el general Marsiglio, pues, según le habían comunicado, el boloñés hablaba turco a la perfección. Pero ¿cómo habría llegado ese otomano a Limburgo? ¿Y a qué habría venido? Polignac supo que debía informar a París cuanto antes. Pero primero quería averiguar qué hacían Chalon y el hugonote. Siguió buscándolos con el telescopio y enseguida los encontró. Ambos estaban frente al estanque del molino, a la izquierda del edificio principal, dándose palmadas en los hombros y felicitándose.

Polignac se colocó el telescopio bajo el brazo y buscó la pipa. Tras encenderla, aferró la caña entre los dientes y volvió a mirar por el telescopio. A Chalon y al hereje, que seguían junto al estanque, se había sumado otra persona, un hombre enjuto y de gesto huraño de cuya cintura colgaba una enorme espada Pappenheimer. Los tres estuvieron un rato conversando. El recién llegado asintió varias veces y luego se dirigió a un pequeño embarcadero a orillas del estanque, donde había un pequeño bote. Polignac lo había visto fugazmente mientras hacía un barrido con el telescopio, pero apenas le había prestado atención. Sin embargo, en ese momento reparó en que aquella barca tenía una forma particular. Su tamaño era más o menos el de un bote de remos, pero no estaba abierta por la parte superior, sino que tenía una especie de cubierta con una solapa que aquel hombre de corta estatura se disponía a abrir. Después montó en el bote y cerró la solapa desde dentro. Transcurrieron unos instantes sin que nada sucediese. Polignac dirigió el telescopio hacia donde se encontraban Chalon y el hugonote; observaban la escena desde la orilla. Luego volvió a dirigir el instrumento hacia el extraño bote. En un momento determinado la embarcación comenzó a moverse: primero despacio, pero fue ganando velocidad. Polignac no vio ninguna vela. Se preguntó qué impulsaba a aquel artefacto. No avanzaba demasiado rápido, no más que un cisne que se deslizara parsimonioso sobre el agua. Describía lentos círculos en mitad del estanque.

Entonces el bote naufragó.

Todo ocurrió en un abrir y cerrar de ojos. Polignac vio burbujas asomando a la superficie a ambos lados de la barca; a continuación, la extraña chalupa se hundió como una piedra. Solo las ondas que se dibujaban sobre el agua delataban que hasta hacía un instante allí había habido un bote. El capitán dirigió el telescopio rápidamente hacia Chalon. Este permanecía a orillas del estanque. Por extraño que pareciese, ni él ni el hugonote daban la menor muestra de apresurarse a socorrer a su compañero ahogado. Polignac volvió a dirigir el telescopio al punto donde se había hundido el bote, en busca del náufrago, pero era obvio que el hombre no había logrado abandonar la embarcación a tiempo. El estanque estaba calmo. Los dos espectadores conversaban. Chalon se rio. Parecía alegrarse de que, a unos treinta pies como máximo, alguien acabara de ahogarse.

Polignac plegó el telescopio y miró a Ferrat.

—Ese hombre no tiene sangre en las venas.

—¿Y ahora qué hacemos, capitán?

—Seguiremos observando un poco más. Pero antes, traedme pluma y papel. Debo escribir una carta.

—Enseguida, capitán.

Ferrat bajó despacio. Polignac chupó la pipa. No tenía la menor idea de qué tramaba el tal Chalon, pero empezaba a intuir que era una fechoría en toda regla.

Versalles, 10 de abril de 1688

Estimado monsieur Chalon:

Llevo ya dos meses en Versalles… ¡Este palacio es un auténtico circo! Mucho había oído sobre toda suerte de entretenimientos y festejos de los que el mundo entero habla, como ahora estoy en condiciones de atestiguar, no en vano. Sin embargo, tanta pompa y boato han acabado por abrumarme. ¿Sabíais que una máquina gigante, compuesta por catorce ruedas hidráulicas y cientos de bombas, mantiene encendidas todas las fuentes? ¿O que el rey acaba de ampliar el palacio con una sala inmensa cuyas paredes están revestidas por completo de espejos venecianos? A pesar de que, dada vuestra condición de inglés, vos probablemente seáis de otra opinión, debo decir que, dadas las impresiones que he recogido en la corte, Luis es un gran gobernante. Aquí, por cierto, rara vez lo llaman el Rey Sol. Casi siempre se dirigen a él como *Le Plus Grand Roi*, el mayor de los reyes.

Ya os contaré con detalle más adelante, cuando nos veamos, circunstancia esta que, debo confesároslo, me llena de gozo. Tanto en Londres como en Bedfont quedé muy impresionada por vuestras explicaciones y vuestra clarividencia. No obstante, ahora seré breve, usar esta escítala que me disteis para cifrar los mensajes es harto engorroso. Aun así, el sistema parece funcionar, pues esta es ya la tercera carta que os envío. Si los secretarios de su majestad hubiesen descifrado el código, yo estaría ya en la Bastilla.

A propósito de cárceles: he conseguido hacer algunos contactos aquí, en Versalles, e indagar sobre ese conde amigo de lo ajeno. De hecho, lo que el hermano de monsieur Justel refirió desde Ginebra parece ser cierto. El bastardo de Luis ha desaparecido de Versalles. Nadie lo ha visto por aquí desde el verano de 1685. Los bienes que posee en Vermandois están siendo administrados por el gobernador local. Personas bien informadas creen que se encuentra en algún calabozo, pero nadie sabe en cuál. Algunos sostienen que se está pudriendo en Château d'If; otros lo imaginan en la Bastilla.

Si os digo la verdad, ambas cosas me parecen improbables, pues en las dos fortalezas mencionadas hay ya varios presos de renombre. Por mor de su estamento o su riqueza, viven en unas condiciones bastante mejores de lo que comúnmente se cree. En particular, a muchos de ellos se les permite mantener correspondencia. Y si una personalidad tan destacada como Vermandois se hallase allí, dicha información de seguro habría llegado al exterior. De ello deduzco que debe de estar retenido en otro lugar.

También queríais saber si en el pasado más reciente habían robado algo de las dependencias privadas de Luis XIV. Esto ha sido mucho más difícil de averiguar. A pesar de que los aposentos reales son mucho más accesibles de lo que podáis imaginar, pues hasta la *toilette* mañanera del monarca se ha convertido en un acontecimiento público, su guardarropa personal, sus armas y armaduras están bien vigilados y, por lo general, guardados bajo llave. Por fortuna, logré entablar amistad con un secretario del príncipe de Marcillac, quien, dada su condición de maestro de guardarropa, está muy familiarizado con lo que acontece en el hogar de Luis. Dicho secretario tuvo a bien contarme que la oriflama desapareció brevemente de la capilla real en 1685. La oriflama es el estandarte personal del monarca, lo precede en la batalla. Podéis imaginar el revuelo que causó. Sin embargo, el suceso se mantuvo en secreto. Según el secretario, no logró averiguarse quién lo había robado. Lo único cierto es que la oriflama volvió a aparecer al cabo de pocas semanas.

Así pues, la desaparición del duque y el robo del estandarte regio tuvieron lugar el mismo año. Interesante coincidencia, si de tal cosa se tratara. A mi entender, habríamos encontrado la respuesta a la pregunta de qué habría robado nuestro experto ladrón. Espero haberos sido de ayuda y me despido como vuestra fiel amiga y servidora.

CATERINA
(ahora Luise de Salm-Dhaun-Neufville)

Justel dio un sorbito a la cerveza holandesa mientras escuchaba a Marsiglio.

—Y cuando el duque de Montagu descubrió que estaba embarazada, obviamente se esfumó. Ante lo cual, el tal Wilkins le reprochó que ese no era un comportamiento digno de un caballero. Antes bien, él defendía que en un caso semejante había que considerar el casamiento con la dama. ¿Y sabéis qué le respondió Montagu?

—¿Qué, general?

Marsiglio ladeó la cabeza, enarcó las cejas, indignado, y dijo con voz nasal:

—«¿Cómo decís, sir? ¿Que si un noble caballero se ayunta con cualquier palurda y la deja preñada, está obligado a desposarla? Eso es como hacer de vientre en el propio sombrero y luego tener que ponérselo.»

Los dos hombres prorrumpieron en una sonora carcajada, dándose palmadas en los muslos. Jansen, que se encontraba algo más alejado, en uno de los extremos de la mesa, ni se inmutó. Obediah se acercó a él.

—¿Os habéis recuperado de la aventura, mister Jansen?

—Sigo vivo. Pero el invento de ese tal Drebbel no es una forma cristiana de navegar.

—¿Qué distancia creéis que se puede cubrir bajo el agua?

—Unos cientos de yardas a lo sumo. Una cosa es el estanque de un molino, pero en el mar o en un río navegable la corriente podría ser un problema. Además, el aire no dura mucho.

—Eso podría tener solución.

Jansen lo escrutó. El marinero lo miraba con gran recelo, como si algo lo atormentara. Por otra parte, casi siempre miraba así. Obediah prosiguió:

—Podríamos colocar un tubo en el techo que asomara por la superficie del agua.

—Pero ¿entraría suficiente aire? ¿O más bien agua? Creo que vuestra solución redundaría en ahogamiento, si no en asfixia, dentro de ese artefacto sumergible.

En vez de responder, Obediah le puso una mano en el hombro y le indicó que lo siguiera. Al fondo oía los resoplidos de Justel. Con el paso de los días, este y el general se entendían cada vez mejor. Era insoportable. Obediah y Jansen abandonaron la sala y, tras atravesar la cocina, salieron al patio. La hacienda que el inglés había elegido para llevar a cabo los preparativos estaba muy aislada. La aldea más próxima se hallaba a cuatro millas; Venlo, incluso a quince. El último inquilino no había resistido el crudo y largo invierno. Obediah había arrendado la mansión, los establos y el molino al propietario, un noble limburgués, durante seis semanas. Pasado ese tiempo, otra familia probaría fortuna en aquellas tierras.

Obediah y Justel se encontraban en el patio. Todo estaba en silencio, un silencio casi fantasmagórico, pues no solo los humanos habían sucumbido a los rigores del invierno, sino que lo mismo había sucedido con los animales. Cuando ellos llegaron, las personas llevaban ya tiempo enterradas, pero además encontraron dos gatos congelados y duros como piedras, varias gallinas muertas y algunas ovejas. Ahora estaban solos, a excepción de un carretero que les suministraba víveres y una criada que cada pocos días iba a limpiar aquellos establos de Augías. Era inevitable que cuatro hombres que vivían en el mismo lugar, sin sirvientes y durante un largo período, y que además llevaban a cabo experimentos sobre filosofía natural, generasen cierto desorden.

Jansen sacó una pipa del bolsillo; no de cerámica, sino de espuma de mar. La cazoleta era de talla fina y representaba la cabeza de un moro con labios voluptuosos. Tras cargarla y encenderla, el marinero preguntó:

—¿De qué se trata?

—Quisiera saber en qué punto se encuentran los preparativos.

—Nuestro barco está anclado en Texel con bandera de Venecia. Ya he contratado a la tripulación, en su mayoría holandeses y unos cuantos daneses.

—¿Cuándo podríamos zarpar? ¿Y cuánto tardaremos?

Jansen chupó la pipa con gesto concentrado. Después abrió la boca. Una bocanada de humo denso descendió por el mentón y se deshizo en pequeñas volutas.

—Eso depende de lo que tardemos en reunir la carga.

—Todo lo que necesitamos está listo y depositado en un almacén de Haarlem —contestó Obediah—, provisiones incluidas.

Jansen enarcó una ceja.

—¿Y qué me decís del invento de Drebbel, de vuestro autómata y de eso de ahí? —El marinero señaló una mesa cubierta de productos químicos.

—Lo que se pueda transportar nos lo llevaremos. El invento de Drebbel lo hundiremos. Encargué fabricar dos para no tener que trasladar este ejemplar por todos los Estados Generales.

Jansen meneó la cabeza.

—Os han dado tantos cuartos que hasta una monja se abriría de piernas.

—¿A quién os referís?

—Ya sabéis. La Compañía.

Obediah se limitó a asentir.

—Todavía no me habéis dicho cuánto tardaremos.

— Hasta el Egeo hay unas tres mil quinientas millas náuticas. En el mejor de los casos, seis, siete semanas.

—Entonces, hasta Niza ¿tal vez dos?

—¿Cómo que Niza? Pensaba que viajaríamos directamente a donde los turcos para —Jansen casi escupió las palabras— pescar a ese judío.

—Nuestro plan ha sufrido una ligera modificación. Antes de a Cordovero, tenemos que pescar a otra persona, como vos decís.

Obediah se llevó la mano derecha a un bolsillo de la casaca. Contenía un documento que llevaba mucho tiempo a la espera: una carta aparentemente inocua de la condesa. Desde que la había descifrado, el inglés conocía el paradero del conde de Vermandois.

—¿Y quién es esa otra persona? —preguntó Jansen—. ¿Da Glória? ¿Dónde diablos está?

—Si todo transcurre según lo previsto, la condesa se halla en un carruaje que la lleva de Versalles a Ginebra, donde debe encargarse de unas cuestiones menores antes de continuar viaje hacia el ducado de Saboya.

—Adonde también iremos nosotros nada más arribar a Niza. —Jansen lo miró receloso—. Eso está muy cerca de territorio francés. ¿No pretendíais evitarlo?

—También ahora estamos cerca de territorio francés. ¿Es que tenéis miedo?

—¿De los franceses? En absoluto. Pero no me habéis respondido, Chalon.

—Ah, ¿no?

—¿A quién vamos a ver en Saboya?

—A un experto ladrón. Comprenderéis que aún no pueda revelaros su nombre.

—Vuestro secretismo me saca de quicio.

—Lo entiendo, mister Jansen. Pero mientras estemos a un tiro de piedra de Francia se impone la discreción.

Jansen avanzó unos pasos y miró el horizonte, donde, a excepción de algunos molinos, había poco que ver. Obediah lo siguió.

—Tengo un consejo para vos, Chalon. Y gratis. ¿Queréis oírlo?

—Por favor.

—Mucho teméis a los franceses. Y a los musulmanes.

—¿No habría uno de guardarse de sus adversarios?

—Por supuesto. El problema es que la puñalada siempre viene de donde uno menos se lo espera.

Obediah lo miró interrogante.

—¿A quién os referís?

—A la VOC. Esos perros son capaces de todo.

—Es posible. Pero son ellos quienes financian nuestra expedición. Y dado que, Dios mediante, regresaremos con muchos arbustos de café en flor, nos pagarán lo convenido. Es eso lo que os inquieta, ¿verdad?

—No, no lo es. La Compañía siempre salda sus deudas. Y siempre lo hace puntualmente.

—¿Entonces?

—Debéis tener presente que estáis negociando con el mismísimo diablo.

—Mister Jansen, detecto cierta tendencia al drama…

El danés avanzó un paso hacia Obediah y lo agarró de la solapa. El inglés oyó que el forro de la prenda se rasgaba, tal era la fuerza del marinero.

—No tenéis la menor idea. Ignoráis de qué son capaces esas víboras. —Jansen soltó la solapa de Obediah—. Yo estuve en las Molucas.

—Eso está al este de Batavia, ¿no? De allí viene el clavo.

—Así es. Y la nuez moscada. La Compañía controla todo el comercio. —Jansen bajó la voz—. Por orden de la Compañía, todos los indígenas, varios millares, tenían que recolectar nueces. Yo estuve en una isla llamada Banda. Llegó el día en que sus habitantes se sublevaron. Y entonces fui testigo de lo que sucede cuando la VOC no obtiene lo que desea.

—Sé que estalló una guerra, he leído sobre ello. ¿Fueron muy crueles los holandeses? ¿Castigaron duramente a los indígenas?

Jansen rio con amargura.

—Podría decirse así. Contrataron a mercenarios japoneses, los llamados samuráis. No son personas, sino demonios. En Banda ya no quedan indígenas. Ni uno solo.

—¿Y quién recolecta las nueces?

—Esclavos llevados a la isla desde otros lugares. —Jansen retrocedió un paso—. No olvidéis una cosa: si en algún momento somos un obstáculo entre la Compañía y sus plantitas, estamos todos muertos.

Después dio media vuelta y regresó a la casa.

Muy estimados señores:

En cumplimiento de lo encomendado por la cámara de directores, procedo a enumerar los múltiples y cuantiosos gastos realizados por nuestro agente. Como es de sobra conocido por los muy estimados señores, en mi calidad de tesorero de la Compañía es mi deber prioritario llevar un registro exacto de todos nuestros ingresos y gastos. Por este motivo, antes de presentar la lista propiamente dicha debo señalar que en algunos puntos la información no es tan precisa como podría haberlo sido si el inglés hubiera enviado todos los recibos de sus diversos gastos. Sin embargo, dado que esto parece no ser posible, o bien no resulta pertinente por mor de la confidencialidad, en algunos casos me limito a hacer meras estimaciones.

Casi todos los bienes y mercancías adquiridos por nuestro agente en la República han sido cargados a la cuenta del Wisselbank, razón por la cual he dispuesto de cifras bastante fiables al respecto. No obstante, en varias ocasiones se ha procedido a cambiar nuestros títulos por moneda suministrada por orfebres o banqueros. En esos casos solo me ha sido posible anotar las cantidades retiradas. El destino de dichos fondos sigue siendo una incógnita.

A continuación se presenta la lista. No me pronunciaré sobre el comportamiento presuntamente dispendioso de nuestro agente ni sobre el hecho de que los gastos, tal como sostienen algunos miembros de la cámara de directores, sean desproporcionados. No incumbe a un vulgar tesorero opinar sobre tales asuntos, su obligación se circunscribe a procurar que los números estén en orden.

Vuestro fiel servidor & cétera,

MAURITS SMITSEN,
tesorero de la VOC

Posdata: Se registran asimismo los gastos efectuados, no de un modo directo por nuestro agente, aunque sí presuntamente por orden suya, por parte del filósofo de la naturaleza C. H. en forma de encargos para sus talleres y que han sido facturados a la Compañía. Estos serán registrados por separado no bien disponga de los correspondientes recibos.

Registro de gastos del agente O. C.
Vestimenta, consistente en varias casacas, jubones, medias, zapatos y dos sombreros con piel de castor, amén de guantes y camisas de primera calidad.
Una peluca *allonge*, negra.
Una peluca *cadogan*, marrón.
Una espada de acero toledano con empuñadura y ornamentos de estilo veneciano.
Alojamiento en Blauwe Leew, Ámsterdam.
Traslado a Dover, continuación del viaje hacia Gravesend y Londres.
Alojamiento en Melworth's, Londres.
Instrumental para un laboratorio químico que incluye matraces, morteros y frasquitos, así como metales preciosos, pólvora y mercurio.
Las herencias de varios nobles residentes en los Estados Generales, fallecidos recientemente y con anterioridad, entre ellas la del diplomático de La Haya François de Cabernier.
Una serie de libros, entre los cuales figuran:
The Sceptical Chymist: or Chymico-Physical Doubts & Paradoxes (El químico escéptico o dudas y paradojas químico-físicas), de R. Boyle.
Laboratorium Glauberianum: Darinn die Specification, und Taxation dehren Medicinalischen und Chymischen Arcanitäten begriffen (Laboratorium Glauberianum: Donde se recogen la especificación y tasa-

ción de los arcanos medicinales y químicos), de J. Glauber.

A Description of Helioscopes with other Instruments (Una descripción de los helioscopios y otros instrumentos), de R. Hooke.

Traité des Chiffres (Tratado sobre los códigos cifrados), de B. de Vigenère.

Traité de l'art de jeter les bombes (Tratado sobre el arte de arrojar bombas), de F. Blondel.

Nederlantze Hesperides (Las Hespérides de los Países Bajos), de J. Commelin.

Explication de l'Arithmétique Binaire (Explicación de la aritmética binaria), de G. Leibniz.

Les travaux de Mars (Los trabajos de Marte), de M. Mallet.

Vitae et Icones Sultanorum Turcicorum, de J. Boissard.

The Adventures of an English Merchant, Taken Prisoner by the Turks of Argiers (Las aventuras de un mercader inglés apresado por los turcos en Argel), de T. Smith.

Relation au voyage fait au Levant (Relación del viaje a Levante), de J. de Thevenot.

General Historie of the Turkes (Historia general de los turcos), de R. Knolles.

Relation véritable de ce qui s'est passé à Constantinople (Relato verídico de lo acaecido en Constantinopla), de G. de Guilleragues.

Bellicorum Instrumentorum Libri cum figuris et fictitiis literis conscriptus, de G. Fontana.

Materiales para construir un *giardino botanico* y traslado de estos a Inglaterra.

Arrendamiento de una hacienda próxima a Venlo.

Arrendamiento de monturas en Londres, Ámsterdam y Rotterdam.

27 cristales de alumbre de primera calidad (color verde y púrpura).

Un reloj de péndulo.

Una lupa con un diámetro de diez pulgadas y doble pulimento.

3 libras de tabaco holandés (con aroma a ciruela).

2 telescopios fabricados por Thomas Tompion.

1 juego de tablas reales con piezas de ébano y marfil.

4 escítalas de cuero y madera.

6 barriles de ostras.

Varias facturas en concepto de comida y bebida.

Opciones de compra de bulbos de tulipanes, variedad Perroque Rouge, 100 uds.

Opciones de compra de bulbos de tulipanes, variedad *Semper Augustus*, 100 uds.

Pagarés a nombre del Wisselbank entregados a diversos comerciantes de oro de Lombard Street, por un total de 97 guineas

Obediah se quedó unos instantes mirando al pirata y luego se dirigió al estanque del molino. El invento de Drebbel se balanceaba junto al embarcadero; unos patos dibujaban círculos en el agua. En algunos puntos la superficie estaba cubierta de nenúfares. En pocas semanas formarían una tupida alfombra. Al levantar la mirada, divisó a unos cientos de pies un tiro de caballos que se acercaba lentamente. No reconoció el rostro del hombre que ocupaba el pescante, pero sabía que era Coen, el carretero que los proveía regularmente de víveres. Se reprendió al recordar que todos los artefactos estaban todavía en el patio, bien visibles. Aunque el fulano poco lograría entender de todo aquello, Obediah lo tenía por un charlatán: al cabo de una semana, en todo Limburgo y en Geldern se hablaría de esos filósofos de la naturaleza, venidos del extranjero y alojados en la hacienda de Pieter, que realizaban experimentos nigrománticos.

Se dirigió al establo a paso ligero y tomó dos gualdrapas. En el último momento, justo antes de que el coche se detuviese en el patio, consiguió echarlas sobre la mesa de trabajo y tapar los instrumentos.

—Buenos días, maese Coen.

—Buenos días, seigneur —respondió el carretero—. Hace un tiempo espléndido, ¿verdad?

Obediah asintió educadamente. Como siempre, hubo de poner toda su atención para entender a aquel hombre. Para empezar, el neerlandés del virtuoso no era muy fluido, pero es que además Coen tenía un labio leporino y, para colmo de males, acento limburgués.

—¿Dónde pongo la mercancía? —preguntó el carretero.

—Donde siempre, en el cobertizo de detrás de la casa, si sois tan amable.

Observó cómo Coen descargaba los víveres. Había traído una pata de jamón, un saco de patatas y un barril de ostras. Comprobó con agrado que no se había olvidado del ron de Jamaica ni de las naranjas que le habían encargado. Ambas cosas se habían agotado hacía días, lo cual, principalmente, era culpa de Justel y de Marsiglio, que casi todas las noches preparaban un ponche. Por último, el carretero descargó varios quesos bastante grandes y pesados: un gouda amarillo y curado, un edam joven y un texel verde.

Mientras el hombre recogía sus bártulos, Obediah entró en la casa y enseguida regresó con una bolsa llena de monedas. Coen lo esperaba fumando en pipa; tenía la frente perlada de sudor.

—¿Cuánto es?

—Sumando la mercancía y el transporte, once florines con seis stuivers y medio, seigneur.

—Bien. Medio stuiver equivale a diez pennings, ¿verdad?

Coen negó con la cabeza.

—Os confundís con vuestro extraño sistema inglés, seigneur. Puede que allí un chelín equivalga a veinte peniques, pero aquí son dieciséis.

—Ocho pennings entonces. —Obediah sacó doce florines—. Quedaos con el cambio.

Coen hizo una torpe reverencia.

—Muchas gracias, sois muy generoso, seigneur.

Cuando hubo guardado el dinero, añadió:

—He visto que no habéis montado ningún puesto de guardia.

En un primer momento, Obediah creyó que no le había entendido, pero tras pedirle que repitiese lo que había dicho, no le cupo ninguna duda.

—¿Guardia? —preguntó—. ¿Acaso deberíamos? Desde aquí se divisa todo lo que ocurre a varias millas. ¿Acecha algún peligro?

Coen parpadeó. Parecía confundido.

—Sí, pero… ¿no habéis visto que…? ¡Pardiez, necio de mí! —exclamó, dándose una palmada en la frente—. Había olvidado que sois forastero y no lo podéis entender.

Obediah avanzó un paso.

—Entender ¿el qué?

—El lenguaje de los molinos.

—En efecto, jamás he oído hablar de él.

—Es así, seigneur: Holanda es tan plana que, como vos mismo habéis señalado, se puede ver a gran distancia. Y lo que más destaca son los molinos de viento. Si un molino no está funcionando, el molinero hace girar la rueda de modo que las aspas queden colocadas en una posición determinada. Al menos lo hará si tiene algo que comunicar.

—Poned un ejemplo.

—Si dos aspas están tiesas y las otras dos están en línea con el horizonte significa que el molinero ha terminado su jornada. Eso, siempre y cuando los lienzos estén en calma. Si están hinchados, la misma posición de las aspas significa que el molinero admite faena sin excesiva demora.

Obediah asintió y calculó mentalmente cuántas posiciones distintas podía tener un molino. ¿Diez? ¿Doce? Tardó unos instantes en darse cuenta de que esa no era la cuestión fundamental.

—¿Y de qué podría haberme enterado por los molinos, maese Coen?

—¿Veis aquel molino de allí, seigneur?

En efecto, Obediah lo divisaba. El molino estaba a unos tres cuartos de milla en dirección oeste. Las velas de las aspas formaban una «X». Dos de los lienzos eran blancos; las otras dos aspas parecían más oscuras porque el molinero les había dado la vuelta, con lo que, en lugar de los lienzos lo que se veía era la telera.

—Esa posición —explicó Coen— quiere decir que el peligro acecha.

—¿Y de qué peligro se trata?

—Según cuentan, el rey Luis está reuniendo a sus tropas cerca de Arlon para atacar a los Países Bajos. Es probable que sus espías y forrajeadores estén ya merodeando por aquí. Por eso, todo el que viva solo en el campo debe tener cuidado.

—Entiendo. Os agradezco mucho la advertencia.

—Seguramente no ocurra nada, pero más vale andarse con ojo, seigneur. La gente está preocupada, muchos aún recuerdan el último ataque de los franceses, en 1678. Todos los molinos que he visto de camino aquí estaban en la misma posición. Mirad. Ese también, y aquel de allá al fondo. Ese... no, qué extraño.

—¿Qué tiene de extraño?

—¿Veis ese molino?

—Sí. Las aspas tienen otra posición. ¿Qué significa?

—Que no se admite faena porque están picando las muelas. —Coen frunció el ceño—. Es extraño, eso no se suele hacer hasta el verano... En fin, debo partir.

—Buen viaje, maese Coen.

—Gracias, seigneur.

El carretero subió al pescante, se llevó la mano a la gorra como gesto de despedida y dio la vuelta al tiro. Obediah hizo como si lo observara, pero en realidad miró de soslayo a la derecha para examinar el molino en el que, supuestamente, estaban picando las piedras de moler. Luego inspeccionó el resto de los molinos. Lo hizo con el mayor disimulo posible, resistiendo la tentación de sacar el telescopio. Había otros cuatro molinos en total. Todos tenían las aspas dispuestas en forma de «X». Le pareció extraño que un molinero hubiese pasado por alto semejante advertencia, pues podía divisar el resto de los molinos igual que Obediah.

El carretero había emprendido la marcha cuando Obediah gritó:

—¡Un momento!

Coen se volvió.

—¿Seigneur?

—¿Seríais tan amable de llevaros dos cartas?

—Naturalmente. Mañana mismo puedo dejarlas en el correo de Venlo.

Obediah avanzó un paso hacia el carro, sacó otro florín del bolsillo y lo puso en el pescante, junto a Coen.

—Hacedlo hoy mismo si es posible. Y dad algo de avena a vuestros caballos, la encontraréis en el establo.

Coen frunció el ceño.

—¿Es que aún tenéis que escribir esas cartas?

Obediah asintió.

—Así es. Pero no os causaré gran demora. No son más que unas frases.

Gatien de Polignac nunca dormía mal, aunque rara vez lo hacía en su casa. El ruido que hacían los soldados a cualquier hora del día o de la noche no le molestaba. Los años vividos en el frente le habían enseñado a ignorar cualquier sonido que no obligase a abrir los ojos: los berridos de los fusileros borrachos, el relinchar de los caballos, los gritos nocturnos de placer de las vivanderas. Ahora bien, si percibía el más mínimo ruido amenazador, despertaba de inmediato.

Eso mismo ocurrió aquella noche. La cama del molinero,

la única disponible, era bastante cómoda. Y aunque a escasos metros de él dos de sus hombres llevasen horas enfrascados en juegos de azar, celebrando a voz en cuello cada triunfo, el mosquetero había dormido a pierna suelta. Polignac había soñado con una joven dama de París a la que estaba cortejando. Se disponía ya a palparle el escote para descubrir aquellos duraznos, perfectos y rosados, cuando un ruido atronador, lejano pero penetrante, lo despertó. Antes de concebir el más mínimo pensamiento con claridad, ya estaba de pie, junto a la cama, con la espada desenvainada. Corrió a la habitación contigua. Sus dos hombres también se habían puesto en guardia.

—¿Ha sido eso un disparo? —preguntó Polignac a Boulet, el más capaz de ambos jóvenes mosqueteros.

—Creo que sí, capitán. Venía de la hacienda de Pieter.

Antes de que Boulet terminara de hablar se oyó otro estallido. Este fue mucho más ruidoso que el anterior y, con toda seguridad, no procedía de una pistola sino de algo más grande. Polignac estimó que provenía de un lugar algo más alejado que el patio de la hacienda. De inmediato se dirigió al segundo mosquetero:

—¡Villier, los caballos, rápido! ¡Boulet, al nido!

Mientras los hombres ejecutaban sus órdenes, Polignac se vistió. Metió dos pistolas en el cinto y se colgó un mosquete al hombro. Si aquella banda de malhechores intentaba escapar, los derribaría uno por uno de sus monturas. A menos que ya fuese demasiado tarde. Presa de la impaciencia, Polignac recorría el frente del molino de arriba abajo. Solo había dos posibilidades para salir de la hacienda de Pieter: tomar el camino de Nijmegen, que llevaba hacia el norte y pasaba junto a su escondite, o bien el que conducía a Roermond, en dirección sudeste. Este último seguía el curso del Mosa hasta Mastrique y, a partir de allí, se adentraba en el reino. Tal como había concluido Polignac, si los conspiradores trataban de esfumarse, esta ruta era igual de concebible que la del norte. Por eso cada noche, cuando ya a duras penas se atisbaba el molino, el capitán apostaba a dos de sus hombres en el camino del sur.

—¿Qué veis, Boulet?

—El patio está desierto, capitán. En el edificio principal se ve una luz; nada más que reseñar. El camino que lleva a Roermond también está despejado.

Polignac reflexionó un instante.

—Cabalgaremos hasta donde están Ferrat y Dufour. De la hacienda ya nos ocuparemos más tarde.

Villier llegó con los caballos. Los tres hombres montaron y salieron al galope. La luna estaba casi llena, así que se veía bastante bien, cosa que Polignac agradeció. El capitán se acercó a Villier. Era un joven de buena familia, pero no era muy listo; en realidad, no tenía madera de mosquetero de la guardia, pero sabía cabalgar. Seguro que llegaría antes que él y que Boulet al punto donde estaban Ferrat y Dufour, razón por la cual Polignac le susurró:

—Adelantaos. ¡Cabalgad como si os persiguiera el mismísimo diablo!

—¡De acuerdo, capitán!

Al momento, Villier había desaparecido en la oscuridad. Polignac y Boulet lo siguieron todo lo rápido que les fue posible. Al cabo de un rato atravesaron la hacienda. Debía de faltar una milla hasta el pequeño recodo junto al camino donde Ferrat y Dufour estarían montando guardia. Oyeron un alarido. Ningún ser humano podía gritar así. El mosquetero conocía de sobra ese tipo de ruido gutural. Era el lamento de un caballo, un caballo que había caído y sufría un dolor espantoso. En la siguiente curva vieron al animal. Era el de Villier. El caballo negro estaba echado en mitad del camino. Tenía la boca llena de espuma sanguinolenta, y no había duda de que jamás volvería a ponerse en pie. Ambos refrenaron sus monturas. Polignac distinguió algo bajo el animal herido. Era una soga untada de pez, con un tarugo atado a un extremo. Villier, en pleno galope, se había topado con la cuerda, tendida en mitad del camino, y el impacto había arrancado el tarugo del suelo. El mosquetero había desaparecido. Polignac había sido testigo de un accidente similar hacía unos años. En aquella ocasión, el jinete había salido volando y caído a unos treinta pies de distancia. Esta vez el suceso le impresionó menos.

—¡Sigamos! —susurró a Boulet.

—Pero… ¿y Villier?

—Tendrá que esperar.

Aquel muchacho era prescindible, lo cual no podía decirse de Chalon y sus compinches. Polignac espoleó a su caballo negro, Boulet lo siguió.

El capitán reflexionó unos instantes. No tenía ningún plan, pero en situaciones como esa nunca había una forma astuta de proceder. Primero cabalgarían hasta encontrarse cuanto antes con Ferrat y Dufour. Si se topaban con algún enemigo se ocuparían de él, no había por qué complicarse más de la cuenta. La escaramuza, si es que tal cosa había tenido lugar, ya había terminado. En ese momento se trataba de iniciar lo antes posible la persecución de los delincuentes. La ventaja de Chalon no era mucha, y Polignac sabía que sus caballos eran mejores. Los mosqueteros del segundo regimiento solo cabalgaban sobre animales color azabache, por eso se les llamaba los mosqueteros negros; según el reglamento, los caballos debían tener catorce palmos de altura y costar, al menos, trescientas libras francesas. Polignac dudaba que los rocines de campo de los conspiradores aguantasen el ritmo. Alcanzarían a aquellos tipos mucho antes de alcanzar la frontera.

Cuando llegaron al punto donde estaban apostados Ferrat y Dufour, de entrada no vieron a nadie. Fue al tomar la siguiente curva cuando descubrieron a sus camaradas. Ambos estaban tirados en mitad del camino, con los miembros extendidos. No se movieron. Polignac volvió a sentir el impulso de continuar cabalgando, pero al bajar la mirada hacia sus dos hombres se le cortó la respiración y optó por detenerse. ¿Qué o quién podía haberlos dejado tan maltrechos? En el caso de

Ferrat, apenas le quedaba una parte sana. Parecía que el hombro izquierdo se lo hubiese despedazado un lobo, y el brazo correspondiente no estaba a la vista. También la cara faltaba casi por completo. No había parte del cuerpo en la que no tuviese algún agujero, como si hubiera sido alcanzado por fuego de metralla en pleno frente.

—¡Capitán! Creo que aún vive.

Como estaba seguro de que Boulet no se refería a los jirones que quedaban de Ferrat, Polignac se dirigió a Dufour. También este sangraba por docenas de heridas, y una parte de su rostro había desaparecido. Solo un ojo estaba aún intacto y miraba fijamente al capitán. Se preguntó si aquel pobre joven lo había reconocido.

Se arrodilló y le acarició la frente.

—¿Ha sido Chalon?

Dufour regurgitó un chorro de sangre negra y dijo algo entre estertores. Podría ser «Sí, ha sido Chalon», pero también «Virgen santa, dejadme morir de una vez». Polignac volvió a intentarlo.

—Dufour. Soy yo, vuestro capitán. ¿Quién ha sido?

Esta vez al moribundo se le entendió mejor.

—Un *mousque...*, *mousque...*

—Así es, amigo mío, siempre habéis sido un fiel mosquetero del rey, pero ahora, decidme...

—Un *mousque...*

—Calmaos, hombre. Juro ante Dios que os llevaré a casa y que regresaréis con todos los honores. Pero ahora, decidme: ¿han escapado?

—En gu... en guardia. Un *mousque...*

—¿Qué diablos quiere decirnos? —preguntó Boulet—. ¿Algo de un mosquetero?

—No. Se refiere a un mosquetón, un trabuco, zopenco —dijo una voz ronca con acento escandinavo.

Después se oyó un disparo, tan fuerte como un cañonazo, acompañado de un destello. Polignac notó cómo lo alcanzaba la onda expansiva. Perdió el contacto con el suelo y apenas logró percibir el impacto de varias balas antes de desplomarse. Unas manchas blancas bailaban ante sus ojos. El mosquetero giró sobre un costado. Junto a él distinguió algo amorfo y sangriento. Por la empuñadura de la espada supo que era Boulet. Oyó de nuevo aquella voz desde lo alto:

—*Mousqueton* es como se dice en francés, ¿no?

Polignac volvió la cabeza ligeramente y entonces vio al atacante. No era muy alto, casi un muchacho. Era el mismo que la tarde anterior se había ahogado en el estanque de Chalon. En la mano llevaba un arma curiosísima. El cañón tenía forma cónica. Parecía como si hubiesen enroscado el pabellón de una trompeta a un mosquete. Por aquella boca enorme salía humo.

El hombre levantó el arma.

—Me gusta más el nombre holandés: *Donderbuss*. Tubo de trueno. ¿Qué os parece?

Polignac apenas pudo regurgitar.

—En fin, es igual —dijo el otro. Acto seguido le propinó un fuerte culatazo en el cráneo.

Juvisy, 6 de julio de 1688

Estimado seigneur de Vauvray:

Espero que el nuevo cargo de embajador en la Sublime Puerta responda a vuestras expectativas; nueve meses han pasado ya desde nuestro último intercambio de correspondencia. Si no estoy mal informado, desde entonces han sido nombrados dos nuevos grandes visires y un nuevo Gran Señor. En verdad son tiempos revueltos los que estáis viviendo en Constantinopla, pero tanto su majestad como el marqués de Seignelay afirman estar muy satisfechos con la labor desempeñada hasta el momento por vuestra embajada. También en nuestra patria están teniendo lugar toda suerte de vicisitudes, y ese es el motivo de que os escriba. Se está planeando una conspiración contra su majestad cuyas dimensiones aún no somos capaces de calcular. Lo que sabemos, sin embargo, es tan preocupante que hace necesario el envío de esta carta. Un grupo de *agents provocateurs* trama diversos ataques para perjudicar a Francia. De tal conspiración forman parte, entre otros, piratas holandeses, *dissenters* ingleses y hugonotes rebeldes. Todos operan desde Inglaterra y los Estados Generales. Tenemos tras ellos a uno de nuestros mejores hombres, Gatien de Polignac, oficial de la segunda compañía de mosqueteros. El capitán Polignac recibió la orden de vigilar a estos insurgentes y a su líder, un tal Chalon. Sin embargo, en el transcurso de la operación tuvo lugar una escaramuza que terminó con la muerte de cuatro hombres de Polignac. Mientras escribo estas letras, el capitán se recupera en un hospital de sangre próximo a Namur. Los médicos dicen que no tienen ninguna seguridad de que sobreviva, pues esos criminales lo han dejado completamente maltrecho.

Desde entonces, no tenemos pista alguna sobre el paradero de Chalon y sus compinches. Gracias a la correspondencia interceptada sabemos que el inglés había preparado un barco para viajar al Mediterráneo. Pero nuestros espías de Texel refieren que la supuesta nave ha zarpado sin que los sublevados estuviesen a bordo. Estos parecen haber huido a caballo en dirección sur, probablemente hacia Jülich, Colonia o algún otro principado alemán.

Nuestros agentes inspeccionaron la hacienda de Limburgo en la que Chalon estuvo alojado durante algún tiempo. Aunque Polignac juró que la fatídica noche en la que él pasó por allí el edificio estaba abandonado e intacto, al parecer poco después fue pasto de las llamas. Todo indica que Chalon tiene cómplices in situ que le ayudan a borrar sus huellas. Entre los escombros, nuestros espías solo encontraron varios artefactos carbonizados cuya función y objetivo no alcanzaron a determinar, amén de un libro chamuscado con el título de *Tratado sobre el ataque y la muralla de hierro*.

No sé si conocéis esta obra. Versa sobre la construcción de fortificaciones y describe con todo detalle las fortalezas que el general Sébastien Le Prestre, seigneur de Vauban, ha erigido y restaurado en los últimos años para su majestad. ¡Es sumamente preocupante que esos criminales estén estudiando nuestras fortificaciones militares con tanto detenimiento!

Pensaréis que todo esto apenas os incumbe, hallándoos como os halláis a miles de millas de Francia. Sin embargo, ocurre que en Limburgo también encontramos restos de una carta procedente del Imperio otomano. Otro indicio aún más claro es el siguiente: Polignac, que estuvo vigilando durante días la hacienda ahora incendiada, jura por la Virgen que una tarde, tras una de las ventanas, vio sentado a un noble turco que como mínimo debía de ostentar el rango de pachá. Al parecer, los sublevados tienen contacto con influyentes dignatarios otomanos; ¿por qué iban los turcos si no a enviar como negociador a una personalidad tan importante? Por ello os pido que realicéis ciertas indagaciones a fin de averiguar de qué tipo de conspiración podría tratarse por parte otomana.

De los informes que enviáis regularmente a París infiero que, tras la debacle ocurrida a las puertas de Viena, determinados grupos han derrocado al desafortunado Mehmed IV y lo han sustituido por un sultán que les es más afín. ¿Podría la red de contactos del tal Chalon ser tan amplia que el inglés no solo estuviese intrigando contra nuestro Rey Cristianísimo, sino también contra la Sublime Puerta?

Os ruego que realicéis averiguaciones a este respecto a la mayor brevedad. Tratad de obtener información sobre las maquinaciones de Chalon, y también sobre quién podría ser ese misterioso pachá que estaba en Holanda. La seguridad de su majestad puede depender de ello. Daos prisa y escribidme lo antes posible; cualquier información es relevante, pues no sabemos dónde volverá a hacer acto de presencia el tal Chalon.

Semper Servus,

BONAVENTURE ROSSIGNOL

P.D. Como tal vez sepáis, mantengo un contacto discreto con Solimán Aga, vuestro homólogo en París. Quisiera informar al embajador de la Sublime Puerta sobre los sucesos anteriormente reseñados, mas dudo sobre de qué parte está. ¿A quién debe lealtad en Constantinopla? También a este respecto aguardo vuestro sabio consejo.

Algo malhumorado, Obediah dio un sorbito al hipocrás humeante que tenía ante sí. Habría preferido una escudilla de café, pero en todo Turín no había un solo lugar donde lo sirvieran, o al menos ellos no lo habían encontrado. Los demás parecían menos descontentos que él con las bebidas. Estaban en uno de los cuartos traseros de la fonda en la que se habían alojado. Marsiglio bebía oporto, aunque solo eran las diez de la mañana. Justel trataba de seguir el ritmo al general, pero empezaba a tener los ojos vidriosos. Jansen miraba su vaso con recelo: era asombroso que la leche de cabra allí contenida no se cortara.

Llevaban cuatro días en la capital del ducado de Saboya. Habían encargado remendar sus ropas y, por lo demás, habían hecho lo menos posible. Tras huir de los Estados Generales se imponía con urgencia un poco de calma. En vez de viajar en barco desde Texel hasta el puerto saboyano de Niza, como estaba previsto, habían cubierto todo el camino a caballo, atravesando el Palatinado y el ducado de Württemberg, Brisgovia y la región de Berna hasta llegar a Turín.

En Saboya reinaba la tranquilidad, pero eso precisamente era lo que preocupaba a Obediah. Había un silencio extraño, la calma que precede a la tempestad. Según habían oído en varias ocasiones durante el viaje, Luis el Grande estaba reuniendo a sus tropas. Querría aprovechar la circunstancia de que Leopoldo I se hallaba persiguiendo al turco en los Balcanes. Al parecer, el grueso del ejército imperial habría sitiado Belgrado, lo que significaba que se había adentrado demasiado en el este para hacer frente a los franceses en el oeste.

—¿Vos creéis que habrá guerra, general? —preguntó Obediah a Marsiglio.

—Siempre la hay. La pregunta es dónde. ¿Os referís a en Saboya?

—Sí. Se percibe un ambiente extraño, ¿no os parece?

El viejo boloñés asintió pensativo.

—Tampoco yo creo que este año vaya a seguir siendo pacífico. El ejército de Luis pronto cruzará el Rin. Solo resta saber si atacará primero a los Países Bajos españoles o al Palatinado.

—¿Y por qué no Saboya? —objetó Justel.

—No, mi joven amigo, eso es improbable. Esta región es interesante desde un punto de vista estratégico, pero no es rica. Además, hasta el momento el duque de Saboya siempre ha sabido dar algo a cambio si los franceses se aproximaban demasiado.

Justel torció el gesto.

—¿Algo a cambio? Querréis decir protestantes.

—Así es, pero eso se acabó. El duque ya ha masacrado o expulsado a todos los valdenses. El paso siguiente sería ceder fortalezas o puertos, o tal vez a sus hijas. Se dice que al Rey Sol le agría mucho el carácter saber que un príncipe saboyano está combatiendo al servicio del emperador.

—Yo no he oído nada semejante.

—Es un tal Eugenio. En los círculos militares se lo tiene ya por el próximo mariscal de campo de Leopoldo, consideración que yo estimo sumamente exagerada.

Justel miró al general con gesto interrogante.

—Me suena haber oído su nombre. ¿Vos no creéis en el talento de ese saboyano?

Marsiglio adelantó el labio inferior.

—Lo conocí cuando era solo un muchacho, un joven malcriado y disoluto. Creedme, en cuanto se enfrente a su primera batalla de verdad, ese imberbe caerá del caballo.

Justo en ese momento llamaron a la puerta. Un muchacho vestido con ropas de humilde artesano entró e hizo una reverencia. Luego se dirigió a Obediah.

—Ordenasteis que os diese aviso en cuanto llegaran, signore.

Obediah frunció el ceño.

—¿Estás seguro de que se trata del carruaje correcto?

El chico asintió.

—Un escudo azul con una banda amarilla danchada, tal como habéis descrito.

Obediah le dio una moneda. El otro hizo otra reverencia y se marchó. Jansen no dejaba de refunfuñar. El inglés lo miró con curiosidad.

—Habíais prometido poner fin a tanto maldito secretismo —protestó el marinero—. Debe de ser una enfermedad propia de alquimistas como vos.

—No soy alquimista, pero tenéis razón. Caballeros, lamento mucho no haber sido claro en lo que respecta a los siguientes pasos.

Se levantó y se dirigió hacia un canapé, donde había una bandolera de cuero. Tras extraer un papel doblado, se acercó a una mesa grande. Los demás se aproximaron. Obediah desplegó el papel. Era un mapa de Saboya y las regiones limítrofes. Al norte y al este el ducado limitaba con la Confederación Suiza, el ducado español de Milán y la República de Génova; al oeste, con Francia.

—Estamos aquí —dijo señalando Turín—, y pronto reanudaremos el viaje en dirección a Niza, donde nos espera el barco que zarpó de Texel. Ayer tuve noticia de que ya ha atracado. Pero antes —añadió señalando un punto situado varias millas al sudoeste de Turín— iremos aquí, a Pinerolo.

—¿Y ahí qué es lo que hay? —preguntó Jansen.

—Una fortaleza —respondió Justel. Su voz sonó extrañamente hueca—. Una fortaleza francesa.

—No lo entiendo —repuso Jansen—, estamos en tierras de Saboya, y ese lugar llamado Pinerolo está, como mínimo, a veinte millas tierra adentro.

Obediah señaló una estrecha franja marcada en color oscuro que se extendía desde Pinerolo hasta la frontera francesa.

—Como bien acaba de explicar el general, la casa de Saboya siempre ha tenido que saciar el hambre del león francés con algún que otro hueso para no ser devorada por completo. Hace cincuenta años, los duques cedieron la fortaleza de Pinerolo, que desde entonces pertenece a los franceses. La zona que está detrás, el Pragelato, es… —Obediah buscó la ayuda de Marsiglio con la mirada.

—No es saboyana, pero tampoco es francesa. Es una especie de república campesina, tierra de nadie, por así decirlo.

—Gracias, general. La fortaleza que Luis de Vauban ha ampliado varias veces pertenece por tanto a Francia, y el Rey Cristianísimo utiliza su *donjon*, o torre del homenaje, para encerrar a los indeseables. La ubicación es perfecta. Quien esté allí preso permanecerá lejos de sus aliados o de sus amigos, si los tuviere.

Justel asintió.

—Dicen que Fouquet, el antiguo ministro de Finanzas francés, acabó allí.

—¿Y por qué razón? —inquirió Jansen.

—Al parecer, los ingresos del Estado fueron a parar a su propio bolsillo, y además a lo grande.

—Ah, ¿y? —replicó Jansen.

—Y con el dinero mandó construir un palacio más lujoso aún que el del propio rey.

Marsiglio dio un codazo afectuoso al hugonote.

—Habéis omitido la mejor parte de la historia —le dijo, y se dirigió a Jansen—. Fouquet, que era muy codicioso, había encomendado que le diseñaran un escudo en el que se veía una ardilla recogiendo nueces. Y debajo el lema: «*Quo non ascendet*».

Justel y Obediah se echaron a reír.

—No sé latín —gruñó Jansen.

—La traducción sería: «¿Adónde no puede ascender?».

Marsiglio miró expectante a Jansen, pero el danés no hizo el más mínimo gesto. En su lugar, preguntó:

—¿Y a quién queréis sacar de ese sitio?

—También yo quisiera saberlo —dijo Marsiglio—. No será al conde de la ardilla, ¿verdad? ¿No murió hace tiempo?

Obediah negó con la cabeza.

—No, claro que no es Fouquet. Es el conde de Vermandois.

Los ojos de Justel casi se salieron de las órbitas.

—¿A Vermandois? ¿Os referís a Luis de Borbón, legítimo de Francia y conde de Vermandois? ¿El segundo hijo de Luis el Grande? Creía que estaba muerto.

—Muerto no. Solo encerrado. En el *donjon* de Pinerolo.

Obediah cogió una jarra de cerámica y se sirvió algo más de vino. Dio un sorbito. Templado estaba aún peor que caliente. Después prosiguió:

—He indagado un poco por las tabernas de la zona. Lo que me han contado confirma los rumores que me habían llegado a través de mis corresponsales en Annecy y Carmagnola; esto es, que en la fortaleza hay un preso muy famoso.

—Pero si se tratara de un hijo del rey, alguien tendría que haberlo reconocido —objetó Marsiglio—. Es imposible ocultar algo así.

—Se rumorea que este preso lleva una máscara. Solo puede quitársela cuando está solo en la celda. Llegó a Pinerolo transportado en una litera envuelta en tela encerada de color negro. Los porteadores no eran soldados franceses, sino piamonteses saboyanos de Turín. Todo indica que se trata de una alta personalidad cuya identidad debe permanecer oculta a toda costa. Según mis informaciones, solo puede tratarse de Vermandois.

Jansen se cruzó de brazos.

—De acuerdo, todo estupendo. Pero ¿para qué necesitamos a un señoritingo de Versalles?

—Porque tiene la mano muy larga.

—¿Perdón?

—Permitid que haga un poco de historia. Hace tiempo, el general me hizo notar que a nosotros, los heráclidas, como le gusta denominarnos a monsieur Justel, nos faltaba un talento crucial. Necesitamos un ladrón experto.

El danés gruñó en señal de desprecio.

—Los buenos ladrones viven en las cloacas, no en los palacios.

—Eso mismo pensaba yo hasta que supe de todo lo sustraído por Luis de Vermandois. El delito que ha estado a punto de costarle la cabeza fue el robo de la oriflama de la armería privada del rey. Pero eso no es todo: desde que comencé a indagar sobre la historia de este conde, cada vez son más las anécdotas increíbles que recojo. Al parecer, también robó el blasón de la corte del gran duque toscano Cosimo. Durante su estancia en Estrasburgo desapareció el globo terráqueo del célebre reloj astronómico de la catedral. Y hay muchas otras historias semejantes; todas hablan de robos espectaculares acometidos en distintos lugares de Europa entre 1680 y 1683. Y siempre cabe preguntarse por el proceder de los ladrones, ya que, por una parte, los lugares elegidos estaban bien vigilados y, por otra, solo eran accesibles a miembros de la alta nobleza. Según mis averiguaciones, Vermandois está detrás de todos esos robos.

—¿Y creéis que querrá ejercer de ladrón para nosotros? ¿Por qué habría de hacerlo? ¿En agradecimiento por sacarlo del calabozo? —preguntó Justel.

—Ya que apuntáis en esa dirección, los motivos de la alta nobleza son inescrutables para el resto de los mortales. Pero nuestro cliente ha puesto en mis manos determinados recursos con los que espero persuadir al conde.

—Entonces solo resta preguntar —añadió Marsiglio— cómo

pensáis penetrar en esa ciudadela fortificada por Sébastien de Vauban a buen seguro con su habitual maestría.

—No tengo previsto entrar en ella. Cuando el conde de Vermandois reciba su primera visita desde hace años, cruzaremos directamente el portón principal.

—¿La visita de quién?

—De su madre, la duquesa de La Vallière, antigua amante del rey. Tras suplicar insistentemente al monarca que le concediese la oportunidad de ver a su pobre hijo, el rey Luis, conocido por sus obras de caridad, ha acabado aceptando. Nosotros acompañaremos a la duquesa.

—¿La conocéis?

—Por supuesto. Y vos, señores, también.

Dado que el Dogano era la mejor posada de Turín, allí fue donde recaló la duquesa de La Vallière. Los más escépticos se podrían haber preguntado por qué no recurría a la hospitalidad de la casa de Saboya y se alojaba en el palacio de Chambéry, la residencia ducal. Al fin y al cabo, Víctor Amadeo II estaba casado con una sobrina de Luis XIV, quien sin duda habría recibido noticias de Francia con sumo agrado y habría acogido gentilmente a la duquesa.

Sin embargo, no había ningún escéptico capaz de formularse tal pregunta, y si lo había, Obediah no tenía noticia de su existencia. Además, si algún espía pretendiera informar a Francia de la repentina visita de la duquesa, la noticia tardaría varios días en llegar. El intendente real más próximo estaba en Grenoble, casi a doscientas millas de distancia. Si alguien, en el mismo sentido, quisiera informar al duque Víctor Amadeo, lo conseguiría con mayor prontitud, pero tampoco lo bastante rápido. Por más ligero que se cabalgase, se necesitaban como mínimo seis días para llegar a Chambéry. Para entonces, ellos ya se habrían esfumado.

Obediah se situó frente a uno de los carísimos espejos venecianos, se ajustó la chorrera y se sacudió una pelusa de la casaca. Estaban en uno de los salones de la posada, que en realidad era más bien un *palazzo*. Jansen miró por uno de los ventanales en forma de arco. Marsiglio y Justel conversaban animadamente pero con gesto serio, para variar, en lugar de bromear como dos críos, que era lo habitual. «Bien —pensó Obediah—. La fase menos complicada de nuestro proyecto ha concluido.»

Oyeron unos pasos que se acercaban. Todos en el salón se volvieron hacia la puerta de doble hoja. Esta se abrió de golpe. Dos lacayos con librea entraron y se situaron a ambos lados de la puerta. Tras ellos entró una dama que lucía un vestido de calamaco color índigo con un estampado de flores amarillas. En la cabeza lucía una *commode* en tonos castaños. En la mano derecha sostenía un bastón que no era un simple adorno. Obediah no pudo reprimir una sonrisa e hizo una rápida reverencia para que nadie lo notara. «Es muy minuciosa», pensó para sus adentros. No solo el ropaje era el adecuado, la condesa también había tenido en cuenta el detalle de que la verdadera duquesa, desde que años atrás sufrió un accidente montando a caballo, padecía de la cadera.

—Luisa Francisca de La Baume Le Blanc, duquesa de La Vallière y Vaujours —anunció uno de los lacayos.

Obediah miró a sus compañeros. El rostro de Jansen no mostraba expresión alguna, pero el de los otros dos revelaba verdadero asombro. Incrédulos, Marsiglio y Justel la miraban fijamente, como si no diesen crédito a lo que estaban viendo. La mujer que tenían delante no solo era unas pulgadas más alta que Caterina da Glória, además aparentaba mucha más edad. Bajo las capas de maquillaje se distinguían cientos de arruguitas. Además, estaba ligeramente encorvada.

Obediah avanzó un paso e hizo otra reverencia.

—Encantado de volver a veros, mi muy estimada duquesa. Espero que el viaje os haya sido placentero.

—Gracias por vuestro interés, seigneur. Por desgracia el último tramo ha sido sumamente incómodo. Los caminos piamonteses se me antojan peores aún que los del Languedoc, si cabe. Permitidme que tome asiento.

Uno de los lacayos corrió presuroso a acercarle una silla tapizada, en la cual la duquesa se dejó caer con un suspiro.

—¿Deseáis beber algo, madame?

—Una escudilla de café sería magnífico.

Uno de los lacayos se dispuso a salir a toda velocidad, pero Obediah negó con la cabeza.

—Lo lamento mucho, pero parece que en esta ciudad no hay un solo grano; he preguntado en todas partes.

La Vallière torció el gesto, mostrando la incomprensión propia de una mujer no habituada a ningún tipo de carencia.

—Había olvidado que estamos en la provincia italiana, donde por desgracia carecen de modales. Este lugar es espantoso, impropio de un gusto refinado como el mío. Solo se salva Venecia, que es un poco mejor. Pero incluso allí los cafés brillan por su ausencia. —La duquesa se dirigió a una de sus doncellas que aguardaban a una respetuosa distancia—: Claire, id a la cocina y traedme algo dulce, unas galletas, tal vez. Y preguntad si al menos tienen chocolate. Si no es así, traednos vino, pero que no sea italiano. Alguno del Rin.

Una vez que la doncella se hubo marchado, la duquesa hizo un gesto a los lacayos para que cerraran la puerta, y además desde fuera. En cuanto estuvieron a solas, Marsiglio rio satisfecho.

—Estimada condesa, me descubro ante vos. No solo por vuestra belleza, sino sobre todo por vuestro talento. Magnífico disfraz… De no ser porque sabía que erais vos, jamás os habría reconocido.

La condesa pestañeó y se acarició la mejilla.

—Os lo agradezco. Aunque mi belleza se ha visto muy perjudicada.

—¿Cómo lo hacéis exactamente? —preguntó Justel—. En verdad parecéis veinte años mayor, como si tuvieseis cincuenta.

Si Da Glória se sintió agraviada porque el hugonote acababa de estimar su edad real en treinta años, no se le notó.

—Clara de huevo —respondió ella—. Aplicando una fina capa sobre la piel con ayuda de un pincel se consiguen unas arrugas que serían la envidia de una vieja campesina.

—Disculpad que os interrumpa —intervino Obediah—, pero no tenemos mucho tiempo. En cuanto abandonemos este salón, tendremos que mantener la farsa hasta el final de nuestra estancia aquí. Cualquier otra cosa sería harto arriesgada, pues Turín está lleno de espías que trabajan para los franceses, los venecianos y los Habsburgo, y quién sabe si para alguien más. Así que me dispongo a explicaros de nuevo nuestros papeles, ¿de acuerdo?

Nadie dijo nada. Obediah prosiguió:

—La duquesa de La Vallière se ha tomado la molestia de realizar tan largo e incómodo viaje porque Luis el Grande por fin ha escuchado sus súplicas y le ha permitido visitar a su hijo. Ante el rey y ante el arzobispo de París, vos, madame, habéis prestado juramento de mantener una confidencialidad absoluta. Asimismo, disponéis de salvoconductos expedidos por el Conseil des Dépêches, la sección correspondiente del consejo real.

Obediah sacó un documento sellado del bolsillo interno de la casaca y se lo entregó a la condesa, quien lo hizo desaparecer de inmediato entre los ricos volantes de la manga.

—Este caballero —continuó Obediah señalando a Justel— es Ghislain Ogier Debussy, secretario jesuita que aconseja al marqués de Seignelay, el ministro de Estado de Luis. Oficialmente os acompaña para serviros como guía espiritual. En realidad, madame, el padre Gislenus está a vuestro lado en calidad de guardián, ya que el Rey Sol no termina de confiar en vos ni en vuestro propósito. General, disculpad la degradación, pero vos sois ahora el teniente Benito Viccari y estáis al servicio de Víctor Amadeo II. Su alteza serenísima os ha enviado desde Annecy para que aconsejéis a la duquesa de palabra y de obra en caso de que precisara la ayuda de Saboya. —Obediah entonces se dirigió a Jansen—: Y vos, capitán, sois Klaus Tiensen, oriundo de Hannover y, en estos momentos, adlátere del conde de Mertonshire.

Jansen frunció el ceño.

—¿Y ese conde sois vos? ¿Un alemán y un inglés en el séquito de una duquesa francesa?

—En absoluto. James, conde de Mertonshire, es hijo ilegítimo del difunto rey inglés Carlos II y de su amante Nell Gwyn.

—¿Gwyn tuvo hijos? —preguntó Marsiglio.

—Puede que sí, puede que no. En todo caso, Carlos II tuvo más bastardos que la infanta española liliputiense, así que no deja de ser plausible.

Marsiglio asintió.

—Continuad.

—Como sabéis, la tía de Carlos, Enriqueta María Estuardo, estuvo casada con el duque de Orleans, hermano de Luis. Por lo tanto, nuestro falso conde de Mertonshire es sobrino de Monsieur y, con ello, también sobrino del Rey Sol. Al igual que su tía abuela Enriqueta, el conde de Mertonshire vivió mucho tiempo en París, donde conoció a la condesa, perdón, a la duquesa de La Vallière.

Da Glória le dedicó una sonrisa.

—Entonces ¿debo suponer que sois mi joven conquista?

Obediah notó que se sonrojaba. Marsiglio sonrió. Justel agrió el gesto.

—Tal vez solo sea un consejero más, no tenemos por qué concretarlo. Si yo, es decir, si el conde fuese vuestro amante, el decoro impondría negarlo llegado el caso. Si la gente, aun así, se empeña en creerlo, tanto mejor para nuestra farsa.

Llamaron a la puerta.

—Y ahora —susurró Obediah—, representad vuestros papeles hasta que os diga lo contrario.

—¿Y los lacayos? —murmuró Marsiglio.

—Los he contratado en Milán —respondió la condesa—. Todos creen que soy La Vallière. —Acto seguido carraspeó y exclamó—: ¡Adelante!

Las puertas se abrieron y la doncella entró con una bandeja de plata en la que traía una botella de vino y un plato de mazapanes. La condesa observó mohína cómo dejaba todo sobre la mesa y servía un vaso de vino.

—Así que de café nada y chocolate tampoco —murmuró—. Qué país tan espantoso.

Obediah se frotó los ojos con la esperanza de que las manchas que danzaban ante él desapareciesen. Cuando volvió a mirar la hoja de papel, las manchas seguían allí. No era de extrañar, nunca había leído ni escrito tanto como en las últimas semanas. Solo esa noche llevaba redactadas tres cartas: una dirigida a un comerciante portugués que vivía en Alejandría, otra a Huygens y una tercera a Bayle. Se disponía a comenzar la cuarta misiva, destinada a Cordovero, pero temió que, medio ciego como estaba, no lograra siquiera cifrar el mensaje. Se levantó y estiró los miembros entumecidos, se acercó a tientas hasta el aparador y buscó la botella de oporto. Se sirvió un vaso y, con él en la mano, se aproximó hasta la ventana, que estaba abierta. Aún hacía calor, aunque en San Juan Bautista ya habían dado las once. Su habitación estaba en el tercer piso del Dogano, con lo cual tenía una buena panorámica del palacio. En realidad no le gustaba contemplar el paisaje, siempre había carecido de paciencia para tales deleites, pero sabía que sus ojos se recuperarían más rápidamente si procuraba descansar posando la vista en la distancia. Así que tomó nota desinteresada, pero prolija, de cuanto alcanzaba a ver desde la ventana: una *piazza*, una prolongación del jardín ducal, varios caballos.

Cuando las manchas hubieron desaparecido de sus ojos, regresó al escritorio y tomó un nuevo pliego de papel. Tras marcar un punto de fuga, comenzó a dibujar el palacio con trazos rápidos y concisos. Prescindió tanto del fondo como de los edificios circundantes, y en su lugar esbozó una plaza ficticia con una estatua ecuestre y losetas cuadradas. Más tarde, cuando hubiese terminado el cifrado, lo colorearía. Después dejó el dibujo en una mesita auxiliar y tomó otro pliego.

> Muy estimado don Cordovero:
> Recibid mis más sinceras gracias por vuestra última carta. Permitid que comience con una confesión: aunque no nos hemos visto nunca, me siento muy próximo a vos. Nuestra permanente correspondencia parece haber creado un lazo de confianza entre ambos que antes jamás ...

Obediah contempló lo que había escrito. Las manchas volvieron a bailar ante sus ojos. Arrugó el papel y lo arrojó bajo la mesa. Acababa de tomar un nuevo pliego cuando llamaron a la puerta.

—¡Adelante! —exclamó, volviéndose hacia la entrada.

Era Caterina da Glória. Llevaba un sencillo vestido de muselina amarilla, sin piedras preciosas ni hilos de oro. La condesa estaba sola, ni siquiera la acompañaba su doncella. Obediah se puso en pie e hizo una ligera reverencia.

—Madame —dijo señalando una butaca—, tomad asiento, por favor. ¿Deseáis un poco de vino?

—Con mucho gusto. Y no me llaméis madame... Llamadme... Luisa.

—Como gustéis.

Obediah se dirigió al aparador. Tras pensarlo unos instantes, escogió un vino dulce del Rosellón y sirvió una copita. La condesa lo aceptó agradecida. Obediah se disponía a regresar al escritorio cuando ella, con un gesto, lo invitó a tomar asiento en el canapé junto a su butaca. Él obedeció. Sentado allí, a su lado, percibió el aroma a lavanda que la condesa emanaba.

Caterina, Luisa o quien fuera, daba sorbitos al vino y lo miraba con sus enormes ojos marrones.

—Os he distraído de vuestro trabajo. —La condesa reparó en el boceto del palacio—. Mejor dicho, de vuestro dibujo. —Tomó la hoja y la observó—. Tenéis buen ojo. ¿Acabáis de hacerlo?

—Sí.

—¿De memoria?

—Cuando veo algo se me queda grabado y puedo reproducirlo en cualquier momento.

—¿Incluso este tipo de edificios? —preguntó ella mirando el dibujo—. Conozco Turín bastante bien. El número de portales, la forma de las ventanas, las estatuas del tejado del Palazzo Reale..., todo parece coincidir con la realidad. ¿Cómo lo hacéis?

—No tengo la menor idea, madame. Luisa. Siempre lo he hecho. De niño me quedé muy sorprendido cuando en algún momento descubrí que es algo que no todo el mundo sabe hacer.

—Pero vuestro dibujo aún no está terminado. Esta plaza enlosada no es más que un esbozo.

—Correcto.

—Además, esto creo que no está bien. Delante del *palazzo* no hay ninguna plaza.

—En efecto, no la hay. Es... una nueva técnica que estoy probando. Unas partes del dibujo me las invento y otras se corresponden con la realidad.

Por la mirada de la condesa, Obediah supo que no terminaba de creerse aquella explicación.

—Pero basta ya de mis garabatos de aficionado —añadió rápidamente—. ¿Qué os trae a mis aposentos a una hora tan tardía?

Mientras hablaba, Obediah alcanzó a ver que la condesa adelantaba el pie izquierdo hasta que este asomó bajo las faldas y dejó a la vista el tobillo desnudo. Si a este movimiento se sumaba el perfume y el profundo escote cuadrado de Caterina, la respuesta a su pregunta, pensó Obediah, era evidente. Ella pareció ser de la misma opinión, pues se limitó a contestar con una sonrisa seductora.

—Ya entonces, en Bedfont Manor, os mostrasteis muy esquivo. ¿Acaso queréis que os suplique, Obediah? ¿Tal cosa sería de vuestro agrado?

—Madame, Luisa, creo que se trata de un malentendido.

—Yo no lo creo en absoluto. Estoy viendo vuestro pantalón, Obediah. Me parece que *la tua cosa* tiene mucho interés.

Obediah retrocedió ligeramente, lo cual fue sin duda un error, pues dejó espacio libre en el canapé. Sin mediar palabra, ella se levantó de la butaca y se sentó a su lado.

—¿Tenéis miedo acaso?

Obediah observó cómo aquella mano enguantada en seda se dirigía hacia su muslo.

—No me diréis que sois un puritano... ¿O me equivoco y sois un *molly*, como dicen en Inglaterra? —La condesa sonrió—. ¿Tal vez os reserváis para el conde de Vermandois? Por lo visto es muy atractivo.

—Madame, no soy un sodomita, si es a eso a lo que os referís.

Obediah se desplazó otro poco hacia la izquierda. El brazo del canapé se le clavó en el costado.

—¿Entonces?

—Nuestra misión... es lo primero. Creo que este tipo de... romances no engendran más que discordia.

—¿Lo decís porque soy la única mujer y todos me desean?

—Bueno, monsieur Justel, por ejemplo...

—... es demasiado imberbe y demasiado apuesto. Vos, por el contrario, sois un hombre.

Ella se le acercó aún más y le puso la mano en la pierna.

—Creo que ya sé cuál es vuestro problema.

—¿Madame?

—No es la práctica del vicio italiano ni vuestra sagrada misión. Simplemente sois un poco... complicado, ¿me equivoco?

Obediah quiso responder algo, pero de pronto notó la boca muy seca. Justo cuando iba a recuperar el habla, la condesa le tomó la mano y se la llevó al seno derecho.

—Mas no temáis, yo os ayudo. Podéis empezar por aquí.

Él no retiró la mano, sino que apretó el durazno que se le brindaba. La condesa enarcó las cejas.

—¡Ay! Si hace un momento habéis dicho que no queríais verme suplicar… ¿De veras sois tan vigoroso? O es que… —La condesa mudó el gesto y lo miró divertida—. ¿Puede ser esto cierto? ¿Tan culto, pero tan inexperto, a vuestra edad? No me extraña que estéis así de tenso.

—Madame, yo…

—Luisa.

—Luisa, disculpad que no esté a la altura de vuestras exigencias. Nunca me interesaron mucho las mujeres, ni tampoco… los hombres, sino otras cosas.

—Tinturas y fórmulas, eso no lo dudo. Pero todo hombre tiene que comer y beber, aunque no le guste. Y todo hombre tiene necesidad de aliviarse de vez en cuando. Eso está demostrado.

—Aliviarse… ¿de qué?

Obediah notó cómo la mano de la condesa se acercaba a su entrepierna.

—Haced caso a la profesora Da Glória —dijo ella.

Con la mano izquierda le rodeó la nuca mientras la derecha se entretenía en los calzones.

—Madame, Luisa, vos…, os lo ruego, dejad mi…

—Callaos y escuchad. Soy La Vallière, la duquesa más lasciva y descarada que jamás ha entrado y salido de Versalles. Y eso es mucho decir. El recato que exhibo no es más que una mascarada, todos lo saben. Jamás iría a ningún sitio sin llevar a un amante como mínimo. Y ese sois vos, el conde de Mertonshire. Todos mis sirvientes murmuran ya sobre el asunto, al igual que la mitad de los clientes del *palazzo*. No podemos decepcionarlos. Si me apuráis, aquí no se trata de nuestros deseos, sino de nuestro disfraz. Eso, sin duda, lo entenderéis.

Antes de que él pudiese responder nada, ella le metió la mano en los calzones. Obediah gimió sin remedio. Con la derecha enguantada, la condesa rodeó su miembro.

—Es una pena que no queráis darle uso. *Una cosa fastosa.* Pero no se puede obligar a nadie.

Catarina da Glòria comenzó a mover la mano de arriba abajo. Obediah se reclinó y empezó a gemir. Ella acercó los labios a su oído y susurró:

—¿Sabéis una cosa? La doncella de una dama está al corriente de todo. Si su señora está en flor, por ejemplo. O si ha tenido comercio carnal.

Da Glória le introdujo la lengua en el oído. Obediah sintió que estaba a punto de estallar.

—Tomad esta pequeña aproximación manual como un ofrecimiento al que más adelante podéis recurrir si os hartáis de vuestra virginidad. Hoy solo os proporcionaré algo de alivio y me haré con algunas perlas con las que saciar la curiosidad de mi doncella.

La respiración de Obediah no dejaba de acelerarse. Enarcó la espalda y adelantó la parte baja para facilitar la tarea a la condesa y a su exquisita mano. Sabía que pronto se correría. En ese momento, la condesa se levantó del sofá y acercó el escote a su entrepierna.

Por unos instantes, Obediah estuvo a punto de desmayarse, o eso creyó. Cuando volvió a abrir los ojos, la condesa estaba junto a él limpiándose con un pañuelo. En el guante y en el vestido vio las perlas blancas que ella había mencionado.

—Ahora si me disculpáis, Mertonshire, regresaré a mis aposentos. Daré el vestido a mi doncella para que lo limpie y soñaré con el amante vigoroso y apasionado que podríais llegar a ser. Venid a visitarme en alguna ocasión, cuando tengáis el arma cargada.

Tras obsequiarlo con una última sonrisa, la condesa dio media vuelta y se marchó.

El carruaje dio una fuerte sacudida cuando se metió en uno de los innumerables surcos del camino. Obediah apenas se había recuperado del susto, cuando un bache hizo que el vehículo se tambaleara. Habían cubierto cerca de un tercio del trayecto hacia Pinerolo. Frente a Obediah iba sentada la condesa, quien soportaba el traqueteo con la dignidad propia de un griego estoico. El inglés se recriminó no haber tomado un caballo, como habían hecho Marsiglio y Justel. Pero cabalgar habría sido impropio de alguien de su condición y, además, podría suscitar el recelo de los soldados saboyanos que los escoltaban. Al fin y al cabo, él era el conde de Mertonshire, bastardo de un monarca inglés y sobrino del Rey Sol, por no decir que desde la pasada noche viajaba con su amante. El único aspecto positivo de tantos trompicones era que la condesa, ebria de amor, lo dejaba tranquilo. Nunca le habían interesado demasiado las mujeres, aunque hubo de reconocer que la experiencia del día anterior no había sido desagradable. Sin embargo, en lo sucesivo confiaba en mantener a Da Glória a cierta distancia.

La región que cruzaban estaba dejada de la mano de Dios. Turín quedaba ya muy atrás, y lo que ahora atravesaban con tanta dificultad era el único puerto de montaña transitable. ¿Seguirían en terreno saboyano o se habrían adentrado ya en la república campesina? No estaba seguro. Hasta el momento no había visto un alma. Solo algunas cabras paciendo en la ladera, un poco más arriba. Al cabo de una hora, cuando tenía el trasero como un jamón curado al que le han dado unos cuantos golpes, el carruaje paró bruscamente. Obediah fue a agarrar el picaporte, pero la condesa se lo impidió.

—Sois un conde. Debéis esperar hasta que el cochero os abra.

Esperaron. Obediah oyó que los saboyanos descabalgaban y conversaban con el cochero en un dialecto italiano repleto de erres.

—El teniente dice que los franceses tienen un puesto avanzado muy cerca de aquí —tradujo la condesa.

La portezuela se abrió. Obediah descendió y tendió la mano a la condesa. Mientras esta bajaba, él miró a su alrededor. Estaban en un pueblecito cuyas cabañas le recordaron a las que había visto en el norte de Inglaterra: eran unas construcciones pequeñas, combadas, con las paredes formadas por filas de piedras planas, sujetas únicamente con barro y lodo. De algunas chimeneas salían delgados hilos de humo rumbo a un cielo azul y despejado. Parecía que los habitantes de ese lugar se hubiesen desvanecido. Obediah estiró los miembros agarrotados y acompañó a La Vallière hasta un banco de madera. La doncella, que había viajado en el pescante, se unió a su señora.

Mientras uno de los soldados encendía un fuego y colgaba encima un pequeño caldero, Obediah se dirigió al teniente, un hombre barbudo de espalda ancha y piernas arqueadas.

—¿Dónde estamos? —preguntó en francés.

—En un pueblo llamado Madonna, excelencia. A medio camino.

—¿Y dónde están sus habitantes?

El soldado se encogió de hombros.

—Supongo que cerca del río Alb, con los animales. Pronto tocará segar el heno, y eso da mucho trabajo.

Obediah se limitó a asentir. Sospechaba que la inminente cosecha no era la única razón por la que la población al completo se había ausentado. Recibir a unos nobles que viajaban escoltados suponía, en el mejor de los casos, darles de comer a ellos y darles forraje a sus caballos. Eso sin esperar nada a cambio. Antes bien, el pago consistiría en que ningún soldado prendiese fuego a sus cabañas torcidas ni atropellase a los niños que jugaban en la calle. Al menos así era en Inglaterra y en Francia. Obediah no creía que los soldados italianos se comportaran de otra manera.

—Deduzco de vuestras palabras que llegaremos a Pinerolo dentro de tres horas —concluyó Obediah.

—Aproximadamente. Pero es probable que el francés nos intercepte antes.

—Comprendo. ¿Hay motivos para preocuparse?

—En principio, no. —El teniente se echó a reír—. Al menos ayer, cuando hablé con nuestro capitán, las relaciones entre la casa de Saboya y la de Borbón seguían siendo aceptables. Si resulta que la cosa ha cambiado de ayer a hoy, pronto lo sabremos.

Obediah esbozó una sonrisa. El teniente se dio cuenta de que la broma no había sido muy oportuna y se apresuró a añadir:

—Conozco bien al comandante de la fortaleza francesa, es un noble. En tiempos fue teniente de los mosqueteros grises.

Obediah se preguntó qué infracción podría haber cometido aquel hombre para que lo trasladaran de París a Pinerolo. Era imposible que alguien aceptase voluntariamente un puesto en aquella región tan aislada.

—¿Cómo se llama? —preguntó Obediah.

—Jean d'Auteville, excelencia.

—¿Y cuál es el siguiente paso?

—Mientras almorzamos, uno de mis hombres hará de avanzadilla. Los franceses sabrán, por tanto, que la duquesa, acompañada de su escolta saboyana, está de camino a Pinerolo, y el puesto avanzado saldrá a nuestro encuentro.

A Obediah ese plan no le gustó en absoluto. Habría preferido presentarse en Pinerolo sin previo aviso y sorprender al comandante de la fortaleza, pero no vio el modo de oponerse a la estrategia del teniente sin levantar sospechas. Probablemente aquello careciese de importancia. ¿De qué les serviría a los franceses de la fortaleza saber de antemano que, al cabo de escasas horas, recibirían la visita de La Vallière? Alrededor de Pinerolo no había nada, menos aún mandatarios reales a los que el comandante pudiese pedir consejo. No, su plan funcionaría igualmente, o al menos no fracasaría por ese nimio detalle.

Dio las gracias al teniente y se dirigió hacia donde estaban Justel y Marsiglio, sentados en sendos peñascos y fumando en pipa. En un escabel situado entre ambos tenían un juego de tablas reales. Marsiglio iba ganando con mucha diferencia.

Obediah sonrió.

—Creo que la pericia táctica del general supera la vuestra, Pierre.

—Así es. Todavía no he ganado ni una sola partida. Llevo semanas intentando jugar a otra cosa, pero se niega.

—¿Y a qué queréis jugar? —preguntó Obediah—. ¿Al faraón? ¿Al quince?

Marsiglio negó con la cabeza.

—No, quiere que juegue con él a *balla*.

—Se refiere al tenis.

—Me da igual cómo lo llaméis. Soy demasiado viejo para ponerme a golpear una bola de corcho. Proponed algo a lo que se pueda jugar sentado, lo que queráis.

En vez de responder, Justel hizo un movimiento que solo podía calificarse de abiertamente estúpido. Marsiglio aguardó impertérrito hasta que el hugonote hubo terminado. Después tiró los dados y capturó dos piezas de su adversario.

—Me rindo —dijo Justel—. ¿Cuánto os debo?

—Ya vamos por trescientas veinte pistolas, amigo mío.

Obediah soltó un sonoro resoplido.

—¿De verdad jugáis por tanto dinero?

—Bueno, nos alienta la perspectiva de ciertas sinecuras… —respondió Marsiglio con una sonrisilla.

Obediah meneó la cabeza.

—Ya conocéis ese dicho de «No vendas la piel del oso…».

—Bah, sois demasiado precavido —repuso Marsiglio—. ¿Qué es lo que os preocupa?

—No estoy preocupado. Solo me sorprende vuestra falta de seriedad.

Marsiglio abrió los brazos.

—Lo tenemos todo planeado, solo queda esperar. En la batalla ocurre lo mismo, cualquier soldado lo sabe. Así que dejad de elucubrar, no os sienta bien. Mejor juguemos una partida.

—Más tarde, tal vez. Cuando hayamos entrado y salido de la fortaleza, entonces os retaré. —Obediah forzó una sonrisa—. ¡A diez pistolas la partida!

—Vaya, vaya, os tomo la palabra.

Una ráfaga de aire procedente de la fogata trajo consigo un aroma a tocino y cebolla. La conversación cesó y, sin mediar palabra, los tres hombres se dirigieron hacia el fuego. Cuando llegaron, un soldado estaba ya repartiendo raciones de un guiso al que llamó *tartiflette*. Eran patatas cocidas y después fritas con tocino y cebolla y mezcladas con queso rallado. Una comida sencilla, propia de campesinos y en absoluto acorde con su estamento, pero Obediah tenía demasiada hambre para reparar en eso. También Marsiglio y Justel comieron en abundancia. Solo la condesa rehusó probarlo; las patatas eran para los cerdos, pretextó, no para las personas, mucho menos para una dama de alta cuna. Obediah no supo si aquella reacción le parecía una estupidez o si debía admirar a Da Glória por el rigor con el que desempeñaba su papel.

Pronto reanudaron el viaje y continuaron los trompicones para atravesar el puerto. Obediah calculó que habría pasado otra hora cuando el carruaje volvió a detenerse. Miró por la ventana y vio a tres hombres uniformados delante del vehículo. Llevaban una banda blanca, lo que los identificaba como soldados del rey francés. El de mayor rango estaba hablando con el teniente saboyano y negaba insistentemente con la cabeza.

Obediah se asomó por la ventana y se dirigió a Marsiglio.

—Teniente Viccari, ¿a qué se debe esta demora?

Marsiglio acercó el caballo al carruaje.

—Son estos franceses, milord. Dicen que no pueden dejar pasar a nadie que no lleve un salvoconducto.

Obediah se dispuso a bajar, pero recapacitó al instante y, con ayuda del bastón, dio varios golpecitos en la portezuela. El cochero descendió con premura y abrió. Obediah adoptó un gesto enfurecido y, con la mano en la espada, fue directo hacia los soldados franceses. Estos lo escrutaron y el inglés vio que abrían mucho los ojos. Naturalmente, no sabían quién era o, mejor dicho, quién pretendía ser, pero sí reconocieron su vestimenta. Obediah lucía un modelo de traje apto para viajar muy en boga entonces entre la alta aristocracia francesa, con amplísimas mangas de terciopelo y calzones a juego. En cada costura y cada bordado se notaba que le había costado una fortuna. A aquellos hombres no les cabía la menor duda de que venía de Versalles. Se pusieron firmes de inmediato.

—¿Qué ocurre? —preguntó Obediah sin dirigirse a nadie en concreto—. Exijo una explicación para esta intolerable demora.

—Os pido humildemente perdón, magnífica excelencia, pero estos caballeros se niegan a autorizar el paso a vuestra escolta —respondió el teniente saboyano.

—¿Cómo que se niegan? —Obediah clavó la mirada en uno de los franceses, el cual, a juzgar por la insignia, era un suboficial—. ¡Exijo una explicación!

El aludido, un joven de a lo sumo veinte años, hizo una reverencia.

—Os presento mis disculpas, excelencia, pero tenemos órdenes tajantes del comandante de la fortaleza.

—¿Qué? ¿Cómo?

—Como sabéis, Francia se encuentra en guerra, razón por la cual en todas las fortificaciones rigen unas normas muy estrictas impuestas por el marqués de Louvois.

Obediah no respondió, se limitó a mostrar la mayor indignación posible. En realidad se sentía un poco ridículo y, para sus adentros, confió en que nadie reparase en aquella interpretación tan penosa.

—Solo puedo permitiros el paso si traéis un salvoconducto expedido por el Ministerio de la Guerra que exponga las razones de vuestra visita a la fortaleza, excelencia.

—¡No tengo ningún salvoconducto del marqués de Louvois! —repuso Obediah.

—Entonces, sintiéndolo mucho, no puedo…

—¡La impertinencia de este hombre es increíble! Lea esto.

Obediah sacó de la manga un documento doblado varias veces y se lo entregó al suboficial. Cuando este lo desplegó y reconoció el sello, se quedó lívido.

—¡Excelencia! —El oficial dio un taconazo e hizo una profunda reverencia—. Os presento mis más sinceras disculpas.

Obediah tomó el documento y volvió a guardarlo.

—Vuestra ignorancia es aún mayor que vuestra insolencia. Ahora, montad. La duquesa no desea más demoras.

Acto seguido, Obediah dio media vuelta y regresó al carruaje. Una vez sentado, sacó un pañuelo del bolsillo del chaleco y se secó la frente.

—Lo habéis hecho muy bien —dijo la condesa—. Un poco lánguido, pero no ha estado mal.

—Gracias. ¿Lánguido?

—Si pertenecierais realmente a la alta nobleza y además hubieseis querido impresionar a vuestra amante, que aguardaba en el carruaje oyendo la escena, habríais dado una lección a ese muchacho.

—Pues yo creo que he sido bastante…

—Tonterías. Llevabais un bastón. Deberíais haberle dado su merecido a ese fulano. Tendría que haber corrido la sangre.

—¿Por cumplir con su obligación? Habría sido inhumano.

—Eso pensáis vos. Pero vos ya no sois vos. No lo olvidéis. El comandante de la fortaleza no se dejará engañar tan fácilmente como ese gaznápiro. Más vale que sea yo quien organice esta maniobra de diversión.

Obediah asintió levemente.

—Me parece bien. Con agrado os cedo el mando.

Ella sonrió con descaro.

—Anoche ya me di cuenta de que tal cosa os agrada.

—Condesa…

—Luisa.

—Luisa, no sé qué pretendéis con tales intentos de acercamiento, pero creo que deberíamos concentrarnos plenamente en nuestra misión.

—Sois un hombre muy extraño, James. ¿Qué os habrá sucedido para que reneguéis tanto de las mujeres? Y, a lo que parece, también de los hombres.

—No creo que mis deseos o la falta de ellos sean de vuestra incumbencia.

Ella hizo un mohín y lo miró con sus enormes ojos castaños. Al propio Obediah le sorprendió el nulo efecto que aquel gesto le produjo.

—Sabéis que no tolero las negativas, milord.

—Entonces dirigíos a otro caballero de nuestro pequeño ejército. Seguro que con él os sentiréis mucho mejor correspondida.

—No, gracias. Sois vos quien se ajusta a mis preferencias, me gustan los hombres con cabeza. ¿Podríamos fingir, al menos?

—Y así mantener la farsa, esa canción ya me la sé.

—Eso por un lado. Y, por otro, así me sería más fácil mantener alejado a ese muchacho tan insistente, empeñado en probar su badajo hugonote conmigo.

—¡Por favor, madame!

—Vamos, no os pongáis así. Sois de Londres, seguro que estáis habituado a todo tipo de procacidades.

—Pero no en boca de una dama.

Ella se inclinó hacia delante y lo escrutó con frialdad.

—Os diré algo sobre lo que en alguna ocasión deberíais reflexionar, tal vez en compañía de otros virtuosos que, al igual que vos, prefieren leer tratados a sufrir las incomodidades de un aposento femenino.

—¿Y bien?

—Si en algún momento, hablando siempre en términos hipotéticos, claro está, os vence la lujuria, podríais decir a vuestros caballerescos amigos que estáis harto de órbitas planetarias y que necesitáis un buen revolcón. Entonces podríais ir a Mother Wisebourne's, elegir a una bonita irlandesa y dejar que os la chupara a gusto. Y después, ante una escudilla de café, contaríais a vuestros amigos lo bien que os lo han hecho.

—Madame, Cat… Luisa, vuestro lenguaje es…

—¿Qué?

—Propio de una ramera del puerto.

—A veces debo interpretar a alguna, por eso sé hablar como ellas. Pero sobre lo que deberíais reflexionar es esto: ¿por qué yo no puedo hacer eso mismo? ¿Por qué los hombres pueden ser unos deslenguados y llevar una vida disoluta y las mujeres no?

—En Londres hay muchas mujeres que hacen ambas cosas.

—Es posible, pero son consideradas unas putas y unas casquivanas.

—Así es.

—¿Por qué razón?

Obediah, que no entendía adónde quería ir a parar la condesa, respondió con cautela.

—Bueno, pues porque una mujer, como dama que es, debe mostrar cierto recato. Ya lo dice la Biblia.

—Ajá. ¿Significa eso que los virtuosos de la Royal Society han vuelto a aceptar argumentos basados en los salmos? Yo creía que el fundamento de toda filosofía de la naturaleza era la razón y el experimento, como dijo Bacon.

—¿Habéis leído a Bacon?

—Sí. He sido capaz de leerlo a pesar de ser mujer. Igual que soy capaz de casi todo. Hasta de mear de pie. Y aun así, ¿debo considerarme más necia que vos y disfrutar de menos libertades? No hay motivo para tal cosa. Al menos, ninguno que haya sido demostrado científicamente. ¿O acaso vos conocéis alguna cita que vaya en ese sentido, algún artículo tal vez?

A Obediah le hubiera gustado responder, pero no se le ocurrió nada. Su silencio bien podía deberse a las extrañas tesis expuestas por la condesa o al hecho de que ella le había puesto la mano en la pierna. Por fortuna, en ese mismo instante el carruaje se detuvo. Obediah abrió la ventana y miró hacia fuera. Marsiglio se les acercó a caballo.

—Hemos llegado, milord.

Obediah asomó la cabeza por la ventana. Estaban a las puertas de una ciudad pequeña en la que apenas vivirían más de mil almas. Al fondo divisó un impresionante paisaje alpino. Algunas cumbres eran tan altas que todavía estaban nevadas. Pero a Obediah no le interesaban las montañas. Toda su atención se centraba en la fortaleza. El recinto estaba formado por una antigua muralla que rodeaba una enorme torre del homenaje, más ancha que alta, el llamado *donjon*. Allí encerraban a los presos. Entrar en esa construcción defensiva habría sido una empresa abocada al fracaso. Pero es que además había otro tipo de fortificaciones. En los últimos años el Rey Sol había ordenado ampliar el castillo de Pinerolo, al igual que el resto de las fortalezas ubicadas en la frontera oriental, formando así la llamada *enceinte de fer* o muralla de hierro que haría de Francia un territorio inexpugnable. Obediah reparó en los baluartes, semejantes a enormes puntas de flecha, en los que se ramificaba el recinto a partir de su centro. Los había diseñado Vauban, el arquitecto experto en fortificaciones de Luis XIV, aplicando los últimos descubrimientos en geometría. Cada muro, cada zanja, era pura matemática hecha piedra. No había un solo ángulo muerto, ningún punto débil. Con independencia del flanco por el que llegase el ataque, el ejército asaltante siempre podía ser abatido como mínimo por dos frentes. Todas las distancias se habían calculado con la mayor precisión, no había ningún punto que los cañones y las culebrinas no pudiesen alcanzar. Al mismo tiempo, los defensores estaban perfectamente resguardados y eran casi invulnerables.

En el caso de Pinerolo, la mayor parte de las murallas, zanjas, baluartes y lunetas estaban situados al este, en el lado que daba la espalda a los Alpes. La auténtica fortaleza se levantaba detrás de la ciudad. Constaba de cuatro murallas defensivas: una de ellas situada a las puertas de la localidad y las otras tres alrededor del *donjon*.

—Es una construcción en verdad impresionante —murmuró Marsiglio.

—Inexpugnable —admitió Obediah. Y, permitiéndose una sonrisa, añadió—: Es absolutamente imposible entrar ahí.

—Lo cierto es que, vista desde aquí, también se diría que es imposible salir.

—*Quod esset demonstrandum*, amigo mío —replicó Obediah.

Y él estaba dispuesto a demostrarlo. Siempre y cuando Luis, el conde de Vermandois, fuera ese ladrón tan brillante del que todos hablaban.

Acompañados por su escolta francesa, continuaron traqueteando por un camino ascendente. Al llegar al portón exterior se detuvieron unos instantes, hasta que les permitieron pasar. Al mirar por la ventana, Obediah reconoció el escudo dorado que resplandecía sobre el portón principal. Mostraba un sol con una cara y, sobre él, el lema de Luis el Grande: *Nec pluribus impar*, «También superior a la mayoría».

Pasados unos minutos llegaron al glacis, que se encontraba dentro del segundo anillo de la fortificación pero fuera de la muralla del castillo propiamente dicha. Allí los esperaban dos filas de soldados franceses. Ante ellos, un hombre uniformado como oficial de los mosqueteros. Ese debía de ser D'Auteville, el comandante al que se había referido el teniente saboyano. Su casaca gris perla y su peluca habían conocido tiempos mejores. Lo mismo se podía decir de quien las llevaba. D'Auteville era ya mayor, tendría al menos cincuenta años. Solo el alcohol y una disciplina militar interiorizada durante años lo mantenían en pie. Tenía el rostro abotagado de quien para desayunar toma varios vasos de vino y a mediodía, como muy tarde, recurre a algo más fuerte para sobrevivir a la jornada.

Obediah descendió del carruaje en primer lugar y después ayudó a La Vallière a bajar la escalerilla. Justel, vestido con una sotana negra, capa y birrete rojos, se pegó a los talones de la condesa. Marsiglio y Jansen se mantuvieron en segundo plano. D'Auteville los escrutó con una mezcla de recelo y desconcierto. Como habían acordado, Justel tomó la palabra.

—Saludos, monseur. ¿Tengo el honor de estar ante Jean d'Auteville, capitán de los mosqueteros de la guardia de su majestad?

—Así es, eminencia.

Justel hizo una ligera inclinación.

—Soy el padre Gislenus, miembro del cabildo parisino de la Compañía de Jesús. Tengo el honor de presentaros a Francisca Luisa de la Baume Le Blanc, duquesa de La Vallière y Vaujours. Y este noble caballero es James, conde de Mertonshire y sobrino de su majestad.

Antes de que el comandante se inclinara hasta donde la edad y el alcohol se lo permitían, Obediah dedujo por su mirada que sabía exactamente quién era La Vallière. En principio, nada inusual para cualquiera que hubiese vivido mucho tiempo en París o incluso en la corte de Versalles. Sin embargo, hacía casi quince años que La Vallière había dejado de ser la amante del rey y vivía en el campo, apartada. Por tanto, el hecho de que D'Auteville la hubiera identificado tan rápidamente era un indicio de que el hijo de la duquesa, en efecto, estaba encerrado en Pinerolo. Frente a sus heráclidas, Obediah siempre lo había dado por hecho, pero, en realidad, hasta hacía un instante no había tenido plena certeza de ello.

—Es un honor recibiros, distinguida duquesa —dijo D'Auteville cuando se hubo incorporado—. ¡Qué placer tan inesperado! ¿A qué se debe vuestra visita a Pinerolo, si me permitís la pregunta?

La Vallière miró a Obediah. Este carraspeó y dijo:

—Creo que lo mejor sería que habláramos de ello en vuestro gabinete, capitán. Aquí fuera hay muchos pares de ojos y oídos.

D'Auteville asintió.

—Naturalmente, naturalmente. Es solo que mi gabinete se halla algo… Justo estoy clasificando los papeles de nuestro asentista y está un poco desordenado. Pero en ese cuartel de ahí podemos hablar sin ser importunados. Si tenéis la amabilidad de seguirme, caballeros…

El comandante de la fortaleza se dirigió a paso lento hacia el edificio de la guarnición, una estructura alargada de dos plantas con ventanucos ante la cual había varios niños jugando. Justel, la condesa y Obediah entraron tras él; Jansen y Marsiglio se quedaron fuera. D'Auteville los condujo a una pequeña sala. Poco después estaban sentados alrededor de una gran mesa de roble. Un muchacho les sirvió vino y, una vez se hubo marchado, D'Auteville dijo:

—Entonces ¿estáis de paso?

—Mi querido capitán, no es necesario que finjáis —respondió Justel sonriendo—. Sabéis de sobra que la duquesa está aquí para ver a su hijo.

D'Auteville hinchó las mejillas. Dio un largo sorbo a su vaso de vino. El caldo pareció dotarlo de fuerza suficiente para reaccionar.

—Padre, yo… yo, lo lamento, pero no sé de qué me habláis.

—Dar falso testimonio es pecado, hijo mío.

D'Auteville lo miró molesto.

—Mayor pecado es que un buen militar desobedezca las órdenes. Y yo tengo instrucciones expresas del ministro de la Guerra, el marqués de Louvois, de no hablar con nadie sobre los presos aquí encarcelados. Ni siquiera mis soldados saben quién está encerrado en Pinerolo.

—Pero resulta que nosotros sí lo sabemos —repuso Obediah.

—Circunstancia de la que debo informar de inmediato al ministerio del marqués —replicó D'Auteville.

—Por supuesto, monsieur, naturalmente.

El mosquetero parpadeó.

—¿No tenéis nada en contra?

La duquesa puso los ojos en blanco. Obediah se inclinó hacia delante y dijo:

—Monsieur, ¿cómo creéis que hemos tenido conocimiento de que el hijo de la duquesa está aquí encerrado?

D'Auteville abrió la boca, luego volvió a cerrarla. Obediah prosiguió:

—Que el conde está aquí es uno de los secretos mejor guardados en toda Francia.

—Eso pensaba yo —respondió D'Auteville—. ¿Cómo es que lo sabéis?

—Por el Gran Hombre en persona.

—¿Os referís a…? No lo entiendo. Ese preso lleva aquí más de cuatro años y se le niega cualquier contacto con el mundo exterior. Muchos creen que fue abatido en Flandes. Y la orden de mantener en secreto su paradero viene, ni más ni menos, que de su majestad. Yo mismo vi en su día la *lettre de cachet* con su firma. Recuerdo incluso las palabras exactas: «Tratadlo como a un noble, mas mostrad severidad. No está permitido que el preso tenga ningún tipo de contacto. En presencia de terceros y cuando esté en el patio, deberá llevar siempre una máscara».

En ese momento, Luisa de la Vallière comenzó a sollozar desconsolada. La expresión de desconcierto de D'Auteville fue aún mayor. El jesuita se apresuró a poner el brazo en el hombro de la duquesa.

—¿Veis lo que habéis conseguido? —dijo el cura en voz baja—. Habéis recordado a la duquesa el tormento que su hijo ha debido padecer.

—Os pido disculpas, madame —balbució D'Auteville.

Obediah ofreció un pañuelo a La Vallière. Esta lo aceptó y se enjugó el rostro. Tras sorberse sonoramente los mocos, se incorporó y, mirando a D'Auteville, dijo:

—No ofendáis a este buen soldado, padre Gislenus. Solo cumple con su obligación. Es cierto, mi hijo pecó contra su majestad y este lo castigó con dureza por ello. Pero ¿sabéis, monsieur D'Auteville, por qué Luis es tan grande como rey, mayor que cualquier otro? ¿Por qué su gloria resplandece sobre todo lo demás?

—¿Ma-madame?

—Porque siempre está dispuesto a perdonar, incluso a sus peores enemigos. ¡Acordaos del Gran Condé!

Obediah tuvo que reprimir una sonrisa. Era una jugada muy hábil mencionar al príncipe de Condé. Este había combatido contra el padre de Luis XIV durante las revueltas de la Fronda, razón por la que cualquier otro monarca lo habría decapitado de inmediato. El Rey Sol, por el contrario, había indultado a su primo y lo había nombrado mayordomo mayor. Muchas veces era él quien servía personalmente las comidas al monarca. Y si el rey había otorgado el perdón al cabecilla de una rebelión, ¿no llegaría el momento en que hiciese lo propio con un hijo descarriado?

—¿Queréis... queréis decir que su majestad va... va a indultar al conde?

—No soy digna de interpretar los deseos ni los pensamientos de su majestad —respondió la duquesa—, pero al menos ha dispuesto que yo pueda ver a mi querido Luis.

—Eso..., bueno, me alegro por vos, madame, así como por su excelencia el conde, pero temo que hasta ahora no se me ha notificado nada al respecto.

—Se os dice ahora —dijo Obediah al instante—. Aquí tenéis el documento.

El inglés sacó un pergamino doblado y se lo entregó a D'Auteville. Antes de abrirlo, el mosquetero observó el sello con la corona y los dos ángeles que sostenían un escudo adornado con flores de lis. Con un movimiento brusco y poco cuidadoso, el comandante desplegó el papel, que se rasgó ligeramente por un lado. Obediah se estremeció internamente. Había trabajado en ese documento durante días. Conseguir los modelos para copiar los sellos le había llevado meses y le había costado una pequeña fortuna. D'Auteville leyó la carta. Volvió a leerla una segunda vez.

—¿Disipa eso vuestras dudas, monsieur? —preguntó Obediah.

—Solo en parte, excelencia.

Obediah miró incrédulo al oficial. También el jesuita lo miró sorprendido. La única que no mudó el gesto fue La Vallière.

—¡Es un escrito procedente de la secretaría del rey, con la firma y el sello personal de su majestad! —exclamó Gislenus.

—Lo sé, padre. Mas no es suficiente.

D'Auteville miró el interior de su vaso.

—Esta fortaleza está destinada exclusivamente a acoger a aquellos presos que han cometido un crimen de especial gravedad. Por ello, su majestad ha dispuesto que cualquier cambio sustancial de las condiciones de encarcelamiento, el traslado a otra fortaleza, por ejemplo, solo sea posible si media un preaviso del Ministerio de la Guerra. Vuestra carta, por tanto, no basta.

Obediah empezó a sudar. La cosa se torcía antes incluso de comenzar. Mientras elucubraba febrilmente sobre qué responder a D'Auteville, oyó la voz de Justel:

—Decís entonces que no habéis recibido preaviso alguno.

—No que me conste, padre.

—Tal vez se haya extraviado —dijo Obediah.

—Excelencia —repuso D'Auteville—, ese tipo de documentos, tratándose de un preso tan importante, es raro que se extravíen. Por lo general son entregados por los mosqueteros de la guardia.

—Puede ser. Pero como vos mismo sabréis aun estando aquí, hace escasos días que mi tío, el rey, ha cruzado el Rin con más de cuarenta mil hombres para hacer valer sus derechos en el Palatinado. Una guerra lo pone todo patas arriba.

D'Auteville lo escrutó, dubitativo. Dio un largo sorbo al vino.

—En Inglaterra tal vez, excelencia. Pero en un Estado bien organizado como el francés, los decretos del rey no se extravían.

Obediah se esforzó en parecer ofendido.

—Ahora os mostráis insolente. No olvidéis que estamos aquí en nombre de su majestad.

—Eso no lo dudo. Ruego me disculpéis. No es impertinencia lo que me lleva a desconfiar, simplemente obedezco órdenes.

Obediah puso las manos en el regazo para que nadie notase que estaba temblando. Contaba con que no iba a ser fácil liberar al conde de Vermandois de uno de los castillos mejor fortificados de Francia, pero los obstáculos que él había previsto eran gruesos muros o guardias apostados por doquier; no había pensado en que la burocracia francesa pudiese jugarle una mala pasada. ¿Cómo debían actuar? ¿Sería posible improvisar una falsificación del preaviso mencionado por D'Auteville? Tal vez pudieran alojarse en Pinerolo con el pretexto de esperar a que llegara el supuesto documento. Así, Obediah ganaría tiempo para confeccionar el escrito adecuado, siempre y cuando Justel recordase de su época de secretario cómo eran tales documentos y qué cifrado se utilizaba. Mientras seguía cavilando, el inglés oyó la voz del hugonote:

—El cumplimiento tan estricto de las órdenes os honra, monsieur D'Auteville. Pero me temo que no las interpretáis correctamente.

Justel comenzó a ilustrar al oficial sobre las sutilezas del ordenamiento introducido por el Gran Colbert. Obediah tenía dificultades para seguir al hugonote. A D'Auteville parecía sucederle lo propio. Una vez el jesuita hubo concluido su pequeña disertación, el mosquetero preguntó:

—¿Queréis decir que, en este caso, con el escrito de su majestad sería suficiente?

—Así es. Si se tratara de modificar el estado de vuestro recluso, puesta en libertad, traslado, levantamiento del anonimato, entonces el preaviso sería obligatorio, en eso estamos de acuerdo. Ahora bien, en este caso las circunstancias son otras. Nosotros no queremos llevarnos al conde a ningún sitio. Tampoco pretendemos desenmascararlo. Se trata simplemente de permitir que la duquesa, quien, por otra parte, ya es partícipe del secreto, hable una sola vez con él; en su celda, por supuesto.

—¿Y el conde y vos estaríais también presentes?

—No —respondió Justel—. El conde y yo solo acompañaremos a la duquesa hasta el *donjon*, donde la recogeremos tras la visita, por si necesitara consuelo espiritual o terrenal.

D'Auteville comenzó a revolverse en la silla.

—Entiendo. Pero ¿no sería mejor esperar unos días? El preaviso de París estará a punto de llegar. Entonces ya no cabría ninguna duda.

—Seguís sin entenderlo, monsieur. Acabo de explicároslo —insistió Justel con una sonrisa demasiado amable.

—¿Lo habéis hecho?

—Sí. Mirad, cuando su majestad firmó la orden que el conde os ha presentado, ¿qué creéis que pasó después?

—Supongo que algún secretario procedió a enviarla.

—Pero no un secretario cualquiera. Según establece el reglamento, el primer secretario del rey envía una copia al archivo de Estado. Asimismo, la orden de su majestad se remite a un secretario del ministerio correspondiente, en este caso el de la Guerra. Y es él quien, a partir del contenido, habrá decidido que —Justel miró a los presentes con la satisfacción de quien domina la materia— no es necesario enviar un preaviso adicional a Pinerolo.

—Ah. ¿Queréis decir entonces que nunca se ha enviado tal escrito desde París?

—Así es. Al contrario de lo que supone nuestro amigo el conde de Mertonshire, quien, como es natural, no está familiarizado en detalle con las costumbres francesas, ese tipo de documentos ni se extravían ni son objeto de la distracción de quienes los entregan. Tanto menos tratándose de una orden directa de su majestad.

—Bien, en ese caso… aquí pone que podéis hablar durante una hora con él. ¿Cuándo deseáis ver al prisionero, madame?

—Mi corazón de madre arde en deseos de verlo cuanto antes. Decidme, ¿sería posible hoy mismo?

D'Auteville se levantó e hizo una reverencia.

—Le toca salir dentro de media hora. Después os llevaré hasta él.

En lugar de responder, la duquesa de La Vallière rompió a llorar llena de agradecimiento.

Obediah estaba frente al *donjon* junto con Justel, Jansen y Marsiglio. Todos fumaban y observaban a un regimiento de soldados que hacían maniobras a unos cien pies de distancia. Un suboficial tocaba el silbato y gritaba órdenes que sonaban como ladridos, y los hombres subían rápidamente las escaleras que conducían a las plataformas y los adarves circundantes. Después volvía a tocar el silbato y los soldados bajaban nuevamente las angostas escaleras de piedra. Llevaban así un buen rato. Obediah chupó la pipa.

—Teniente Viccari —dijo.

Marsiglio se volvió hacia él y sonrió.

—¿Milord?

—¿Qué son esos cuchillos tan extraños sujetos a las armas de los soldados?

—Ah, se trata de un nuevo invento francés, al parecer es una idea del mismísimo Vauban. Se llama bayoneta. Gracias a la hoja acoplada al cañón, el arma también puede usarse como pica en caso de un enfrentamiento cuerpo a cuerpo.

—¿Y funciona?

—Sí, bastante bien. A veces los inventos sencillos son los que resultan más efectivos. Este casi convierte la pica en algo prescindible. Y lo mismo sucede con el sable.

Jansen resopló.

—Es ridículo. Esa cosa puede servir a lo sumo para decapitar gallinas.

—Os estáis saliendo del papel, amigo —dijo Marsiglio.

—Ah, ¿sí?

—Sí. No sois más que un sirviente, al menos por el momento. Y cuando dos caballeros están hablando, vos debéis callar.

Jansen miró con un gesto más agrio que de costumbre.

—Creo que hasta ahora todos habéis representado bien vuestro papel —intervino Obediah por añadir algo positivo—. Sobre todo vos, padre Gislenus. Habéis manejado la situación de manera excelente.

Justel hizo una ligera reverencia.

—Os lo agradezco. He trabajado muchos años en el Ministerio de la Marina, no me ha costado demasiado tirar de ese hilo.

—Hablando de hilos. ¿Tenéis el libro a mano? Creo que empezaremos en breve.

—Naturalmente, sir James. Esperad, voy por él.

Justel se alejó y al cabo de unos minutos regresó con un libro bajo el brazo. Era una edición en francés de los *Ejercicios espirituales* de san Ignacio de Loyola, un devocionario jesuita. Estaba magníficamente encuadernado en bombasí y repleto de bordados. En la cubierta delantera tenía unas incrustaciones metálicas con cristales verdes y violetas dispuestos en forma de cruz. «Un libro digno de un rey —pensó Obediah—, y por supuesto de una de sus antiguas amantes.»

Justel entregó los *Ejercicios* a Obediah. Este, sosteniéndolo en la mano, calculó el peso del volumen. Era pesado, pero no como para llamar la atención. Abrió el libro al azar y leyó: «No querer pensar en cosas de placer ni alegría, como de gloria, resurrección, etc.; porque para sentir pena, dolor y lágrimas por nuestros pecados impide cualquier consideración de gozo y alegría».

Volvió a cerrar el libro.

—Pero ¿dónde se ha metido? —gruñó Justel—. Al menos lleva media hora ahí dentro.

—Si tenemos en cuenta la última moda, no es mucho tiempo para desvestir a una dama —apuntó Marsiglio.

Justel mostró una sonrisa muy poco sacerdotal.

—Por lo que veo, sois un experto en esas cuestiones.

—Es la edad, mi joven amigo, con los años se aprende mucho.

Lo cierto era que llevaban un buen rato esperando a la condesa. Aunque D'Auteville finalmente había cedido, insistió en tomar determinadas precauciones. Para impedir que La Vallière introdujese algún tipo de mensaje clandestino, un puñal o una lima en la celda de su hijo, había ordenado que la duquesa fuese cacheada antes de acceder al *donjon*. A fin de mantener el decoro, y dado que desconfiaba de la doncella de La Vallière, el mosquetero había reclamado la presencia de dos monjas carmelitas del convento que se encontraba a los pies de la fortaleza. Así, las hermanas andaban a la tarea en una de las habitaciones de la guarnición. Obediah, no obstante, estaba muy tranquilo, pues el registro entraba dentro de lo previsto. Que el proceso estuviese demorándose un poco sin duda tendría que ver con la profusa vestimenta. Solo debajo de la peluca de la duquesa bien podrían haber escondido una pistola y munición suficiente para abatir a medio regimiento.

Al cabo de otros diez minutos, por fin se abrió la puerta del edificio de la guarnición; La Vallière salió seguida de las monjas y de un D'Auteville con expresión de culpabilidad. La duquesa traía cara de disgusto por el agravio que acababa de sufrir. Cuando llegó a las puertas del *donjon*, los cuatro hombres que la esperaban hicieron una reverencia.

—Veo que habéis soportado la tortura heroicamente, madame —dijo Obediah, y dirigiéndose a D'Auteville añadió—: Un espectáculo en verdad indigno, monsieur.

—Lamento muchísimo que haya sido necesario, excelencia. Las normas en este sentido son muy claras.

—Como digáis.

Obediah se volvió hacia la condesa y le entregó el devocionario.

D'Auteville estiró el cuello, receloso.

—¿Qué es ese libro?

—Los *Ejercicios* de san Ignacio, el fundador de nuestra orden —respondió Justel—. Una obra magnífica. ¿La habéis leído?

—Lamentablemente, no.

—Sirve para acercar a las personas a Dios nuestro Señor y a la Santísima Trinidad mediante unos sencillos ejercicios que solo requieren unas horas al día.

D'Auteville frunció el ceño.

—¿Unas horas al día? Me considero un buen católico, pero ¿quién tiene tanto tiempo?

Justel señaló hacia arriba con el dedo.

—Vuestro prisionero, por ejemplo. La duquesa desea regalarle su ejemplar personal de los *Ejercicios* a modo de consuelo en horas tan aciagas.

D'Auteville se rascó el mentón, mal rasurado.

—Nada de regalos para el prisionero. Va en contra de las normas.

—¿Vais a impedir el acceso de un reo a la palabra de Dios?

—Tiene una Biblia, padre.

Obediah retiró el libro de las manos de La Vallière y se lo ofreció al mosquetero.

—Examinadlo si lo deseáis.

D'Auteville tomó el libro, acarició la cubierta y lo abrió. Al ver por qué página lo había abierto, Obediah sintió un escalofrío. Justel también se había dado cuenta y se acercó rápidamente al mosquetero.

—Queridas hermanas —dijo mirando a las monjas—, ¿seríais tan amables?

Mientras hablaba quitó el libro a D'Auteville de las manos, pasó las hojas y tendió el volumen de los *Ejercicios*, abierto, a una de las monjas. Esta vaciló un instante y luego leyó en voz alta y sonora: «Número 27. El primer preámbulo es traer la historia de la cosa que tengo de contemplar; que es aquí cómo las tres personas divinas miraban toda la planicie o redondez de todo el mundo llena de hombres, y cómo viendo que todos descendían al infierno, se determina en la su eternidad que la segunda persona se haga hombre, para salvar el género humano, y así venida la plenitud de los tiempos, enviando al ángel san Gabriel a nuestra Señora».

La monja se santiguó y miró a Justel.

—¿Sigo leyendo, padre?

—No, creo que es suficiente. Gracias, hermana. —Justel escrutó a D'Auteville—. ¿Estáis satisfecho?

El mosquetero apretó los labios y clavó la mirada en el infinito. Al final, se encogió de hombros.

—De acuerdo, podéis entrar con él.

Justel se inclinó ligeramente y devolvió el libro a la condesa. Las carmelitas se despidieron. En cuanto se hubieron marchado, D'Auteville se acercó a las puertas del *donjon* y llamó. Al poco se oyeron varios chirridos y crujidos mientras el guardián, al otro lado, abría y corría varios cerrojos y pestillos. El portón se abrió de golpe.

—Si tenéis la amabilidad de seguirme, madame —dijo D'Auteville.

El comandante y la condesa entraron y el portón volvió a cerrarse.

—Ahora —murmuró Justel— sí que solo nos queda rezar.

—Sois demasiado pesimista —replicó Marsiglio.

—¿Eso creéis? Lo del libro casi se tuerce en el último momento. Cuán desafortunada casualidad que lo abriese justo por ahí. Un solo párrafo habría bastado para que…

Obediah levantó las manos en un gesto apaciguador.

—No temáis. Funcionará. Al menos la parte en la que la duquesa de La Vallière visita a su hijo.

—Pero si no es su… —comenzó a decir Justel, pero al ver la mirada de Obediah enmudeció.

—Messieurs, caminemos un poco —propuso Obediah señalando la casa del guarda—. Extramuros podremos hablar con tranquilidad.

Echó a andar y los demás lo siguieron. Salieron del anillo interior de la fortaleza atravesando el arco de piedra sobre el que se erigía la casa del guarda, que culminaba en un tejado en pico. Tras ella, un puente levadizo servía para cruzar un foso profundo y zigzagueante, el cual, en caso de que se produjera un ataque, se podía inundar. Al otro lado del puente había un pequeño glacis, ante el cual se erigía otra muralla aflechada que, en la jerga de los arquitectos especializados en fortificaciones, recibía el nombre de revellín. Desde el glacis no alcanzaba a verse qué había más allá de la muralla, pero Obediah sabía que era un hornabeque, otro tipo de fortificación más pequeña, cuya forma recordaba a la cabeza de un diablo, con dos medios baluartes apuntando hacia fuera y otro foso a su alrededor. Se acordó de las noches que había pasado estudiando los planos de esta y de otras fortalezas diseñadas por Vauban: la posición de las cortinas, las tenazas, los baluartes y las contraguardias.

El glacis estaba desierto. Era un día cálido, así que Obediah se sentó sobre la hierba mullida que crecía por debajo del fortín. Sus tres acompañantes lo emularon. Justel tuvo algunas dificultades por culpa de la sotana. Una vez se hubo acomodado, preguntó:

—¿Ya podemos hablar abiertamente?

—Hay como mínimo seis puntos en los que el glacis queda en su línea de mira, pero creo que aquí no nos oirá nadie —respondió Obediah.

—Bien. Me gustaría saber por qué estáis tan seguro de que el conde de Vermandois no avisará a la guardia en cuanto se presente ante él una La Vallière que, obviamente, no es su madre.

—No creo que se sorprenda.

—Pero ¿y eso? ¿Acaso le habéis hecho llegar algún mensaje secreto a la celda?

—No, pero doy por supuesto que ese mosquetero borracho ha anunciado al conde la visita.

—Bueno, ¿y?

—Supongamos que el conde es un hombre de ingenio. Lo que ha hecho hasta ahora parece indicar que lo es.

—¿Robar el estandarte de Luis el Grande os parece inteligente? —preguntó Jansen.

—Estáis confundiendo inteligencia con astucia —respondió Obediah—. Es evidente que el joven conde no es un sabio, pero no cabe duda de que tiene ingenio, de lo contrario lo habrían pillado mucho antes. Y esa agudeza lo llevará a cuestionarse por qué recibe la visita de una mujer a la que no ha visto desde hace más de quince años.

Jansen y Marsiglio lo miraron interrogantes. Justel, por su parte, asintió pensativo.

—¿Qué sabéis que nosotros ignoramos? —preguntó el general.

—Que La Vallière no crió a sus hijos. Estaba demasiado ocupada en mantenerse a flote en la corte y en servir a su rey. Más adelante, tras perder el favor del monarca, abandonó Versalles. Vermandois tendría por entonces seis o siete años, ¿no es así, Pierre?

Justel asintió.

—Ahora entiendo a qué os referís. Vermandois fue criado por la segunda esposa de Monsieur, Carlota del Palatinado. Su verdadera madre jamás se interesó por él. Por eso tiene que haberle extrañado que se presente ahora aquí, como caída del cielo.

—Pues más aún se sorprenderá al ver que no es su madre —dijo Marsiglio.

—Desde luego. Pero está preparado para algo así. Y además es lo bastante listo para comenzar a hablar con ella a fin de averiguar el motivo de semejante farsa.

Justel lo miró escéptico.

—Mas una sola mirada de estupefacción bastaría para que...

—No olvidéis que lleva una máscara. Nadie verá su reacción, por más que los ojos se le salgan de las cuencas al ver a la condesa. Lo cual, a tenor de sus preferencias, es más bien improbable.

Marsiglio no pudo reprimir una sonrisilla.

—¿En verdad creéis que podrán hablar tranquilamente?

—No lo sé. He insistido mucho a la duquesa en que dé por hecho que habrá espías. Si yo fuese el comandante de la fortaleza, situaría a uno con una trompetilla detrás de la puerta. Pero el mensaje que queremos transmitir no necesita palabras. La condesa solo tiene que fingir un poco y recomendarle encarecidamente que lea los ejercicios que van del 123 al 129.

Permanecieron un rato sentados en la hierba, en silencio, fumando en pipa. El sol caía a plomo y a Obediah le habría encantado tumbarse de espaldas sobre el césped, pero en lugar de hacerlo se llevó la mano al bolsillo y sacó uno de los relojes de Huygens.

—¿Cuánto tiempo lleva ahí dentro? —preguntó Justel.

—Unos cuarenta minutos.

Marsiglio se tumbó y entrecruzó las manos por detrás de la cabeza.

—Si no hubiese salido bien, los soldados de D'Auteville ya nos habrían rodeado y encerrado en una celda del *donjon*. —El general sonrió satisfecho—. Obediah, mi instinto me dice que el ensayo general será todo un éxito.

—Sí, al menos esta parte del plan parece haber funcionado. Pero deberíamos ir volviendo y estar listos para cuando la duquesa regrese.

Los cuatro se levantaron y emprendieron el camino de vuelta.

—Sir James —dijo Justel—, ¿y qué ocurrirá si Vermandois no lo logra, pese a vuestra ayuda?

Obediah se encogió de hombros.

—Entonces es que no es el experto ladrón que todos creíamos.

Los secretos de la vida de Cristo, nuestro Señor

Número 122: La inmaculada concepción
El ángel san Gabriel, saludando a nuestra Señora, le significó la concepción de Cristo nuestro Señor. Entrando el ángel donde estaba María, la saludó, diciéndole: «Dios te salve, llena de gracia; concebirás en tu vientre y parirás un hijo».

Número 123: La anunciación
Si deseáis escapar de vuestro encierro terrenal, estudiad atentamente estos ejercicios. Los siguientes párrafos os permitirán abandonar este valle de lágrimas, siempre y cuando utilicéis correctamente los talentos que Dios os ha dado.

Número 124: El sermón de la montaña
En primer lugar, retirad la cubierta de este libro. Os será útil de tres modos distintos. Extraed los cristales de alumbre de los engastes. Pero antes de hacerlo, colocad un trozo de pergamino debajo para recoger el polvo que se encuentra entre las piedras y los engastes.

Número 125: Cristo camina sobre las aguas
Llenad un vaso de agua. Introducid en él tres cristales y un poco de polvo. Poned el recipiente sobre vuestro brasero y dejad que el agua hierva hasta que se haya evaporado la mitad. Cuidaos bien de no inhalar los vapores.

Número 126: El primer milagro de las bodas de Caná
Gracias al milagro divino de la química acabáis de convertir el agua en *spiritus salis*. Verted una pequeña cantidad sobre los barrotes de la ventana de vuestra celda. Repetidlo tres veces al día. Al cabo de varios días, las barras de hierro estarán tan quebradizas como la madera podrida.

Número 127: La resurrección de Lázaro

Ahora necesitaréis la cubierta del libro. Soltad los bordados que la decoran. Cuidaos de no romper el hilo, pues obtendréis una bobina con una longitud de 30 *pied du roi*, que equivale exactamente a la altura de la ventana de la celda. No os preocupéis por el grosor del hilo. Está hecho de la más fina seda que fabrican los hugonotes y soporta sin dificultad un peso de 150 libras.

Número 128: Camino de Jerusalén

Dado que ya lleváis un tiempo aquí, conoceréis bien la arquitectura de este vuestro hogar involuntario. Por eso, sabed simplemente que el mejor camino discurre desde el *donjon* hasta la pequeña puerta situada en la muralla sudoeste; después continúa en dirección este atravesando el foso seco desde el cual, por debajo de la segunda muralla, llegaréis a una torreta de la guarnición, al otro lado de la cual se encuentra un foso lleno de agua. Hay otro camino más corto; en el que se ha descrito solo debéis atravesar tres puertas; en el más corto, que discurre a lo largo del vallado de la iglesia de San Mauricio, son seis. Escoged, por tanto, con cautela.

Número 129: Domingo de ramos

No es esta la única decisión que deberéis tomar. En cuanto tengáis alas habréis de decidir si aceptáis nuestra protección. Tal cosa debo recomendaros con insistencia, pues no estamos desprovistos de medios y no os exigiremos nada que contravenga vuestra naturaleza. Si deseáis contar con nuestra ayuda tanto como nosotros deseamos contar con vuestro talento, dirigíos a Niza cuanto antes. Acudid a una taberna llamada Belle Isle y preguntad por Giorgio. De camino hacia allí, los engastes del libro pueden seros de utilidad; bajo el color negro se esconde oro puro.

Naturalmente, sois libre de tomar otros caminos. Sin embargo, bien sabéis que, en número, vuestros amigos eran ya escasos cuando os exiliaron. Después de vuestra partida es muy probable que sean aún menos. Si queréis conservar vuestra libertad, volad a Niza.

Dios os guarde,

UN AMIGO

Cuarta parte

Al hombre dueño de sí mismo apenas hay nada que pueda detenerle.

Luis XIV

En cuanto entró en el café, una docena de pares de ojos se volvieron hacia él. Atravesó la estancia apoyándose en el bastón y arrastrando ligeramente la pierna derecha, seguido de las miradas curiosas de los parroquianos. Gatien de Polignac hizo caso omiso. Buscó un rincón tranquilo cerca de la chimenea y se acomodó en un sillón. Apenas había empezado a hojear el ejemplar más reciente de la *Gazette de France* cuando se acercó a su mesa un hombre menudo con una sombra de barba muy oscura y un delantal de un blanco inmaculado. El mosquetero bajó el periódico y levantó la mirada.

—Monsieur dei Coltelli.

El propietario del Café Procopio hizo una leve reverencia.

—Capitán Polignac. Me alegro de volver a veros después de tanto tiempo —dijo en un francés entrecortado que delataba su origen italiano—. ¿En qué puedo serviros?

—Una escudilla de café y un jerez.

—Enseguida, capitán.

Polignac notó que Procopio dei Coltelli vacilaba.

—Adelante, preguntad —dijo.

—¿Sois el capitán?

—Ando con bastón y, con esta cara, de estar viva mi madre la asustaría incluso a ella.

No exageraba. Varias cicatrices afeaban el rostro del mosquetero, y el párpado derecho le caía un poco. Su oreja izquierda parecía una flor de coliflor hervida en exceso, y además había perdido una parte considerable de la cabellera. Por fortuna, esto Coltelli no podía verlo gracias a la peluca que ahora Polignac llevaba siempre.

El italiano, titubeante, pasó el peso de un pie al otro.

—No me atrevía a preguntaros. ¿Acaso estuvisteis ante Mannheim, capitán?

Era una pregunta lógica. Semanas atrás, el delfín y el mariscal Durfort habían cruzado el Rin con varias decenas de miles de hombres para hacer valer ante el Palatinado los derechos de herencia de Isabel Carlota, la esposa del Monsieur. Al no aceptar los alemanes esas reclamaciones, el monarca había ordenado tomar Heidelberg, Mannheim, Speyer y otras ciudades y que no quedara piedra sobre piedra. Los mosqueteros también habían participado en aquella campaña. Sin embargo, cuando todo eso ocurría, Polignac aún estaba postrado en un hospital de Flandes, con las heridas apenas cosidas y en un estado que no le permitía montar a caballo ni, menos aún, viajar a París. Según los médicos, era un milagro que hubiera sobrevivido al disparo del trabuco. Los campesinos que lo encontraron habían estado a punto de darle sepultura porque no les cabía en la cabeza que aquel cuerpo exánime conservara aún algo de sangre.

En realidad, por lo tanto, en él habían obrado tres milagros. Por un lado, había sobrevivido al disparo del *mousqueton*. Por otro, lo habían hallado justo a tiempo en medio de la nada. Y, por último, había salido con vida de los tratamientos a los que le habían sometido los médicos durante semanas. Polignac había resucitado de entre los muertos, pero no porque estuviera especialmente arrepentido de sus pecados. No. El mosquetero estaba convencido de que todo aquello había ocurrido por voluntad del Señor, que quería que acabara con aquel hereje inglés. Al pensar en Chalon, clavó los dedos con fuerza en el borde de la mesa. Luego metió la mano en el bolsillo y apretó el rosario que llevaba ahí.

—No —musitó, dirigiéndose de nuevo al propietario del café—. Estuve ante Coblenza.

Coltelli hizo una reverencia.

—Admiro vuestro valor. El café corre por cuenta de la casa, por supuesto.

Luego el siciliano lo dejó solo. Polignac hojeó un poco la *Gazette* y leyó un artículo sobre la gran armada con la cual había partido Guillermo de Orange desde La Haya en dirección a Inglaterra para arrebatar el trono a Jacobo II.

Coltelli regresó con el café y una copa de cristal generosamente llena de jerez. El mosquetero tomó un buen trago y se volvió hacia una de las ventanas para contemplar la lluvia. Si Guillermo III intentaba derrocar al primer rey católico en Inglaterra después de muchas generaciones, había que pararle los pies de inmediato. Sin embargo, la cuestión era cómo. En su calidad de soldado se preguntaba si tal vez en esta ocasión a Luis el Grande se le había escapado la situación de las manos. El rey tenía cuarenta mil soldados en el Palatinado. Para vencer a los holandeses se necesitaban al menos el doble. Y además estaban los Habsburgo, tanto los austríacos como los españoles. Polignac estaba tan ensimismado en sus cavilaciones que no advirtió la presencia del recién llegado hasta que este dio un golpe con los nudillos en la mesa.

El hombre tenía más o menos su edad y vestía de forma discreta y sencilla, con unas ropas casi deslucidas. Estaba extrañamente pálido, incluso para ser noble. Polignac se levantó de inmediato.

—Mis respetos, monsieur Rossignol.

—Saludos, capitán. Estabais del todo absorto. ¿Qué cavilabais?

—Pensaba en la guerra.

Polignac volvió a tomar asiento. Rossignol se sentó al otro lado de la mesa.

—¿Qué guerra os preocupa?

—Todas. De hecho, cada vez son más.

Rossignol sonrió con complicidad.

—A fe que en eso lleváis razón. Si el de Orange desembarca en Inglaterra, la guerra contra los holandeses parece inevitable.

—Cierto. Ojalá nuestra flota se adelante a ese usurpador y le conceda sepultura en el fondo del mar del Norte.

—Un deseo encomiable, capitán, pero improbable.

Polignac lo miró con sorpresa.

—¿Cómo decís? ¿Tan grande es la flota de Guillermo?

—Se dice que son unas quinientas naves, cincuenta de ellas de guerra.

—Su majestad puede oponer otras tantas con facilidad.

Coltelli se acercó a la mesa para tomar nota de la comanda de Rossignol. Solo cuando el siciliano quedó fuera del alcance de sus palabras, aquel prosiguió en voz baja.

—Su majestad podría hacerlo si los buques estuvieran en algún lugar próximo. Sin embargo, en la actualidad, el grueso de nuestra flota se encuentra en el Mediterráneo.

—¿Qué hace ahí? ¿Es por Candía? ¿Acaso apoyamos a los turcos contra los venecianos? —quiso saber Polignac.

Rossignol negó con la cabeza.

—No. Su majestad quiere enseñarle los dientes al Papa.

—¿Cómo decís?

—Desde que su santidad excomulgó al embajador francés de Roma a causa de una diferencia de pareceres, la situación ahí es algo tensa.

Rossignol frunció la frente y se frotó su prominente nariz. Polignac se quedó mirando a ese hombre que oficialmente ostentaba el cargo de presidente del tribunal de cuentas y era, de hecho, el criptólogo principal del rey.

—Vos os opusisteis a esos desplazamientos de tropas, ¿verdad? Porque por la correspondencia holandesa conocíais desde hace tiempo los planes del príncipe Guillermo.

—Monsieur, mi labor no consiste en decidir sobre expediciones militares. Pero es cierto que avisé de que el de Orange llevaba un tiempo forjando alianzas y haciendo acopio de tropas.

—Así las cosas, ¿ha sido acertado atacar el Palatinado precisamente ahora? —preguntó Polignac.

—Esa pregunta, querido capitán, podría interpretarse como una crítica a su majestad.

—No era mi intención, monsieur.

—Lo sé. Vuestra lealtad está fuera de toda duda. De hecho, el marqués de Seignelay desaconsejó a su majestad atacar el Palatinado. Pero el rey siguió el consejo del ministro de la Guerra, Louvois, que recomendaba un ataque rápido. En cualquier caso, tenéis razón al afirmar que hoy en día hay problemas por doquier, y eso me mantiene tremendamente ocupado. Hay que inspeccionar muchas cartas y descifrar muchos mensajes.

—En tal caso, vayamos al grano. Se trata de ese inglés.

—¿Obediah Chalon?

—Sí. He descubierto varias cosas sobre él, pero no lo suficiente. Y me temo que le hemos perdido la pista.

Rossignol levantó la mirada con indignación.

—Bueno, a principios de septiembre del 88 se encontraba en Pinerolo. Eso es seguro. ¿Habéis oído lo que le hizo al comandante de la fortaleza? Muy desagradable.

—Terrible. Pero estamos en noviembre y Chalon podría hallarse en cualquier sitio.

—¿Sospecháis de algún lugar?

—Posiblemente esté en Londres preparando la llegada de Guillermo.

—O en Viena —apuntó Rossignol.

—¿Por qué en Viena?

—Os responderé con una pregunta: ¿por qué creéis que Chalon secuestró al conde de Vermandois?

—Decídmelo vos.

—Pensad en Monmouth, capitán.

—¿Creéis que lo quiere como pretendiente al trono? ¡Eso es absurdo!

—Totalmente absurdo, pero bien mirado no lo es tanto. Su majestad solo tiene un hijo de su matrimonio con María Teresa, el Gran Delfín. Y si a este, Dios no lo quiera, le ocurriera alguna cosa…

—… entonces el sucesor al trono sería Monsieur, el hermano del rey —añadió Polignac— y, tras él, muchos otros. Luis de Vermandois no es ni siquiera príncipe de sangre.

—¿Y? Eso también podría decirse de Monmouth, o de Otman Calixto.

Polignac apuró la copa de jerez.

—No conozco a ese último.

—Es un hijo del sultán Murad II. Los Habsburgo retuvieron a ese tal Calixto durante años en Malta, por si en algún momento fuera preciso tener un pretendiente otomano. Un hijo de rey es siempre un arma. Y es posible justificar, de algún modo, su reclamación. Sobre todo, si esta puede afianzarse militarmente.

—Entonces, vos creéis que ese Chalon pretende derrocar a su majestad.

—A fin de cuentas ha intentado derrocar al rey inglés urdiendo la rebelión de Monmouth por orden de Guillermo. Tal vez intente algo similar en Francia. O tal vez solo pretenda hacerse con una buena cantidad de dinero vendiendo a Vermandois al emperador. O incluso a Guillermo; esa también sería una posibilidad.

—En tal caso, tenéis que ayudarme a encontrarlo.

—Estoy en ello. El último escrito de Chalon que hemos interceptado procedía de Turín.

—¿Vuestra gente ha logrado por fin descifrar las cartas de ese misterioso judío?

—Por desgracia, no, capitán.

Polignac se dio cuenta de que aquella circunstancia incomodaba mucho a Rossignol. A pesar de sospechar el motivo, se esforzó por mantener una expresión impasible. Antoine, el padre de Rossignol, había servido a la Casa Real durante más de cincuenta años y había descifrado los mensajes de los insurgentes hugonotes y cuanto le habían puesto delante. Además,

Antoine Rossignol había creado la Gran Cifra, el código indescifrable que se utilizaba en todos los documentos importantes de su majestad.

Ahora Bonaventure Rossignol había asumido el cargo de su padre y muchos se preguntaban si esa responsabilidad no le venía grande. Los escritos que Chalon se intercambiaba con ese judío llevaban meses en su oficina, el Gabinete Negro, sin que Rossignol hubiera logrado avance alguno en su descifrado. Polignac sospechaba que las cartas de Chalon a Cordovero eran la clave de la conspiración. A fin de cuentas, ningún otro escrito del inglés estaba tan bien cifrado.

—¿Tenéis al menos un indicio sobre lo que tratan esas cartas, monsieur Rossignol?

El criptólogo ladeó la cabeza.

—Os he traído uno de los escritos, capitán. ¿Tenéis nociones de cifrado?

—Apenas, monsieur.

—No importa. Aun así —se llevó la mano al bolsillo interior de su casaca mugrienta y sacó unos papeles—, creo que entenderéis mi problema.

Rossignol le entregó los papeles. Se trataba de la copia de una carta. Para su asombro, no estaba cifrada.

Londres, 11 de febrero de 1687

Querido amigo:

Muchas gracias por vuestro último escrito. En particular, vuestras explicaciones sobre el estado del sultanato turco resultan fascinantes, aunque debo admitir que al principio me ha sorprendido sobremanera el modo y forma en que el turco solventa la cuestión de su sucesión. Aunque, sin duda, no es raro que un usurpador ordene eliminar a los posibles diádocos, que un príncipe deba asesinar a todos sus hermanos para convertirse en Gran Señor me parece tremendamente bárbaro. ¿Es cierto que este juego atroz se repite con cada nuevo ascenso al trono?

De todos modos, al ver el agravamiento de la situación crítica en mi patria me pregunto si el fratricidio del turco no será preferible a los altercados que se suceden con regularidad cuando los sucesores al trono son sus primogénitos. Al fin y al cabo, no son necesariamente los hijos más capaces de un monarca.

Y, claro está, hay también casos algo insólitos, como el que ha acontecido aquí hace poco: como tal vez sepáis, nuestro monarca Jacobo II es católico en tanto que nuestro país es en gran parte protestante. Hace unos días la esposa del rey, María de Módena, también católica, alumbró a un hijo. Con este nacimiento la línea de sucesión al trono de Inglaterra ha cambiado, pasando de Mary, la hija protestante de Jacobo, al infante James Francis Edward (bautizado, por supuesto, como católico). En las calles y las cafeterías de Londres se rumorea que el niño ni siquiera es hijo del rey, y que, en realidad, es un niño cambiado, traído a palacio de forma subrepticia por los jesuitas. Aunque no son más que habladurías, muchos se niegan a aceptar que Jacobo II haya fundado una dinastía católica. Existe el temor de que vuelva a estallar una guerra civil. En cambio, si nuestro rey tuviera un harén como vuestro Gran Señor, a buen seguro tendría docenas de hijos de mujeres protestantes y católicas, y la cuestión de la sucesión al trono se prolongaría durante muchos años. Así las cosas, ¿no sería preferible que el baño de sangre quedara reservado a los príncipes y no afectara a todo el país?

Pasemos ahora a la pregunta que me planteabais acerca del tiempo en la Franconia (un término muy vago, si me permitís la observación); infiero por vuestra misiva que habéis leído la obra *Fumifugium* de John Evelyn y os admiráis de sus descripciones sobre el clima londinense. Os puedo confirmar que las cantidades de precipitaciones y de nieve que ahí se indican se corresponden con la verdad. En los últimos años nuestros inviernos se han vuelto más fríos y severos, de modo que no es insólito que haya nieve desde octubre hasta marzo. Durante ese período las temperaturas permanecen continuamente por debajo del punto de congelación, de suerte que cualquier acumulación de agua, ya sea estancada o en movimiento, se hiela por completo. También me preguntabais cómo se desplazan las embarcaciones durante el período frío. La respuesta es que simplemente no lo hacen, lo cual es motivo de muchas penalidades entre la población porque no es posible transportar bienes ni alimentos de A a B. Tampoco el tránsito por carreteras y caminos es fácil, ya que la nieve puede alcanzar varios pies de altura. Como podéis imaginaros, la vida se aletarga. La gente permanece en su casa con la esperanza de que los alimentos y la madera que acumulan basten hasta la llegada de la primavera. Es como si el mundo y cualquier actividad se congelaran.

Una excepción interesante a esta regla he podido verla en Holanda. Sus tierras son muy bajas, están resguardadas por diques, y cientos de pequeños canales las atraviesan, los cuales, con la llegada del invierno, se congelan rápidamente, ya que su caudal se desplaza muy despacio.

En cuanto el hielo está duro es el momento de los *schaatse*, unas piezas metálicas y estrechas, parecidas al filo de un puñal. Los holandeses se los atan bajo los zapatos y se desplazan así por los canales helados. Es increíble la rapidez con la que se desliza un patinador experto: puede mantener sin problema la misma velocidad que un caballo al trote.

Precisamente, los campesinos más pobres, que durante la primavera, el verano y el otoño están atados al terrón, recorren en invierno todo el país. Como todos los canales están conectados, alguien avezado a su uso puede recorrer a diario entre veinte y treinta millas.

Entiendo que a vos, que residís en tierras sureñas, todo esto pueda pareceros un cuento; por ello me he permitido adjuntaros un boceto en el que se ve un hombre desplazándose con esos *schaatse* tal como lo vi con mis propios ojos en los Países Bajos.

Vuestro amigo y seguro servidor,

OBEDIAH CHALON, ESQ.

Polignac bajó la carta.

—Es... Bueno, parece intrascendente.

Rossignol asintió.

—Está claro que el mensaje verdadero se obtiene quitando letras, o palabras, o tal vez cambiándolas de sitio. Hay muchos modos de ocultar algo importante entre unas líneas de apariencia inocente. Hemos probado todos los métodos conocidos y hasta el momento no hemos obtenido ningún éxito.

—Tal vez no encontráis nada porque no hay nada que encontrar —repuso Polignac.

—No habláis en serio, ¿verdad?

—Bueno, por lo que sabemos, ese Chalon es un miembro destacado de la República de las Letras. Tal vez se limita a intercambiar anécdotas con Cordovero.

—No me parece probable. ¿Os habéis fijado en la última página?

El último folio era un dibujo al carbón. Rossignol le explicó que el Gabinete Negro pagaba a un artista para que copiara fielmente todas las imágenes. El boceto que Polignac tenía en las manos era, como la carta, una copia. El original había sido remitido a Cordovero para no levantar sospechas en los traidores. Mostraba a un campesino holandés con unos zapatos preparados para el hielo. A Polignac le recordó un poco las obras que se elaboraban a cientos en los talleres de pintura de la República. En torno al campesino, sin duda un motivo indigno para un retrato, Chalon había dispuesto todo tipo de elementos de la vida diaria: una cesta con fruta, un tabal, un ganso medio desplumado. Muchos de esos elementos no estaban acabados: al ganso, por ejemplo, le faltaba una pata, y al campesino, una mano. Además, tampoco se había borrado por completo la cuadrícula, compuesta de finas líneas auxiliares, que el dibujante había trazado con una regla sobre el papel.

—No logro entender por qué alguien se entretiene en dibujar estas fruslerías —dijo Polignac—. ¿Qué significa esto?

Rossignol le dirigió una mirada triunfante.

—Creo que el mensaje no está entre las líneas de la carta, sino en la imagen.

—¿Qué os lleva a pensarlo?

—El hecho de que solo a esta carta no cifrada que Chalon envió a David ben Levi Cordovero le acompañaba un boceto de este tipo. Con las cifradas no añadió ninguno. Y no me parece que sea algo casual.

«El problema —se dijo Polignac— es que ha llegado un punto en que cualquier casualidad os parece una conspiración. Veis cifras y mensajes secretos en todas partes, incluso donde posiblemente no haya nada que ver.» Sin embargo, no dijo nada.

—¿Tenéis más dibujos como este? —preguntó.

—No, solo este. Es del primer escrito que logramos interceptar. Hemos conseguido más cartas, pero no contenían ningún boceto. Tal vez se hayan pasado los dibujos a través de otro sistema postal, porque no hemos vuelto a ver ninguno. Otra posibilidad —Rossignol suspiró— es que el gabinete de cifrado del Hofburg no me envíe todo lo que llega a Viena. De hecho, deberíamos tener en cuenta esta premisa: con Francia en guerra en el Palatinado y Leopoldo fraguando una alianza contra su majestad, la colaboración entre los gabinetes va a ser complicada.

—¿Cómo sabéis entonces que hay más de un dibujo? —preguntó Polignac.

—Es solo una sospecha, capitán. Pero, ya que estamos en el terreno de las suposiciones, hay otro lugar hacia el que Chalon podría encaminarse.

—¿Adónde?

—A Constantinopla. Quizá pretenda vender al pretendiente a los turcos —dijo Rossignol.

—¿A la Sublime Puerta? A ojos de su majestad eso sería una afrenta enorme por parte de sus aliados más importantes.

—Y con razón. Pero no creo que lo quiera vender al Gran Señor, sino a los jenízaros.

—¿Y por qué haría tal cosa?

—Son muchos los que creen que los jenízaros son el equivalente otomano de los mosqueteros. No os enojéis, capitán, en realidad lo digo como un elogio. Los jenízaros son, sin duda, las mejores tropas de que disponen los turcos: son soldados intrépidos, disciplinados y excelentemente entrenados. Van armados como los mosqueteros de la guardia, son soldados de élite y acatan las órdenes directamente del soberano. Sin embargo, a diferencia de los mosqueteros, que juran fidelidad a su monarca, los jenízaros siguen su propio interés. Son muy poderosos y se rumorea que se hallan detrás de la abdicación de Mehmet IV tras el sitio frustrado a Viena. Según se dice, tienen siempre unos cuantos pretendientes otomanos de reserva, ocultos en las provincias. Quizá quieran sumar un francés a la colección.

—¿Cómo sabéis esas cosas? —preguntó Polignac.

—¿Lo de los jenízaros? Entre otras cosas, por un libro escrito por Guilleragues, el antiguo embajador francés en la Puerta.

—¿Tenéis pruebas fundadas de esa teoría?

—No muchas, capitán. Pero Chalon no solo mantiene correspondencia con ese judío cuyo paradero exacto no conocemos. También ha enviado cartas a Constantinopla y a Alejandría.

Polignac entendió entonces adónde quería llegar Rossignol.

—Ese pachá que vi en Limburgo. Tal vez fuera un emisario de los turcos con el cual Chalon ya haya acordado un precio por Vermandois.

Rossignol lo miró atentamente.

—Una pista interesante. ¿Cómo pensáis proceder?

—Os ruego que vigiléis si llega a vuestro gabinete correspondencia desacostumbrada referida a los turcos. Y deberíais pedir a nuestros espías en la zona mediterránea que tengan los ojos bien abiertos.

—¿Alguna otra cosa?

—Debo averiguar dónde se encuentra ese judío. Así podría visitarle y pedirle que me explicara cómo funciona esa cifra. —Polignac lo miró a los ojos—. No estoy dispuesto a andar siempre un paso por detrás de ese Chalon. Tal vez pueda adelantarme a él.

—De acuerdo. Informaré a nuestros contactos del Levante e Italia. Pero mientras estéis en París, tal vez sería aconsejable que os pasarais por la rue de Richelieu.

—¿Qué hay ahí?

—El saber completo de Colbert —respondió Rossignol.

—¿A cuál os referís? ¿A Colbert de Torcy, el ministro de Exteriores, o a Colbert de Seignelay, el ministro de Estado?

—A ninguno de los dos. Me refiero al Gran Colbert, Jean-Baptiste, el ministro de Finanzas.

—Pero ese Colbert está muerto.

—No del todo, capitán. No del todo.

Obediah se disponía a codificar la carta que acababa de escribir a Cordovero cuando llamaron a la puerta. Cogió rápidamente la hoja de cifrado cuadrada con las hileras de letras y la ocultó en el cajón del escritorio.

—¡Adelante! —gritó luego.

La puerta se abrió. Era Marsiglio. Por su expresión, Obediah supo que había ocurrido algo. El general cerró la puerta.

—Traigo novedades muy inquietantes. Me temo que no podremos permanecer seguros aquí mucho más tiempo.

Obediah se levantó.

—¿Qué ha ocurrido?

—Esta mañana he bajado hasta el puerto y he estado hablando con unos comerciantes y con ese capitán saboyardo con el que juego a los dados. Todos dicen que los franceses se acercan.

—¿A Niza?

—A Italia y a Saboya.

—Pero Saboya es territorio neutral.

—Todavía, sí. Pero la alianza contra Francia es cada vez mayor. El emperador Leopoldo ya tiene de su parte a España, Suecia, Baviera y Brandeburgo, y se aliará con Guillermo de Orange en cuanto este sea nombrado oficialmente rey de Inglaterra.

—¿Qué ha pasado con Jacobo II?

—Ha huido. Seguramente a Irlanda. Muchos piensan que esta vez Víctor Amadeo de Saboya cederá. Se dice que el emperador ha prometido al duque la devolución de todos los territorios anexionados por los franceses en estos años si se alza contra Luis el Grande.

—¿Y vos también lo creéis?

—Yo creo que sería una necedad tremenda. Pero lo que yo crea da igual. Lo importante es lo que piensa Luis. Y a él una traición de Saboya le parece probable. Uno de sus mariscales, Nicola de Catinat, está reuniendo tropas en la frontera del Piamonte, según me ha contado mi compañero de dados.

—¿Se espera que el ataque sea en breve?

—No. Este año ya es demasiado tarde para iniciar una campaña. Los franceses esperarán a la primavera para atacar. Pero antes infiltrarán de espías todas las ciudades y pueblos de Saboya. —Marsiglio se golpeó suavemente la nariz con el dedo—. Casi los huelo, Obediah. Se apresurarán hacia Niza y Turín. Tenemos que irnos pronto.

Obediah suspiró.

—Nuestro barco está dispuesto, Paolo. Lo estamos esperando.

—Hace ya tiempo que abandonamos Pinerolo. Tardamos

diez días en llegar a Niza. Vermandois debería estar aquí desde hace mucho. Tal vez haya cambiado de opinión.

Obediah se sentó en la cama y se restregó los ojos. Estaba cansado. Llevaban casi un mes en aquella posada. Dibujaba vistas de la ciudad, callejeaba arriba y abajo, paseaba junto a la orilla del mar y comprobaba dos veces al día si el conde de Vermandois se había pasado por la Belle Isle. Por lo demás, no tenía nada que hacer. Y eso era lo que, de forma lenta pero inexorable, le iba desgastando.

—Vendrá. Estoy seguro. Por lo menos querrá oír lo que queremos ofrecerle. Las otras opciones no son muy agradables.

Marsiglio se acercó al aparador, cogió un vaso de estaño y se sirvió un tinto de malvasía.

—Yo ya no estoy tan seguro de esto, Obediah.

—Mi plan os pareció bien.

—Sí, pero cuando lo urdimos no había guerra. Desde que Luis el Grande atacó el Palatinado, asoman resistencias por todas partes. De pronto, a Francia le han salido muchos enemigos, y algunos acogerían con los brazos abiertos a un hijo renegado de Luis.

El boloñés bebió un sorbo, paladeó en silencio y miró fijamente a Obediah. Entonces empezó a sonreír.

—¡Ah! Ya entiendo.

—¿Perdón? —se extrañó Obediah.

—No os hagáis el tonto, os conozco demasiado bien. Aún tenéis un as en la manga. Con la ayuda de la VOC habéis ideado un ofrecimiento que el conde no podrá rechazar.

—Algo así. Hasta ahora me lo he guardado para mí, pero estáis en lo cierto. Podemos ofrecerle algo más que dinero y ejercer algo más de presión en él. Eso siempre y cuando aparezca por aquí. Durante vuestro paseo, ¿os habéis pasado por Belle Isle?

—Sí.

Marsiglio no tenía nada que añadir a eso. De haber encontrado un mensaje de Vermandois en la taberna, ya lo habría dicho. Obediah se levantó y se sirvió también un vaso de vino. Entretanto, el general contempló los bocetos que colgaban en una pared.

—¿Qué es todo eso que dibujáis? ¿Tiene que ver con nuestra misión?

—Oh, dibujo lo que me apetece: edificios, animales, plantas...

—Dibujáis bien. Por lo menos, mejor que yo. Tal vez debería emplearos como ilustrador para mi próximo libro de botánica.

Obediah hizo una ligera reverencia.

—Sería un honor.

El general contempló de nuevo los bocetos.

—¡Por la Virgen! ¿Qué es eso?

Marsiglio tomó una de las hojas y se quedó mirando a Obediah, a la espera de una explicación.

—Es una especie de demonio —le respondió este.

En efecto, el ser que había esbozado en la hoja parecía diabólico. Aunque con forma humana, tenía cabeza de toro. Llevaba un bigote cuyos extremos, exageradamente largos, le colgaban hasta el pecho. La criatura vestía un caftán otomano y sostenía una cimitarra en la mano derecha.

—Tiene un aire árabe —observó Marsiglio—. Desde luego, qué rica fantasía la vuestra.

Obediah se echó a reír.

—En un libro de viajes leí algo sobre los *yinn* árabes. Sin duda eso me inspiró.

Tomó un sorbo de vino y se acercó a la ventana. La posada se encontraba un poco por encima de la ciudad, en una cuesta. Desde ahí se veía prácticamente toda la bahía de los Ángeles. En el horizonte se vislumbraban dos grandes embarcaciones.

—Decidme, Paolo, ¿esas son naves de guerra?

El general se puso a su lado y entrecerró los ojos.

—Diría que son corvetas. Resulta difícil ver más detalles desde aquí. Están demasiado lejos.

Sin decir palabra, Obediah se acercó a un armario y sacó un telescopio de Huygens. Era un modelo pequeño, no valía para contemplar las lunas de Saturno, pero bastaba para distinguir las banderas de una embarcación. Lo instaló sobre un trípode y lo ajustó. Luego lo dirigió hacia la bahía. En cuanto tuvo uno de los barcos en el punto de mira, dio un paso atrás.

—Por favor. Vos sois el experto en estas cosas.

Marsiglio miró a través y desplazó el telescopio de un lado a otro.

—Franceses. Una corveta y una fragata. Las dos juntas suman unos sesenta cañones. Diría que solo quieren hacerse notar. En cualquier caso, donde hay dos buques de guerra, seguramente hay muchos más.

—Pero ¿la flota francesa no estaba atravesando el canal frente a Inglaterra para intentar hundir las naves de Guillermo? —preguntó Obediah.

—Eso es lo que se creía. No tengo ni idea de qué están haciendo aquí. En todo caso, esto demuestra que mi preocupación está fundada. La situación empieza a ser peligrosa.

Obediah asintió.

—Aguardaremos dos días más. Si para entonces no ha aparecido, nos marcharemos sin él.

Obediah soñaba con Londres. Un remero le llevaba por el Támesis en dirección a Southwark. Se preguntó a qué iba ahí. En ese lado no había más que ladrones e inmundicia, tabernas de mala muerte y mendigos. Una espesa niebla se alzaba ante ellos sobre las aguas grises, solo cuando se acercaron a las escaleras de Pickel Herring vislumbró la orilla. Entonces se dio cuenta de que los estaban esperando. En lo alto de la escalera vio una tropa de soldados, media centuria tal vez. Al principio la bruma solo le permitía distinguir las siluetas, pero había algo extraño en esos hombres. Obediah quería preguntarle al respecto al barquero, seguramente en ese día ya había cruzado el río docenas de veces. Sin embargo, a pesar de sus esfuerzos, le resultaba imposible abrir la boca. Contempló mudo cómo la orilla y los soldados se aproximaban. Vestían las casacas amarillas del regimiento Coldstream, algo que a Obediah le pareció extraordinario ya que aquello era Inglaterra y no Virginia, que era el lugar donde pertenecían esas tropas. Pero entonces comprendió que estaba en un error. Aunque los soldados iban de amarillo, en sus uniformes llevaban cosida una gran cruz azul, el símbolo de la Casa Real francesa. ¡Una invasión! Por puro instinto, Obediah se dispuso a desenvainar la espada, pero entonces se dio cuenta de que la vaina estaba vacía. Quiso gritarle algo al barquero, ordenarle que regresaran y se ocultaran cuanto antes tras la protección de la niebla. Pero de nuevo le fue imposible abrir la boca. Era como si una garra invisible de acero le mantuviera cerrada la mandíbula. El pánico se apoderó de él. Los soldados franceses, entretanto, también lo habían visto y el oficial dio una orden. Cincuenta fusileros sacaron sus mosquetes y apuntaron hacia la pequeña barca de remos.

Para entonces estaban ya tan cerca de la orilla que las edificaciones de Southwark situadas detrás de los soldados ya eran visibles entre la niebla. Sin embargo ahí, donde debería alzarse la iglesia de Santo Tomás, Obediah vio una iglesia con dos torres y, más allá, un palacio. Sabía que ninguno de esos dos edificios daba al Támesis. Ambos se encontraban junto al Sena. Vio entonces que el oficial francés levantaba su espada.

Entonces se despertó. Obediah quiso incorporarse, pero alguien lo empujaba contra la cama. Al intentar gritar reparó en la mano que le oprimía la boca con fuerza.

—Monsieur, si gritáis me veré obligado a apretar el gatillo. Mi pistola os apunta directamente al vientre. Y, como es sabido, esa no sería una muerte agradable —dijo en francés una voz masculina.

Abrió los ojos. En la penumbra, vislumbró ante sí la silueta de un hombre de espaldas anchas. Con la mano derecha, que llevaba enguantada, le tapaba la boca, y en la izquierda sostenía una pistola que apretaba contra una almohada que, a su vez, reposaba sobre el vientre de Obediah. El disparo no se oiría ni siquiera en la habitación contigua, menos aún después del ponche que habían bebido durante la velada.

—Voy a apartar la mano de vuestra boca. Sin embargo, la otra mano va a tener que quedarse donde está.

Obediah suspiró, claramente aliviado, cuando el desconocido retiró la mano.

—¿Quién sois? —preguntó sin pensar. Supo al instante que ya conocía la respuesta.

—Luis de Borbón, conde de Vermandois.

Su adversario extendió la mano para coger algo y lo colocó sobre la mesilla; era una linterna de mano regulable. A continuación, hizo girar una ruedecilla y la estancia se iluminó. Vermandois sonrió burlón e hizo el amago de una reverencia.

—Mis respetos, monsieur.

Vermandois, más joven que Obediah, rondaría los veinte años. Era fácil ver de quién era bastardo el conde, al menos si se tenía conocimiento de ello. No solo había heredado la nariz grande y ganchuda de su padre, sino también su cabellera rizada y negra, que casi podía confundirse con una peluca. Llevaba un uniforme que Obediah no conocía pero que supuso que era saboyardo.

—Obediah Chalon, a vuestros pies, alteza. ¿Os importaría retirar la pistola? Os aseguro que soy del todo inofensivo.

Para su asombro, Vermandois hizo lo que le había pedido, aunque no le quitó los ojos de encima. El conde retrocedió apenas unos pasos y se dejó caer en una silla sin dejar de apuntarle. Obediah observó que tenía otra pistola y que además llevaba atado al brazo un gran puñal con vaina.

—No digáis sandeces, monsieur Chalon. Nadie capaz de infiltrarse sin ser visto en una de las mejores fortalezas de mi padre puede considerarse inofensivo.

—¿Me permitís que os pregunte cómo... —estuvo a punto de decir «nos», pero se corrigió en el último momento; no tenía la certeza de que Vermandois supiera que los otros confabulados dormían tranquilamente apenas a unos metros— me habéis encontrado?

—¿Acaso tal cosa tiene importancia?

—Tras haber dedicado yo tanto tiempo en no llamar la atención en Niza, tal cosa, noble príncipe, es de suma importancia.

—Ahorraos los tratamientos de alteza, o príncipe. En la actualidad, mi título de conde vale menos que las promesas de amor de una ramera de puerto. Pero, ya que insistís..., monsieur D'Auteville tuvo la amabilidad de desvelarme el aspecto que tenían los caballeros que —chaqueó la lengua varias veces— visitaron Pinerolo con mi madre.

—¿El comandante de la fortaleza? ¿Hablasteis con él?

—Por supuesto. Y la situación fue muy parecida a esta, por cierto. Un pequeño *tête-à-tête* a la hora bruja. Desdeñé de inmediato el trayecto de huida que me indicasteis. Por un lado, no me gusta que me digan por dónde debo ir y, por otro, vuestra propuesta era impracticable.

—¿En qué sentido?

—Necesitaba varias cosas: vestimenta, armas, información. Monsieur D'Auteville tuvo la amabilidad de ayudarme con todo eso. Deberíais estarme agradecido.

—En realidad, creía que erais vos quien lo estaba conmigo.

—Oh, lo estoy. Os doy las gracias desde lo más profundo de mi corazón por vuestro astuto plan. —De nuevo asomó esa sonrisa burlona—. En nombre de la casa de Borbón os juro que ese acto heroico jamás quedará en el olvido.

—¿Qué habéis hecho con D'Auteville?

—Lo necesario para que no vuelva a irse de la lengua. Lo cual, por cierto, era tarea vuestra. Por eso deberíais estarme agradecido.

—¿En verdad era necesario? De hecho, eso no cambia en profundidad las cosas: mucha gente me vio en Pinerolo.

—A vos y a vuestros cuatro amigos —apuntó Vermandois.

—Sí. De todos modos, seguro que la fortaleza hará llegar a París nuestra descripción.

—Ciertamente. Esa habría sido la labor de D'Auteville, pero como él ya no puede escribir nada más, la situación se complica y ganamos un poco de tiempo.

Obediah carraspeó. Tenía la garganta seca.

—¿Seríais tan amable de alcanzarme algo para beber, monsieur?

—Levantaos y servíos vos mismo. Puedo abatiros de un disparo aunque os alejéis dos metros. Soy un pistolero consumado.

—¿Seríais capaz de disparar por la espalda a un caballero?

—Si la situación lo requiere, no os quepa duda.

Obediah se levantó y se acercó al aparador. Al poco rato, regresó con dos vasos de vino. Fue a sentarse a la mesa con Vermandois, pero este negó con la cabeza.

—Volved a sentaros en la cama. Así os tengo más a la vista.

Obediah dejó uno de los vasos sobre la mesa y se sentó en el borde de la cama. Tras tomar un sorbo de vino dijo:

—¿Me permitís que os pregunte por qué habéis tardado tanto en llegar?

—Precauciones de seguridad —respondió Vermandois—. Alrededor de Niza pululan espías franceses. Necesité varios días para hacerme con este disfraz de jinete mensajero saboyardo. Y varios días más para dar con vuestro nido.

—Esto último os habría resultado más fácil si hubierais acudido al lugar de encuentro acordado.

—No me gusta jugar siguiendo las normas de otros, monsieur. Ni las vuestras, ni las de mi padre. De este modo —dijo haciendo un gesto con la pistola— la situación es más de mi agrado. Prefiero ser jinete a ser caballo.

—En ese caso, tal vez sea mejor que os desvanezcáis en la oscuridad y no escuchéis mi oferta.

—Quiero escucharla. Tengo mi propia cabeza, y además no está hueca. Así pues, decidme, ¿quién os ordenó mi liberación?

¿Quién está detrás de todo esto? ¿Los austríacos? ¿Los españoles?

—No. Los holandeses.

—Ah. ¿Y qué quiere el estatúder de mí?

—Hasta donde yo sé, no quiere nada. Mi cliente es la VOC.

Vermandois alzó las cejas, sorprendido, pero no dijo nada.

—Queremos hacernos con algo. Y vos podríais ayudarnos.

—¿Y por qué yo?

—Porque sois el mejor ladrón del continente. Al menos eso es lo que todos afirman.

—Bueno, es cierto. No tengo parangón. Comparados conmigo el resto no son más que vulgares ladrones de bolsas. Yo he robado a reyes y cardenales.

Vermandois cruzó las piernas y cogió el vaso de vino. Lo olió, hizo una mueca y volvió a dejarlo.

—Huele a sangre de buey. Estos italianos no tienen la más remota idea de vinos.

Luego miró atentamente a Obediah.

—¿Sois consciente de que esos pequeños robos solo los he cometido por mi propio disfrute?

—Sí, me lo figuraba. Por eso precisamente creo que no vais a dejar escapar este asunto. Se trata de robar al soberano más poderoso del mundo.

Vermandois se llevó una mano a la boca, como queriendo reprimir un bostezo.

—Qué aburrido. A mi padre ya le...

—Si me lo permitís, vuestro padre no es el soberano más poderoso del mundo. Estoy hablando del Gran Señor.

Por un momento pareció que Luis de Borbón se quedaba sin habla. Luego dibujó una amplia sonrisa.

—¿Pretendéis robar al sultán? Esto es maravilloso. Por favor, seguid.

Obediah entonces pasó a explicarle que su intención no era robar joyas del palacio del sultán, ni tampoco piedras preciosas de Santa Sofía, sino algunas plantas de café de la zona alre-

236

dedor de Moca. En cuanto hubo terminado, Vermandois preguntó:

—¿Y qué dificultad hay en robar esas plantas? A diferencia de cualquier piedra preciosa, no están encerradas en una cámara del tesoro. Habrá plantaciones.

—Así es, pero están muy vigiladas. Vos conocéis mejor que yo el oficio, ¿no es cierto que a menudo el robo en sí es el menor de los problemas?

Vermandois asintió.

—Entre otras cosas, la huida es lo más arriesgado.

—Y ese es el caso. Las plantaciones se encuentran en una altiplanicie que, por lo que sabemos, solo tiene unos pocos accesos. Además, entre el siguiente puerto y la región del café se extiende un desierto.

—Supongamos que vuestra pequeña empresa me interesara. ¿Qué provecho sacaría yo de ello?

Instantes atrás Vermandois había afirmado que robaba solo por disfrute, pero Obediah se cuidó de recordárselo. A fin de cuentas, ya tenía pensada la recompensa del conde.

—Primero, en cuanto las plantas lleguen al Jardín Botánico de Ámsterdam, recibiréis, igual que todos nosotros, diez mil ducados de oro.

—Una suma generosa, pero ¿merece la enemistad del rey francés y del Gran Señor? De hecho, podría buscar refugio en Leopoldo. Supongo que él me permitiría llevar una vida digna de mi estado.

El conde tenía razón. Leopoldo I era el adversario más importante de Luis XIV; de hecho, el emperador del Sacro Imperio Romano era el promotor de una alianza para plantar cara al Rey Sol a la que cada vez se unían más países. Hofburg recibiría con los brazos abiertos a un bastardo Borbón renegado.

—Digna de vuestro estado, sin duda —corroboró Obediah—, pero en Viena volveríais a estar encerrado en una jaula, solo que más bella. Eso, para un hombre como vos, no vale nada.

—En efecto. Pero ¿tenéis algo mejor que ofrecerme?

—Algo mucho mejor. ¿Estáis al corriente de los recientes acontecimientos políticos?

—En Pinerolo se me ha informado de forma muy escueta. Sé que mi padre está en guerra en el Palatinado. ¿Ocurre alguna otra cosa de importancia?

—Oh, sí. Guillermo de Orange ha aprovechado que vuestro padre está entretenido en Alemania. Mientras Luis se ocupa del Palatinado, el estatúder ha partido hacia Inglaterra con una flota enorme. El rey Jacobo II ha huido y ha enviado a su esposa y al sucesor al trono a Versalles. Guillermo goza del beneplácito de buena parte de la nobleza inglesa y escocesa, del emperador y también de los príncipes alemanes.

—Sospecho lo que me vais a ofrecer.

—Como dijisteis antes, vuestro título francés carece de valor. Si nos ayudáis, el príncipe Guillermo os concederá otro, y además donde os plazca.

—No obstante, Inglaterra me parece demasiado próxima a Francia. ¿De qué me sirve tener ahí un condado si los esbirros de mi padre acaban conmigo a la menor oportunidad?

—En ese caso, id a otro lugar. Guillermo puede ofreceros una propiedad en Virginia, en Pensilvania, en la Guayana o en Batavia.

—Eso me convertiría en vasallo de ese borreg..., de ese aborrecible tísico protestante.

—No necesariamente. Si aspiráis a un gran territorio, es cierto que deberéis hacerle juramento de fidelidad. Pero también cabe pensar en una propiedad alodial de menor tamaño que sería toda vuestra.

—No suena mal. Pero ¿y si eso no fuera suficiente para mí? ¿Habéis considerado que podría regresar sin más junto a mi padre?

—¿Acaso queréis volver a prisión? —preguntó Obediah.

—En absoluto. Tal vez accediera a perdonarme. A fin de cuentas, estamos en guerra, y en estos tiempos los hijos de un rey son más valiosos que nunca porque acostumbran a morir como moscas. Además, el Grande tiene fama de perdonar a los pecadores arrepentidos.

Obediah negó con la cabeza y se incorporó.

—Si me lo permitís, seigneur, ese plan no tiene sentido.

—¿Por qué?

—Porque lleváis meses intrigando contra vuestro padre para levantar una segunda Fronda.

—¿Cómo decís? —resolló Vermandois.

Obediah reprimió una sonrisa. Tenía al principito donde había querido llevarlo.

—Enviasteis mensajes secretos desde Pinerolo, al menos una docena. Días atrás fueron localizados en Versalles. Hace unos meses la condesa Da Glória, a quien vos conocisteis como La Vallière, los depositó en casa de un hombre de confianza.

—¡Sois un miserable intrigante! Yo no he hecho tal cosa. Esas cartas son burdas falsificaciones.

Obediah cruzó los brazos. Vermandois seguía apuntándolo con el arma, pero eso había dejado de preocuparle.

—Entiendo vuestro enojo —dijo—, pero mis falsificaciones no pueden tacharse jamás de burdas. Los escritos dirigidos al otro conspirador los escribisteis con vuestro puño y letra. Y están cifrados, aunque no muy bien, dicho sea de paso, para que los criptólogos de vuestro padre consigan descifrarlos en una o dos semanas.

—¿Y quién sería entonces ese otro conspirador?

—El caballero de Lorena.

Obediah observó que a Luis de Borbón le temblaban los labios. Sin duda, no era por el especial afecto íntimo que pudiera albergar por el caballero de Lorena, que era amante de Monsieur, el hermano afeminado del rey. Estaba claro que Vermandois se había dado cuenta de que se encontraba en un atolladero. Nadie en la corte francesa daría crédito al de Lorena si este negaba las acusaciones. Era un caballero sumamente impopular; incluso el rey había amenazado varias veces al joven intrigante con expulsarlo de Versalles. Por otra parte, era sabido que Vermandois y el de Lorena habían practicado la *confrérie*, esto es, habían tenido trato carnal, lo cual hacía aún más verosímil la historia de conspiración que Obediah había elaborado.

El conde necesitó un momento para reponerse. Luego dijo:

—Aunque vuestra falsificación fuera buena, y debo decir que habéis acertado escogiendo como chivo expiatorio al caballero, la intriga que habéis creado sigue sin ser creíble. Alentar un alzamiento contra mi padre es una empresa que excede por completo mis posibilidades.

—Por supuesto que lo es. Pero desde que vuestro padre tiene guerras abiertas en todos los frentes, hay oposición. Y lo que convierte en creíble este asunto es que las cartas casan con los hechos, pues aparecieron poco antes de vuestra partida, lo cual es, desde luego, irrefutable.

—Me gustaría acabar de inmediato con vos de un disparo. Me repugnáis, monsieur.

—Es comprensible. Pero entonces nadie podría libraros de este mal paso.

—¡Al cual me habéis conducido vos mismo!

Obediah calló y se quedó mirando a Vermandois. Este, entretanto, se había levantado e iba de un lado a otro de la habitación. Por un momento pareció haberse olvidado de su cautivo. Luego se volvió bruscamente y se acercó a la cama, pistola en mano. Con el cañón a apenas unas pulgadas de la nariz de Obediah musitó:

—Jugaré a vuestro juego. Por el dinero, por el alodio e incluso por placer. Pero andaos con tiento. Creedme cuando os digo que no olvidaré esta afrenta. Hasta mañana, monsieur.

Acto seguido, giró sobre sus talones y se marchó, aunque no por la puerta, sino por la ventana. La abrió, asió el marco de la ventana y saltó afuera en la oscuridad.

Cuando Polignac descendió de la calesa, la lluvia le dio en la cara. Tras pagar al cochero con unos sous, se caló el sombrero y se acercó al edificio de piedra arenisca. Se encontraba al final de la rue de Richelieu, no muy lejos del Palacio Real. Polignac había pasado por ahí a menudo, pero jamás se había percatado del edificio ni había sospechado que había pertenecido al Gran Colbert. Llamó con la pesada aldaba de metal. En cuanto se abrió el portón, entró con tanta prisa que el lacayo que estaba al otro lado se apartó sobresaltado. Tal vez por su arrojo, o tal vez por su rostro desfigurado. Sin dignarse dirigir una mirada al criado, el mosquetero dijo:

—Debo hablar con Étienne Baluze.

—Veré si está presente. ¿A quién debo anunciar, monsieur?

Polignac le entregó una tarjeta de visita.

—Gatien de Polignac, capitán de mosqueteros. Me encuentro aquí por asuntos de Estado urgentes por encargo de su majestad. Así pues, no oséis regresar sin venir acompañado de Baluze.

El criado hizo una rápida reverencia y desapareció. Polignac contempló el vestíbulo con atención. Las columnas y la escalera eran de mármol de Siena y el suelo estaba decorado con una inmensa alfombra persa inspirada en un campo de tulipanes. A la izquierda había un retrato al óleo del difunto Jean-Baptiste Colbert, y a la derecha, un retrato del rey. La diferencia entre ambas pinturas no podía ser mayor. Luis XIV, sentado ante un baldaquín rojo, representaba al dios Júpiter, con un haz de rayos en la mano derecha y el pie izquierdo sobre el escudo de una Gorgona que yacía en el suelo. En cambio el Gran Colbert parecía un mercader holandés y no especialmente adinerado. Lucía un *justaucorps* sencillo y de color negro, no llevaba sombrero y se hallaba sentado ante una pared marrón. El ministro de Finanzas sostenía algo en la mano. Polignac se acercó para verlo mejor: era un papel doblado.

Se volvió al oír unos pasos en la escalera. El hombre que bajaba los escalones era prácticamente un anciano, sin duda tenía más de sesenta años, y sus movimientos eran lentos. Baluze estaba bastante entrado en carnes. Tenía la mandíbula de un hámster y los ojos de un ave rapaz. Se detuvo a mitad de la escalera y dirigió una sonrisa a Polignac.

—Capitán, sed bienvenido. Os esperaba.

Polignac se preguntó cómo era posible que el bibliotecario estuviera advertido de su llegada. Luego se dijo que tal cosa no era de extrañar en alguien como Rossignol.

—Monsieur Baluze —dijo con una ligera reverencia—. Monsieur Rossignol me aconsejó que os hiciera una visita.

Étienne Baluze acabó de bajar la escalera.

—Si me permite, ¿de qué asunto se trata?

Comprendió con satisfacción que Rossignol no había dado ningún otro detalle al bibliotecario.

—Se trata de una posible confabulación contra su majestad.

—Algo así había sospechado. ¿Queréis seguirme, por favor? Hablaremos en la biblioteca.

Baluze le hizo pasar por una puerta de roble situada en la planta baja. Detrás había una estancia inmensa, mucho mayor de lo que Polignac había podido imaginar. Altas ventanas ocupaban una de las paredes, el resto parecían construidas con libros. Encima había una galería repleta también de libros y rollos manuscritos. El mosquetero se había formado en un colegio jesuita, así que había visto algunas bibliotecas, pero aquella superaba con mucho cualquier otra.

—¿Qué colección es esta? ¿Forma parte de la Biblioteca Real?

—No. Esta es la biblioteca Colbertina, el archivo privado del ministro Colbert —respondió Baluze—. Aquí abajo están algunas obras de consulta. Ahí detrás hay importantes publicaciones de filosofía de la naturaleza, como *Acta Eruditorum*, *Journal des sçavans* y, ahí, *Nouvelles de la République des Lettres*.

—Creía que esa publicación estaba prohibida en Francia.

Baluze levantó la vista y le dirigió una mirada de admiración.

—Estáis en lo cierto, monsieur. Pero antes de determinar las obras que pueden ponerse o no al alcance del público deben leerse. Aquí encontraréis muchos escritos cuya impresión o venta en París están prohibidas. —El bibliotecario prosiguió—: ¿Veis las obras encuadernadas en rojo de ahí arriba? Son una joya. Es toda la documentación del período de gobierno del cardenal Mazarino. Y las de color verde es la de monsieur Colbert cuando era *intendant des finances* de su majestad.

Polignac levantó la mirada hacia lo alto. Ahí había una extensión inmensa de libros en formato folio encuadernados en cuero verde.

—Debe de haber miles —dijo sin pensar.

El bibliotecario se rio.

—Seis mil seiscientos veinte ejemplares. Toda la documentación de sus veinte años en el cargo. Pero, os lo ruego, sentaos. ¿Os apetece una escudilla de café?

Polignac asintió con un gruñido. Se acomodaron en unas butacas de cuero. Con un gesto, Baluze indicó a un criado que sirviera café. En cuanto terminaron, sacó un cuaderno y lo abrió. Luego tomó una pluma del tintero de la mesita que había entre ellos.

—¿Podríais indicarme el asunto que os trae por aquí, capitán?

Polignac habló a Baluze sobre Obediah Chalon y los hombres y mujeres de dudosa reputación que se habían sumado a su causa, de sus estancias en Londres, La Haya, Ámsterdam y Limburgo. Omitió mencionar a Vermandois. A excepción de su majestad, Rossignol y él mismo, nadie en la capital sabía que el bastardo del rey había sido raptado de la fortaleza más segura de Francia. Era preferible que durante un tiempo eso siguiera así. También se refirió al contacto de Chalon con ese misterioso David ben Levi Cordovero, a los mensajes cifrados que se intercambiaban los conspiradores y a los posibles víncu-

243

los con los otomanos. Mientras el mosquetero hablaba, el bibliotecario iba tomando notas. Cuando Polignac terminó, Baluze cerró el cuaderno y también los ojos por un momento. En cuanto volvió a abrirlos preguntó:

—¿Buscáis algo? O ¿queréis encontrar algo?

—No estoy muy seguro de comprenderos.

—Como podéis apreciar, este archivo es extensísimo. Es casi tan grande como la biblioteca Augusta de Wolfensbütte.

—Exageráis, monsieur.

—En absoluto, capitán. Monsieur Colbert no solo recopiló su propia documentación y la de su predecesor, sino que encargó que se copiara toda la documentación que consiguió procedente de las provincias, tanto de los intendentes como de los monasterios. En suma, todo. Evidentemente, dado el volumen de ese material es imposible leerlo todo. Pero si, por ejemplo, ese tal Chalon hubiera estado relacionado en el pasado con algún nombre importante, ya fuera príncipe o mercader, yo podría buscarlo con precisión.

—¿Y eso?

—¿Veis esos veinte libros encuadernados que hay sobre esa mesa? Es el catálogo. Se terminó hace poco. Permite buscar con arreglo a distintos criterios, como, por ejemplo, por nombres de personalidades. Sin embargo —Baluze cruzó las manos, manchadas de tinta, en el regazo—, si se trata de personas relativamente poco conocidas, puede ocurrir que no estén indexadas. En tal caso habría que rebuscar en los portafolios relevantes, esto es, en recopilaciones de material relacionadas con el tema, como, por ejemplo, documentos que traten sobre conspiraciones contra Francia, y leerlos. Sería confiar en hallar algo sin saber con precisión qué buscamos. ¿Comprendéis?

Polignac asintió.

—Esto último parece requerir mucho tiempo.

—Así es.

El criado llegó entonces con una cafetera de plata acompañada de dos escudillas y unas galletitas *sablés* dulces. Polignac comió una y tomó un sorbo de café.

—¿De cuánto tiempo estamos hablando, monsieur Baluze?

—Calculo que de unas semanas.

—¿Y con las palabras de búsqueda adecuadas?

—A lo sumo unos días.

El mosquetero reflexionó unos instantes. No podía permitirse perder semanas. En consecuencia, tenía que orientar la búsqueda de Baluze hacia un aspecto lo más concreto posible y confiar en que fuera el adecuado. Sin duda, Monmouth o Guillermo III aparecerían miles de veces en ese catálogo de Colbert, pero dudaba que guardaran una relación directa con Chalon. Era más probable orientar la búsqueda hacia un intermediario. Alguien con quien Chalon se escribiera directamente.

—Tal como os he dicho, Chalon intercambia correspondencia regular con un judío llamado Cordovero. Sospechamos que este se encuentra en los dominios del Gran Señor. ¿Sería ese un buen punto de partida?

Baluze se rascó la barbilla con la pluma.

—Bueno, por el nombre podría tratarse de un judío español o portugués. Muchos se asentaron en territorio otomano después de que los Reyes Católicos los expulsaran de su territorio. ¿Queréis que intente encontrar a ese Cordovero?

—¿Os parece posible? Hasta ahora lo único que sabemos es que Chalon le envía la correspondencia a través de un comerciante de Sicilia.

Baluze levantó la vista hacia el techo. En él, una Atenea adorada por unos ángeles les dirigía una mirada severa. Tal vez el viejo bibliotecario esperaba una respuesta de la diosa. De pronto, Baluze se levantó.

—Sí. Eso es... —murmuró—. ¡Sí, sí!

Segundos más tarde había desaparecido entre las estanterías. Polignac se acabó el café, comió un par de galletitas y esperó. Al cabo de un cuarto de hora, Baluze regresó con varios libros tamaño folio bajo el brazo. Resollando, se dejó caer en la butaca.

—Estos —dijo señalando los libros— son los registros de los envíos de nuestras manufacturas al Levante, así como la respectiva correspondencia de los capitanes, entre los años 1675 y 1685.

Polignac le dirigió una mirada escéptica.

—Con todo, siguen siendo al menos tres mil páginas, monsieur.

El bibliotecario se rio.

—Sí, es cierto. Pero creo que conozco un atajo.

Abrió uno de los libros y ojeó las páginas con los ojos entrecerrados.

—Ah. Aquí está. V.5.f.6.a.4.r.

—¿Cómo decís?

—Volumen 5, folio 6, artículo 4, recto. —Baluze pasó las páginas con el índice—. Mirad esta lista.

Pasó el libro a Polignac. En la página abierta ponía: «Factores de Alepo en el año 1678». A continuación seguía una relación de nombres subrayados y provistos de anotaciones.

—«Jacob Benhayon, factor de confianza, hombre honrado, muy recomendable. Samuel Wolfinsohn, pendenciero, difícil de aplacar incluso con dinero; presenta muchas reclamaciones ante el cadí. Isaac Cardoso, odia a los ingleses, adora a los griegos y el raki.» ¿Qué es esto? —preguntó Polignac.

—Todos los años, nuestros capitanes, al cargar o descargar mercancías en el Levante o en cualquier otro sitio, levantan un informe sobre la colaboración con los capitanes de puerto. En este caso se trata de los factores de la Sublime Puerta, los cuales controlan la documentación y fijan los aranceles. Esta lista se refiere a Alepo, pero hay otras como esta sobre Esmirna, Alejandría o Limasol; así nuestros comerciantes pueden saber en quién confiar y en quién no.

—Entiendo. Pero ¿de qué nos sirve?

—Fijaos en los nombres.

Polignac los miró. De pronto cayó en la cuenta de adónde quería llegar Baluze.

—¡Son judíos! ¡Todos tienen apellido judío!

—Eso es porque prácticamente todos los factores nombrados por los turcos son sefarditas.

—¿Y cómo es eso?

—Porque los judíos ibéricos son buenos comerciantes. Hablan muchos idiomas. Y en cuestiones de dinero, en la Sublime Puerta se los considera especialmente dignos de confianza —dijo Baluze.

—¿Los judíos? ¡Menuda bufonada!

—Tal vez, pero es evidente que el Gran Señor no lo ve de igual forma. ¿Sabíais que el médico de cámara de Solimán II es un judío polaco?

Polignac, incrédulo, negó con la cabeza.

—Los turcos no son un pueblo navegante. Por eso la Puerta permite que buena parte de sus negocios sea administrada por otros pueblos. La mayoría de los capitanes son armenios; los navieros son griegos, y los factores, judíos. En fin, lo importante es que buscáis a un sefardita que se encuentra en territorio otomano. Es probable que, si los antepasados de Cordovero huyeron de España, lo hicieran todos. Y como casi todos los sefarditas operan en el mercado de Levante...

—... hay posibilidades de encontrar a algún miembro de la familia en una de estas listas, tal vez incluso a él mismo.

—Así es, capitán. No es más que una idea, pero tiene la enorme ventaja de que no hace falta leer libros enteros. Buscar en estas listas, examinarlas, requerirá a lo sumo un día.

Polignac se puso de pie. Baluze hizo lo mismo.

—Intentémoslo. Enviadme un recado al café Procopio en cuanto tengáis algo.

Obediah recorrió el muelle con la mirada. Sin duda el puerto de Niza no podía considerarse pequeño, sin embargo, comparado con el Pool of London o la desembocadura del IJ, ese amasijo de goletas y pinazas parecía bien poca cosa. Dio una calada a la pipa y observó al estibador que subía trabajosamente un barril de ron por la pasarela del barco y lo colocaba bajo el palo mayor. El *Madonna della Sallute* era un bertone veneciano, de casco abombado y velas cuadradas. No había sido fácil obtener un barco como aquel, pero Obediah no estaba dispuesto a partir con un filibote o un sloop. Ese tipo de embarcaciones proclamaban a gritos a quien las viera en el horizonte la presencia de la VOC. Aquel barco veneciano resultaba menos llamativo. El Mediterráneo estaba plagado de barcos bertone, los usaban muchas naciones.

—Incluso le habéis dado un nombre italiano —murmuró Marsiglio—. ¿Acaso viajamos con la bandera saboyarda?

—Solo hasta que lleguemos a alta mar —respondió Obediah—. Entonces izaremos la bandera de San Jorge y nos convertiremos en un mercante inglés de camino a Esmirna.

Marsiglio esbozó una pequeña sonrisa.

—Al menos, eso último es cierto.

Observaron las maniobras de carga en silencio. Aún faltaban las provisiones y el agua, y parte de sus enseres personales, que estaban siendo cargados en ese momento. Por lo demás, todo estaba ahí. Justel y la condesa se habían dirigido ya a sus camarotes. Jansen iba de un lado a otro de la proa voceando órdenes. Desde que Obediah había cedido el barco al danés, este había experimentado un cambio notable. Conservaba aún un semblante capaz de agriar la leche, pero comparado con los meses anteriores casi parecía locuaz. Era evidente que Jansen estaba en su elemento; momentos antes incluso había bromeado con los marineros y había mostrado algo así como un principio de sonrisa. Bueno, eso tal vez Obediah se lo había imaginado.

Era una mañana magnífica. Unas nubecitas cruzaban el azul del cielo y una brisa tibia y agradable soplaba desde los Alpes hacia el mar. El tiempo no les desbarataría sus planes de zarpar. Confiaba en que tampoco lo hiciera nadie.

—Parecéis inquieto, Obediah —observó Marsiglio—. ¿Es por nuestro maestro ladrón?

Vermandois seguía sin aparecer. Obediah observó que los marineros empezaban a cerrar las primeras escotillas de carga. En breve estarían listos para partir.

—Vendrá, Paolo. Supongo que solo está siendo precavido.

—Es comprensible. Es el hombre más buscado a lo largo y ancho del territorio. ¿Veis a esa mujer de ahí detrás, junto a la puerta verde? No la miréis directamente.

Obediah golpeó la pipa en el barril de ron. Al hacerlo miró hacia ahí de soslayo. Apoyada en la pared de una casa, a unas cincuenta yardas, había una mujer; debía de tratarse de la esposa de un pescador, pues tenía el rostro curtido por el sol y llevaba el pelo negro recogido con una cinta de cuero. En la mano derecha sostenía una bota de la que bebía pequeños tragos a intervalos irregulares.

—¿Qué pasa con ella? —preguntó Obediah.

—Es una espía francesa —repuso Marsiglio.

—¿Y cómo lo sabéis?

En lugar de responder, Marsiglio se dio un golpecito en el vientre con la mano derecha. Entretanto, Jansen se había acercado a la borda y les hacía señas. Marsiglio se incorporó. Sin apartar la mirada del barco, musitó:

—Y ahora se ha marchado. Habrá ido a dar el parte. Deberíamos marcharnos cuanto antes. Rayos y centellas, ¿dónde diablos está esa urraca sodomita francesa?

Obediah no supo qué responder.

—Vayamos a bordo —dijo—. Que Jansen ice las velas y empiecen a soltar los cabos.

Mientras Obediah se acercaba a la borda y buscaba con la vista a Vermandois, el general daba las órdenes a Jansen. Este gritó algo, tras lo cual unos marineros corrieron a los obenques y otros empezaron a soltar los primeros cabos. En cuanto el viento hinchó las velas, los amarres que quedaban se tensaron. Obediah suspiró. Ni rastro de Vermandois.

Un grito lo sacó de su ensimismamiento. Venía de la cofa. El hombre en el puesto de vigía gritó algo a Jansen que Obediah no entendió. Sin embargo, al poco supo a qué se había referido. Procedentes de la fortaleza, que se erguía a mano derecha por encima de la bahía de los Ángeles en el monte Albán, un contingente de soldados bajaba por el camino serpenteante en dirección al puerto. Los hombres corrían y eran muchos, veinte por lo menos.

—¡Jansen! —gritó Obediah—. ¿Qué dice vuestro vigía?

El capitán se le acercó.

—Bajan soldados de la fortaleza. —Luego señaló a la izquierda—. Y de ahí atrás vienen también algunos.

Del lado de la ciudad se aproximaba asimismo un grupo de hombres armados.

—¿Vienen a por nosotros? —preguntó Obediah.

Jansen se encogió de hombros.

—Eso solo lo sabe el diablo. Por nosotros, por el Borbón, o por cualquier otro. Sea lo que sea, deberíamos marcharnos.

Obediah asintió sin decir palabra. Jansen empezó a vocear órdenes. Dos marineros retiraron los amarres atados con un nudo corredizo y la embarcación se apartó de la orilla. El timonel se encaró al viento y el muelle se alejó rápidamente. Habían avanzado cien yardas cuando vio bajar por el camino al contingente, encabezado por un oficial con la espada desenvainada. Marsiglio se colocó junto a Obediah para observar el espectáculo.

—Me parece que pronto sabremos si venían a por nosotros o a por el conde.

Obediah miró al general.

—¿Y cómo creéis que lo sabremos?

Entretanto los saboyanos habían formado una doble fila junto al muro del muelle y cargaban las armas. Obediah se agachó detrás del barril de ron, firmemente atado al palo mayor. Si sobrevivía a aquello, se dijo, se serviría un buen vaso de ese barril. Contempló la borda. Ahí estaba Marsiglio, de pie. No se había movido ni una pulgada.

—¿No vais a poneros a cubierto?

Marsiglio negó con la cabeza.

—Estamos demasiado lejos para esos mosquetes —respondió—. Tal vez acribillen el mar, pero no a nosotros. —Señaló la fortaleza y añadió—: Sin embargo, ahí arriba hay cañones. Y ahí está también la respuesta a vuestra pregunta. Si vienen a por nosotros, intentarán hundir el barco. Y, a menos que los artilleros saboyardos sean idiotas, lo conseguirán. Están esperando a que nos hayamos distanciado de los demás barcos para dejarnos como un queso suizo con sus cañones, que ya están orientados hacia la salida del puerto. En cambio, si están interesados en Vermandois, Víctor Amadeo lo preferirá vivo; en la complicada situación política actual, para el duque tener un hijo de rey sería un regalo divino. En ese caso, enviará barcos para que nos persigan. —Marsiglio sonrió ceñudo—. Así pues, si nos disparan con cañones, estamos acabados. Si no, Vermandois está acabado. ¿A qué apostáis?

—¿Cómo decís?

—Os apuesto cien pistolas a que van detrás de Vermandois. Fuisteis demasiado prudente. ¿Aceptáis la apuesta?

Obediah oyó cómo se sucedían las salvas de los mosquetones.

—¡Sois imposible!

—¿Por qué decís tal cosa? —repuso Marsiglio—. Al menos es una apuesta original.

Obediah no hizo caso del general y clavó la vista en la fortaleza como si estuviera hipnotizado. Para salir del puerto tenían que describir un arco en torno al monte Albán: una oportunidad más que suficiente para los artilleros saboyardos de disparar un par de bombas contra el casco del barco. Mantenían el rumbo. La pared del muelle y los soldados se encontraban ahora muy lejos. Entre ellos y el azul infinito aún había ancladas tres embarcaciones. Dos. Una. Ya estaban en mar abierto. Obediah se apoyó en el tonel, cerró los ojos y esperó el cañonazo. Pero no lo hubo; solo se oía el mar y el gemido de las jarcias. Entonces oyó una voz que le resultaba familiar.

—Monsieur, estoy desolado. Ibais a partir sin mí.

Obediah abrió los ojos y se volvió. Dentro del barril de ron, con la tapa asida bajo el brazo derecho, estaba el conde de Vermandois.

Obediah había dado por hecho que en el viaje en barco de Niza a Esmirna vomitaría hasta las entrañas. El breve trayecto por el canal, que apenas duraba un par de días, lo pasaba siempre inclinado sobre la borda o doblado sobre sí mismo en el catre, agarrado a un cubo. Pero, curiosamente, esta vez la marejada no parecía afectarle. ¿Acaso las olas del Mediterráneo eran de una materia distinta a las del mar del Norte? Se preguntó si alguien había estudiado ese fenómeno. Sacó del bolsillo un cuadernillo y un lápiz de plomo e hizo la anotación correspondiente. Cuando se disponía a enfrascarse de nuevo en la carta que estaba cifrando, alguien llamó a la puerta. Se apresuró a deslizar un libro sobre la hoja de cifrado.

—¡Adelante!

La puerta se abrió y la condesa entró en el camarote. Vestía un traje de caza de cuero encerado a todas luces no diseñado para el cuerpo femenino. El cabello, negro y rizado, lo llevaba recogido y oculto bajo un sombrero de tres picos. Cerró la puerta tras de sí. Como el único asiento estaba ocupado por Obediah, se acomodó en el borde de la litera. Al darse cuenta de que él miraba su vestimenta, sonrió con picardía.

—En cubierta resulta más apropiado que un vestido. ¿Os gusta?

—En honor a la verdad —respondió Obediah, que volvió a posar la vista en sus papeles—, os da un aire muy masculino. Y luego están… —señaló las botas— esos tacones tan altos. ¿Queréis tener un aspecto especialmente varonil?

—Tal vez sea eso lo que os agrada.

Obediah suspiró. La condesa le había dejado tranquilo bastante tiempo. Había llegado a creer que había desistido. Era evidente que se había equivocado.

—No, en absoluto. Pero tal vez funcione con Vermandois.

La condesa cruzó las piernas.

—Un hombre muy atractivo, pero un caso perdido para las mujeres.

—¿Estáis segura? Vos sois muy obstinada...

—¿Por qué no preguntáis directamente si ya lo he intentado?

—¿Lo habéis hecho?

—Sois un patán.

—Os ruego me disculpéis. —Se incorporó en el asiento e hizo una leve reverencia—. ¿Puedo ofreceros un vaso de vino?

—Es la primera cosa sensata que habéis dicho hasta ahora.

Obediah se levantó y se acercó a un mueble lleno de botellas para obsequiar a la condesa. Cuando se volvió, ella se encontraba junto a la mesa y tenía en la mano la hoja de cifrado.

—¡Dadme eso! —gritó enojado.

Ella le entregó la hoja y, a cambio, él le dio el vaso.

—¿Qué es?

—Una hoja de cifrado.

La condesa se sentó de nuevo en el borde de la litera con expresión avinagrada.

—No me digáis. Sé perfectamente que eso no es un cifrado César. ¿Qué es?

—Es algo complicado.

—El cifrado de documentos no es un tema que me resulte ajeno. ¿Habéis olvidado que os envié mensajes codificados?

—Sí, pero estaban codificados con una escítala que yo os di. Aquí, en cambio, se precisa una mente matemática.

—Lo que queréis decir en realidad es que se precisa una mente viril.

—Yo...

—Monsieur, os confiaré un secreto. No soy portuguesa.

—Lo suponía.

—En realidad, provengo de la República de Génova. Allí las familias llevan siglos enfrentadas entre sí. Ningún genovés se atrevería a enviar un mensaje sin codificar. Yo conocía métodos de cifrado cuando vos aún orinabais ante las puertas de los graneros. Así pues, no seáis tan impertinente y explicádmelo.

Obediah suspiró. No tenía ningunas ganas de hablar de sus procedimientos para codificar mensajes. De hecho, aquella hoja solo era un elemento de su sistema secreto de cifrado. Aunque la condesa comprendiera el método, sería incapaz de descifrar ningún mensaje suyo. Por otra parte, creía que solo abandonaría el camarote si se lo explicaba o si se acostaba con ella. Ante esa tesitura, él prefería hablar de números.

—La mayoría de los códigos funcionan por desplazamiento. Escribiendo bajo el alfabeto otra serie de letras, cifras o símbolos. Sin embargo, estos métodos hoy en día están caducos. Atendiendo a la frecuencia con que aparecen las letras, un criptólogo experto puede detectar con facilidad las palabras que aparecen a menudo, como «el» o «es». ¿Me seguís?

La condesa asintió.

—Una variante algo más refinada consiste en escribir dos líneas de cifrado bajo el alfabeto normal. Entonces, al codificar es posible alternar entre ambas líneas de acuerdo con un patrón definido. De este modo es posible confundir al descifrador. Naturalmente, este sistema puede refinarse aún más usando tres líneas, o bien asignando a cada letra del alfabeto, o a palabras o sílabas determinadas, un signo propio adicional. Así funcionan las cifras que se utilizan en las cortes. Sin embargo, estas también se pueden descifrar si se dispone de un Gabinete Negro de suficiente entidad.

—Como nuestros adversarios —dijo ella.

Obediah asintió. Se sentó en la litera junto a la condesa y se colocó la hoja de cifrado sobre las rodillas.

—Yo, en cambio, utilizo esto.

Ella se inclinó hacia él.

—¿Un invento vuestro?

—No, de un francés. Se conoce por su apellido: es la tabla de Vigenère.

Ambos miraron la hoja.

	A	B	C	D	E	F	G	H	I	J	K	L	M	N	O	P	Q	R	S	T	U	V	W	X	Y	Z
A	A	B	C	D	E	F	G	H	I	J	K	L	M	N	O	P	Q	R	S	T	U	V	W	X	Y	Z
B	B	C	D	E	F	G	H	I	J	K	L	M	N	O	P	Q	R	S	T	U	V	W	X	Y	Z	A
C	C	D	E	F	G	H	I	J	K	L	M	N	O	P	Q	R	S	T	U	V	W	X	Y	Z	A	B
D	D	E	F	G	H	I	J	K	L	M	N	O	P	Q	R	S	T	U	V	W	X	Y	Z	A	B	C
E	E	F	G	H	I	J	K	L	M	N	O	P	Q	R	S	T	U	V	W	X	Y	Z	A	B	C	D
F	F	G	H	I	J	K	L	M	N	O	P	Q	R	S	T	U	V	W	X	Y	Z	A	B	C	D	E
G	G	H	I	J	K	L	M	N	O	P	Q	R	S	T	U	V	W	X	Y	Z	A	B	C	D	E	F
H	H	I	J	K	L	M	N	O	P	Q	R	S	T	U	V	W	X	Y	Z	A	B	C	D	E	F	G
I	I	J	K	L	M	N	O	P	Q	R	S	T	U	V	W	X	Y	Z	A	B	C	D	E	F	G	H
J	J	K	L	M	N	O	P	Q	R	S	T	U	V	W	X	Y	Z	A	B	C	D	E	F	G	H	I
K	K	L	M	N	O	P	Q	R	S	T	U	V	W	X	Y	Z	A	B	C	D	E	F	G	H	I	J
L	L	M	N	O	P	Q	R	S	T	U	V	W	X	Y	Z	A	B	C	D	E	F	G	H	I	J	K
M	M	N	O	P	Q	R	S	T	U	V	W	X	Y	Z	A	B	C	D	E	F	G	H	I	J	K	L
N	N	O	P	Q	R	S	T	U	V	W	X	Y	Z	A	B	C	D	E	F	G	H	I	J	K	L	M
O	O	P	Q	R	S	T	U	V	W	X	Y	Z	A	B	C	D	E	F	G	H	I	J	K	L	M	N
P	P	Q	R	S	T	U	V	W	X	Y	Z	A	B	C	D	E	F	G	H	I	J	K	L	M	N	O
Q	Q	R	S	T	U	V	W	X	Y	Z	A	B	C	D	E	F	G	H	I	J	K	L	M	N	O	P
R	R	S	T	U	V	W	X	Y	Z	A	B	C	D	E	F	G	H	I	J	K	L	M	N	O	P	Q
S	S	T	U	V	W	X	Y	Z	A	B	C	D	E	F	G	H	I	J	K	L	M	N	O	P	Q	R
T	T	U	V	W	X	Y	Z	A	B	C	D	E	F	G	H	I	J	K	L	M	N	O	P	Q	R	S
U	U	V	W	X	Y	Z	A	B	C	D	E	F	G	H	I	J	K	L	M	N	O	P	Q	R	S	T
V	V	W	X	Y	Z	A	B	C	D	E	F	G	H	I	J	K	L	M	N	O	P	Q	R	S	T	U
W	W	X	Y	Z	A	B	C	D	E	F	G	H	I	J	K	L	M	N	O	P	Q	R	S	T	U	V
X	X	Y	Z	A	B	C	D	E	F	G	H	I	J	K	L	M	N	O	P	Q	R	S	T	U	V	W
Y	Y	Z	A	B	C	D	E	F	G	H	I	J	K	L	M	N	O	P	Q	R	S	T	U	V	W	X
Z	Z	A	B	C	D	E	F	G	H	I	J	K	L	M	N	O	P	Q	R	S	T	U	V	W	X	Y

—¿Cómo funciona? —preguntó Da Glória.

—En principio, como el cifrado César. La primera línea muestra el alfabeto normal. Cada letra se sustituye por una de una de las líneas que siguen a continuación. Y después de cada letra, se cambia.

—¿De acuerdo con un intervalo previamente acordado?

—Oh, no, eso sería demasiado sencillo. El intervalo se desprende de una palabra clave que ambos corresponsales deben conocer. Decidme una palabra clave.

Ella lo miró sonriente y apretó una pierna contra la de él.

—Virgo.

Obediah suspiró.

—Como gustéis. Supongamos que el mensaje es «Café para Ámsterdam».

Sacó el cuadernillo y escribió:

Clave:	VIRGOVIRGOVIRGOVI
Texto:	CAFEPARAAMSTERDAM

—Y ahora ya puedo codificar mi mensaje. Para codificar la primera letra, esto es, la C, tengo que mirar primero la palabra clave. Sobre la C hay una V. Busco entonces en la tabla de Vigenère la línea que empieza con una V y voy al punto donde la línea V se cruza con la columna C. Eso da una X.

Obediah escribió la X y repitió el proceso hasta codificar todo el mensaje. Aquello le llevó un rato, pero la condesa lo dejó trabajar tranquilo. Cuando terminó, arrancó la hoja del cuadernillo y se la dio.

—*Voilà*. Aquí tenéis el mensaje codificado.

Texto secreto:	XIWKDVZRGANBVXRVU

—Un sistema refinado, pero que exige tiempo.

—En efecto. Por eso apenas se utiliza. Pero merece la pena: los mensajes codificados con la tabla Vigenère son *chiffre indéchiffrable*.

—¿Igual que vos, monsieur? —Sin esperar respuesta, ella prosiguió—: ¿Y cómo recibe el corresponsal la palabra clave si se encuentra en un lugar alejado?

En el curso de esa pequeña explicación, la condesa se le había ido aproximando. Obediah se sentía incómodo: no solo por la cercanía física de la mujer, cosa a la que él no concedía gran importancia, sino porque Da Glória se mostraba demasiado curiosa. Se disponía a indicar algo en ese sentido, cuando alguien llamó a la puerta de forma enérgica. Aliviado por la interrupción, se puso de pie y abrió. Era Jansen.

—¿Podéis venir a la cámara de oficiales? Tenemos un problema.

—¿De qué se trata? —preguntó Obediah.

—Víveres. Tiempo —dijo Jansen. Luego se giró y desapareció en dirección a la cubierta superior. Obediah iba a seguirlo cuando se acordó de la condesa, que seguía sentada en el borde de su litera.

—¿Me acompañáis?

Ella entendió el mensaje, tanto el explícito como el implícito, esto es: «No permito que nadie se quede husmeando en mi camarote». Se levantó y, haciendo caso omiso de la mano que él le ofrecía, pasó a su lado y subió la escalera.

Minutos más tarde, Jansen, la condesa y Obediah estaban en torno a la gran mesa de la sala de oficiales. Vermandois, que había permanecido tumbado bajo el sol en cubierta, al darse cuenta de que algo ocurría hizo también acto de presencia. Faltaban Marsiglio y Justel. Obediah supuso que estaban en algún lugar bajo cubierta jugando una de sus partidas de cartas.

Jansen había extendido sobre la mesa una gran carta de navegación del mar Mediterráneo. Señaló un punto situado al sur de Cerdeña.

—Nos encontramos aproximadamente aquí.

Vermandois enarcó las cejas con sorpresa y dejó oír un sonido de asombro.

—¿Ya? Sois rápido.

Jansen le dirigió la mirada de profundo desprecio que las gentes de mar reservan para las ratas terrestres.

—¿Y qué sabéis vos de estos temas?

El conde dibujó una sonrisa benigna.

—Bueno, al fin y al cabo soy almirante.

El danés abrió mucho los ojos, estupefacto.

—¿Sois qué?

—Almirante de la flota francesa. Es un título honorífico que me otorgó mi padre. Una broma. Olvidadlo.

Sin dignarse dedicar una mirada más a Luis de Borbón, Jansen prosiguió:

—Llevamos ocho días de viaje. Hemos perdido los tres primeros intentando quitarnos de encima a esos veleros saboyardos de agua dulce. Luego hemos avanzado muy bien porque teníamos el viento a favor. Pero ahora la situación ha cambiado.

Jansen señaló un punto hacia el este.

—Ahora el viento viene de aquí. Es decir, vamos a tener que navegar dando bordadas, ir a contraviento, y eso nos llevará tiempo.

Obediah comprendió adónde quería llegar el capitán.

—¿Creéis que las provisiones no alcanzarán?

—Tuvimos que zarpar de Niza antes de tenerlo todo a bordo. Con lo que tenemos no llegaremos a Esmirna, sobre todo si el viento continúa soplando del este.

Por desgracia, no solo carecían de provisiones. Tras una inspección a fondo, Obediah había constatado la falta de una cajita con unas lentes, pulidas conforme a unas instrucciones muy concretas, que llevaba en su bolsa de viaje. Posiblemente seguían en Niza, junto al muro del muelle. Las lentes eran parte del plan; necesitaba hacerse con un repuesto antes de llegar a Moca.

—Yo voto por avanzar todo lo posible. Seguro que más adelante podemos cargar agua y provisiones en algún lugar —dijo Vermandois.

—Podríamos hacerlo, almirante —contestó Jansen—. O podríamos no hacerlo.

—Por favor, capitán, ilustrad a este pobre ignorante —pidió el francés.

Obediah observó que Jansen apretaba los puños.

—Supongo que el problema es el mar Jónico —dijo rápidamente—, ¿verdad?

Jansen asintió.

—En cuanto pasemos Sicilia, no habrá nada más que mar

azul. Tardaremos bastante en encontrar puertos donde atracar: Kalamata, la Canea, el Pireo.

—Son todos puertos otomanos —dijo Obediah. Y puertos demasiado pequeños y apartados para que hubiera un buen pulidor de lentes.

—¿Y Malta? —preguntó Vermandois.

No era una mala propuesta. Malta era territorio de la Orden, casi neutral, y, por ello, posiblemente era el puerto más seguro.

—Si queréis coger la peste… —repuso Jansen.

—¿Todavía causa estragos ahí?

—Sí. Las alternativas son Nápoles, Palermo o Trípoli, pero para esta última ciudad tendríamos que desviarnos bastante. Además ahí hay piratas berberiscos.

Obediah reflexionó un instante. Entonces tomó una decisión.

—Iremos a Nápoles.

La condesa frunció el ceño.

—¿Os parece inteligente dirigirnos precisamente a la mayor ciudad de Italia?

—En circunstancias normales diría que no. Pero, en mi opinión, llegaremos en un momento en que nadie se interesará por nosotros.

El rostro de Da Glória se iluminó.

—¡Claro! ¡El carnaval!

Gatien de Polignac estaba en el Procopio, como tan a menudo esos días. Debería sentirse contento de poder visitar de nuevo las cafeterías de París y de tener ocasión de pasear por las Tullerías sin meta y sin prisa, como correspondía a un noble. Sin embargo, estaba de un humor de perros. Odiaba estar sentado de brazos cruzados; odiaba perder el tiempo mientras ese Chalon conspiraba contra su majestad a saber dónde. La ciudad se había convertido en un horror para él, igual que la gente, los paseos, todo. Pero no solo era eso. Desde el incidente de Limburgo se había apoderado de él una rabia infinita de la que no podía desprenderse.

Por la ventana vio a un hombre manco andando por la calle con dificultad. Llevaba una casaca azul marino con una doble hilera de llamativos botones rojos de estaño que le distinguían como inválido del ejército real. Desde que en las afueras se había erigido el enorme hospital para heridos de guerra, la ciudad estaba repleta de esos personajes dignos de misericordia que recibían alojamiento y una pensión de caridad. Si aún eran de utilidad, se les asignaba un puesto avanzado en algún lugar dejado de la mano de Dios donde difícilmente pudiera haber guerra. Si, como era el caso de aquel viejo soldado, ya no servían de nada, se los abandonaba a su suerte. Aquellas casacas azules deambulaban por París como almas en pena. «Al menos —se dijo Polignac—, yo puedo andar, cabalgar y luchar. Antes me dejo matar de un tiro que verme vestido con esa casaca de inválido.»

Levantó la cabeza e hizo una señal al camarero. Al hacerlo, vio su imagen reflejada en el gran espejo que se encontraba al otro lado de la sala. Espejos, por todas partes había espejos. ¿Cuándo había surgido esa moda ridícula de colgar espejos por doquier? No había nada que odiase más. Polignac pidió otra escudilla al camarero, que se afanaba de un lado a otro. Cuando, al rato, el hombre se la sirvió, bebió un gran sorbo. Se preguntó cuándo empezaría también a odiar el café.

Se disponía a ponerse en pie para hacerse con una revista, cuando una persona se le acercó. Era un joven vestido con el abrigo de cuero propio de los cocheros. Se quedó a dos pies de la mesa del mosquetero e hizo una leve reverencia.

—¿Qué hay? —preguntó Polignac.

—Mi señor aguarda fuera en su carruaje y ruega que le honréis con vuestra presencia, monsieur capitán.

El mosquetero habría preguntado de buena gana por qué su señor, como sea que se llamase, no estaba en condiciones de recorrer por sí mismo unos pasos, pero se contuvo en el último momento.

—¿Quién es vuestro señor? —preguntó.

El cochero le entregó una tarjeta de visita. Polignac la tomó y leyó el nombre. Nicolas de La Reynie. Sin título ni dirección. Ni falta que hacía. Después del rey, posiblemente el jefe de la policía era la persona más conocida de París. Y eran muchos los que decían que con La Reynie había que proceder con más cautela que ante Luis el Grande. Incluso la alta nobleza se doblegaba ante él. A Polignac, en cambio, La Reynie no le inspiraba temor alguno, sino más bien un profundo desprecio. Aunque, como él, ese policía no era más que, por decirlo de alguna manera, un perro de presa de su majestad, La Reynie no era soldado, sino un noble terrateniente de poca monta que de algún modo había medrado. Se decía que gozaba del favor de Louvois, el ministro de la Guerra, el cual, al parecer, le había comprado el título de teniente general de la policía.

Polignac no sabía si tal cosa era cierta. En cualquier caso, La Reynie era un intrigante, un corrupto y una persona carente de honor. Tal como lo había descrito en una ocasión un cortesano burlón, su misión principal giraba en torno «al pan y las letras». Las letras, por la censura que el jefe de la policía aplicaba a la prensa. La Reynie era el responsable de confiscar los numerosos escritos subversivos que entraban en Francia de forma subrepticia desde Suiza, así como de retirar la licencia real a las imprentas que copiaran tales publicaciones. La mención al pan hacía referencia a los panaderos parisinos, cuya costumbre de incumplir las normas gubernamentales sobre peso, precio y composición de la masa provocaba con regularidad levantamientos entre la población. Para garantizar la calidad del pan, La Reynie era el azote de los panaderos. La semana anterior había mandado azotar a tres de ellos; aun así, habían salido mejor parados que aquel panadero que meses atrás había usado harina podrida con cal. La Reynie lo había cosido dentro de uno de sus sacos de harina y lo había mandado arrojar desde un puente al Sena.

¿Qué podría querer de él el jefe de la policía? Polignac se levantó y, sin más palabras, siguió al cochero.

Frente a la cafetería había un carruaje·sin escudos en la puerta. El mosquetero entró. Sentado en el interior, forrado de terciopelo amarillo, se hallaba La Reynie. Era corpulento, de labios carnosos y ojos de mirada penetrante y escrutadora. Tenía una expresión paternal que podía llevarte a pensar que era un hombre lleno de bondad y amabilidad. Polignac se sentó ante el teniente general sin decir nada y aguardó.

—Capitán —dijo La Reynie con una sonrisa—, ¿desde cuándo frecuentáis los cafés? ¿No es algo más propio de petimetres?

—En tal caso, monsieur, deberíais probarlo.

—¡Oh, vaya! ¿Es eso un cumplido?

Polignac se encogió de hombros.

—Incluso vos, aunque por muy poco, tenéis mejor apariencia que yo.

La Reynie contempló el rostro desfigurado de Polignac.

—Desde luego ese insurgente os lastimó de veras.

El mosquetero volvió a encogerse de hombros.

—Es un riesgo que corren todos los soldados. —Se quedó mirando al jefe de la policía—. Son cosas que pasan a quien está en el campo y se ensucia las manos.

—Déjese de cumplidos, Polignac. Tengo algo para vos.

—¿De veras?

—De parte de monsieur Baluze.

Polignac apretó los dientes. Así pues, Baluze había dado con algo. Pero ¿por qué el bibliotecario no le había entregado los resultados de sus pesquisas en persona, o se los había enviado? ¿Por qué esa rata había tenido noticia de aquello? La Reynie leyó esas preguntas en su cara, lo cual era, cuando menos, asombroso, habida cuenta de que a Polignac apenas le quedaba rostro.

—Os preguntáis qué tengo yo que ver con todo eso. El caso es que, como sabéis, entre otras cosas soy el responsable de la concesión de las *approbations du roi* a las imprentas parisinas así como de contener el pensamiento rebelde. Por eso delibero a menudo con Baluze. Y, como sin duda habréis observado, es un anciano muy locuaz.

Al mosquetero, Baluze le había parecido una persona muy discreta. De lo contrario no habría podido ser durante décadas el archivero del ministro más importante de Francia, un hombre que guardaba los secretos y las informaciones con más celo que nadie. Posiblemente La Reynie había ordenado espiar al bibliotecario. O tal vez, en sus pesquisas, Baluze había dado con algo que debía comunicar a La Reynie, no por buena disposición sino por puro miedo. A fin de cuentas, el teniente general era responsable de las *lettres de cachet* con las que se podía enviar a cualquiera a la Bastilla sin que mediara juicio. La Reynie sacó un papel doblado y se lo entregó. Polignac lo abrió y leyó:

> Distinguido capitán:
> Os agradezco la paciencia que habéis tenido para con este anciano y me disculpo porque la búsqueda en los archivos ha tardado algo más que lo anunciado en un principio. No obstante, puedo aportaros dos datos que espero os sean útiles para vuestras indagaciones.
> Por una parte está ese judío. Después de haber consultado toda la documentación sobre el comercio de Levante, puedo deciros que, en efecto, ha habido personas apellidadas Cordovero que trabajaron como factores para los turcos. He encontrado dos entradas: una del año 1660 y referida a un tal Isaac Cordovero, y una segunda, de 1670, referida a un tal David Cordovero. Este último se describe como «un anciano experto, negociante duro, no siempre íntegro». En caso de que sea este el corresponsal de vuestro inglés, es una persona muy entrada en años. Esto tal vez explicaría por qué no aparece en informes más recientes. Los dos factores indicados actuaban en Esmirna, que, como sabéis, es uno de los puer-

tos otomanos más importantes en el comercio de Levante. Así pues, posiblemente vuestra búsqueda os llevará al Egeo.

Además, he encontrado otro dato. Sin embargo, no me referiré a este por escrito porque nuestro conocido común monsieur de La Reynie se ha brindado amablemente a comunicároslo en persona.

Vuestro más humilde servidor,

ÉTIENNE BALUZE

Polignac dobló de nuevo la carta y la ocultó. Luego miró a La Reynie.

—¿Qué hay del otro dato?

—Monsieur Baluze ha intentado averiguar más cosas sobre ese Obediah Chalon, no sin cierto éxito. Ha descubierto que ese inglés se interesa por la filosofía de la naturaleza y por la falsificación de monedas.

Polignac apuntó una sonrisa.

—Conocía ambas cosas, monsieur.

—¿Sabíais también que Chalon publicó un artículo en *Nouvelles de la République des Lettres*?

—¿Sobre falsificación de monedas?

—Muy original, capitán. Casi dais en el clavo. Sobre dinero en papel.

La Reynie extendió la mano a un lado. Ahí había un libro. Un ejemplar con las tapas de color caramelo y en cuyo lomo se leía «repub des lettr» y «1688». El jefe de la policía se lo entregó.

—Es una recopilación del año pasado. Mirad abril.

Polignac hizo lo que le pidió. Entre las críticas literarias y un ensayo acerca de fenómenos meteorológicos encontró el artículo de Chalon.

—«Propuesta de uso de papeles de cambio, semejantes a los utilizados por los comerciantes de Ámsterdam, en lugar de metales preciosos, como remedio a la escasez de dinero y para el fomento del comercio, humildemente presentado por Obediah Chalon, Esq.» —murmuró.

—Este texto es una versión abreviada y reelaborada de un tratado que, según informaciones de Baluze, Chalon hizo circular por Londres entre 1683 y 1684 —dijo La Reynie.

—Un falsificador de moneda incitando a utilizar el papel moneda… Debe de ser más fácil de falsificar. No hay duda de que es una persona astuta. Pero ¿de qué me sirve tal cosa?

—Os veo algo lento, capitán. ¿Acaso ese *mousqueton* no solo os dañó la cabeza por fuera sino también por dentro?

Polignac apretó los dientes. Se sintió tentado de hundirle ahí mismo la espada en las vísceras. Pocas cosas hubiera hecho más a gusto. Excepto, tal vez, hacerle eso mismo a Obediah Chalon.

—Decidme —masculló el mosquetero.

—Baluze ha buscado a Chalon en todos los lugares en los que, según vuestra información, esto es, según Rossignol, ha intervenido: Londres, Ámsterdam y Rotterdam. Y en Rotterdam es donde vive Pierre Bayle, ese hugonote editor de las *Nouvelles* ateas y de todo tipo de panfletos escandalosos.

Polignac intuyó hacia dónde apuntaba La Reynie… y el motivo por el que el jefe de la policía estaba ahí.

—¿Chalon conoce a Bayle y lo ha visitado?

—Así lo sugiere el hecho de que algo más tarde apareciera ese artículo tan desacostumbrado en la publicación de Bayle.

—¿Y si así fuera?

La Reynie puso una mano sobre la otra.

—Bayle es un hombre influyente. Tiene amigos incluso en Francia, y eso a pesar de que profesa esa religión presuntamente reformada. Hace apenas tres semanas, mi gente descubrió una imprenta no muy lejos de Luxemburgo que estaba imprimiendo uno de sus escritos. *Lo que la catolicísima Francia es en realidad bajo el reinado de Luis el Grande.* Hemos quemado todas las resmas. Pero es una empresa inútil. Esa porquería entrará de tapadillo en Francia a través de Ginebra y de Ámsterdam.

—Id al grano.

—El grano es que me resulta imposible creer que Chalon visitara a ese rebelde hugonote solo para que le imprimiera un tratado antiguo sobre letras de cambio.

Tal vez La Reynie estuviera en lo cierto. Chalon podría haber tratado de algún asunto importante con Bayle. Quizá el de Rotterdam formaba parte de la conspiración. Por un momento Polignac no dijo nada. Luego se echó a reír.

—¿Qué os divierte, capitán?

—Pretendéis que os haga el trabajo sucio.

—Bueno, yo solo pretendo brindaros mi apoyo. A fin de cuentas, todos estamos al servicio de su majestad. De nada nos sirven las escenas de celos.

—¡Bah! Necesitáis libraros de ese Bayle porque se halla fuera de vuestro control. Él inunda París con libelos difamatorios contra su majestad y vos apenas podéis impedirlo y eso perjudica gravemente vuestra imagen. Ya tenéis bastante con los panaderos, ¿verdad? Y ahora buscáis a un mentecato que haga una visita al hugonote y le quite las ganas de escribir.

—No os tengo en absoluto por mentecato. De ser así no os encargaría esta misión y…

La Reynie se interrumpió. La espada de Polignac lo dejó mudo. El teniente general miraba con los ojos muy abiertos la punta posada en su pecho.

—Monsieur —gruñó Polignac—, vos no podéis encargarme nada en absoluto. Soy oficial de los mosqueteros y, como tal, solo recibo órdenes directas de su majestad. A mí nadie me manda, salvo él y Seignelay. Con todo, visitaré a ese Bayle. Y no porque vos así lo dispongáis, sino porque sirve a mis indagaciones. Por cierto, no le tocaré ni un pelo. Bueno, sí, tal vez unas pocas greñas. En todo caso, tened por cierto que no lo mataré. Eso es cosa vuestra. Siempre y cuando, claro está, tengáis agallas para ello, algo que me parece altamente improbable.

—Monsieur, olvidáis que puedo…

Polignac apretó más la espada. La Reynie gimió.

—Otra cosa, monsieur: si volvéis a inmiscuiros en mis asuntos, os mataré de un estacazo, estéis donde estéis, aunque sea en medio del Grand-Cours.

Polignac abrió la portezuela y saltó del carruaje. Con el abrigo ondeando y la espada en la mano derecha se apresuró por la rue des Fossés-Saint-Germain. La gente, fueran o no nobles, se apartaba para cederle el paso sin que él tuviera que decir nada. El mosquetero sabía que no contaba con mucho tiempo. Debía emprender un largo viaje antes de que Chalon volviera a escurrírsele de entre los dedos... y antes también de que La Reynie se recuperara del espanto.

El viento no cambiaba de dirección, y el barco, otrora llamado *Madonna della Salute* y ahora *Faithful Traveller*, navegaba en zigzag con bandera inglesa hacia Nápoles. Obediah pasaba las mañanas enfrascado en la lectura de una edición antigua de las *Nouvelles de la République* de Bayle que había comprado en Niza. Por lo demás, seguía elaborando los planes para el resto del viaje. Por las tardes, cuando las letras empezaban a borrársele de la vista, se encontraba con el resto del grupo. Siempre que el tiempo lo permitía, se reunían en la cubierta de proa, donde jugaban a los bolos o a las cartas. En particular, Justel y Marsiglio se habían mostrado encantados de tener en el conde de Vermandois un nuevo jugador con el que pasar horas jugando al faro y al *hazard*, entre otros. No obstante, su entusiasmo había menguado desde que observaron que el francés ganaba con una frecuencia notable.

Para mantenerse en forma practicaban esgrima con regularidad. Obediah era el peor espadachín entre los heráclidas, algo que no fue motivo de asombro ni para él, ni para el resto. Al principio solo podía medirse con Justel. Sin embargo, después de que Vermandois enseñase al hugonote la posición correcta y la secuencia de las estocadas, y Marsiglio, todo tipo de trucos sucios, derrotaba a Obediah en todas las ocasiones.

Cuando oscurecía, se encontraban todos en cubierta. Al principio los marineros rehuían a aquel extraño grupo, pero con el tiempo se fueron mostrando más confiados y ahora se reunían todos en torno a un brasero, aunque guardando la distancia de respeto. La confianza de la tripulación tal vez se debía a la bebida con ron que la condesa preparaba todas las noches y a las historias que relataba Marsiglio. Cada atardecer, cuando el sol se había puesto, el viejo general contaba un cuento. En realidad, la trama de esas historias acostumbraba a ser predictible y conocida por todo el mundo. Pero las de Marsiglio eran narraciones que nadie había oído antes. Incluso a Obediah, que seguramente en su vida había leído más libros que todos los demás juntos, le resultaban nuevas. Parecían ser de origen turco o persa. A menudo trataban de un rey sabio llamado Harún al-Rashid y dos aventureros de nombre Aladín y Simbad. Sin embargo, el personaje que más le gustaba a Obediah era la princesa Sherezade, que no solo era hermosísima, sino también inteligente e instruida, incluso en astronomía y filosofía. Su saber era tan extenso que cada noche era capaz de contar una historia nueva a su marido en la cama.

En una de esas veladas, en cuanto Marsiglio hubo terminado su relato, Obediah le preguntó cuántas historias conocía como aquella. El general se echó a reír.

—Las suficientes para ir y volver de Arabia.

—¿Dónde las habéis aprendido?

El boloñés aguardó a que la condesa le sirviera un poco de su bebida de ron y luego explicó:

—Cuando fui encarcelado en la prisión otomana, me condujeron ante el agá Hacı Zülfikâr, el *yeniçeri ağasi*, el comandante en jefe de los jenízaros. Sin embargo, no teníamos mucho que contarnos. Yo no hablaba ni turco ni árabe, y él no sabía ni latín ni francés.

—¿No había traductor?

—Sí, pero el agá no confiaba en él. Quería hablarme sobre cuestiones militares y asuntos confidenciales. Por ello, para él, una conversación en la que mediara un tercero carecía de valor. Así que ordenó que me tuvieran encerrado hasta que aprendiera turco. Me llevaron a las mazmorras, y una vez al día venía un maestro bektashí y me daba clases. Como el resto del día no tenía nada que hacer, les pedí que me dieran algo para leer. Intenté hacer entender al turco que era inhumano dejar a un cristiano sin lectura. Pero el agá dijo que solo me dejaría leer la Biblia si estaba escrita en turco. Naturalmente, nadie tenía ninguna, y desconozco si tal cosa existe. En vez de ello me entregaron los tres libros que todos los turcos tienen: el Corán, el *Köroğlu Destanı*, que es una especie de Ilíada otomana, y el *Binbir Gece Masalları*, un libro de cuentos. El Corán, claro, estaba en árabe, y el *Köroğlu* era tremendamente aburrido. Así pues, me leí ese grueso libro de cuentos, una y otra vez. Casi me lo sé de memoria.

—¿Habéis considerado la posibilidad de traducirlo? —preguntó Obediah.

—La verdad es que no. ¿A quién le interesarían esas historias tan extrañas? Por otra parte, os habréis dado cuenta de que muchas son un poco subidas de tono —dijo dirigiendo una mirada de disculpa a la condesa—. Es un libro infiel que además atenta contra las buenas costumbres. Creo que no me granjearía amistades.

Obediah no opinaba igual. Pensó entonces en el panfleto titulado *La puta política* que había hojeado años atrás en Little Britain. Sin duda, un libro repleto de anécdotas orientales indecentes causaría sensación. Las imprentas de Ámsterdam y de Londres se pelearían por distribuir ese volumen de cuentos. Se dijo que tal vez más adelante volviera a hablar de ello con Marsiglio y le propusiera un negocio al respecto. Antes tenían que encarar otros asuntos.

Obediah se levantó, se disculpó ante los demás y se marchó a paso tranquilo hacia la cubierta de popa. Era una noche estrellada y se detuvo un momento para observar el cielo. Distinguió la estrella polar y, más allá, un punto claro y brillante que creía que era Venus. Christiaan Huygens pensaba que allí arriba había otros seres vivos. Obediah sonrió. Aquel holandés era un brillante filósofo de la naturaleza, y su plan habría sido impensable sin todos los aparatos que le había encargado. Pero era evidente que el anciano se estaba volviendo un poco excéntrico. ¿Otros planetas con otros seres viviendo su vida? Era demasiado descabellado para tomárselo en serio.

Siguió andando y subió la escalera que conducía a la cubierta de popa. Jansen estaba ahí arriba, de pie, junto al timonel, fumando en pipa.

—Buenas noches, mister Jansen. ¿Cuál es la situación?

—Parece que el viento va a cambiar.

—Así pues, ¿viento del oeste otra vez?

El danés negó con la cabeza.

—Neptuno no nos hará ese favor. Cambiará a sudoeste. Nos llevará más rápido a Nápoles.

—¿Cuándo llegaremos?

—Calculo que en tres días; cuatro, a lo sumo.

Obediah le dio las gracias. Luego se apresuró a regresar a la cubierta de proa, donde Marsiglio había empezado a contar la siguiente historia.

Llegaron a Nápoles en el decimotercer día de navegación, a tiempo para la celebración del carnaval. De lejos se veía que tanto el puerto exterior como el interior estaban repletos de barcos. Había carracas españolas, saetías genovesas y también algunos caiques otomanos con las jarcias que les eran propias. Muchas embarcaciones estaban decoradas de forma festiva. Sobre la ciudad pendía una niebla que competía con la enorme columna de humo que ascendía desde el Vesubio.

Obediah miró atentamente a sus compañeros de viaje. Sus vestimentas procedían del vestuario, aparentemente infinito, de la condesa. Justel iba de Arlequín, con un traje hecho de cientos de rombos de colores. Marsiglio se había disfrazado de sabio, de Dottore, o como quiera que se llamase ese personaje de la Commedia dell'Arte. La condesa iba, cómo no, de Colombina, totalmente de blanco y con muchos encajes y volantes. Para Vermandois había escogido el disfraz de Brighella. Al principio el conde se había opuesto, pues consideraba que encarnar a un criado, los *zanni*, estaba por debajo de su rango. Pero Da Glória le explicó que Brighella era un personaje astuto y muy hábil y que había sido comparado con el protagonista de *Los enredos de Scapin*, una pieza de Molière que el francés, cómo no, conocía. Aun así, el factor decisivo fue que Brighella acostumbraba a llevar una máscara que le ocultaba casi todo el rostro. Aunque era poco probable, no podía descartarse que alguien reconociera al conde: a fin de cuentas, los miembros de la nobleza francesa asistían al carnaval napolitano. Gracias a su disfraz de Brighella, Vermandois pasaría desapercibido.

A Obediah la condesa lo había disfrazado de Capitano, un noble con capa al vuelo y espada. Aunque solo era un disfraz, Obediah se preguntaba si con ello Da Glória pretendía decirle algo. Capitano era un noble español, muy maquillado, con un sombrero con plumas de colores y unos tacones tremendamente altos. Su hombría, que el traje resaltaba, solo era superada por su cobardía. En la Commedia el Capitano acostumbraba a pavonearse de un lado a otro con paso orgulloso y a dárselas de defensor de la cristiandad ante los turcos y los moriscos, pero, al menor indicio de peligro, ponía los pies en polvorosa.

En consecuencia, a Obediah ese disfraz no le hacía mucha gracia. No tanto por el mensaje implícito como porque lo expondría al escarnio público. El Capitano representaba la desagradable presencia de los invasores españoles, con lo que en la ciudad le sería imposible recorrer diez yardas sin recibir improperios de los napolitanos.

Una hora más tarde ya estaban en la ciudad. Jansen, que se había negado a disfrazarse, se había quedado en el barco para supervisar la carga de provisiones frescas. Los demás se dirigieron hacia Castel Nuovo, donde por la tarde iba a tener lugar un gran espectáculo que las gentes del lugar llamaban la Cuccagna. Obediah también quería verlo, pero antes tenía que ocuparse de las lentes. Detrás del puerto había varias hileras de casas blancas de apariencia austera y bastante más altas que las viviendas holandesas o inglesas. Obediah se internó por allí, en la dirección en que, según Marsiglio, se hallaba el barrio de los artesanos. Las gentes le gritaban, en un dialecto incomprensible para él, cosas que no sonaban precisamente amables. Algunos le arrojaban piedrecitas desde las ventanas. Fue al recoger una del suelo cuando se dio cuenta de que eran caramelos.

La parte de la ciudad que Obediah atravesaba en ese momento parecía desierta. Solo vio unos cuantos ancianos sentados en bancos inestables delante de la entrada de su casa y algún que otro mendigo. Al menos, eso supuso que eran, aunque no tenían nada que ver con los de Londres o Ámsterdam. Los mendigos napolitanos estaban muy morenos, tumbados como gatos al cálido sol. Al cruzar una plazoleta, Obediah se fijó en uno de esos tipos. Estaba delgado y vestía una ropa llena de jirones y manchas. Sin embargo, su mirada brillaba con un orgullo fiero. No daba la impresión de estar descontento con su vida. Sobre el banco iluminado por el sol tenía un cuenco de caldo humeante del que, con los dedos, pescaba unos trozos de masa alargados que luego sostenía sobre la boca y se tragaba como se tragaría un holandés un filete de arenque. Parecía complacerle mucho. Obediah se quedó a pocos pasos del hombre. Este reparó en su presencia, pero le ignoró.

—Disculpad que os moleste —dijo Obediah en francés—. Busco la calle de los pulidores de lentes.

El aludido no le hizo caso alguno. En lugar de ello, sacó otro trozo de masa del caldo. Obediah observó que se trataba de un canuto de superficie estriada y hueco. Obediah sacó su pipa. Cuando se disponía a encenderla, el hombre se lo quedó mirando. Al parecer, aquel artefacto para fumar le interesaba. Obediah le tendió la pipa de arcilla llena. El mendigo la cogió y musitó algo que tanto podía ser una palabra de agradecimiento como un eructo.

—Busco algo —dijo Obediah en italiano.

—Ah, ¿sí?

—Lentes —respondió.

El mendigo se quedó con la pipa y luego pasó a describir el camino con detalle, explicación de la que Obediah apenas entendió palabra. Su interlocutor, sin embargo, adornó la narración con tantos gestos que tuvo la certeza de que, a pesar de todo, lo encontraría. En cuanto el mendigo hubo terminado, Obediah partió. Cinco minutos más tarde llegó a una callejuela en la que había varias tiendas. Sobre dos de ellas pendían unas planchas de madera con unas gafas pintadas.

Entró en la tienda de su izquierda. El maestro, un hombre gordo con cicatrices de viruela, estaba puliendo una lente. Cuando Obediah le explicó lo que necesitaba, en una mezcla de italiano, francés y latín, el hombre, asombrado, sacudió la cabeza. Y cuando añadió que todo aquello tenía que estar listo a primera hora del día siguiente, el artesano negó con más energía. Como Obediah contaba con eso, sin más aclaración, empezó a colocar escudos de oro sobre el mostrador. Cuando hubo dejado ahí cinco piezas, al maestro óptico los ojos se le salían de las órbitas, parecía una carpa boqueando para coger aire.

—Llevádmelo mañana a las siete al puerto occidental, a un barco inglés de nombre *Faithful Traveller*. Entonces, siempre y cuando la lente sea tan clara como la mañana, recibiréis cinco monedas más.

El hombre hizo una reverencia. Obediah asintió y salió del taller. Ya en la calle, sacó su reloj de bolsillo. Tenía que apresurarse si no quería perderse la fiesta.

En el camino de vuelta al centro encontró aún menos gente que antes. Nápoles estaba como desierta. Pero la situación cambió en el instante en que se aproximó al Largo di Castello. Toda la población parecía reunida ahí. Muchos iban disfrazados de personajes de la Commedia dell'Arte. Y quien no iba disfrazado llevaba al menos cintas de colores en el cuello. Entre los ciudadanos y los nobles, que celebraban la fiesta con alegría, vio también a muchos mendigos parecidos a ese comedor de rollos de pasta que se había hecho con su pipa. Por todas partes se oía música, las flautas de arcilla y el sonido brillante de los trombones.

A primera vista a Obediah le recordó un poco al carnaval de Venecia, que conocía de libros e ilustraciones, pero también había muchas cosas distintas. Aquella fiesta parecía más arraigada y, a la vez, desenfrenada; le hizo pensar en una fiesta en un pueblecito holandés. Desde luego, esa comparación cojeaba, pues Nápoles era una ciudad enorme, mucho mayor que Maastricht, Tilburgo o incluso Ámsterdam. Con todo, ahí el aire parecía impregnado por una pasión cruda por la vida: la pasión por comer, la pasión por beber, la pasión por la pasión. Aquel carnaval era una bacanal gigantesca. Por todas partes había gente borracha abrazándose. En un patio interior vio a una Colombina arrodillada frente a un Arlequín, sosteniéndole el sexo en la mano. Cuando la mujer advirtió la presencia de Obediah, le dirigió una sonrisa bajo su máscara y le indicó con un gesto que podía unirse a ellos. Él apretó el paso.

Se acercó al Castello. Hacía rato que había abandonado la esperanza de encontrar a sus compañeros de viaje, pero ahí había tal cantidad de gente que no le quedó más remedio que dejarse llevar por la corriente, la cual lo condujo, junto con cientos de personas, en dirección al centro, el escenario de la ceremonia.

Según le había contado Marsiglio, el carnaval de Nápoles giraba en torno al Paese di Cuccagna, un país mítico con fuentes de leche y miel, en cuyo cielo volaban palomas asadas y donde cualquier dulce imaginable estaba al alcance de la mano. Obediah supuso que era el mismo lugar que en Inglaterra se llamaba Cockaigne y que los holandeses conocían como Luilekkerland. Para entonces ya no estaba muy lejos del Largo. Cada vez se veían más mendigos. Al doblar una esquina, se abrió ante él la plaza.

La gente le empujaba y le gritaba que no se quedara parado en medio del paso. Pero Obediah estaba tan fascinado por la imagen que se le ofrecía que, por un momento, olvidó cuanto le rodeaba. En el centro de aquella plaza enorme había un castillo, nada demasiado raro de no ser porque aquel lo habían construido exclusivamente para el carnaval. Era un edificio de fantasía, con una arquitectura a caballo entre un castillo del Rin y una mezquita otomana. Tenía una muralla exterior con seis pequeñas torres estrechas que recordaban minaretes. En el centro se erguía una torre del homenaje de apariencia extraña y de unos sesenta pies de altura, con una cúpula de estilo oriental. Las murallas estaban pintadas de rojo intenso y no parecían de piedra, sino de un material distinto, tal vez papel maché. Docenas de estandartes y banderas ondeaban al viento. Objetos atados con cuerdas pendían de las almenas y ventanas, y en los muros también había objetos pegados.

Obediah sacó el pequeño catalejo que por fortuna traía consigo y miró a través. De las cuerdas pendía comida: jamones, perdices asadas, anguilas ahumadas, alfeñiques, hogazas de pan negro y ruedas de queso de color dorado. En las paredes de aquella fortaleza de Cuccagna había pollos clavados por las alas y cuya sangre teñía los muros. Muchas de las aves crucificadas parecían seguir con vida.

Vio que sobre las murallas había varios guardianes, aunque no voluntarios. Un cochinillo erguido sobre sus patas traseras y ataviado con un turbante turco había sido atado a una de las almenas. En otro lugar se tambaleaba una liebre; llevaba un gorro alto y blanco en cuya parte posterior pendía un ribete largo: era la representación fiel de un *börk*, el sombrero típico de los jenízaros. Y arriba, en la cúpula de aquel castillo de fantasía, distinguió a una persona. Al enfocarla con el catalejo vio que se trataba de una especie de espantapájaros. Tenía una calabaza por cabeza y llevaba un caftán de seda otomano. A un costado lucía una cimitarra enfundada en una vaina de oro y piedras preciosas que debían de valer una fortuna.

Mientras él examinaba aquella construcción tan absurda, la multitud se aglomeró ante el castillo. La muchedumbre parecía estar formada casi exclusivamente por mendigos. Obediah calculó que ahí delante tenía que haber por lo menos mil. Una hilera de soldados españoles pertrechados con alabardas los contenían.

A la derecha de Obediah, en un balcón decorado de forma festiva, asomó una pareja vestida según los usos de la corte de Castilla. Supuso que el hombre era Francisco IV, el virrey español de Nápoles. Tras recibir un aplauso, bastante contenido, de la multitud, el príncipe agitó un pañuelo. Acto seguido, a un lado de la plaza atronó un cañonazo y abajo, en el Largo, estalló el infierno.

Los mendigos arremetieron contra el endeble castillo, que apenas ofreció resistencia. Primero echaron abajo la puerta principal y luego esa marea de cuerpos demacrados se desparramó por el patio interior de la fortificación de la Cuccagna. Al poco, los primeros mendigos asomaron en los adarves y las ventanas, dispuestos a hacerse con los manjares que ahí colgaban. La muchedumbre en torno a Obediah gritaba entusiasmada. Vio que uno de los mendigos intentaba hacerse con una perdiz colocada especialmente alta. Cuando el desdichado se encontraba sobre un alféizar, la construcción cedió de repente y el hombre se desplomó desde unos veinte pies de altura, provocando las carcajadas de los espectadores.

A los pocos minutos, los mendigos habían arrasado por completo el castillo de Cuccagna. Estaban en todas partes, cargaban con embutidos y jamones, en las manos y bajo los brazos, y les pegaban mordiscos apresurados. Todos procuraban hacerse con el máximo posible de comida. A menudo, los saqueadores se peleaban entre ellos; en todos los rincones y esquinas de la fortificación había duelos y escaramuzas para deleite del público, unas veces por un cochinillo de aspecto especialmente delicioso, otras por una torta hecha con varias libras de mazapán. Y mientras engullían, acaparaban alimentos y se peleaban, iban demoliendo el edificio. El primer minarete ya se había derrumbado sobre la plaza; la torre del homenaje mostraba varios orificios del tamaño de una persona. Al poco tiempo, del país de Jauja solo quedaban ruinas, un montón de papel roto y madera desgarrada, mezclados con trozos de carne, migajas de pastel y sangre. Obediah decidió que había visto suficiente y se dirigió de vuelta al puerto.

Fue el primero en regresar. Jansen lo observó desde la cubierta superior. Obediah se le acercó.

—¿Tenemos todo lo que necesitamos, mister Jansen?

—Disponemos de agua y provisiones suficientes para llegar al Egeo sin más paradas.

—Muy bien. Mañana a las siete vendrá un mensajero con algo para mí. Luego podremos zarpar.

Eso siempre y cuando todos los demás hubieran regresado. Incluso ahí, en el puerto, lejos del Largo, era evidente que el carnaval seguía en plena actividad. De hecho, posiblemente lo más interesante empezaba tras la puesta del sol. Obediah se acordó entonces de aquella Colombina lasciva. Ni pensar en abandonar de nuevo el barco en ese día. En vez de eso, se dijo, escribiría una última carta a Cordovero.

Se despidió de Jansen y bajó a su camarote. Allí tomó papel y pluma. No tenía la certeza de que la carta fuera a llegar antes que él y, en realidad, tampoco tenía nada importante de que informar al sabio judío. Todos los planes estaban hechos y todas las instrucciones habían sido dadas. Pero ese ya era el caso en la última carta que había enviado a ese hombre en la lejana Esmirna. El intercambio epistolar regular con Cordovero se había convertido para él en un pasatiempo agradable, aunque no habría sabido decir exactamente por qué. Le parecía que él y ese judío, al que en realidad apenas conocía, eran almas gemelas, y que, pese a sus diferencias, compartían muchos puntos de vista.

Cordovero parecía tener la misma impresión. También él le escribía a menudo y de forma más prolija de lo que su empresa común requería. Obediah mojó la pluma en el tintero. No trataban de asuntos privados ni, desde luego, de ninguna intimidad. Tampoco se podía decir que ejercieran entre ellos de confesores, pues no había en sus cartas confesión alguna. Entonces ¿qué tipo de relación era aquella? ¿Una amistad epistolar completamente normal?

Obediah no lo sabía. Sin embargo, se sentía inquieto por dentro, e intuía que esa sensación aumentaría a medida que se aproximaran a Esmirna. Aunque tal vez esa inquietud tuviera que ver también con su misión, era sobre todo por Cordovero, a quien iba a conocer en persona.

Tardó una hora en escribir la carta y otras dos en codificarla. Mientras trabajaba, oyó que alguien en cubierta vomitaba varias veces de forma ruidosa. Debía de ser Justel. Luego oyó la risa atronadora de Marsiglio. En cuanto hubo sellado el escrito, se levantó para echarlo en la caja de correos de la capitanía del puerto.

Al subir se encontró con que en la cubierta no había nadie. La noche estaba ya muy entrada. Seguramente todos estaban descansando ya en sus literas. Obediah se disponía a seguir cuando oyó un ruido. Era, sin duda, el de una espada al ser desenvainada. Al instante se dio la vuelta y sacó su arma.

—¿Quién anda ahí? —exclamó.

Oyó una risa en la oscuridad.

—¡Qué asustadizo sois! —dijo una voz.

Vermandois.

El rostro del conde se mostró en el tenue haz de luz de la lámpara de aceite que Obediah había colgado de una pared. Seguía disfrazado de Brighella, aunque ya no llevaba ni la boina ni la máscara. En su lugar, lucía un turbante y blandía una cimitarra en la mano derecha. Luis de Borbón llevaba la cara embadurnada del maquillaje corrido. Era evidente que estaba bebido. Obediah no hizo amago de volver a envainar su arma.

—¿Qué queréis? —preguntó al francés.

Vermandois levantó la cimitarra y la alzó delante de él a modo de saludo.

—Nada. Solo desearos buenas noches, efendi. A menos que...

—Vos diréis.

Vermandois se acercó a Obediah y le sonrió.

—A menos que esta noche salvaje os excite tanto como a mí, monsieur.

El conde se le acercó aún más. Obediah apretaba con fuerza la empuñadura de su espada.

—Es carnaval, pero vos no habéis reparado en todas las oportunidades que se os ofrecen. ¿Estoy en lo cierto?

—Estoy bien, monsieur. Muchas gracias.

El Borbón se relamió los labios.

—Envainad esa espada y desenvainad la vuestra, Obediah Chalon. ¿O tal vez preferís que os la hundan? No acabo de ver vuestros gustos. Tal vez lo mejor sea que me indiquéis de qué modo puedo serviros.

Vermandois posó la mano entre las piernas de Obediah. Este retrocedió de un salto.

—¡Seigneur, conteneos!

—Ese no es mi punto fuerte. Yo preferiría que ambos perdiésemos juntos la cabeza, Obediah.

—No tengo ningún interés en... la *confrérie*, monsieur.

Vermandois enarcó las cejas. Con el maquillaje de comediante, la mueca quedó más teatral de lo habitual.

—¡Qué lástima! Os tenía por un espíritu libre. Bueno, quizá haya otros más accesibles.

El conde retrocedió un par de pasos. Envainó el arma con un gesto ágil y se dirigió a la puerta que llevaba a la cubierta inferior. Luego desapareció. Obediah envainó entonces su espada y se dirigió hacia la pasarela. No se quitaba de la cabeza la cimitarra otomana profusamente decorada del conde. Tenía que ser la obra de arte que había visto horas atrás colgando en la cúpula del castillo de Cuccagna.

Serenísima e ilustrísima majestad:

Adjunto a este escrito un informe acerca de los insurgentes que cometieron la osadía de introducirse en una fortaleza de vuestra majestad y raptar a vuestro hijo. Como sabéis, al parecer el conde de Vermandois fue visto en Niza semanas después del suceso. Así nos lo hizo saber en la corte el emisario saboyardo. Con todo, debo comunicaros que tanto vuestro ministro el marqués de Seignelay como mi humilde persona dudamos de tal información. No existe de ello ninguna otra fuente más que el duque Víctor Amadeo II, el cual, si se me permite, podría tener interés en mostrarse especialmente complaciente ante vuestra majestad. Tal cosa podría formar parte de una refinada maniobra de engaño. Por el correo diplomático saboyardo interceptado y descifrado hemos tenido conocimiento de que vuestro cuñado ha osado ponerse a disposición del emperador en Viena y volver la espalda a vuestra majestad. Por tal motivo, la información respecto al paradero de vuestro hijo podría ser una pista falsa. Sea como fuere, todos nuestros espías en el Mediterráneo han sido alertados; si vuestro hijo es visto en alguno de los grandes puertos, tendremos noticias de ello de inmediato.

En otro orden de cosas, he conseguido descifrar toda la correspondencia que encontramos en la residencia del caballero de Lorena. Parece cierto que, en efecto, había urdido junto con vuestro hijo una conspiración para sublevar a varios nobles descontentos. En los próximos días os haré llegar una copia de todos los escritos de Vermandois al de Lorena. Además, puedo informar a vuestra majestad que, si bien no hemos conseguido descifrar la correspondencia entre los conspiradores Chalon y Cordovero, hemos logrado un importante avance. Con todo, tal cosa no es mérito de mi persona, sino de un fiel y valeroso hombre al servicio de vuestra majestad, el oficial mosquetero Gatien de Polignac.

Destaco las capacidades de este hombre porque sé de otros en vuestro gobierno que se muestran muy críticos respecto al capitán. Es cierto que en ocasiones Polignac se comporta de forma poco respetuosa y tiende a sufrir accesos de ira. Sin embargo, estoy convencido de que esa falta de modales no es señal de mal talante, sino de simple impaciencia. El capitán Polignac arde en deseos de apresar cuanto antes a los conspiradores que intrigan contra vuestra majestad. Por eso actúa con tanta vehemencia.

Así, su comportamiento desabrido para con algunos hombres a vuestro servicio puede resultar comprensible habida cuenta de la urgencia del asunto. No estoy en condiciones de refutar las acusaciones que el teniente general La Reynie ha presentado contra él, pero me parecen poco fundadas, en particular la que afirma que había pedido dinero por el ascenso a algunos suboficiales. En este asunto confío por completo en el sabio criterio de vuestra majestad, cuyo profundo conocimiento de la condición humana es legendario y conocido en el mundo entero.

En fin, Polignac, como ya os he adelantado, ha logrado ciertos avances. Recientemente estuvo en Rotterdam para hacer una vista a Pierre Bayle, afamado rebelde y agitador cuyos escritos difamadores circulan incluso en Francia. Al parecer ese tal Bayle es amigo de Chalon. El capitán tenía la sospecha de que una conversación a fondo con ese hugonote le permitiría averiguar algún detalle de los planes de Chalon. Bayle, que supone a su hermano encarcelado en una prisión francesa, se mostró muy locuaz. Gracias a Polignac sabemos ahora que Chalon y Cordovero utilizan un método de cifrado polialfabético ideado por Blaise de Vigenère. Lo que aún no tenemos es la palabra clave que escogieron para su correspondencia. Por lo que hemos podido averiguar, Bayle no la sabía. Tal cosa me parece fidedigna, habida cuenta de que el capitán Polignac se empleó a fondo en el interrogatorio de ese hereje. Y además porque, por lo general, una palabra clave de ese tipo solo la conocen los corresponsales que utilizan el cifrado.

Soy consciente de que lo conseguido es, a lo sumo, un éxito parcial que, con razón, no aportará satisfacción plena a vuestra majestad. Sin embargo, Polignac me ha asegurado que pronto encontrará más información sobre los cifrados y las actividades de Chalon. Al parecer, Bayle le proporcionó algunas indicaciones sobre el paradero de Cordovero y tiene previsto viajar de inmediato al Imperio otomano para comprobar esas informaciones. Por tal motivo solicito humildemente a vuestra majestad que nos conceda más tiempo y que proporcione al capitán todos los medios que precise para sus indagaciones.

Vuestro seguro servidor,

BONAVENTURE ROSSIGNOL

Quinta parte

Glorificado aquel que nunca duerme.

Las mil y una noches

Obediah veía a Justel negociando en italiano con un factor que había subido a bordo poco después de su arribada a Esmirna. El hombre vestía la túnica negra de los sefarditas y los *payots* le llegaban casi a los hombros. Según la treta que Obediah había ideado, eran un barco inglés que llevaba lino de Spitalfields al puerto otomano por encargo de la Levant Company de Londres para luego proseguir hacia Alejandría con una carga de seda persa. La falsificación de la documentación de carga necesaria no había resultado demasiado difícil. En ese momento Justel y el factor parecían regatear, posiblemente por el *bakshish* que el hombre quería embolsarse. En realidad, el dinero no era problema, pero Obediah había instruido al hugonote para que no se dejara embaucar. Nada llamaba más la atención en una ciudad comercial que un mercader que parecía tener la bolsa floja.

Tras algunos tira y afloja, los dos hombres se pusieron de acuerdo y el factor se marchó. Los estibadores empezaron a desembarcar la mercancía. Entretanto, Obediah contemplaba la ciudad bañada por un sol deslumbrante. No era muy grande, tal vez menor que Rotterdam o Plymouth, y la mayor parte de los edificios eran de madera, lo cual daba al lugar una apariencia provisional, construido a toda prisa y de poca duración. Hacia el interior se veían infinidad de molinos. Y a cierta distancia se erguía una montaña y, en ella, una fortaleza.

—Ese castillo parece reciente —comentó a Marsiglio, que estaba a su lado.

—Es el Kadifekale. Es muy antiguo, pero la Sublime Puerta encargó su renovación hace unos años, cuando Izmir adquirió importancia en el comercio de Levante.

—¿Habéis dicho Izmir?

—Así es como los turcos llaman a esta ciudad.

—Entiendo. Vamos, Paolo. Busquemos alojamiento para todos.

—De acuerdo. Daría cien rosarios por dormir alguna noche en una cama que no se balanceara de un lado a otro.

Hicieron una señal a los porteadores que haraganeaban por la zona a la espera de algún trabajo y les encomendaron sus cajas y bultos. Los hombres se pusieron en marcha al momento, como si supieran adónde debían encaminarse.

—¿Les habéis dado alguna seña, Paolo? —preguntó Obediah.

—Aún no. Aguardad un momento.

Marsiglio se dirigió en turco a uno de los porteadores. Luego se volvió de nuevo hacia Obediah y los demás.

—Dan por hecho que iremos donde van todos los *ghiurs*, los cristianos.

—¿Y dónde sería eso?

—La Frenk Sokaği. La calle de los Francos.

La calle de los Francos resultó ser una vía sin final aparente que penetraba hacia el interior paralela al puerto. Obediah pensaba que Esmirna sería una ciudad de estilo turco o tal vez griego; sin embargo, por lo menos esa parte bien habría podido ser París o Londres. Pasaron junto a tabernas donde los comerciantes alemanes degustaban su cerveza; vieron un *bagnio* desde cuyas ventanas muchachas ligeras de ropa contemplaban la calle. Además, había librerías, sastrerías y tiendas de zapatos cuyos escaparates no esperaba encontrar en Oriente. Todas las indicaciones estaban en francés e italiano; en ninguna parte se oía hablar turco. En esa animada calle Obediah oyó hablar en inglés, castellano, griego y, sobre todo, en el provenzal propio de los mercaderes marselleses, que parecían ser mayoría en el barrio franco de Esmirna. Incluso el gran número de perros callejeros le hizo pensar en su hogar.

En algún lugar a lo lejos sonaron las campanas de una iglesia llamando a misa.

—¿Acaso aquí hay iglesias cristianas? —preguntó Vermandois, sorprendido—. Tenía entendido que el sultán había prohibido de forma estricta esa clase de cosas.

—No creáis todos los disparates que circulan sobre los turcos —respondió Marsiglio—. Aquí hay iglesias católicas, armenias y griegas, y también sinagogas. Igual, de hecho, que en cualquier otra gran ciudad otomana.

Al cabo de unos diez minutos a pie, llegaron a un gran edificio de madera de tres plantas; la superior sobresalía a la calle. En la entrada se indicaba: «Brodie's Guesthouse».

Marsiglio se detuvo.

—Nuestro porteador dice que esta es una de las mejores casas de huéspedes de Esmirna.

—Seguramente la regenta su cuñado —repuso Justel.

—Si el patrón se llama Brodie, no parece probable —objetó Da Glória.

Obediah se encogió de hombros.

—Parece muy conveniente. Intentémoslo.

El propietario de esa casa de huéspedes parecía recién llegado de las Tierras Altas escocesas. John Brodie era un católico locuaz y pelirrojo, originario de Glasgow, que se había establecido en Esmirna hacía ya muchos años. Mientras Obediah abonaba el dinero por sus habitaciones le dijo:

—Mister Brodie, estoy buscando algunas cosas.

—Conozco Esmirna tan bien como los pliegues de mi *kilt*, sir. ¿Qué se os ofrece? ¿Chicas? ¿Whisky? ¿*Bhang*?

—No. Busco un café llamado Kerry Yillis.

—Os referís al kırmızı yıldız. Está en Han-Bey, un distrito del este. Pero ¿qué se os ha perdido allí? No hay más que musulmanes. Y el café, que aquí llaman *kahvesi*, tiene un sabor repugnante. Si buscáis un auténtico café inglés, id al Solomon's, en la calle Anafartalar. El café es fabuloso y tiene publicaciones recientes. —Brodie dejó a la vista una hilera de dientes amarronados—. Bueno, decir recientes es algo exagerado, pero de no más de un año de antigüedad. —Soltó una carcajada—. Leyéndolas incluso es posible soñar que nuestro buen rey Jacobo sigue en el trono.

Obediah se guardó cualquier comentario sobre el buen rey Jacobo que, por las noticias que tenía, estaba apostado en Versalles y desde ahí, valiéndose del dinero de Luis XIV, intentaba levantar a los irlandeses contra su sucesor Guillermo. Por eso a los católicos ingleses las cosas les iban peor que nunca.

Agradeció a Brodie sus consejos y siguió a los demás, que ya habían empezado a subir. Tras desempaquetar sus cosas y lavarse, salió de su habitación y llamó a la puerta de Marsiglio. Tuvo que esperar un poco hasta que este le abrió y le invitó a entrar. El general llevaba su albornoz oriental y tenía el pelo mojado. Cómodamente sentado en una de las butacas estaba, para su asombro, el conde de Vermandois, apenas vestido con un *culotte* y una camisa medio desabrochada. Obediah tomó asiento y deseó que nadie reparara en su sorpresa.

—¿Qué puedo hacer por vos, Obediah?

—Tenía previsto dar un paseo y venía a preguntaros si queréis acompañarme.

—¿Adónde queréis ir? ¿Al puerto?

—No. A un café situado al este. Cordovero ha dejado ahí documentación para mí.

—¿Qué tipo de documentación? —inquirió Vermandois.

Obediah había desarrollado cierta confianza con Marsiglio y no mucha por Justel. La condesa y Jansen no le parecían trigo limpio, cada uno a su modo, pero desde luego no le resultaban tan sospechosos como Vermandois. Si había alguien en el grupo a quien solo quería confiar el mínimo de detalles del plan, ese era Luis de Borbón.

—Oh, son varias cosas. Me gustaría ir a recogerlas, pero me complacería que vos, Paolo, que conocéis a los turcos, me acompañarais.

El general asintió.

—Os acompañaré, por supuesto. ¿Conoceremos por fin a ese Cordovero en persona?

—Así lo hemos acordado. Sin embargo, al igual que con muchos de mis corresponsales, solo dispongo de las señas del café al que le envío el correo, no sé dónde vive. Por otro lado, en parte el correo va por un canal… diferente.

—Bien —asintió Marsiglio—. Aguardad un momento. Me vestiré.

El boloñés desapareció detrás de un biombo decorado con tulipanes. Al verlo, Vermandois, que estaba más tumbado que sentado en su butaca, dijo:

—Yo también iré. Nunca he estado en un café turco.

—A vos solo os interesan los *bardash*, Luis —exclamó Marsiglio con una risa burlona.

Vermandois levantó la vista, indignado. Luego se puso en pie.

—Voy a recoger mis cosas. Nos encontraremos abajo, messieurs.

En cuanto el Borbón hubo cerrado con un portazo, Obediah preguntó:

—¿Qué es un *bardash*?

Marsiglio salió de detrás del biombo. Llevaba un uniforme de oficial con botones dorados y una faja azul alrededor de la cadera que lo distinguía como combatiente a favor de Inglaterra. Antes de contestar, se abrochó la espada a la cintura y se colocó dos pistolas en el cinto.

—Es un mozo de café. Se encarga de servir las bebidas —explicó, y levantando una ceja añadió—: y de otro tipo de servicios.

El café estaba a unos veinte minutos. Tras dejar atrás la calle de los Francos pasaron por un distrito que parecía estar habitado sobre todo por griegos. Al cabo de un rato, cuando empezaron a encontrar cada vez más turcos, Obediah supuso que habían llegado a Han-Bey. Marsiglio preguntó por el café a un vendedor callejero. Al poco llegaron al lugar. Aunque Obediah ya había oído decir que los cafés turcos no tenían nada en común con los ingleses, se llevó una sorpresa. En realidad, aquello, más que un establecimiento, era un jardín. En aquel vergel había varios pequeños cenadores, y en ellos se amontonaban almohadas aterciopeladas, de todos los colores posibles, en las que yacían hombres tocados con turbante. Muchos fumaban pipas de agua y prácticamente todos sostenían una escudilla diminuta de porcelana entre el pulgar y el índice. Entre los cenadores circulaba un riachuelo, con un suave gorgoteo, y un puentecillo de madera pintado de rojo permitía atravesarlo. Obediah vio además ramos de rosas y de tulipanes, así como una especie de teatro de marionetas montado sobre un pequeño escenario. Afanándose entre los clientes, unos muchachos, la mayoría apenas mayores de diez años, iban de un lado a otro con *ibriks* llenos de café y brasas para las pipas de agua.

Al entrar en el jardín les salió al encuentro un hombre entrado en años y con un turbante imponente que a duras penas lograba disimular su asombro. Marsiglio le hizo una reverencia. El hombre le correspondió.

—Buenos días, efendi. Mi nombre es Görgülü —chapurreó en francés—. ¿En qué puedo serviros?

Marsiglio le respondió en turco. Fue una respuesta muy larga. Görgülü escuchó atentamente. Poco a poco el escepticismo de su mirada se fue apagando. Al final asintió y los acompañó hasta un cenador.

—¡Por Dios bendito! —dijo Vermandois—. ¿Qué le habéis contado? ¿La historia de vuestra familia?

—Le he dicho que venimos de la lejana ciudad de Londres y que incluso allí se dice que su salón para tomar café es uno de los más bellos de todo el Levante. Que somos grandes admiradores de la cultura otomana y que nos gustaría que nos permitiera tomar un café aquí para contar en nuestra patria la maestría con que se elabora el vino del islam en los *kahveci* del honorable maestro Görgülü.

—Esas lisonjas orientales son repugnantes —comentó el francés.

—Pero funcionan, querido Luis. Normalmente en estos lugares no son bienvenidos ni los *ghiur* ni los judíos. Solo unos pocos escogidos pueden visitar este café.

Se acomodaron en uno de los cenadores, que, según les explicó Marsiglio, recibían el nombre de *kösk,* y aguardaron a que acudiera uno de los muchachos. Pidieron un café. Al poco, el *bardash* regresó con una bandeja. En ella había una jarra grande de plata, tres escudillas y cuatro cuencos diminutos de porcelana. Vertió el café, negro y humeante, en tres cuencos. Vermandois tomó una escudilla y la examinó.

—¿Es auténtica porcelana china?

—Sí —respondió Obediah.

—¡Qué extravagante!

Vermandois acercó los labios a la escudilla, pero Marsiglio lo refrenó.

—Esperad. El *telve* aún no se ha depositado.

—¿Cómo decís?

—El café está recién molido. Antes de beberlo, el poso debe depositarse en el fondo de la taza.

Aguardaron en silencio y observaron el ajetreo desde su *kösk.* Muchos clientes estaban enfrascados en juegos de mesa que Obediah no conocía; otros leían. Había grupos que conversaban animadamente. Tal vez, en el fondo, los cafés turcos no fueran tan distintos de los ingleses, pensó. Desde luego el aspecto exterior era muy distinto, pero el objetivo del lugar parecía ser el mismo: intercambiar información y ponerse al día.

Vio entonces que algunos hombres habían tomado asiento frente al pequeño escenario. Había ahí un teatro de marionetas de madera decorada. El centro de la pared delantera mostraba un agujero cuadrado tapado con una tela.

—¿Qué es eso? —preguntó a Marsiglio.

—Una especie de teatro de sombras. Se le llama *karagöz*.

Un hombre subió al escenario e hizo una ligera inclinación. Luego desapareció detrás del teatro de marionetas. Al poco asomaron unos muñecos que, al parecer, el titiritero apretaba contra la tela de gasa casi transparente. A través de la tela se veían perfectamente los títeres, mientras que el hombre permanecía oculto. Obediah se fijó en que el titiritero usaba una voz en falsete. Algunos espectadores se echaron a reír.

—¿De qué trata el espectáculo? —quiso saber Vermandois.

—Oh, son farsas y bromas —respondió Marsiglio—. Es algo parecido a la Commedia dell'Arte o el teatro popular flamenco. Está el astuto Karagöz, una especie de Arlequín. Luego Çengi, que viene a ser una Scaramuccia femenina. De todos modos, la comparación no es muy buena porque el teatro *karagöz* tiene muchos más personajes, como el judío, el griego, el tartamudo, el arrogante ciudadano de Constantinopla... El público los conoce a todos.

Marsiglio miró su escudilla.

—Creo que el café está listo.

Vermandois fue el primero en beber. Un sonido de sorpresa se le escapó de los labios.

El general sonrió satisfecho.

—Es muy distinto a esa agua sucia que sirven en París, ¿no os parece?

El café turco, además de estar muy caliente, era muy fuerte. Su sabor no era tan amargo como el inglés, presentaba una cobertura de espuma aterciopelada que Marsiglio denominó *köpük*. El general señaló los distintos cuencos que había en la bandeja. Contenían los diferentes polvos con los que se podía condimentar la bebida. Obediah olisqueó los recipientes. Uno contenía canela molida; otro cardamomo; en un tercero había un polvo de color blanco amarillento que desprendía un olor balsámico difícil de describir.

—¿Azúcar? —preguntó Vermandois.

Obediah negó con la cabeza.

—No. Creo que es ámbar.

—¿La esencia que se obtiene del estómago de los cachalotes? ¡Pero eso cuesta una fortuna, cuesta varias pistolas la onza!

—Así es —corroboró Marsiglio—. Pero por experiencia puedo afirmar que para los turcos nada es demasiado caro para su café.

Obediah señaló la cuarta escudilla, que permanecía vacía y abandonada en la bandeja.

—¿Habéis preguntado al propietario por Cordovero?

—Sí. Supongo que no tardará en llegar.

Al cabo de un tiempo Görgülü se pasó por su cenador e hizo una reverencia. Marsiglio le rogó que los acompañara y le sirvió café. Görgülü tomó un sorbo, luego sacó un paquete envuelto en papel de seda y cerrado con un sello y lo colocó entre ellos, en el suelo. Obediah tuvo que reprimir las ganas de abrirlo de inmediato. Esperó a que el propietario del café se tomara su bebida y se despidiera. Solo entonces arrancó el sello.

Dentro había varios mapas y los salvoconductos emitidos por la Sublime Puerta que Cordovero le había prometido. Obediah se limitó a echar un vistazo rápido, para que los demás solo vieran el mínimo posible. A primera vista las falsificaciones parecían buenas. Había un *haute sheriff*, un escrito de recomendación del Gran Señor, así como los demás documentos de que habían hablado. Rebuscó nervioso una carta personal de Cordovero y le costó encontrarla. Sintió el sudor en la frente. Por fin dio con ella, metida entre dos mapas.

Querido amigo:

Espero que los documentos respondan a lo que esperabais. Hace poco llegó la letra de cambio veneciana que habíais prometido, por lo que esta parte del trato queda saldada. Sin embargo, en el otro punto acordado me resulta imposible cumplir mi compromiso: lamento tener que rehusar reunirme con vos. Ello no se debe a ninguna desconfianza respecto a vos, en realidad nada deseo más que tener la ocasión de encontrarme cara a cara con un alma tan próxima a la mía. El motivo de este cambio de parecer es debido a ciertas dificultades que escapan a mi control. Os ruego que aceptéis mis disculpas y confío en que, a pesar de ello, sigáis escribiéndome. La correspondencia con vos es uno de los escasos rayos de esperanza en mi vida, por lo demás solitaria, de erudito. Os deseo mucha suerte en vuestra empresa y quedo como vuestro fiel amigo.

C.

Obediah bajó la carta.

—¿Ocurre algo? —quiso saber Marsiglio.

—No. Es solo que... Cordovero no puede acompañarnos.

—Pero ¿tenéis la documentación que necesitamos para la misión?

Obediah asintió en silencio. Se levantaron y se dirigieron hacia la entrada. Antes de llegar a la calle, dijo:

—Paolo, por favor, haced venir al propietario.

El general hizo una señal a Görgülü, que los observaba desde una especie de hornacina. El propietario se les acercó. Obediah le hizo una reverencia.

—¿Habláis francés, noble pachá?

—Un poco, efendi.

—¿Habéis visto al hombre que ha traído estos papeles?

—Sí, efendi.

—¿Cuándo ha sido?

Görgülü reflexionó un momento.

—Hace dos semanas.

—¿Era judío?

El propietario del café negó con la cabeza.

—¿No era judío? Pero entonces... ¿era anciano?

—No, efendi. Era un joven.

—¿Un hombre joven?

—Sí. De unos diecisiete veranos —dijo el turco.

—Pero, si no era judío, ¿qué era?

El propietario del café lo miró extrañado.

—Era un *ghiur*, efendi.

—¿Un cristiano? ¿Un franco?

—Sí, efendi.

Obediah le dio las gracias. ¿Acaso Cordovero había enviado un mensajero? Le parecía poco probable que su cómplice en la conspiración dejara en manos de un pillo cualquiera la entrega de esos documentos tan importantes. De hecho, el castigo por los salvoconductos falsificados, si se descubrían, era la muerte segura. Por otra parte, en caso de que Cordovero, pese a todo, hubiera decidido entregar los papeles a un mensajero, ¿por qué, en vez de a un judío, se los había confiado a alguien que no era de su gente? No sabía qué pensar ni cómo responder a esas preguntas. Consideró si debía hablar de ello con Marsiglio, pero decidió no decirle nada por el momento.

—Volvamos —murmuró—. Ya tenemos lo que precisamos.

Regresaron a la calle de los Francos en silencio. Obediah sabía que volvería a salir. Pero esa vez lo haría solo. Iba a hacer una visita en solitario al barrio judío de Esmirna.

Columnas de mármol rojo óxido decoraban la nave de la iglesia, coronada por un techo alicatado especialmente hermoso. Sin embargo, Polignac tenía clavada la mirada en el altar y en el enorme crucifijo que pendía sobre él. Se acercó a los escalones del ábside y se arrodilló en el suelo para rezar. Cuando hubo terminado, el mosquetero se sentó en uno de los bancos de la iglesia y observó detenidamente los frescos, el antipendio bordado de oro y las pinturas. Aunque aquella era una iglesia católica, le resultaba extraña, distinta. Las imágenes eran como iconos y el Crucificado tenía la tez demasiado oscura. Parecía griego o moro. Junto al altar había una estatua de un obispo que no conocía. Polignac se levantó, se acercó ahí y leyó la placa del zócalo. Era san Policarpo, y daba nombre a la iglesia. En el colegio jesuita había tenido que aprenderse los nombres de todos los santos importantes, así como sus hechos y martirios. Eran cientos de nombres y cientos de modos de morir. Sin embargo, por mucho que se esforzara, era incapaz de recordar a ese san Policarpo.

Reprimió un bostezo. Su viaje al imperio de los turcos había sido duro. Había partido en una goleta francesa, pero una tormenta dañó la nave de forma tan severa que habían tenido que atracar en Navarino para que la reparasen. A continuación el mosquetero había sufrido la tortura de un viaje por tierra de varias *lieues* a través de Rumelia. Con todo, más que el viaje en sí, le había agotado el trato con los cabecillas locales: agás otomanos, beyes, emires..., a cual más arrogante. Una y otra vez se había visto forzado a lisonjear, alabar y suplicar para obtener ayuda. Al final había logrado lo que quería, pero le había costado nervios y un tiempo precioso.

El mosquetero oyó que alguien se acercaba con sigilo. Reprimiendo la tentación de girarse, se quedó observando al obispo. San Policarpo sostenía un libro en los brazos, y sus manos y su rostro parecían chamuscados por el fuego. Un arañazo sangriento le desfiguraba la cara.

—¡Ah, san Policarpo!

Polignac se volvió. Se encontró frente a un hombre menudo que apenas le llegaba al pecho. Llevaba la túnica propia de un noble otomano y el inevitable turbante. Si el aspecto desfigurado de Polignac le asustó, supo disimularlo. El hombre le hizo una leve reverencia.

—Mátyás Çelebi, a vuestro servicio, efendi.

Polignac respondió a la reverencia y murmuró una fórmula de saludo. Çelebi era un *çavuş*, un enviado de Constantinopla, una especie de embajador móvil. Después de que Vauvray, el emisario de Francia en la Sublime Puerta, hubiera informado ahí acerca de Chalon y de sus contactos con posibles conspiradores otomanos, el asunto había ido adquiriendo cuerpo. En un escrito del Gran Visir, Vauvray había obtenido garantías de que, en la medida de lo posible, Polignac recibiría el apoyo de un emisario con autorización especial que le procuraría acceso donde fuera necesario. Tras sus penosas experiencias con distintos funcionarios otomanos, el mosquetero no creía nada de todo aquello. Su confianza en esos herejes era proporcional a la longitud de su espada. De todos modos, tal vez el *çavuş* pudiera serle de ayuda, pensó.

—Un bonito trabajo —observó Mátyás Çelebi señalando la estatua de san Policarpo.

—Disculpad mi ignorancia, pero ¿con qué milagro se relaciona a ese santo? —preguntó Polignac.

—Si no recuerdo mal, era obispo de Esmirna. Se negó a quemar incienso en honor al emperador romano, por lo que fue atado a un palo y quemado.

—¿Y el milagro?

—No acabó de quemarse.

Polignac frunció el ceño.

—¿Acaso hacéis burla de un santo de la Iglesia católica?

—No, en absoluto. Como tal vez habréis supuesto por mi nombre de pila, en otros tiempos fui cristiano.

Mátyás. Matías.

—¿Sois húngaro?

—No, valaco. De cerca de Bucarest.

Polignac se estremeció. Mátyás Çelebi era lo que los turcos llamaban un *devşirme*. Los esbirros del sultán robaban niños en los estados vasallos, se los llevaban a Constantinopla y los formaban como soldados o funcionarios. Sus familias no volvían a verlos nunca más. Además, obligaban a los niños a abjurar de la fe verdadera y los convertían en musulmanes. Era un sistema bárbaro del que resultaban unas criaturas de una lealtad fanática y totalmente rendidas al sultán.

—Entiendo. ¿Os parece que nos centremos en el asunto que nos ocupa?

—Como os parezca, capitán —respondió Çelebi. Excepto por un cierto deje eslavo, su francés era bueno—. ¿En qué puedo serviros, efendi?

—Depende. ¿Qué me ofrecéis?

—Todo.

—Bueno, con vuestro permiso, yo...

Çelebi lo miró muy serio. La sonrisa de su rostro había desaparecido.

—Soy *çavuş* de la Sublime Puerta, emisario personal del padichá. Me basta chascar los dedos para que cualquier pachá, cualquier *beylerbeyi* en todo el Devlet-i'Alîye obedezca mis órdenes. Puedo requisar barcos y caballos y ordenar que todo un regimiento de jenízaros vaya hasta el fin del mundo.

—¿Pero?

—Pero solo lo haré si lo juzgo conveniente. Así pues, convencedme.

Polignac pasó a informarle primero de los asuntos de los que ya se había informado al embajador francés en Constantinopla, pues desconocía cuánta de aquella información le había llegado al emisario. Le habló de los intentos de Chalon por desestabilizar las monarquías católicas valiéndose de pretendientes y de los contactos del inglés con un dignatario otomano de alto escalafón. Por la expresión de Çelebi supuso que estaba al corriente de la mayoría de los detalles. Como ya suponía, se mostró especialmente interesado por aquel turco misterioso y, en concreto, por su tocado.

—Así pues, ¿ese hombre llevaba un turbante al estilo otomano?

—En efecto. Y de un tamaño bastante mayor que el vuestro.

—Intentad recordar. Tengo que saber esto con certeza. ¿De qué color era la tela de la parte inferior? ¿El turbante llevaba un *balikçil*?

—¿Un qué?

—Una pluma en un soporte. En ese caso, ¿de qué color era la pluma?

Polignac le describió el turbante lo mejor que puedo. El hombre asintió.

—¿Y bien? ¿De qué mandatario se trata?

—Seguramente de un pachá, o tal vez un emir. Las plumas que describís solo pueden llevarlas los militares de alto rango. Sin embargo, no acabo de entender qué podría buscar un hombre de ese nivel en Holanda.

—¿Podría tratarse de un jenízaro? —preguntó Polignac.

Çelebi dibujó una sonrisa fina.

—Creéis esa teoría extendida entre los *ghiurs* de que los jenízaros libran su propia guerra y son los auténticos gobernantes de Estambul, ¿verdad? Y pensáis que planean una conspiración junto con ese Chalon.

—Esa idea se me ha pasado por la cabeza.

—Es comprensible, pero estáis equivocado. Primero, porque el cuerpo de los jenízaros es totalmente fiel al sultán. No hay ningún tipo de conspiración jenízara. Es una mentira que han intentado difundir los Habsburgo y los venecianos. Y segundo porque un turbante como el que tan bien me habéis descrito no lo lucen las cabezas de los comandantes jenízaros, sino los *sipahi*, una especie de oficial de caballería, un caballero.

—Entiendo.

Çelebi ladeó un poco la cabeza.

—He oído decir que uno de esos conspiradores reside en nuestro territorio. ¿Esa es la razón de que nos hayamos encontrado aquí y no en Estambul?

—Así es. Se trata de un judío llamado David ben Levi Cordovero. Es la avanzadilla turca de Chalon. Se intercambian cartas cifradas.

—Que supongo que París ya habrá descifrado.

—Por desgracia, aún no, monsieur. Por eso me parece que lo mejor que podemos hacer es interrogar a ese judío.

El emisario asintió.

—Entiendo. Pongámonos manos a la obra.

Obediah había pedido a Brodie que le explicara dónde se encontraban Cemaat-i Gebran y Liman-i Izmir, los barrios judíos de Esmirna. En el camino hacia allí reflexionó sobre el modo más apropiado de encontrar a David Cordovero. Cuanto más pensaba en ello, más se daba cuenta de lo poquísimo que sabía sobre su amigo epistolar, al menos en lo referente a sus circunstancias vitales. Conocía su pasión por los trabajos de astronomía de los italianos y por su especial modo de escribir fórmulas. Sabía que ese judío, además de turco y latín, sabía hablar griego, árabe y un poco de italiano. Pero ¿estaba casado? ¿Tenía hijos? ¿Tenía los ojos azules o marrones?

Ese tipo de detalles nunca le habían interesado especialmente, pero en ese momento le habrían venido muy bien. También hubiera agradecido contar con el consejo de Pierre Bayle, que era quien había recomendado a Cordovero. Se preguntó si su amigo de Rotterdam había visto en alguna ocasión la cara del judío. Obediah lo dudaba.

Lo que sabía era que David ben Levi Cordovero era sefardita, un judío español cuya estirpe procedía originariamente de Córdoba. Según le había dicho Bayle, en el seno de esa familia había prestigiosos doctores de la ley, astrónomos y cabalistas. Cordovero debía de rondar los cincuenta años, quizá más; al menos eso era lo que se deducía del hecho de que en los años setenta ya había publicado artículos sobre *al-ğabr*, un método de cálculo árabe. Por las numerosas publicaciones de Cordovero sobre aritmética y astronomía que circulaban en la *République des Lettres*, Obediah infería además que su corresponsal era un hombre acaudalado. De no ser así, no habría podido dedicarse de ese modo a su labor de erudito. A fin de cuentas, no solo era notable el número de tratados de Cordovero, sino también su calidad. Según afirmaba Bayle, se carteaba con Halley y Kaufmann, así como con Leibniz y Bernoulli.

Por ello, Obediah se había formado la imagen de un hombre no muy distinto a su amigo Bayle: entrado en años, muy inteligente y cultivado, económicamente independiente y, casi con certeza, soltero. Era de suponer además que no fuera un desconocido para sus correligionarios; por eso estaba convencido de que podría localizarlo.

En cuanto llegó al barrio judío, empezó a preguntar a la gente del lugar. Preguntó a un pescadero, al propietario de una taberna y también a varios artesanos, pero nadie fue capaz de ayudarle. Nadie supo darle ninguna indicación. Jamás habían oído hablar de un tal David ben Levi Cordovero. Posiblemente, se dijo, se encontraba en el barrio equivocado. Tal vez los judíos del barrio de Liman no fueran sefarditas sino askenazis o romaniotes. Pero no estaba familiarizado con las túnicas utilizadas por los distintos grupos para poder afirmar tal cosa con seguridad. Después de buscar durante dos horas sin éxito, fue al barrio judío de Cemaat. Pero también ahí la gente negaba con la cabeza.

Obediah, agotado, se sentó en un banco que había delante de una taberna. Mientras miraba la pequeña plaza que se abría ante él le llamó la atención un anciano que avanzaba trabajosamente con la ayuda de un bastón. Tenía el cabello cano y era un auténtico matusalén, sin duda tenía más de setenta años. Obediah tuvo una idea. Se acercó y le hizo una reverencia. El anciano lo miró sorprendido y dijo algo que parecía portugués.

—¿Francés? —preguntó Obediah.

El hombre negó con la cabeza.

—*Loquerisne liguam latinam?*

El anciano entonces asintió con vehemencia.

—Disculpad que os moleste, distinguido señor. Busco a un correligionario vuestro en Esmirna, pero no sé dónde encontrarlo. Supongo que conocéis a todas las familias judías importantes de la ciudad...

—Sí, así es. ¿A quién buscáis?

—A un miembro de la familia Cordovero —respondió Obediah.

Al oírlo, el rostro del hombre se ensombreció.

—Ya no hay Cordoveros en Esmirna —aseveró.

—¿De veras? Al menos tiene que haber uno. He leído algunos de sus escritos. Se llama David ben Levi Cor...

No había terminado de pronunciar el nombre cuando el anciano escupió. Tenía el rostro contrito de rabia y repugnancia. Se apartó y se marchó. Obediah fue tras él.

—¿Qué tenéis? —preguntó.

El hombre no le hizo caso.

—¿Qué pasa con Cordovero?

Entonces el anciano se detuvo y pronunció una única palabra:

—*Cherem!*

Luego volvió a alejarse. Todos los intentos de Obediah por sonsacarle algo fueron en vano, así que finalmente desistió. Miró a su alrededor. Aquella escena no había pasado desapercibida. Aunque no podía ver los pares de ojos que le observaban desde los resquicios de los postigos y las puertas entreabiertas en torno a la plaza, sabía que estaban ahí. Obediah decidió no probar más su suerte. Más le valía regresar al barrio de los Francos.

Su sentido de la orientación le decía que el modo más rápido de alejarse de allí era dirigirse hacia el campanario que se elevaba a cierta distancia. Como esa ruta era distinta a la de la ida, mantuvo los ojos bien abiertos y agarró bien la empuñadura de la espada. Al pasar ante un gran edificio con aspecto de sinagoga, se detuvo un instante. Antes de dar por perdido a su misterioso amigo epistolar haría un último intento. Llamó a la puerta de la sinagoga. Nadie abrió. Al cabo de tres o cuatro llamadas, oyó que se descorría un cerrojo. Se abrió un ventanillo. Detrás vio la cara de un rabino.

—Buenos días, ¿qué se os ofrece? —le preguntó el hombre.

—Busco a un miembro de vuestra comunidad.

—No facilitamos información de los nuestros a desconocidos.

«Y menos aún a un *gojim*, un gentil», se dijo Obediah.

—Os ruego me disculpéis, distinguido rabino, pero no acudiría a vos si no me encontrara ante un gran misterio.

—¿Y cuál es?

—El hombre al que busco es un famoso sabio judío de Esmirna. Sus escritos son conocidos incluso en Ámsterdam y en París. En cambio aquí nadie lo conoce; a decir verdad, tengo la impresión de que nadie quiere conocerlo.

—En Esmirna no hay nadie así.

—Pero...

—Conozco a todos los judíos doctores de la ley de renombre del Egeo y, podéis creerme, monsieur...

—Chalon, Obediah Chalon. El hombre al que busco se llama Cordovero.

El rabino no escupió como el anciano, pero Obediah observó la misma expresión de repugnancia en sus ojos. Luego murmuró:

—Ahora lo entiendo. Aguardad un momento.

Al poco ambos estaban sentados en un edificio anexo a la sinagoga. El rabino, que dijo llamarse Josef Laredo, hojeaba un voluminoso registro de la comunidad. Obediah aguardaba paciente, tomando sorbitos del jerez que el hombre le había ofrecido.

—Puedo deciros algo sobre él precisamente porque no sois judío.

—Deberéis explicarme eso.

El rabino se lo quedó mirando y luego dijo en voz baja:

—*Cherem*.

De nuevo esa palabra. Obediah le preguntó qué significaba.

—Significa que David ben Levi Cordovero fue expulsado de la comunidad.

—¿Cordovero está excomulgado?

—Sí, se podría decir así. En efecto. Con esa condena dejó de ser uno de los nuestros. La conducta de Cordovero fue tan grave que se prohibió a todos los miembros de la comunidad mantener contacto con él. Eso es lo que quería decir cuando he afirmado que podía hablar de ello con vos porque sois *goi*. Entre nosotros no pronunciamos su nombre.

—Pero ¿qué ha hecho?

—La lectura frecuente de escritos de filósofos francos impíos le ha envenenado el juicio y el espíritu. Tal vez conozcáis a algunos de ellos: Bacon, Descartes, Espinoza.

—He oído hablar de ellos —contestó Obediah.

—A partir de sus ideas, él ha elaborado sus propias y descabelladas teorías. Para Cordovero, el alma no es inmortal y el Dios de Abraham, Isaac y Jacob posiblemente ni siquiera exista. —Al rabino le temblaba la voz—. Afirma por ello que las leyes de los judíos no deben ser observadas por más tiempo.

Obediah no sabía que Cordovero sostuviera unas tesis tan radicales. Por otra parte, no le extrañaba. Lo que el rabino había explicado con tanta repugnancia era un tema habitual de conversación en las tertulias de Ámsterdam o Londres. En todas partes se discutía acerca de las pruebas de la existencia de Dios y cosas parecidas. Aquello no se consideraba ni escandaloso ni herejía, eran simples disquisiciones filosóficas. Sin embargo, se reservó su opinión para sí y bebió otro sorbo de jerez.

—¿Y dónde está ahora Cordovero?

—Ahí donde van los impíos.

—Así pues, ¿ya no habita en el barrio judío?

El rabino lo miró con extrañeza.

—Por lo que sé, tras la *cherem*, Cordovero vivió en una casa de la Frenk Sokağı. Ahora aguarda en el *sheol*.

—¿Dónde?

—En el infierno.

—¿Me estáis diciendo que ha muerto? Pero ¿cuándo fue eso?

El rabino frunció el ceño.

—Hace más de diez años.

Marsiglio sacudió la cabeza.

—¿Decís que lleva años muerto? Pero entonces ¿con quién os habéis carteado todo este tiempo?

Obediah se pasó las manos por la cara.

—Esa es la cuestión.

Se encontraban sentados en el patio interior de la casa de huéspedes, un pequeño oasis con una fuente y varias higueras repletas de fruta madura. Vermandois había cogido algunos higos y se disponía a cortarlos y comérselos. Ahí estaban también Justel, Jansen y la condesa. Obediah había convocado aquella reunión porque no sabía qué hacer ante esa situación.

—Así que alguien se hace pasar por ese Cordovero —murmuró Justel.

Vermandois lo miró con desdén.

—Eso ya lo hemos dicho —replicó mordiendo un higo.

En ese instante intervino la condesa:

—Volved a contarnos exactamente cómo conocisteis a ese judío.

—Mi viejo amigo Pierre Bayle me dijo que ese Cordovero era el enlace ideal para nuestra empresa. Lo conocía desde hacía más de veinte años. Al parecer, era un hombre discreto y de confianza. Hasta ese momento yo no había tenido ningún contacto con él, pero sí conocía sus escritos, que de vez en cuando aparecían publicados en las *Nouvelles* o en el *Acta*. Mi amigo redactó una nota de recomendación para Cordovero y de este modo entré en contacto con él. Desde entonces nos hemos carteado con regularidad.

Vermandois se inclinó hacia delante.

—¿Y no lo habéis visto jamás?

—No.

Jansen resopló.

—¿Habéis confiado detalles sobre nuestra misión a un judío al que no conocéis de nada?

Obediah negó con la cabeza.

—Solo le dije lo que necesitaba saber para procurarnos los salvoconductos, los mapas y algunas otras cosas. Sabe que queremos hacernos con unas plantas de café, pero no sabe ni cómo ni cuándo.

Vermandois se levantó.

—Debemos actuar deprisa, antes de que sea demasiado tarde —dijo.

—¿Qué plan proponéis? —preguntó Obediah.

—Ese rabino dijo que Cordovero había vivido en la calle de los Francos. Tenemos que encontrar a ese falso marrano, o lo que sea, cuanto antes.

—Yo digo que zarpemos de inmediato —repuso Jansen.

Marsiglio negó con la cabeza.

—No. Luis tiene razón. Tal vez Cordovero haya huido, o tal vez esté siendo vigilado y no quiera encontrarse con nosotros por seguridad. Pero también podría ser que estuviera jugando a un doble juego. Quizá en este momento nos esté vendiendo a los turcos o a los franceses. No podemos seguir viaje con semejante peligro pisándonos los talones.

Obediah asintió. El general, sin duda, estaba en lo cierto. Además, su deseo de encontrarse cara a cara con Cordovero no hacía sino crecer.

—Entonces busquémosle. Contamos con tres o cuatro horas antes de que oscurezca, y la calle de los Francos es larga.

Para no llamar la atención, se separaron en grupos. Si el rabino había dicho la verdad y el auténtico Cordovero había vivido en algún lugar de la Frenk Sokağı, ese era su mejor punto de referencia. Salieron de la casa de huéspedes y se separaron para recorrer la calle en ambas direcciones. Seguramente no había muchos judíos que vivieran fuera de su barrio, en una calle frecuentada casi en exclusiva por occidentales. Por eso existía la esperanza de que tal vez algún anciano extranjero residente en Esmirna se acordara de Cordovero. Iban llamando a todas las puertas. Obediah había ido en dirección oeste mientras Justel recorría el otro lado de la calle. A Vermandois y Marsiglio, que se habían encaminado hacia el este, hacía rato que los habían perdido de vista. Jansen y la condesa, por su parte, no participaron en la búsqueda, sino que se encargaron de prepararlo todo para una partida rápida.

Obediah llevaba ya una hora por la calle. Había hablado con armeros, libreros, panaderos y gentes del mar, pero nadie sabía de un Cordovero que viviera o hubiera vivido en la calle de los Francos. Un comerciante muy mayor de origen genovés juró, incluso por la Virgen, que en aquel lugar jamás había habido un judío. Desanimado, se dispuso a regresar. Vio salir a Justel de una casa al otro lado de la calle.

—¿Y bien? —le preguntó.

—Ningún Cordovero, ni judío, ni criptojudío, ni siquiera converso.

Volvieron a su alojamiento en silencio. Apenas habían recorrido la mitad del camino cuando el conde de Vermandois les salió al encuentro. Parecía haber recorrido la calle a la carrera. Tenía los rizos y la camisa empapados de sudor.

—¡Habéis dado con algo! —exclamó Obediah.

—En efecto —asintió el francés con la voz entrecortada—. Apresuraos.

Vermandois les explicó que la casa en cuestión se hallaba a unos trescientos *pieds*, cerca de una iglesia llamada Sanctus Polycarpus. Sin embargo, en lugar de conducirlos directamente allí, insistió en pasar primero por la casa de huéspedes.

—¿Os importaría decirnos…? —objetó Justel, molesto.

—Luego. Seguidme.

Ya en la posada, Vermandois se dirigió a la habitación de Marsiglio y abrió la puerta. En cuanto hubieron entrado, la cerró. Tras beber agua de una jarra, fue hacia el baúl de viaje que contenía las pertenencias de Marsiglio. Rebuscó ahí dentro y sacó varias pistolas, pólvora, plomo y dagas.

—Marsiglio ha encontrado a un tipo —dijo mientras lo colocaba todo sobre la mesa—. Es miembro de una familia de marranos, un converso, y conoce a vuestro Cordovero.

—¿Y bien?

—Vivió, en efecto, en una casa en la calle de los Francos, aunque llevaba una vida retirada. Naturalmente, nadie quiere tener nada que ver con un judío, pero se da el caso de que el padre de ese converso era uno de los pocos que de vez en cuando intercambiaba algunas palabras con Cordovero y su familia.

—¿Tenía familia?

—Eso parece. Y además le ha dicho que en la casa debe de vivir alguien porque de noche se ve luz. Según Marsiglio, el hombre no sabía si se trataba de los sucesores de Cordovero o de otra persona distinta.

—¿Ha confirmado ese hombre que Cordovero está muerto?

—No, pero le parece plausible. Llegó un momento en que dejó de verlo. Si vive, debería haber superado ya los ochenta años.

—¿Habéis investigado la casa de Cordovero? ¿Por qué os armáis como si fuerais a una batalla?

Vermandois se lo quedó mirando. Sus labios pintados de color rojo cereza se estrecharon.

—Marsiglio ha avistado dos jenízaros en las cercanías. Sospecha que no están ahí por casualidad. Tal vez alguien se nos ha adelantado.

—¿Y ahora qué, conde? —preguntó Justel.

—En una hora a lo sumo oscurecerá. Entonces me colaré en casa de Cordovero sin que los jenízaros se den cuenta.

—De acuerdo —dijo Obediah. Cogió una de las pistolas que había sobre la mesa—. Os acompañaré.

—Mejor será que os dediquéis a descifrar alguna cosa y dejéis los delitos en manos de expertos.

Obediah negó con la cabeza.

—Yo os he metido en esta situación tan desagradable.

—Cierto. Pero ahora no es momento para gestos heroicos.

—Si encontraseis algo en la casa, tipo escritos o documentos, ¿cómo sabríais si son importantes? Llevo meses carteándome con ese hombre y conozco su sistema de cifrado. Sin mí no sabréis qué debéis buscar ni, llegado el caso, qué material destruir.

Vermandois suspiró.

—De acuerdo. Iremos en pareja. Espero que no sufráis vértigo.

—En absoluto —repuso Obediah.

Era mentira, pero no tenía opción.

Cuando llegaron a la casa de Cordovero ya había oscurecido. Era un edificio de tres plantas, venido a menos, que en otros tiempos había sido blanco. Los postigos azules de la planta baja estaban cerrados a cal y canto, igual que en los demás pisos. A Obediah le hubiera gustado detenerse un instante y contemplar la casa detenidamente, pero Vermandois le hizo avanzar hasta la siguiente esquina. Al otro lado les aguardaba Marsiglio.

—¿Qué hay de los jenízaros? —preguntó Vermandois al general.

—Siguen cerca. Hace media hora dos de ellos han entrado en el taller de alfarería situado en diagonal frente al edificio. No han salido. Es de suponer que vigilan la entrada de forma discreta.

—¿Hay alguien en la casa? —quiso saber Justel.

—No se ve ninguna luz. Pero con los postigos cerrados es difícil saberlo. Es posible que las ventanas estén tapadas por dentro.

Vermandois asintió.

—Aguardad aquí.

—Habíamos dicho que iríamos juntos —protestó Obediah.

—Y lo haremos, pero primero debo inspeccionar el lugar y ver cuál es el modo más discreto de entrar.

Dicho esto, se sumergió en la oscuridad. Como les pareció que los tres ahí apostados en el callejón llamaban demasiado la atención, Marsiglio y Justel se metieron en una taberna que había a unas treinta yardas y se acomodaron en un banco frente al mostrador desde donde podían ver bien la calle. Obediah se escondió en la entrada de una casa vecina. Era una noche cálida. A pesar de la proximidad de la costa, la humedad era pegajosa y no soplaba brisa. Le llamó la atención que todo estuviera tan extrañamente tranquilo. Durante el día había oído el trinar de los pájaros, que anidaban en las higueras que crecían en cualquier rincón de Esmirna. En cambio ahora habían enmudecido. ¿Acaso de noche, con la llegada de la oscuridad, callaban? También los perros callejeros que recorrían Esmirna en manadas parecían haber desaparecido. ¿Y si la ausencia de animales fuera el indicio de una calamidad inminente? Obediah se reprendió por esa idea tan supersticiosa. Sin duda tenía que haber una explicación científica.

Miró la hora. Hacía más de un cuarto de hora que Vermandois se había marchado; poco a poco, empezó a inquietarse. Habría sido muy propio del francés entrar en la casa por su cuenta, a pesar de que habían acordado otra cosa.

Como no tenía nada mejor que hacer, Obediah pensó en la correspondencia que había mantenido durante meses con Cordovero, o quien fuera. Habían tratado de muchas cosas ajenas a la misión, por ejemplo de la reinterpretación que un inglés llamado Newton había hecho recientemente de las leyes de Kepler; sobre el proceso alquímico para la fabricación de metales nobles; sobre las ventajas (en su opinión) indiscutibles de la comida inglesa; sobre la política de los venecianos, que ambos juzgaban estúpida. Gracias a su excelente memoria, Obediah podía visualizar todas y cada una de esas cartas. Las repasó mentalmente en busca de detalles que a ojos de terceros pudieran ser delatadores de lo que se traía entre manos. Que alguien lograra sacar algo en claro del puñado de cartas en verdad importantes implicaba que antes había descodificado la *chiffre indéchiffrable* de Obediah, lo cual era algo muy improbable.

Oyó un ruido procedente del callejón. Pasos. De inmediato se llevó la mano a la pistola de doble cañón que portaba escondida bajo la casaca y apretó la empuñadura. No era más que el conde de Vermandois que bajaba la calle a paso ligero, como si estuviera dando un paseo vespertino. Al llegar junto a Obediah se detuvo.

—Entraremos por detrás. Allí hay un patio bordeado por un muro. Marsiglio y Justel esperarán unos minutos en la taberna y luego se dirigirán al barco.

—¿Y qué hay de los jenízaros?

—Están vigilando la entrada de delante. Posiblemente porque la puerta del patio trasero que da a la calle está provista de una buena cerradura.

—¿Y cómo pensáis abrirla?

—Con una buena ganzúa.

Obediah asintió y siguió al conde. Rodearon la casa de Cordovero. En la parte de atrás había, en efecto, un patio rodeado por un muro cubierto de hiedra. Vermandois se detuvo ante una pesada puerta de hierro forjado. Sacó del bolsillo una ganzúa y empezó a manipular el candado. No había exagerado. Era evidente que se trataba de un candado de primera categoría de fabricación occidental, del tipo que utilizaría un noble acomodado para el cofre de sus riquezas. No mostraba ninguna señal de oxidación, parecía estar en mejor estado que la propiedad que guardaba.

Entonces se oyó un chasquido del resorte y la puerta se abrió. Se apresuraron a entrar en el patio y luego cerraron. En el pequeño jardín había una fuente, un par de arriates y numerosas macetas con flores en un estado lamentable. No parecía que nadie lo cuidara. Vermandois fue hacia la puerta trasera. Después de probar con distintas ganzúas soltó un juramento.

—¿No se abre? —preguntó Obediah.

—No es la cerradura. Seguramente detrás hay un pestillo. Probaré con una de las ventanas.

Antes de que Obediah pudiera replicar, el francés ya tenía un pie en el alféizar de la ventana y posaba el otro en el tirador metálico del postigo de madera. Obediah apenas había asimilado la situación cuando Vermandois ya se encontraba de pie sobre el estrecho borde superior del postigo y tocaba el alféizar del primer piso. Parecía simple, pero el inglés sabía que era una impresión engañosa. Él sería incapaz de entrar en la casa de ese modo. De intentarlo, a buen seguro acabaría con todos los huesos rotos.

Pero todo indicaba que no tendría que trepar. Luis de Borbón ya se había encaramado en el alféizar, había abierto un postigo y estaba manipulando la ventana que quedaba detrás. Luego desapareció. Al poco Obediah oyó deslizarse un cerrojo por el lado interior de la puerta trasera. El conde abrió el portón e hizo una pequeña reverencia.

—*Voilà!*

—¿Habéis encontrado a alguien? —susurró Obediah.

—Casi nadie. Apenas una docena de jenízaros, pero los he matado a todos.

—Qué gracioso.

—Muy amable. En la corte era conocido por mi excelente sentido del humor.

Vermandois se dio la vuelta y le indicó con un gesto que lo siguiera. El interior tenía mejor aspecto que el exterior, pero no mucho mejor. Era una casa antigua y dejada; era evidente que hacía mucho tiempo que nadie había invertido dinero en renovarla. Las baldosas del suelo estaban levantadas en varios puntos, y las alfombras, gastadas. Con todo, estaba demasiado limpia para que no viviera nadie; ni olía a moho ni había gruesas capas de polvo. Junto al acceso al piso superior colgaba un gran óleo en el que se representaba una ciudad, posiblemente Córdoba. Obediah se detuvo para observar la pintura, pero el conde tiró de él.

—Primero comprobaremos todas las puertas de la planta baja —murmuró—. Luego subiremos.

En cuanto hubieron cerrado la puerta trasera, se hizo la oscuridad. En el interior de la casa apenas se colaba la luz de los edificios circundantes. Vermandois prendió su lámpara ajustable y la abrió lo justo para no tener que ir a ciegas. Una luz excesiva podría verse desde la calle.

En la planta baja había un salón pequeño, una cocina y una despensa. Aunque esta última no estaba muy surtida, era evidente que alguien la utilizaba. Alguien vivía ahí. Pero, si no era Cordovero, ¿de quién se trataba? Subieron la escalera con sigilo. Era de madera pero, para su sorpresa, apenas crujió. De haber subido solo Vermandois tal vez no hubiera crujido en absoluto: ese hombre se movía como un gato del puerto de Londres, cosa que no podía decirse de Obediah. Cuando llegaron al rellano se quedaron quietos y aguzaron el oído conteniendo la respiración. No oyeron el menor ruido. El morador o los moradores habían huido o estaban durmiendo. Despacio, avanzando a tientas, fueron abriendo una puerta tras otra. Un cuarto de baño donde, además de una jofaina, había una silla con orinal; un dormitorio con solo una cama vacía y un armario. Vermandois siguió avanzando, Obediah quiso echar un vistazo al interior del armario. Dentro había ropa sencilla, la mayoría de color negro. A primera vista se parecía a la de los holandeses, pero los encajes y el tipo de corte no se correspondían del todo. Pensó que era la ropa propia de un comerciante español no especialmente acomodado. Echó un vistazo a los cajones. Encontró ropa interior femenina y un vestido doblado. Aquel español no vivía solo: al parecer tenía una compañera.

Cuando salió del dormitorio, Vermandois ya había abierto la puerta siguiente. Obediah observó que el conde, inmóvil en el umbral, parecía muy sorprendido por lo que había ahí dentro. Obediah se acercó. La tercera y última estancia de aquella planta albergaba una biblioteca notable. Las paredes estaban repletas de libros y en el centro de la sala había un escritorio de roble enorme cubierto de papeles. Ante una de las ventanas había un telescopio instalado en un trípode. Vermandois cerró la puerta detrás de ellos y señaló las pesadas cortinas de terciopelo junto a la ventana. Obediah las corrió con el mayor de los sigilos para que el conde pudiera alumbrar con su lámpara.

Cuando el despacho quedó iluminado, observó que reinaba un desorden considerable. Sin embargo, ese no parecía ser su estado habitual. En la mayoría de las estanterías, los libros estaban bien ordenados y, en el caos aparente de las pilas de papeles que se veían por todas partes, la mirada experta de Obediah supo reconocer un espíritu metódico que había amontonado cartas y escritos siguiendo un sistema concreto. En cambio, había varios libros desparramados por el suelo, y un tintero volcado había creado en un mapa del Levante un mar interior al este de Beirut.

—Alguien ha registrado esta sala —susurró Obediah.

—Eso parece —corroboró Vermandois—. ¿Os dicen algo esos papeles?

Obediah se acercó al escritorio y examinó los escritos que había esparcidos por la mesa. Vio un ejemplar antiguo del *Mercure Galant*, la *Gaceta de Madrid* y un buen número de artículos. Al lado había un libro abierto que él también tenía en Londres, el *Atlas Maior* de Willem Blaeu. Reconoció la obra al momento, nada más ver los mapas, pero constató con sorpresa que se trataba de una edición en árabe. Reparó en que bajo el tablero de la mesa había un cajón grande. Tiró de él y dentro encontró una pila de tratados: el *Magneticum naturae regnum sive disceptatio physiologica*, el *Ars magna lucis et umbrae*, el *Sphinx mystagoga* y otros. Obediah frunció los labios. Eran todos escritos de Anastasio Kircher, un pseudoerudito jesuita que intentaba, por encargo del Papa, crear una filosofía de la naturaleza que estuviera en consonancia con las enseñanzas de la Iglesia. En compañía de otros virtuosos, Obediah había pasado grandes veladas deleitándose con los tratados de Kircher, pues su contenido resultaba absolutamente inaudito. Kircher presentaba todas esas necedades con el máximo rigor, lo cual hacía que el asunto resultara aún más hilarante. Aquel jesuita, por ejemplo, sostenía que el poder de atracción de algunos metales entre sí no tenía que ver con el magnetismo sino con el amor. Sin atender a otras razones, intentaba demostrar asimismo que el Sol sí giraba en torno a la Tierra. Y había llegado a escribir una partitura cuya música, según afirmaba, neutralizaba el veneno de la tarántula. Se trataba, en suma, de desatinos académicos de la peor ralea y le sorprendía mucho que su corresponsal se interesara por aquello. Entonces tuvo una idea. Sacó los tratados de Kircher del cajón, cuyo fondo estaba forrado con una tela de cuero. Retiró esa tela y descubrió un discreto fajo de papel de seda embadurnado y atado con un hilo. Al abrirlo, se encontró con un montón de cartas. Las conocía. Eran suyas. Alguien las había alisado y guardado con cuidado siguiendo el orden de llegada. Encima estaban los dibujos con los que a veces acompañaba sus escritos. Obediah dobló rápidamente los papeles y se los guardó en la casaca.

—¿El *corpus delicti*?

—Sí, al menos una buena parte. Me gustaría echar un vistazo a esta magnífica biblioteca.

El conde hizo una mueca de disgusto.

—Haced lo que no podéis evitar, pero hacedlo rápido. No podemos malgastar nuestra suerte.

Obediah se disponía a inspeccionar la primera estantería cuando un ruido sordo le sobresaltó. Parecía venir de la habitación situada encima de la biblioteca. Vermandois se llevó un dedo a los labios e indicó a Obediah que era el momento de marcharse. Abandonaron la estancia con el máximo sigilo. Se encontraban ya en la escalera cuando oyeron otro ruido, claramente humano, procedente del piso superior. Parecía un grito reprimido. Obediah miró al conde. Este negó con la cabeza con fuerza y le indicó que bajara, pero Obediah sacó la pistola y subió por la escalera hasta el segundo piso.

Al llegar arriba, se dirigió hacia donde le pareció que había oído el ruido. Ante él había una puerta de roble pesada y cerrada. Con la pistola en alto, se acercó sigilosamente. Con el rabillo del ojo reparó en que Vermandois le había seguido y también había desenfundado sus armas. Obediah apoyó la oreja en la puerta. Se oían voces.

—Os lo volveré a repetir. ¿Dónde está ese hombre ahora? —decía alguien. Aunque hablaba francés, tenía un ligero acento eslavo. ¿Un tártaro, tal vez?

La respuesta fue un murmullo tan quedo que Obediah no comprendió las palabras.

—Perdéis el tiempo —dijo otra voz—. Creo que tenemos que ser menos delicados.

—¿Aunque apenas sea un niño? Bueno, tal vez tengáis razón. Pero aquí no. Lo llevaremos al Kadifekale.

—Como gustéis.

—Aguardad. Avisaré a mis hombres.

Obediah oyó unos pasos que se acercaban. Retrocedió rápidamente, pero la puerta se abrió antes de que tuviera tiempo de encontrar un escondite y bajo su marco se encontró con un turco que lucía un gran turbante de color blanco. No pudo ver nada más, la luz intensa de la habitación lo deslumbró. Obediah apretó el gatillo. Le pareció ver una mirada de asombro en el otomano cuando se oyó el disparo. El estrépito resultó especialmente estruendoso a sus oídos. El turco, que apenas estaba a tres pies de él, retrocedió hacia el interior de la habitación, se tambaleó y cayó hacia atrás. Obediah pensó que debía de haberle dado en el brazo. Sobreviviría, pero al menos de momento había quedado fuera de combate. Tumbado en el suelo se agarraba el hombro entre gemidos.

Mientras Obediah ponderaba la situación, algo le pasó silbando, posiblemente una bala. No estaba seguro de si había salido del cañón de Vermandois o de la pistola con que le apuntaba el otro hombre que había en la habitación. Este acababa de aparecer bajo el marco de la puerta y, curiosamente, no parecía un turco sino un noble francés. «Un soldado», se dijo. La sobrevesta con la cruz blanca así lo indicaba. ¿Un mosquetero? El hombre tenía el rostro desfigurado; tal vez a causa de la viruela, o tal vez por una herida de guerra. En algún lugar, alguien gritó algo en turco. El francés dio un paso a un lado y desapareció del campo de visión de Obediah. Se daba cuenta de que él también tenía que moverse, pero era como si tuviera los pies clavados en el suelo.

Un empujón lo apartó a un lado. Vermandois pasó junto a él como una exhalación y entró en el cuarto dando una voltereta en el aire. Obediah dio entonces unos pasos zigzagueantes. Quizá debería haber sacado la espada y haber seguido al conde en su arremetida. Pero lo que hizo fue avanzar despacio y a tientas. Ahora ya podía ver lo que había en la habitación. Y lo que vio le dejó atónito.

Cerca de la pared del fondo había sentada una persona, atada a una silla. Llevaba una vestimenta de mercader parecida a las prendas que había visto en el armario de la primera planta. Tenía la cabeza inclinada hacia abajo, llevaba el pelo corto y tenía la sien derecha un poco ensangrentada. Entonces levantó la cabeza y sus miradas se cruzaron.

El muchacho llevaba el cabello muy corto y apenas podía tener más de dieciocho años. Lucía una sombra de barba oscura, tenía la tez aceitunada y los ojos color castaño oscuro. Al verlo, Obediah supo que lo había reconocido. No habría sabido decir cuánto tiempo permaneció ahí parado. Del otro lado de la habitación le llegaba la melodía inconfundible de un duelo de dos espadas. Obediah, sin embargo, solo tenía ojos para el muchacho de la silla. Tenía unos rasgos muy delicados, casi femeninos, con pómulos prominentes, nariz delicada y cejas negras, una de las cuales estaba arqueada.

—Sí, así es como me había imaginado a mi corresponsal —dijo una voz clara.

—¿Cómo? ¿Qué? —farfulló Obediah.

—Un poco soñador. Poco práctico.

—¿Sir?

—¡Vamos, soltadme de una vez!

Obediah asintió y se acercó a la silla. A su derecha, Vermandois intentaba llevar a su contrincante contra una esquina. Aunque lo estaba consiguiendo, se hallaba bañado en sudor y tenía varios cortes en los brazos y la cara. El otro parecía ser un espadachín tan bueno como él. Cuando el mosquetero se dio cuenta de que Obediah se disponía a liberar al preso, soltó un grito lleno de rabia.

—¡Chalon! —bramó—. ¡Esta vez no lograréis escapar!

Vermandois tenía problemas evidentes para mantener en jaque a aquel hombre tan airado.

Obediah se arrodilló junto a la silla y sacó el puñal.

—¿Os conocéis? —quiso saber el joven.

Obediah negó con la cabeza.

—Jamás en mi vida he visto a ese caballero.

Mientras desataba las cuerdas los dedos le temblaban. Luego los cabos cayeron al suelo. Oyó un suspiro cuando el joven se levantó.

—Pues él parece conoceros. Por lo que he podido saber, su nombre es Polignac.

—Yo preferiría saber cuál es vuestro nombre.

—Cordovero. Y a mí me gustaría saber cómo podemos salir de aquí. ¿Qué plan tenéis?

—Bueno, yo… Pensábamos…

—Madre mía… ¡Vamos, dadme eso!

Antes de que Obediah pudiera objetar algo, Cordovero ya se había hecho con su pistola. Soltó el segundo gatillo y se acercó a los dos franceses que seguían luchando a espada.

—Bajen las armas, caballeros —gritó Cordovero.

Polignac apretó los dientes.

—¡Un mosquetero no se rinde jamás!

En vez de replicar, Cordovero disparó. Sin embargo, a pesar de su ímpetu, el joven español no parecía tener experiencia en armas de fuego. Solo por cómo sostenía la pistola, Obediah supo que erraría el disparo. Y, en efecto, la bala fue a parar detrás del mosquetero, en el marco de un cuadro. Astillas y jirones del lienzo de colores salieron despedidos en todas direcciones. En cualquier caso, aquel tiro distrajo a Polignac y Vermandois no desaprovechó la ocasión. Al percibir una brecha en la guardia de su contrincante, le hundió la espada en el hombro. Polignac cayó postrado de rodillas gimiendo de dolor. Con un movimiento rápido, el conde lo desarmó y apartó con el pie la espada del mosquetero.

Vermandois entonces dio unos pasos atrás e hizo una reverencia.

—Según parece, habéis tenido un descuido, monsieur. Lamento que las circunstancias impidan poner un final honroso a nuestro pequeño baile. Hasta la próxima ocasión, cuando la igualdad de armas sea mayor.

Antes de que Polignac pudiera decir algo, Vermandois le asestó un golpe tal en el pecho que el mosquetero se desplomó ruidosamente contra el suelo y perdió el sentido. Mientras todo aquello ocurría, Obediah seguía paralizado. Entonces oyó un estruendo a lo lejos. ¿Cañonazos? Le dio la impresión de que el suelo se movía bajo sus pies. Se sentía un poco mareado. Tal vez, pensó, la bala le había pasado más cerca de lo que había creído.

Vermandois levantó la mirada al techo, caía polvo de varios lugares.

—¿Qué diablos...? —dijo.

—Solo es un ligero temblor de tierra, nada más —explicó Cordovero.

El conde se les acercó. Solo parecía tener ojos para Cordovero.

—Que me aspen —murmuró.

Luego llevó un dedo enguantado hacia la mejilla del muchacho y la acarició. El gesto dejó a la vista una mancha de color claro donde antes había una sombra de barba.

—¡Lo sabía! ¡Sois una mujer! —exclamó.

—¿Q... qué? —balbució Obediah. Tenía la sensación de estar atrapado en un sueño extraño.

—Hanah Cordovero —dijo—. Encantada. ¿Nos vamos? ¡No hay tiempo que perder! ¡Tenemos que huir de aquí!

Vermandois asintió. Obediah notó que ambos lo asían de los brazos. Luego salieron a toda prisa. Corrieron escaleras abajo, atravesaron el pequeño patio interior y salieron al callejón. Se oían gritos procedentes de todas partes. De nuevo Obediah tuvo la impresión de que el suelo se movía bajo sus pies. Siguieron a Cordovero por una maraña de calles y pasajes. Al cabo de unos minutos, Obediah no tenía ni idea de dónde se encontraban. Palpó las cartas que había escondido en la casaca. Ya no las tenía. Intentó decírselo a los demás, pero nadie le escuchaba. No dejaban de correr. Le parecía que se encaminaban hacia el puerto. Trastabilló y unas estrellas le bailaron ante la vista.

—¿... dónde está? ¿Obediah? ¿Obediah Chalon?

—¿Qué? ¿Cómo?

—Vuestro barco. ¿Dónde se encuentra? —preguntó Cordovero.

—Cerca de la capitanía del puerto.

—Bien. ¿Está listo para zarpar?

—Sí. Sí, eso creo.

Siguieron corriendo. En cuanto alcanzaron el paseo del puerto, Obediah intentó orientarse. El *Faithful Traveller* estaba a apenas trescientas yardas de ellos con las velas izadas. Sin embargo, era como si estuviera a trescientas millas, ya que entre ellos y el barco había una docena de soldados turcos ataviados con vistosos gorros blancos. Los jenízaros.

Cordovero soltó una maldición en español. Se escondieron tras la esquina de una casa. Por el momento daba la impresión de que los soldados de élite no habían reparado en ellos. Llevaban los mosquetones a la espalda y parecían estar esperando algo. Obediah sacó el catalejo del bolsillo de su casaca, lo desplegó y enfocó el *Traveller*. Jansen estaba de pie en la cubierta superior voceando órdenes. Era evidente que quería zarpar.

Marsiglio, a su lado, le gritaba. No parecían estar de acuerdo en si debían partir o en cuánto tiempo debían aguardar.

—¿Qué veis? —preguntó Vermandois.

—El barco está dispuesto pero…

—Pero ¿qué?

Obediah no supo responder. Había algo ahí que no encajaba, pero no sabía qué. Entretanto, a los jenízaros se les había unido un oficial y todos se habían puesto firmes. A excepción de por los soldados, el puerto estaba desierto, algo que a Obediah le parecía extraño. Cierto que ya había atardecido, pero Esmirna era uno de los puertos más importantes del Levante. Atracaban y zarpaban barcos constantemente, el trajín no tenía fin. En cambio en ese momento la bahía estaba muy calmada, no había ningún barco entrando ni partiendo. Bajó el catalejo y se lo pasó a Cordovero. A ella le bastó con un barrido breve; luego se volvió hacia los dos hombres.

—Los jenízaros han proclamado el estado de excepción en la ciudad —comentó al tiempo que devolvía el catalejo a Obediah—. ¿Veis esa bandera en el extremo oriental del puerto? Normalmente ahí ondea la bandera roja con la media luna y, a su lado, el Al-Uqab, el pendón negro del Profeta. El tercer mástil suele permanecer vacío para que el capitán del puerto pueda izar la bandera de tormenta o de plaga si es necesario.

—¿Y bien?

—Vos mismo podéis verlo.

Obediah miró por el catalejo. En uno de los mástiles ondeaba una bandera sencilla de color rojo y verde sin símbolo alguno: el pendón de guerra otomano. Al lado ondeaba un banderín de color blanco en cuyo centro se mostraba una espada de doble punta. La tercera bandera, de color negro con tres cruces rojas, le recordó el escudo de armas de Ámsterdam.

—Solo reconozco el pendón de guerra del Gran Señor —dijo—. ¿Cuáles son las demás?

—El banderín pertenece a la cuadragésimo novena orta jenízara —respondió Cordovero.

—¿Una especie de batallón? —quiso saber Obediah.

—Sí.

—¿Y esa bandera negra de las cruces?

—Significa que está prohibido entrar o salir del puerto.

Vermandois bufó con disgusto.

—El estudio de las banderas es un pasatiempo muy noble, pero ¿os importaría que volviéramos a la cuestión de cómo llegar al barco? Nos estamos quedando sin tiempo y esos jenízaros no van a desvanecerse en el aire. Deberíamos...

El conde no pudo continuar la frase porque el suelo pareció desaparecer bajo sus pies. Un estruendo tremendo atronó a su alrededor, un fragor insólito que Obediah nunca antes había oído. Cayó al suelo. Los demás tampoco pudieron permanecer en pie. Se quedó tumbado protegiéndose la cabeza. Evidentemente, había leído los artículos de Whiston sobre la naturaleza de los temblores de tierra, pero en esos instantes tales conocimientos no le servían de nada. Al rato, tal vez unos pocos segundos, el estruendo cesó. Obediah notaba que el suelo seguía vibrando, pero con más suavidad. Avanzó a gatas y dirigió la mirada a los jenízaros. Su situación no era mejor. También ellos habían sido derribados. Algunos habían caído al agua, otros yacían en el paseo o avanzaban a rastras por el suelo.

Vermandois fue el primero en ponerse en pie.

—En mi opinión, es ahora o nunca.

Tras hacer una breve señal a Obediah con la cabeza, echó a correr enarbolando la espada con la mano izquierda y la pistola con la derecha. Cordovero lo miró.

—Eso es ser valiente.

Luego, se puso en pie y siguió al francés. Obediah salió corriendo detrás de ellos con todas sus fuerzas. Cuando Vermandois llegó a la altura de los jenízaros, estos ya se estaban levantando. Uno de los soldados intentó agarrarle las piernas, pero el conde se zafó de él disparándole en el pecho a la vez que partía el rostro a otro con la espada. Y eso sin aflojar el ritmo de la carrera. Cordovero intentó seguir la brecha abierta por

Vermandois, pero un jenízaro la agarró por el hombro y la retuvo con facilidad. Obediah desenvainó la espada, profirió un grito y se la hundió al turco por la espalda, en la zona de los riñones. Durante un instante intentó extraer el arma del cuerpo del jenízaro y recuperarla, pero al final la dio por perdida, agarró de la mano a la sefardita y tiró de ella.

Entretanto, el suelo se había estabilizado. Corrieron tan rápido como eran capaces. En cuanto subieron al barco y alzaron la pasarela, dos marineros cortaron las amarras con sus alfanjes. Obediah se agarró resollando a la borda. Estaba a punto de perder la conciencia. Tenía la frente manchada de sangre. Se preguntó si era suya o del turco, pero no supo responder. Contempló cómo el barco se alejaba del puerto. Los jenízaros se habían vuelto a poner en pie. El oficial gritó algo, y llegaron más soldados procedentes de los callejones cercanos. Tenía que haber varias decenas. Marsiglio se le acercó.

—Amigo, tenéis cierta tendencia a los efectos teatrales.

—Ese no era el plan —repuso Obediah con un hilo de voz.

—¿Quién es ese granujilla?

—Es Hanah ben David Cordovero.

El boloñés lo miró atónito, incapaz de comprender.

—¿Hanah?

—Lo habéis oído bien.

—¿Cómo? ¿Me estáis diciendo que uno de los más famosos filósofos judíos de la naturaleza es una mujer?

Marsiglio soltó una risotada y sacudió la cabeza. Luego se marchó. Obediah, en cambio, se quedó junto a la borda. Vio que en la orilla los jenízaros estaban cargando los mosquetones. En vano. Se hallaban a ciento cincuenta yardas, es decir, según sabía, demasiado lejos. Le pareció estar viviendo un extraño *déjà vu*. Como en Niza, de nuevo conseguían huir en el último momento.

Obediah entonces fue derribado hacia atrás y se golpeó la espalda contra el suelo de madera. Oyó a lo lejos los disparos de los mosquetones. Astillas de madera salían despedidas en todas direcciones por efecto de las balas. Miró a Marsiglio. El enorme italiano estaba tumbado encima de él y lo miraba con la expresión reservada para el tonto del pueblo o las gentes de pocas luces.

—¿Acaso queréis morir, hombre de Dios? ¿No habéis visto los tiradores con los mosquetones?

—Estaban a más de ciento cincuenta yardas, esto es, fuera de alcance. Como en Niza.

El general meneó la cabeza con vehemencia. Con un gemido, se separó de Obediah rodando por el suelo.

—Aquellos, amigo mío, eran unos saboyardos palurdos con mosquetones franceses. Estos son jenízaros armados con mosquetones turcos.

—En tal caso, me habéis salvado la vida. Os doy las gracias.

El general se puso en pie y se sacudió las astillas de la casaca y la peluca.

—Un placer, como siempre.

El *Faithful Traveller* se encontraba ya fuera del alcance de los mosquetones. Esmirna se alejaba. Desde la lejanía se veían varios puntos en llamas. Al parecer, el terremoto había provocado el incendio de algunas casas de madera. En el cielo brillaba una luna prácticamente llena, iluminando no solo la bahía sino también la montaña de Pagos, situada detrás de la ciudad, con su fortaleza. Obediah se estremeció. Al igual que en Niza, la cuestión ahora era ver qué harían los cañoneros de ahí arriba. Jansen, al parecer, compartía ese temor, ya que ordenó a la tripulación que apagara todas las luces de la embarcación. De todos modos, eso no era de gran ayuda. Para salir cuanto antes de la bahía, las velas tenían que estar completamente desplegadas. Con la luz de la luna, la tela blanca era una diana perfecta para un cañonero.

Marsiglio se le acercó de nuevo.

—¿Esa sería una buena apuesta, no os parece?

—No lo creo. Esta vez dispararán.

—Es lo que quería decir. Además, en el puerto he visto dos *çektiri*, unas galeras turcas. Con esta brisa llegarán hasta nosotros antes de que logremos salir del golfo.

Dejaron de tratar esa cuestión porque los cañoneros del Kadifekale despejaron sus dudas. La primera salva fue extraordinariamente certera. Cinco bombas impactaron en semicírculo a unas cien yardas de popa. Obediah oyó que Jansen gritaba una orden al timonel. Al poco, el barco se ladeó mientras orzaba.

—¿Qué hace? —preguntó Obediah al general.

—Escurrir el bulto. Como una liebre acosada por cinco perros.

—Una liebre jamás podría zafarse de cinco perros —objetó Obediah.

—En efecto. Dos salvas aún, tal vez tres. ¿Creéis en Dios, Obediah?

Asintió.

—Así es, pero no creo que se interese mucho por nuestro destino.

Marsiglio no había tenido tiempo de responder cuando oyeron el estallido de los cañonazos en el castillo. Al poco, las bombas dieron en el agua. Esta vez se acercaron tanto que Obediah notó el agua salada en la cara. Los demás se encontraban en la cubierta superior: la condesa, Vermandois, Justel y Cordovero. Aunque solo los podía distinguir por sus siluetas, su postura revelaba que eran conscientes de que su final estaba cerca. La condesa asía a Justel de la mano.

De nuevo se oyó un estruendo. Obediah se preparó para recibir el impacto de las bombas, pero no sucedió nada.

—Los cañones. Los disparos han cesado —murmuró Marsiglio.

El fragor se dejó oír otra vez. Entonces Obediah reparó en que aquello no era el estallido de los cañonazos desde la fortaleza, sino una nueva sacudida de la tierra. Aquel temblor parecía más intenso que los anteriores. Dio la impresión de que

325

toda la ciudad se tambaleaba. Sacó el catalejo rápidamente y miró a través. En aquella semioscuridad le llevó unos instantes localizar el puerto. Cuando lo consiguió, observó un momento y luego bajó el catalejo.

—¿Qué veis? —preguntó Marsiglio.

—El puerto ha desaparecido.

—¿Qué queréis decir con que ha desaparecido?

Con voz temblorosa explicó a Marsiglio que los edificios situados junto al paseo del puerto ahora solo eran ruinas. Los barrios de la colina estaban en llamas. Los barcos amarrados al muelle o se habían hundido o estaban gravemente dañados. Y la fortaleza del Pagos parecía que hubiera sufrido un asedio de varios meses: había boquetes enormes en los muros exteriores y una de las torres se había derrumbado.

—Dios todopoderoso. —Marsiglio se santiguó—. Debe de haber sido una sacudida tremenda.

Luego sonrió.

—Tal vez deberíais reconsiderar vuestra actitud escéptica respecto a nuestro amado Señor y sus obras.

La noche enfilaba ya su final cuando lograron dejar atrás el golfo de Esmirna y llegaron a alta mar. Obediah y los demás habían permanecido mucho tiempo en cubierta, embriagados por el ponche que Justel les había preparado y, a la vez, extrañamente sobrios y despiertos. Todos eran conscientes de que, de hecho, a esas horas deberían yacer en el fondo del mar. Su huida de Esmirna les parecía increíble, tan irreal que resultaba imposible pensar siquiera en conciliar el sueño. Sin embargo, en algún momento, cada uno de los heráclidas fueron desapareciendo bajo cubierta. Solo Obediah y Cordovero se quedaron en la cubierta de proa.

—¿Adónde nos dirigimos? —preguntó Cordovero.

—A Alejandría y, desde ahí, a Suez.

—Y luego a Moca.

Obediah cruzó los brazos y la miró a los ojos.

—Me debéis una explicación, milady.

Ella le sostuvo la mirada.

—¿Sobre qué exactamente, efendi?

—Me parece evidente. ¡Sois una mujer!

—Qué ingenio el vuestro por reparar en ello... A la mayoría eso les pasa desapercibido.

Obediah dio una calada a su pipa de arcilla.

—De haber tenido ingenio, me habría dado cuenta en el curso de nuestra larga correspondencia. Pero os habéis camuflado muy bien. La elección de vuestras palabras era muy... muy masculina.

Ella negó con la cabeza.

—Aunque utilicé nombre de hombre, lo que escribí eran mis propias palabras y pensamientos.

—Pero ¿por qué? ¿Por qué esa farsa?

Ella suspiró.

—David ben Levi Cordovero era mi padre. Supongo que conocéis algunos de sus escritos.

—Es posible —repuso Obediah—. Aunque tal vez en realidad fueran vuestros.

—Todo lo publicado hasta hace diez años era de mi padre. Sus comentarios sobre el *Kitāb al-ǧabr* de Al-Juarismi y los cálculos sobre la órbita de Mercurio le dieron fama. Estaba en contacto con Dörfer, Huygens, Spinoza, Oldenburg y otros. Sin embargo, sus escritos sobre la verdadera esencia de Dios no fueron del gusto de los rabinos y fue expulsado de la comunidad. Mi madre lo abandonó y el resto de nuestra estirpe le volvió la espalda.

—Pero vos no.

—No, yo no. Era su única hija. Me enseñó cuanto sabía. A los diez años empezó a enseñarme aritmética árabe y astronomía persa. Me enseñó latín y francés. Incluso me dejó estudiar el Talmud, a pesar de que es algo reservado a los hombres y los sabios dicen que es peligroso empezar con ello antes de los catorce años. Pero papá siempre decía: «Hay algo más peligroso que el saber: la ignorancia». Me convertí en una especie de secretaria privada de mi padre, era su amanuense. En su biblioteca yo me manejaba igual que él. A los trece años escribí mi primer tratado de astronomía. Le siguieron otros. Pero no pude publicarlos.

Obediah quiso preguntar el motivo, pero se dio cuenta de que ya conocía la respuesta.

—Mi padre murió a los setenta y un años, en el año 1088, que en vuestro calendario es 1677. Su muerte sobrevino sin que enfermara previamente, de forma inesperada. Me quedé sola. Estaba desesperada. ¿Qué podía hacer? Consideré la posibilidad de regresar al seno de la *kehilá*, la comunidad, y pensé también en abandonar Esmirna. Tengo parientes lejanos en Venecia, en el Ghetto Vecchio, y otra rama de la familia reside en Hamburgo. Pero al sopesar esas posibilidades me di cuenta de que no eran tales. En vuestras ciudades a los judíos a lo sumo se nos tolera, y en muchas de ellas ni siquiera nos está permitido vivir dentro de la zona amurallada. Solo disfrutamos de libertad en el Devlet-i'Alîye, el Estado Sublime. Pero incluso aquí hay límites.

—¿Para los judíos y los cristianos?

—Para las mujeres. ¿Una mujer soltera que viva sola? Imposible. ¿Y que encima estudie la filosofía de la naturaleza? Totalmente inconcebible. Así pues, adopté el nombre de mi padre. A fin de cuentas él salía muy poco de casa y, a causa del *cherem*, prácticamente no tenía conocidos ni amigos. Me corté el pelo y me vestí con ropa masculina para salir a la calle. La Frenk Sokaği resultó ser un lugar ideal para pasar desapercibida, pues muchos extranjeros solo permanecen ahí unas pocas semanas o meses. Nadie prestaba atención a un joven andaluz extraño que vivía solo en una casa medio en ruinas. De hecho, pasaba la mayor parte del tiempo en la biblioteca, leyendo o escribiendo artículos. Como apenas salía de casa y me dedicaba por completo a la correspondencia, encontré un lugar donde ser libre: la *République des Lettres*.

Ella lo miró.

—En la *République des Lettres* nadie sabe que soy mujer. Ahí solo se juzga la calidad de los escritos, al menos mientras nadie conozca mi verdadera identidad.

—Jamás se lo revelaré a nadie. Tenéis mi palabra, milady.

Ella sonrió y le hizo una leve inclinación tal como estaba sentada.

—Os lo agradezco, efendi.

—Llamadme Obediah, os lo ruego, milady.

—En ese caso, llamadme Hanah. Milady me suena… raro.

—¿Porque es inglés?

—No. Porque hace más de diez años que nadie me llama ni milady, ni madame, ni begum. Solo efendi o sir.

—Entiendo —asintió él—. Queda solo una menudencia.

—Queréis saber qué les he dicho al *çavuş* y al mosquetero.

—Sí. Tengo que saber si nuestra misión está en peligro.

—Vinieron poco antes del *asr*, la oración de media tarde. El *çavuş* me dijo que un franco planeaba una conspiración contra el sultán. Mencionó vuestro nombre y afirmó que yo era vuestra cómplice.

—¿Y luego?

—Primero registraron la biblioteca y la dejaron patas arriba. Luego empezaron a interrogarme. Yo insistí en mi inocencia, afirmé que nuestra correspondencia se limitaba a asuntos de la filosofía de la naturaleza, como la que mantengo con muchos sabios y virtuosos de Occidente. Aunque el interrogatorio me pareció eterno, cuando vos llegasteis no debían de haber pasado más de veinte minutos.

—¿Por qué me protegisteis?

—No tenía opción. ¿Una conspiración contra el sultán? Algo así está castigado con la muerte, y además, atroz.

—Yo no planeo ninguna conspiración contra el Gran Señor.

—Lo sé. Pero si hubiera confesado que en realidad pretendéis robar unos arbustos de café, me habría ahorrado el tormento pero no la muerte. De todos modos, admito que, cuando llegasteis, estaba sopesando esa escapatoria; me aterra la tortura. Llegasteis justo a tiempo.

—¿Qué haréis ahora?

—No lo sé. Mi casa, mis papeles, toda mi vida ha terminado. No creo que pueda volver ahí.

—En tal caso, deberíais acompañarnos.

—¿A Moca?

—Sí. Sin duda vuestros conocimientos nos serán de utilidad. Y luego a Ámsterdam.

—¿Y qué voy a hacer yo allí? No tengo oro, y se dice que en Ámsterdam todo se basa en el oro. Cuanto me disteis en letras de cambio está ahora bajo los escombros de mi casa.

—El oro llegará. Cuando finalicemos la misión, nuestro cliente os recompensará con generosidad, igual que a cada uno de nosotros. Tenéis mi palabra. Y cuando lleguemos a Ámsterdam, me encargaré de vos. Ahí nadie os conoce. Si habéis sido capaz de convertiros de mujer a hombre, bien podréis pasar de sefardita turca a conversa española.

Ella bebió un sorbo de ponche.

—Tal vez. Pero ¿qué se supone que haría allí?

—No lo sé. Pero conozco algunos virtuosos en esa ciudad. Si sois capaz de calcular curvas y órbitas de una luna de Saturno, les dará igual vuestro origen y todo lo demás.

—¿Incluso el hecho de ser mujer?

—Incluso eso —respondió Obediah. Pero no estaba completamente seguro de que así fuera.

Juvisy, 4 de enero de 1689

Serenísima y cristianísima majestad:

Tras nuestra partida de Basset del pasado jueves, vuestra majestad me concedió el honor de interesaros por algunos detalles de mi trabajo, en concreto por los nuevos avances en cifrado. Espero que el expediente que os hice llegar haya sido de vuestro interés. Me solicitasteis además que os informara en cuanto hubiera valorado la primera carta que nos hizo llegar nuestro agente, el capitán Polignac. Estoy en condiciones de afirmar que estamos muy cerca de descifrar la correspondencia entre Chalon y Cordovero. Empero permitidme que empiece con una noticia luctuosa. Existen indicios para suponer que Gatien de Polignac ya no está con vida. No sé hasta qué punto vuestra majestad está al corriente de los acontecimientos en el imperio del Gran Señor, pero seguramente ha llegado a vuestros oídos la noticia de que el día 7 de noviembre se produjo en el Egeo un temblor de tierra de magnitud tal que resulta difícil describir con palabras la desolación que causó. A resultas de ello, la ciudad de Esmirna quedó totalmente arrasada. Según un primer informe del seigneur de Vauvray, vuestro embajador en la Sublime Puerta, hallaron la muerte más de veinte mil personas, la mayoría infieles, pero también muchos cristianos. Como vuestra majestad sabe, Esmirna es —aunque sería más apropiado decir era— algo así como el Ámsterdam de los turcos.

La última carta de Polignac está fechada el día 6 de noviembre de 1688 y fue enviada a París a través del consulado francés de Esmirna. El capitán había viajado al Levante a fin de encontrar, con la ayuda de un legado turco en Esmirna, a Cordovero, el colaborador del conspirador Chalon. Así, el atroz temblor de tierra tuvo lugar al poco de su llegada a la ciudad. Como desde entonces no hemos recibido ninguna otra misiva del mosquetero, resulta plausible suponer que en el momento de la catástrofe seguía en la ciudad y sucumbió a la tragedia. Que Dios se apiade de su alma.

Con todo, la muerte de este valeroso soldado no fue en vano, ya que gracias a él sabemos que Chalon y Cordovero utilizan el código de cifrado de Vigenère. A la vista de los estimables conocimientos de criptología que habéis demostrado tener recientemente, sin duda sabéis que este método requiere una palabra clave. Aunque desconocemos aún qué palabra utilizan, disponemos de una pista al respecto. Hace unos días uno de mis espías en la General Letter Office me hizo llegar un paquete con la antigua correspondencia de Chalon, en concreto la comprendida entre 1685 y 1687. Aunque buena parte de esta no guarda relación alguna con el asunto que nos ocupa, en una carta de un filósofo de la naturaleza dirigida al inglés tropecé con el siguiente párrafo:

«Al principio del primer día era el 1, es decir, Dios. Al principio del segundo día el 2, pues durante el primer día fueron creados el cielo y la tierra. Finalmente, al principio del séptimo día ya todo existía; por esto el último día es el más perfecto y el sabbat, pues en él todo se encuentra creado y completo y por eso también el 7 se escribe 111, por lo tanto sin cero. Y solo cuando se escriben los números exclusivamente con 0 y 1 se reconoce la perfección del séptimo día, que es santo y que también es digno de nota por el hecho de que por su carácter se relaciona con la trinidad».

Posiblemente vuestra majestad sospecha que este texto es una herejía judío-protestante. Yo mismo al principio pensé que ambos conspiradores hacían mención aquí a las conocidas tretas cabalísticas y la magia matemática propias del judaísmo. Sin embargo, su autor no es judío, sino un alemán llamado Gottfried Leibniz.

Vuestra majestad tal vez recuerde vagamente a ese hombre; estuvo varios años en la corte como diplomático del arzobispo de Maguncia y os presentó el peligroso plan de una campaña militar francesa en Egipto. En vuestra sabiduría, ya comunicasteis entonces a ese Leibniz que ningún monarca francés llevaría a cabo jamás una guerra tan carente de sentido como aquella. Por lo demás no es posible decir mucho a favor de ese hombre; es ateo, puede que incluso protestante. Recientemente ha redactado un escrito subversivo contra vuestra majestad, titulado *Mars Christianissmus*, en el que difama a vuestra persona, el señor más pacífico de la cristiandad, tachándoos de belicoso. Justo es decir que, pese a sus opiniones equivocadas, este alemán desvergonzado no es lerdo. Se dedica al estudio de las matemáticas y ha inventado una máquina de calcular muy celebrada. Además es el inventor de lo que él llama el sistema diádico. Esta es una nueva manera de anotar los números que no se basa en el diez y sus múltiplos, sino en secuencias binarias. La cita anterior hace referencia a esa «aritmética binaria». En ese extraño sistema diádico, el dos se escribe 10, el tres, 11, el cuatro, 100, y así sucesivamente.

A primera vista tal cosa parece carecer de aplicación. Dios ha dado a los números una forma cristiana y parece equivocado querer modificarla. ¡Lo siguiente será que alguien cree un sistema ternario, o cuaternario! Sin embargo, el sistema de Leibniz tiene un uso interesante, ya que permite representar cualquier número con solo dos cifras, el cero y el uno, el blanco y el negro. Por consiguiente, y con la certeza de que vuestra majestad se ha adelantado ya a estas mis torpes explicaciones, si ese sistema permite representar cualquier número, también puede hacerlo con las palabras. Mi sospecha es que Chalon y Cordovero crearon las palabras clave para el código de Vigenère usando el sistema de Leibniz y que luego se las intercambiaron por correo, ya que residen a varias millas de distancia.

Así pues, solo me queda descubrir el patrón binario tras el que se esconde la palabra clave; tiene que estar en algún punto de la correspondencia. Ahora que ya conozco la pregunta, confío en poder presentar a vuestra majestad la respuesta. Os agradezco humildemente vuestra paciencia.

Vuestro, como siempre, humilde servidor,

BONAVENTURE ROSSIGNOL

P.D.: Si Polignac se encontraba en Esmirna en el momento del temblor de tierra, lo mismo puede decirse de Cordovero. Por lo tanto, es muy posible que ese marrano cabalista esté muerto, lo cual sería, sin duda, una buena noticia.

Lo primero que vio Polignac cuando abrió los ojos fue al Gran Turco. La imagen del sultán estaba colgada a los pies de su lecho. El Gran Señor lucía un turbante inmenso y parecía sumido en cavilaciones. Ensimismado, con la mirada gacha, olía una flor que sostenía en la mano. El mosquetero intentó levantarse, pero aquello le valió un dolor intensísimo en el hombro derecho. Entre gemidos, se dejó caer de nuevo en el catre. Reparó entonces en que tenía el brazo y el pecho envueltos en un vendaje. Se encontraba en una tienda de campaña tan lujosamente decorada que debía de pertenecer a un agá o un pachá. El suelo estaba cubierto de alfombras de muchos colores, y del techo colgaba una lámpara de plata martillada. Había un pequeño escritorio con un taburete al lado y también un rincón para sentarse donde se apilaban montones de almohadones y pieles. De nuevo, Polignac intentó incorporarse, cuidando de no dañarse el hombro lesionado. Cuando lo consiguió, se puso en pie lentamente, agarrándose al armazón de la cama. Resultó muy bien. Aun así, no bajó la guardia. Sabía por experiencia que reponerse rápidamente tras una herida era, entre otras cosas, engañoso. Con frecuencia la sensación se desvanecía al dar los primeros pasos. Sin embargo, en esta ocasión logró llegar sin gran esfuerzo hasta el taburete plegable que había al otro lado de la tienda y sentarse. Sobre la mesa había un cuenco con higos, uvas y naranjas frescas. Notó que el estómago le gruñía. Abrió entonces un higo con los dedos y se comió la pulpa. Luego se sirvió un líquido rosado que había en una jarra y que, para su asombro, resultó ser vino. ¿Los musulmanes tomaban alcohol? Se encogió de hombros y bebió un largo trago. Comió unos cuantos higos más. Entonces volvió a servirse y alzó el vaso hacia el retrato colgado en la pared. Se preguntó qué sultán podía ser aquel. ¿Sería Solimán el Magnífico? ¿O acaso Murad el Cruel? A él todos los príncipes turcos le parecían iguales.

Oyó un crujido de telas, como si hubieran apartado a un lado las cortinas de la tienda exterior. Al poco entró un hombre con un turbante blanco y una gran bolsa de cuero. El mosquetero se estremeció. Sin duda ese tipo era un médico de campaña, y seguramente estaba ahí para ensayar con él alguna técnica médica. Aún tenía presente su estancia en el lazareto cercano a Namur y recordaba muy bien cómo aquellos médicos le habían maltratado.

El hombre le hizo una reverencia y dijo en un francés bastante aceptable:

—Saludos, efendi. Soy Abdulá Cettini, médico de la cuadragésima novena orta jenízara. Veo que ya estáis en disposición de levantaros.

—Buenos días, monsieur. ¿Dónde estoy?

—En el campamento de mi orta, cerca del pueblo de Çeşme.

Tras el combate con Vermandois, Polignac apenas recordaba nada. Seguramente había tenido mucha fiebre, porque solo se acordaba de que lo habían llevado en carro, tumbado en una litera. No habría sabido decir cuánto había durado ese viaje.

—¿Dónde se encuentra Çeşme?

—En la costa, a unos veinte *fersah* de Esmirna, ante la isla de Quíos, por si eso os dice alguna cosa.

Polignac mostró su acuerdo con un gruñido.

—Sin duda tendréis muchas preguntas, pero no me corresponde a mí contestarlas. El comandante lo hará en cuanto os hayáis recuperado. Permitidme que os cambie el vendaje y vea cómo curan vuestras heridas. Por favor, quitaos la camisa.

Polignac hizo lo que le pedía. Se dio cuenta entonces de que iba vestido como un musulmán. Llevaba una especie de camisón de cuello rígido, pantalones bombachos y una larga casaca de color verde lima con bordados. No vio ni rastro de su propia ropa. Aquello le inquietó. Dejando aparte su incomodidad al verse vestido con esos pantalones demasiado anchos y una camisa que casi le llegaba a los tobillos, para un mosquetero de la guardia era un deshonor perder su equipo, esto es, la espada, las pistolas y, sobre todo, la sobrevesta con la cruz de lirios blancos ante el sol dorado, el emblema de su majestad.

—¿Qué ha ocurrido?

—Estabais herido. Una espada os atravesó el hombro derecho —dijo Cettini mientras empezaba a soltar el vendaje—. Además, presentabais numerosas contusiones y una conmoción cerebral. ¿Os acordáis del temblor de tierra?

—¿El...? No. ¿Qué temblor?

—El temblor de tierra en Esmirna. La ciudad quedó destrozada, también la casa en la que os encontrabais. Se desplomó sobre vos y fuisteis hallado inconsciente entre las ruinas. Eso hizo que entrara mucho polvo y suciedad en las heridas y os provocó fiebre.

—¿Y no me habéis amputado el brazo?

—No. ¿De qué habría servido?

—Bueno, no lo sé. Seguro que un médico de campaña francés lo habría amputado para evitar que la infección se extendiera.

Cettini torció el gesto.

—No soy un médico de campaña, monsieur. Soy doctor en medicina. Estudié en el Saray-i Bîmârân del padichá y en Bolonia.

—Disculpad, monsieur —repuso Polignac. Algo le había llamado la atención—. ¿Habéis dicho Bolonia? Percibo un ligero acento. ¿Acaso sois italiano?

Cettini asintió. Para entonces había retirado el vendaje y observaba la herida en el hombro de Polignac.

—No sabía que hubiera *devşirme* italianos.

Por la expresión de Cettini, Polignac vio que aquel médico pensaba que en realidad no sabía de nada. Y en lo que se refería a los otomanos era cierto.

—No, en absoluto. Mi padre es veneciano. Era el *bailo* del

dux ante la Sublime Puerta. Yo soy uno de los hijos de su concubina en Estambul.

El médico se alejó y se dirigió a un rincón de la tienda donde había un brasero. Sacó de su bolsa un recipiente, en el que puso a hervir agua, y extrajo de un bolsillo un manojo de hierbas que arrojó al líquido.

—Tuvisteis suerte —dijo sin mirar a Polignac—. La espada de vuestro adversario penetró de forma limpia entre el arco del hombro y el hueso del brazo sin lastimar ni la arteria ni ningún tendón importante. ¿Os duele?

—Un poco.

—Eso es por la hemorragia que tenéis en el hombro. El cuerpo se encargará de eliminar esa sangre. En no más de cuatro semanas tendréis el hombro como nuevo. O, al menos, como antes de la herida.

Cettini se le acercó y le limpió la herida con un paño que iba empapando en la infusión de hierbas. Por último, le puso un nuevo vendaje.

—La herida ha dejado de supurar. Eso es buena señal. Pasado mañana volveré para cambiaros el vendaje.

El médico se levantó. Polignac lo miraba extrañado.

—¿No vais a purgarme?

—¿Tenéis molestias digestivas, efendi?

—No, en realidad no.

—En tal caso, no es necesario. Y aunque así fuera —dijo señalando el cuenco de fruta—, yo antes os aconsejaría que comierais tres higos todas las mañanas. Hacen milagros.

—¿Y tampoco vais a hacerme una sangría? Cuando sufrí la anterior estocada, el médico me hizo una.

Cettini suspiró.

—¿Os dijo por qué?

—Para equilibrar de nuevo los humores cardinales.

—Efendi, os aseguro que nada de eso es necesario. Os recomiendo que comáis bien y que paseéis mucho al aire libre. Dormid bien. Si el hombro os duele, tomad un poco de hachís.

Aquí os dejo algunas bolitas. Los baños de mar también favorecen la curación. No es bueno sacar sangre a un hombre debilitado por la fiebre y el dolor.

Cettini hizo una reverencia.

—Que os mejoréis, efendi.

Polignac se levantó y respondió a la reverencia.

—Muchas gracias, *medicus*.

En cuanto el médico se hubo retirado, Polignac se comió una naranja. La charla le había cansado, por lo que volvió a tumbarse en el lecho mullido. Se durmió de inmediato. Lo despertó la llamada del muecín. No sabía a qué oración estaría llamando ese musulmán, pero le pareció que fuera todavía había luz, pues en la pared exterior de la tienda se reflejaba un brillo dorado. Se levantó y salió. Tras resguardarse los ojos para que aquel sol bajo no lo deslumbrara, miró a su alrededor. Ante él se extendía en todas direcciones una auténtica ciudad de tiendas de campaña. Polignac había oído hablar de los campamentos jenízaros, pero al ver aquel le sorprendió lo perfecto que parecía. Todas las tiendas eran de la misma tela roja y se adornaban con los mismos banderines, en los que se representaba una espada de doble punta. Su disposición le recordó un jardín palaciego: todo seguía una geometría. Entre las tiendas discurrían calles rectas, y a intervalos regulares había espacios para cocinar. Con todo, lo más sorprendente era el olor. Los campamentos militares, ya fuesen franceses, alemanes o españoles, apestaban siempre como cien letrinas. Polignac conocía muy bien el hedor, mezcla de desperdicios, excrementos y muerte, que impregnaba esos poblados hechos de tiendas. En cambio aquel campamento militar olía a aire fresco… y a café.

Junto a su tienda, tres soldados de guardia, sentados en torno a un *ibrik*, tomaban sorbos de café en pequeñas escudillas de porcelana. Al ver a Polignac, uno de ellos se levantó, hizo una reverencia y dijo algo en turco. El mosquetero negó con la cabeza.

—No hablo turco.

Otro soldado se puso en pie. Por la varilla de latón decorada con plumas de avestruz que llevaba pendida en la parte delantera del gorro blanco que cubría su cabeza, Polignac supo que era un militar de rango superior, posiblemente un suboficial.

—Buenos días, señor —dijo el hombre en un francés poco pulido—. Mi nombre es Mahmut Kovaç, *bölük* de servicio. ¿Cómo os sentís?

—Bien, gracias.

—¿Un café, efendi?

—Encantado. Muchas gracias, monsieur.

El suboficial indicó a uno de los hombres que cediera el asiento a Polignac. Tras musitarle algo, este cruzó los brazos ante el pecho e inclinó la cabeza. Luego desapareció. El mosquetero se preguntó a quién iría a informar de que se encontraba de nuevo entre los vivos. Posiblemente al comandante que había mencionado el médico, se dijo. Después de tomar un sorbito de su café, inquirió al *bölük*:

—¿Habéis desplazado vuestro campamento de Esmirna aquí?

—Sí, efendi.

—Pero ¿por qué? ¿Acaso Esmirna no precisa vuestro auxilio?

Polignac lamentó al momento haber hecho esa pregunta; era una impertinencia. De forma indirecta había recriminado al oficial el haber abandonado la ciudad a su suerte. Sin embargo, no había sido él quien así lo había decidido.

—En Esmirna hay enfermedad.

—¿Cuál? —quiso saber Polignac—. ¿Cólera?

—No. *Veba*. No sé la palabra en francés.

—¿Y en italiano?

—*La peste*, efendi.

—¿La peste? ¿Tan rápido?

—Es verano y hace calor.

Polignac asintió y tomó otro sorbo de café. La peste se encargaría de destruir lo poco que hubiera quedado con vida en

Esmirna tras el temblor. Cualquier comandante francés habría hecho igual que el de esos jenízaros, habría puesto a salvo su batallón.

Al cabo de unos minutos apareció un grupo de soldados encabezado por un hombre de barba rojiza que no parecía jenízaro. En vez de *börk* llevaba un turbante y sostenía una especie de cetro. Al llegar junto a ellos, Polignac se levantó. El de la barba hizo una reverencia. El mosquetero respondió al saludo.

—¿Sois el capitán Gatien de Polignac, miembro de los legendarios mosqueteros?

—No tan legendarios como el cuerpo de los jenízaros.

—Sois muy amable. Me llamo Hamit Cevik. Soy capellán de la orden bektashí y consejero personal del honorable *çorbasi* Erdin Tiryaki. Mi señor tiene el placer de invitaros a tomar café en su jardín.

Antes de aquella importante entrevista, Polignac habría preferido familiarizarse con el entorno y haber pensado un poco en qué pasos debía dar. Pero la voz y la expresión del hombre de la barba dejaban entrever que la invitación no dejaba opción. El comandante del regimiento lo había citado y punto. Así que hizo una leve reverencia y dijo:

—Será un placer, eminencia.

Atravesaron el campamento. Su primera impresión se confirmó. El nivel de disciplina y de limpieza era casi estremecedor. No había lugares para beber, ni se veían prostitutas o niños jugando.

—¿Cuántos soldados componen esta unidad? —preguntó Polignac al de la barba.

—Aquí hay apostadas tres ortas. Y cada una consta de ciento veinte hombres.

—¿En tiempos de guerra?

—Siempre. Los jenízaros son soldados de profesión.

—¿Y cuántas ortas hay como esta?

—Ciento noventa y seis, efendi.

Si las ortas estaban formadas por un centenar de hombres,

el Gran Señor disponía en total de más de veinte mil hombres. Y eso solo era su tropa de élite. Polignac se estremeció. Todo el cuerpo de mosqueteros ni siquiera sumaba mil soldados.

—¿La tienda es de vuestro gusto, efendi?

—Sí, muchas gracias. Es muy cómoda. ¿A quién pertenece?

—Es la mía.

—¿Os he sacado de vuestra tienda? Lo lamento muchísimo, eminencia.

—No os preocupéis. Me alojo con uno de mis hermanos. En la hermandad lo compartimos todo.

—En tal caso, os agradezco la hospitalidad. Y el vino.

El capellán se dio cuenta de la expresión de Polignac.

—No debe extrañaros. Por regla general el vino es *haram*, prohibido, pero los bektashí somos sufíes.

—Ah. Entonces ¿vuestra orden no acata los preceptos del Corán?

—El Corán es para todos los creyentes, efendi.

—Pero ¿la vuestra da una interpretación distinta? —preguntó Polignac.

Cevik sonrió.

—Se dice que en una ocasión el califa de Bagdad visitó a Haci Bektash, el fundador de nuestra orden. Vio que tenía muchos viñedos en propiedad y preguntó: «¿Qué hacéis con tanta uva?». «Oh, a los monjes nos gustan las uvas dulces y maduras», contestó Haci. Entonces el califa comentó: «Pero ¿tantas uvas para comer? ¡Qué raro!». Y Haci Bektash respondió: «No es problema. Las que no podemos comer, las ponemos en la prensa y las almacenamos en barricas de madera. Lo que entonces ocurre es solo voluntad de Alá».

Antes de que el mosquetero pudiera decir algo, vio adónde se dirigían. El alojamiento del *çorbasi* estaba en el centro del campamento y, aunque la tienda estaba hecha con las mismas telas que las demás, difícilmente se podía decir que aquello fuera una tienda. En realidad, era un palacio trasladable. Al lado de una gran estructura de forma octogonal rematada por una cúpula había tres tiendas más de menor tamaño. En torno a ese conjunto se había levantado una mampara de dos metros de alto que protegía de miradas indiscretas. Los guardias apostados en la única entrada los dejaron pasar. Entonces Polignac se dio cuenta de que entre las cuatro tiendas había además dos pabellones de techo más bajo y un jardín provisional. Sobre la hierba se habían distribuido alfombras y almohadones de damasco. En una jaula dorada, flanqueada por adornos hechos de tulipanes y rosas, gorjeaban pájaros cantores. En el centro estaba sentado un hombre corpulento, de complexión fornida pero no gordo. Estaba recubierto de joyas y lucía un abrigo de ribetes de oro con un adorno de marta cibelina en el que se habría podido ocultar un huevo. El *çorbasi* no hizo caso del recién llegado, siguió acariciando al perro de caza que yacía en una almohada tumbado a su lado. Era un animal muy hermoso, delgado, con la piel brillante y de color nogal. Portaba un vestido con brocados de oro y tenía las patas y la cola teñidas de amarillo. Después de dedicarse un rato a acariciar al animal, el comandante se volvió hacia Polignac.

—¡Ah, nuestro invitado franco! Sed bienvenido. Por favor, tomad asiento.

Polignac se acomodó en un montón de cojines que estuvo a punto de engullirlo. Un sirviente le sirvió café y el mosquetero tomó un trozo de una golosina muy dulce, una especialidad de Candía, según le contó el *çorbasi* con orgullo. Luego asomó un flautista y empezó a tocar una melodía oriental, triste y sinuosa. Polignac era consciente de que los turcos eran complicados y que se tomaban su tiempo para todo, pero su disposición a participar en aquella ceremonia descabellada tenía sus límites. Aunque la rabia que le había atormentado en los meses pasados parecía haber desaparecido, el tiempo le apremiaba. Si ese hombre quería algo de él, más valía que se lo dijera de inmediato.

Sin embargo, su anfitrión permanecía reclinado y escuchando la música en silencio. Al poco rato, el *çorbasi* se incorporó.

Polignac supuso que su conversación por fin iba a dar comienzo, pero Erdin Tiryaki cogió un tulipán y aspiró su fragancia. Aquella pose parecía muy estudiada. A Polignac le recordó el retrato del sultán que había en su tienda.

—¿Os gustan las flores, capitán?

El mosquetero se encogió de hombros.

—Estas son muy bellas.

Tiryaki señaló el tulipán que tenía en la mano. Era de color blanco, con unas líneas de color púrpura que se alzaban como llamas por los pétalos.

—Esta es una *Semper Augustus*, un ejemplar de Ámsterdam. Su color es simplemente sublime. Aunque tiene una forma algo tosca.

—¿Habéis dicho «tosca», honorable *çorbasi*?

—Los otomanos descubrimos el tulipán en Persia y fuimos los primeros en cultivarlos, mucho antes que los holandeses. ¿Lo sabíais?

A Polignac le costaba contenerse.

—Entiendo. No, no lo sabía. Disculpad, por favor, mi franqueza, seigneur. Las flores son fascinantes, desde luego, pero ¿deberíamos hablar de nuestros enemigos?

—Pero, capitán, eso es lo que estamos haciendo —le reprendió el *çorbasi*—. Nosotros convertimos el tulipán en lo que es. Y entonces vinieron esos holandeses, nos lo compraron y continuaron cultivándolos. No hay duda de que en variedad y colores han superado a nuestros jardineros. Sin embargo, al mismo tiempo, han sustituido la fina silueta del cáliz por una forma acampanada. Así son los holandeses, ¿no os parece? Lo estudian todo, mejoran muchas cosas, pero carecen de sensibilidad para lo sublime, para la belleza. Son admirables y despreciables a la vez. Como ese agente de Guillermo III que se os acaba de escapar.

—También se os escapó a vos.

—Ambos sabemos que fue culpa del temblor de tierra. En todo caso, a la Puerta este tipo de excusas le traen sin cuidado.

343

—Posiblemente a su majestad también. Tenemos que encontrar a ese hombre.

—Pero para ello como mínimo deberíamos saber hacia dónde se dirige. ¿Tenéis alguna idea?

—Ninguna en concreto. Esperaba hacer hablar a ese chico judío. O descubrirlo en sus papeles.

—Todo cuanto mis hombres lograron recuperar de las ruinas de esa casa —dijo el *çorbasi* golpeando suavemente una caja de madera que tenía a su lado— está aquí. ¿Habláis latín?

—Estudié en un colegio de la Compañía de Jesús.

—Eso para mí no significa nada.

—Es una orden católica que estudia muy a fondo las Sagradas Escrituras. Hablo latín como si fuera mi lengua materna.

—¿Un estudioso de las Escrituras? ¿Una especie de *talib*? Perfecto. Leedlo todo. Luego, en cuanto lleguemos a Estambul, informaréis al comandante superior de mi cuerpo.

—¿Vamos a partir hacia Constantinopla?

—¿Os disgusta la idea?

—Lo cierto es que esperaba retomar la persecución de Chalon cuanto antes.

—Todo a su debido tiempo. Tenemos que presentarnos ante el *ağasi*. Tengo mis órdenes.

—Ilustrísimo seigneur, disculpad de nuevo mi franqueza, pero yo tengo órdenes del mismísimo rey francés para que, si es preciso, persiga a ese Chalon hasta el fin del mundo...

—No estáis en Francia, sino en Devlet-i'Alîye. Aquí rigen otras normas.

—Pero...

—¿Sí?

—El seigneur de Vauvray, embajador de su majestad en la Sublime Puerta, obtuvo la garantía del gran visir Ayaşlı Ismail Pachá de que el cuerpo de jenízaros me ayudaría en la medida de lo posible.

El *çorbasi* dejó el tulipán y sonrió.

—Ismail Pachá ha sido destituido. En la actualidad los

grandes visires de Estambul cambian más rápido que las estaciones.

—¿Y qué dice el *çavuş* Mátyás Çelebi al respecto?

—Nada. Murió a causa de la gravedad de sus heridas.

Antes de que Polignac tuviera ocasión de objetar algo más, el comandante añadió:

—No os preocupéis, capitán. En lo posible, os prestaremos también nuestro apoyo. También nosotros queremos apresar a ese Chalon. Pero ha habido cambios. Aunque tal vez la palabra adecuada sea complicaciones.

—¿A qué os referís?

—Ni vos ni vuestro embajador mencionasteis que un hijo de Luis XIV estaba implicado en esta conspiración.

Polignac reprimió un juramento. ¿Cómo habían podido averiguar los turcos tal cosa? O, mejor dicho, ¿cómo se habían enterado los jenízaros de que Vermandois se encontraba entre los conspiradores?

Se aclaró la garganta.

—Como podéis imaginar, este asunto está sometido a la más estricta confidencialidad.

El *çorbasi* ladeó la cabeza y suspiró de forma teatral.

—Lamento comunicaros que vuestra confidencialidad no funciona. Veo incredulidad en vuestro rostro. Sé lo que pensáis, pero sois demasiado educado para decirlo en voz alta.

—¿Y qué es? —preguntó Polignac.

—Pensáis que el servicio secreto otomano es incapaz de haberlo descubierto por su cuenta. Una vergüenza para un país tan poderoso. Y es cierto. Nuestros espías son unos lerdos. Por eso la Puerta siempre ha agradecido la información que Francia le procuraba sobre Venecia, los Habsburgo, Polonia. Pero el tiempo nos ha enseñado que incluso los informes de vuestros espías a veces contienen errores. Grandes errores.

—¿Os referís a Viena?

—Sí, a eso exactamente. El Gabinete Negro de vuestro señor aseguró que nunca jamás aparecería un ejército de apoyo,

345

y menos con la participación de ese polaco. Según se informó a la Puerta, Sobieski aborrecía a Leopoldo y se mantenía leal a Luis. Un error de cálculo que costó la vida a miles de mis hermanos de la tropa.

Polignac resolló con rabia.

—No podéis culpar a Francia de vuestra derrota.

—No, en efecto, los responsables fueron Kara Mustafá y su padichá. Ambos pagaron por ello. Nosotros no permitimos que un fracaso como ese quede impune.

Polignac tenía la certeza casi absoluta de que con ese «nosotros» Tiryaki no se refería a los turcos, sino al poderoso cuerpo de los jenízaros. Rossignol suponía que tras la derrota de Viena este cuerpo de élite había sustituido al sultán Mehmet IV por otro señor más favorable a ellos. Parecía evidente que había algo de cierto en aquella historia.

—De todos modos, capitán, en el presente también obtenemos información de otros poderes francos. Y ellos han tenido noticia recientemente de la desaparición de ese hijo del rey.

El servicio de inteligencia al que aludía no podía ser otro que el Hofburg de Viena. Pero ¿cómo podía ser? Debía informar a Rossignol en cuanto tuviera oportunidad.

—Por eso el comandante general de los jenízaros quiere conocer más sobre ese Vermandois —prosiguió el *çorbasi*— y saber si ese Chalon es en verdad tan peligroso como afirman vuestros espías.

—Decidme, ¿cuál será el siguiente paso? —preguntó Polignac.

—Tranquilo. Analizad la correspondencia que hemos podido rescatar y presentadme un informe. En persona. En unos días partiremos en barco hacia Estambul.

—Entendido. ¿Existe alguna posibilidad de enviar una carta a París? Me gustaría informar también a mi señor.

—Por supuesto. Daré órdenes para que mi jinete más veloz la lleve a Çeşme para que salga hacia Marsella con el próximo barco francés.

A Polignac no le pasó inadvertida la vacilación del *çorbasi* antes de responder. Tuvo entonces la certeza de que su carta no llegaría jamás a su destino. Era un prisionero del cuerpo, y era evidente que este servía a sus propios intereses. Inclinó la cabeza con rostro inexpresivo. Luego se puso en pie.

—No quiero abusar más de vuestro preciado tiempo, noble *çorbasi*. Si me lo permitís, me retiro para recuperarme. Os agradezco vuestra extrema hospitalidad.

Su anfitrión sonrió.

—Podéis disfrutar de ella tanto como os plazca. Mis hombres os acompañarán de vuelta a vuestra tienda. El campamento es muy grande y podríais desorientaros.

Tiryaki dirigió de nuevo su atención al perro y le susurró algo al oído. Acarició la nuca del animal y este respondió con un gruñido de satisfacción. Al mosquetero no se dignó dirigirle ninguna otra mirada.

Habían tardado cuatro semanas en ir de Esmirna a Suez. El viaje había sido tranquilo, sin ningún contratiempo. Al parecer, quien en Esmirna había pretendido acosarles, a ellos y a Hanah Cordovero, les había perdido la pista. Cabía la posibilidad de que ese mosquetero y su acompañante turco estuvieran muertos, como la mayoría de los jenízaros y todos aquellos con quienes se habían encontrado en Esmirna. Cordovero había explicado a Obediah que los temblores de tierra eran frecuentes en el Egeo oriental, pero que aquel había sido muy superior.

Al igual que en su anterior viaje en barco, los heráclidas pasaban la mayor parte del tiempo en cubierta. Marsiglio aún no se había quedado sin historias orientales que contar. Afirmaba que sabía más de mil, algo que a Obediah le parecía una exageración tremenda. Sin embargo, tenía que admitir que hasta el momento el general no se había repetido ni en una sola ocasión. De todos modos, a él más que los cuentos del italiano le interesaban las historias de Hanah Cordovero. Los conocimientos de aquella sefardita eran tan extensos como impresionantes. Ya fuera de astronomía, matemáticas o medicina, parecía saberlo todo. Conocía los escritos más recientes de Newton y de Leeuwenhoek. Las discusiones que antes solo podían mantener por carta ahora eran mucho más intensas. Así, mientras los demás jugaban a la *boccia* o entonaban canciones marineras de taberna, Obediah y su antigua amistad epistolar permanecían sentados en la cubierta de popa, siempre con papel y pluma en mano. Cuando, con tantas hipótesis y teorías relacionadas con la filosofía de la naturaleza, empezaba a salirles humo de la cabeza, se divertían comentando escritos de Anastasio Kircher. Recitaban los pasajes más descabellados entre risas y carcajadas, para desconcierto de sus compañeros de viaje.

A principios de diciembre llegaron a Alejandría. Permanecieron allí dos días, que dedicaron a vender el barco y comprar camellos, y reemprendieron la ruta hacia Suez. Durante el trayecto por tierra a través del desierto, Obediah se sintió sumamente inquieto. No era por los ladrones que, según se decía, cometían fechorías entre Alejandría y Suez, ni tampoco por las patrullas otomanas. Sus salvoconductos eran de primera clase y los distinguían como comerciantes de Marsella que viajaban con la dispensa personal del Gran Señor. En dos ocasiones unos soldados les pidieron la documentación y no tuvieron problema alguno. Lo que a Obediah le quitaba el sueño era la duda de si la siguiente parte de su plan saldría bien.

Tras llegar a Suez se detuvieron en un caravasar situado en las afueras de la ciudad. Obediah envió a Jansen al puerto para que comprara un barco que pudiera llevarlos a Moca. Entretanto, el inglés y Marsiglio se dirigieron a un almacén en el lado oeste del malecón.

—¿No pensáis decirme qué guardáis ahí, Obediah? —preguntó el general.

—Todo cuanto necesitamos para nuestra empresa. Los distintos aparatos de Huygens y otras cosas que tal vez nos hagan falta en la montaña donde se cultiva el café.

El italiano asintió.

—Ya me había preguntado dónde estaba todo eso. ¿Está también ahí mi *giardino botanico*?

—En efecto, cuidadosamente desarmado y embalado en cajas. —Obediah esquivó a un mendigo muy desaseado—. Al menos, eso espero.

—¿No tenéis la certeza de que el envío haya llegado?

—Sí, de eso estoy seguro. La oficina de Suez es parte de la red de la VOC y en su momento recibí un mensaje en Ámsterdam comunicándome que la mercancía había llegado sin daño alguno. Sin embargo, eso fue en primavera. Desde entonces puede haber pasado cualquier cosa.

Los almacenes se encontraban junto a un canal desde el cual la mercancía podía transportarse al puerto en unas barcazas. Se caló el sombrero. Esmirna le había parecido calurosa, y Alejandría aún más. Ahora sabía que eso solo había sido el aperitivo. En Suez el sol calentaba de forma tan despiadada desde lo alto del cielo que él de buena gana se habría pasado todo el día metido en una oscura bodega. Sudaba por todos los poros. Estaba claro que su sangre era demasiado espesa para Oriente. ¿Y si en Moca hacía aún mas calor? Aquello para él era inconcebible. Se dijo que quizá debería hacer un par de mediciones con el termómetro de Tompion. Dudaba que alguien hubiera estado alguna vez en Arabia con un aparato tan novedoso como aquel.

Llegaron al almacén. Era una construcción de tamaño considerable que, a diferencia de la mayor parte de los edificios de Suez, no era ni de madera ni de barro, sino que estaba hecho con grandes sillares de piedra.

—Muy sólido —comentó Marsiglio—. Digno de un faraón.

Varios bloques de granito mostraban inscripciones escritas en esa lengua iconográfica que tanto abundaba en el Nilo y que nadie sabía descifrar. Posiblemente quienes construyeron el almacén habían sacado esas piedras de alguna pirámide medio hundida en la arena del desierto y les habían dado un nuevo empleo. Obediah se acercó al gran portón que había en la fachada y lo golpeó con el bastón que usaba para caminar. Al cabo de un rato, el portón se entreabrió y un hombre se asomó. Aunque vestía un caftán y llevaba el turbante propio de los lugareños, resultó ser genovés. Obediah le mostró la documentación que confirmaba que tenía bultos guardados allí.

El hombre asintió.

—Seguidme, signori.

Dentro del almacén el ambiente era agradablemente fresco. Pertrechado con una antorcha, el genovés los acompañó hasta el lugar donde estaban sus bultos. Había un total de diez cajas, todas ellas de una longitud de unos cuatro pies y medio, cerradas con clavos y envueltas con cabos de cáñamo. Obediah comprobó los sellos de las cuerdas.

—Nadie ha tocado vuestra mercancía. Os lo aseguro —dijo el comerciante.

Obediah asintió.

—Por favor, dejadme una palanqueta y permitidnos unos instantes a solas.

—Como gustéis.

Tras esperar a que el genovés se hubiera alejado, rompieron uno de los sellos. Con ayuda de Marsiglio, Obediah levantó la tapa. La caja estaba llena de virutas de madera. Obediah las removió con la mano hasta dar con algo. Tiró hacia fuera y dejó a la vista un pequeño marco con un cristal de plomo de colores, no muy distinto de los de las vidrieras de las iglesias. Sin embargo, aquel no mostraba ningún santo, sino un demonio con ojos rojos y brillantes.

—Pero ¿qué...? —exclamó Marsiglio sin poder reprimirse.

—Horripilante, ¿verdad?

—Estoy más sorprendido que asustado, la verdad. ¿Qué es?

En lugar de responder, Obediah volvió a rebuscar entre las virutas y sacó un cubo de madera con herrajes de latón y, en un lado, un orificio redondo. Aquel artilugio tenía un vago parecido a una lámpara.

—Es una linterna mágica —gruñó Marsiglio—. Sirve para reflejar imágenes en la pared, ¿verdad?

Obediah asintió.

—He oído decir —prosiguió el general— que algunos sacerdotes católicos usan esas cosas para reflejar imágenes de ángeles en las paredes de las iglesias y así impresionar a los campesinos simples.

Marsiglio señaló el disco de cristal con el demonio.

—Me parece, Obediah, que vuestras intenciones son verdaderamente diabólicas. ¿Me contaréis en qué consisten?

—Con mucho gusto. Os lo contaré de camino al puerto.

Obediah examinó un par de cajas más antes de cerrarlo todo de nuevo y llamar al jefe del almacén.

—¿Todo a su satisfacción, signore?

—Sí, muchas gracias. ¿Cuánto os debo?

—Me temo que la tasa de almacenamiento acumulada es considerable. La mayoría de los bultos permanecen aquí unas pocas semanas. En cambio los vuestros han estado siete meses.

—¿Cuánto es?

—En total, doscientos cincuenta y tres golden y once stuiver, signore.

Al oír aquella suma, Marsiglio soltó un gemido. Era una cantidad ciertamente elevada, y si el genovés se hubiera limitado a guardar las cajas en el depósito habría resultado exagerada. Pero Obediah sabía que el hombre se había ocupado también de que ningún factor otomano se acercara a la mercancía y la examinara. Por otra parte, había conseguido documentación arancelaria falsa en la que se afirmaba que la mercancía había superado todos los controles necesarios.

—¿Podéis encargaros de llevar los bultos al puerto?

—Por supuesto. ¿A qué barco, signore?

—Esta tarde lo sabré. Entonces os enviaré una nota.

Pagó la cuenta y fueron hacia el puerto. Al llegar al muelle, Obediah sacó el catalejo y contempló los barcos; brillaban al sol de la tarde. La mayoría eran barcos cafeteros franceses. Más lejos distinguió varias banderas portuguesas e inglesas.

Pasó el catalejo a Marsiglio.

—¿Veis algo que os desagrade, Paolo?

—No. No. Nada extraordinario. Ni en los barcos, ni en el muelle. ¿Dónde nos reuniremos con Jansen?

—En la capitanía del puerto.

Encontraron al danés sentado a la sombra de una palmera. Tenía aspecto malhumorado, pero eso no significaba gran cosa.

—¿Habéis encontrado un barco para nosotros, monsieur?

—Sí.

—Por vuestra expresión diría que ese «sí» lleva consigo un «pero».

—Bueno, la buena noticia es que podemos fletar un barco.

—¿Y la mala?

—La mala es que no hay ni balandras ni polacras. Tan solo una embarcación de seiscientas toneladas.

—¿Cómo decís? —objetó Marsiglio—. Si solo queremos atravesar el Mar Rojo… Con una nave así podríamos ir hasta Batavia o Japón…

—Marsiglio, no necesito que me deis lecciones sobre barcos —replicó Jansen—. Por lo visto el problema es que en Suez no hay navieras sino particulares. La carga y los pasajeros son bienvenidos, pero siempre son ellos los que llevan la embarcación, como capitanes. —Se volvió hacia Obediah—. Y vos seguís queriendo una nave que podamos dirigir nosotros, ¿verdad?

—Así es. El asunto que nos traemos entre manos no admite público.

—Sin embargo, para un barco capaz de navegar hasta la India necesitaríamos muchos hombres —apuntó Marsiglio.

—Si quisiésemos navegar hasta la India, sin duda —respondió Jansen—. En el Mar Rojo y el golfo de Adén se puede ir con menos tripulación.

—Quedáoslo —dijo Obediah—. Partiremos cuanto antes. No quiero permanecer aquí más tiempo del necesario. Es posible que nuestros perseguidores hayan muerto, pero seguro que sus jefes no. A saber cuándo podrían volver a aparecer esos tipos.

Polignac se quitó el turbante y ese abrigo largo que le llegaba hasta las pantorrillas. Luego se desprendió de la faja que le envolvía el vientre y del resto de las prendas. Rápidamente se puso su propia vestimenta: la camisa de volantes, los calzones y la sobrevesta. Sabía que, vestido así, en la provincia otomana llamaría la atención igual que un perro verde. Pero en el puerto de Çeşme los capitanes venderían un pasaje a un *ghiur* con oro, mientras que un jenízaro solitario parecería un desertor y nadie ayudaría a un prófugo, menos aún si a pocas *lieues* al interior había varias ortas acampadas.

Guardó en un bolsillo secreto de su sobrevesta los papeles que el *çorbasi* le había dado para traducir. Había cartas y también algunos bocetos. Entre ellos vio la carta cuya copia ya había visto en París y a la que la acompañaba el dibujo de un patinador holandés. Polignac no sabía si esos papeles eran de importancia, pero estaba decidido a hacérselos llegar a Rossignol. Por último, el mosquetero se abrochó al cinto una daga extraña, con el filo en forma de «S», que le había quitado al capellán. La cogió y ensayó algunas estocadas. Los turcos la llamaban yatagán. No tenía idea de cómo luchar con un arma con una forma tan rara. A lo sumo serviría para matar cerdos.

Cuando terminó, contempló el montón de ropa que tenía a los pies. Lamentaba jugar esa mala pasada al derviche, y además de un modo tan poco caballeroso. Como ocurría con frecuencia en la guerra, ese hombre, aunque era su enemigo y un infiel impío, no había sido desagradable. Tras volver del jardín del *çorbasi*, había pedido a Cevik que fuera a su tienda con la excusa de querer tratar algo con él. El capellán jenízaro había aceptado agradecido y, para sorpresa de Polignac, incluso había tomado vino con él, demasiado en realidad. Lograr que aquel derviche corpulento cayera inconsciente por la bebida habría sido difícil. Por eso, sin que el hombre se diera cuenta, había metido en unas olivas las bolitas de hachís que le había dado el médico y se las había ofrecido. Al principio no había ocurrido nada, pero al rato el derviche se fue adormilando. Ahora yacía aturdido y atado en el catre de Polignac, tapado hasta la nariz con la manta. Seguramente pasarían bastantes horas antes de que alguien lo encontrara.

El mosquetero escondió la ropa de Cevik detrás de un arbusto. Al hacerlo, de uno de los bolsillos de la chaqueta cayó un objeto: una cadena de grandes perlas de madera de color negro. Polignac la contempló; finalmente la cogió y pasó las bolitas con los dedos. El rosario del derviche tenía pocas cuentas, pero él había perdido el suyo y ese le valía como solución provisional. Mientras bajaba la colina en dirección a la pequeña ciudad musitaba para sí: «*Qui pro nobis sanguinem sudavit. Qui pro nobis flagellatus est. Qui pro nobis spinis coronatus est...*».

Tras recitar diez veces los misterios dolorosos, llegó al pie de la colina y se escondió el rosario. Se juró a sí mismo que los recitaría todos los días al menos veinte veces. Mientras estuviera en ese país de infieles, la oración diaria era más importante que nunca. Entretanto, la medianoche parecía haber pasado, aunque no estaba del todo seguro porque en aquella localidad turca parecía no haber campanas: al menos él no había oído ninguna.

Soplaba una brisa fresca procedente del mar. Çeşme no era más que un pueblo de pescadores, nada comparable a Esmirna. Con todo, en la pequeña bahía vio, además de las barcas de los pescadores, una decena escasa de barcos de mayor tamaño, la mayoría de ellos galeras otomanas. Tal vez algunos veleros fueran genoveses o venecianos, pero en esa oscuridad era imposible distinguir las banderas. No le quedaba más remedio que acercarse al muelle y echar un vistazo.

Al cabo de una hora, Polignac había llegado casi al punto de la desesperación. Había recorrido las tabernas del pueblo y había hablado con todos los vigilantes nocturnos de los barcos que había podido encontrar. Nadie tenía previsto zarpar a la mañana siguiente, tampoco los dos comerciantes de paños genoveses, ni el barco de especias holandés. Agotado, se sentó en los escalones de la entrada de una casa, en un callejón. Se sentía cansado y el hombro empezaba a dolerle. A lo sumo a las cinco o las seis de la mañana descubrirían que el capellán había desaparecido. Del campamento de las ortas hasta Çeşme había tardado aproximadamente una hora y media. Un jinete podía hacer ese trayecto en un abrir y cerrar de ojos. Lo había visto demasiada gente, y si al llegar el día él seguía ahí...

El vocerío ronco de un grupo de hombres lo sacó de sus cavilaciones. Esos tipos tenían que estar muy borrachos para hacer alarde de ello con tanto descaro en una ciudad musulmana. Calculó que se encontraban a dos o tres callejuelas porque le costaba oír lo que cantaban. La melodía, sin embargo, le resultaba familiar. Se incorporó y aguzó el oído.

Vecy la doulce nuyt de may
Que l'on se doibt aller jouer.

Se puso en pie rápidamente y se acercó al lugar de donde venían las voces. Esos hombres eran, sin duda, franceses. Y además, por el acento, parisinos. Con las manos por delante —estaba oscuro y no había iluminación en las calles—, Polignac dobló una esquina.

Et point ne se doibt-on coucher
La nuit bien courte trouveray.

Al doblar la siguiente esquina los vio. Eran tres hombres acompañados por un porteador de antorcha. Los tres eran claramente franceses. Vestían calzones rhingrave y esas casacas coloridas de bombasí que años atrás habían sido el último grito en la corte; además, lucían capas cortas y sombreros con pluma de faisán. Estaban más borrachos de lo que sus cantos daban a entender. El del centro, un muchacho algo enclenque de unos veinte años, apenas se tenía en pie, y sus camaradas lo sostenían. Para compensar su falta de compostura, cantaba especialmente fuerte:

> *Devers ma dame m'en yray*
> *Si sera pour la saluer!*

Aunque estaban a no más de diez metros de él, nada indicaba que hubieran advertido la presencia de Polignac. El mosquetero salió al centro de la calle y cantó a viva voz:

> *Et par congié luy demander*
> *Si je luy porteray le may!*

Al verlo, los borrachos enmudecieron. Después de aquel alboroto, ese silencio repentino resultaba irreal. Con todo, no duró mucho.

—¡Una aparichión! —farfulló el francés del centro y, tras eructar sonoramente, dijo—: Tiene que cher una ilushión. Un mochquetero cantor.

El de su izquierda, un muchacho fornido con bigote y cabeza de gascón, lo soltó y el otro a punto estuvo de caerse al suelo. Luego se colocó frente a Polignac, con las piernas algo separadas, y posó la mano en su espada.

—Tiene que ser una trampa, Honoré. Seguro que es un ladrón turco disfrazado.

Polignac hizo una reverencia.

—Capitán Gatien de Polignac, de los mosqueteros negros de su majestad. A vuestro servicio, señores.

El de la derecha se rascó la cabeza.

—No parece un impostor, Baudouin. Fíjate en el escudo del pecho. Que me aspen si es un farsante. Ese es el emblema de la Segunda Compañía, a fe de Dios.

Baudouin dio un paso hacia Polignac e indicó al que llevaba la antorcha que lo alumbrara.

—¡Es cierto! Por favor, monsieur, perdonad mi desconfianza. —Se inclinó levemente—. Baudouin d'Albi, a vuestro servicio. ¿Qué os trae por este apartado lugar?

—Asuntos de Estado —respondió Polignac.

—¿Asuntos del rey? Vaya, eso suena misterioso. Tenéis que contarnos más cosas, amigo, aunque antes deberíamos llevar a la cama al joven caballero. De lo contrario, su padre nos arrancará la piel a tiras.

—¿Quién es su padre?

—Noël de Varennes.

Polignac conocía aquel nombre. Varennes dirigía la Compagnie de la Méditerranée, una empresa mercante activa sobre todo en el Levante fundada años atrás por el Gran Colbert.

—¿Dónde vivís? —preguntó D'Albi.

—Lo cierto es que acabo de llegar a Çeşme. Venía de Esmirna.

—¡Ah, desdichado! Seguramente lo habéis perdido todo. Acompañadnos. Nuestro barco se encuentra en una pequeña cala algo más al norte y nuestro carruaje está cerca del puerto.

Polignac hizo una reverencia.

—Messieurs, nada me complacería más.

El puerto de Moca era pequeño y estaba abarrotado. Los barcos mercantes se agolpaban muy cerca los unos de los otros frente a la ciudad. El temor de Obediah de que un barco tan grande como el suyo pudiera llamar la atención resultó infundado. Ahí había anclada una docena de naves de carga semejantes a la suya, sobre todo francesas y portuguesas. Posiblemente eran algunos de los barcos que iban y volvían entre el Mar Rojo y enclaves comerciales como Pondicherry o Goa.

Ya de lejos saltaba a la vista que Moca no guardaba ningún parecido con Esmirna ni Alejandría. Aquello era el Oriente profundo, no había edificios de estilo europeo ni, desde luego, ninguna iglesia cristiana. La construcción más llamativa era una torre alta hecha de piedra blanca en una edificación hexagonal. Terminaba en una punta redondeada, una forma casi fálica.

—¿Eso es una fortaleza? —preguntó Justel.

—Es la mezquita principal de Moca —respondió Cordovero.

Ambos estaban junto a la borda, con Obediah, contemplando la ciudad, no mayor que Dunkerque o Portsmouth. A sus espaldas, unos marineros estaban cargando el bote auxiliar antes de bajarlo al agua. Obediah llamó con un gesto a Jansen, que se encontraba en la cubierta superior, y el corsario se les acercó.

—¿Sí?

—¿Os parece que los otomanos harán subir a un factor a bordo?

Jansen negó con la cabeza.

—No. Se limitará a inspeccionar la carga del almacén del puerto. El mar en Moca está agitado, solo quien no tiene otro remedio sale en barca de remo.

Justel señaló la barca auxiliar.

—Nosotros vamos a tener que remar.

—No podemos hacer otra cosa —dijo Jansen—. Nuestro barco es demasiado grande para este pequeño y encantador puerto.

—Pero ¿entre nuestros bultos no hay un par de cosas que es preferible que no vea ningún funcionario turco? —preguntó Justel. Y volviéndose hacia Obediah añadió—: Pienso por ejemplo en esos aparatos vuestros tan raros.

Obediah asintió.

—Tenéis razón. Pero para eso tenemos el invento de Drebbel.

Hanah Cordovero lo miró sin comprender.

—¿Qué es eso?

—Un barco que navega bajo el agua.

—¿Cómo decís?

—Lo habéis entendido bien, mademoiselle. Es un medio de transporte sumergible.

—He leído sobre esas naves. Tahbir al-Taysir describe algo parecido en su *Opusculum Taisnieri*. Pero pensé que no eran más que fabulaciones.

—En absoluto —repuso Obediah—. Cornelis Drebbel, un filósofo de la naturaleza holandés, se desplazó con una nave sumergible desde Greenwich hasta Westminster en menos de tres horas.

—Pero ¿cómo puede sumergirse y luego subir otra vez?

—Una pregunta interesante. Gracias a una bomba. ¿Conocéis las investigaciones de Robert Boyle sobre las quintaesencias del aire? ¿No? Pues bien, Boyle sostiene que...

Jansen frunció el ceño.

—Muy interesante. Pero, en lugar de soltarnos una perorata sobre el aire, estaría bien que empezarais a darnos detalles.

—¿Sobre qué?

—Bueno, por ejemplo, sobre cómo vamos a llegar a vuestra legendaria plantación de café. Nos queda un rato de espera, todos los amarres están ocupados; aunque esos holandeses de ahí —dijo señalando una coca al oeste— empiezan a alzar las velas.

Obediah asintió. Era preferible tener esa conversación en cubierta que en la ciudad.

—De acuerdo. Avisad a los demás. Nos reuniremos ahora mismo en la sala de oficiales.

Al poco rato estaban todos bajo cubierta, sentados en torno a una gran mesa. Justel, como siempre, charlaba con Marsiglio, mientras que Jansen miraba en silencio por la ventana y Vermandois contemplaba el techo con los brazos cruzados detrás de la cabeza. Obediah miró de soslayo a las dos mujeres, cada una sentada en un extremo de la mesa. Al principio había creído que Cordovero sería una buena compañía para la condesa. No sabía qué le había llevado a suponer tal cosa, quizá el hecho de que fueran mujeres. Tal vez además había dado por supuesto que las dos tenían muchas cosas que contarse. A fin de cuentas Da Glória era una mujer de mundo y Cordovero había llevado una vida de ermitaña. Por otra parte, la judía sabía mucho sobre usos y costumbres de Oriente, y la condesa, en cambio, estaba poco familiarizada con ellas. Era fácil imaginar que aquello podía ser motivo suficiente para largas y profusas charlas. De hecho, Obediah se había imaginado a las dos como sustancias químicas complementarias. Sin embargo, su error de juicio había sido estrepitoso. Cuando ambas coincidían se producía una reacción, pero no era una reacción controlada. Todo lo que era del gusto de Hanah Cordovero para Da Glória era detestable y no se molestaba demasiado en disimularlo. En esas ocasiones la sefardita se limitaba a arquear sus características cejas y soportaba las puyas continuas con una impasibilidad que encendía aún más el ánimo de la genovesa. Obediah no acertaba a entender qué era exactamente lo que las enemistaba. De todos modos, evitaba a conciencia preguntárselo a las damas.

Se aclaró la garganta. Todas las miradas se volvieron hacia él.

—Hemos llegado al destino de nuestro viaje. O, por lo menos —dijo desplegando un mapa sobre la mesa—, estamos muy cerca.

Marsiglio, que era el único que conocía prácticamente todos los detalles del plan, sonrió meditabundo. Los demás se inclinaron sobre el mapa que mostraba el sur de la península Arábiga. Moca estaba en la costa occidental y Saná, algo más al norte.

—El café se seca en Beetlefucky. Se almacena en Moca y luego se transporta por barco. Pero las plantaciones están... aquí.

Obediah deslizó el dedo en dirección este hacia el interior de Moca, pasando por una franja de desierto señalada como Beetlefucky. Más hacia el este había dibujadas unas montañas. Detuvo el índice ahí.

—Creía que los arbustos del café crecían en el desierto —comentó Jansen.

—Hace demasiado calor —repuso Marsiglio.

—Así es —corroboró Obediah—. Solo la altiplanicie es lo bastante fresca y húmeda. Según mis investigaciones, el café se cultiva en una única montaña. Solo ahí el clima y la humedad parecen ser propicios para la planta.

—¿Y cómo se llama? —quiso saber Vermandois.

—Nasmurade. En lo alto de la montaña hay una fortaleza desde la cual es posible avistar toda la altiplanicie. Ahí es donde crece el café.

—¿Y cómo iremos hasta allí?

—En camello. Para llegar a Nasmurade nos haremos pasar por una caravana comercial.

—Pero ninguno de nosotros habla turco con fluidez, excepto Marsiglio y, claro está, mademoiselle Cordovero —objetó Justel—. ¿No llamará eso la atención? ¿Por qué una caravana recorrería esa región tan olvidada?

—Buenas preguntas, ciertamente. Os las contestaré enseguida. Yemen, que es como se conoce la zona donde se encuentra Nasmurade, pertenece al imperio del Gran Señor. Pero la cuestión es algo más complicada. En los territorios conquistados los turcos se sirven de los señores locales, los cuales podría decirse que son como maestresalas de la gracia del sultán. Los turcos solo intervienen directamente si es preciso. En Yemen también ocurre eso. Solo Moca, Beetlefucky y algunas fortalezas a lo largo de la costa se encuentran bajo control directo otomano. El interior está gobernado por príncipes trivales. En cualquier caso, la zona está tan dejada de la mano de Dios que no hay gran cosa que gobernar.

—¿Y vuestra montaña del café?

—Está vigilada por tropas locales. Solo hay un paso que lleva hacia arriba y resulta relativamente fácil de controlar. Mientras funcione, los turcos no estacionarán tropas propias en Nasmurade. Se contentan con efectuar inspecciones esporádicas.

Vermandois se inclinó hacia delante.

—Si lo he comprendido bien, primero inspeccionaremos el

terreno. Supongamos que ya lo hemos hecho. ¿Qué será lo siguiente?

—Depende de lo que nos encontremos. Como podéis imaginar, a diferencia de la de Pinerolo, no he podido consultar ningún plano o mapa de la fortaleza de Nasmurade en ninguna biblioteca. Solo cuento con los bocetos que mademoiselle Cordovero, aquí presente, nos ha procurado.

Les mostró entonces un pergamino con un dibujo que mostraba un conjunto de edificios rectangulares en lo alto de una montaña. Una ladera descendía de forma abrupta mientras que en la otra se veían unas terrazas escalonadas en las que se levantaban unos arbolitos.

—¿Quién ha hecho este dibujo? —quiso saber Justel.

—Un viajero otomano llamado Evliya Çelebi —respondió Cordovero—. Lo hizo en los años cincuenta.

—Por lo tanto, no tenemos la certeza de que conserve este aspecto —comentó Vermandois.

—Es un viaje a ciegas —gruñó Jansen.

—No del todo —repuso Cordovero—. El café solo crece aquí y los yemeníes lo cultivan del mismo modo desde hace siglos. Hay textos que así lo acreditan. No hay motivo que indique que el cultivo o las medidas de seguridad hayan podido cambiar desde entonces.

—A menos que en los últimos tiempos alguien haya intentado robar las plantas antes que nosotros —apuntó entonces Da Glória.

Cordovero enarcó las cejas.

—Nada hace pensar tal cosa. Seguro que habría leído algo al respecto.

—Sin duda. Lo habéis leído casi todo —dijo la condesa.

Vermandois sacudió la cabeza.

—Sois más belicosas que las siete Mazarinettes.

Da Glória, enojada, soltó un bufido.

—La mayor Mazarinette que hay en este barco sois, desde luego, vos mismo.

—En cualquier caso —Obediah se apresuró a interrumpir la disputa—, en cuanto hayamos analizado la situación, nos llevaremos las plantas. Luego las bajaremos a través del paso hasta la llanura y desde ahí iremos a un pueblo de pescadores de la costa sur llamado Adén.

—¿No iremos a Moca? —preguntó Justel.

—Si alguien diera la voz de alarma y nos siguiera, en Moca caeríamos en manos de los turcos. Adén, en cambio, no forma parte del Imperio otomano, pertenece al sultanato de Lahij y tiene además un puerto grande.

Vermandois lo miró incrédulo.

—¿Cómo se entiende que un pueblecito de pescadores cuente con un puerto grande?

—Porque en otros tiempos este pueblecito fue una metrópolis portuguesa —explicó Cordovero.

—Ahí —dijo Obediah—, veremos qué hacemos. Si conseguimos llevar las plantas de café hasta Adén, el resto será un juego de niños.

Obediah no estaba acostumbrado al esfuerzo físico y sudaba por todos los poros. Tiró de nuevo del remo. Suponía que no solo lo acaloraba tener que remar, sino también el poco espacio que había dentro del invento de Drebbel. Llevaban unos diez minutos de avance y el aire en el vehículo era tan espeso que casi se podía cortar. Sentada delante de él estaba Hanah Cordovero, que también remaba con fuerza. En la proa, Jansen miraba a través de un ojo de buey y llevaba el timón. En el banco detrás de Obediah, el turco autómata no colaboraba para nada en su avance.

La navegación con el invento de Drebbel habría sido una tarea más propia de Vermandois y de Justel, que se encontraban en mejores condiciones físicas que él. Pero el conde le había hecho saber de inmediato que no entraría en aquel vehículo submarino ni siquiera si ahí dentro «me esperara Adonis en persona desnudo y untado en aceites». Cordovero, en cambio, se había mostrado muy interesada en el invento de Drebbel y en su funcionamiento. Había querido viajar en él y le había pedido a Obediah que le permitiera acompañarlo. Al carecer de argumentos para negarse a lo que le pedía la sefardita, él ahora se encontraba sentado en esa especie de coco húmedo sobredimensionado.

No albergaba dudas de que el aparato de Drebbel funcionaría sin problemas. Era totalmente impermeable al agua, y los remos, que atravesaban la pared exterior a través de unas pieles de cuero untadas en aceite, proporcionaban un buen avance. Tampoco la inmersión era un problema. Una bomba permitía succionar el aire de la superficie mediante un tubo extensible. Sin embargo, a pesar de conocer todos los detalles técnicos, Obediah se sentía intranquilo. En teoría todo podía ir bien, pero en la práctica aquel aparato nunca había permanecido más de treinta segundos bajo el agua.

La imprecación de Jansen lo sacó de su ensimismamiento.

—¡Apártate de ahí, mal bicho!

—¿Qué es? —preguntó Cordovero.

—Un tiburón. Parece que tiene ganas de hincarnos el diente.

Obediah gimió. Cordovero soltó una risa.

—¿Qué os parece nuestra excursión hasta el momento?

—Bien —masculló Obediah.

Ella se volvió y lo miró con sus ojos oscuros.

—Ya veo. No os preocupéis, no puede pasarnos gran cosa.

—Podríamos ahogarnos, milady.

—El fondo del puerto no es muy profundo. En el peor de los casos tendríamos que nadar un rato. Sabéis nadar, ¿verdad?

—Yo, bueno… No muy bien.

—Pensaba que vuestro Londres estaba a orillas de un río muy grande, ¿no es así?

Obediah iba a explicarle que el Támesis no era un río muy apropiado para el baño cuando un golpe sacudió la nave.

—¡Aleluya! —dijo Jansen—. Hemos llegado.

El filibustero se acercó a la escotilla que había en el techo y la abrió. El chapoteo del agua del mar y los graznidos de las gaviotas llegaron a oídos de Obediah. Luego el danés se encaramó a la escalerilla.

—¡Todo despejado! —gritó.

Cordovero y Obediah lo siguieron hacia lo alto. El invento de Drebbel se bamboleaba a unas cien yardas al oeste del puerto de Moca, en unas aguas poco profundas. Detrás había una extensa playa de arena. Jansen hizo una seña a alguien. Era Marsiglio, que aguardaba en la orilla con varios camellos. Con la ayuda de unos porteadores que el boloñés había reunido, cargaron las cajas y los aparatos que ningún factor otomano debía ver. Gracias a las gentes del lugar, la operación no se prolongó más de veinte minutos.

Uno de los hombres señaló el invento de Drebbel y dijo algo en árabe. Cordovero le contestó.

—¿Qué dice? —quiso saber Obediah.

—Que jamás había visto una nave como esa.

—¿Y qué le habéis respondido, milady?

Ella sonrió.

—Que no es nada raro, que en Francia todos los navegantes tienen una embarcación sumergible como esta.

Él le devolvió la sonrisa, aunque le salió algo forzada.

—Más pronto o más tarde se lo contará a toda la ciudad —aseguró.

—Yo creo que lo hará de inmediato. Por eso debemos marcharnos cuanto antes.

—Sí, en efecto. Marsiglio ya ha organizado las monturas y los guías y ahora lleva el resto de nuestros bultos ahí.

Obediah miró con anhelo los camellos que ya se alejaban.

—¿Estáis listos? —gritó Jansen, que volvía a estar en el sumergible—. Nos aguarda otro trayecto bajo el agua. Si creéis que voy a remar yo solito en esta cosa, andáis muy equivocado, Chalon.

Obediah asintió y ofreció el brazo a Cordovero. Ella lo tomó y juntos avanzaron por la espuma del mar de regreso a su extraña embarcación.

Obediah Chalon nunca había cruzado un desierto. Antes de partir de Moca había un par de cosas que le tenían preocupado; el calor, por supuesto, pero sobre todo los peligros que había leído en un relato de viajes de un inglés llamado Blunt. Uno eran los escorpiones de un pie de largo, capaces de matar a una persona con una sola picadura, y luego estaba el peligro de morir de sed en caso de pasar por alto un oasis. Blunt informaba también de los *villa'h*, unos bandidos yemeníes especialmente despiadados. Tras haberle contado esto último a Marsiglio, el boloñés había asentido con vehemencia y había pasado a narrarle de forma escalofriante las atrocidades de esos malhechores.

Sin embargo, los únicos seres vivos con los que se habían topado hasta el momento habían sido dos derviches que iban cantando a lomos de una cebra. Por otra parte, el calor no resultaba tan tremendo como Obediah había temido. En cuanto a los escorpiones gigantes, que según Blunt eran el azote del sur del Yemen, hasta entonces no habían visto ni rastro. Sin embargo, si había algo que cabía la posibilidad de que acabara con él era el maldito camello sobre el que llevaba ocho días cabalgando por el desierto. Obediah era un buen jinete, pero los movimientos desacostumbrados de ese animal extraño eran una tortura para su espalda y, encima, le mareaban. Cabalgar en camello era peor que cruzar en barco el canal durante una tempestad. Parpadeó varias veces seguidas para ver si aquel gesto le libraba del malestar y el mareo, pero fue en balde. Sacó con cuidado el catalejo del bolsillo y escrutó el horizonte. A lo lejos se elevaba algo que parecía un edificio. Si los mapas que había adquirido en Moca reproducían con cierta exactitud las distancias, aquello tenía que ser Bait al-Faqih. Pero quizá se tratara de uno de esos espejismos que, al parecer, se daban a veces en el desierto y que los venecianos conocían como *la fata*, el hada. Blunt también se extendía mucho en ese aspecto, pero hasta el momento tampoco habían dado con ninguno.

Obediah cabalgaba en la avanzada de su pequeña caravana. Eran doce personas. En Moca habían contratado los servicios de seis porteadores y sus camellos y habían adquirido seis animales más. De hecho, la intención de Obediah era comprar caballos, pero Justel le había quitado la idea de la cabeza. Según el hugonote, ningún mercader oriental auténtico transportaría jamás nada en un rocín, ya que con estos animales solían hundirse en la arena. Lo mismo podía decirse de los carruajes. Delante y detrás de él cabalgaban Cordovero, Da Glória, Marsiglio, Justel y Vermandois. Jansen no les acompañaba. Se había quedado en Moca para hacer algunas modificaciones en el barco y luego navegaría con él hasta Adén para recogerlos.

Cuando se acercaron más al lejano edificio, Obediah tuvo la certeza de que no podía ser un espejismo. Aquel pequeño fuerte era muy real. Estaba hecho de piedra de granito de color gris claro y tenía una única torre de madera que sobresalía por encima de las murallas y desde la que posiblemente se avistaba el entorno. En el fuerte ondeaba una bandera roja con esa arma de doble punta que Obediah ya había visto en Esmirna, si bien con una apariencia algo distinta.

Cordovero se le acercó.

—¿Veis algo? —preguntó.

—Casi hemos llegado. Ahí delante está Beetlefucky. En el fuerte ondea una bandera con una…, bueno, yo diría que es una tijera.

—¿A qué tijera os referís?

—La misma que había en Esmirna.

Cordovero soltó una carcajada.

—¿Qué os hace reír así, lady Hanah?

—Que confundáis el *zulfiqar* con una tijera.

Él se la quedó mirando sin comprender. Hanah Cordovero iba vestida con ropa de hombre. Seguía llevando el pelo muy corto y lucía un turbante cuya tela le cubría también la parte inferior de la cara. Como ya resultaba bastante difícil justificar la presencia de una mujer, Cordovero se había mostrado dispuesta a seguir haciéndose pasar por un joven, algo a lo cual estaba acostumbrada. Por otra parte, hacer pasar por hombre a la condesa era prácticamente imposible. Su marcada feminidad no pasaba desapercibida ante nadie, llevara lo que llevase.

Obediah debía admitir que Cordovero, aun vestida de hombre, le parecía diez veces más interesante que Da Glória, que iba ricamente ataviada como una dama noble de Constantinopla.

—Es la forma estilizada de una espada. No de una espada cualquiera, sino la espada de Alí. ¿Sabéis quién era?

Obediah negó con la cabeza.

—Alí era yerno del profeta Mahoma, y era un guerrero poderoso. —Lo miró divertida—. En Arabia esta espada es tan habitual como los crucifijos entre los francos. Confundir la cruz con un tendedero para la colada habría resultado igual de cómico. Pero es suficiente. El *zulfiqar* es un estandarte otomano. Posiblemente en la fortaleza haya jenízaros.

Obediah gimió.

—Parece que están en todas partes. En fin, quizá no tenga importancia. A fin de cuentas, no nos dirigimos a la fortaleza, sino al caravasar que se supone que está algo más allá de ese puesto militar.

Por un momento siguieron cabalgando en silencio. Luego Cordovero preguntó:

—Si todo sale bien, ¿qué pensáis hacer con vuestro oro?

Él se encogió de hombros y bajó la vista al cuerno de la silla de montar.

—Lo normal, supongo. Comer bien, tener un buen lugar donde vivir, comprar todos los tratados de filosofía de la naturaleza que pueda... Necesito sobre todo una edición del tratado matemático de ese profesor de Oxford de quien habla todo el mundo.

—¿El *Principia*?

—Eso es.

—Se dice que es una obra difícil. Pero todo eso no bastará para gastar vuestros treinta mil.

—Cada uno de nosotros ganará diez mil.

Ella volvió a soltar una carcajada.

—Sois el cabeza de la expedición. No me creo que vayáis a obtener el mismo porcentaje que el resto.

—Tal vez tengáis razón. En cualquier caso, después de este viaje mi intención es regresar a Londres. No me imagino viviendo en ninguna otra parte.

—Todos los demás desean algo. ¿Vos no?

—Milady, no veo adónde pretendéis llegar.

—Vuestro amigo Marsiglio sueña con viajar al Amazonas y financiar *bandeiras*, esto es, expediciones en la selva.

—¿Quiere buscar oro?

—No, plantas. Quiere escribir un libro sobre esas flores gigantes y maravillosas que por lo visto crecen ahí. Al parecer, algunas son del tamaño de la cabeza de un buey y no se alimentan del agua ni de la tierra, sino que atrapan libélulas gigantes e incluso monos pequeños.

Obediah no pudo disimular su sonrisa.

—Ese es Marsiglio.

—Sí. En todo caso, su intención es viajar allí y luego escribir un libro sobre la flora amazónica. Quiere que sea la obra de su vida y convertirse en un botánico importante.

—¿Y todo eso os lo ha contado él?

—Sí, en efecto. Justel, por su parte, quiere salvar la manufactura de su tío en Spitalfields, que está al borde de la bancarrota. Precisa con urgencia uno de esos aparatos modernos para el estampado en algodón. Ese proceso permite fabricar tejido más rápidamente que las tejedoras. Jansen quiere un barco y así ser su propio jefe y no tener que volver a trabajar para los holandeses, a los que al parecer odia como si fueran el diablo. ¿Y Vermandois? A Vermandois le gustaría ser un príncipe y vivir en un palacio maravilloso. O tal vez una princesa. Y quiere que su padre vuelva a quererlo.

—¿Cómo sabéis todo eso?

—Yo hablo con mis compañeros de viaje. Y los observo. En cambio vos, si me permitís la observación, sabéis alarmantemente poco de las personas a las que guiáis.

—¿Y qué pretende la condesa?

—¿Ella? Creo que solo quiere ser rica.

Lo miró. Él contempló su rostro, del que solo se le veían los ojos. No importaba. Esos ojos oscuros y esas cejas negras eran, en su opinión, lo mejor de ella.

—Un objetivo muy modesto, desde luego —prosiguió Cordovero—, pero a fin de cuentas no es una persona demasiado compleja. Vos, en cambio,...

—¿Sí?

—Vos sois algo más profundo que la condesa. Y más listo. Más complicado. Por eso me cuesta creer que no tengáis ningún objetivo, ningún sueño que queráis llevar a cabo con esa cantidad de oro. Me parece poco probable que os limitéis a daros caprichos.

—¿Y si así fuera?

—Me decepcionaríais.

—Y, vos, lady Hanah, ¿qué pensáis hacer con vuestra parte?

—Sobrevivir en un mundo lleno de lobos.

Espoleó el camello con la fusta y se apartó.

El mosquetero acercó la mano a la tacita. Al inclinarse hacia delante notó una punzada en las rodillas. A pesar de sus días en el Imperio otomano, la costumbre de sentarse en el suelo seguía resultándole de lo más incómoda. En cambio, el hombrecillo rechoncho que tenía delante parecía muy cómodo sentado con las piernas cruzadas. Cada vez que Solimán Müteferrika Agá tomaba un sorbo de café, emitía un gruñido de placer. La casa del embajador estaba decorada como un serrallo turco…, no es que Polignac hubiera visto jamás uno por dentro, pero conocía los harenes otomanos por pinturas y dibujos. De las paredes colgaban tapices con bordados exquisitos y en el suelo de baldosas se amontonaban cojines de seda de toda forma y color. Intercalados en medio había claveles y tulipanes, pero no agrupados en ramos, sino dispuestos según el estilo otomano, esto es, ejemplares solitarios colocados en pequeños jarrones para crear en el visitante el efecto de que se hallaba en un parterre de flores. De pie en una esquina de la habitación, un criado de piel oscura les abanicaba con una hoja de palmera. Polignac se preguntó si el agá vivía realmente así o si aquella opulencia era solo un espectáculo para sus invitados, una escenografía pensada para mostrar a los francos el lujo otomano. Ambas cosas parecían posibles.

En una de las pocas paredes que no estaba cubierta por tela colgaba una pintura al óleo. Un turco oliendo una flor. El retrato le recordó mucho al de aquel sultán bajo cuya mirada había atacado al derviche antes de huir del campamento jenízaro. Señaló la imagen con la tacita.

—Disculpad mi ignorancia, seigneur, pero ¿qué sultán es ese? ¿Murat el…? —Estuvo a punto de decir Murat el Cruel, pero en el último momento se corrigió—. ¿Murat IV?

—Jamás veréis un retrato de Murat con una rosa. No sentía especial aprecio por la belleza, incluso llegó a prohibir el café. Este es Mehmed II, llamado el Conquistador. El primer emperador de Roma.

—¿Se proclamó a sí mismo emperador romano? Seguro que Leopoldo I no ve eso con buenos ojos.

Una profunda arruga asomó entre las cejas blancas y pobladas de Müteferrika.

—Constantinopla era la sede del Imperio romano. Cuando el padichá tomó la ciudad, el cargo de emperador recayó en él y en sus sucesores. Leopoldo es un usurpador.

Polignac no replicó. En su opinión solo había un monarca

con la suficiente grandeza para el cargo de emperador del Sacro Imperio Romano y era Luis XIV.

—Pero sin duda no habéis venido a verme para debatir sobre el Imperio romano —dijo el embajador—. ¿Qué os ha traído aquí?

—¿Seigneur?

—Como sabéis, hace tiempo que vivo aquí. Recibo muchos invitados. Vienen a disfrutar del ambiente oriental —dijo señalando el boato que los rodeaba— y, por supuesto, del café. Normalmente vienen damas. A veces, algún pintor, algún escritor. Pero, hasta ahora, jamás había venido un oficial de rango de un regimiento real.

Polignac intuyó adónde quería llegar el agá. Solimán Müteferrika debía de ser el embajador más solitario de la tierra. Años atrás, al llegar a París, había conseguido que lo expulsaran de la corte en su primera audiencia gracias a una combinación de arrogancia y estupidez. El agá había exigido al Gran Hombre con toda seriedad que se levantara en honor del sultán, una osadía que a Polignac le dejaba sin respiración con solo pensarlo. Su majestad, por supuesto, había permanecido sentado. Luego Luis había informado de que no deseaba ver nunca más a aquel turco tan grosero. Desde entonces, Müteferrika había sido declarado *persona non grata* en Versalles y residía en París. La alta nobleza lo evitaba. De hecho, el propio Polignac estaba ahí únicamente porque Rossignol se lo había recomendado. A diferencia del resto de la corte, el criptólogo parecía mantener un contacto regular, pero discreto, con el emisario otomano.

—De hecho, acudo a vos por un asunto grave y algo delicado.

Tras varias tacitas de café, explicó a Müteferrika su viaje a Esmirna y le habló de Chalon y Vermandois y de la sospecha de traición que Rossignol y él suponían.

El agá le escuchó con expresión imperturbable.

—Una historia curiosa —dijo cuando el mosquetero hubo

terminado—. ¿Y decís que habéis perdido el rastro de esos delincuentes?

—Sí, pero, como bien sabéis, su majestad tiene ojos y orejas en todo el Mediterráneo. Meses atrás monsieur Rossignol envió aviso a todos los grandes puertos para que le informaran en caso de que ese Chalon fuera visto en algún lugar.

—¿Y bien?

—Hemos tenido noticias de un agente marítimo de Alejandría —respondió Polignac.

—¿Acaso se aprovisionó ahí?

—No. Según parece, vendió un barco.

—Lo cual significa que continuó el viaje por tierra. ¿Adónde se dirige, capitán?

—No lo sabemos. Tal vez quiera llegar a la Berbería para contratar corsarios.

—En ese caso habría podido anclar el barco directamente en Trípoli o Argel. Por lo general, quien navega hasta Alejandría se dirige luego a Suez.

Polignac había llegado a la misma conclusión. El agá no era tan tonto como su historia hacía creer.

—Pero ¿adónde ir desde ahí? —preguntó el embajador—. No creo que quiera dirigirse a La Meca.

—No lo sé, monsieur. Mientras esté en Arabia...

El agá sonrió.

—Queréis decir que ahora el problema es nuestro.

—Por lo menos se encuentra en vuestro territorio.

—Con todo, espero que Francia nos ayude. Como vos decís, los ojos de vuestros espías...

—... no llegan hasta Arabia. Además, muchos en el gobierno de su majestad consideran que no deberíamos ayudaros.

—¿Cómo es eso? —preguntó el agá—. Me permito recordaros que, a solicitud de monsieur Rossignol, he dado órdenes para que un enviado del padichá os asista en vuestras pesquisas.

—Decís bien, y os estoy agradecido. Lamentablemente, otros elementos de la Puerta no han mostrado tan buena disposición.

—¿Qué queréis decir?

Polignac contó entonces al embajador su experiencia con los jenízaros. El embajador se removió inquieto en su almohadón.

—¿Habéis desobedecido las órdenes del *çorbasi* Tiryaki y además habéis atacado a un capellán bektashí?

Polignac se encogió de hombros.

—Tenía que regresar cuanto antes a París para informar. De hecho, yo solo debo obediencia a su majestad, no a un teniente jenízaro cualquiera.

El agá se secó el sudor de la frente con un pañuelo de seda. El negro del abanico intensificó sus esfuerzos.

—Tiryaki no es un teniente cualquiera. Es un hombre muy influyente.

—¿Hasta qué punto?

—Es hermanastro del *bostancı-başı*.

—¿De quién?

—Del jardinero supremo.

El agá reparó en que Polignac lo miraba con cara de no entender nada.

—Es un eufemismo —añadió—. El *bostancı-başı* sería el homólogo de vuestro Nicolas de La Reynie. Se encarga de que los jardines del sublime padichá estén siempre en orden y se ocupa de arrancar las malas hierbas y acabar con las plagas. Ya me entendéis.

La mención a La Reynie estremeció a Polignac. Era evidente que tenía un talento para enemistarse con jefes de policía poderosos.

—Me da igual quién sea. Los jenízaros debían ayudarme y, en vez de hacerlo, obstaculizaron mi labor. Es evidente además que se han opuesto a la voluntad del Gran Visir y, por consiguiente, de vuestro señor.

Müteferrika negó con la cabeza.

—Estos asuntos son muy complejos, monsieur. Conocéis demasiado poco la Bâb-ı *Âli*, la Sublime Puerta, para comprender la cuestión.

—No tengo por qué. Yo soy soldado, no un cortesano de tres al cuarto. Os he contado lo que traman esos jenízaros insubordinados. Y si nos llegan noticias de Chalon, algo que en principio parece altamente improbable, monsieur Rossignol os tendrá al corriente. A cambio os ruego que nos informéis en caso de que Chalon caiga en vuestras redes. Lo mismo es aplicable para lo que se refiere al conde de Vermandois.

El agá lo miró con expresión apenada.

—Entiendo que estéis enojado por el incidente con los jenízaros. Es posible que este asunto tenga gran alcance, y por el momento no puedo prometeros nada, pero escribiré de inmediato a la Puerta.

«Esperemos que tengas un buen código de cifrado», se dijo Polignac. A saber en manos de quién podría caer el correo del agá antes de llegar al Gran Visir. Rossignol, sin duda, lo interceptaría, y el gabinete de cifrado del palacio imperial de Hofburg, en Viena, también. Y en Constantinopla las cartas seguramente las recibiría ese jardinero que no era tal. El mosquetero se levantó y agradeció al agá su hospitalidad. Luego se hizo acompañar por uno de los sirvientes de tez oscura hasta la salida, donde otro criado le esperaba ya con su caballo negro. Polignac montó de un salto y se alejó rápidamente de la residencia del embajador. Tras recorrer unos cien *pieds*, se volvió y miró atrás. La casa de Müteferrika era la más suntuosa de la avenue du Palais des Tuileries, una avenida cuya construcción en el centro de París había ordenado el rey. A Polignac le pareció que la residencia del agá, casi palaciega, casaba muy bien con el turco. Detrás de toda esa magnificencia con que le gustaba rodearse no había mucho más. Se dio la vuelta y partió.

Alcanzaron Bait al-Faqih a última hora de la tarde. De lejos, aquel poblado del desierto parecía abandonado, pero en ese momento, cuando el ardiente sol se acercaba ya al horizonte, la gente había empezado a salir de las pequeñas cabañas blancas y de las tiendas de colores intensos agrupadas en torno a la fortaleza y se tumbaban en mantas y almohadas y encendían hogueras. Obediah calculó que aquel lugar de paso del café no tendría más de cien habitantes. Sin embargo, a estos había que sumar el triple de mercaderes, camelleros y guardas. Al entrar en el campamento desde el sur se cubrió la boca con el pañuelo. No se veía ningún extranjero, solo parecía haber yemeníes y otros árabes. Vio entonces algunos soldados que contemplaban el ajetreo desde las almenas de la muralla de la fortaleza. Lucían el *börk* blanco propio de los jenízaros.

Llevaron los camellos al caravasar para que abrevaran. Marsiglio estuvo un buen rato negociando con un anciano beduino el precio del alojamiento hasta que ambos llegaron a un acuerdo. La condesa consiguió tener una habitación para ella sola, pero el resto del grupo tuvo que conformarse con una habitación comunitaria. Marsiglio les aconsejó que vigilaran muy bien sus pertenencias, pues, según él, entre los habitantes del desierto solía haber más ladrones que entre los mendigos de Southbank.

Tras conseguir un sitio donde pasar la noche, el cual no era más que un montón de almohadones polvorientos colocados bajo un cobertizo sin paredes, Obediah decidió aprovechar que todavía había luz para hacer una ronda de reconocimiento a pie. En un asentamiento de tiendas de campaña, al oeste de la fortaleza, había hombres sentados en pequeños grupos hablando y fumando pipas de agua. Varios vendedores ambulantes se afanaban entre los grupos sirviendo café, que llevaban en unas jarras metálicas. Obediah hizo una señal a uno de ellos y le entregó la moneda egipcia más pequeña que tenía. El hombre la tomó y le sirvió un vaso. El inglés bebió un sorbo. Si aquel brebaje era café, no estaba especialmente bueno. De hecho, tenía un sabor repugnante; incluso el café que servían en los antros de Thames Street estaba más tostado que aquel. Al mirar con atención el vaso, reparó en que el líquido era tan transparente que se podía ver el fondo.

Se acercó al mozo y le tiró de la manga. Cuando se volvió, Obediah le dijo en francés:

—Disculpad, ¿eso es café?

El otro lo miró sin entenderlo.

—¿Café?

De nuevo, no obtuvo respuesta.

—*Qahwa?*

El otro negó con la cabeza.

—*Quishr. Tusbih'ala jair.*

Dicho esto, se giró y desapareció entre dos tiendas. Obediah bebió otro sorbo. La infusión, pasada la sorpresa inicial, ya no le pareció tan mala, aunque no sabía a café. De hecho, le recordó esa extraña bebida china llamada *cha* que había probado en una ocasión en un salón de Ámsterdam.

—Si queréis tomar una taza de café, sentaos con nosotros —le dijo alguien en italiano con acento marcado.

Al volverse hacia su interlocutor, Obediah se encontró con un grupo de seis hombres sentados en torno a una hoguera.

Uno de los desconocidos se levantó. Aunque era moreno, tenía la tez de un tono bastante claro. Cruzó las manos sobre el pecho y se inclinó.

—Soy Yusuf ibn Tariq. Por favor, sentaos junto a nuestra modesta hoguera. ¿Sois francés?

Obediah le respondió con otra reverencia.

—Jules Phélypeaux de Châteauneuf, para serviros.

A pesar de su desconfianza, Obediah correspondió a la invitación y se sentó. Apenas se había acomodado cuando otro hombre le tendió una escudilla de café muy negro. Obediah le dio las gracias en francés y en latín, y el otro le respondió con una sonrisa tímida.

—Disculpad, mis compañeros de viaje no dominan las lenguas francas —dijo el primero.

—Pero vos habláis italiano, y posiblemente mejor que yo.

—Estuve un tiempo al servicio de los venecianos.

—Entiendo. Os agradezco el café. Es mucho mejor que eso que ofrecen los vendedores ambulantes.

—Lo que habéis tomado no es café; aunque, según se mire, sí lo es.

—¿Cómo se entiende eso, signore?

—Lo que estamos bebiendo ahora es *qahwa bunnîya*: lo que los turcos llaman *kahve* y vos llamáis café. Nos mantendrá despiertos toda la noche, lo cual nos permitirá contarnos historias o recitar el *dhikr* en honor a Alá. En cambio, quienes quieren un buen descanso toman una infusión hecha con las cáscaras secas de los granos de café. Lo llamamos *quishr* y carece del efecto estimulante del *bunn*.

Sin duda, en Bait al-Faqih debía de haber gran cantidad de cáscaras de café. De camino a esa ciudad, Obediah había visto una amplia extensión de terreno vallada y vigilada en la que se secaba el café de Nasmurade. Antes del secado, los trabajadores hervían los granos en unas tinas grandes para separar la cáscara de la semilla. Hasta entonces él había creído que las cáscaras hervidas servían de alimento para las ovejas o los camellos.

—*Ghiurs* como vos raramente se dejan ver por estos lares —comentó Ibn Tarik—. ¿Puedo preguntaros qué hacéis aquí?

Obediah no tuvo que pensarlo. Hacía semanas que habían preparado la historia.

—Viajo en el séquito de una dama noble de Constantinopla. Viene para casarse con un hijo del sultán de Saná a fin de reforzar los vínculos entre la ciudad y la Sublime Puerta.

—Pero ¿cómo es que una princesa otomana tiene a un francés en su séquito?

Su anfitrión empezaba a resultarle demasiado entrometido. Aunque Obediah se sabía la historia al dedillo, el hombre parecía tener buen entendimiento; más pronto o más tarde encontraría alguna contradicción.

—Su madre fue una dama veneciana del harén del último Gran Señor. Y, como seguramente sabéis, las costumbres y el estilo de nuestra corte se están imponiendo cada vez más en Constantinopla. Por eso me contrataron.

—¿Sois cortesano?

—Maestro. Enseño a la princesa francés, baile y también la etiqueta de Versalles.

Ibn Tarik puso cara de estar sopesando si esa respuesta le satisfacía. Antes de que pudiera hacerle más preguntas, Obediah se dio una palmadita en los muslos y se levantó.

—Os agradezco el café, signore Tarik, pero debo seguir. Mi señora me ha pedido que esta noche le enseñe a bailar pasacalle. ¡Que paséis una feliz velada!

Ibn Tarik hizo una leve reverencia. Obediah correspondió el gesto y siguió andando. Entretanto había oscurecido y el calor del día había dado paso a un frescor agradable que, como sabía por experiencia, en pocas horas se convertiría en un frío intenso. Agradeció que hubiera tantas hogueras pequeñas, de no ser así no habría podido hallar el camino de vuelta al caravasar. Al llegar, rebuscó en su bolsa hasta encontrar una de sus pipas, la rellenó y empezó a fumar. El humo del tabaco de ciruela de Ámsterdam que le quedaba se elevó al cielo. A partir de ahora tendría que fumar lo que sus compañeros de viaje o los árabes le ofrecieran. Lo que estos últimos usaban para encender sus pipas de agua no podía ser hoja de Virginia, pues su olor era desagradable. Se preguntó si tal vez eran cáscaras de café secas. De hecho, era lo único que parecía haber en abundancia en aquel lugar dejado de la mano de Dios. Mientras disfrutaba de su tabaco, oyó unas risotadas de Justel procedentes de algún lugar indeterminado. Tal vez Marsiglio estuviera contando alguna de sus increíbles historias. Si su empresa tenía éxito, podría añadir otra a su repertorio.

Obediah volvió la vista hacia la fortaleza iluminada. La ruta hacia la montaña del café pasaba junto a ese pequeño fortín, lo cual no era sin duda casual. Según había podido observar por la tarde, todas las caravanas de café en dirección a Bait al-Faqih procedentes de Nasmurade eran conducidas por los jenízaros directamente a un terreno cercado donde las bayas se hervían y se volvían estériles. De este modo los turcos se aseguraban de que no hubiera cerezas de café no procesadas en camino hacia Moca o Alejandría. Se preguntó si alguien habría intentado ya esquivar el sistema. Sin duda, tenía que ser posible. A fin de cuentas, las cerezas eran lo bastante pequeñas como para poder esconderlas bajo la ropa o en un recipiente.

Mientras se entretenía imaginando el mejor modo de robar el café natural, en la muralla de la fortaleza se produjo un cambio de guardia. Al ver a los jenízaros ahí, se estremeció. Dio una calada nerviosa a la pipa. No podía más que rezar para que la información de que disponía sobre Nasmurade fuera medianamente correcta.

Obediah tuvo que reprimir un bostezo. El café de Ibn Tarik no había logrado quitarle de encima el cansancio. Se levantó y, rodeando el caravasar, se dirigió hacia las letrinas. A unos cien pies por detrás del edificio principal, en medio del desierto, unas telas atadas a palos de madera hacían las veces de mampara protectora. Se dirigió al retrete. Unas yardas más adelante lamentó no haber llevado consigo una linterna; la oscuridad ahí era absoluta. La escasa media luna a duras penas lograba iluminar el contorno del paisaje.

Cuando llegó, oyó un ruido de agua extraño, nada que ver con el sonido característico de quien se desbebe; parecía como si alguien se estuviera lavando. Se colocó detrás de la tela y empezó a orinar. Entonces el ruido cesó; quien fuera parecía haberse detenido. Obediah terminó lo que le había llevado hasta allí. Al abrocharse los pantalones, oyó otro sonido. Esta vez no era algo líquido, sino metálico. Conocía ese chasquido. Alguien había desenvainado su arma. Se puso en guardia. Con todo el sigilo de que fue capaz, sacó la pistola del cinto. Luego se acercó despacio al origen del ruido. Aunque la vista ya se le había acostumbrado a la oscuridad, no distinguió a nadie. Siguió avanzando. Cuando casi había alcanzado el otro extremo de la banda de lona, dio con el pie contra algo. Oyó entonces un gorgoteo: un jarro cayó delante de él y vertió su contenido en el suelo de arena. Obediah notó un movimiento a su espalda. Sin más, se dio la vuelta, sacó la pistola y apretó el gatillo. El estallido rompió el silencio y, por un segundo, todo se iluminó. Obediah vio el rostro asustado de Hanah Cordovero que, a pocos pies de él, asía una daga con la mano derecha. Estaba desnuda.

Al instante, todo volvió a sumirse en la oscuridad.

—¡Hanah! —exclamó—. Soy Obediah. Disculpad, milady, pensé que erais un bandido. ¿Qué hacéis aquí fuera?

Ella suspiró.

—Intentaba lavarme.

—¿A estas horas? —preguntó él, incrédulo.

—Me parece complicado lavarme delante de todos. ¿No os parece? Eso me delataría. Este es el único momento en que puedo estar aquí sin que nadie me moleste. Al menos, eso creía.

—¿Y esa daga?

Ella resopló enojada.

—¿Qué creéis que harían la mayoría de los hombres si se encontraran aquí fuera a una mujer sola y, además, desnuda? —preguntó.

Antes de que él pudiera responder, oyeron gritos procedentes de la fortaleza.

—Tenemos que marcharnos de aquí —dijo él—. Me temo que en unos instantes esto estará repleto de jenízaros.

—Antes dadme mi ropa.

—¿Dónde está?

—En algún lugar a vuestra derecha.

—No veo nada. ¿Habéis traído lumbre?

—Sí. Pero entonces los turcos nos verían.

Oyeron que se aproximaba gente. Obediah miró a través de un orificio de la tela a modo de mampara. Eran cuatro jenízaros pertrechados con antorchas. Tras reflexionar un momento dijo:

—Venid.

—¿Adónde queréis ir?

—Al desierto. Me he fijado de día en que el terreno presenta algunas depresiones. Nos esconderemos en una hasta que los jenízaros se hayan marchado.

—¡Estoy desnuda!

—Tenéis mi palabra de caballero que no os pondré la mano encima.

—Vuestra palabra no impedirá que me congele.

Entretanto los jenízaros estaban tan cerca que podía verles los adornos de los *börk*. Corrió hacia donde supuso que estaba Cordovero para agarrarla por el brazo. Antes de dar con el hombre, su mano le rozó el pecho.

—Pero qué...

—¡Chitón! —dijo Obediah—. Casi están aquí.

Cogidos de la mano, echaron a correr tan rápido como les fue posible, adentrándose en la oscuridad de la noche. Fue un milagro que no se dieran de bruces con el suelo. Solo cuando las antorchas de los soldados se convirtieron en puntitos en la lejanía se dejaron caer en la arena. A Cordovero le castañeteaban los dientes.

—Tengo una capa. Tomadla.

Obediah se la pasó y oyó cómo se envolvía en ella. Ahora él también tenía frío. En lo alto brillaban las estrellas, había más de las que jamás había visto. A lo lejos oyeron las voces de un soldado.

—¿Qué dice? —preguntó Obediah.

—Que deben examinarlo todo y que irá a buscar refuerzos.

Durante un buen rato permanecieron tumbados en silencio.

—¿Vos creéis eso que sostiene Giordano Bruno? —musitó Cordovero.

—¿Eso de que las estrellas son como el sol, pero que están más lejos? Es posible.

—Fakhr ad-Din ar-Razi afirmó lo mismo mucho antes que Bruno. ¿Habéis oído hablar de él?

—No, milady. Pero también Huygens defiende esta teoría. Y él... —Obediah se interrumpió. Oyó que ella se giraba hacia él.

—¿Sí?

—Él cree que en torno a esos soles lejanos hay planetas que giran, y que esos están habitados.

—¿Y quién los habita? —preguntó ella.

—Seres inteligentes. Huygens los llama «seres planetarios».

—¿Y qué aspecto tienen?

—Igual que nosotros, supongo.

—¿Llevan peluca, o más bien turbante?

—Os estáis burlando de mí, milady.

—Pero no por los hombrecillos de la luna de cuya existencia dudáis, ¿o tal vez no? Por vuestro tono de voz deduzco que consideráis esa idea extravagante.

—Es muy descabellada, y la verdad es que hasta ahora la había tenido por una chifladura de anciano. Pero viendo este cielo tan estrellado ya no estoy tan seguro.

—A mí el planteamiento de Huygens me parece lógico —afirmó ella—; de hecho, otros antes han tenido ideas similares.

—¿Quién, por ejemplo?

—Schyrleus de Rheita. Y vuestro Bruno.

—Ahí de donde yo provengo, tal idea podría valerme la cárcel o la muerte en la hoguera. ¿Que ha habido muchos Adanes y Evas? Eso contradeciría las Escrituras, milady.

—No necesariamente: «Bajo su signo está la creación del cielo y de la tierra y de todas esas criaturas que ha distribuido en ambos». ¿Lo veis? También habitó el cielo.

—¿Ese es un pasaje de la Biblia?

—No, es una sura —dijo ella con un castañeteo de dientes—. Del Corán.

Obediah rio en voz baja.

—En tal caso, los planetarios de Huygens seguramente llevan turbante.

Obediah notó un movimiento. Entonces, de repente, ella se puso encima de él y ambos quedaron envueltos con la manta.

—¡Milady!

—No es momento de escrúpulos morales —susurró ella—. Dadme calor, Obediah. Haced lo que sea preciso.

No hizo otra cosa hasta el amanecer. Nadie los vio, excepto, tal vez, los planetarios de Huygens.

A la mañana siguiente, tras un desayuno frugal, montaron en los camellos y partieron. Los soldados de la fortaleza insistieron en echar un vistazo a algunas de sus cajas y bolsas. Al momento, muchos bultos les parecieron extraños, como la enorme linterna que pendía atada de uno de los camellos, los numerosos recipientes con polvos alquímicos, o la muñeca desarmada con brazos y manos de porcelana. Marsiglio explicó a los jenízaros que eran artefactos francos exóticos que la princesa llevaba como regalo para su futuro marido. A Obediah la explicación no le pareció muy creíble, pero a los soldados les bastó. Saltaba a la vista que para ellos ese forastero era capaz de cualquier excentricidad. Por otra parte, ellos solo parecían interesados en el café crudo, y el grupo no llevaba ni una cereza. En cuanto Obediah mostró los salvoconductos falsificados, con el sello personal del Gran Visir, les permitieron el paso sin más vacilación.

El camino, por llamarlo de alguna manera, no estaba tan desierto como el que llevaba de Moca a Bait al-Faqih. Una y otra vez se encontraron con caravanas cuyos animales de tiro cargaban sacos repletos de cerezas de café. Llevaban ya siete horas cabalgando por el desierto. A Obediah la espalda le dolía de forma atroz. Se sentía como si hubiera dormido sobre piedras, algo que, en cierto modo, se correspondía con la verdad. Hanah solía cabalgar a su lado y él tenía que resistirse a la tentación de mirarla con demasiada frecuencia o de tenderle la mano. Por el momento era preferible que nadie supiera de su relación. Intentó concentrarse en el viaje que les quedaba por delante. Los mapas que tenía de esa parte de Yemen apenas merecían tal nombre. Según sus anotaciones, en torno al mediodía deberían de haber llegado a un oasis, pero el guía de la caravana les informó de que aún se hallaban a varias horas de distancia.

Hanah se había retrasado y ahora charlaba con Vermandois. Obediah iba solo. A lo lejos se veían montañas. La montaña del café se aproximaba lentamente. Al menos, eso pensaba él. Oyó un jinete acercándose a toda prisa y se volvió. Marsiglio.

—¿Cuándo descansaremos? —preguntó el general—. Este camello me está matando.

—El guía ha dicho que llegaremos al oasis poco antes del atardecer.

Marsiglio soltó un gemido.

—¿Y cuánto falta para la montaña?

—Calculo que unas tres jornadas.

El conde bostezó. Era contagioso. También Obediah tuvo que reprimir un bostezo.

—No habéis dormido mucho, ¿verdad?

—Salta a la vista que vos tampoco.

—Es cierto —asintió Marsiglio—. Demasiado *qahwa*. Y luego estuve viendo un *dhikr*.

Obediah también había oído a ese hombre de tez oscura pronunciar esa palabra.

—¿Es un ritual musulmán?

—Sufí. Una especie de celebración religiosa nocturna, con cantos, bailes y hachís.

Obediah pensó que Marsiglio aprovecharía para hacerle un pequeño discurso sobre el sufismo. Pero, en vez de eso, el boloñés sonrió con suficiencia y lo miró con expresión expectante.

—¿Qué hay, Paolo?

—Lo sabéis perfectamente. ¿Me lo queréis contar?

—No.

—Lástima. No os vendría mal un poco de impudicia de vez

en cuando, ¿sabéis? El amor no es algo de lo que uno deba avergonzarse. En todo caso, os envidio.

—¿De veras?

—Sí. En mi repertorio falta alguien como Cordovero. Aunque no me puedo quejar.

Obediah enarcó una ceja.

—Vos no solo estáis cansado por el *dhikr.*

—Ciertamente. —Marsiglio se acarició el bigote con satisfacción—. Resulta increíble la belleza que se oculta en un desierto tan remoto.

—¿Y?

—*Puella nulla negat.*

—Eso casi es más información de la que deseaba, Paolo.

—En cambio, vos me habéis dado menos de la que quería. Pero dejémoslo. Lo importante ahora es que la tierna feminidad no os nuble el entendimiento.

—Os aseguro que estoy en plena posesión de mis facultades mentales.

—Eso espero. Conozco muy bien la sonrisa ensimismada que lleváis en el rostro.

—No os preocupéis. Todo va según lo dispuesto. Hasta ahora nadie nos ha descubierto. —Obediah dibujó con la mano derecha un semicírculo que englobaba el desierto que se extendía hasta el horizonte y añadió—: Entre nosotros y nuestro objetivo no hay más que cantidades inmensas de arena.

—Y una montaña. Llena de guardias. Y fortalezas.

—Estamos muy bien preparados. Vos, más que nadie, deberíais saberlo.

Marsiglio se secó el sudor del rostro.

—Posiblemente tengáis razón. Si hasta el momento nadie nos ha detenido, ¿quién lo hará ahora?

El Gabinete Negro de su majestad se encontraba en Juvisy, un pueblecito al sur de París. Rossignol le había explicado en una ocasión que el trabajo de un criptólogo requiere calma y que por ello prefería vivir en el campo que en la ciudad. Polignac había tardado dos horas en dar con la residencia de la familia Rossignol. Ahí no había más que campos y cerdos. La mansión de los Rossignol, aunque ya no era nueva, estaba bien conservada. El mosquetero entró a caballo en el patio, cedió su montura a un mozo de cuadra y se hizo acompañar al salón.

Mientras esperaba a Rossignol, observó los muchos cuadros que allí había. El señor de la casa parecía sentir predilección por pintores italianos pasados de moda, como Vincenzo Carducci, Orazio Gentileschi y similares. Además, como no podía ser de otro modo, había también un gran retrato de su majestad; en él, Luis aparecía representado como comandante a caballo en la conquista de Maastricht. Sobre la cabeza del rey, el ángel de la victoria se disponía a colocarle la corona de laurel. Polignac avanzó y se detuvo frente al retrato de un hombre desconocido para él y que tenía la misma nariz de patata que su anfitrión.

Entonces oyó unos pasos. Era Rossignol, que se acercaba presuroso y le tendía la mano.

—Os agradezco que hayáis venido aquí, capitán. Entiendo que París es más de vuestro agrado, pero mi trabajo, de hecho, el nuestro, ha avanzado de forma notable gracias a los documentos de Esmirna y no quería interrumpirlo.

—No ha sido ninguna molestia, monsieur. —Polignac señaló la pintura que tenían delante—. ¿Vuestro señor padre?

Rossignol asintió. Antoine Rossignol había sido el primer criptólogo de su majestad, y antes había estado al servicio de Luis XIII, o, mejor dicho, del cardenal Richelieu.

—Sí, que Dios lo tenga en su gloria. Creo que este cifrado sería muy de su gusto. Venid, os mostraré los avances en el descifrado.

Polignac siguió a Rossignol por un comedor lujoso, con las paredes decoradas con espejos, hasta llegar a una sala donde en otros tiempos debían de haberse celebrado bailes y fiestas.

Ahora el espacio estaba ocupado por mesas largas unidas por los extremos hasta obtener tres bancos de trabajo que ocupaban prácticamente toda la longitud de la sala. Allí sentados había una docena de hombres jóvenes. A primera vista cualquiera habría pensado que aquello era una manufactura.

—Aquí es donde se repasa el correo entrante. Lo que mi personal considera importante, se abre con cuidado, se copia y se vuelve a sellar. No tenemos mucho tiempo.

—¿Acaso por la urgencia de las informaciones ?

—También. Pero sobre todo porque ninguna carta debería permanecer más de tres horas en el gabinete. Juvisy puede decirse que se encuentra en la ruta que recorre el postillón. Con todo, no podemos permitirnos retener más la correspondencia porque muchos corresponsales conocen exactamente el recorrido de una carta y cuánto tiempo necesita para llegar a su destino. Un retardo prolongado llamaría la atención. —Esbozó una sonrisa—. Y eso, claro está, es algo que no queremos.

Pasaron entre las mesas sobre las que se acumulaban montones de cartas que parecían ordenadas según un orden concreto. Uno de los ayudantes de Rossignol se dedicaba exclusivamente a abrir los sobres con cuidado. Otro, sentado frente a una considerable colección de sellos y bloques de cera de todos los colores posibles, se disponía a lacrar una carta.

—¿Qué sellos son esos? —quiso saber Polignac.

—Todos los de las casas importantes.

Rossignol cogió dos y se los enseñó. En uno de ellos se veía un escudo con unas espadas cruzadas a la izquierda y una corona a la derecha; el otro mostraba una nuez sobre un capitel.

—El escudo del electorado de Sajonia —dijo el mosquetero—. El otro no lo conozco.

—Augsburgo —respondió Rossignol.

Devolvió los sellos a su sitio y prosiguió hasta llegar a un banco en el que se sentaban dos escribientes.

—Aquí copiamos las cartas importantes —dijo rebuscando en una pequeña caja llena de cartas—. Escuchad esto. —Cogió una hoja, se aclaró la garganta y empezó a leer en voz alta—: «Debo informaros de que me muero de aburrimiento. Estoy harta de la vida en la corte, y las enojosas fiestas de mi padre no hacen sino empeorar aún más mi ánimo».

—¿Quién ha escrito esto?

—La princesa de Conti. A su majestad no le complació mucho que su hija considerara enojosos sus bailes.

Rossignol devolvió la hoja a la caja y, seguido por Polignac, se dirigió hasta el final de la sala. Había ahí un estrado con un gran escritorio, a todas luces el de Rossignol, desde el que podía vigilar muy bien a su personal. El criptólogo se acercó a una gran estantería situada en la pared posterior. Estaba repleta de papeles, y en cada estante había un busto de mármol.

—¿Esos son emperadores romanos?

—En efecto, capitán. Una idea de mi padre... un tanto rocambolesca, a decir verdad. Cada sección de la estantería contiene papeles referidos a un tema en concreto. Cada emperador trata un tema: Augusto, los hugonotes; Marco Aurelio, el Imperio alemán; Claudio, el comercio; Tito, Holanda. No es un sistema tan sofisticado como el de monsieur Baluze, pero sirve para su fin.

A Polignac le llamó la atención que uno de los estantes estuviera más lleno que los demás.

—¿Qué hay aquí?

—¿En Vespasiano? La *République des Lettres*. La controlamos tanto como nos es posible, aunque debo decir que vuestro íntimo amigo La Reynie nos quita buena parte del trabajo. También Pierre Bayle nos ayuda.

—¿Bayle os ayuda? A mí, en cambio, me pareció poco cooperativo, al menos al principio —repuso Polignac.

—Nos ayuda de forma indirecta con la publicación de su revista, pues nos proporciona una buena visión de conjunto. También está el *Journal des Sçavans* fundado por el Gran Colbert con el único fin de controlar mejor a todos esos filósofos.

Rossignol se acercó a un estante en el que había un busto de Calígula y rebuscó algo ahí.

Polignac señaló al emperador loco.

—¿De qué es patrón ese?

—De Inglaterra. Como veis, mi padre tenía sentido del humor.

Al poco, Rossignol dejó un montón de papeles sobre la mesa.

—Estos son los dibujos que trajisteis de Esmirna.

Colocó los cinco bocetos uno junto a otro. Uno mostraba un palacio de estilo italiano que Polignac supuso que se encontraba en Turín. En otro dibujo se veían unas monedas extrañas y el boceto de un edificio en obras, posiblemente una iglesia. Y, para terminar, el patinador holandés.

—¿Hay algo que os llame la atención?

Polignac suspiró.

—Creedme si os digo que en el viaje en barco desde Çeşme hasta Marsella estuve devanándome los sesos durante horas con estos dibujos. Disculpad mi impaciencia, monsieur, pero…

—Este es el más simple. Representa unas monedas inglesas para el café. En él hay escondido un patrón binario.

—¿Os referís a esa aritmética de Leibniz de la que me hablasteis? Lo cierto es que no lo entendí.

—Es sencillo. Fijaos, en algunas monedas Chalon ha dibujado la cara, y en otras, la cruz. La cara es uno, la cruz es cero. En total hay siete hileras de seis monedas. De esto —Rossignol cogió papel y pluma y empezó a escribir—, sale esto:

01111
10010
00111
00001
01110
01111
01110

—Son números diádicos. En el sistema decimal son 15, 18, 7, 1, 14, 15 y 14. Si se interpretan esas cifras como letras del alfabeto se obtiene la palabra «organon».

—¿Habéis encontrado la palabra clave?

Rossignol dibujó la sonrisa de un pícaro tras cometer una diablura.

—Así es. Ahora sé qué líneas del cuadrado de Vigenère hay que utilizar para descodificar una carta cifrada.

—¿Y por qué Chalon y Cordovero se enviaban escritos no codificados?

—Como sabéis, durante mucho tiempo pensé que esas cartas, en apariencia intrascendentes, contenían también mensajes secretos. Pero eso fue una torpeza por mi parte. Ahora creo, en fin, estoy convencido de que el sistema de Chalon funcionaba del modo siguiente: cada vez que enviaba a Cordovero una carta legible acompañada de un dibujo le daba a entender que la palabra clave había cambiado. Cordovero respondía a Chalon con una carta legible para indicarle que había recibido la clave.

—Entiendo. ¿Y dónde se esconde la palabra clave en los demás dibujos?

—Buena pregunta. En los otros no hay un patrón definido, y esa cuestión me ha tenido ocupado durante mucho tiempo. Pero al final la solución era casi banal. Se trata de las líneas auxiliares.

En efecto, todos los dibujos, excepto el de las monedas, tenían un punto de fuga y una red cuadriculada compuesta de finas líneas auxiliares que no estaban totalmente borradas.

—Es una matriz —explicó Rossignol—. Cada campo de la cuadrícula es o casi blanco o casi negro. Así pues, volvemos a tener un código binario.

—¿Y bien? ¿Habéis conseguido descifrarlo todo?

—Todo aún no. El descifrado es una tarea ardua, pero dos de mis hombres —dijo señalando a dos caballeros que se encontraban a su izquierda— se ocupan exclusivamente de eso.

La primera carta ya está descifrada. Según esta, Chalon planea un robo.

—¿Y qué quiere robar?

—En la carta solo dice que se trata de un «objeto muy valioso». En cuanto hayamos descifrado el resto de la correspondencia sabremos más.

Rossignol se apoyó en el borde de su escritorio y cogió un decantador de cristal lleno de vino tinto. Sirvió un poco en un vaso y se lo ofreció al mosquetero. Luego sirvió también para él.

—Hay un asunto que debo comunicaros —dijo Polignac.

—Os escucho.

El mosquetero bajó la voz.

—Ese comandante jenízaro que quiso prenderme dijo que la Puerta ya no se fiaba de las informaciones de los franceses.

—Vaya. ¿Y qué sabe un simple oficial de provincias de asuntos como estos?

—Según Solimán agá, este Tiryaki es un hombre de estrecha confianza del jefe de la policía de la Sublime Puerta.

—¿De Ferhat agá? ¿El jardinero supremo?

Polignac asintió.

—Dijo que en los últimos tiempos los turcos recibían información de otros gabinetes.

Por la expresión de Rossignol, Polignac supo que esta noticia no le sorprendía especialmente.

—Es posible que compren información al Hofburg. El gabinete de cifrado de Leopoldo es muy grande —comentó mirando con desánimo a su gente—. Se dice que al menos triplica en tamaño el nuestro. Los Habsburgo venden información que no necesitan a prácticamente cualquiera que esté dispuesto a pagarla. —Rossignol lo miró con atención—. ¿Quién tiene noticia de este asunto?

—Hasta el momento solo vos, monsieur.

—Bien. Os agradecería que quedara así.

—Tenéis mi palabra, monsieur. Pero ¿me permitís otra pregunta?

—Adelante.

—¿Qué es lo que no les ha gustado a nuestros aliados turcos? ¿Tiene que ver con Viena, verdad?

Rossignol suspiró y se sirvió más vino.

—Por supuesto, eso cuenta. Viena fue un desastre, no solo para los turcos sino también para nosotros. De todos modos, y estoy absolutamente convencido de ello, eso no tuvo que ver con errores de nuestros espías. Me extraña que no conozcáis esta historia.

—No me interesan demasiado las intrigas.

—Tal cosa os honra. Como tal vez sepáis, nosotros, en realidad todo el continente, supusimos durante mucho tiempo que Jan Sobieski no auxiliaría al emperador. ¿Por qué? Porque siempre había sido partidario de su majestad. A fin de cuentas, Luis le había ayudado —al decir esto, Rossignol se frotó el pulgar y el índice— a oponerse a Carlos de Lorena cuando estaba en juego la corona polaca.

—Tenía noticia de estos hechos. Admito que en ese momento también a mí me sorprendió que uno de nuestros aliados comandara un ejército de liberación para ayudar al peor oponente de su majestad.

Rossignol hizo una mueca de disgusto.

—La culpa la tuvo el emisario francés en Varsovia. Vitré, se llamaba. En Versalles informó de que Sobieski era «un guerrero como mucho mediocre, gordo, taimado y muy dado a los placeres». Y también dedicó algunas necedades a los polacos en conjunto, tachándolos de ser una «nación inconstante», malvada, sobornable, y lindezas semejantes.

Polignac supuso lo que había pasado.

—¿Alguien interceptó la carta de Vitré?

—Ese cretino utilizó un código viejo y fácil de descifrar. Los austríacos lo consiguieron más rápido de lo que mi padre tardaba en descifrar las cartas de los hugonotes. Los Habsburgo presentaron el texto al rey polaco y, en consecuencia, este se sintió obligado a demostrar al mundo que no era un «guerrero mediocre».

Polignac inclinó la cabeza.

—Desde luego lo demostró con brillantez.

—Sin duda. Pero seguramente los turcos piensan que deberíamos haber advertido ese cambio de opinión de Sobieski. Por eso ahora prueban suerte en otros gabinetes.

Se oyó un carraspeo. Uno de los criptólogos se encontraba al pie del estrado con dos papeles en la mano.

—¿Qué hay, François? —preguntó Rossignol.

—Otra carta de ese inglés, monsieur. Y este despacho urgente para su majestad recién llegado desde Marsella.

Presentó los papeles a su superior. Rossignol rodeó rápidamente la mesa y cogió los papeles. Observó los dos escritos. Su expresión era impenetrable.

—¿Qué hay, monsieur?

Se los entregó a Polignac.

—Esto es algo… inesperado. Pero ciertamente nada desagradable. Leedlo vos mismo.

El mosquetero así lo hizo. Al principio se negó a creer lo que leía. Luego, por primera vez en mucho tiempo, soltó una carcajada.

Alcanzaron las estribaciones de Nasmurade en la tarde del tercer día. Levantaron el campamento nocturno entre varios peñascos grandes. Delante de ellos se elevaban las montañas. Obediah se dijo que no eran tan altas como los Alpes, pero en aquel territorio tan yermo e inhóspito parecían inmensas. Marsiglio y él preguntaron al guía cómo continuaba el camino, pero el hombre no había estado jamás en Nasmurade. Solo sabía que a una hora y media a caballo había un paso de montaña que subía hasta un primer altiplano. Luego había que seguir subiendo una hora más, hasta llegar a la extensa meseta donde estaban las plantaciones de café.

—A partir de ahora vuestro plan es más bien un boceto, ¿estoy en lo cierto? —murmuró Marsiglio mientras se acercaban a la hoguera en torno a la que estaban sentados todos los demás.

—Un poco. Pero no demasiado. He estudiado muy bien los mapas de este cronista de Constantinopla.

Marsiglio resopló.

—Son muy viejos. Deberíamos examinar el terreno antes de empezar a subir.

—Tenéis razón. Sin embargo, esa es una tarea peligrosa.

—Es lo que tiene examinar el terreno. Ahora Luis nos enseñará por fin de lo que es capaz.

Obediah, que no acababa de comprender qué había exactamente entre los dos condes, no dijo nada. Llegaron a la hoguera y se sentaron. Cordovero le ofreció un vaso de agua y él bebió un largo trago. Un vaso de ponche, al que se había acostumbrado durante ese largo viaje, le habría gustado más, pero ahí no tenían ni escudillas ni ron ni naranjas ni limas.

—¿Nos podríais explicar cómo sigue ahora el plan? ¿Será mañana el gran día? —quiso saber Justel.

—Mañana es domingo —le reprobó la condesa—. No sería un buen augurio.

—Mañana empezaremos a preparar todo lo necesario —respondió Obediah—. En unos días nos pondremos manos a la obra. Estimado conde, ahora vos sois nuestro hombre más importante.

Vermandois hizo una reverencia exagerada.

—Soy todo oídos.

—Mañana a primera hora inspeccionaréis el terreno. Acercaos con sigilo a las plantaciones y estudiadlo todo. Llevad a alguien con vos.

—No, gracias, prefiero trabajar solo.

—No habláis ni una palabra de turco —objetó Marsiglio.

—Seguramente la gente que haya ahí arriba tampoco —apuntó Cordovero—. Son árabes.

—Entonces ¿deberíais acompañarme vos, señor hembra? —preguntó Vermandois. Y, sin esperar respuesta, negó con la cabeza—. No. No vendrá nadie conmigo. Solo así seré invisible.

—Como queráis. El resto de nosotros nos dedicaremos a preparar el instrumental —dijo Obediah señalando el equipo que habían descargado ya—. Tenemos que comprobarlo todo y montarlo. Eso nos llevará un tiempo.

Vermandois meneó la cabeza.

—Entiendo para qué necesitáis las cuerdas y las poleas; son partes de ese ascensor de Wiegel y…

—Weigel. Ascensor de Weigel —le corrigió Marsiglio.

—Como sea. Pero ¿para qué son todas esas sustancias químicas?

El Borbón señaló una caja en la que había unos veinte recipientes cilíndricos de latón, tapados todos con cierre de rosca.

—Eso son explosivos —respondió Obediah.

—No lo parecen —objetó Vermandois.

—Tenéis razón. Aunque solo si pensáis que las explosiones se basan en la fuerza bruta.

—Hasta ahora, monsieur, eso era lo que yo creía.

Obediah negó con la cabeza. Todos los demás le escucharon atentamente.

—Si retiráis la dovela central de un arco de piedra, todo se derrumba. Es el principio de la estática: si destruyes algo por el punto adecuado, todo se desmorona. Christopher Wren fue el primero en descubrirlo cuando se propuso demoler la antigua catedral de San Pablo. Este método es aplicable en iglesias, casas, torres… y también en montañas. Os contaré de inmediato lo que pretendo. Y antes de que lo preguntéis, os explicaré también el significado y el objetivo de la linterna mágica y del turco autómata de Huygens. Pero, hablando de Huygens, deberíamos empezar por el aparato más importante.

Obediah rebuscó en su zurrón y sacó un paquetito envuelto en papel de seda. Lo abrió, dentro había un pañuelo de seda. Lo desplegó.

—Relojes de bolsillo. Llevaréis uno cada uno.

Vermandois frunció el ceño.

—¿Un reloj? Monsieur, hace tiempo que tengo tal cosa. Hoy en día no hay noble que se precie que no lleve reloj.

—Ni comerciante —apuntó Justel. Sacó del bolsillo un reloj de plata y se lo mostró a los demás. Tenía el tamaño de la palma de la mano y en la carcasa de plata llevaba grabados unos zarcillos de color rosa.

—Una pieza preciosa, Pierre, no hay duda, pero, al igual que el resto de los cronómetros que tenéis, no sirve para nuestro propósito. Los relojes de Huygens son más precisos. Los ajustaré todos exactamente a la misma hora. Después de eso os ruego que no volváis a apretar el botón.

—¿Y de qué servirá eso? —preguntó Vermandois—. ¿Acaso vuestro plan depende de un par de segundos?

—Bueno, me atrevería a decir que depende exactamente de eso. Solo saldrá bien si funciona como el mecanismo de un reloj y cada cual ejecuta su tarea en el momento adecuado.

Vermandois se levantó.

—¿Ya os vais a la cama? —preguntó Marsiglio—. No es muy propio de vos.

Vermandois enarcó las cejas.

—Me voy a trabajar.

—¿Ahora? —dijo Justel—. Pero si está todo muy oscuro… Apenas se puede ver más allá de un palmo.

—La noche, monsieur, es la novia del ladrón. Y de noche yo veo como un gato. A esta hora los cultivadores de café duermen y seguramente la mayor parte de los guardianes también. Si quiero explorar sus rutinas, la noche es la mejor hora para empezar.

Marsiglio fue a objetar algo más, pero Obediah le pidió que no dijera nada. El conde de Vermandois hacía siempre lo que quería y era mejor que hiciera su trabajo a su manera. El Borbón se despidió con una reverencia y luego desapareció en dirección a la montaña. Al cabo de unos pasos, la oscuridad lo había engullido.

Todas las noches, cuando el sol se ocultaba detrás de las montañas y una luz cobriza bañaba las plantaciones de café en la altiplanicie, cuando las sombras se alargaban y el viento empezaba a soplar desde las alturas, los niños de Nasmurade iban a visitar a Musa ibn Shawkani. Acudían como las polillas a la luz a la casita cuadrada del anciano, algo apartada del pueblo, entre arbustos de café y peñascos escarpados. En sí, el camino hasta la morada de Shawkani era toda una prueba de valor. El sol, a esa hora muy bajo, creaba unas sombras extrañas que recordaban a los niños las criaturas terroríficas que habitaban las historias del anciano: los horripilantes *ghul* que atraían a los viajeros del desierto para devorarlos; o los *nasnas*, esos seres que parecían personas partidas por la mitad, con solo un brazo y una pierna, y que avanzaban a saltos gritando como locos.

A pesar de ese entorno siniestro, o tal vez precisamente debido a ello, los niños iban allí cada atardecer, cogidos de la mano, con expresión temerosa y a la vez expectante. Se sentaban en silencio en torno al anciano, el cual, como siempre, aguardaba sentado frente a su cabaña tomando café, preparándose él mismo para su historia.

En cuanto Musa ibn Shawkani estuvo seguro de que no faltaba nadie, volvió a servirse café y preguntó:

—¿Qué historia queréis oír? ¿Os he contado alguna vez la de Mustafá Baba, ese atroz zapatero que cosía soldados nuevos con los brazos y las piernas de los hombres caídos y usaba para ello una aguja de sangre e hilos de cuero? ¿O preferís la historia del *azif*, ese viento susurrante del desierto que se cuela por todas partes y del cual es imposible escapar?

Un niño de ojos muy azules, y más valiente de lo que podía esperarse de sus apenas seis años, dijo:

—Contadnos sobre el día en que Azazil vino a Nasmurade, venerable abuelo.

Ibn Shawkani asintió pensativo.

—Buena elección, pequeño Fuat —dijo—. Cuando aquello ocurrió yo tenía más o menos la edad de tu padre y era el capataz de la plantación. Fue entonces cuando me hice esta casa aquí, lejos del pueblo, para estar siempre cerca de los árboles de café.

—Pero, abuelo, si la mayoría de los arbustos crecen al otro lado del bosque —comentó un crío.

La mirada severa del anciano hizo callar al niño.

—No me interrumpas, Alí. Si me interrumpís, lo siento pero no hay historia.

Tal como Ibn Shawkani esperaba, se alzó un coro de protestas que al poco se convirtieron en súplicas y ruegos.

—Está bien, está bien, os la contaré. Pero antes, impertinente Alí, déjame que os cuente algo sobre los árboles de café. Es cierto que hoy en día solo hay en la plantación de la cara este. Sin embargo, en otros tiempos todo Nasmurade estaba repleto de arbustos de café, porque los extranjeros, los persas, los turcos, los egipcios e incluso esos magos de Franconia, venían y querían comprar *qahwa*. Así que cada vez cultivábamos más. Luego, de pronto, dejaron de venir, y por esa razón —dijo señalando los arbustos de café que crecían debajo de su casa— esos ya no se riegan ni se cosechan, excepto estos dos de aquí delante, con los que me hago mi propio *bunn*. Pero, en fin, volvamos a Azazil, el *yinn*, y a la noche en que visitó nuestra aldea.

»Era uno de esos días en los que la desgracia se palpa en el aire. Ya por la noche noté que Algol, la estrella del demonio, brillaba de forma especialmente intensa, lo cual siempre es una señal de que los *yinn* y demonios del desierto se agitan. Y, en efecto, aquella mañana llegó a Nasmurade una vidente ciega.

—¿Cómo llegó a la montaña? —preguntó Alí.

De nuevo Ibn Shawkani dirigió una mirada de reproche al chiquillo.

—Los videntes van y vienen sin aviso previo. Es propio de

su naturaleza. Tal vez también fuera un *yinn*, eso solo Alá lo sabe. En cualquier caso, no era árabe porque no conocía nuestro idioma. Sus ojos ciegos eran blancos como la leche de la cabra y tenía la piel arrugada como un higo seco. Subió por el paso hasta llegar al primer puesto de guardia.

»Ahí la vidente anunció que un *yinn* poderoso visitaría Nasmurade y que los habitantes debían ponerse a salvo o, de lo contrario, todos morirían.

»Pero el guardián del puesto se rio de la vieja bruja y le dijo que regresara al desierto o le haría catar su espada. Es comprensible que hiciera tal cosa: una y otra vez se acercan a nuestra montaña hombres y mujeres que pretenden ser videntes y no son más que mendigos.

—¿Qué es un mendigo? —quiso saber un niño.

—Alguien demasiado vago para trabajar que espera que los demás le alimenten. En nuestra montaña no hay sitio para esa gente. Llevamos una vida dura y apenas tenemos suficiente para nosotros. Por eso siempre los alejábamos de la montaña antes de que subieran y llegaran al pueblo.

—Pero nosotros siempre damos algo a los que piden —objetó Alí.

—Así es, Alí, eres muy espabilado. —Ibn Shawkani hizo una pausa muy significativa—. Pero eso lo hacemos desde aquel día infausto en que fuimos injustos con una vidente auténtica y no atendimos a sus bienintencionadas advertencias. ¡Que Alá nos perdone! Desde entonces siempre damos algo a los mendigos para purgar nuestra culpa y ejercitarnos en la compasión.

Ibn Shawkani bajó la voz y los niños tuvieron que acercarse para oírle.

—Entonces había más vigilantes en Nasmurade que hoy en día. No solo el paso estaba vigilado, también en las plantaciones había guardianes. En esos tiempos se acercaban muchos desconocidos por aquí. Siempre teníamos miedo de que alguien nos robara la cosecha. Y temíamos a los turcos, que de vez en cuando nos enviaban a sus jenízaros y nos obligaban a proteger el *qahwa* como si cada cereza fuera un ojo.

»Sobre todo vigilábamos las plantas de noche. Yo también hacía guardias. Como capataz, mi obligación era inspeccionar los otros puestos y controlar que nadie se durmiera. —El anciano dio un golpecito con el pie a un muchacho que hacía rato que estaba muy quieto—. Como tú, pequeño Yusuf. Así pues, ese día me encontraba haciendo la segunda ronda. La luna bañaba las plantas del café con una luz dorada. Entonces oí un ruido extraño, metálico. Al instante volví la vista hacia el norte, hacia las alturas de Mazkan.

—¿Por qué, abuelo? ¡Si ahí no hay nada!

—Ahora no, pero entonces ahí arriba había un puesto de vigilancia. Cada noche un hombre joven subía allí para controlar la altiplanicie y el paso; desde abajo se le veía perfectamente. Cada pocos minutos agitaba una lámpara que llevaba para indicar a los guardias de la plantación que todo iba bien. Al oír ese ruido, encendí una luz para advertir a Yasín, que era como se llamaba el joven que estaba en Mazkan. Al principio no reaccionó, pero luego observé que levantaba la lámpara con la mano derecha. Aquello me tranquilizó un poco. Durante la hora siguiente agitó la luz de vez en cuando y pensé que no había novedades. ¡Qué necio fui!

Se sirvió café de nuevo y bebió unos sorbos. Los niños empezaron a mostrarse intranquilos y él hizo un gesto conciliador con la mano.

—Calma, pequeños. Conceded un respiro a este anciano. Enseguida continúo con la historia. ¿Quién de vosotros sabe cómo llamamos a esa pared de piedra escarpada que se encuentra en el lado sur y que se ve desde el llano?

—Se llama Al-Jidaar —dijo el pequeño de los ojos azules.

—Exacto. Mientras yo escrutaba la oscuridad, miré a menudo hacia esa pared de piedra. Fue allí donde ocurrió. Empezó con un silbido infernal, entonces vi fuego y humo al otro lado del llano, por donde serpentea el camino del paso. Pero ese fuego no era rojo, sino verde. ¡Y luego estaba el hedor! Subía desde Al-Jiddar y olía como los huevos que permanecen demasiado tiempo al sol. Sin embargo, nada de aquello fue tan atroz como lo que sucedió entonces.

Ibn Shawkani bebió otro sorbo de café y miró a su público. Una docena de ojos muy abiertos lo observaban.

—De repente apareció Azazil flotando ante la pared de la montaña. Tenía un aspecto horripilante: su piel era como el fuego y tenía unos cuernos que brillaban como brasas blancas. ¡Y esos ojos! Jamás olvidaré aquellos ojos rojos de fuego que parecían atravesarme con la mirada. Lo rodeaban llamas de muchos colores. Y era enorme, mucho mayor que una persona. Solo recuerdo que grité de terror.

Los niños estaban muy callados y se apretaban entre ellos con fuerza. Ninguno se atrevía a apartar los ojos, menos aún a mirar hacia la oscuridad.

—Debo contaros una cosa sobre Azazil, al que muchos llaman también Iblis. Es uno de los *yinn* malignos, uno de los *shaitan* que quieren la desgracia de las personas. En otros tiempos había sido un fiel servidor de Alá, pero luego se apartó de su misericordia. La noche en que lo vimos, supimos que la vidente había dicho la verdad y que estábamos perdidos. Porque Azazil no es un *shaitan* cualquiera. Es su guía. ¡Nos había visitado el mismísimo sultán de la oscuridad!

»Mis gritos despertaron al pueblo. Al poco, todos en la montaña estaban conmocionados. La gente se postró ante Azazil, que permanecía inmóvil ante nosotros, mirándonos desde lo alto. El único que no tuvo miedo fue Yassin, el vigilante de la montaña. Él seguía oscilando la lámpara incansablemente, ¿os lo imagináis? Muchos creen que solo pretendía despistar al *yinn*. Pero, decidme, ¿qué podía hacer un mortal contra un espíritu tan poderoso como aquel, un espíritu que ni siquiera es de este mundo?

»Muchos huyeron, corrieron a tientas hacia el paso. No llegaron muy lejos. Cuando el *yinn* se dio cuenta de que sus víctimas huían, su mano arrojó un rayo poderoso por encima del pueblo, hacia la pared situada encima del paso. Se sucedieron varios estrépitos y finalmente un gran estruendo. Entonces la montaña se desplomó. Cuando los hombres y las mujeres del pueblo llegaron a la primera curva, se encontraron el camino bloqueado por la rocalla.

»Para mi eterna vergüenza debo admitir que en ese momento yo estaba agachado entre los arbustos del café, con la mirada fija en el suelo para no tener que contemplar la visión horripilante del *shaitan*. Mientras me arrastraba, oí en torno a mí gritos de hombres y lamentos de mujeres. Fue entonces cuando supe que el *yinn* no estaba solo.

»Debería haber imaginado que un demonio tan poderoso tendría un séquito: demonios de menor categoría, criados. Primero le vi las piernas. Ese *yinn*, o lo que fuera, tenía las piernas más raras que he visto jamás. Estaban envueltas en tela blanca, muy apretada al cuerpo, como si fuera una momia del antiguo Egipto. ¡Y esos zapatos! Acababan en punta, como los de los turcos, pero no apuntaban hacia delante, sino hacia atrás. ¡Eran puntas de madera o de hueso! El monstruo tenía una cabellera larga y rizada de pelo cano, y llevaba un extraño sombrero de tres puntas. Tenía cuerpo medio humano, con brazos y piernas. Me aproximé despacio, arrastrándome, pero sin perderlo de vista.

—¡Fuisteis muy valiente! —susurró un muchacho.

Ibn Shawkani negó con la cabeza sonriendo.

—No, hijo mío. No fue valentía. Estaba aterrorizado y no sabía lo que hacía. Tal vez Alá guió mis movimientos, no lo sé. En todo caso observé al *ghul*. Porque eso es lo que era, un *ghul*. Lo reconocí por la piel pálida y el color rojo sangre de los labios. Se hizo con un árbol de café y se metió los frutos en el bolsillo. Luego, de repente, se dio la vuelta y me miró. Dijo algo en el idioma horripilante de los *yinn*. No sé cómo describiros cómo sonaba aquello. Carecía de la melodía del árabe; de hecho, no tenía melodía alguna. Las palabras parecían provenir de la profundidad del averno. Cuando el *ghul* terminó, dio un paso hacia mí. Yo me tapé la cara con las manos y le supliqué que me perdonara la vida. Él se rio. Entonces noté un dolor intenso en la nuca y caí inconsciente.

»Aún no me explico por qué el *ghul* no me comió. Todas las noches agradezco a Alá y al Profeta, alabado sea, que esa noche nos protegieran, a mí y a los demás. Porque lo más curioso de la historia es que nadie en el pueblo sufrió daño alguno. Nadie resultó herido a causa del desprendimiento, pues ocurrió cuando todos estaban todavía en la parte alta del paso. Ni Azazil ni sus *ghul* pusieron su mano, o su garra, en la gente del pueblo. A la mañana siguiente todo parecía una pesadilla y a muchos les hubiera gustado creer que así había sido. Y esta es la historia de cómo Azazil visitó Nasmurade y no le hizo daño.

El joven Alí no parecía complacido con ese final.

—¿No encontrasteis ninguna pista?

—Bueno, a la mañana siguiente nos dimos cuenta de que algunas plantas de café habían desaparecido. Seguramente el *yinn* se las llevó por arte de magia. En el lado occidental del pueblo encontramos además un dispositivo extraño, una caja enorme de madera, colgada con unas cuerdas y unos extraños rodillos de madera. La conocéis porque sigue ahí colgada. Como sabéis, la usamos para subir y bajar los sacos de *qahwa* por la escarpada pendiente oriental.

—¿El *yinn* la dejó ahí?

—Pregúntale a tu padre, Alí. Es como os digo.

—¿Y el vigilante situado en lo alto de la colina, el de la lámpara? ¿Sobrevivió al rayo del *yinn*?

—Sí. Encontramos a Yassin inconsciente a varias *qasab* de ahí. Juró no saber cómo había llegado allí.

Ibn Shawkani, viendo que el joven Alí seguía sin estar satisfecho, dijo:

—Los turcos tampoco nos creyeron. Al cabo de unas semanas de la visita de Azazil, sus soldados llegaron a Nasmurade.

Interrogaron a los habitantes del pueblo, inspeccionaron la caja de cuerdas que ellos llamaban *palanga*. Querían saber cuántas plantas faltaban. Me tacharon de supersticioso y afirmaron que los *yinn* no existen, ni tampoco los *ghul*. —Se rio—. ¡Que no existen los *yinn*! Si hiciera falta una prueba para demostrar lo tontos que son los turcos, eso bastaría. Le expliqué al capitán de los jenízaros lo que, en mi opinión, había ocurrido. Pero no me creyó.

»Evidentemente, nos preguntaron por qué Azazil había querido castigarnos. Con el tiempo he llegado a la conclusión de que no estaba interesado en nosotros. —Ibn Shawkani señaló el vaso que tenía en la mano derecha—. Quería nuestro *qahwa*.

»Todo el mundo sabe que en Nasmurade crece el mejor *qahwa* del mundo. ¿Por qué si no habría tanta gente dispuesta a comprarlo? Creo que la explicación de lo ocurrido es que nuestro *qahwa* es tan bueno que incluso el diablo vino a Nasmurade a robar un poco. Aunque no estoy seguro de que deba hablarse de robo. Y es que ¿acaso el *yinn* no nos regaló a cambio ese dispositivo magnífico que ahorra a nuestros hombres tener que bajar los pesados sacos por esa parte del camino tan empinada y agotadora que ni siquiera los camellos pueden superar?

Alí quería preguntar aún otra cosa, pero el anciano levantó la mano.

—No más preguntas. Es muy tarde y tenéis que acostaros. Preguntad a vuestros padres si queréis. Todos confirmarán mi historia.

Los niños se levantaron y se fueron. Solo se quedaron Alí y el muchacho de los ojos azules.

—Muchas gracias por la historia, abuelo —dijo Alí.

Ibn Shawkani frunció el ceño.

—¿Pero...?

—Pero mi padre dice que el *qahwa* no lo robó Azazil, sino unos ladrones. Unos ladrones de Franconia.

El anciano asintió.

—Esperad aquí.

Desapareció en el interior de su casa y al poco regresó con una caja pequeña. Era de madera oscura y tenía la tapa decorada con tallas.

—Voy a contaros algo que jamás he comentado con nadie. Veréis, unos días después de ese castigo divino subí a lo alto de Mazkan. El rayo del *yinn* había destrozado nuestro punto de vigilancia y quería ver hasta dónde se podía subir. Entre la rocalla encontré esto.

El anciano abrió la caja. Dentro, envuelto en una tela, había algo parecido a una mano humana. Estaba hecha de un extraño material blanco, parecido al marfil pero de un tono más claro, y estaba resquebrajada en varios puntos. Uno de los dedos portaba un anillo con una piedra de color violeta. Le faltaba un dedo y en varios puntos se podía ver el interior: huesos de metal y tendones de cuero.

Los niños dieron un paso atrás.

—¿Qué... qué es eso? —farfulló Alí.

—Esto —contestó Ibn Shawkani muy serio— es la garra de Azazil. ¿Me creéis ahora?

Alí, blanco como la nieve, era incapaz de decir nada. El pequeño de ojos azules hizo una reverencia al anciano. Tomó de la mano al tembloroso Alí y desaparecieron en la oscuridad.

Sexta parte

Entré en un café y al poco rato pregunté:
—Decidme de inmediato, ¿dónde se
sientan los traidores?

HENRY PURCELL,
Sir Barnaby Whigg

Obediah observó cómo Marsiglio levantaba uno de los paneles de cristal que formaban la estructura cerrada de la cubierta superior. El botánico miró en el interior y musitó algo ininteligible. Tras cerrar el panel, se acercó a Obediah y a Hanah Cordovero, que se encontraban junto al barril de agua atado al palo mayor.

—¿Más agua, Paolo? —preguntó Obediah.

El viejo soldado negó con la cabeza.

—No. No es eso. Más humedad dañaría las plantas. Las raíces se podrían pudrir. —Gimió—. Me temo que vamos a perder otras dos. Lo veo en las manchas marrones de las hojas.

Obediah, nervioso, pasó el peso del cuerpo de un pie al otro. El ascensor de Weigel les había permitido bajar veinte arbustos de café de Nasmurade. Luego los arbolitos habían viajado en camello por el desierto, cada uno en un balde especial lleno de tierra. Al llegar a Adén, ya habían perdido siete plantas. Al comenzar el viaje en barco, el *giardino botanico* flotante de Marsiglio albergaba aún una docena y media de ejemplares. Desde entonces, la media de pérdidas era de una planta cada tres días. No estaba claro por qué se morían. Marsiglio tenía distintas hipótesis que había explicado profusamente a Obediah valiéndose de referencias a diversas obras, entre ellas el *Discourse on Forest Trees* de Evelyn. Las explicaciones del general eran muy instructivas y habían demostrado a Obediah que hasta entonces se había ocupado muy poco de la botánica, pero eso no evitaba que las plantas pasaran a mejor vida más rápido que los presos de Newgate durante una epidemia de viruela.

Marsiglio no se había quedado de brazos cruzados. En absoluto. Administraba a sus protegidas tinturas especiales, las podaba, las sumergía en agua, dejaba que se secasen. El general llevaba un diario que completaba de forma escrupulosa: «3 de enero de 1689, n.º XII, 3 gotas de *spiritus q.*, dos cucharillas de arcilla».

Hasta el momento ningún procedimiento había dado resultado. El boloñés para entonces ya no actuaba con la cautela propia de un filósofo de la naturaleza, sino que recordaba más bien a un médico que, incapaz de saber cómo curar a un paciente, ensayaba en él todo lo que sabía.

Pronto llegarían a Suez. Obediah calculó que a esas alturas les quedarían como mucho diez plantas. Si Marsiglio no lograba controlar la situación pronto, se quedarían sin plantas mucho antes de pasar Gibraltar. Se acercó al invernadero y miró a través de los cristales, sucios de sal y de excrementos de gaviota. No hacía falta ser jardinero para ver que las plantas no estaban bien. A Obediah le daban ganas de aporrear los cristales y gritar a los arbustos. Se acercó a Marsiglio y Cordovero, que estaban enfrascados en una conversación sobre procesos botánicos.

—… todo eso ya lo he probado, mademoiselle. A fin de cuentas, no es la primera vez que lo hago.

—Os creo. Pero es la primera vez que lo hacéis con plantas que no conocéis.

Marsiglio se la quedó mirando.

—Ya somos dos.

Obediah se preguntó qué era lo que más desagradaba al general: que alguien le aconsejara en aquello sobre lo que más sabía, o que fuera una mujer quien lo hiciera.

—He leído los escritos de Ibn al-Baitar —objetó Cordovero—. Es un corifeo en cuestiones de botánica.

—No allí de donde yo vengo, mademoiselle. Es más, debo admitir que jamás he oído hablar de él.

—Al-Baitar recomienda —prosiguió la sefardita, imperturbable— no trasplantar jamás las plantas enfermas, pues ello les exige un esfuerzo excesivo. Aconseja además poner estiércol en las raíces y…

Marsiglio resopló enojado y luego abrió los brazos.

—¿Acaso veis por aquí alguna vaca? ¿O un cerdo, tal vez? ¿De dónde voy a sacar estiércol?

—Usad el vuestro —repuso ella con frialdad—. Me parece que de eso os sobra.

Se dio la vuelta y desapareció hacia la cubierta de popa, desde la cual los demás habían contemplado la escena.

—Por Dios, Paolo, ¿qué os ocurre? Solo pretendía ayudaros.

—No necesito ayuda de, de, de una.. —Al ver la mirada de Obediah, enmudeció.

—Tal vez vos no necesitéis su ayuda. Pero vuestras plantas, nuestras plantas, la precisan con urgencia. Sois el mejor experto en plantas en varias millas a la redonda, ¡así que haced algo! Y si es preciso que hagáis de vientre en una maceta, hacedlo.

Dejó al general negando con la cabeza y se retiró a su camarote. Era un día muy ventoso. No tardarían en llegar al puerto de Suez. Allí cargarían de nuevo las plantas en camellos y las llevarían a una bahía situada algo al oeste de Alejandría. Obediah quería evitar la ciudad porque, aunque era poco probable, cabía la posibilidad de que la noticia del robo hubiera llegado hasta ahí. Además, Alejandría estaba repleta de espías de todos los países poderosos.

Si alcanzaban la bahía, el resto sería un paseo. Una goleta aguardaba allí su llegada; un holandés que en un mes los llevaría de vuelta a Ámsterdam. Se estremeció. Si llegaban a los Países Bajos sin plantas, la VOC los cargaría con piedras y los arrojaría a las aguas de la entrada del puerto.

Obediah escribió algunas cartas en su camarote. Se disponía a dirigir una a Pierre Bayle cuando oyó unos pasos en las escaleras. La puerta del camarote de abrió de golpe y vio el rostro serio de Jansen.

—Tenemos visita.

—¿Corsarios?

El capitán negó con la cabeza.

—Turcos.

Los dos corrieron a cubierta, donde parte de los heráclidas observaban el norte con los catalejos. Dos galeras turcas, con grandes velas rojas y pertrechadas con un ariete de proa, se dirigían directamente hacia ellos.

—¿Pretenden atacarnos? —preguntó Obediah.

—Quieren detenernos —repuso Jansen—. ¿Veis la bandera azul y amarilla? —preguntó al tiempo que le pasaba el catalejo.

—Sí. ¿Qué significa?

—Que vamos a tener que capear.

Obediah miró al danés.

—¿Podemos zafarnos de ellos?

—No. Tal como está ahora el viento, deberíamos dar bordadas. En cambio, las galeras turcas no. Además, llevan un trabuquete.

Obediah volvió a mirar por el catalejo. En la cubierta superior había un aparato semejante a una catapulta.

—Arroja fuego griego —explicó Jansen—. Un solo disparo bastaría para acabar con nosotros.

Justel y la condesa se les acercaron a toda prisa.

—¿Qué vamos a hacer? —preguntó el hugonote.

—Lo primero sería esconder las plantas —dijo la condesa.

—No es fácil; este barco no es muy grande —objetó Jansen.

—Podríamos arrojar el invento de Drebbel al agua —propuso Justel.

Jansen negó con la cabeza.

—Tardaríamos demasiado. Se necesita una hora para sumergirlo.

—¿Cuánto tiempo nos queda? —quiso saber Justel.

—Una media hora —respondió Jansen.

La condesa soltó un reniego.

—¿Cómo es posible que los turcos ya tengan noticias? —protestó—. Alguien debe de habernos delatado.

Entretanto, Vermandois y Cordovero también se habían unido al grupo.

—No necesariamente, madame —dijo el Borbón—. Tal vez no sea más que un control rutinario.

Obediah dirigió una mirada inquisitiva a Justel. Nadie conocía mejor que él los entresijos del comercio de Levante. El hugonote asintió despacio.

—Es posible. Los turcos consideran el Mar Rojo su patio trasero y lo patrullan como tal. Con un poco de suerte, nos enviarán un par de inspectores, examinarán la carga y se marcharán.

Vermandois arrugó la nariz.

—¿Con un poco de suerte? En el cuerno de Fortuna no cabe tanta como nos hace falta. Basta con que observéis el espacio que ocupan las plantas —dijo señalando el invernadero—. Es imposible esconderlas. —Miró a su alrededor e hizo un gesto de lamento—. Es una lástima, sin duda, pero no ha podido ser. Ahora solo nos queda salvar la piel.

—¿De qué habláis? —preguntó Justel.

En vez de responder al hugonote, el conde de Vermandois fue hacia el invernadero y abrió un panel. Sacó una planta y luego otra.

—¿Os habéis vuelto loco? —gritó Justel.

—En absoluto, monsieur. Tengo la mente tan clara como siempre. Vamos a deshacernos de inmediato de las plantas.

Con las plantas bajo el brazo, se encaminó decidido hacia la borda. Poco antes de llegar, una espada le cortó el paso. Marsiglio.

—Como te cargues mis plantas, Luis, te arranco un brazo —gruñó.

Vermandois dejó caer las plantas y desenfundó su espada.

—No me obligues a ensartarte, Paolo. Sabes que lo haría.

—No te atreverás, pedazo de…

Vermandois retrocedió unos pasos y levantó la mano en un gesto conciliador.

—*Mon cher*, sé prudente. Este habría sido el mayor golpe desde que los venecianos robaron el apóstol, está claro, pero, como he dicho, parece que no tenía que ser y…

—¡Un momento! —exclamó Obediah—. ¿Qué habéis dicho?

—Que tenemos que arrojar las plantas al mar.

—No, hace un momento.

—¿Lo del apóstol? Es una antigua historia. Se dice que hace muchos años los venecianos…

—¡Pues claro! ¡Eso es!

—¿De qué habláis, monsieur?

Obediah ignoró al conde y se volvió hacia Jansen.

—¡Haced venir al cocinero!

—¿Cómo?

—¡Que traigáis aquí al cocinero! ¡Y que venga también el calafate!

Todos miraban a Obediah extrañados, pero él no dijo más.

Al poco rato el cocinero subía a cubierta a toda prisa; era un hombrecillo huesudo de ojos cansados.

—¿Cuántos jamones en salazón tenemos a bordo?

—Tal vez cuatro o cinco.

—¿Y qué hay del resto de la comida?

—Tenemos muchas patas de cordero.

—A fe que sí —convino Jansen en voz baja—. Llevamos semanas sin comer otra cosa. De haber sabido que aún nos quedaba algo de jamón salado…

—Subidlo todo a cubierta —le interrumpió Obediah—. Y vos, calafate, traed maderas, clavos y tela de vela. Y un cuenco con brasas ardientes.

Marsiglio, que ya había bajado el arma, miraba a Obediah estupefacto.

—¿Podríais explicarnos qué os traéis entre manos?

Obediah dibujó una sonrisa triunfante.

—Vamos a volver a robar el apóstol.

Si el inspector de aduanas otomano sabía lo que buscaba, lo disimulaba muy bien. Primero pidió la documentación de la carga y luego el escrito que identificaba a Obediah como comerciante de la English Levant Company. A continuación inspeccionó la cubierta inferior y la sentina. El inspector, un turco orondo de bigote considerable, examinó varias cajas, pero no procedió de modo sistemático. Parecía confiar en su instinto. En cuanto hubo visto todo cuanto quería, Jansen y Obediah lo acompañaron de nuevo arriba. Al llegar, señaló el cobertizo de la cubierta de proa.

—¿Y eso? ¿Qué hay ahí?

—Oh, eso es un ahumadero —respondió Obediah rogando para que el hombre no percibiera el temblor de su voz.

El calafate había tenido que trabajar a toda prisa y, de hecho, le había faltado tiempo. Sin embargo, a primera vista el cobertizo ya no parecía un invernadero. Las placas de madera clavadas alrededor ocultaban los cristales, y para más seguridad habían recubierto todo el conjunto con tela de vela. Por un pequeño orificio lateral ascendía al cielo una columna de humo.

El turco se enroscó una punta del bigote.

—¿Ahumáis pescado a bordo?

Antes de que Obediah pudiera responder, el otro ya había avanzado hasta el cobertizo y se disponía a abrir la puerta. Obediah se acercó con premura.

—Disculpad, noble pachá, pero si abrís el humo se escapa y el aroma…

El inspector resopló con disgusto.

—Entonces deberéis volver a ahumar —bufó.

Hizo una señal a los dos soldados turcos que permanecían algo apartados. Los hombres tensaron el cuerpo y posaron la mano en la empuñadura de su espada. Obediah supuso que esos gestos no pasaban desapercibidos para la tripulación de las dos galeras. Los barcos otomanos, situados a unas cien yardas a babor y a estribor de ellos, maniobraron al momento. Bastaría una señal del inspector para que los abordaran.

Con la vara que llevaba en la mano derecha, el inspector abrió la puerta del cobertizo. Una nube de humo se levantó hacia él. Los dos soldados se colocaron detrás, en posición. En cuanto la humareda se disipó un poco, se arrodilló y miró el interior del cobertizo. Ante él se bambolearon varias patas de carne que colgaban del techo por unos hilos.

—¡Esto no es pescado! ¿Qué ahumáis ahí dentro?

—Jamón, honorable pachá. A los ingleses nos gusta el jamón.

El inspector cogió algo del suelo del cobertizo. Era una hoja.

—¿Y esto? ¿Me lo podéis explicar?

Obediah notó que el corazón se le salía de sitio.

—Es una hoja de laurel —logró decir—. El laurel y el enebro confieren al jamón inglés su… sabor inigualable.

—Mmm.

El turco empujó con el dedo uno de los jamones. Metió la cabeza en el cobertizo. Su mirada quedó prendida en una pata de jamón, colgada hacia arriba y acabada en una pezuña partida. El inspector dio un salto hacia atrás y se frotó las manos en los pantalones, para limpiarse.

—¡Por Alá! ¡Eso… eso es carne de cerdo!

Obediah lo miró con fingido asombro.

—Por supuesto, noble pachá. Los ingleses no comemos otra cosa.

—Deberíais habérmelo dicho. ¡Alabado sea el Profeta! Traedme agua y toallas, ¡de inmediato! Tengo que limpiarme la suciedad de ese animal inmundo.

Jansen ordenó a uno de los marineros que trajera un cuenco con agua. El inspector miró el cobertizo con repugnancia.

—Jamás entenderé a los *ghiurs*. ¡Cerdo ahumado! —Escupió—. Tenéis mi permiso para proseguir vuestro viaje. Pero procurad que ese… ese jamón se quede en el barco y no contamine el puerto de Suez.

—Como ordenéis, noble pachá.

Obediah hizo una leve reverencia. El turco no esperó a que llegara el agua, se apresuró hacia la borda. Era evidente que quería poner cuanto antes varias yardas entre él y los jamones. Bajó la escalerilla y subió al barco de remo que lo aguardaba. Sus dos hombres lo siguieron. Al cabo de unos minutos se oyó el tambor que marcaba el ritmo de boga y ambas galeras empezaron a alejarse.

Marsiglio se acercó a Obediah.

—¡Qué cerca hemos estado de fracasar! Habría bastado que desplazara un poco los jamones para percatarse de que todo lo demás es carne de cordero. Entonces tal vez se habría olido el engaño, habría mandado examinar a fondo el cobertizo y habría descubierto las plantas del café. Y vuestro cuento sobre el laurel…, en fin.

Obediah posó una mano en el hombro del general.

—Pero no ha sido así. En cuanto los turcos queden fuera del alcance de la vista habrá que sacar de nuevo las plantas a la luz.

Hanah Cordovero se les acercó. Le dirigió una sonrisa a Obediah y él se preguntó por un instante si debía contenerse. Entonces la tomó por la cintura y la alzó en alto.

—Bájame, Obediah —dijo ella, riéndose.

Tras hacerlo, Marsiglio hizo una reverencia a la sefardita.

—Tengo que disculparme con vos, mademoiselle.

—Y yo con vos.

—En absoluto. A la juventud el ardor le está permitido. Un anciano como yo debería saberlo. Disculpad mi conducta tan grosera.

—De acuerdo, pero solo si me explicáis eso del apóstol.

La condesa miró a Cordovero de soslayo.

—¡Caramba! ¿De verdad hay algo que no sepáis!

Marsiglio dirigió una mirada de reproche a Da Glória.

—Los restos mortales del apóstol san Marcos se hallaban en Alejandría desde hacía largo tiempo. Para los venecianos era intolerable que la reliquia se encontrara en manos de los infieles. Así que robaron el apóstol. Para sacarlo de Egipto en secreto, lo taparon con carne de cerdo y hojas de col. Ningún guardia se sintió con ánimo de mirar debajo de la carne. Ahora el apóstol se encuentra en la catedral de San Marcos. La artimaña de Obediah ha sido muy parecida.

—La diferencia con san Marcos —repuso Obediah— es que nuestras plantas aún no están muertas y que tenemos que llevarlas vivas hasta Holanda.

—Haré cuanto esté en mi mano para resolver este problema —dijo Marsiglio y, ofreciéndole el brazo a Cordovero, prosiguió—: Y vos, mademoiselle, me ayudaréis. Volved a explicarme lo que dice ese Al-Baitar acerca del estiércol.

Juvisy, 4 de febrero de 1689

Serenísima majestad:

Me complace en gran manera tener el honor de informaros de que he conseguido descifrar por completo los mensajes cifrados de ese agente provocador inglés. Tal cosa ha sido posible gracias a que el capitán Gatien de Polignac me hizo entrega de ciertos escritos con los que he logrado desentrañar el sofisticado código utilizado por Chalon y su cómplice. Si vuestra majestad me permite tal afirmación, se ha producido un doble milagro: el capitán al que dábamos por muerto sigue vivo y, a pesar de las contrariedades y resistencias, ha cumplido su misión con valentía. En mi opinión, vuestra majestad no encontrará un servidor más fiel que ese mosquetero.

Sabemos ahora con total certeza que Chalon y su grupo fueron quienes ayudaron a escapar a vuestro hijo. Además, podemos afirmar también que él se ha unido a ellos. Por otra parte, puedo aseguraros que ese malhechor ha planeado un robo y que, por lo que sabemos, posiblemente ya lo haya llevado a cabo. En los escritos descifrados se hace uso de epítetos tales como Apolo negro y vino del islam. A primera vista se trata de metáforas que hacen referencia al café, esa bebida moderna que llega hasta nosotros en grandes cantidades desde Marsella procedente de Arabia y pasando por Alejandría. Parece ser que en algunos círculos parisinos el café es una bebida muy apreciada, al igual que en Londres y Ámsterdam, y todo indica que Chalon y los demás insurgentes llevaban mucho tiempo planificando el robo de plantones de café.

Tal vez a vuestra majestad le sorprenda que un agente como Chalon, de una naturaleza tan intrínsecamente política, se preste a ese tipo de robos fáciles. Mi sospecha es que tal robo está pensado para financiar otra revolución, o que (como antes) utiliza esos medios para poner en circulación escritos difamatorios contra vuestra majestad y otros príncipes. Con todo, puede que la palabra «café» sea otro código, una cifra de una cifra, cuyo significado aún desconocemos.

En caso de que Chalon haya robado, en efecto, tales plantones, la cuestión es si debemos poner en conocimiento de la Sublime Puerta tal circunstancia. Cabe pensar, además, que la VOC podría estar involucrada en este asunto. En otros tiempos Chalon trabajó para ella. ¿Y quién, si no tal compañía, podría tener interés en robar plantones de café? ¿Deberíamos consultar al respecto al representante de la Compañía en París? Estas son cuestiones diplomáticas que exigen cierta delicadeza. Ruego humildemente a vuestra majestad que me dé su consejo en relación a este asunto.

Esto no es todo. Un espía nos ha informado de que Chalon ha partido por mar desde Egipto en dirección a Holanda. Su barco es el *Gekroonde Liefde*, una corbeta holandesa. Se calcula que arribará a Ámsterdam en entre tres y cinco semanas. En caso de que vuestra majestad desee apresar entonces a este revolucionario, el capitán Polignac está dispuesto. Me ha encargado que haga llegar a vuestra majestad sus saludos más humildes y sumisos.

Vuestro siempre seguro servidor,

BONAVENTURE ROSSIGNOL

Marsiglio se disponía a rascar con un cuchillo los excrementos de gaviota de los cristales del invernadero y a colocarlos en un mortero. Más allá, Hanah Cordovero llenaba una regadera con un cazo de agua dulce. Obediah la observaba desde la cubierta superior. No parecía ni un sabio sefardita ni la princesa Sherezade, que era como él la llamaba cuando estaban a solas. En realidad, le hizo pensar en un marinero portugués de segunda. Seguía llevando el pelo corto y vestía unos pantalones de lino, una camisa no muy limpia y una chaqueta de lana. Estaban bien provistos de ropa femenina, pero ella se había negado a vestir esas prendas. Tal vez porque pertenecían a la condesa, aunque Hanah afirmaba que estaba tan acostumbrada a llevar pantalones y kaftanes que la falda, el corpiño o incluso una mantua le resultaban incómodos, al menos en un trayecto en barco.

Tampoco había aceptado ropa de hombre más refinada. Justel era muy delgado y de estatura similar a la sefardita; pero, excepto por un par de camisas, Hanah había rechazado sus prendas. En su lugar, usaba la ropa que había a disposición de los hombres, y eso a pesar de que Obediah le había indicado que el burdo lino y la lana virgen no eran telas adecuadas para una dama.

«Yo no soy una dama, soy una filósofa de la naturaleza», le había respondido ella.

En cualquier caso, a Obediah no le importaba cómo vistiera; lo que amaba sobre todas las cosas era lo que tenía en su cerebro. No, eso no era cierto. Toda ella le resultaba encantadora, incluso con su desenfadada vestimenta. Su manera de llenar la regadera en ese instante, al otro lado del barco, ya le parecía atractiva.

Marsiglio le acercó el mortero con los excrementos de gaviota machados y Hanah les echó agua. Esbozó una sonrisa. Hanah o, mejor dicho, el sabio árabe al que ella había mencionado estaba en lo cierto. En cuanto habían empezado a abonar las plantas con excrementos de pájaros, las plantas de café habían revivido. Aunque habían perdido algunas, todavía les quedaban diez. Y habían crecido tanto que casi no cabían en el *giardino botanico*.

Obediah vio que Marsiglio abría los paneles de vidrio. Hanah se puso de puntillas y se inclinó para regar las plantas. Estaba tan ensimismado en esa visión que no se dio cuenta de lo que le decía Justel, que estaba sentado a su lado.

Se volvió hacia el hugonote.

—Disculpad, Pierre. ¿Qué decíais?

—Decía que hace dos horas que hemos pasado Calais. —Señaló con el catalejo una torre que se alzaba a la derecha en la costa—. Por lo tanto, esa debe de ser la torre de la iglesia de Dunkerque.

Obediah miró con atención al hugonote.

—Pronto estaremos en los Estados Generales. Lo hemos conseguido, Pierre. La odisea ha terminado.

Justel asintió en silencio.

—¿Qué os inquieta?

—Tengo un mal presentimiento —respondió el aludido—. Es extraño que hayáis hablado de odisea. De hecho, me siento un poco como Ulises ante Ítaca.

—¿En qué sentido?

—Pensaba en el saco de los vientos.

Aunque Justel, sin duda, conocía los clásicos mejor que Obediah, esa historia sí la sabía. Cuando Ulises y sus hombres estaban a punto de llegar a su isla natal, Ítaca, el capitán se quedó dormido. Entonces la tripulación abrió ese misterioso saco de cuero, regalo de Eolo, que su capitán había protegido con mucho celo. El dios había guardado en él todos los vientos adversos para favorecer el regreso de Ulises a su hogar. Pero en cuanto los marineros abrieron el saco, los vientos guardados llevaron el barco de nuevo por la costa en la que Ulises y sus hombres habían vagado errantes durante años.

—Habéis leído demasiado a Homero —repuso Obediah. Le dio unas palmaditas de ánimo en el hombro y añadió—: Esto no es una tragedia griega, y os prometo que no pienso dar ni una cabezadita hasta que anclemos en el IJ.

Dejó a solas al hugonote y bajó a la cubierta inferior. Ahí sacó una pipa, metió en ella un poco de tabaco que había comprado en una parada intermedia en Oporto y sacó su fuego de bolsillo. Apenas había dado la primera calada, cuando oyó gritar al vigía.

—¡Corsarios! ¡Corsarios a popa!

La agitación se apoderó de cubierta y de las jarcias. Obediah vio que Marsiglio y Cordovero se apresuraban por la escalera que llevaba a la cubierta superior para echar un vistazo al barco pirata. Deseó que fuera solo uno. Dunkerque era un famoso nido de corsarios. Desde ahí partían filibusteros franceses con patente de corso que les permitía saquear y hacerse con los barcos mercantes que cruzaran el canal, ya fueran de bandera holandesa, inglesa o portuguesa, según la situación política de cada momento.

También él subió. Jansen, que estaba junto a la borda con el catalejo desplegado, soltó una maldición. Obediah distinguió a simple vista los barcos de los corsarios. Eran tres: un galeón enorme con unos setenta artilleros o más y dos fragatas pequeñas y ágiles. El cometido de estas últimas consistía en impedir que su presa pudiera huir antes de que el barco insignia desplegara su artillería; siempre y cuando los atacados no izaran antes la bandera blanca, como solía ser el caso.

Obediah pidió que le dejaran un catalejo. Sobre el palo mayor del galeón ondeaba una bandera negra con una calavera y, debajo, un estandarte con un león rojo y las flores de lis. Filibusteros franceses, no había duda. Lo que no alcanzaba a comprender era por qué perseguían a su pequeña chalupa. Una embarcación de esas dimensiones no era el tipo de presa que interesaba a los corsarios. Estos se dedicaban a los grandes convoyes cuyas bodegas rebosaban de sedas persas, muscat de Batavia o plata de Brasil.

De hecho, que los corsarios se hubieran fijado en el *Gekroonde Liefde* solo podía significar una cosa: los habían descubierto. Al oír la voz de Jansen, esa sospecha se convirtió en certeza.

—¡Por todos los diablos! ¡Es Jean Bart!

—¿Estáis seguro? —preguntó Marsiglio.

—Por completo. Es su bandera. Incluso lo veo en proa.

Marsiglio se cubrió la cara con las manos. Cordovero lo miró sin comprender.

—¿Quién es ese Jean Bart?

Justel fue el primero en responder, aunque no de forma directa. En vez de eso, empezó a cantar en voz baja:

> *Jean Bart, Jean Bart,*
> *¿qué rumbo lleváis?*
> *Al este, al oeste,*
> *queremos pescar*
> *pedacitos de oro,*
> *pintas inglesas,*
> *pasas holandesas.*

Luego se volvió hacia ella y dijo:

—Jean Bart es un pirata. Pero no un pirata cualquiera, mademoiselle. Es el Jeireddín Barbarroja de Occidente, el terror del mar del Norte.

Todo hacía pensar que los franceses habían enviado al rey

de los corsarios a darles caza. Jansen ya estaba bajo cubierta y había empezado a dar órdenes.

—¡Tensad las velas! ¡Más rápido, perros! ¡Os va en ello vuestra miserable vida!

Los marineros, como en una danza complicada y apremiante, corrían de un lado a otro, tiraban de las sogas y se encaramaban a los obenques.

—Quiere huir a toda vela —dijo Marsiglio a Obediah.

—¿Funcionará?

—No —respondió Marsiglio—. Esas embarcaciones son más rápidas que la nuestra. Pero eso al menos nos permitirá ganar un poco de tiempo. Puede que cuando Bart nos alcance estemos ya en territorio de la República y, como llevamos bandera holandesa, quizá demos con otros barcos que tal vez nos vean y nos socorran.

A Obediah le pareció que ahí había muchos condicionantes, aunque seguramente no tenían otras posibilidades. Al mirar por el catalejo, vio que los corsarios reaccionaban ya a la maniobra de orzado de Jansen y se disponían también a avanzar más rápido. Las dos fragatas parecían haberse aproximado un buen trecho.

Lo que siguió entonces fue la experiencia más enervante que Obediah había experimentado hasta el momento. Los negocios en la bolsa del Dam, la tortura del agua, el terremoto de Esmirna… nada de eso era comparable con la inminente batalla naval. A diferencia de las demás situaciones críticas, el ataque corsario no se produjo con rapidez, sino a una lentitud casi insoportable. Los barcos de interceptación de Jean Bart estaban realizando una maniobra de pinza, y para ello describieron una curva en torno al *Liefde* a no menos de una milla de distancia y luego volvieron a acercarse dando bordadas en un ángulo aproximado de treinta grados. En total, la maniobra duró unas tres horas. La tripulación del *Liefde* entretanto se preparó para la emergencia. Se repartieron pistolas y alfanjes y cargaron los cañones. No podían hacer más, excepto permanecer en la borda aferrados a la regala y a la espera de los esbirros. Desde el barco insignia de Bart se oían cañonazos a intervalos irregulares. Todavía no estaban al alcance. Tal vez los cañoneros de los corsarios solo se estuvieran preparando. O tal vez pretendieran infundir terror a su presa. Eso, en el caso de Obediah, lo habían logrado de manera excelente.

Obediah y Hanah estaba sentados, cogidos de la mano, en la cubierta de popa. Según el último cálculo de posición se encontraban a la altura de Ostende. El mar a su alrededor parecía un desierto. El vigía solo había visto un barco inglés, pero de eso hacía una hora y la pequeña goleta se había apresurado a huir de inmediato. Si el viento seguía así, en unas cuatro horas habrían abandonado la costa de los Países Bajos españoles. Más allá empezaba Zelanda, una zona de bancos de arena, islas y calas. Si lograban llegar hasta allí, seguramente los corsarios virarían. De lo contrario quedarían expuestos al alcance de los cañones que salpicaban las costas y los diques de la República.

Pero aquello no eran más que vanas esperanzas, porque no lo conseguirían. Según le había confiado Jansen, los detendrían a lo sumo a la altura de Brujas.

Hanah se apretó contra él.

—¿Qué será de nosotros?

—No lo sé.

—Eso es mentira, Obediah.

—Sí.

Vaciló un momento y miró el mar que se extendía al frente. Ahora las dos fragatas se encontraban ante ellos y se aproximaban al *Gekroonde Liefde*. Iban a tener que pasar por una lluvia de balas. Con suerte, los disparos no los hundirían, solo ralentizarían su marcha. Entonces el buque insignia los alcanzaría y les daría el golpe de gracia.

Le apretó la mano.

—Nos colgarán, a todos.

—¿Por las plantas de café?

—También, pero sobre todo por Vermandois. Fue un error llevarlo con nosotros. Yo no debería haber...

Ella sacudió la cabeza con vehemencia.

—No. Hiciste bien.

Él la miró sin comprender. En la mirada de ella había temor y también tristeza. Pero entonces dijo con voz firme y tranquila:

—De no haber sido por Vermandois, estaríamos muertos. Yo la primera. Y si ese rey franco ordena que nos cuelguen, sin duda será mejor que haber caído en manos de los otomanos.

—¿No fuiste tú quien dijo en una ocasión que los turcos son el pueblo más civilizado del mundo?

—Y así es. Pero también el más cruel. Por lo que hemos hecho, nos someterían a tortura durante días, o semanas tal vez. La soga sería una bendición.

Obediah se disponía a replicar que él prefería no morir y que no estaba completamente seguro de que no fueran a torturarlos antes de ahorcarlos, pero un grito agudo procedente del puesto de vigía lo interrumpió.

—¡Barco a la vista! ¡Varios! ¡Holandeses!

Se precipitaron a toda prisa hacia la cubierta de popa y desplegaron los catalejos. Era imposible no ver esos barcos. Había un total de seis: dos corvetas de fácil maniobra y cuatro filibotes de quilla abultada. Se aproximaban rápidamente y Obediah pudo ver que tenían las portas cañoneras abiertas y dispuestas. En los palos mayores ondeaba la bandera roja, blanca y azul de la República. Ya más cerca, vio en las banderas blancas un emblema que le resultaba muy familiar: una «O» y una «C» y, encima, una «V» de mayor tamaño que destacaba y cuyas dos semirrectas cortaban la «O» y la «C». Eran naves de la Compañía.

El júbilo se apoderó del *Liefde*. Hubo marineros que alzaron los brazos y otros que besaron los amuletos o las cruces que llevaban al cuello. Marsiglio y Justel se abrazaron, Vermandois hizo una reverencia ante la condesa y la invitó a un pequeño baile. Obediah oyó la risa de Hanah, esa risa cantarina que él había aprendido a adorar. Sin embargo, en vez de unirse al alborozo de los demás, siguió mirando por el catalejo.

Había algo que no acababa de encajar. Había evitado anunciar la inminencia de su llegada a la Compañía porque le había parecido demasiado peligroso. De no haber habido contratiempos, el *Liefde* habría amarrado en la bahía del IJ; a continuación, habrían llevado las valiosas plantas a un almacén que Obediah había alquilado hacía ya meses para ese fin, evidentemente bajo un nombre falso y sin emplear la línea de crédito de la VOC. Era una manera de reservarse un último as en la manga, pues no acababa de fiarse de ellos. Había sido un error. No debería haberse fiado en absoluto. Recordó algo que Jansen le había dicho en Limburgo: «Debéis tener presente que estáis negociando con el mismísimo diablo. Si en algún momento somos un obstáculo entre la Compañía y sus plantitas, estamos todos muertos».

Obediah bajó el catalejo y observó qué hacían los corsarios. Las dos naves de interceptación habían cambiado el rumbo y describían un lazo para ponerse a la altura del barco insignia de Bart, que seguía aproximándose. Era evidente que los piratas, aunque retrocedían, no iban a desaparecer, que era lo que habría cabido esperar en vista de la superioridad holandesa. Miró entonces a Jansen, que se encontraba junto al timonel. Sus miradas se encontraron y Obediah comprendió que el danés había llegado a la misma conclusión. Los corsarios de Dunkerque y los barcos de la VOC estaban rodeando al *Liefde*. Se volvió hacia Hanah, que lo miraba atónita.

—Sube a los obenques.

—¿Qué? Pero ¿por qué?

—Hazte pasar por grumete.

Ella tardó un momento en comprender.

—No son nuestros salvadores.

—No. Vamos, hazlo. Te lo ruego.

—Obediah, yo quiero estar junto a ti, no me importa lo que...

—¡Hanah, te lo ruego!

Se inclinó y le susurró algo al oído. Obediah no creía que fuera a obedecerle, pero, en lugar de fruncir el ceño y lanzar improperios, Hanah se limitó a asentir. Luego se dio la vuelta y empezó a trepar hacia lo alto de las jarcias. Con expresión grave, Obediah atravesó la cubierta y subió a hablar con Jansen. Este lo miró con una mezcla de interés y menosprecio.

—Mister Jansen, al parecer siempre estuvisteis en lo cierto.

El capitán asintió y escupió un trozo de tabaco de mascar.

—En efecto. ¡Así la peste se lleve a la VOC!

—¿Qué me aconsejáis?

—No hay escapatoria, mister Chalon. O nos damos por vencidos o luchamos.

—Queréis decir, o perecemos.

—Ya sabéis, mejor muertos que esclavos.

Obediah asintió.

—Aunque tal vez comparta vuestra opinión, no tenemos derecho a decidir por todos los demás.

Jansen apretó los labios. Agarraba la empuñadura de su Pappenheimer con tanta fuerza que tenía los nudillos blancos. El capitán aspiró con fuerza y luego gritó:

—¡Contramaestre! ¡Bajad las velas! ¡Izad la bandera blanca!

Dos botes a remos se aproximaron al *Gekroonde Liefde*, uno por el oeste y el otro por el este. En el primero iban sentados dos hombres uniformados; en la mano llevaban un sombrero decorado con plumas de avestruz. Uno de ellos era un coloso. Obediah calculó que debía de medir unos seis pies y medio de altura, tal vez incluso siete. El otro era más bajo y lucía la sobrevesta de los mosqueteros. Había visto ese rostro desfigurado por la cicatriz en Esmirna. Lo habría reconocido en cualquier parte.

En el segundo bote solo iba un hombre. No era soldado, vestía el uniforme de los comerciantes holandeses. Piet Conradszoon de Grebber estaba aún más gordo que en su último encuentro. Seguía pareciendo un gusano envuelto en damasco negro.

Obediah y los demás aguardaban de pie en la cubierta de popa, desarmados y con las manos atadas. Antes de la llegada de De Grebber, Bart y Polignac habían enviado varios destacamentos al *Liefde*: había dos docenas de corsarios y un contingente de soldados holandeses. Solo a su señal, los capitostes se dirigieron a los botes.

Jean Bart fue el primero en subir a cubierta. Observó a los presos, se acercó a Jansen y le dio un golpe en el hombro.

—¡Knut Jansen! ¡De nuevo nos vemos las caras!

El danés respondió al saludo de mala gana. Luego contempló a Bart. El capitán de los corsarios vestía ropa opulenta y lucía unos anillos de diamantes que posiblemente valían más que el barco en cuya cubierta estaban. Obediah reparó con estupor en que además el pirata iba envuelto en un brevet, una hopalanda azul, con el forro de color escarlata y profusamente bordado en oro y plata. Llevar esa prenda era un honor especial y exigía contar con el permiso expreso del rey. Todo indicaba que el capitán de los piratas estaba en muy buenas relaciones con Luis el Grande.

—Parecéis un maldito almirante, Bart —gruñó Jansen.

—No lo soy —respondió el gigante guiñando un ojo con gesto alegre—, pero las perspectivas para que su majestad me convierta en caballero son excelentes. Solo es cuestión de esperar. —Bart soltó una carcajada—. Llegará un día en que seré contraalmirante de la Marina Real.

Entretanto, Polignac y De Grebber habían llegado ya a cubierta. Bart saludó al *bewindhebber* de la VOC.

—Mis respetos, seigneur. ¿Vuestro capitán no ha querido subir a bordo? De Vries y yo somos buenos conocidos, luchamos juntos bajo De Ruyter cuando yo aún me encontraba al servicio de los holandeses.

De Grebber respondió a la reverencia.

—Me temo que está indignado porque le hundisteis tres fragatas frente a Saint-Malo.

—¡Muy propio de él ser tan resentido! En fin, haced llegar mis saludos al capitán De Vries. —Bart se volvió entonces hacia el mosquetero, que no apartaba la mirada de Obediah, y dijo—: Messieurs, ¿nos ocupamos ahora de nuestro negocio?

—Señaló las plantas de café, dispuestas en fila entre los mástiles—. Si lo he entendido bien, eso es para vos.

De Grebber asintió.

—Así es. ¡Hombres! Descargadlas y llevadlas al bote insignia. Ahí entregadlas de inmediato a monsieur Commelin, el botánico. Basta con que se malogre una sola planta para que os haga azotar a todos hasta arrancaros la carne de la espalda. ¡Vamos!

Los soldados holandeses empezaron a trasladar las plantas a una barca de remos. Marsiglio dio un paso adelante. Al instante, varios corsarios levantaron los mosquetes.

—Nada de tonterías —gruñó Bart—. Nada más lejos de mi intención que mataros a tiros, pero si me obligáis, no conozco la compasión.

Se volvió de nuevo a sus interlocutores.

—Los prisioneros os pertenecen, capitán Polignac. Es lo que habíamos acordado, ¿verdad?

El mosquetero asintió y observó al grupo de presos maniatados. Parecía buscar a alguien. Luego se volvió hacia Obediah.

—¿Dónde está el judío?

—Murió.

—¿Cuándo fue eso?

—En Esmirna. Los escombros que le cayeron encima lo mataron.

Polignac se lo quedó mirando fijamente. Obediah notó que el mosquetero buscaba la mentira en su rostro, pero no supo encontrarla.

—¿Echáis de menos a alguien? —preguntó Bart.

—Falta uno —respondió Polignac—. Pero no es importante. A su majestad le interesa sobre todo ese caballero —dijo señalando a Vermandois— y Chalon.

El pirata asintió.

—¿Me quedo con el barco y cuanto hay en él? La verdad es que contaba con un botín más sustancioso.

A Polignac le temblaron los labios.

—Esto no es uno de vuestros saqueos. ¡Estáis actuando por orden directa del rey! Debería ser un honor para vos.

—El honor solo se lo pueden permitir los nobles, monsieur. Yo tengo una gran familia a la que alimentar.

—Sois un...

—Yo me despido ahora para que estos caballeros puedan tratar sus asuntos sin intromisiones —dijo entonces De Grebber. Dibujó ese tipo de sonrisas con las que empezaban las peleas en las tabernas—. ¡Que os vaya bien!

Polignac murmuró algo. De Grebber se encaminó hacia la borda.

—¿Por qué, seigneur? —gritó Obediah a su espalda—. Me debéis esta respuesta.

El holandés se volvió con una lentitud ostensible.

—No os debo nada.

—¡Por supuesto que sí! Cincuenta mil ducados.

—Eso fue lo que acordamos si llevabais las plantas a buen recaudo a Ámsterdam. Pero, según pude saber por boca del embajador francés en La Haya hace unas semanas, aunque lograsteis haceros con las plantas, os faltó discreción. Eso de serviros del hijo del Gran Hombre..., ¿en qué estabais pensando?

—Era un buen plan.

De Grebber negó con la cabeza.

—Monsieur, poseéis más intelecto que finura. Debería haber hecho caso a maese Domselaer, del Tuchthuis. Él vio desde el principio cómo sois. Vos, en vuestra altanería, creísteis ser más listo que los demás.

Obediah no supo qué responder a eso.

—Tal vez incluso tengáis razón —añadió De Grebber—. Sin embargo, tener una mente despierta no lo es todo.

Mientras hablaba dirigió una breve mirada a la derecha, hacia Polignac. Obediah entendió lo que quería decir el holandés. Y tenía que admitir que aquel gusano orondo no andaba muy equivocado. Aunque su plan era perfecto, al final ese mosquetero había conseguido trastocarlo. Ese hombre no parecía especialmente avispado, pero había actuado como un perro de presa. No había cedido ni había abandonado hasta que lo había apresado.

De Grebber se giró sin decir nada más y bajó por la escalerilla hasta el bote de remos. Polignac, entretanto, dio órdenes a los corsarios para que se llevaran a Obediah, Marsiglio y a los demás al barco insignia de Bart. Solo cuando estuvieron todos en el bote auxiliar, Polignac y Bart bajaron por la escalerilla.

—¿Adónde llevaréis a esa banda, capitán?

—No es asunto que os competa, pero primero irán a la Bastilla. Lo que será de ellos lo decidirá su majestad.

—¿Y esas plantas? ¿De qué árboles se trata? Desde luego no son tulipanes.

—Hacéis muchas preguntas, Bart.

Nadie dijo nada más. Se deslizaron en silencio hasta el buque insignia. Obediah no dejó de mirar atrás, al *Liefde*. En la cubierta de proa vio a un grumete de pelo negro y despeinado que tenía la vista clavada en su bote de remos.

En el buque insignia los encerraron en un amplio camarote de oficiales. El capitán Bart subrayó que los consideraba sus invitados y que se ocuparía de que no les faltara de nada durante el corto viaje. De hecho, el corsario no quiso ponerles cadenas y se negó a ejecutar la orden en ese sentido de Polignac.

«En cuanto desembarquéis con los presos en Dunkerque,

haced con ellos lo que os plazca, monsieur —había dicho Bart al mosquetero con una voz que no admitía réplica—. Pero aquí yo estoy al mando.»

El pirata incluso había dispuesto que les llevaran dos jarras de vino del Rin y un cuenco con fruta. Obediah sospechaba que con todo eso Bart solo pretendía enojar aún más al mosquetero. Llevaban más de una hora bajo cubierta. En el exterior empezaba a oscurecer. Estaban sentados en torno a la mesa central, la mayor parte del tiempo sin decir nada. Solo Vermandois permanecía de pie junto a la ventana, mirando el exterior. Parecía inquieto por algo.

Se oyeron unos pasos y la puerta se abrió de par en par. Dos guardianes entraron seguidos de Polignac. El mosquetero tenía el aspecto huraño que le era propio pero algo más contenido. Miró atentamente a los prisioneros. Obediah pensó que parecía un lobo buscando la oveja más débil del rebaño.

—Monsieur Justel —dijo al cabo.

El hugonote palideció. Vermandois fue a decir algo, pero Polignac negó con la cabeza.

—Luego, conde, luego.

Justel se levantó despacio. Marsiglio le tocó el brazo. Luego los dos guardias lo cogieron y lo sacaron fuera.

—¿Qué van a hacer con él? —preguntó la condesa con voz temblorosa.

—Le interrogarán —dijo Marsiglio—. No os preocupéis. Dudo que le hagan daño.

«No, aún no —pensó Obediah—. Pero en cuanto lleguemos a la Bastilla se emplearán a fondo y nos lo sacarán todo, lo que sabemos y lo que no.» Se quedó mirando fijamente la jarra del centro de la mesa. No habría sabido decir cuánto tiempo permaneció así, pero en algún momento notó que sus labios se movían. Sin buscarlas, volvieron a él palabras que tantas veces había dicho de niño. Después de tantos años sin pronunciarlas, ahora brotaban de sus labios sin ningún esfuerzo: «*Sancta Maria, Mater Dei, ora pro nobis peccatoribus, nunc et in hora mortis nostrae*».

Marsiglio se lo quedó mirando.

—Jamás os había visto rezar.

En lugar de responder, Obediah se limitó a asentir y lo miró fijamente a los ojos. Por la expresión de Marsiglio supo que el viejo virtuoso había comprendido. No rezaba por él, ni por Justel, ni por nadie de la sala. Su plegaria era para Hanah, que en la semioscuridad de algún lugar de ahí fuera permanecía encaramada a las jarcias. Posiblemente Jean Bart había ofrecido a la tripulación del *Liefde* unirse a él o ser abandonados en un bote en medio del mar del Norte. El *Liefde*, convertido en un botín, regresaría a Dunkerque con los demás barcos. Tal vez ahí Hanah podría huir: nadie echaría de menos a un grumete delgaducho. Sin embargo, si durante el interrogatorio de Polignac alguno de ellos dijera que la sefardita seguía con vida...

La puerta se abrió y Justel se precipitó dentro de un empujón. Estaba pálido como la nieve y tenía la frente bañada en sudor. Con todo, no parecía haber sufrido golpes ni torturas. El hugonote se desplomó en un asiento. La condesa le acercó un vaso de vino.

—¿Cómo os sentís, Pierre? —preguntó ella.

—Bien, gracias.

La mentira era tan flagrante, que casi resultaba ridícula. Llevaba el horror escrito en el rostro y le temblaba todo el cuerpo. Bebió varios tragos de vino. Finalmente, solo logró farfullar una cosa:

—Alta traición.

Un gemido recorrió la estancia. Si se les acusara de robo o asalto, seguramente los colgarían en la place de la Grève, y ese sería un castigo relativamente suave. Sin embargo, todo indicaba que se les quería acusar de alta traición. Para estos casos la ley preveía ejecuciones muy dolorosas. En Inglaterra a los culpables de alta traición los colgaban, les abrían el vientre y les sacaban las entrañas con unos ganchos. A continuación, se permitía que el malhechor tomara aire un instante y se agarrara los intestinos para finalmente cortarlo y descuartizarlo. Obediah no sabía si los franceses aplicaban también ese castigo, pero la expresión de Justel daba a entender que en Francia a los traidores se les daba un trato parecido.

Oyó entonces la voz de Polignac.

—Vuestro turno, Chalon.

Notó que alguien lo agarraba del brazo y lo levantaba. Luego cruzó el umbral de la puerta. Detrás de él oyó los gemidos de Justel.

Colocó una hoja blanca ante sí, mojó la pluma en el tintero y escribió: «Chalon, Obediah. 12 de febrero de 1689». El prisionero lo miraba tranquilo. Polignac lo escrutó. Aquel virtuoso inglés era otro hombre. En Limburgo y en Esmirna, Chalon parecía bien alimentado, lucía una barriga incipiente y la tez pálida propia de un asiduo a los cafés. Ahora, en cambio, tenía la piel del color de los campesinos y estaba delgado. Era evidente que aquel viaje a Oriente había exigido un gran esfuerzo a ese hombre poco acostumbrado al trabajo físico y que no quedaba mucho de él. Al principio el mosquetero se había enojado con Bart por haber dado comida y bebida a sus «queridos invitados», que era como el corsario llamaba a esos insurgentes de alto rango. Pero tal vez sí fuera preciso alimentar un poco al inglés y a los demás tras su largo viaje antes de arrojarlos a la Bastilla. Calculó que Chalon, en ese estado, no resistiría ni cuatro semanas allí.

Sin embargo, a diferencia de aquel saco de nervios hugonote del que no había podido obtener ninguna respuesta sensata, el inglés no parecía temer nada. De hecho, le daba la impresión de que se sentía muy satisfecho, lo cual irritaba en grado sumo al mosquetero.

—¿Tenéis algo que decir en vuestra defensa, monsieur? —preguntó Polignac con la mirada de nuevo en el papel.

—¿De qué se me acusa, capitán?

Polignac notó que la sangre le hervía. ¡Menuda impertinencia!

—Seguramente vos lo sabéis mejor que yo mismo. Pero, en fin: diversas conspiraciones contra su majestad, en concreto, secuestro de su hijo Luis de Borbón, conde de Vermandois, almirante de Francia. Resistencia contra los funcionarios de su majestad, asesinato de varios soldados de su majestad...

—No he matado a nadie.

—Aunque otra persona usara el arma, vos fuisteis el instigador de la revuelta. Además, diversas conspiraciones contra la corona inglesa, que su majestad, a instancias y deseos de su primo, el auténtico rey Jacobo II, investigará hasta que el usurpador Guillermo sea eliminado.

Obediah no dijo nada, pero Polignac supo por su fina sonrisa que afirmar que era posible arrebatar de nuevo al príncipe de Orange la corona inglesa le parecía absurdo. En fin, en ese punto él era de la misma opinión que el inglés. Pero, por supuesto, jamás admitiría tal cosa oficialmente.

—¿Participar yo en una conspiración contra Jacobo II?

—¡No os hagáis el ignorante!

—Monsieur, estoy dispuesto a prestar una declaración detallada, pero ¿por qué debería yo haber intrigado contra el rey Jacobo? Al fin y al cabo soy católico.

—Vos sois ¿qué?

—Católico. *Primatus papae*, María, *Filioque*. Creo que habéis oído hablar de esas cosas.

La pluma que Polignac tenía en la mano derecha se rompió con un chasquido. La tiró y fue a buscar otra. Luego volvió a sentarse y habló en un tono de voz que pretendía ser tranquilo.

—No seáis insolente. No porque tengáis el patíbulo asegurado voy a dejar de interrogaros con más rigor.

Miró a Chalon con expresión desafiante, pero este permaneció en silencio. Polignac tomó nota. No sabía que era católico. De hecho, Rossignol le había dicho que era un *dissenter* protestante.

—Volvamos a Jacobo de Inglaterra —prosiguió el mosquetero—. Vos financiasteis la rebelión de Monmouth contra él.

Chalon lo miró atónito.

—Yo…, bueno, a lo sumo por error.

—¿Por error? ¿Queréis que os crea?

—Capitán, sois un hombre inteligente. Lleváis tras de mí… ¿Desde cuándo, por cierto?

—Desde hace más de seis meses.

—Seis meses entonces. Admiro vuestra perseverancia, de veras. Como posiblemente habéis leído algo de mi correspondencia, sin duda me conocéis mejor que muchos de mis compañeros de viaje. ¿De veras creéis que si hubiera querido provocar un alzamiento contra mi hermano de fe Jacobo, habría procedido de un modo tan chapucero? ¿Que habría prestado mi apoyo a un inútil como Monmouth? Vos pensáis que soy un conspirador, pero no soy más que un ladrón. Dejad que os cuente cómo fue todo.

Polignac no estaba seguro de querer oír las fabulaciones de Chalon. Aquel hombre era capaz de todo, tal vez incluso fuera católico de verdad. Pero de lo que no le cabía duda era de que era un mentiroso y un falsificador consumado. Rossignol había creado una carpeta solo para los papeles que los espías de Londres y de Ámsterdam les habían hecho llegar y todos subrayaban lo mismo. Sin embargo, decidió dejarle hablar. Faltaban aún dos horas largas para llegar a Dunkerque, tendría ocasión de interrogar a los otros más adelante, en la guarnición de la ciudad. A muchos, bastaba una anilla de hierro frío en torno al cuello para soltarles la lengua. En cambio, en el caso de Chalon no estaba tan seguro de ello. Si tenía ganas de hablar, mejor dejar que lo hiciera. Polignac volvió a mojar la pluma.

—Contádmelo todo, monsieur.

Durante la siguiente hora y media Chalon no dejó de hablar. A Polignac le costó tomar nota de todo. Tenía que admitir que la historia que había tejido era excelente. Según su narración, Chalon no era más que un noble terrateniente venido a menos, perjudicado por su religión y poseído por un vivo interés por la filosofía de la naturaleza y los aparatos. Como la vida de virtuoso era cara y las posibilidades de ingresos eran escasas, Obediah se había dedicado a especular en bolsa. Y cuando esto le llevó a la ruina, se pasó a la falsificación, primero de monedas y luego de letras de cambio, certificados de nacimiento y contratos de venta. Polignac iba apuntándolo todo con cierto asombro. Aunque no se le condenara por alta traición, había admitido ya varios delitos que le aseguraban la muerte. Solo la admisión de haber falsificado luises de oro y escudos franceses bastaba para colgarlo en la place de la Grève.

Chalon presentó el hecho de haber entrado al servicio de la VOC como un encadenamiento de casualidades extrañas. No había actuado en modo alguno a favor de Guillermo de Orange. Negó con vehemencia haber perseguido jamás fines políticos. Y dijo que con el robo de las plantas del café la Compañía solo perseguía fines comerciales. Entretanto, Polignac ya había llegado a la octava hoja. Levantó la vista.

—Aunque todo eso fuera cierto, ¿negáis haber secuestrado al conde de Vermandois para venderlo a los turcos?

De nuevo esa expresión fingida de completa incredulidad que le sacaba de sus casillas. Tal vez había sido demasiado indulgente.

—No me vengáis con cuentos en este asunto, monsieur Chalon —prosiguió—. Yo mismo os observé en Limburgo cuando probabais esos aparatos vuestros. Y vi ese pachá con el que negociasteis.

—¿Un pachá?

—Sí, en la casa. Lo vi a través de la ventana. El gran turbante era inconfundible.

Chalon se pasó la lengua por los labios. Polignac se dijo

que parecía divertirse. Luego, el inglés volvió a adoptar una actitud circunspecta y dijo:

—Sí, tenéis razón. Yo… lo admito. Todo lo que he dicho hasta ahora respecto al robo del café es cierto. Pero cuando buscaba un gran ladrón y supe del talento especial del conde de Vermandois, se me ocurrió un nuevo plan.

—¿Cuál era?

—Como decís, pretendía vender a Vermandois a los turcos después de que nos hubiera servido para lo que queríamos. Había hecho un acuerdo al respecto.

—¿Con los jenízaros?

—No, con el Gran Visir Sarı Solimán Pachá. El hombre que visteis en Holanda era su emisario. Acordamos que en nuestro viaje de vuelta los soldados del Gran Señor atacarían al conde y se lo llevarían a Constantinopla.

Chalon pasó a explicarle entonces que primero se había puesto en contacto con el embajador de la Sublime Puerta en Venecia y luego también con el de Viena. Durante meses había estado negociando con los turcos. Le dio una explicación profusa de su plan. Llegó un momento que todo aquello fue demasiado para Polignac y lo interrumpió.

—Sí, es suficiente. Pero ¿cuál era vuestra recompensa?

—Quince mil ducados venecianos.

—¿Y qué pretendía hacer el Gran Visir con un Borbón? A fin de cuentas, el conde no es príncipe de sangre.

—No, pero es un *bâtard légitimé*. El rey lo había reconocido como hijo. La Sublime Puerta no me dijo qué planes tenía para Vermandois, pero supongo que estaban relacionados con los Habsburgo.

—¿En qué sentido?

—El emperador ha expulsado a los turcos de Buda y de Belgrado. Los venecianos liberaron Atenas. La Puerta se encuentra en una situación delicada y quiere un tratado de paz. Vermandois habría sido el regalo inicial.

—¿Pero…?

—Pero el Gran Visir Solimán cayó en desgracia. Y mi plan quedó en agua de borrajas.

Sonó entonces la campana del barco indicando que Dunkerque estaba a la vista.

—Monsieur, muchas de vuestras hazañas son deleznables, pero no tienen interés alguno para la corona. Sin embargo por esto vais a ser juzgado por alta traición.

—Lo sé. ¿Hemos llegado ya a Dunkerque?

—Sí. Atracaremos en unos minutos. Yo, en vuestro lugar, disfrutaría de todos los segundos que permanezcáis alejado de París.

Chalon no dijo nada. Se limitó a sonreír de nuevo con esa sonrisa tan extrañamente satisfecha.

Tras una corta noche en vela en la guarnición de Dunkerque, a la mañana siguiente emprendieron viaje hacia el sur. Obediah y los demás ocuparon un carruaje de aspecto señorial. Al conde de Vermandois, en cambio, se le proporcionó un caballo que llevaban atado. Una división de los mosqueteros negros los escoltaba. La mayoría de los viajeros que se encontraron en su trayecto hacia París se detenían y miraban pasar la caravana con asombro. Muchos se descubrían la cabeza. Posiblemente creían que los mosqueteros eran la guardia de honor de algún príncipe que iba sentado tras las cortinas corridas del coche de caballos. No era una suposición descabellada, pues la guardia personal del rey no acostumbraba a escoltar presos y estos no acostumbraban a viajar en una berlina con suspensión. Obediah, por su parte, sospechaba que los soldados de élite habían sido escogidos como escolta para tener la seguridad de que a los preciados prisioneros de Luis no les ocurriría nada de camino a París. El enorme territorio boscoso entre Compiège y Montreuil era considerado una zona peligrosa y estaba habitado por muchas bandas de ladrones que no se amedrentaban ante una escolta armada. Sin embargo, hasta los bandoleros franceses se lo pensarían dos veces antes de atacar a veinte mosqueteros.

El largo trayecto en el carruaje, las sacudidas incesantes por los baches y surcos agotaba a Obediah más que las interminables cabalgadas a caballo por el desierto árabe. Sin embargo, no estaba tan desesperado como cabría esperar. No dejaba de pensar en Hanah. Su larga confesión a Polignac había evitado que el mosquetero interrogara a los demás antes de atracar. Con un poco de suerte, Hanah habría huido y estaría empezando una nueva vida en los Países Bajos. Se la imaginó en una casita junto a un canal, el codo apoyado en un pupitre, una mano hundida en sus cortos cabellos negros y en la otra una pluma con la que escribía una carta, tal vez a Boyle o a Halley. Sabía que no volvería a verla nunca más. Pero tal cosa no le impedía soñar con ello.

Obediah no habló mucho esos días, y sus compañeros de viaje, incluido Marsiglio, se mostraban cada vez más taciturnos. En cambio, el conde de Vermandois parecía más alegre y animado con cada milla recorrida. A veces lo veían por la ventana cabalgando junto a Polignac y hablando con él entre risas. Seguramente aquello se debía a que, por su rango, Vermandois viajaba más cómodo que el resto de los conspiradores. Él no tenía que permanecer sentado día tras día en el aire viciado de aquel carruaje, no iba encadenado y los mosqueteros lo trataban con cierta consideración. En una ocasión, para alborozo de la tropa, incluso libró un combate a espada por placer con uno de los miembros de la guardia.

En un momento de descuido, cuando Obediah y Marsiglio estaban haciendo sus necesidades junto a un arbusto, el inglés susurró:

—¿Os habéis preguntado cómo supieron los franceses en qué barco y cuándo apareceríamos por Dunkerque?

El general asintió con rabia.

—Todas las noches antes de acostarme.

—¿Y? —quiso saber Obediah.

—Supongo que menospreciamos al Gabinete Negro del Rey Sol y su red de espías. Luis tiene ojos y orejas en todos los puertos del Mediterráneo y del Atlántico.

Entonces se volvió hacia Obediah y lo miró atentamente.

—¿Por qué negáis con la cabeza, Obediah? ¿Tenéis una teoría mejor?

—Sí, pero no os gustará.

Estaba seguro de que los habían traicionado. En principio, todos los miembros del grupo eran sospechosos salvo dos: primero, él mismo, y luego, Hanah. Aunque Obediah tenía la certeza de que su juicio respecto de la sefardita era sesgado, había otros motivos convincentes que la libraban de toda sospecha. Hanah Cordovero venía de otro mundo y no disponía de los contactos necesarios para alarmar a distancia a nadie de Versalles. El traidor solo podía ser alguien con relaciones en Francia, esto es, Justel, Vermandois y Da Glória. Jansen y Marsiglio, en teoría, también eran candidatos. Pero el danés le parecía demasiado franco, demasiado simple, para elaborar un plan como aquel. En cuanto a Marsiglio..., el italiano era el único de los heráclidas que mantenía una amistad estrecha con Obediah. No era un argumento muy lógico, pero su intuición le decía que el viejo general no le traicionaría jamás.

Como el soldado que los vigilaba se impacientaba, Obediah explicó su teoría al boloñés en unas pocas frases. No quería hacerlo en el carruaje porque entonces Jansen, Da Glória y Justel habrían sabido también de sus sospechas.

Marsiglio se abrochó los pantalones.

—¿Luis? Me cuesta mucho creerlo.

—Posiblemente no seáis objetivo —repuso Obediah.

—Posiblemente. De todos modos, de momento no me habéis dado ningún argumento convincente.

Regresaron al carruaje. Durante los días siguientes no volvieron a hablar de las sospechas de Obediah. Este no dejaba de preguntarse cómo podría saber quién era el traidor. Al poco se convenció de que era inútil pensar en las razones de cada uno de ellos. Todos tenían un motivo para la traición, él incluido: el dinero.

Cuanto más cerca estaban de París, más soldados había en los caminos. Polignac no quiso informarles de lo que ocurría. Y era imposible sonsacar a los mosqueteros, pero Obediah y los demás oyeron fragmentos aislados de las conversaciones. De hecho, los soldados no hablaban de otra cosa que de la guerra inminente. El estatúder holandés Guillermo de Orange, a la sazón convertido en Guillermo III, rey de Inglaterra, había forjado una alianza con el emperador Habsburgo. Tras los estragos en el Palatinado perpetrados por Louvois, el en extremo sanguinario ministro de la Guerra, cada vez eran más los territorios que se unían a esta alianza, los últimos habían sido España y Saboya. Pocos días atrás la Dieta Imperial había declarado la guerra a Luis XIV. La Gran Alianza de Viena exigía que el Rey Cristianísimo devolviera todos los territorios que había conquistado durante años: el Palatinado, Lorena, Estrasburgo y la fortaleza de Pinerolo, que ellos conocían tan bien. Corrían además rumores de que la guerra inminente había disparado el precio del trigo. Por ello en París se habían producido varios alzamientos. Obediah recordó un viejo chiste: «En Francia la plebe se subleva porque el pan es demasiado caro. En los Países Bajos la plebe se subleva porque la mantequilla es demasiado cara».

Entretanto ya habían pasado Senlis. Marsiglio y Justel estaban discutiendo sobre las posibilidades que tenía Francia de vencer a la potencia que se estaba formando cuando se oyó el sonido de un cuerno. Obediah asomó la cabeza. Un jinete se les acercaba procedente del sur. Cabalgaba de pie sobre los estribos; los manchados pantalones blancos y las solapas rojas de la casaca lo distinguían como postillón. Los mosqueteros lo dejaron pasar sin vacilar. Pasó como una exhalación y desapareció en la lejanía rápidamente. Obediah se estremeció.

—¡Paolo!

El general, que seguía discutiendo con Justel, se quedó a media frase y lo miró extrañado.

—Me temo que ya tengo la demostración que me solicitasteis.

El rostro del boloñés se oscureció.

—¿Estáis seguro?

—Bastante.

—¿De qué habláis? —quiso saber la condesa.

—¡Oh, es una pequeña apuesta que tenemos! —dijo Marsiglio—. Un experimento mental propio de la filosofía de la naturaleza. Nada más.

Más tarde, por la noche, cuando se quedaron a solas, Obediah expuso su teoría al general.

—Mi demostración, si así la queréis llamar, no se basa ni en documentos ni en pistas.

—¿Entonces…?

—Es pura lógica. Pensadlo: no queda otra que admitir que alguien nos ha delatado. En teoría, podría haber sido cualquiera de nosotros.

—¿Y por qué no alguien de fuera del grupo? —preguntó Marsiglio.

—Nadie más podía saber cuándo llegaríamos al Bajo Egipto y tomaríamos un barco. No. Tuvo que ser uno de nosotros. Todos tenemos la inteligencia suficiente. Y seguramente cada uno tendría motivos para ello: codicia, envidia, lo que fuera. Pero hay un ingrediente que no todos tenemos.

—¿Y cuál es?

—Los medios.

—No os sigo, Obediah. ¿Os referís a saber escribir una carta? Seguramente eso excluiría a Jansen, porque solo reconoce algunas letras. Pero incluso él podría pedir a un escribano…

—El problema no era poner la información sobre el papel. El problema era enviarla lo más rápidamente posible a Versalles. Era preciso adelantarse al tiempo que necesitaba nuestra embarcación para navegar de Alejandría a Holanda.

—¿Y si hubiésemos sido traicionados mucho antes?

—No descarto esa posibilidad. Sin embargo, la información decisiva sobre el barco que tomaríamos desde Egipto para el viaje de vuelta solo la tenía yo. Nadie más. La comuniqué poco antes de llegar a la costa. La información importante, esto es, corbeta con plantas del café llamada *Gekroonde Liefde*, partida el 11 de enero de 1689 de Izbat, la tuvo el traidor poco antes de zarpar. Lo cual arroja una pregunta interesante: ¿con qué rapidez es posible transmitir una información de A a B?

Marsiglio se frotó la barbilla.

—Creo que ya sé adónde queréis llegar. La carta del traidor tuvo que salir aproximadamente en el mismo momento en que nosotros..., por lo tanto, tuvo que adelantarnos.

—Exacto. En principio eso es factible. Una posibilidad sería enviar el mensaje con un barco más rápido. El nuestro, en función de la meteorología, podía recorrer una media de ocho nudos. Un clíper habría podido llegar a Dunkerque más rápidamente.

—Esas chalupas suelen hundirse en el Atlántico.

—Cierto. La otra posibilidad sería navegar hasta Marsella y luego entregar el correo a un jinete rápido. Vos que sois soldado, ¿cuánto creéis que tardaría?

—Bueno, de Marsella a París hay quinientas millas. La media del jinete... dependerá.

—¿De qué?

—De si por la mañana monta un caballo que arrastra el cansancio del día anterior o le dan una montura fresca. De si le ceden el paso en todas partes..., ya veis cómo están los caminos. O de si el tiempo juega en su contra.

Obediah no repuso nada. Por la cara de Marsiglio se dio cuenta de que el general empezaba a comprenderlo.

—¡Por la Virgen! ¡Solo puede haber sido de ese modo!

Obediah asintió. Durante el viaje, cualquiera de ellos habría podido entregar una carta a un comerciante francés, uno de los muchos que había en el Levante, con el ruego de hacerla llegar con la mayor urgencia al cónsul francés de Alejandría.

Y cualquiera de ellos habría podido decir que el asunto era de extrema urgencia. Pero ¿cómo mantener esa urgencia durante cientos de millas? ¿Cómo lograr no solo que el mensaje llegara rápidamente a Francia, sino que desde ahí pasara rápidamente a uno de los secretarios de Luis?

Marsiglio parecía muy afectado.

—Me cuesta mucho creer que haya sido capaz de algo así. Aunque, de hecho, no hay otra opción.

—Me temo que esa es la explicación más lógica. Vermandois dispone de un anillo de sello con su escudo: un diamante coronado por tres flores de lis. Cualquier escrito sellado con él queda marcado como mensaje de un príncipe Borbón. Si además la carta está dirigida directamente a su padre, cualquier intendente, cualquier oficial y cualquier cónsul harán lo imposible para que llegue cuanto antes a Versalles, aunque sea quemando aldeas enteras. ¿No os parece?

Marsiglio se limitó a asentir.

Tuvieron que pasar otros seis días hasta que distinguieron en el horizonte el nubarrón de humo negro y oscuro que indicaba que París estaba cerca. Se aproximaban a la ciudad desde el nordeste, y pronto a las humaredas de vapor se unió el hedor de la ciudad. No era un olor muy distinto del de Londres, pero era diferente. París, en opinión de Obediah, desprendía un hedor más intenso, pero tal vez eso fueran figuraciones suyas. Seguramente el largo período pasado en el mar les hacía más sensibles a esas cosas.

Ante ellos asomó la Porte de Saint-Denis, un arco de triunfo erigido hacía pocos años. «Ludovico Magno», se leía en el frontispicio. Llegados a la puerta, Polignac mostró una carta y se les permitió el paso. El tráfico era cada vez más denso, pero, aunque de mala gana, en todas partes cedían el paso a los mosqueteros del rey. A Obediah le dio la impresión de que muchos parisinos miraban su carruaje con aversión no disimulada. Se frotó las muñecas, lastimadas por las cadenas, y observó a sus compañeros. Todos parecían agotados. Justel temblaba; la condesa tenía su mano en las suyas.

Obediah no conocía demasiado bien París, pero le pareció que no habían tomado el camino directo hacia la Bastilla. Cuando le preguntó al respecto a Justel, al principio el hugonote no consiguió articular palabra. Finalmente, respondió con voz temblorosa que sí era posible que estuvieran dirigiéndose hacia la cárcel de tan mal nombre. En opinión de Justel, Polignac había preferido tomar un camino que no pasase cerca de la Cour des Miracles, el tristemente célebre barrio de barracas. El pueblo, al parecer, había vuelto a sublevarse y tenían que ser precavidos. No había nada más temible que la chusma parisina desatada; en esos casos, ni la guardia real bastaba para contenerla.

Siguieron avanzando y pasaron junto a Saint-Martin. Una y otra vez se oían golpes sordos contra la pared del carruaje.

—¿Qué es eso? —preguntó Obediah.

—Creo que la gente arroja cosas desde las ventanas —respondió Marsiglio.

Un nuevo golpe hizo temblar las puertas del carruaje. El general asomó la cabeza por la ventanilla.

—*Brassica oleracea*, sin duda.

—¿Cómo decís? —preguntó la condesa.

—Disculpad. Es el botánico que hay en mí. Coliflor. Y, además, en avanzado estado de descomposición.

Prosiguieron ruta durante un cuarto de hora, luego el carruaje se detuvo de forma abrupta. Obediah oyó que Polignac voceaba una orden y que a continuación soltaba una sarta de maldiciones. Discutía con otro hombre. Con cuidado, Obediah desplazó a un lado la cortina y miró discretamente fuera. Se habían detenido en una plaza grande en cuyo centro se levantaba una estatua de Luis el Grande como césar romano y en torno a la cual se disponían varios puestos de mercado. Frente a su escolta vio a un noble con una peluca de color rojizo y labios llamativos y carnosos. Detrás del noble había unos treinta soldados de la *maréchaussée* y un carro tirado por caballos. Justo delante del hombre estaba Polignac con el rostro enrojecido.

—¿Cómo osáis? —gritó—. Tengo órdenes directas del marqués de Seignelay en este asunto, al cual su majestad...

—Y yo tengo órdenes directas del marqués de Louvois. Observad. El sello es reciente. Este escrito fue redactado ayer por la mañana.

—Su majestad...

—Su majestad, por consejo de Louvois, opina ahora que esta conspiración es un importante asunto de guerra, Polignac. Habéis notado que estamos en guerra, ¿verdad?

—¿Por qué es un importante asunto de guerra?

—Porque vuestro preso ha admitido haber vendido a ese —dijo señalando a Vermandois— a los turcos. Eso al menos es lo que deduzco del mensaje que me hicisteis llegar desde Dunkerque. ¿No es así?

—¿Cómo es que tenéis vos esa carta...? No lo habéis entendido bien. Dejadme hacer mi trabajo. Y vos dedicaos a los panaderos y los ladrones de pan, La Reynie.

El otro sonrió. Incluso parecía amable.

—Vuestro hostigamiento me resulta indiferente, Polignac. Carece de importancia, como vos mismo. Los prisioneros deben serme traspasados a su llegada a París. Pasan a estar bajo la custodia del Ministerio de la Guerra, así lo ha dispuesto su majestad. Leedlo vos mismo.

La Reynie le tendió un papel sellado que Polignac le arrancó de la mano. Lo leyó rápidamente; Obediah vio que hacía esfuerzos por contenerse. Posó la mano en su espada, un gesto que sin duda no pasó desapercibido para La Reynie ni para los soldados. Marsiglio asomó la cabeza junto a Obediah y ambos contemplaron la escena.

—¿No podrían hacernos el favor de matarse entre ellos? —preguntó el general—. ¿Qué está ocurriendo?

—Ese es Gabriel Nicolas de la Reynie —dijo Justel en voz

baja—, el jefe de la policía de París. Una criatura de Louvois, tan brutal como despiadado.

—¿Quieres decir que nuestra posición acaba de empeorar? No creía que tal cosa fuera posible.

Justel asintió sin aliento.

Polignac permanecía ante La Reynie con la mano posada en su arma. Dejó caer la carta al suelo y se dio la vuelta.

—¡Cochero! Abrid el coche. ¡Gaston! Ceded los prisioneros a este… hombre.

Varios mosqueteros sacaron a Obediah y a los demás del carruaje y los empujaron hacia los hombres de La Reynie. Polignac hizo una señal a su séquito. La berlina de los mosqueteros partió. Polignac volvió la mirada y masculló con rabia:

—Lo lamentaréis, La Reynie.

—Sí, claro, claro. Y ahora, cojead hasta el Procopio y dejadme trabajar.

Obediah y los demás prisioneros fueron conducidos hasta el otro carruaje. Las cajas con sus pertenencias y su equipo se cargaron detrás. El nuevo transporte estaba claramente diseñado para el traslado de presos. Al pasar junto a Vermandois, que había descabalgado de su montura, Marsiglio lo miró y le escupió en la cara.

—¡Traidor!

Vermandois sonrió y se limpió la saliva con un pañuelo de encaje.

—¡Paolo! Hice lo preciso para recuperar el favor de mi padre. Por favor, transmitidle mi agradecimiento a vuestro cabecilla inglés. Le dije que un día me vengaría de su chantaje. ¿No es así, monsieur Chalon?

Antes de que Obediah pudiera replicar, La Reynie se había acercado a ellos. Aferraba un garrote que desplomó con fuerza sobre el hombro de Marsiglio. El italiano profirió un grito de dolor y cayó de rodillas. Vermandois miró con asombro la escena y luego hizo una pequeña reverencia.

—Os agradezco que intentéis defender mi honor, monsieur. Pero, creedme, soy perfectamente capaz de…

—Cerrad el pico o seréis el siguiente —gritó La Reynie.

—¿Qué? ¿Cómo os atrevéis? ¿Acaso no sabéis quién soy?

La Reynie le dirigió una mirada de profundo desdén.

—El granuja hijo de una puta cualquiera a la que le fue concedido el honor de tragar semen real.

Vermandois palideció.

—Soy Luis de Borbón, legítimo de…

—Su majestad ha perdido la paciencia con vos, monsieur. Por consejo de mi señor, os ha repudiado. Fuisteis bastardo legitimado por voluntad del rey. Ahora solo sois un vulgar conspirador, como los demás. —La Reynie se volvió entonces a sus hombres y dijo—: Encadenad a este asqueroso sodomita. —Luego se dirigió a Obediah y los demás—: Escuchadme porque solo lo diré una vez. Aquí ni se habla ni se hacen tratos. De no ser así…

Escrutó a los prisioneros durante un momento. Luego sacó una pistola, apuntó a Justel en el vientre y, sin vacilar, le disparó a bocajarro. El hugonote cayó al suelo. La condesa gritó y se arrojó hacia él, pero dos soldados la apartaron de inmediato. En el suelo, bajo el cuerpo de Justel, se dibujó una mancha de sangre que se extendió rápidamente.

—¡Monstruo! —gritó la condesa.

La Reynie se le acercó y le propinó una bofetada.

—Ese hugonote era prescindible, pero como ejemplo era útil. Y ahora, todos al coche. Os llevaremos a otro lugar. A uno en el que podremos hablar con calma —dijo sonriendo con frialdad.

De nuevo estaban dando tumbos dentro de un carruaje por las calles de París. A diferencia de la berlina de los mosqueteros, ese vehículo carecía de asientos acolchados; de hecho, no tenía asientos. Obediah y los demás iban sentados en el suelo de madera, con las esposas sujetas a unas argollas de hierro que había en el mismo suelo. Escrutó los maderos. Estaban sucios, posiblemente de sangre o de excrementos, quizá de una mezcla de ambas cosas. A su lado, la condesa lloraba. Al otro lado, Marsiglio lo miraba. El viejo general gemía con cada bache. El golpe brutal que le había asestado La Reynie le había herido gravemente. No habían podido comprobar si tenía algún hueso roto. Solo Jansen permanecía en silencio. Tenía la vista perdida, como cuando en el mar contemplaba el horizonte.

Vermandois no iba con ellos. Después de encadenarlo, habían atado al conde al pescante. Obediah intuía que no era un tratamiento de privilegio. Seguramente La Reynie sospechaba que, de dejarlo con los cuatro conspiradores, estos lo habrían destrozado. Una sospecha que, en lo concerniente a Justel y la condesa, tenía su fundamento. Marsiglio estaba malherido, pero si a los otros dos se les diera la oportunidad asesinarían al francés con sus propias manos. Estaba convencido de que así sería.

El carruaje carecía de ventanas, pero entre los tablones de las paredes había rendijas por las que se colaba la luz. Obediah miró al exterior a través de una de ellas. Vio la fachada de un edificio, un puesto de mercado, gente que iba de un lado a otro, nada que le indicara dónde se encontraban. Tras permanecer un buen rato con el cuello retorcido, atisbó una iglesia enorme con el techo a dos aguas.

—¿Paolo?

—¿Sí?

—¿Dónde está exactamente la iglesia de Saint-Eustache?

El boloñés tardó en responder. Con el rostro contrito por el dolor dijo:

—Algo al norte de la isla de la Cité. Un poco al este del Louvre.

—Así pues, nos dirigimos hacia el oeste, lo que significa que nos alejamos de la Bastilla. Me pregunto adónde nos llevan. Tal vez a Châtelet.

—París tiene mazmorras profundas en todos los puntos cardinales —repuso Jansen.

Obediah fue a decir algo cuando les llegaron unos gritos del exterior.

—¡Es él! ¡Ese cerdo! ¡Os dije que pasarían por aquí!

Se oyó entonces un ruido sordo, como si algo hubiera golpeado el carruaje. Por lo visto volvían a arrojarles comida podrida. Un polvillo se coló por las ranuras del techo.

—¡Atrás, chusma! ¡En nombre de su majestad! —vociferó La Reynie.

Le respondieron unas risas burlonas.

—Somos más que vosotros. Muchos más.

—¡Haceos a un lado o daré orden de que os maten a tiros, como perros! —gritó La Reynie.

Se oyó entonces el chasquido metálico característico de las llaves de chispa: los treinta guardas amartillaron sus mosquetes. Obediah miró a sus compañeros de cautiverio. Marsiglio y la condesa se habían puesto de pie y escuchaban muy atentos. Jansen clavó la vista en la palma de una mano y se la restregó con los dedos de la otra.

—¿Qué es eso? —preguntó Obediah.

—No es polvo —contestó Jansen, y con voz de extrañeza añadió—: Es harina.

En el exterior volvió a oírse la voz de La Reynie.

—¡Regresad a vuestros talleres! Lo ocurrido fue por orden del rey.

—¡Así se te lleve la peste, La Reynie! ¡Si no liberas a los prisioneros, serás tú el que acabe colgando! ¡Así se te lleve el diablo!

Ya no era una sola voz respondiendo al jefe de la policía, sino un coro completo. Obediah se giró e intentó mirar a través de la rendija, pero no pudo ver nada.

—¡Daos la vuelta y mirad a ver qué veis por las rendijas!

Todos hicieron lo que se les pidió. La condesa empezó a dar grititos de asombro que acabaron en una risa histérica.

—¿Condesa?

En lugar de responder, ella rio a carcajadas.

—Ha perdido del todo la cabeza —comentó Jansen.

Obediah le zarandeó el hombro.

—¡Caterina! ¿Qué veis? ¿Son Polignac y sus mosqueteros?

—No. No. Son, son los… panaderos. Los panaderos de París.

En ese momento sonó el disparo de un mosquete y estalló el infierno. Un griterío tremendo al que siguieron más disparos de pistolas y mosquetes. Los caballos relinchaban aterrados. El carro se balanceaba de un lado a otro. Oyeron rasguños y golpes, como si alguien intentara abrir la cerradura de la puerta, situada en la parte posterior del coche.

—¡Casaubon! ¡Arnaud! Os sacaremos de aquí —gritó una voz grave y masculina.

Sonaron varios tiros seguidos y luego un grito. Las balas silbaban en el aire; astillas de madera penetraron en el carro. Los golpes en las puertas cesaron. Obediah se volvió. Según pudo ver por un orificio del tamaño de la palma de la mano, una de las balas le había pasado a apenas dos palmos de la cabeza. Miró fuera rápidamente. Los esbirros de La Reynie luchaban contra unos cuarenta o cincuenta hombres ataviados con delantales y gorras blancas que les superaban en número. Los atacantes iban armados con palas de panadero y cuchillos. Algunos yacían heridos en el suelo. Sin embargo, todo parecía indicar que estaban haciendo retroceder a la *maréchaussée*.

Sin previo aviso, el coche de caballos se puso en movimiento. El cochero ejecutó un giro abrupto. Obediah se dio de cabeza contra la pared. Cuando volvió en sí, el carro circulaba a toda prisa por el suelo adoquinado. Ahora había mucha luz en el interior y, excepto él, todos estaban tumbados en el suelo. Miró la pared posterior. Tenía orificios de bala, una docena tal vez, quizá más. Se echó al suelo y se sujetó a la argolla de hierro.

Avanzaron así durante un buen rato. De repente, se abrió una pequeña trampilla que había sobre el pescante y una mano les arrojó algo.

—¡Son las llaves! ¡Las llaves de las esposas! —exclamó Obediah.

El manojo de llaves se agitaba en el suelo como si sufriera el mal de San Vito. Jansen logró hacerse con él y al punto empezó a manipular sus cadenas. No era fácil introducir la llave en la cerradura con el carruaje sin parar de dar tumbos, pero el danés no cejó hasta que las esposas por fin cayeron al suelo.

Al poco rato todos quedaron libres, al menos de las esposas. Seguían encerrados en el carro. La puerta trasera estaba en muy mal estado, posiblemente bastasen un par de patadas contundentes para abrirla. Jansen, que parecía haber llegado a la misma conclusión, se acercó a la puerta con la cadena de hierro convertida en una lazada. Pero entonces otra bala pasó silbando a través de la pared trasera y todos volvieron a echarse al suelo.

Obediah miró por uno de los numerosos orificios de la pared. Seguían dirigiéndose hacia el oeste, y podía ver el río. Luego el carruaje dobló a la izquierda, posiblemente para atravesar un puente. Apenas habían recorrido un par de yardas cuando se detuvieron de repente. En el pescante alguien soltó una maldición. No entendió qué había dicho, pero conocía esa voz. Era la de Vermandois.

Jansen, entretanto, había vuelto a ponerse en pie y golpeó la puerta con la cadena. Le bastaron un par de golpes para que salieran despedidos varios trozos de madera. La puerta cedió y el danés logró salir por ella. Obediah vio entonces que, en efecto, se encontraban en un puente del Sena. Al parecer se habían librado de sus perseguidores, por lo menos no veía soldados por ningún lado. Reparó en unos picapedreros que trabajaban en el puente. En la orilla del río se elevaba una gran grúa de madera. Ahí se apilaban bloques de granito en una versión en miniatura de las pirámides de Egipto. Con un gesto indicó a la condesa que saliera. Luego se volvió hacia Marsiglio, pero este negó con la cabeza.

—Dejadme aquí, Obediah. No lo conseguiré.

—Tonterías, Paolo. Yo os ayudaré.

—Sin mí, tal vez logréis huir. A mí solo puede salvarme un milagro.

—¿Otro? Hemos sobrevivido a un terremoto, a un montón de carne en salazón y a un alzamiento del pan en París. Si no salís de inmediato...

—¿Qué?

—No solo yo os propinaré una coz en las posaderas, sino también el Señor de los cielos. ¡Tres milagros, Paolo! Ni el más piadoso de los católicos tiene derecho a tanto. El resto es algo que os corresponde hacer a vos.

Marsiglio masculló algo incomprensible y se levantó con esfuerzo. Salieron y miraron alrededor. Oyeron ruidos de lucha delante del carruaje. Marsiglio se apoyó en Obediah y ambos partieron arrastrando el paso. El motivo por el que se habían detenido era un andamio de madera que atravesaba el ancho del puente. Delante había más sillares apilados; era imposible que el carro pasara por ahí. Obediah supo entonces dónde se encontraban. Aquel tenía que ser el nuevo Pont Royal, el más occidental de los puentes del Sena. Ahí era donde París prácticamente terminaba. Al norte vislumbró los jardines reales de las Tullerías. Al otro lado del río se extendían las verdes vegas de Saint-Germain.

En el segundo piso del andamio, a unos veinte pies por encima del suelo, se hallaban Jansen y Vermandois. El conde no solo había conseguido quitarse las esposas, además se había librado de la soga con la que lo habían atado al pescante. Su aspecto era grotesco. Estaba totalmente cubierto de harina; se le desprendía harina de la peluca y la ropa. De algún modo se había hecho con un sable de granadero y con él intentaba zafarse de la furia del danés. Este sostenía las cadenas en una mano y las usaba a modo de mangual. Con esas armas tan desiguales, ambos parecían gladiadores romanos. A la condesa no se la veía por ninguna parte.

—¡Parad de una vez! —gritó Vermandois.

—¡Solo cuando os haya molido a palos, víbora! —masculló Jansen.

La cadena silbó cerca del rostro del conde. Este retrocedió y el metal pasó a pocos centímetros de su barbilla.

—Tenemos que mantenernos unidos. Ahora es el momento de huir; luego, por mí, podemos batirnos como personas civilizadas.

Jansen gruñó algo ininteligible.

—Con estoque o... —Vermandois volvió a esquivar la cadena— con pistola, como os plazca.

Por doquier había trabajadores y picapedreros que contemplaban la escena llenos de estupor. Obediah se dijo que era cuestión de minutos que aparecieran por ahí los hombres de La Reynie, o incluso los de Polignac.

—¡Basta! —gritó—. ¡Tenemos que marcharnos!

Jansen no atendió a sus voces. Con los dientes apretados seguía atacando al conde, que cada vez reaccionaba con más lentitud. Tenía una manga teñida de rojo oscuro; posiblemente había recibido un tiro.

Con la agilidad que le permitía el acarrear con el general herido, Obediah corrió entre sillares de piedra, cubas de argamasa y sacos de arena hacia la orilla sur. Llevaban recorrido un tercio del camino cuando oyó a su espalda un grito espeluznante. Se dio la vuelta y vio a la condesa. Se había hecho con un arma de fuego, y no una cualquiera. El arma que sostenía con las dos manos tenía un cañón vistoso, en forma de embudo, que él conocía muy bien. La vio alzar el trabuco y apuntar al conde de Vermandois.

«¡No!», gritó Marsiglio en silencio.

La condesa disparó. Del andamio se oyó un grito y un hombre se desplomó y dio contra el suelo con un ruido sordo. Da Glória profirió un grito, tal vez de triunfo, tal vez de otra cosa. Obediah notó que Marsiglio le apretaba con fuerza el hombro.

—Ya llegan —gimió el general.

Entonces Obediah los vio también. Desde la orilla norte, una tropa de jinetes se aproximaba a Pont Royal. Eran muchos. Todo el paseo del Sena parecía repleto de ellos. Marsiglio y Obediah se encaminaron hacia la otra orilla tan rápido como les fue posible. Cuando habían recorrido unos dos tercios del camino, miraron atrás. El lado norte del puente estaba abarrotado de dragones y soldados de infantería. Como el material de la obra estaba amontonado por todas partes, no parecían haberse percatado de la presencia de los dos fugitivos. Por el contrario, los soldados inspeccionaban algo que había al pie del andamio. Obediah arrastró rápidamente a su amigo detrás de un gran sillar al borde del puente. Buscó una escapatoria. No la había. En la orilla sur empezaron a asomar soldados.

Miró entonces por la barandilla. A unos quince pies por debajo de ellos se deslizaba una barca de carga. Arrastró a Marsiglio hasta allí.

—¡Saltad!

—Nos romperemos todos los huesos —objetó el general. En realidad él estaba más tumbado en la barandilla que apoyado en ella, y parecía a punto de perder la conciencia en cualquier momento.

—Es preferible eso a que el verdugo se encargue de ello —repuso Obediah.

Dio un empujón resuelto a Marsiglio y el italiano se precipitó hacia abajo. Obediah se encaramó a la barandilla. Antes de saltar, volvió a mirar el puente: era un hervidero de soldados. A continuación, se dejó caer. Lo último que vio del Pont Royal fue a un hombre vestido con el jubón de cuero propio de los picapedreros. Llevaba la gorra muy calada y sostenía un martillo y un cincel. Parecía tener mucha prisa. Observó que tenía el pelo rizado y negro y que se movía como un felino. Obediah llevó la vista al cielo y luego no vio nada más.

Obediah volvió en sí pasados ya los arrabales de París. La tripulación de la gabarra no parecía haber reparado aún en su presencia. Cuando al atardecer atracaron en algún lugar al oeste de París, el capitán de la embarcación descubrió con desagrado que en la cubierta de popa, entre unos sacos llenos de algodón, yacían dos aristócratas. La idea de transportar a esos forasteros no pareció entusiasmarle. Era obvio que andaban metidos en algo, y además no parecían personas adineradas. Llevaban las medias rotas, los jubones deshilachados y el pelo de las pelucas apuntando en todas direcciones.

Con todo, Obediah logró convencerlo de que los llevara hasta poco más allá de Vernon, donde, según les había dicho el capitán, había un monasterio benedictino llamado Saint-Just con un buen médico. A pesar de que en el barco insignia le habían arrebatado la bolsa del dinero, Obediah se había cosido un poco de oro en un dobladillo de la casaca. Bastaron unas bolitas de ese metal para que el navegante cambiara de opinión y les cediera dos camas en el camarote.

Al lanzarse desde el puente, Obediah había caído en una pieza de paño. No era blanda como una pluma, pero al menos había impedido que se rompiera algún hueso. Marsiglio no había tenido tanta suerte. Además de la herida en el hombro, que se le había hinchado de forma notable, ahora tenía una pierna rota y muchas heridas. Los primeros días el boloñés apenas estuvo consciente. Tuvo mucha fiebre y Obediah llegó a dudar de que el antiguo soldado lograra llegar al monasterio benedictino.

Al cabo de unos días la fiebre remitió. Aun así, cuando llegaron a Saint-Just tuvieron que desembarcar a Marsiglio en angarillas y llevarlo al monasterio en carro. Obediah ofreció al abad el oro que le quedaba a fin de que el médico se ocupara del general, pero el abad lo rechazó.

—No tenéis que pagar nada, monsieur. Aunque sí me gustaría conocer vuestros nombres.

—Preferiría no decíroslos.

—¿Viajáis de incógnito?

—Sí.

—Pero debo insistir.

El abad vio la duda en su rostro y sonrió con picardía.

—Podéis decirme vuestros nombres en confesión. Así quedará en secreto.

Obediah sopesó un instante la posibilidad de contar una mentira. Pero se sentía demasiado cansado para eso y estaba harto de mentir.

—Soy Abdias Chalonus, a vuestro servicio —dijo en voz baja—. Y mi compañero de viaje es Paulus Lucius Marsiglius.

El abad enarcó una ceja.

—¿Marsiglius? ¿El autor de *Dissertatio de generatione fungorum*?

—Ese mismo, reverendo señor.

—¿Por qué no lo habéis dicho antes? Nuestro botánico tiene algunos de sus escritos. Será un honor para nosotros cuidar de vuestro amigo, si Dios lo tiene a bien, independientemente del tiempo que necesitéis. Estaréis bajo nuestra custodia.

En las semanas siguientes Marsiglio empezó a mejorar. El médico del monasterio le entablilló la pierna y le aplicó baños diarios en el hombro con una decocción de mandrágora. Aunque la inflamación desapareció, el galeno dijo que era muy probable que el brazo le quedara rígido.

Pasaban la mayor parte del tiempo en la biblioteca del monasterio o sentados en el gran jardín de hierbas aromáticas del patio interior del refectorio de verano. Se adaptaron a la rutina diaria y, poco a poco, el mundo que quedaba fuera de las puertas del monasterio pareció desvanecerse. A veces Obediah se preguntaba si realmente había algo más allá. Suponía que al menos el abad recibía noticias recientes y estaba al corriente del curso de la guerra del Gran Hombre contra la Gran Alianza, pero nunca le preguntó por ello.

Entretanto llegó la primavera. Una tarde, poco antes de las

vísperas, sentados en el soleado *herbarium* del jardín del monasterio, Marsiglio dijo:

—He observado que ya no escribís cartas, Obediah.

—No. Ninguna.

—Pero las cartas eran vuestro elixir vital.

—Es verdad. Pero, aunque quisiera, no puedo regresar a la República de las Letras.

Marsiglio ladeó la cabeza. Obediah lo observó. Seguramente el general estaba mirándolo con expresión de asombro, pero no estaba seguro. Las muecas del italiano, otrora tan familiares, ahora le resultaban difíciles de entender; tras la caída del puente, la mitad de la cara se le había quedado paralizada debido, según el médico, a una acumulación de bilis negra.

—¿De veras creéis que cuanto escribís va a parar de inmediato al Gabinete Negro de Luis? —preguntó Marsiglio.

—Tengo que partir de esa premisa. He debido poner fin a la correspondencia epistolar.

Marsiglio se levantó y se acercó a una planta que había a pocos metros. Obediah lo siguió. La planta tenía hojas grandes y verdes y frutos redondos de un intenso color rojo. Marsiglio los señaló con el dedo.

—Mirad. ¿Os habéis fijado? El botánico cultiva *licopersicum,* que algunos llaman melocotón de lobo. Son frutos raros de ver. Vienen del Nuevo Mundo.

—¿Son comestibles?

—Hay disparidad de opiniones. El botánico dice que producen mucha bilis amarilla y pueden llegar a desencadenar licantropía, de ahí su nombre. En cambio, he leído que los indios de Brasil hacen una especie de compota con ellos.

—Lamento mucho que por mi culpa no hayáis podido realizar vuestro sueño.

—¿Qué sueño?

—Queríais hacer de *bandeirante* en Brasil y escribir un epítome sobre la flora de ahí.

—¿Cómo sabéis eso? Jamás hemos hablado de ello.

—Hanah me lo contó.

Marsiglio se lo quedó mirando.

—¿La echáis de menos?

—Más que todas las cartas de todos los filósofos de la naturaleza y *virtuosi* de este mundo.

El conde señaló el banco de piedra en el que habían estado sentados hasta hacía un rato.

—Sentémonos. Me duele la pierna.

Regresaron y se acomodaron. Marsiglio había cogido un *licopersicum*.

—No fue culpa vuestra.

—Un poco sí.

—¿Que Vermandois nos traicionara? ¿Que la VOC sean una panda de mentirosos? No. Vos no tenéis la culpa de eso. Además, si no me hubierais arrojado por la barandilla yo ya estaría en el cadalso. Por otra parte, ¿quién os dice que no voy a ir a Brasil? Aunque de momento estoy muy contento aquí. Con este jardín y todos esos libros. Además, he prometido al botánico que le construiré un invernadero. En resumen, estoy considerando la posibilidad de quedarme aquí.

—¿Queréis haceros monje?

—No lo creo. Aquí no hay mujeres guapas y, la verdad, tampoco hay hombres atractivos. Pero lo importante es que no tengo prisa. No tengo que ir a ningún sitio. Vos, en cambio, sí.

A Obediah le hubiera gustado contradecir a su amigo. Ahí reinaba la tranquilidad. Como en las semanas anteriores nadie había descubierto su presencia ahí, posiblemente estuvieran a salvo; siempre y cuando su conducta fuera discreta y no escribieran cartas al mundo. Pero él pronto tendría que marcharse. Marsiglio tenía razón. Obediah asintió sin decir nada.

—Deberíais intentar buscarla —dijo Marsiglio.

—Sé dónde está, Paolo.

—¿Cómo decís? ¿Lo sabéis?

—Por supuesto. Podría haberle ocurrido algo de camino hasta allí, claro, pero no lo creo.

Miró la fruta que Marsiglio hacía girar entre los dedos. Melocotón de lobo lo llamaban algunos. Un nombre muy poco adecuado porque, a diferencia del melocotón de verdad, este tenía la piel tersa y lisa.

—Envié a Hanah a casa de un conocido para...

—Prefiero que no me lo digáis. Si no lo sé, nadie podrá obligarme a decirlo. Entonces ¿a qué esperáis?

—Paolo, ¿no lo entendéis? Nadie sabe de la existencia de Hanah Cordovero. Los franceses creen que solo había un tal David ben Levi Cordovero y que murió en Esmirna. A mí, en cambio, me buscan. Los franceses conocen mi cara, así como los holandeses, y es muy probable que los ingleses me reconocieran. Los esbirros de Luis saben con quién me relaciono en Inglaterra y en Holanda. Seguramente la persona en cuyo hogar Hanah ha hallado refugio también es espiada. Si me acerco a ella, si le escribo, podría ser su condena.

—Escribidle un mensaje en clave.

Obediah negó con la cabeza.

—Descifraron nuestro código. Y aunque no fuera así, una carta como esa sería en sí misma suficientemente reveladora.

Marsiglio suspiró.

—Lamento mucho que no podáis acercaros a vuestra Julieta.

—¿Julieta?

—Y Romeo. Ese romance teatral inglés, ya hablamos de ello. Como Leandro y Hero, Orfeo y Eurídice. Siempre acaba todo igual.

Olisqueó la fruta.

—Deberíais pensar en algo. Tiene que haber un modo.

—Si lo hay, no lo sé ver.

—Pero si hay alguien que pueda dar con él, ese sois vos. —Marsiglio sonrió—. Obediah, el triunfador de Nasmurade.

—Aun así. Es arriesgado.

—Siempre lo es.

Marsiglio se llevó la fruta a la boca y la mordió. Un jugo de color claro le ensució la barbilla.

—En fin, si esto es venenoso, la muerte será exquisita. Tomad, probadlo.

Obediah cogió el fruto y le dio un pequeño mordisco. El sabor era realmente exquisito, dulce y amargo a la vez, muy diferente a cualquier fruta que hubiera probado antes.

—No está mal.

Tragó la fruta.

—Tenéis razón, Paolo. Creo que seguiré vuestro consejo y me iré pronto de aquí.

—En cierto modo, lo lamento. Sois un compañero de viaje excelente. Pero me alegro de que hagáis de tripas corazón. Creedme, tenéis que intentarlo. De lo contrario no seréis feliz en toda vuestra vida.

Obediah asintió. Iba a dar otro bocado a la fruta, pero Marsiglio le agarró la muñeca.

—¿Ahora tenéis miedo de que me envenene?

—No, pero he visto que tiene pepitas y quiero esas semillas para mi colección. Si alguna vez vuelvo a Bolonia, mi patria, las plantaré. Parece que el *licopersicum* gusta del sol, y de eso en la Emilia hay mucho.

Marsiglio metió dos dedos en el fruto y sacó unas pepitas pequeñas de color amarillo y rodeadas de una masa biliosa. Las miró un buen rato; luego las envolvió con un pañuelo y se las metió en un bolsillo de la casaca.

—Ahora que veo las pepitas..., ¿imagináis qué me gustaría saber?

—¿Qué?

—¿Qué habrá sido de nuestras plantas de café?

Cada vez que Gatien de Polignac apoyaba la punta del bastón en el parqué se oía un chasquido metálico cuyo eco parecía retumbar en las altas paredes y propagarse por toda la Galería de los Espejos. No podía hacer nada por evitarlo. A diferencia de esos cortesanos que deambulaban por aquel gran espacio en corrillos de tres o cuatro personas, él realmente necesitaba ese apoyo. Su rodilla, lastimada desde Limburgo, estaba aún más rígida y solo podía caminar medianamente bien con la ayuda del bastón. Haciendo caso omiso de las miradas despectivas de los nobles, atravesó la galería seguido por uno de sus hombres, que acarreaba una gran caja de madera. Se acercaron a la entrada del lado oriental. Rossignol le esperaba ahí de pie, con los brazos cruzados detrás de la espalda. Parecía nervioso.

—Capitán —dijo Rossignol—, temía que os retuvieran.

El mosquetero negó con la cabeza.

—Qué disparate. Veis hombres de Louvois por todas partes.

—Es que están por todas partes. ¿Lo habéis traído?

—Sí. Y no os molestéis en intentar quitarme la idea de la cabeza. He tomado una decisión.

—Lo sé. Con todo, quisiera rogaros una cosa.

—¿De qué se trata, monsieur?

—Por desgracia, vuestra rudeza es casi tan grande como vuestra valentía. No olvidéis que en unos instantes hablaréis con un rey que además es un padre que ha perdido a un hijo. —Rossignol sacó un reloj de bolsillo y miró la esfera—. Vamos. Esta es una cita a la que es preferible ser puntual.

Atravesaron la puerta. Entraron primero en el Salón de Mercurio, que era donde se encontraba el lecho de su majestad. Al atravesar la estancia se cruzaron con unos españoles de mirada hosca. A estos les siguieron unos rusos, aparentemente del mismo humor. Aquel día el rey celebraba audiencia, una sesión real pública en la que súbditos y diplomáticos podían presentarle sus demandas.

Polignac no tenía ninguna demanda que expresar, excepto, tal vez, la de poner fin al maldito asunto de los conspiradores. Después de que La Reynie se hubiera quedado con sus prisioneros, había seguido en secreto al séquito del jefe de la policía. Vio el ataque de los panaderos contra el transporte de presos desde una calle secundaria y fue uno de los primeros en llegar al Pont Royal.

Y al día siguiente había redactado un informe. Sin embargo, en contra de lo esperado, no había sido citado ni por el rey ni por ninguno de sus ministros. A continuación, en otro escrito, había solicitado una entrevista. Pero tampoco esas cartas habían sido respondidas. Rossignol suponía que los de Louvois interceptaban las misivas para ocultar su paso en falso. A fin de cuentas, a La Reynie no solo se le había escapado aquel agente provocador inglés, sino también a todo un hijo del rey.

El criptólogo jefe le había aconsejado que dejara el asunto, pero Polignac no había seguido el consejo. Su confianza en Rossignol no era mayor que antes. No sabía qué pensar del papel que desempeñaba en toda esa historia. ¿Acaso Rossignol era una criatura del marqués de Seignelay? ¿Había sobrevalorado la importancia de Obediah Chalon? ¿Y si los objetivos de este fueran completamente distintos?

Es posible que no llegara a saberlo jamás. En cualquier caso, tenía que intentar llegar al final de ese asunto a su modo. Estaba dispuesto a explicar al rey su punto de vista, con independencia de lo que opinara el resto de la corte.

Llegaron a la entrada del Salón de Apolo, que el rey utilizaba como sala de audiencias. Un lacayo les indicó que aguardaran a ser llamados. El mosquetero y Rossignol se quedaron delante de la puerta, igual que otros cortesanos. Polignac se llevó la mano al bolsillo de la casaca y asió el rosario. Recitó mentalmente los misterios luminosos mientras deslizaba los dedos por las cuentas.

Después de tres rosarios, lo soltó y miró a las personas que estaban allí a la espera. La mirada del mosquetero se posó en una mujer. No solo porque era bellísima, sino porque le resultaba extrañamente familiar. Había visto a esa dama en algún lugar, estaba seguro, y no había sido en Versalles. Polignac se inclinó hacia Rossignol.

—¿Veis la dama de la *commode* negra? —susurró el capitán—. ¿Quién es?

Rossignol asintió con discreción.

—Una criatura exquisita, ¿no es cierto? Si mal no recuerdo, es Luise de Salm-Dhaun-Neufville, hija de un rhingrave de Lorena. —El criptólogo señaló la puerta de entrada—. Atención, algo se mueve.

Polignac, sin embargo, no dejaba de mirar a la dama de la corte. Ella entretanto había reparado en su mirada, pero eso a él no le importó.

—Esa mujer… Creo que…

Rossignol le tiró de la manga con rudeza.

—Dejaos de historias de faldas, capitán. Concentraos en la audiencia.

Los lacayos habían abierto la puerta y al mosquetero no le quedó más remedio que cruzarla. El salón estaba decorado en un color rojo intenso y tenía un techo dorado en el que se representaba al dios griego Apolo montado en un carro de combate. El hombre al que los poetas franceses habían ensalzado como la reencarnación de Apolo estaba sentado en un estrado situado en la pared occidental. Luis el Grande lucía una capa de seda de color púrpura rematada en armiño sobre un traje de montar de color burdeos. Polignac había visto al rey en muchas ocasiones, pero normalmente de lejos. Se dio cuenta entonces de que en los últimos tiempos Luis había envejecido mucho. Su rostro mostraba unas arrugas profundas que ni los polvos ni el colorete lograban tapar. «La guerra —pensó el mosquetero—. Tal vez se haya extralimitado.»

Además del rey, allí había por lo menos una treintena de personas, entre ellas todo tipo de autoridades y ministros, como Seignelay y Louvois. Frente al estrado se hallaba una mujer que, por sus facciones duras y sus posaderas de percherón, tenía que ser la cuñada de Luis, la duquesita Carlota de Orleans. En ese momento hizo una reverencia y salió del salón dando grandes zancadas. Al pasar junto al mosquetero, musitó para sí un improperio.

El ujier los anunció:

—Monsieur Bonaventure Charles Rossignol, presidente del tribunal de cuentas, y Gatien Regnobert de Polignac, capitán de los mosqueteros negros de la guardia.

Dieron un paso al frente. El rey sonrió a los recién llegados. Rossignol y Polignac se inclinaron.

—Monsieur Rossignol, nos alegramos de veros. Aún nos debéis una partida de billar.

Rossignol hizo otra reverencia.

—Es un honor, sire. Vuestra majestad es demasiado benevolente.

—Esperaos a que juguemos antes de elogiar nuestra benevolencia —respondió el rey.

Al oír la ocurrencia, todo el salón se echó a reír.

—¿Y vos, capitán? ¿Os habíamos convocado?

—No, sire. Sin embargo, me pareció que es mi deber comparecer aquí.

—¿Por qué motivo, capitán?

—Para informar a vuestra majestad de ciertos… acontecimientos referidos a algunos rebeldes.

Luis torció el gesto.

—¿No acostumbráis a presentarnos un informe por escrito?

—En efecto, majestad.

Polignac notó que la sangre le empezaba a hervir. Debía conservar la calma. En ese momento le habría gustado tener el rosario en la mano. Luis asió uno de los reposabrazos dorados que representaba la cabeza de un león.

—Y en tal caso, ¿os pareció que ese procedimiento no era suficiente?

—Mis solicitudes no fueron atendidas, sire.

—Bueno, tal vez consideramos que vuestras solicitudes no requerían reacción alguna.

—Majestad, tal cosa me parece hartamente improbable.

—¿De veras?

—Sí, porque tal cosa indicaría una enorme negligencia.

En la sala se hizo un silencio tan profundo que incluso se oían los pasos de los cortesanos de la Galería de los Espejos. Por la cara de los presentes, Polignac se dio cuenta del enorme estupor que había causado. Algunas damas palidecieron todavía más y se dieron aire con los abanicos. Polignac sabía que no debería haberse dirigido de ese modo a su soberano, pero no había tenido opción.

Luis el Grande se acarició el bigote. Luego dijo en voz baja:

—¿Insistís en hacer uso del derecho de acceso directo a mi persona que tienen los oficiales de mi guardia, como vos mismo sois aún? ¿No sería preferible que regresarais a París?

—Solo en cuanto haya dicho lo que debo deciros, sire.

En el salón se oyó un crujido cuando la treintena aproximada de cortesanos allí reunidos sacudieron la cabeza, tocados todos con peluca. El rey se recostó en el respaldo del trono, cruzó las piernas e hizo un gesto con la mano. Acto seguido, dos lacayos abrieron las puertas y los miembros de la corte se apresuraron a abandonar el Salón de Apolo. Solo quedaron en la estancia Polignac y los dos lacayos.

En cuanto las puertas volvieron a cerrarse, el rey se inclinó hacia delante.

—Sois más terco e impertinente de lo que me habían dicho. —Luis clavó la mirada en Polignac—. Al menos no sois un adulador como Rossignol. Nos rodean personas presuntuosas, capitán. Un hombre que habla claro es un soplo de aire fresco para nuestro corazón. —Frunció el ceño con un gesto controlado—. Sin embargo, una actitud impertinente no tiene cabida en una audiencia. No volváis a contradecirme, ¡a mí!, delante de la corte. ¿Os cabe eso en esa cabezota vuestra?

Polignac apretó los dientes e hizo una reverencia:

—Humildemente os ruego que me disculpéis, sire. Este asunto lleva semanas hostigándome.

—Mmm. Así que vos sois el hombre que atrapó a ese insurgente inglés que estaba aliado con nuestro hijo, ¿verdad?

—Así es, majestad.

—¿Y cómo se os pudo escapar?

Polignac contó al rey el asombroso comportamiento de La Reynie y le mencionó el decreto con sello real con el que el jefe de la policía le había obligado a entregarle a los presos. Le habló además de los panaderos sublevados y de la huida de los traidores. El rey le escuchó con expresión imperturbable.

—Vemos —dijo Luis— que en este asunto hemos sido mal aconsejados. Reflexionaremos al respecto. Os doy las gracias, capitán. De ser cierto lo que decís, si la policía no hubiera desbaratado los planes, mi hijo seguiría con vida.

Con un gesto de la mano, el rey le dio a entender que podía retirarse. Sin embargo, el mosquetero no se movió.

El rey lo miró con severidad, pero había un brillo de diversión en su mirada.

—¡Ciertamente vuestra impertinencia es extraordinaria! Si no fuera el rey, ya habría perdido la paciencia.

—No creo que esté muerto —dijo Polignac.

—¿Cómo decís?

—El conde de..., esto es, el antiguo conde de Vermandois, sire.

—¿Que no murió? Pero ¡eso es lo que dice el informe de La Reynie! Su cadáver fue hallado en Pont Royal.

—Majestad, yo vi el cadáver, y es cierto que llevaba sus ropas, pero el disparo del trabuco lo desfiguró de tal modo que su rostro apenas era reconocible. Podría haberse tratado de cualquier otra persona.

—¿Qué os hace pensar tal cosa?

—Al cabo de aproximadamente un mes recibí un paquete. Me pareció que no era conveniente confiar a terceros su contenido, tanto más cuando comprendí que algunas cartas que yo dirigía a vuestra majestad se extraviaban.

—Proseguid.

—En el paquete encontré esto.

Sacó del bolsillo de su casaca un anillo con sello, se arrodilló ante el trono y se lo mostró al rey. Este, al reconocer el escudo del conde de Vermandois, dio un respingo. Tomó el anillo y lo observó.

—¿Había algo más en ese paquete?

—Sí, sire. Unos plantones.

Polignac se acercó a la caja que había dejado en el parqué, detrás de él, y sacó de ahí una macetita de la que sobresalía un plantón del tamaño de un palmo.

—¿Qué planta se supone que es?

—Creo que es una planta de café, majestad. Según parece, es muy valiosa.

Luis asintió, pero no dio más importancia a la planta. En cambio se quedó mirando atentamente el anillo con sello antes de ocultarlo en el bolsillo de su chaleco. Se volvió hacia un lacayo.

—Llevad las plantas a nuestro jardín botánico —ordenó—. Ahí encontrarán un lugar para ellas. No comprendemos el alboroto en torno a esa horrible bebida. Nos parece repugnante. Nosotros preferimos un buen chocolate.

Miró de nuevo a Polignac.

—Muchas gracias, capitán. Me habéis rendido un gran servicio. Podéis retiraros. ¿O acaso debo rogároslo una tercera vez?

—No, sire. Quedo, como siempre, a vuestro servicio.

Hizo una reverencia y abandonó el salón. Fuera le esperaba Rossignol.

—¿Cómo ha ido?

—Es difícil decirlo. Puede que me nombre duque o puede que me suspenda del cargo. No lo sé.

—No os aflijáis, eso les pasa a muchos. No es un hombre al que se le vean las intenciones fácilmente. ¿Le habéis entregado el anillo?

—Sí. Y también las plantas.

—En vuestra opinión, capitán, ¿qué significa todo esto?

—Creo que Vermandois logró escapar. Y que el cadáver del puente era otra persona.

Rossignol lo miró enojado.

—Pero si fue dado por muerto, ¿por qué ha enviado esa señal de vida?

—Creo que él quería reconciliarse con su padre. Pero entonces, cuando este lo legitimó, tal cosa fue imposible. Pese a ello, el deseo de reconciliación de Vermandois no desapareció. Con el retorno del anillo está diciéndole a su padre que acata su decisión. Y además ha regalado al rey lo más valioso que posee: las plantas de café.

—Pero ¿de dónde las ha sacado?

—Ni idea. Pero no olvidéis que es un gran ladrón.

Atravesaron la Galería de los Espejos. Al llegar aproximadamente al centro se detuvieron y miraron por una de las ventanas que daba al Gran Canal, donde en ese momento se deslizaba lentamente hacia palacio una góndola en forma de cisne. Por unos instantes los dos guardaron silencio. Luego Polignac murmuró:

—¿Sabéis qué me pregunto?

—Vos diréis.

—¿Cómo habría acabado la historia si Chalon y Vermandois no hubieran sido descubiertos?

—Bueno, el destino no lo quiso así.

—¿El destino? Querréis decir los panaderos. Fue una casualidad muy desafortunada que aparecieran en ese momento, ¿no os parece? Casi se podría creer que alguien les había dado aviso.

Rossignol sonrió.

—Ya empezáis a ver espías e intrigantes por todas partes, capitán. Ahora, por favor, disculpadme. Estamos en guerra y me esperan muchos mensajes cifrados.

Rossignol hizo una reverencia y se marchó. Polignac permaneció un buen rato junto a la ventana, con la mano en el rosario y mirando el canal.

Hanna, cansada, se frotó los ojos antes de volver a sumirse en el cálculo que tenía ante sí en el escritorio. Cada vez le resultaba más difícil entender la caligrafía de su anfitrión. Últimamente la gota en las muñecas había empeorado y apenas veía. El resultado eran los garabatos que tenía delante: seis páginas repletas de jeroglíficos. Si esos escritos fueran cartas normales, sería posible descifrar la mayor parte de las cosas por el contexto. Pero al tratarse de sus cálculos matemáticos, eso apenas era posible. Aquel papel contenía cálculos referidos a la gravedad y pretendían complementar los de Newton. Sin embargo, por mucho que Hanna examinaba las fórmulas escritas en la notación de Leibniz, y comprobara las docenas de gamas, deltas y signos de suma, había algo que no acababa de ver claro. El escrito tenía que enviarse al día siguiente al editor del *Acta Eruditorum* de Leipzig para que fuera publicado; ya no era posible aguardar más tiempo. Se levantó con un suspiro. Iba a tener que despertar al anciano.

Hanna se deslizó con sumo sigilo del despacho al comedor a fin de no despertar al otro dormilón de la casa, que dormitaba ahí, en una cunita, junto a la estufa de azulejos. Miró al pequeño. Parecía estar profundamente dormido. Antes de que Willem-Lodwijk naciera, en el gran comedor se oían sin cesar los tictacs de los relojes que decoraban todas las paredes. Tras una larga discusión, su anfitrión estuvo de acuerdo en que sería mejor para todos que el pequeño no se despertara cada hora por el ruido endiablado de los relojes.

Subió la escalera hasta el piso superior. Oficialmente Hanna Coudevaar era sobrina del señor de la casa. Como este no se había casado ni había tenido hijos, ella se encargaba de ayudar al anciano, cada vez más débil, y le llevaba la casa. Tal cosa era cierta, aunque entretanto ella había pasado a encargarse también de su correspondencia y de la publicación de sus tratados, que se habían vuelto algo extraños. Cuando le fue imposible ocultar por más tiempo su embarazo, en el vecindario se propagaron todo tipo de rumores; aquello había dado mucho que hablar en La Haya. La historia que ellos entonces hicieron correr fue que Hanna se había casado con un oficial de la VOC que se encontraba en Nagasaki y que regresaría en un par de años. Según esa historia, el pequeño Will había sido concebido poco antes de la partida de mijnherr Coudevaar. Como era de esperar, nadie creyó tal cosa. Era mejor la historia que decía que aquel famoso filósofo de la naturaleza de sesenta y tres años había concebido un hijo y, además, con una muchacha jovencísima.

Cuando Hanna alcanzó el rellano, miró un momento a través de los grandes ventanales. La primavera había llegado y la nieve había desaparecido. En la parte de atrás de la casa había un jardín que, tal como podía ver desde allí, estaba formado por dos grandes parterres cuadrados, ambos exactamente del mismo tamaño. En ellos empezaban a asomar unas plantas que parecían tulipanes. Los tallos habían alcanzado ya casi un pie de altura y estaban coronados por unos cálices que todavía no se habían abierto.

Apartó la mirada y se dirigió hacia el dormitorio. La puerta estaba entornada y se oían unos ronquidos sordos. Hanna dio un golpecito en el marco. Tuvo que repetirlo tres veces, con una fuerza cada vez mayor, hasta que por fin Christiaan Huygens se despertó.

—¿Sí? ¿Hanna?

Ella entró. Pese a sus esfuerzos, el dormitorio de Huygens y, de hecho, cualquier otro lugar en el que él se acomodaba, se parecía mucho a su despacho. El filósofo de la naturaleza dejaba hojas de carta y notas arrugadas por todas partes; sobre la cómoda tenía varios relojes desmontados y una partitura anotada de la ópera en la que estaba trabajando. En su fuero interno, Hanna no veía el momento en que Willem empezara a rondar por toda la casa, y cubriera de babas y rompiera los documentos matemáticos que Huygens tenía repartidos por doquier. Seguramente entonces se aplicaría más en la cuestión del orden.

—Siento despertaros, pero estoy en un atolladero con el artículo.

—¿El del *Acta*?

—Sí.

—¿Cuál es el problema?

—Vuestra mala caligrafía, seigneur.

Huygens sonrió.

—Ahora mismo voy. Aguardad en la escalera si no os importa. —Se levantó despacio y avanzó a tientas hasta el rincón de la estancia donde había una silla orinal—. Antes tengo que...

Ella asintió, salió del dormitorio y bajó hasta el relleno. A su espalda, oyó los lamentos de Huygens. Como la mayoría de los hombres de su edad, el filósofo sufría de piedras, así que aquello le llevaría su tiempo. Hanna se entretuvo mirando el jardín a través de la vidriera de colores. El sol brillaba en el patio interior y se fijó en que uno de los tulipanes se había abierto un poco. Ahora ya se distinguía un pétalo blanco con moteado de color púrpura.

En los dos parterres se habían sembrado tulipanes. Qué curioso que tanto los turcos como los holandeses estuvieran tan locos por la misma flor... Incluso Huygens era un gran aficionado a los tulipanes. En una ocasión le había contado que en su juventud los tulipanes eran más caros incluso que entonces, más que el clavo, la porcelana o el oro. Los habitantes de la República habían llegado a especular con los bulbos y aquello significó la ruina para muchos. Hanna se dijo que tal cosa era típica de los holandeses. En cuanto algo se ponía de moda en la República, se convertía en motivo de negocios en el Dam, donde era tasado, subastado y motivo de arbitraje. En cambio, en Devlet-i'Alîye era el padichá quien fijaba el precio de los bulbos para que nadie pudiera enriquecerse con ellos.

—Vuestros tulipanes pronto se abrirán —gritó volviéndose hacia el dormitorio.

—Ah, ¿sí? Qué bien. Tengo muchas ganas de ver de qué color son. Son ejemplares muy exquisitos.

—Con todos mis respetos, a mí me parecería mucho mejor que ahí atrás pudiésemos cultivar algunas patatas y judías.

—Ya lo pensé. Pero a caballo regalado... —El anciano gimió de nuevo—. Ya sabéis el dicho.

—La verdad es que no.

—Oh, disculpad. Dice: «A caballo regalado, no le mires el dentado». Significa que no hay que cuestionar los regalos. —Gimió de dolor—. ¡Santo Dios!

Hanna volvió la vista a los tulipanes; estaban primorosamente plantados. Aquello no podía haberlo hecho más que un jardinero profesional. Al pensarlo, se acordó de los hombres. Habían aparecido en otoño del año pasado, poco antes de las primeras heladas, con sacos llenos de bulbos, y los habían plantado ahí, bajo la tierra. En aquella época su embarazo estaba ya muy avanzado y ella tenía otras cosas de las que preocuparse que las plantas de Huygens. Además, en ese momento ella dio por hecho que él había hecho venir a los jardineros.

—¿Quién os los regaló? —preguntó.

—Bueno, en realidad, vuestro... el padre de vuestro...

Ella se estremeció.

—¿Obediah?

Se volvió hacia la puerta entornada del dormitorio.

—¿Él os regaló las flores? ¿Y no me lo dijisteis?

Subió por la escalera y se acercó a la puerta.

—Aguardad, Hanna. Aún no he terminado.

—¿Y qué? O me decís qué significa esto o la piedra en la vejiga será el menor de vuestros problemas.

Le oyó gemir levemente.

—Me habéis malinterpretado. Cuando él estuvo aquí, hablamos de muchas cosas: relojes, astronomía, seres planetarios...

—¡Al grano!

—... y también de tulipanes. Le dije que me gustaban mucho esas flores. Me prometió que me haría un regalo, que haría plantar en mi jardín todo un parterre con *Semper Augustus* y

Perroquet Rouge, a modo de agradecimiento por mi ayuda. Yo objeté que la VOC ya me pagaba, pero él insistió. Era muy generoso con... con el dinero de sus clientes. ¿Sabíais que encargó su espada a Rivero, el famoso herrero de Toledo? Y sus pelucas...

—Os estáis apartando del tema.

—Disculpad. Pero cuando no se orina durante dieciséis horas, es fácil que la cabeza se disperse. En cualquier caso, fue una promesa que me hizo. Ambos sabíamos que las *Augustus* y las Perroquet son unas variedades muy raras y codiciadas y que tardaría un poco en tener las suficientes. Por eso no me extrañó que el pasado otoño aparecieran esos jardineros. Cuando les pregunté, me dijeron que venían por un encargo que les había hecho hacía tiempo un tal monsieur Neville Reese y que acababan de recibir los bulbos. Entonces supe que ese era uno de sus nombres falsos.

—Así pues, Obediah había encargado los parterres antes de partir hacia el Levante, en algún momento de 1688.

—Eso es. Lo siento. Si hubiera recibido una señal de vida de su parte, os lo habría comunicado de inmediato. Es cierto que debería haberos dicho que estas flores son prácticamente... su último legado. Pero en esa época yo estaba muy ocupado con mi nueva notación musical que consta de treinta y un grados musicales, los cuales...

Ella ya no le escuchaba. Bajó la vista hacia los dos parterres. Las lágrimas acudieron a sus ojos y le recorrieron las mejillas. ¿Acaso un montón de flores hipertróficas sería lo único que le quedaría de Obediah? Se secó la cara con la manga del vestido. Otro tulipán se había abierto un poco. Ese no era blanco, sino de un intenso color rojo. De nuevo le llamó la atención la disposición tan exacta en los parterres. Las flores formaban dos cuadrados perfectos, y estaban dispuestas en filas de diez en ambos sentidos, formando en total diez líneas. En cada parterre había cien tulipanes, colocados como en una cuadrícula. Una cuadrícula de dos colores.

—¡Adonai! —exclamó.

Bajó a toda prisa hasta el rellano y apretó la cara contra el cristal. ¿Era posible? No podía ser casual. A su espalda oyó el ruido de un líquido al que siguió un gemido de alivio. Al poco rato, Huygens salió del dormitorio y la miró inquisitivamente.

—¿Qué decíais, hija?

—¿Qué orden siguen?

—¿El qué?

—¡Los tulipanes!

Huygens entrecerró los ojos y miró por la ventana.

—Yo diría que están dispuestos en cuadrados.

—Ya lo veo. ¡Quiero decir los colores! ¿Qué hay de los colores?

—Lo cierto es que no lo sé. El jardinero me explicó que colocaría los tulipanes según le había indicado mister Reese a fin de «crear un patrón hermoso y lleno de sentido». Creo que lo dijo con esas palabras. Se trata de dos variedades, así que debe de ser dos colores distintos.

Ella lo miró.

—Seigneur, eso no es un parterre de tulipanes.

—¿Que no es...?

—Es un código binario.

Le contó que Obediah cifraba sus mensajes utilizando la tabla de Vigenère y el sistema binario de Leibniz.

—Entonces ¿estos tulipanes se han plantado de forma que muestran un mensaje, que el blanco es cero y el rojo es uno?

—O a la inversa.

—Mi querida Hanna, ojalá fuera así... Nada más lejos de mi intención desanimaros, pero ¿no estaréis persiguiendo una quimera?

—Solo hay un modo de averiguarlo —respondió ella—. Esperar a que los tulipanes florezcan.

La semana que siguió fue, posiblemente, la más larga de la vida de Hanna. Una y otra vez deambulaba como un gato en torno a los dos parterres de tulipanes, siempre con la tinta y la pluma al alcance de la mano, por si se había abierto otra flor. En cuanto esto ocurría, echaba mano de la hoja de pergamino en la que había dibujado una cuadrícula de diez por diez. Si la nueva flor era una *Semper Augustus*, con sus pétalos blancos moteados con bandas de color púrpura, hacía una cruz en el lugar correspondiente. Cuando florecía una Perroquet Rouge del color del amaranto, dibujaba un pequeño círculo. Sus cuadrículas se iban rellenando cuadro a cuadro.

Sin embargo, a la mañana del tercer día se abrió una flor que no era ni roja ni blanca, sino amarilla. Huygens le había explicado que en ocasiones en los tulipanes se producían decoloraciones. Por ello, al principio, aquel color inesperado no le preocupó. Sin embargo, eso cambió cuando, por la tarde, descubrió otro tulipán amarillo. Tenía exactamente el mismo color que el primero; así pues, no se trataba de una *mutatio*, que era el nombre que Huygens había dado a ese fenómeno. Soltó una maldición. Con tres colores, su idea del código binario no era más que una fantasía. Corrió al instante hacia el taller, donde Huygens estaba manipulando un reloj de bolsillo. Era capaz de hacerlo con los ojos cerrados, y parecía fiarse por completo del tacto de las yemas de sus dedos.

—¿Qué hay, Hanna? —dijo sin levantar la mirada.

—Teníais razón. —Intentó reprimir el sollozo que le subía por la garganta, pero no lo logró—. No hay código.

El anciano filósofo de la naturaleza se enderezó y la miró.

—Hijita, estáis completamente confusa. Apenas se han abierto la mitad de los capullos. ¿Cómo podéis estar tan segura?

Ella le habló entonces de las flores amarillas.

—¿Y qué amarillo es ese? ¿Como el de la mantequilla?

—No, más bien es el amarillo del queso viejo.

Él asintió, pensativo.

—Un Gloire. Y ahora creéis que vuestra suposición era errónea.

—No tiene nada que ver con lo que yo crea o no. Los números diádicos solo constan de unos y ceros, independientemente de su tamaño.

Huygens negó con la cabeza, y sonrió divertido.

—¿Qué os parece tan divertido, seigneur?

—Primero que vos precisamente queráis explicarme, a mí, Leibniz. Y luego el ver que no sois capaz de ver el bosque detrás de los árboles. En realidad, de los tulipanes.

—No os sigo —repuso Hanna.

—En cuanto vuestra cuadrícula esté llena de ceros y unos tendréis que probar qué código hay, ¿verdad?

—Sí, claro. No sabemos si el cero es el color blanco o el rojo.

Él asintió.

—Eso es una operación relativamente sencilla. El problema está en saber dónde empiezan y dónde terminan los números. Fijaos.

Ella intuyó por dónde iba, pero en principio no dijo nada. Huygens entonces escribió en la hoja: «1010011010».

—Diez cifras. Supongamos que esa fuera vuestra primera línea. En el sistema decimal, eso sería un 666. Supongamos, en cambio, que en el centro hubiera un espacio en blanco. Entonces las cifras serían 10100 y 11010, esto es, 20 y 26. Si buscásemos letras del alfabeto, eso tendría más sentido. Pero también podría tratarse de cuatro cifras. —El anciano deslizó el dedo sobre la hoja—: 10, 100, 110, 10. Así pues, 2, 4, 6 y 2.

Hanna comprendió.

—Lo que queréis decir es que uno de los tres colores define el espacio en blanco porque si no la mezcla de ceros y unos no podría descifrarse.

Se acordó entonces de que, con las palabras de código binarias de la tabla de Vigenère, Obediah también utilizaba una especie de espacios en blanco, unos puntitos apenas distinguibles sobre el papel que indicaban el final de cada número. Le dio rabia no haber caído en la cuenta ella sola. Seguramente había sido por la emoción.

—Apuesto —dijo Huygens— a que los amarillos son los puntos en blanco.

—¿Por qué?

—Porque el seigneur de vuestro corazón, si así lo puedo llamar, sabe muy bien cómo enviar información a personas de otros lugares. Encargó plantar en mi jardín tres tipos de tulipanes: *Semper Augustus*, Perroquet Rouge y Gloire. Yo tenía noticia de las dos primeras desde hace tiempo, porque me las había prometido. Por eso me parece lógico que la tercera variedad la escogiera después, cuando supo que necesitaba otro color para los espacios vacíos, ya que para entonces quería esconder un mensaje y, de otro modo, no quedaría claro.

Huygens tenía razón. Ella se inclinó y besó al anciano en la mejilla.

—Sois un genio, seigneur.

Él sonrió, halagado.

—En todo caso, un genio que poco a poco va perdiendo el control sobre sus extremidades y su vejiga. Y ahora, ¡al jardín!

Ella asintió y empezó a bajar.

—¿Hijita?

—Sí.

—Comprendo vuestra impaciencia, pero es mejor que resistáis la tentación de abrir con un cuchillo los tulipanes que aún están cerrados. Seguramente esos bulbos valen más que un barco de arenques recién aparejado y tal vez necesitemos el dinero.

Ella asintió de nuevo. Luego salió corriendo al jardín para mirar los tulipanes.

Al sexto días tras haber descubierto que los tulipanes encerraban un mensaje, todas las flores se habían abierto. Hanna se pasó la tarde sentada a la mesa del comedor delante de su cuadrícula, esperando a que Willem se cansara. Cuando el niño por fin se durmió, se dispuso a descodificar el mensaje. Pensaba que tal vez los tulipanes solo contendrían la palabra clave para otro cifrado. Pero Obediah había confiado en que el parterre de flores bastaría como camuflaje. Enseguida se dio cuenta de que las cifras se correspondían simplemente con las del alfabeto latino. El mensaje decía:

A LA PRINCESA SCHERAZADE ESTOY A SALVO
VEN CONMIGO EN BOSTON MASSACHUSETTS
EN CAFE LONDON PREGUNTA POR EL SEÑOR
ROBERT GUTTERIDGE TE QUIERO MUCHO

Hanna dejó caer el papel. Sería un viaje largo y difícil. Pero no dudó ni un momento en realizarlo.

Epílogo

Muy estimado director De Grebber:

Os agradezco vuestra última carta y las buenas noticias que me hacéis llegar de la patria. Sobre todo, sin embargo, os doy las gracias a vos y a la Compañía por los plantones de la planta de café que llevábamos esperando desde hace tanto tiempo y que llegaron hace tres semanas en el *Vergulde Draak*. He visto por la documentación que enviasteis un total de ochenta ejemplares. Han llegado más de la mitad.

Los he entregado a nuestro jardinero, junto con las instrucciones de cuidado que el director del Hortus Botanicus de Ámsterdam tuvo a bien incluir. Nuestro jardinero, monsieur de Hooge, me rogó que hiciese llegar a monsieur Commelin, del Hortus, sus saludos más respetuosos. Leyó su excelente libro sobre el cultivo de cítricos en Holanda y no escatima elogios para él.

Por el momento las plantas de café crecen perfectamente; con todo, debemos esperar unos meses para saber si realmente el clima de aquí es adecuado y si fructificarán. Como sabéis, en otoño comienza la estación de las lluvias y a menudo es entonces cuando se sabe si una planta nueva tolera las condiciones de este lugar. De todos modos, tengo mucha confianza.

Si todo va bien, seguramente el año próximo, Dios mediante, podremos cosechar el primer café de Java. En caso de ocurrir tal cosa, evidentemente os haré llegar el primer envío a vuestra atención personal.

Vuestro seguro servidor,

WILLEM VAN OUTHOORN,
gobernador general de las islas holandesas

Dramatis Personæ

Los ladrones

Obediah Chalon, Esq., caballero inglés, *virtuoso* y falsificador.

Knut Jansen, filibustero danés.

Conde Paolo Fernando Marsiglio, general boloñés, virtuoso y jardinero.

Pierre Justel, pañero hugonote.

Caterina, condesa Da Glória e Orleans-Braganza, experta en el arte del disfraz y embaucadora.

David ben Levi Cordovero, filósofo sefardita de la naturaleza.

Los franceses

Luis de Borbón, príncipe legítimo de Francia, conde de Vermandois, ladrón consumado y segundo hijo de Luis XIV.

Bonaventure Rossignol, criptólogo de Luis XIV.

Gatien de Polignac, capitán de la segunda compañía de los mosqueteros de la guardia.

Gabriel Nicolas de La Reynie, teniente general de la policía de París.

Jean Bart, filibustero y terror de los mares del norte.

Étienne Baluze, amanuense y bibliotecario del difunto Gran Colbert.

Jean d'Auteville, mosquetero y comandante de la fortaleza de Pinerolo.

Luis XIV, rey de Francia y de Navarra, reencarnación de Apolo, conocido como Luis el Grande, *Le Plus Grand Roi*, Deodato, el Gran Hombre, Rey Cristianísimo o el Rey Sol.

Los turcos

Mátyás Çelebi, emisario especial de la Sublime Puerta.

Erdin Tiryaki, comandante de la cuadragésima novena orta del cuerpo de jenízaros.

Hamit Cevik, capellán bektashí de los jenízaros.

Solimán Müteferrika Agá, embajador de la Sublime Puerta en París.

Otros personajes

Jacobo Scott, primer duque de Monmouth, hijo ilegítimo de Carlos II de Inglaterra y pretendiente al trono.

Jean-Baptiste Antoine Colbert, marqués de Seignelay, ministro francés de la Marina y ministro de la Casa Real, hijo del Gran Colbert.

François Michel Le Tellier, marqués de Louvois, ministro francés de la Guerra.

Pierre Girardin, señor de Vauvray, embajador francés en Constantinopla.

Sebastian Doyle, Esq., maestro de esgrima de Monmouth.

Pierre Bayle, editor y filósofo hugonote exiliado.

Christiaan Huygens, filósofo de la naturaleza, compositor, genio universal.

Conrad de Grebber, miembro del grupo de los Diecisiete Señores (*De Heren XVII*) de la Compañía Holandesa de las Indias Orientales (VOC).

Piet de Grebber, hijo de Conrad de Grebber, *bewindhebber* de la VOC.

John Gibbons, responsable de los accesos a Whitehall, cazador de ladrones de mala reputación.

Procopio dei Coltelli, propietario de una cafetería de París.

Glosario

Agá: tratamiento otomano, militarmente equivale al rango de capitán.

Alcorán: nombre arcaico del Corán.

Bab-ı Ali: *véase* Sublime Puerta.

Bailo: título del embajador veneciano ante el sultán otomano.

Batavia: antiguo nombre de la ciudad indonesia de Yakarta.

Bewindhebber: en neerlandés, directivo de la VOC.

Beylerbey: en turco, señor de señores; máximo gobernador de provincia del sultanato.

Bhang: pasta de cannabis de la India.

Bombasí: tela hecha en parte con seda.

Börk: sombrero de los jenízaros.

Bunn: en árabe, granos de café.

Cabujón: piedra preciosa pulimentada y no tallada, de forma convexa.

Candía: Creta.

Chorrera: volante cosido a la camisa, precursor de la corbata.

Comercio carnal: trato carnal.

Concotio: brebaje en latín.

Confrérie: homosexualidad, amor entre hombres.

Converso: judío convertido a la fuerza y originario de la península Ibérica.

Çorbasi: en turco, cocinero de sopas; título de un mando superior de los jenízaros.

Culotte: pantalón abrochado a la rodilla.

Davy Jones: sinónimo para referirse al fondo del mar.

Devlet-i'Aliye: del turco, «estado sublime», esto es, Imperio otomano.

Devşirme: en turco, impuesto de niños; reclutamiento forzado de niños no musulmanes en el Imperio otomano.

Dissenter: disidente protestante de Inglaterra.

Esq.: abreviatura de Esquire, tratamiento que se añade tras el nombre en sobres y documentos oficiales.

Estados Generales: República holandesa.

Estatúder: en neerlandés *Stadhouder*, gobernador de los Países Bajos, título del jefe de Estado de la República holandesa.

Fersah: medida de longitud otomana equivalente a unos 5,7 kilómetros.

Ghiur: cristiano.

Hackney: coche de caballos de alquiler.

Haggis: asadura de cordero, avena y especias cocida en las tripas del animal. Típico de Escocia.

Haute Sheriff: dispensa o edicto del sultán; expresión derivada del turco *hatt-i şerif*.

Hipocrás: vino caliente mezclado con especias.

Hugonote: protestante francés.

Ibrik: recipiente para la preparación del café.

Izmir: Esmirna.

Justaucorps: casaca para caballero de corte largo.

Kehilá: comunidad judía.

Lieue: medida de longitud francesa correspondiente a unos cinco kilómetros.

Mal francés: sífilis.

Maréchaussée: guardia urbana de París.

Marrano: expresión ofensiva para referirse a los judíos, en especial a los conversos que seguían practicando en secreto la fe judía.

Mazarinette: una de las siete sobrinas del cardenal francés Mazarin; mujer pendenciera.

Melée: en francés, enfrentamiento cuerpo a cuerpo.

Monsieur: título oficial que se otorgaba al hermano del rey francés, Felipe de Orleans.

Mosquetón: antigua escopeta.

Navarino: nombre italiano de la ciudad de Pylos.

Oliekoeken: especie de buñuelos típicamente holandeses, rellenos de nueces y otros frutos secos.

Papistas: término despectivo para designar a los católicos.

Pappenheimer: espada ropera con cesta.

Pasacalle: baile cortesano francés.

Patente de corso: en francés, *lettre de marque*, permiso para cometer piratería emitido por un monarca.

Payot: tirabuzones laterales que llevan algunos judíos ortodoxos.

Pied: abreviatura de *pied-du-roi*, «pie del rey», medida de longitud francesa de unos treinta y dos centímetros.

Príncipe de sangre: hijo de rey con derecho de sucesión al trono.

Qishr: en árabe, piel y pulpa de las cerezas de café.

Rumelia: nombre otomano con que se designaban los Balcanes y la zona este de Grecia.

Schout: en neerlandés, recaudador de impuestos.

Sobrevesta: del francés *soubreveste*, chaqueta, parte del uniforme de un mosquetero.

Sublime Puerta: el sultanato otomano.

Telve: en turco, poso del café.

Templer: en inglés, palabra jocosa para designar a los juristas de Londres (de Temple Street).

Tierras de la Generalidad: territorios sometidos a la administración de los Estados Generales sin derecho a voto.

Valdense: protestante saboyardo.

Vicio italiano: homosexualidad.

Yatagán: cimitarra jenízara.

Ziekentrooster: en neerlandés, cuidador de enfermos; religioso que se ocupa de los enfermos o los pobres.

TOM HILLENBRAND

EL LADRÓN
DE CAFÉ